MICHAEL JENSEN

BLUTIGER SCHNEE

atb aufbau taschenbuch

MICHAEL JENSEN wurde im Norden Schleswig-Holsteins geboren. Im Hauptberuf ist er als Arzt tätig und interessierte sich früh für jüngere deutsche Geschichte und deren Folgen für die Nachkriegsgeneration. Für sein literarisches Schreiben hat er ein Pseudonym gewählt. Er lebt mit seiner Familie in Hamburg und im Kreis Schleswig-Holstein.

Bisher sind zwei Romane über die Sass-Brüder erschienen: »Blutgold« und »Blutige Stille«.

Im Aufbau Taschenbuch sind außerdem seine Kriminalromane »Totenland«, »Totenwelt« und »Totenreich« lieferbar.
Mehr zum Autor unter www.autor-jensen.de.

Toni Sass und ihre Neffen machen sich Sorgen. Die Geschäfte ihres Syndicats laufen nicht mehr so gut. Deshalb nimmt Franz Sass Kontakt zu dem Chinesen Zhi in Hamburg auf, um ins Opiumgeschäft einzusteigen. Tatsächlich werden dem Syndicat die ersten Lieferungen förmlich aus der Hand gerissen. Doch bald wird die Sache ungemütlich. Auch andere scheinen ins Drogengeschäft einsteigen zu wollen und überfallen die Transporte. Franz Sass begreift, dass die Sache eine Nummer zu groß für ihn ist. Gleichzeitig entdeckt er, dass neben amerikanischen Mafiabossen auch namhafte deutsche Firmen in das Drogengeschäft verwickelt sind. Er möchte aussteigen, auch wenn er weiß, dass er sich damit bei Zhi zum Verräter macht. Und dann verschwindet obendrein noch der Sohn eines reichen Bankiers, und ein zwielichtiger Politiker taucht auf, der Franz aus einer Notlage befreit und dem er damit einen Gefallen schuldet. Er heißt Joseph Goebbels und scheint völlig skrupellos zu sein.

MICHAEL JENSEN

BLUTIGER SCHNEE

SYNDICAT BERLIN

KRIMINALROMAN

atb aufbau taschenbuch

MIX
Papier | Fördert
gute Waldnutzung
FSC® C083411

ISBN 978-3-7466-3991-8

Aufbau Taschenbuch ist eine Marke der Aufbau Verlage GmbH & Co. KG

1. Auflage 2022

Umschlaggestaltung www.buerosued.de, München
unter Verwendung eines Bildes von © akg-images
Satz LVD GmbH, Berlin
Druck und Binden CPI books GmbH, Leck, Germany
Printed in Germany

www.aufbau-verlage.de

Nach wahren historischen Begebenheiten.
Einige Namen, Ereignisse und Schauplätze sind aus dramaturgischen Gründen fiktiv.

Für seine Handlungen sich allein verantwortlich fühlen
und allein ihre Folgen, auch die schwersten, tragen,
das macht die Persönlichkeit aus.

(Ricarda Octavia Huch, 1864–1947)

PROLOG

Shanghai, August 1923

Suchowljanski war beeindruckt. Das Leben hatte ihn gelehrt, dass Brutalität und Grausamkeit ewige Konstanten des Daseins waren, die überall auf dieser Welt in die Gleichungen zwischenmenschlicher Beziehungen einflossen. Und hier in der Hafenstadt am Delta des Jangtse erhielt der junge Mann eine weitere Lektion. Man konnte einem unvermeidlichen Schicksal jammernd und wimmernd entgegentreten. Oder aber mit letzter Würde und stolzem, wenn auch sinnlosem Trotz.

Der Chinese, der vor ihm auf einem Stuhl saß, starb langsam. Tief in seinen Augen war zwar die Qual zu erkennen, die er in dieser langen, letzten Minute seines Lebens durchlitt. Die Äderchen der Bindehaut füllten sich wie Krampfadern, schwollen zu kleinen Strängen, einige platzten. Die Pupillen verengten sich. Aber kein Laut kam über die Lippen des Mannes. Er wehrte sich nicht, dabei war er nicht einmal gefesselt. Lediglich sein Brustkorb verkrampfte sich in dem reflexhaften Versuch, doch noch Luft in die Lungen zu saugen.

Männer sind doch überall auf der Welt gleich, dachte Mejer Suchowljanski fasziniert. Niemand wollte winselnd und um sein Leben bettelnd abtreten. In Europa wie in Asien galten die Ideale vom Heldentod in der Schlacht. Der Kapitän, der von der Brücke seines untergehenden Schiffes seine zornige Faust ein letztes Mal der See entgegen reckte. Japanische Adlige, die sich eher mit dem Schwert entleibten, als einen Gesichtsverlust zu erdulden. Dass letztlich doch der Großteil jämmerlich und unehrenhaft an Krankheit, Auszehrung oder auf dreckigen Schlachtfeldern verreckte, tat diesem Wunschbild offenbar keinen Abbruch.

Und nun dieser einfache Händler. Er trug den Drachen auf der Schulter. Als Warnung für jeden chinesischen Beamten, sich nicht mit der *Gesellschaft der Drei Harmonien* anzulegen. Und am Unterarm war das tätowierte Dreieck zu sehen. Mit den Schriftzeichen für Himmel und Erde. Er wurde durch einen kräftigen Burschen, der hinter seinem Opfer stand, mit dem traditionellen *Hóng Sī Dài*, dem Roten Band, stranguliert.

»Er hat sich durch ein Geständnis und seine Reue die Gnade verdient, nach der ehrenhaftesten der Fünf Alten Strafen gerichtet zu werden«, erklärte Shen Li in gutem Englisch.

Sein Gast erschauderte, ließ sich jedoch nichts anmerken. Die Fünf Strafen. Er wusste, die schrecklichste Art war das Häuten bei lebendigem Leib. Da erschien das Strangulieren in der Tat als ein gnädiges Sterben. Beide Männer beobachteten eine Zeit lang stumm den Todeskampf des Mannes.

»Aber Ihr fragt gar nicht, was er getan hat, werter Herr Suchowljanski.«

»Man lernt in eurem Land schnell, nicht zu viele Fragen zu stellen. Wer fragt, ist unwissend. Wer unwissend ist, gilt als schwach und entbehrlich. Sagtet Ihr das nicht, Herr Shen?«

»Wären doch alle *Gwáilóu* derart verständnisvoll und weise wie Ihr.« Shen verbeugte sich und lächelte. »Ich werde es Euch dennoch verraten, damit Ihr seht, dass manche Fehler nicht geduldet oder verziehen werden können.« Der Chinese entblößte seinen Unterarm und zeigte dieselbe Tätowierung wie der Mann, der gerade erdrosselt wurde. Er nahm dessen Arm, und beide Zeichen berührten sich einen kurzen Moment.

»Seine Kraft geht auf mich über. Sein Verderbnis stirbt mit ihm«, sagte er und löste den kurzen Kontakt. »Ihr kennt das Zeichen, Herr Suchowljanski. Und Ihr wisst, dass wir die kleinste Gesellschaft in Shanghai sind.«

Suchowljanski nickte. Er war hier, um Geschäfte zu machen. Und die Geschäfte, die ihm vorschwebten, liefen in Asien sämtlich über Familien, Geheimbünde und Gesellschaften. Schnell hatte er begriffen, dass die *Sānhéhuì*, die Triaden, ihre Mitglieder mit Haut und Haar besaßen. Es gab bei ihnen kein Zurück mehr. Betrug, Untreue oder der Wunsch, sich loszusagen, bedeuteten den Tod. Shanghai wurde von der Roten Bande und der Grünen Bande beherrscht. Erstere arbeitete mit den Briten zusammen, letztere mit den Franzosen. Opium, Waffen, Seide, Rohstoffe, Staatsgeheimnisse. Man handelte mit allem, was Geld und Vorteile brachte. Für Neuankömmlinge wie Suchowljanski war da kein Platz. Er lief sogar Gefahr, als vermeintlicher Spitzel der anderen Seite in den Trögen der Schweinefarmen zu landen. Also hatte er sich gleich zu Beginn entschieden, einen Kontakt zur kleinsten Triade, der *Liga des Himmels und der Erde* aufzubauen. Sie bekam zwar bei den Absprachen der Familien nur die Brosamen, die vom großen Tisch abfielen. Aber nach Shens Andeutungen erwirtschaftete die Liga jährlich Gewinne in Höhe von immerhin dreihundert Tonnen Silber. Und sie suchte nun Möglichkeiten zu expandieren. Die beiden großen Triaden hatten ihrem Juniorpartner die Verlierer des Großen Kriegs in Europa als Operationsgebiete und Absatzmärkte zugesprochen: Russland, Deutschland, Österreich und die Balkanregion schienen ihnen für die eigenen Pläne zu uninteressant. Und genau hier hoffte Suchowljanski, sein Wissen gewinnbringend beisteuern zu können. Er stammte aus einer jüdischen Familie, die in dem seit Ewigkeiten umstrittenen polnisch-lettisch-russischen Grenzgebiet gelebt hatte. Er hatte dort immer noch Kontakte. Und seit seiner Auswanderung waren noch viele Verbindungen zu Italienern und Serben hinzugekommen.

Die beiden Männer beobachteten, wie doch noch ein letztes Aufbäumen durch den Körper des Verurteilten ging. Obwohl sich seine Augen verdrehten und der Kopf zur Seite sank, krampften die Arme, und die Beine zuckten nach vorn und hinten, so dass der Mann seine Schuhe verlor. Dann nässte er schließlich ein, und auch dieser finale Kampf endete. Der Henker zog weiter an dem Band und blickte nun zu Shen. Nach einigen Sekunden nickte dieser, und der tödliche Griff löste sich.

»Dieser Mann hat die Familien schändlich hintergangen. Und dadurch unsere Vereinbarungen mit Chang Hsiao Lin aufs Spiel gesetzt. Er hat Matrosen von englischen und holländischen Schiffen dafür bezahlt, für ihn kleinere Mengen Opium abzuzweigen. Nicht so viel, dass es uns wirklich hätte schaden können. Aber es geht um das Prinzip. Nun, da wir seine Komplizen kennen, werden wir sie einen nach dem anderen richten. Und sie werden nicht die Ehre haben, durch das Rote Band zu sterben.«

○ ○ ○

Nur wenig später saßen Shen Li und sein Gast beim Tee. Der Balte war aus seiner Jugendzeit ganz andere – beinahe milde anmutende – Arten der Verhandlung gewohnt. Fäuste, Messer und Knüppel. Auf diese Weise wurde oft entschieden, wer am Abend einen vollen Bauch hatte und wer leer ausging. Letztlich siegte mal die eine Seite, mal die andere. Prellungen und gebrochene Nasen. Gegen die Methoden der Triade waren diese Konsequenzen nur Kinderkram. Aber Suchowljanski war bereit, Neues zu lernen. Im Umgang mit seinen Gegnern würde er in Zukunft ebenfalls jede falsche Zurückhaltung ablegen. Nur wer überlebte, konnte Recht behalten. Und hatte er doch Unrecht, dann war es egal. Andererseits schienen Reserviertheit und Gemeinschaft bei den Chinesen von einem hohem, moralischen Wert zu sein. Und er war fest entschlossen, nach seiner Rückkehr in die Heimat ebenfalls eine Art Familie aufzubauen. Eine Gesellschaft, in der wenige Männer die Strippen zogen, nach denen die anderen zu tanzen hatten. Er hatte gehört, dass auch in Italien die Banden derart organisiert waren. Und in Zukunft würde er die Drecksarbeit auch nicht mehr selbst erledigen.

»Die Zeit ist noch nicht reif«, meinte Shen Li. »Gerade erst bauen wir unsere Kontakte in Berlin und Wien auf.«

»Vielleicht könnte ich Euch beim Schutz der Transporte nützlich sein. Es sind gefährliche Zeiten, und Europa ist weit weg.«

»Verzeiht meine Direktheit, aber Ihr scheint mir recht jung, Herr Suchowljanski. Welche Erfahrung habt Ihr bei so etwas? Wie viele Männer könntet Ihr aufbieten?«

Suchowljanski spannte sich an. Er mochte es nicht, in die Schranken gewiesen zu werden. Die Welt seiner Kindheit war eng gewesen, und er hatte sich geschworen, dass es in Zukunft keine Grenzen mehr für ihn gab. Dass seine bisherige Expertise aus einer kleinen Autovermietung bestand, die er zum Whiskyschmuggel nutzte, musste in diesem Gespräch nicht interessieren. Whisky oder Opium. Automobile, Sklaven oder Schiffe. Was sollte ihn aufhalten?

»Ob ein Dutzend oder einhundert Männer«, erwiderte er. »Anwalt oder Schläger. Ich kann Euch alles und jeden zur Verfügung stellen, Herr Shen.«

»Wir werden sehen. Später vielleicht. *Der Weise wartet auf seine Zeit*, heißt es bei uns. Vielleicht solltet auch Ihr noch warten. Im Moment sehe ich nämlich den Nutzen einer Vereinbarung zwischen uns nicht. Die Töpfe, in denen wir rühren, sind noch zu klein. Wir verfügen bereits über Kontakte. Und zu viele Köche verderben das Gericht.«

»Aber Ihr seht doch, dass die Roten und Grünen sich die großen Brocken schnappen!« Suchowljanski sprach jetzt mit erregter Stimme. »Dabei sind sie selbst nur Befehlsempfänger der Briten und Franzosen. Sie sind Krämer, Verteiler von fremdem Opium im eigenen Land. Ich hingegen biete Eurer Gesellschaft eine echte Partnerschaft an! Ihr beschafft die Ware, und ich verkaufe sie überall auf der Welt. Und Ihr kommt den anderen Familien mit ihren Geschäften in China, Macau und Hongkong gar nicht in die Quere. Euch bietet sich die Chance, zu wachsen und der Roten und Grünen Bande ebenbürtig zu werden.«

»Und eben die Ware ist das Problem, werter Freund. Noch immer kontrollieren die Engländer den Anbau. Selbst die Mohnfelder in unserem Land werden von korrupten Beamten verwaltet, die das Opium nur an Chang Hsiao Lin verkaufen.«

»Was ist mit Qingdao? Die Deutschen haben doch dort eine Fabrik gebaut, in der das Opium veredelt wurde.«

»Die Deutschen haben ja noch nicht mal in ihrem eigenen Land das Sagen. Geschweige denn in ihrem ehemaligen Schutzgebiet. Es ist mühsam geworden. Wir schaffen das Opium nach Europa, damit es dort verarbeitet wird. Dann kommt die Ware zu uns zurück. Sehr kompliziert. Viele Taschen, die gefüllt werden müssen.«

»Dann ändert es, verdammt! Hier der Rohstoff, hier die Verarbeitung, dann der Export in die ganze Welt. Was ist so schwer daran, zu begreifen, dass dies der einfachste Weg ist?«

»Ich sehe, Ihr müsst noch einiges über unser Land lernen. *Der Tiger jagt im Licht des Morgens* heißt es im Buch des Gelben Kaisers. Und noch ist es Nacht. Unser Tiger erwacht gerade erst. Und er wird jagen. Wir warten nur auf die erste Dämmerung. Bis dahin müssen wir uns in Geduld üben. Und Ihr ebenfalls.«

Wir werden sehen, dachte Suchowljanski und vermochte nur mühsam seine Enttäuschung und Wut zu verbergen.

I

BERLIN 1923

1

Mitte, Ende November 1923

Der Spätherbst war bereits seit Tagen schneidend kalt. Und Ostwind trieb kleine Eisnadeln durch die großen Straßen der Stadt. Sie tanzten erst um die neuen Laternen vor *Wertheim* und suchten sich dann ihre Opfer. Sie stachen Rudolf Berleberg ins Gesicht, und nach kurzer Zeit im Freien schien es, als fräßen sie sich unter seine Haut. Er brauchte einen Schutz vor Kälte und Graupel. Die Notunterkünfte der städtischen Verwaltung waren wieder überlastet, und eine halbe Mark war plötzlich viel Geld. Geld, das er nicht hatte. Der Stumpf schmerzte. Bei Minusgraden wurde die Narbe dunkelblau, begann fürchterlich zu pochen, wurde taub und erwachte dann in einem Inferno zu neuem Leben. Gott sei Dank, es war nur der linke Arm. Aber die Kriegsverwundung machte Berleberg dennoch wehrlos. Oft schon hatten ihn zwei oder drei jüngere Treber beraubt und zusammengeschlagen. Sobald er seinen schäbigen Koffer abstellte, um an einer Kasse zu zahlen oder Ware auf dem Markt zu prüfen, konnte er ihm gestohlen werden. Siebzig Mark Rente war dem Vaterland sein linker Arm wert gewesen, der jetzt irgendwo bei Verdun im Dreck verrottete. Durch die beschissene Inflation waren auch noch die Spargroschen, die er für Notzeiten zurückgelegt hatte, wertlos geworden. Und mit Einführung der neuen Mark musste das Versehrtengeld vom Amt erst neu berechnet werden. Bis dahin hieß es einfach: Armenspeisung und Platte, denn seine Vermieterin hatte ihn kurzerhand hinausgeworfen. Vielleicht hoffte man da oben bei der Stadtkasse, dass bis zur ersten Auszahlung wieder ein paar Krüppel verhungert waren.

Berleberg erkannte Hugo Mettmann, der sich am Leipziger Platz auf einer Bank ausgestreckt hatte. Beiderseits der Straße gab es zwei kleine Parks, die in der Nacht für Alte und Versehrte bedeutend sicherer waren als der Zoologische Garten, in dem sie erst vor vier Tagen einen Obdachlosen abgestochen hatten. Hier war wenigstens etwas Licht, und selbst nach Mitternacht traf man noch vereinzelt auf Passanten, und Autos fuhren vorbei. Der klassizistische Bau der Volkswohlfahrt lag etwas entfernt und schien die beiden obdachlosen Männer mit seiner prachtvollen Fassade beinahe zu verhöhnen. Von den wärmeren, meist überdachten Zugängen vor großen, öffentlichen Gebäuden waren sie mehrfach durch eigens dafür angestellte Ordnungskräfte verwiesen worden. Armut störte das Stadtbild, obwohl sie es in mehr als der Hälfte aller Berliner Bezirke ganz grundsätzlich prägte. Die Obdachlosen und Treber waren in der gesellschaftlichen Hackordnung ganz unten angekommen und mahnten selbst die abgerissenen Hilfsarbeiter und schwindsüchtigen Gestalten aus dem Wedding oder dem Scheunenviertel, dass es immer noch tiefer ging. Und niemand wurde gern daran erinnert.

»Hugo, hier kannste nich bleeben! Wird ordentlich kalt, da biste steifjefrorn bis inne Frühe.« Berleberg griff seinem Kumpel an die Schulter. Mettmann war sofort hellwach und griff blitzartig nach seinen Jutebeuteln. Reflexe, die Armut und Not schulten. Der alte Mann litt an Schüttellähmung. Sein Gesicht wirkte teigig und irgendwie glattgebügelt. Speichel lief ihm aus den Mundwinkeln. Als er sich stöhnend aufrichtete, begannen Kopf und Unterarme zu zittern.

»Gehn wir inne Kanal«, schlug Berleberg vor. »Mieft, aber is warm.«

Die Stadt hatte fast alle Wärmehallen in Mitte geschlossen. Aus den Bahnhöfen und U-Bahn-Zugängen wurden Obdachlose, Hausierer und Bettler vertrieben. Das Vorgehen gehörte zu einem neuen Konzept der Verwaltung. Die Stadt sollte schöner und lebenswerter werden. *Berlin, ick liebe dir!*, stand auf Plakaten an den Litfaßsäulen. Eine Werbekampagne, die zwanzigtausend Mark gekostet hatte. Irgendein Witzbold hatte das Schild an der Ecke Leipziger Straße beschmiert. Dort stand jetzt *Berlin, ick verrecke in dir!* Berleberg kannte einen Einstieg in die Kanalisation, der – vor neugierigen Blicken geschützt – in der Nähe des Reichswirtschaftsamts lag. Darunter befand sich neben den Abwasserrohren auch ein Auffangbecken für Regenwasser. Und dort war es einige Grad wärmer als hier draußen, da gleich daneben der Fäkalienstrom aus der Innenstadt vorbeigeführt wurde.

»Ob arm, ob reich, Scheiße stinkt immer gleich.« Mettmann brachte diesen Spruch jedes Mal wieder, wenn sie nach unten stiegen. Er zitterte stark, und ohne Hilfe wäre er die Stahlstufen hinabgestürzt. Tatsächlich war die Luft zum Schneiden, der Gestank legte sich förmlich auf die Zunge. Am Fuß der Leiter angekommen, entzündete Berleberg ein billiges Talglicht. Nicht ganz ungefährlich, das wusste er. Hier unten gab es Gasblasen, die zu Verpuffungen führen konnten. Aber im Dunkeln wollte er weder in den Pilzkleister an den Wänden greifen noch mit den Schuhen knöcheltief in Kot versinken. Nach knapp fünfzig Metern zweigte vom Hauptabflussrohr der Zugang zu einer Art Zisterne ab. Berleberg und Mettmann suchten darin nach einer trockenen Ecke.

»Kiek dir det an«, rief der Ältere plötzlich. »Vor een paar Jahren hätten wir mit de janze Penunze ausjesorcht!«

Berleberg hob die kleine Lampe und erblickte einen Berg von Geldscheinen. Die Reichsbanknoten mussten aus der Endphase der Inflation stammen, denn da hatte man es aufgegeben, die Nullen auf das Papier zu drucken. Stattdessen lagen hier zweihundert, fünfhundert oder tausend Milliarden und sogar mehrere Billionen Mark herum.

»Wertloser Dreck«, motzte er. »Eene Schrippe mit Bouillon und 'ne Molle wär mia jetze lieba.«

»Wie kommt det inne Kanal?«, fragte Mettmann und begann bereits, sich sein Lager mit Papiergeld auszupolstern.

»Als ick dat letzte Mal mit Hindenburg jejessen hab«, gab Berleberg in amüsiertem Tonfall zurück. »Da sacht er, dat se det olle Jeld uff Rollen ziehn wolln. Fürs Scheißhaus. Nu isses eben hier.«

»Mach mal een Feuerken, Rudi.« Nach Berlebergs Bemerkung untersuchte Mettmann jeden Schein auf Ausscheidungsreste. Man konnte nie wissen.

Das Zeug brannte nicht besonders gut, rußte stark und roch ranzigsäuerlich. Dennoch schien es, als wären ihre Nasen froh, sich vom Fäulnisgestank etwas erholen zu können. Und der Inflationsscheiterhaufen spendete tatsächlich ein wenig Wärme. Gerade hatte Berleberg es sich bequem gemacht, als sein Begleiter aufschrie.

Ratten!, ging es ihm sofort durch den Kopf. Der Schrecken der Kranken und Geschwächten. Und Besoffenen. In der Stadt liefen einige Gestalten herum, denen die Viecher im Schlaf Stücke aus dem Gesicht gebissen hatten. Er sprang auf und lief zu Mettmann hinüber. Der Mann zeigte auf eine Stelle im Geldhaufen. Dabei zitterte er so heftig, dass man bei der groben Richtungsangabe glatt Nord und Süd hätte verwechseln können.

»Wat is? Hat dich eene jebissen?«

»Nee. Da liegt eener, Rudi!«

Berleberg fegte mit dem Fuß Geldscheine zur Seite. Dann nahm er Mettmanns Gehstock und stocherte in dem Haufen herum. Und tatsächlich stieß er an einer Stelle auf etwas Hartes. Nach kurzer Zeit hatte er den Leichnam eines jungen Mannes freigelegt, der bis auf die Unterwäsche entkleidet war. Seine Haut war blass-bläulich und an einigen Stellen bereits braun. Der Bauch wölbte sich unnatürlich, und als Berleberg mit dem Stock dagegen stieß, gab der Tote einen sonoren Furz von sich.

»Lebt der doch noch?«, fragte Mettmann ungläubig und hielt sich den Ärmel vor die Nase. Der Verwesungsgeruch war derart infernalisch, dass er sogar Kot und Urin vergessen machte.

»Quatsch nich«, antwortete Berleberg. »Als meene Großmutter starb, brach sich der Dorfbestatter een Been. Hat jedauert, bis sie inne Kiste jewesen is. Und die Olle hat vier Tage lang in ihrem Zimmer Blaskonzerte jejeben.«

»Is bei dem wat zu holn?« Mettmann begann vorsichtig, den Boden neben dem Toten abzusuchen, indem er mit der Schuhspitze Geldscheine und Dreck wegschob.

»Saubrer Pinkel, denk ick mir. Kiek uff die Schietbüchs. Und de Herr trägt een Hemde von Feenripp. Wolle, meen Lieber. Keene raue Jute.«

Beide Männer gruben sich durch die Banknoten und schoben den Leichnam sogar zur Seite.

»Nüscht«, stellte Mettmann enttäuscht fest. Er hatte dem Toten die Socken ausgezogen und hielt sie in die Höhe. »Bringt zwee Jroschn. Eene fette Börse wär mir lieba jewesn. Müssn wir dat nu meldn?«

»Morjen is der ooch noch tot«, erwiderte Berleberg. »Und ick bin müde. Wenn wir jetzt Radau machen, dann is vorbee mit de Nacht.«

»Hast recht, Rudi. Ick muss nur da rüber.« Er zeigte zur gegenüberliegenden Wand. »Der Kerl stinkt zu dolle. Und die Viecher ham ihn ooch schon anjenagt.«

»Is doch jut. Und wir ham unsere Ruhe.«

»Jute Nacht.«

2

Charlottenburg

»Stahl ist Stahl«, meinte Max und zuckte mit den Schultern. »Wenn wir ihn billig kriegen, können wir ihn teuer verkoofen. Berlin baut imma, wa?«

»Nein!« Franz sprang auf und warf seinem Bruder eine halbleere *R6*-Packung ans Revers. »Eene Zweier raucht sich ooch nich wie 'ne Zehner, du Flitzpiepe.«

Josef Sternwein, ihr Partner im *Syndicat*, nickte verdrossen und warf den *Vorwärts* auf den Tisch. Eben hatte er den Artikel gelesen, der vom zunehmenden Pfusch am Bau handelte.

»Seit die neuen Stadtteile dazugekommen sind, brummt das Geschäft«, meinte er. »Zehn Tote auf einer Baustelle in Spandau.« Er deutete mit seiner Hand auf den Artikel. »Die Zwischendecke hat den Beton nicht gehalten. Die Kerle haben minderwertiges Material verbaut.«

»Stahl ist eben nicht gleich Stahl«, sagte Franz und nickte verdrossen. »Güteklassen! Schon mal jehört?«

»Die armen Schweine«, murmelte Georg, der den Artikel überflogen hatte. »Haben den Krieg überlebt und sterben jetzt uffm Bau. Haben wir diese Baustelle beliefert?« Er deutete auf die Zeitung.

Sternwein schüttelte den Kopf. »Gott sei Dank nicht. Aber wir müssen grundsätzlich eine Entscheidung treffen. Unsere Abnehmer wollen es immer billiger. Wenn sie das Material bei uns nicht zum geforderten Preis bekommen, gehen sie zur Konkurrenz. Sogar die Götze-Brüder mischen schon mit und verscherbeln Schwefelstahl als Baustahl.«

»Ich habe keine Probleme damit, falsche Banderolen auf die Glimmstängel zu kleben«, ereiferte sich Franz. »Oder Kognak mit etwas

Branntwein zu strecken. Wir können Würfel und Karten zinken lassen, Buchmacher und Jockeys schmieren. Auch eene Null kann man in den Büchern bei der Steuer mal vergessen.« Er war jetzt richtig in Fahrt. »Aber uffm Bau jeht eener armen Socke dat Licht aus, wenn wir Dreck liefern!«

Alle im Raum wussten, dass mit ihm nicht gut Kirschen essen war, wenn er ins Berlinerische abglitt. Dann war bei jedem weiteren Wort Vorsicht geboten. Seine Tante Toni erhob sich und schenkte ihm Kaffee nach. Die Familie und einige Teilhaber saßen im Wintergarten ihres Hauses, den sie mittlerweile sogar beheizen konnte. Draußen graupelte es, drinnen blühte ein Zitronenbaum, den ihr ein italienischer Weinhändler aus dem Süden mitgebracht hatte.

»Alle stehen in den Startlöchern«, sagte Sternwein. »Wenn die neue Währung stabil ist, dann geht in der Stadt die Post ab. Die Verwaltung hat angeordnet, Grundstücke für über zehntausend Wohnungen bereitzustellen. Kiesel, Sand, Zement. Es fehlt an allem.«

»Den Scheiß sollen andere fahren«, erwiderte Max. »Wir liefern die Lastkraftwagen. Weniger Dreck, hoher Gewinn. Ick hab gerade in Aachen einen Fuhrpark uffjetan. Jute Armeeware mit zwanzig LKW von *Stoewer, Dürrkopp* und *Büssing*. Dazu Trommelmischer aus den Schützengräben. Wir müssen nur vier Reichsbahnwagen mieten und ab nach Berlin!«

»Hast ja recht«, meinte Franz, den Kaffee und Zigarette etwas besänftigt hatten. »Aber die Ladung mit minderwertigem Stahl, den sie nachträglich gestempelt haben, nehmen wir nicht. Nicht mit mir! Basta.«

»Hättest du bloß nicht die Lehre bei *Siemens* gemacht«, stöhnte sein ältester Bruder. »Immer diese Oberlehrer-Vorträge.« Er hob den Zeigefinger und tat, als dozierte er mit schnarrender Stimme vor einer Schulklasse. »Die Güte bestimmt den Einsatzzweck. Legierung und Kohlenstoffgehalt haben dabei den entscheidenden Einfluss. Eine Beruhigung des Stahls kann durch … Bla, bla.«

»Wir brauchen neue Einnahmequellen«, sagte Sternwein, ohne in das allgemeine Gelächter einzustimmen. Er führte die inoffiziellen Bücher des *Syndicats*. Darin befanden sich nur Kürzel und Zahlencodes. Aber er schien sie lesen zu können, als wären sie Groschenhefte. »Das Glücksspiel wirft gute Margen ab, die jedoch kleiner werden. Die Schmiergelder und Aufwendungen für die Sicherheit schmälern den Ertrag. Die Wetteinnahmen auf den Rennbahnen bleiben ein solides Standbein, allerdings sind sie nicht mit Klantes goldenen Zeiten vergleichbar.« Er schwieg betreten. Alle wussten, dass er gerade in ein Fettnäpfchen von der Größe des Gartenteichs getreten war. In Tonis Haus galt jede Erwähnung ihres früheren Liebhabers Max Klante, der wegen Betrugs im Zuchthaus saß, als Fauxpas.

»Deine Predigten kennen wir, Josef«, meinte Toni prompt in gereiztem Tonfall. »Wir sind doch breit aufgestellt. Die Inflation hat unser Huhn zwar ordentlich gerupft, aber nicht umgebracht.«

»Natürlich.« Sternwein räusperte sich verlegen und blätterte in seiner Kladde. Dann fuhr er mit seinem Bericht fort: »Mit Alkohol lässt sich noch verdienen, aber nur mit dem guten Zeug aus Frankreich, mit schottischem Whisky und den besten Likören. Zigaretten gehen nur noch als Schmuggelware am Zoll vorbei. Hohes Risiko, geringer Gewinn. Besser sind loser Tabak und vor allem kubanische Zigarren. Durch die Inflation haben wir ein paar Beteiligungen an Zinshäusern als Sicherheit. Dazu noch Pfandleihen, Uhren, Autos, Schmuck. Aber das Feld bricht weg, sobald die neue Währung sich als stabil erweist. Die Lokale selbst laufen gut, die Konkurrenz holt allerdings bei den Mädchen sehr viel mehr heraus.«

»Da lassen *wir* nicht mit uns reden. Basta.« Toni sah die anderen Frauen am großen, runden Tisch an. Alle nickten entschieden. Wilde Bordelle gab es beim *Syndicat* nicht mehr, seit Toni nach ihrer Operation und den Querelen um ihre Tochter wieder das Heft in die Hand genommen hatte. Es durften in den Lokalen keine Minderjährigen beschäftigt werden. Und jede Frau, die horizontal tätig war, genoss eine

Art Mindestschutz und konnte einen Großteil der Einnahmen für sich behalten.

»Das *Syndicat* steht allein bei mir mit über zwanzigtausend Dollar in der Kreide«, schloss Sternwein seinen Bericht. »Was bedeutet, dass ich Schuldner und Gläubiger in einer Person bin. Unüblich. Aber es sind eben seltsame Zeiten. Leider kommen aber noch weitere fünfzigtausend bei anderen Geldgebern als Verpflichtungen hinzu. Und aufgeschobene Reparaturen in den Klubs, an den Häusern. Ich könnte noch ein paar Dinge aufzählen, die uns richtig Geld kosten in nächster Zeit.«

»Unheilsprophet und Schwarzmaler«, murmelte Toni.

»Realist«, entgegnete der jüdische Geschäftsmann und klappte sein Büchlein zu.

»Wir brauchen neue Einnahmequellen«, wiederholte Franz, wohl eher unbewusst, die Schlussfolgerung des älteren Teilhabers.

»Koks läuft gut«, schlug Max vor.

»Ein unübersichtliches Geschäft«, erwiderte Katja. Die junge Russin, die ihr Land in den Wirren der Oktoberrevolution verlassen hatte, kannte sich in der Berliner Gesellschaft bestens aus. »Ian hatte ein paar Kontakte, aber selbst ihm fiel es schwer, Ware von gleichbleibender Qualität zu bekommen. Und Kunden werden schnell sauer, wenn sie nicht wissen, ob sie Spreewasser oder Champagner für ihr Geld kriegen.« Sie unterbrach sich und sah Franz unvermittelt an. »Tut mir leid, ich wollte ihn nicht erwähnen.«

Franz starrte in seine leere Kaffeetasse. Die Erinnerung an den toten Freund schmerzte immer noch. »Schon gut. Du hast recht. Ian hat sich mit dem Kokain übel verzettelt. Zu viele Leute, die daran beteiligt waren. Dadurch immer höheres Risiko. Und manchmal hat er völlig wertloses Zeug bekommen. Einmal war es sogar nur Milchzucker.«

»Letztlich hat ihn aber die Waffensache den Kopf gekostet«, erklärte Max und handelte sich böse Blicke der anderen Familienmitglieder ein. »Was denn? Ist doch wahr! Der Waffenverkauf ist hochgefährlich geworden. Davon möchte *ich* die Finger lassen.«

»Das Tschandu verkauft sich gut«, mischte sich Georg jetzt ein. Er lebte mit seiner Frau bei einer Zigeunerfamilie, die seit ein paar Jahren ihr Lager in der Einöde nördlich des Hohenzollern-Kanals aufgeschlagen hatte. Die Harussels gaben einen Teil ihres Rauchopiums mit gutem Gewinn ab. »Allerdings können wir uns nicht gegenseitig Konkurrenz machen.«

Franz war mit seinen Gedanken jedoch bereits woanders. Er erinnerte sich an das Treffen mit Meister Zhi vor über einem Jahr im Hamburger Chinesenviertel. Der Mann hatte ihm damals einen Handel angeboten. Seine Verlobte Susanne Bentmann hatte von einem chinesischen Arzt Medikamente für ihre Krankheit bekommen, und das *Syndicat* hatte als Gegenleistung die Möglichkeiten ausgelotet, Opium in der Hauptstadt zu verkaufen. In den vergangenen Monaten waren es allerdings nur sehr kleine Liefermengen gewesen. Franz nahm an, dass die ständige Geldentwertung den deutschen Markt für die Chinesen uninteressant gemacht hatte. Man konnte sich schließlich nicht für alles in Naturalien bezahlen lassen. Ein Abnehmer des Opiums hatte Franz vor zwei Monaten allen Ernstes sogar eine Standuhr für ein Päckchen angeboten.

»Ein Opiumpfeifchen geht immer. Einige Leute wollen Spaß«, meinte Georg. »Andere wollen vergessen. Leben, Liebe, Leid. Alles dicht beieinander, und das Tschandu verheißt Ruhe. Es macht den Blick frei für das wirklich Wichtige.«

Franz hatte beides probiert. Kokain verengte die Welt. Alles schien möglich, alles greifbar nahe. Wer das Zeug nahm, brauchte niemanden, denn er war sich selbst Gott genug. Fernes war nah, Nahes fern. Der Tag hatte hundert Stunden, und Schlaf war für die Schwachen. Tschandu, der Opiumrauch, hingegen machte alles weiter und durchsichtiger. Man sah Gott, aber ließ ihn einfach für sich schuften. Sollten sich doch andere um die Probleme der Welt kümmern. Schweres wurde leicht. Und in Leichtem löste sich der Mensch schließlich auf. Franz hatte weder der eine noch der andere Zustand gefallen. Er blieb bei seinen Lastern, feinsten Zigaretten und gutem Kognak.

»Ist eine Idee, Franz«, meldete sich wieder Josef Sternwein zu Wort. »Wie heißt der Chinese, der als Kontakt für Zhi in der Stadt ist?«

»Shen Li.« Franz wurde ungern an den Mann erinnert. Zhi Chao war ihm sogar in gewisser Weise sympathisch gewesen. Aber Shen war undurchschaubar.

»Die Zeit ist reif für Neues. Wenn die neue Mark ihren Wert behält, dann geht es im Land rund, glaub mir. Und wir wollen doch dabei sein, oder?«

Franz und Susanne hatten den Chinesen viel zu verdanken. Und dennoch war ihm jedes Mal unwohl gewesen, dass er ihnen dafür einen Gefallen schuldete. Seit sein Freund Ian durch die Abhängigkeit vom Kokain erst den Überblick über seine Waffengeschäfte und schließlich sein Leben verloren hatte, sah Franz das Rauschgiftgeschäft mit einigem Widerwillen. Dabei war ihm klar, dass die Goldgräberzeit hinsichtlich des Schmuggels und illegalen Glücksspiels in der Stadt langsam ihrem Ende entgegen ging. Selbst die Ringvereine bemühten sich, ihre illegalen Geschäfte zu etablieren. Sie kauften sich in Bauunternehmen ein, man ging in die Politik oder gründete Kartelle, um problemlos die Preise diktieren zu können. Das Glücksspiel wurde plötzlich legal, sofern dem Staat brav die Steuern gezahlt wurden. Sternwein hatte der Familie die Bilanzen vorgelegt. Alkohol und Zigaretten warfen kaum noch etwas ab. Der Schmuggel von Reichsgütern und vor allem Waffen stand unter schwersten Strafen.

»Bordelle oder Opium.« Sternwein hatte eine enervierende Art, die Dinge auf den Punkt zu bringen. »Wir könnten uns in Zukunft auch nur auf die Klubs beschränken. Ganz solide, aber dann hat das *Syndicat* in zehn Jahren immer noch Schulden. Und ihr solltet dann besser in kleinere Häuser umziehen und etwas sparsamer leben.«

Die letzte Bemerkung verfehlte ihre Wirkung nicht. Katja murrte. Franz dachte an Susannes Reaktion, wenn die Schecks für *Gersons* neueste Kleider aus Paris plötzlich nicht mehr gedeckt wären. Und selbst Toni wirkte angespannt und blickte sich wehmütig in ihrem Wintergarten um. Eine Wiederbelebung der Prostitution nach alten Regeln würde es allerdings mit ihr nicht geben.

»Ja, schon gut, Toni! Sieh mich nicht so vorwurfsvoll an.« Franz schielte sehnsüchtig zu der Kognakflasche, die auf der Anrichte stand. Aber für einen beruhigenden Schluck war es definitiv noch zu früh. »Die Regeln für die Mädchen in den Klubs bleiben bestehen.«

»Keine Bordelle«, stellte Josef Sternwein trocken fest und hob die Schultern. »Bleibt also nur das Opium.«

3

Potsdamer Straße, Hauptkanal 3/SO

»Herr Gott, Druwe!«, rief der ältere Kommissar. »Hier geht es zu wie bei den Hottentotten. Jagen Sie jeden raus, der am Tatort nichts zu suchen hat!« Paul Konter hielt sich die Hand vor die Nase. Der Pestilenzhauch hier unten in der Kanalisation war infernalisch, unerträglich, und der Rest von Rasierwasser, der noch von der Morgentoilette an ihm haftete, machte es nicht viel besser. Normalerweise hätte er diese Drecksarbeit vollständig einem Untergebenen zugewiesen und sich einen Bericht geben lassen. Aber erstens handelte es sich bei dem Fall wahrscheinlich um ein Tötungsdelikt. Es wäre peinlich, wenn er bei einer späteren Befragung durch Gennat eingestehen musste, dass er nicht vor Ort gewesen war. Zweitens war Konters neuer Mitarbeiter ein wenig übereifrig und musste gebremst werden. Intelligent zwar, jedoch schien er sich mit seiner Penibilität oft selbst im Weg zu stehen. Und gerade die eifrigen Anfänger übersahen in ihrem Bestreben, nichts zu übersehen, besonders viel.

Der junge Kriminalassistent Jens Druwe, der gerade aus Hamburg nach Berlin versetzt worden war, stand fluchend am Rand des unterirdischen Rückhaltebeckens und rieb den Rand seines Mantels mit einem Taschentuch ab. Tatsächlich ähnelte das Hin und Her eher einem Taubenschlag als einem Tatort. Jeder beteiligte Schupo war neugierig und angewidert in die Katakomben hinabgestiegen, um den außergewöhnlichen Fundort der Leiche in Augenschein zu nehmen. So etwas sah man auch in Berlin nicht alle Tage. Schaurig war im Kintopp gerade in Mode. Da schien es passend, wenn man eine wahre Geschichte beim nächsten Kneipenbesuch zu erzählen hatte. Verschiedene Theorien machten die Runde, von Selbstmord bis zu Graf Orlok. Und alle Anwesenden überboten sich in Kraftausdrücken hinsichtlich der Sinneseindrücke, die die Szene auslöste. Druwe begann, die Anordnung seines Chefs umzusetzen, und verscheuchte die schaulustigen Kollegen aus dem hallenartigen Rückhalte- und Staubecken, in dem die Leiche gefunden worden war. Sogar drei Arbeitslose und einige Reporter waren sich nicht zu fein gewesen, diesen verkoteten Hades aufzusuchen.

»Jetzt ist es zu spät, Mann!« Sein Chef Paul Konter war erbost und wies auf die vielen Fußspuren, Zigarettenkippen, das Bonbonpapier und die fallengelassene Zeitung. »Wenn der Dicke davon erfährt, dann gehen wir vier Wochen auf Streife. Abgestellt zur Bahnpolizei!«

Der Dicke. Der wohlgenährte Leiter der Mordbereitschaft, Ernst Gennat. Druwe nickte unsicher. Er nahm sein Notizbuch aus der Tasche und las die Anordnungen, die neuerdings für eine ordentliche Tatortarbeit galten. Daneben schrieb er mit einem Bleistiftstummel seine eigenen Notizen.

»Ja, nun liegt Tante Luise schon im Brunnen. Lesen sollten sie vorher, Druwe.« Konter betrachtete die Spuren am Boden. Hier mussten Dutzende Leute durchmarschiert sein. Jemand hatte eine Zeitung verloren, und das Bonbonpapier lag sogar neben einer angebissenen Stulle. Zwei Haufen Erbrochenes – offenbar hatte der eifrige Esser alles wieder von sich gegeben – unterlegten den unerträglichen Gestank mit einer sauren Note. Der erfahrene Kripobeamte schloss die Augen und versuchte, sich auf die nicht fassbaren Eindrücke zu konzentrieren.

»Trauen Sie sich, Ihre Gefühle wahrzunehmen«, hatte der Leiter der Mordinspektion zu ihm gesagt. »Dann können Sie sie später sauber von den Fakten trennen.«

An Orten wie diesen brachte Intuition tatsächlich oft einen entscheidenden Hinweis. In Räumen war manchmal noch die Todesangst des Opfers spürbar. Oder die Brutalität und Wut des Täters. Der Duft nach Seife, Rasierwasser oder Parfum konnte die Aufmerksamkeit auf übersehene Kleinigkeiten lenken. Überhaupt predigte Gennat immer wieder, auf die scheinbar unwichtigen Dinge zu achten. Aber hier war beim besten Willen nichts zu holen. Die Kumulation der Produkte großstädtischer Notdurft ließ keinen Raum für jene feinen Wahrnehmungen, nach denen Konter in sich suchte.

»Zeugen?«, fragte er seinen neuen Assistenten.

»Irgendein Bengel hat unserem Pförtner am Alex einen Zettel hingeworfen.« Jens Druwe schüttelte den Kopf. »Der Junge ist sofort stiften gegangen.«

»Was schließen Sie daraus?«

»Ich denke, jemand hat hier übernachtet.« Der jüngere Beamte wies auf eine Ecke. Dort war ein Haufen halb verbrannter Geldscheine zu erkennen. »Ein kleines Feuer. Daneben zwei ausgepolsterte Schlafstellen. Obdachlose. Ich denke, die Kerle wollten unseren Fragen aus dem Weg gehen. Dem Jungen haben sie einen Sechser und den Zettel in die Hand gedrückt. Und auf dem Präsidium ist so viel los, dass ein solcher Botenjunge nicht auffällt. Rein, raus, weg.«

»Weiter.«

»Zufallsfund. Die Männer waren nicht die Täter. Sie haben hier unten Schutz gesucht. Sie entdeckten einen Leichnam, der schon ein paar Tage hier liegt. Vielleicht haben sie ihm die Sachen weggenommen. Oder das Geld. Aber es waren sicherlich nicht die Mörder.«

»Schon mal versucht, einem Toten oder Bewusstlosen die Hose auszuziehen?«, fragte Konter. Als Druwe ihn verblüfft ansah, fuhr er fort: »Gar nicht so einfach. Fast immer schiebt sich dabei die Unterhose mit runter. Außer man berührt den Körper. Oder die Männer haben sie aus Pietät wieder nach oben gezogen. Beides halte ich bei diesem Verwesungszustand für unwahrscheinlich.«

»Könnte immer noch ein normaler Raubmord oben gewesen sein.« Druwe deutete mit dem Bleistift an die Decke. »Danach hat der Mörder die Leiche hier entsorgt.«

»Schauen Sie sich den Leichnam an. Entweder haben ihn vier kräftige Kerle ganz vorsichtig hierher getragen. Denn es finden sich keinerlei Fäkalien an ihm. Der Körper weist auch keine Schürfungen oder ähnliches auf.«

»Oder er wurde hierhergebracht, als er noch lebte«, fuhr Druwe fort. »Er musste sich entkleiden und wurde erst dann getötet.«

»Hinweise auf die Todesursache?«

»Keine Schusswunde, kein Schlag auf Kopf oder Hals«, erwiderte Druwe. »Vielleicht erstickt?« Er zeigte auf das Gesicht des Toten. Aus dem Mund ragten jede Menge Banknoten. Offenbar hatten die Täter das Geld zerknüllt und ihrem Opfer danach in den Mund gestopft. »Könnte auch nach Eintritt des Todes erfolgt sein.«

Die Haut des Toten wirkte durch die Verwesung bereits schwammig aufgedunsen. Auf der rechten Gesichtshälfte hatten sich Druckstellen gebildet, da der Leichnam auf der Seite gelegen hatte. Die linke Hälfte wies Bissspuren auf. Ratten hatten Fleischstücke aus der Wangenpartie und Nase gebissen. In den Wunden waren bereits Fadenwürmer und kleine Maden zu erkennen.

»Das Geld spielt eine Rolle«, murmelte Konter. »Vielleicht als Symbol. Wozu sonst diese Mühe?« Er zeigte auf den Papierhaufen. »Mindestens zwei Handkarren voll. Das Opfer darin eingebettet. Und zwei Handvoll Scheine ins Maul gestopft.«

»Wertlos«, meinte Druwe plötzlich. Sein Vorgesetzter sah ihn fragend an. »Ich meine, hier liegt nur Papiermark aus der Inflationszeit. Vielleicht handelt es sich ja um eine Art Botschaft. Der Tote war ebenso wertlos wie das Geld. Etwas in der Art.« Er blickte Konter an, als erwartete er jeden Moment eine weitere Zurechtweisung. »Nur so ein Gedanke, Herr Kommissar.«

»Gut, Druwe«, sagte der ältere Polizist stattdessen. »Gut! Lassen Sie ein paar Fotografien machen. Fertigen Sie eine Skizze des Tatorts an. Vergessen Sie dieses Mal nicht, die Abstände zu messen! Sie wissen, dass der Dicke Sie sonst wieder faltet.«

»Und der Leichnam? Da könnten wichtige Spuren zu finden sein. Wenn der Bestatter erst einmal dran war, können wir das vergessen.«

»Sie laufen heute zu Höchstform auf, junger Kollege. Sehr gute Idee. Rufen Sie in der Charité an. Verlangen Sie einen Dr. Schmid aus der Chirurgie. Der Kerl ist ganz versessen darauf, für uns Leichen aufzuschneiden. Bisschen gruselig, was er so treibt. Aber er scheint mir ein recht fähiger Arzt zu sein. Unsere Polizeiärzte und Leicheninspektoren taugen nichts. Und Schmid kann Ihnen sagen, in welchen Keller Sie den Toten dann zur Untersuchung bringen lassen.«

»Schmid? Berthold Schmid?« Druwe stand da, als hätte Konter ihm gerade einen Heiratsantrag gemacht.

»Was ist? Kennen Sie ihn?«

»Er ist mein Schwager.« Druwe wusste zwar, dass Schmid in der berühmten Klinik arbeitete. Aber die beiden Männer hatten sich nach dem frühen Tod von Druwes Schwester aus den Augen verloren. Dass sein Schwager nebenbei für die Kriminalpolizei Leichen untersuchte, war ihm völlig neu.

»Na bestens!«, erwiderte Konter. »Die ganze Familie beisammen. Dann ist Berlin ja bald sicher.« Er lachte. »Wenn er Ihr Schwager ist, machen Sie ihm ein bisschen Dampf. Und in Zukunft fahren *Sie* zu ihm und hören sich seine Berichte an. Dem Kerl macht es jedes Mal Spaß, mir den Appetit auf mein Mittagessen zu verderben.«

Der Kriminalassistent nickte fast ein wenig zu beflissen. Konter mochte keine Streber. Druwe schien wissbegierig, eifrig und korrekt zu sein. Vielleicht etwas neunmalklug. Besonders ärgerte seinen Vorgesetzten, dass er dabei auch noch gewieft und begabt war. Sein voriger Assistent war ein freundlicher, fähiger Kollege gewesen. Jens Druwe war hingegen eine Art Spürhund, der alles vergaß, wenn er Witterung aufgenommen hatte. Noch war er ein Welpe, aber bald konnte er zu einem hervorragenden Kripomann werden. Konter, der selbst spät zur Kriminalpolizei gekommen war, gestand sich ein, dass er den jungen Kollegen beneidete. Um die vielen Jahre, die er noch vor sich hatte.

»Geben Sie ihm eine Chance, Paul«, hatte Gennat vor einigen Tagen lächelnd gesagt. »Er ist wie Sie. Nur ist er beinahe dreißig Jahre jünger. Und das, mein Lieber, nagt an Ihnen.«

Paul Konter bewunderte seinen Vorgesetzten für dessen Menschenkenntnis. Er hatte auch in diesem Fall recht. Und dennoch – Konter wollte es dem jungen Mann nicht zu leicht machen.

Während sein Chef den Rückzug antrat, stellte sich Druwe auf weitere Stunden hier unten ein. Seine Nachlässigkeit bei der Tatortsicherung ärgerte ihn. Er war derart fasziniert von der Fundstelle gewesen, dass er zunächst alle Regeln außer Acht gelassen hatte. Nun jedoch war er fest entschlossen, es wiedergutzumachen. Alles sollte stimmen, wenn ihn dieses Mal der dicke Gennat ausquetschte. Er zeichnete, notierte, maß Abstände, gab dem eingetroffenen Fotografen Order.

Seltsame Sache, dachte er und sicherte die Geldscheine, die er aus dem Mund des Opfers gezogen hatte, in einer Papiertüte. Wer starb schon mit einer Billion Mark im Hals? Daran konnte man in der Tat ersticken.

4

Luisenstadt, Anfang Dezember 1923

Entgegen seiner Gepflogenheit empfing Franz den Chinesen bei sich zu Hause. Shen Li war einige Zeit lang Zhi Chaos rechte Hand in Hamburg gewesen. Gemeinsam hatten sie die Routen des Schmuggels aus Asien über Rotterdam, Antwerpen, London und die deutsche Hansestadt ausgearbeitet. Sie hatten Kapitäne und Mannschaften bestochen und die ersten Geschäfte mit dem Opium gemacht, das ihnen auf dem Kontinent förmlich aus der Hand gerissen wurde. Jetzt war Shen der Kopf der Berliner Unternehmung, denn der Rat der *Gesellschaft des Himmels und der Erde*, der kleinsten Triade in Shanghai, wünschte nun, in die deutsche Hauptstadt zu expandieren. Folglich hatte Zhi Chao von Franz den Gefallen eingefordert, den dieser ihm schuldig war.

»Meister Zhi ist sehr zufrieden mit den Geschäften, Herr Sass«, sagte Shen Li. Mittlerweile hatte sich das höfliche Gehabe des Chinesen im Umgang mit den Brüdern etwas eingeschliffen. Franz hatte ihm irgendwann erklärt, dass ständiges Verbeugen seinem Rücken schade und ein dauerhaftes Lächeln Gesichtsfalten verursache, er folglich in Zukunft gedachte, darauf zu verzichten.

»Die Lieferungen verkauften sich beinahe von allein«, meinte Franz. »Wir mussten nicht viel tun.« Ihm war unwohl bei dem Gedanken, den Mann um eine Ausweitung des Opiumschmuggels zu bitten. Bisher waren die Mengen eher eine Nebensache gewesen. Kleine Pakete, die zwischen Schnaps, Kohle und Getreidelieferungen nicht aufgefallen waren. Einige Boten hatten das Rauschgift sogar einfach in Taschen versteckt und waren mit der Reichsbahn gefahren.

»Nicht so bescheiden, Meister Sass! *Der weise Bauer befreit das Feld von Steinen, bevor er es bestellt. Der Pflug geht dann wie von selbst durch die Erde.*«

Shens Weisheiten gingen Franz nicht minder auf die Nerven, aber er lächelte gequält. Der Mann war eine Art Berliner Gesandter und Kontaktmann für die chinesischen Kaufleute aus Hamburg, denen Zhi Chao vorstand. Dort gab es ein winzig kleines China Town, das eigentlich nur aus einer Straße bestand. Franz war Zhi zu besonderem Dank verpflichtet, seit ein von ihm empfohlener Arzt im vorigen Jahr mit Kräutern, Pilzen und Salben Susanne, seine Lebensgefährtin, von einer überaus misslichen Hautkrankheit geheilt hatte. Neben kostbaren Tuchen und Gewürzen waren es vor allem Opium-Produkte, die Zhi in die Hauptstadt liefern wollte. Das Kokain war zwar weiterhin das beliebteste Rauschmittel nächtlicher Ausschweifungen, aber dem betuchten Berliner stand auch zunehmend der Sinn nach jener Form von Entspannung, die der Mohnsaft in so einzigartiger Weise versprach.

»Ich weiß es zu schätzen, dass Ihr mich in Euer Haus eingeladen habt, Herr Sass.« Shen verbeugte sich wieder. »Ein Zeichen des Vertrauens. Andererseits zeigt es mir, dass eine Sorge auf Euch lastet.«

Hinterlistiger, schlauer Fuchs, dachte Franz.

»Es waren schwierige Monate, Herr Shen«, erwiderte er. »Die Geldentwertung hat uns viele Kunden vergrault.« Mit Grausen dachte er an das vergangene Vierteljahr. Die Papiermark verlor zum Schluss stündlich an Wert. Wer in der Nacht Ware verkaufte, bekam am nächsten Tag für das Geld nur noch die Hälfte. Kurzerhand waren wichtige Geschäfte eben in harter Währung abgeschlossen worden. Gleiches galt für Koks und Opium, die mancher gegen das Geschmeide der Angetrauten eintauschte. »Nicht jeder konnte in Dollar oder Franc zahlen.«

»*Jeder Kapitän kommt durch ruhige See. Nur derjenige, der das Schiff wohlbehalten durch die Stürme steuert, ist des Vertrauens hoher Herren würdig.*« Shen Li schien Gefallen daran zu finden, sein Gegenüber durch die aufgesetzten, höflichen Gesten und Weisheiten aus seiner Heimat auf die Geduldsprobe zu stellen.

Aber Franz war gewarnt. Sternwein hatte in früheren Jahren mit den Chinesen in Holland und Hamburg zu tun gehabt und ihm eingeschärft, immer die Fassade aufrechtzuerhalten.

»Wie auch immer«, fuhr Franz fort. »Die neue Mark scheint werthaltig zu sein. Ich denke, dass wir in kurzer Zeit die zehnfache Menge Opium absetzen können. Sofern Sie liefern.«

»Natürlich«, meinte der Chinese. »Sehr schön. Meister Zhi wird erfreut sein, dies zu hören. Aber der Verkauf des Opiums in Europa ist nur ein Nebenverdienst im Vergleich zu den wahren Schätzen, die im Reich der Mitte zu heben sind. Wir besprachen vor einiger Zeit, dass die Familien gedenken, das Geld auch wieder vermehrt in unserem Heimatland zu verdienen. Es kann nicht sein, dass die Engländer dort den Anbau des Opiums verbieten, aber es dann aus ihren eigenen Kolonien einführen und umso teurer an unsere Landsleute verkaufen.«

Shen Li zog ein Papier aus seinem Stoffbeutel und breitete es auf dem Tisch aus. »Die *Gesellschaft des Himmels und der Erde* war nicht untätig während der deutschen Krise. Seht her.« Er zeigte auf die Namen einiger Firmen, von denen Franz nur einige kannte. »Die Firma *Bayer* erwirbt Opium als Arzneirohstoff und veredelt es zu Morphium. Und seit vielen Jahren zu dem noch wesentlich wirksameren Heroin. Alles vollkommen legal, da ja eine Arznei entsteht. Heroin ließ sich zwanzig Jahre wunderbar als Schmerzmittel und Hustensaft, als Aphrodisiakum und Muntermacher verkaufen. Leider haben die Amerikaner es verboten. Aber in Eurem Land ist man erfinderisch, Herr Sass. Einige Forscher erfanden ein neues Mittel. Es werden ein paar Wirkstoffe zum Heroin hinzugegeben, die zwar medizinisch sinnlos sind, aber die Wirkung des Heroins nochmals steigern. Und alles zusammen stecken sie in ein Medikament, das sie Anti-Opiumpille nennen. Und wir werden es in ganz Asien vermarkten!«

»Ja, ich erinnere mich«, meinte Franz. »Sie haben mir bereits vor einigen Monaten von diesen Plänen berichtet.« Er schüttelte den Kopf. »Das Anti-Opium ist also Heroin. Es ist, als wollte man jemandem das Rauchen von Zigaretten abgewöhnen, indem man ihm Zigarren anbietet.«

»Wir könnten damit in China und den Nachbarländern einen Markt bedienen, der vierhundert Millionen Dollar abwirft«, sagte Shen. »Jährlich. Die deutsche Arznei ist dabei sogar in mehrfacher Hinsicht wirksam. Sie wirft für alle Gewinn ab. Sogar Steuern werden hier gezahlt! Sie macht zudem die Ärmsten der Armen glücklich. Eine Zeit lang jedenfalls. Und sie schadet den Engländern. Was den Engländern schadet, erfreut die Deutschen. Und so schließt sich ein wunderbarer Kreis. Nacht und Tag. Unten und oben. Yin und Yang.«

»Wer?« Franz ahnte, dass Shen Li gerade wieder eine seiner durchgeistigten Anwandlungen hatte. Chinesen mochten das offenbar. »Egal, Politik interessiert mich nicht.«

»Aber doch sicherlich das Glück der Menschen.«

Franz widerte es an, wenn der Chinese sich eine brutale Welt mit seinen Wortspielen und Weisheiten schönredete. Diese Leute trieben anderen Menschen den Dolch langsam ins Herz und lächelten dabei noch freundlich. Rauschgift brachte jetzt in Berlin eine Menge Geld ein. Und dennoch war es in seinen Augen nur Dreck. Er konnte damit leben, wenn nur verwöhnte Industriellensöhne das Zeug rauchten, sich durch die Nase oder in die Adern jagten. Aber sogar die Hungerleider kauften von ihren letzten Kröten Rauschgift und verzichteten lieber auf Essen und Unterkunft.

»Es treibt Menschen in den Ruin«, meinte Franz halbherzig. Wieder musste er an den toten Freund denken. Ian hatte sich mit Kokain zugedröhnt und nicht bemerkt, dass seine Mörder ihn in eine Falle gelockt hatten. Das Opium schien ihm sogar noch gefährlicher, denn es entführte die Süchtigen in ihre schönen Traumwelten, wodurch sie oft völlig handlungsunfähig wurden.

»Bitte, Herr Sass. Es sind die Pole des Lebens. Der Mensch wünscht sich ein wenig Freude, ein bisschen Wohlstand, ein paar Stunden ohne Sorge. Und wir, die Geschäftsleute der modernen Welt, bieten dieses kleine Glück an, um Geld zu verdienen. Denken Sie an Alkohol, Zigaretten, Glücksspiel und käufliche Liebesdienste, aber auch an Theater oder Kinematograph. Ein Stück Torte beim Konditor, das Spitzenhöschen für die Dame von Welt, die Freude des Hausherrn, wenn ein Genussschein oder der Zins das Vermögen mehrt. Ersetzen Sie die kleine Moral durch die großen Zusammenhänge, dann leben Sie leichter, werter Freund! Das Konsortium der Opiumhändler ist der Heilsbringer für viele, die sonst nie ein solches kleines Glück erleben.«

»Verschonen Sie mich mit Ihren Weisheiten«, erwiderte Franz. »Wenn Sie das so sehen wollen, ist das Ihre Sache. Ich habe allerdings einen Freund an das Kokain verloren. Und ich kenne diese verdreckten Opiumhöhlen, in denen die Leute ihr sogenanntes Glück genießen. Aber lassen wir das Taktieren. Mein Unternehmen muss Geld verdienen, und die Zeiten ändern sich rasant. Was sagten Sie? Diese deutsche Firma stellt ein neues Opium her?«

»Heroin. Wie ich schon sagte, ganz neu ist es nicht. *Bayer* darf es allerdings in Deutschland nicht mehr produzieren oder in den Handel bringen. Das Unternehmen besitzt aber noch riesige Mengen davon.«

»Wenn es doch angeblich wesentlich wirksamer ist als das herkömmliche Opium und als Medikament eingesetzt wurde, wieso hat man es verboten? Und wie sieht es mit den Gefahren bei dem Zeug aus?«, fragte Franz.

»Nun ja. Die Amerikaner übertreiben da etwas.« Shen wirkte zum ersten Mal leicht verlegen. »Sie sagen, es macht die Leute schneller abhängig, und die Auswirkungen auf die inneren Organe wären katastrophal. Aber ich halte das für einen geschickten Schachzug.«

»Weshalb denn das?«

»Nun ja, es sind deutsche Unternehmen, die hier Geld verdienen können. Und ich muss Euch nicht erklären, was die Siegermächte mit dem Vertrag von Versailles erreichen wollten. Das stärkere Raubtier frisst immer zuerst.«

Franz erinnerte sich an verschiedene Werbeanzeigen im *Vorwärts*, in der *Vossischen Zeitung* und in Mosses *Annoncen*. Hustensaft mit Heroin. Angeblich für Säuglinge bestens geeignet. Und jetzt verkauften sie das Zeug vielleicht bald an Millionen süchtige Chinesen.

»Meister Zhi hat einen Fachmann in seine Dienste genommen, der die Qualität der Rohstoffe und die Zubereitung in den Fabriken überwachen wird.« Shen kam jetzt offenbar direkt zur Sache. »Er wird auch die Kontakte zu wichtigen Herren an der Charité halten.«

»Zur Charité?«, fragte Franz verblüfft.

»Bedenkt, dass es offiziell ein Medikament sein wird«, meinte der Chinese. »Es ist gut, wenn die Wirksamkeit durch angesehene Männer bestätigt ist. So gibt es keinen Ärger mit den Ämtern.«

Er begann, die genauen Zusammenhänge zwischen Herstellern, Zulieferern und Vertrieb zu erklären. Und bereits nach kurzer Zeit war alles derart verworren, dass Franz beide Hände hob und sich abwandte.

»Da blickt ja keener mehr durch!«, schnaubte er.

»Eben«, erwiderte Shen.

»Noch einmal ganz einfach: Die deutsche Chemiefabrik *Bayer* hat den internationalen Verträgen zugestimmt, kein Heroin mehr herzustellen«, fasste Franz zusammen. »Sitzt aber auf riesigen Beständen, die sie an eine Firma namens *Luxol* verkauft. Dort stellt man zusammen mit den Rohstoffen einer anderen Firma die Pillen her, die dann über einen Berliner Düngemittelhersteller nach China verschifft werden.«

»Die Last ist auf viele Schultern verteilt.« Shen nickte. »Ich sehe, Ihr habt verstanden, Meister Sass. Natürlich wird das *Syndicat* nichts mit der Produktion zu tun haben. Ihr seid für einen störungsfreien Transport der Chemikalien und der Ware zuständig.«

»Gut, ich sorge über meinen Bruder und die Familie Harussel für den Schutz von Fabrik- und Lagerhallen. Einen Transport über Wasser oder Land sichern unsere Leute ebenfalls.«

Franz wusste, dass er mit dieser Option einen entscheidenden Trumpf gegenüber Shen in der Hand hielt. Die Triaden verfügten in Deutschland gar nicht über die notwendige Anzahl an Männern, um diese Aufgaben zu bewältigen. Und die notwendigen Kontakte zu Polizei und Verwaltung besaßen sie wahrscheinlich ebenfalls nicht. Hinzu kam, dass sich kaum ein deutscher Arbeiter von einem Asiaten wie Shen anheuern und herumkommandieren lassen würde. Auf die Vorurteile des europäischen Menschen war eben immer Verlass.

»Eure Leute schaffen die Ware auf unterschiedlichen Wegen in den Hamburger Hafen«, bestätigte Shen und nickte. »Die Anti-Opiumpillen werden dort verladen, und dafür nehmt Ihr dann Rohopium wieder mit zurück in die Hauptstadt. Das Ganze natürlich gut getarnt in Fässern und Säcken mit Düngemitteln oder den besagten Rohstoffen. Wir verstecken jeweils zehn Kilogramm unserer Ware in einer Tonne Volldünger.«

»Weshalb diese Geheimnistuerei bei den Pillen?«, fragte Franz. »Ich dachte, es ist eine offizielle Arznei.«

»Sagen wir, der Anteil des Heroins unterliegt gewissen Schwankungen«, erwiderte der Chinese und lächelte. »Es gibt eine Spezifikation zur Prüfung durch Charité, Gesundheitsamt und Zoll. Die von uns vertriebene Dosis liegt allerdings leicht über diesen Vorgaben. Der Chemiker wird übrigens alle Vorgänge strengstens überwachen. Eurem *Syndicat* obliegt die Sicherheitsfrage und der Vertrieb des Opiums in der Stadt. Ihr habt Eure Löffel also sogar in zwei Töpfen.«

»Oder den Kopf in zwei Schlingen. Wie man es nimmt.« Franz hielt inne. »Wer ist der Chemiker?«

»Ein Fachmann, der seit Jahren nur mit dem Heroin und seinen Zubereitungen arbeitet. Gerade am Anfang müssen wir den Facharbeitern auf die Finger schauen. Damit eine Ware gleichbleibender Qualität erzeugt wird.«

Beide Männer besprachen noch weitere Einzelheiten, und Franz machte sich Notizen, welche Fragen noch zu klären und welche Vorbereitungen zu treffen waren.

»Ihr erhaltet jeweils durch einen Boten die Angaben, die Ihr braucht.« Der Chinese stand auf und kam zum Ende seines Vortrags. »Lastkraftwagen, Binnenschiffe oder Reichsbahn. Wir müssen beständig die Frachtwege verändern, damit niemand auf dumme Gedanken kommt. Bereitet Euch bitte darauf vor, dass die ersten Lieferungen im nächsten Monat beginnen werden.«

Shen Li gab Franz zum Abschied die Hand, und sein Gastgeber meinte einen Augenblick lang, die Spannung zu spüren, die von dem Mann ausging. Keine Verbeugung, kein Lächeln.

Er weiß, dass viel auf dem Spiel steht, vermutete Franz zunächst. Dann aber wurde ihm klar, was er eben gespürt hatte. Angst. Shen Li hatte Angst. Und Franz empfand diese Erkenntnis keinesfalls als tröstlich.

ooo

Eine Stunde später saß Franz im *Klub Berlin*, der bis vor einem Jahr von Ian McCullen geleitet worden war. Hierher zog es ihn immer dann, wenn ihm zu unpassender Zeit der Sinn nach einem – oder zwei – Kognaks stand. Hier gab es genügend melancholische Erinnerungen, die ihn alle guten Vorsätze über Bord werfen ließen. Gerade spürte er, wie sich die wohlige Wärme des *Hennessy* in ihm ausbreitete, als die Tür zum hinteren Privatzimmer aufgerissen wurde und ein sichtlich aufgelöster Josef Sternwein erschien. Er hatte sich nicht angekündigt und machte sich ohnehin in letzter Zeit rar auf den Straßen und bei den Treffen des *Syndicats*. Für Franz war er in den vergangenen Jahren zu einer Art väterlichem Freund und Mentor geworden, obwohl – oder gerade auch weil – sie in vielerlei Hinsicht Konkurrenten waren.

»Ich brauche deine Hilfe«, meinte der jüdische Geschäftsmann ohne Umschweife. Er war völlig außer Atem, und Franz hatte ihn noch nie derart aufgebracht erlebt. »Etwas Schreckliches muss geschehen sein. Ich spüre es! Ich habe den Herrn erzürnt! Und nun erhalte ich die gerechte Strafe. Nein, nein. Warum er? Warum nicht ich?«

Fast fühlte sich Franz jetzt an das Wehklagen erinnert, das er in seiner Bandenzeit oftmals in dem von vielen Ostjuden bewohnten Scheunenviertel beobachtet hatte. Sternwein wiegte seinen Körper nach vorn und hinten, hob die Arme zum Himmel und jammerte immer wieder: »Nein, nein, nein, warum nur er?«

»Beruhige dich erst einmal, Josef.« Franz winkte dem Barmann zu, dem Gast ebenfalls einen Kognak zu bringen.

»Aaron wird vermisst!«, sagte Sternwein und leerte den Schwenker gierig in einem Zug, als hätte er Limonade bekommen. »Seit einigen Tagen ist er nicht nach Hause gekommen. Und seine Familie hat nichts von ihm gehört.«

»Das muss doch nichts heißen. Vielleicht hat er eine nette *Gojte* kennengelernt und überlegt noch, ob er sie seinen Eltern vorstellen soll.«

»Mach keine Scherze, Franz. Du kennst Aaron doch. Wir sind Liberale, aber er ehrt dennoch Vater und Mutter. Wie es der Brauch ist. Er würde niemals einfach verschwinden, ohne Nachricht zu geben. Ich habe an der Universität nachfragen lassen. Er ist dort seit einer Woche nicht zu seinen Vorlesungen und Seminaren erschienen. Es muss etwas passiert sein. Oh, Herr verzeih mir!«

Aaron Rosenbaum war der älteste Sohn von Josef Sternweins Schwester. Sein Vater, ein angesehener Bankier aus der weit verzweigten Familie Oppenheim, war ein politisch rühriger Republikaner, der seine Beziehungen nach Paris und London genutzt hatte, um die Regierung Gustav Stresemann bei ihren Bemühungen um eine Stabilisierung der deutschen Wirtschaft zu unterstützen. Dadurch hatte er sich den Hass nationaler Radikaler im Reich zugezogen, die sich einmal mehr in ihrer Ansicht bestätigt sahen, Deutschland wäre nur Opfer einer jüdischen Weltverschwörung.

»Wer sollte Aaron schaden wollen?«, fragte Franz leicht unsicher. »Er ist doch eher ein Künstler und Philosoph, kein Geschäftsmann.«

Besser gesagt, ein Nichtsnutz, dachte Franz leicht amüsiert. Der Kerl war Ende zwanzig und studierte munter vor sich hin, ohne Anstalten zu machen, sich einen anständigen Beruf zu suchen. Graf Geld, den ein Weltschmerz befallen hatte.

»Bei seinen Hauskreisen ist er ebenfalls seit über einer Woche nicht erschienen«, meinte Sternwein. »Er hat sogar eine Lesung aus seinem Gedichtband versäumt, ohne abzusagen. Dabei hatte sich Vollmoeller angekündigt! Und Kommilitonen haben ihn in dieser Woche nicht bei den Vorlesungen an der Universität gesehen.« Sternwein schien wirklich besorgt zu sein. »Du weißt, dass mein Schwager ein bedeutendes Bankhaus führt. Er vermittelt Hypotheken für die angesehensten Familien.«

»Solche Leute haben Feinde.« Franz nickte. »Aber Aaron? Und es steht doch ohnehin nicht zum Besten zwischen ihm und seinem Vater. Hast du das nicht mal gesagt? Vielleicht gab es nur einen Streit zwischen den beiden. Oder Aaron will sich mal wieder für einen neuen Studiengang einschreiben. Vielleicht hat ihm sein Vater den Geldhahn abgedreht. Eine Frau. Eine längere Feier außerhalb der Stadt. Es gibt hundert Gründe, weshalb ein Mann in seinem Alter für ein paar Tage verschwindet.«

»Er ist ein äußerst korrekter Mensch«, widersprach Sternwein. »Fast ein wenig zwanghaft für die Art Freigeist, die er eigentlich sein möchte.«

»Wohl wahr.« Franz lachte. »Da kenne ich ganz andere Kerle. Trinken, singen und den Weibern unter den Rock fassen. Manchmal denke ich, dass einige Burschen sich nur deshalb der Kunst zugewandt haben, um von mehr als einer Muse geküsst zu werden. Aber Aaron scheint mir tatsächlich in dieser Hinsicht etwas steif und altmodisch.«

»Du könntest doch Konter auf die Sache ansetzen! Und diesen Detektiv gleich dazu.«

»Paul arbeitet jetzt bei der Mordbereitschaft! Da kann er doch nicht einfach dem überfälligen Sprössling eines Bankiers hinterherlaufen.«

»Er soll sich nur umhören. Mehr verlange ich doch gar nicht. Und du solltest deine Cliquenjungs mit ein paar Mark versorgen und sie ein wenig auf Streife schicken. Sie müssen sich auf der Straße umhören. Dieser Detektiv, der schon einmal für dich gearbeitet hat. Beauftrage ihn! Hier ist eine Liste mit den Namen von Aarons Bekannten und seinen Lieblingslokalen. Du musst etwas tun!« Sternwein reichte Franz das Papier und fasste seinen Oberarm. »Bitte, es ist mir wichtig. Du weißt, er ist wie ein Sohn für mich.«

Franz fühlte ein Stechen in der Brust. Er war immer ein Kind der Straße gewesen; ein Arbeiterkind, das meist auf sich selbst gestellt war. Die Eltern hatten sich zwar um die ihnen mögliche, minimale Versorgung und Bildung ihrer sechs Kinder gekümmert, aber weder Kraft noch Geld hatten zu mehr gereicht. Folglich schmerzte es auf seltsame Weise, wenn Franz bei anderen Leuten jene liebevolle Fürsorglichkeit und Hilfsbereitschaft wahrnahm, die er selbst so oft entbehrt hatte.

»In Ordnung«, sagte er mit einem Seufzen. »Ich spreche mit Paul. Vielleicht auch mit da Silva.«

Als sein Besucher gegangen war, wandte er sich wieder der *Vossischen Zeitung* zu. In einem Artikel, der eine ganze Doppelseite einnahm, waren die Ereignisse des letzten Monats zusammengefasst. Der vergangene November schien die Krönung allen Wahnwitzes, der Höhepunkt aller Narreteien gewesen zu sein. Bayern und Thüringen, zwei deutsche Länder, hätten sich beinahe den Krieg erklärt. Für ein einziges Ei waren schließlich 320 Milliarden Papiermark gefordert worden. Noch ein rechtsnationaler Spinner hatte – dieses Mal von einer Kneipe in München aus – versucht, gegen die Republik zu putschen. Und zum wiederholten Mal war eine kurzlebige Regierungskoalition im Reich an diversen Unstimmigkeiten zerbrochen. Ruhrgebiet, Arbeitslosigkeit, die neue Währung. Franz war einiges gewohnt, aber derart viele Ereignisse konnten sich gar nicht innerhalb nur eines Monats abgespielt haben.

Verrückt, dachte er. Die Räder in dieser Welt drehen sich immer schneller, da kommt bald keiner mehr mit. Als bräuchte er dafür eine fassbare Bestätigung, nahm er die aktuelle Ausgabe der *Automobil-Re-*

vue, die er bereits drei Mal durchgeblättert hatte. Vielleicht war er gerade deshalb ein leidenschaftlicher Anhänger schneller Automobile geworden. Sein *Bugatti* war sündhaft teuer gewesen. Jedes Ersatzteil musste eigens aus Frankreich oder Italien eingeführt werden. Aber hundert Sachen auf der Charlottenburger Chaussee vermochten manche Trübsal in seinem Inneren zu lindern. Entschlossen stand er auf und entschied, noch eine Runde auf der AVUS zu drehen. Endlich eine Strecke, auf der man Gas geben konnte. Irgendein Schreiberling hatte dafür den seltsamen Begriff »Autobahn« erfunden. Er musste jetzt den Fahrtwind spüren, der seine Wangen flattern ließ. Der Wagen bei 120, sein Herz bei 150. Ja, in solchen Momenten spürte er sich. Und danach würde er einen Abstecher zu seiner Tante und Valerie machen, um schließlich bei Paul Konter am Alex sein Versprechen gegenüber Sternwein einzulösen. Alles sah nach einem perfekten, schnellen Nachmittag aus.

5

Grunewald und Charlottenburg

Der Motor des blauen *Bugatti Brescia* erwachte mit dem bekannten Schütteln und Knurren zum Leben. Zur Freude der Nachbarn trat Franz das Gas im Leerlauf ein paar Mal durch, bevor er über die Oranienbrücke nach Nordwesten donnerte. Zunächst quälte er sich an den Zulieferern, Fahrradfahrern und quer gestellten Handkarren vorbei, die die Straßen in Richtung Zeughausplatz bevölkerten. Bei der Universität angekommen, erkundigte er sich nach Aaron Rosenbaum, musste sich jedoch schnell geschlagen geben. Da er kein Verwandter war, erhielt er im Sekretariat keine Auskunft, und drei zufällig herumstehende Studenten waren mundfauler als ein mecklenburgischer Pastor, als sie erkannten, dass er keiner von ihnen war.

Eine Arbeit für da Silva, entschied er. Er bat beim Pförtner um ein Formular fürs Telegraphenamt und schrieb dem Detektiv eine kurze Nachricht: *Vermisstenfall – Dringend – Bitte heute melden, Franz S.* Danach stieg er wieder in seinen Wagen. Lederhaube, Brille und Schal waren bei null Grad im offenen Automobil Pflicht. Der große Spaß auf den Berliner Straßen war leider vorbei, seit das Anbringen von Nummernschildern, das nach dem Krieg viele Besitzer einfach »vergessen« hatten, wieder streng überwacht wurde. Noch vor einem Jahr hatte Franz auf der Charlottenburger Chaussee einfach Vollgas gegeben und war den Verkehrspolizisten beinahe über die Füße gefahren. Nun prangte gut sichtbar ein *IA 4769* am Heck seines Sportwagens und wies ihn unverwechselbar als Halter aus. Also fuhr er in gemäßigtem Tempo nach einem kurzen Abstecher zum *Club 21* die Tauentzienstraße hinauf und nahm danach, im Rund an der Gedächtniskirche vorbei, die Kantstraße Richtung Westen. Als er nach einigen Kilometern links in die Königinstraße einbog, erblickte er bereits die Zufahrt zur Rennstrecke. Gerade steuerte er den Wagen zum Kassenhaus, als er das Schild bemerkte: *Automobil-Verkehrs-Übungsstraße gesperrt*.

»Was ist denn los?«, fragte er einen Mann, der offenbar mit flüssigem Asphalt arbeitete, denn Schuhe und Hose waren mit schwarzen Flecken bedeckt.

»Vor zwee Wochen sind hier Piepels mit Brecheisen anjerückt. Und denn hamse janze Teerbrocken aus de Belach jehebelt. Nu kannste von Bolle zu Bolle hoppen. Fahr rin mit deene Karre und kiek selbst.«

»Und was wollten die Leute mit dem verdammten Teer?«, fragte Franz erkennbar verärgert.

»Schwer von Kapee, der Herr, wa?«, schimpfte der Arbeiter zurück. »Brennt jut und lang. Klar, dat een Blaffke mit Penunze uff de Tasche von so wat keenen Schimmer hat.«

Schweren Herzens und fluchend wendete Franz den Bugatti und fuhr in Richtung Charlottenburger Schloss. Ihm wuchsen die Dinge mal wieder über den Kopf. Zwar hatte er für fast alle Probleme auch Ideen parat, aber im Moment war es, als wäre ein Wespenschwarm in seinem Schädel eingezogen. Er brauchte dringend den Rat seiner Tante. Toni hatte – ähnlich wie ihr Gefährte Paul Konter – diese beruhigende Gabe, Wichtiges von Nebensächlichem zu trennen.

Und vielleicht ist auch Valerie zufällig da, überlegte er, als er gerade das Schloss an der Spandauer Straße passierte. Die Gute kommt viel zu selten raus. Vielleicht sollte ich mit ihr mal …? Er verwarf den Gedanken sofort, als er an Susannes mögliche Reaktion dachte.

»Hast du kein Zuhause?«, witzelte seine Cousine, nachdem sie die Haustür geöffnet hatte. Das Haus seiner Tante strahlte die Verspieltheit und Noblesse des viktorianischen Baustils aus, ohne durch zu viel Pomp lächerlich zu wirken. Es passte gut zu Tonis Wesen, und wahrscheinlich mochte sie es deshalb so sehr. Valerie hatte dieselbe Wirkung auf Franz, wie immer, wenn er einen kurzen Moment mit ihr allein war. Er spürte ein angenehmes Prickeln von der Kopfhaut bis zum Schritt, schämte sich im nächsten Augenblick dafür und verstieg sich meistens zu einer dämlichen Bemerkung, um von sich und seinen Gefühlen abzulenken.

»Störe ich eure Einkaufspläne?«, fragte er seine Cousine unbeholfen.

»Hast du mit Shen Li gesprochen?« Zu seiner Erleichterung kam Toni sofort zur Sache, nachdem sie ihn in der Küche kurz begrüßt hatte. Es duftete nach Kuchen. Und Valerie trug ein Parfum, das sich mit einem Hauch von Vanille und Rose wunderbar einzufügen schien.

»Ich … Ja«, riss er sich zum wiederholten Mal von seinen Träumereien los. »Erst versuchte er die Sache kleinzureden. Meinte, dass wir Geduld haben sollen. Aber dann schien es mir, als hätte er für alles bereits einen Plan gehabt. Ich denke, die Chinesen haben schon seit einiger Zeit vor, ihre Geschäfte auszuweiten.«

Franz erläuterte die Vereinbarung, die sie getroffen hatten. Dabei ließ er die verwirrenden Einzelheiten der Opium-Verarbeitung, des Heroins und der hinzugefügten Rohstoffe lieber weg. Er hatte selbst nicht alles verstanden.

»Ich werde Shen darum bitten, dass sein Fachmann mir noch einmal alles erklärt«, sagte er. »Sie haben da jemanden, den sie den Chemiker nennen. Ich will den Mann treffen und selbst ausquetschen. Shen würde wahrscheinlich sogar Dynamit und Giftgas als harmloses Kinderspielzeug anpreisen.«

»Also ist das *Syndicat* in Zukunft für den Verkauf des Opiums in der Stadt zuständig?«, fragte Valerie. Toni hatte vor ihrer Tochter keine Geheimnisse. Und allen war klar, dass Valerie über kurz oder lang ebenfalls Teilhaberin ihrer Unternehmung werden würde.

»Wir machen das eigentlich jetzt schon«, antwortete Franz. »Es sind bisher allerdings eher kleine Mengen. In Zukunft soll es deutlich mehr werden.«

»Rauschgift«, murmelte seine Cousine sichtlich angewidert. Sie war vor zwei Jahren entführt und mit Laudanum und Kokain mehreren einflussreichen Männern gefügig gemacht worden. »Mir gefällt das nicht.«

»Wir haben das doch besprochen. Entweder steigen wir bei den Chinesen ein, oder wir machen in Zukunft nur noch die Klubs. Dann sind aber die goldenen Zeiten vorbei.«

»Und zusätzlich organisieren wir dann noch die Transporte irgendwelcher Substanzen, die für Arzneien gebraucht werden? Opium und Medikamente?« Toni klang nicht, als hätten sie die Schilderungen davon überzeugt, dass es sich nur um ein weiteres, noch dazu harmloses Geschäft handelte.

»Shen sagt, es gibt einen riesigen Markt für Medikamente in China.« Franz nickte. »Das Zeug soll Abhängigen und Kranken helfen.« Er fühlte sich bei der Lüge unwohl. Aber im Moment war ihm nicht nach weiteren Auseinandersetzungen zumute.

»Ist die Sache nicht etwas zu groß für uns? Haben wir so viele Leute?«, hakte seine Tante nach.

»Es sind Shens Bedingungen. Wir behalten den Opiumhandel nur, wenn wir auch diese zusätzlichen Transporte übernehmen und bewachen. Ich spreche mit Georg und Joaquin. Notfalls müssen wir eben noch ein paar Burschen über Schmidtchen anwerben.«

○ ○ ○

Franz hatte Kommissar Konter von Tonis Fernsprechapparat aus angerufen. Sie vermieden es meist, sich im Polizeipräsidium zu treffen. Eine Verabredung zu einem schnellen Mittagessen wirkte allemal unverfänglicher. Also verabredeten sie, sich auf eine Schrippe mit Essig-Aal bei *Fische-Peter* am Hackeschen Markt zu treffen.

»Was ist denn so dringend, dass es nicht bis zum nächsten Familientreffen warten kann?«, fragte Konter nach der kurzen Begrüßung. Er mochte Aal, obwohl der fette Fisch seiner Verdauung immer öfter Ärger bereitete.

Franz schilderte Sternweins Sorge um seinen Neffen. Auch er schien nicht ganz bei der Sache zu sein. Er gab sich keine Mühe, zu verbergen, dass er die Reaktion des jüdischen Kaufmanns für überzogen hielt.

»Ich habe Josef gesagt, dass Aaron wahrscheinlich einfach mal über die Stränge schlägt«, meinte er. »Aber ich habe ihm versprochen, dich zu fragen.«

»Hast du ein Foto?«, fragte Konter. Und als Franz den Kopf schüttelte, fuhr er fort: »Rosenbaum ist doch der reiche Knacker, der mit Grundstücken und Krediten handelt. Soll ja einige Millionen haben. In neuer Rentenmark wohlgemerkt. Vielleicht ist es eine Entführung? Manche Leute haben in den letzten Monaten alles verloren und sind in ihrer Verzweiflung zu jeder Schandtat bereit.«

»Baldur Rosenbaum hat drei Söhne und eine Tochter.« Franz schüttelte den Kopf. »Aaron ist offenbar nicht gerade sein liebster Filius, behauptet zumindest Sternwein. Eher ein Dichter und Denker, kein Sinn fürs Bankgeschäft. Für ein ordentliches Lösegeld wäre es wohl klüger, ihn mit seinem Augenstern Livana zu erpressen. Und außerdem ist er seit einer Woche nicht gesehen worden. Wenn es eine Entführung wäre, hätte es doch längst eine Forderung gegeben.«

»Klingt für mich so, als wollte der junge Mann etwas Abstand gewinnen und dem Vater eins auswischen, findet du nicht? Warum soll es bei betuchten Familien anders sein als bei Müllers von nebenan?«

Franz nickte nur. Er sah die Sache ebenso und kam sich etwas lächerlich vor. Dabei war er ja hier nur der Bote.

»Livana ist seine Tochter?«, fragte Konter, und erneut nickte Franz.

»Spekulationen«, erwiderte der Polizist und schob ein Stück Aal wieder ins Brötchen, das herausgerutscht und auf seinen Teller gefallen war. »Liebeskummer oder Sinnkrise. Bei jungen Männern die häufigsten Gründe, um einige Zeit von der Bildfläche zu verschwinden.« Er überlegte und seufzte schließlich. »Wenn der Bursche in ein paar Tagen nicht wieder da ist, sollen sich Josef oder die Eltern direkt ans Präsidium wenden. Auf einem Bezirksrevier wird man sie nicht ernst nehmen.«

Paul Konter notierte einen Namen auf einer Serviette. »Ich spreche vorher mit einem Kollegen, Gustav Weber. Und Josef soll unbedingt eine Fotografie oder wenigstens eine gute Beschreibung parat haben.«

Franz nahm die bereits benutzte Serviette, auf der der Name des zuständigen Polizeibeamten stand. Dann wechselte er das Thema und berichtete von dem Gespräch mit Shen Li. Antonia hatte bereits Mitte des Jahres entschieden, dass sie die Geschäfte mit den Chinesen nicht länger vor Konter geheim halten konnten. Er war Polizist, aber auch ihr Teilhaber. Naturgemäß war er nicht begeistert davon gewesen, zu erfahren, dass nun auch Opiumhandel zu den Geschäftsfeldern des *Syndicats* gehörte.

»Du weißt, was ich davon halte, Franz«, entgegnete er. »Ihr wollt die Sache jetzt also ganz groß aufziehen? Die Kerle werden uns alle mit Haut und Haaren fressen. Das Rauschgift zerstört nicht nur die Leute, die es nehmen.«

»Die Inflation hat uns ziemlich zugesetzt, Paul. Uns bleibt keine Wahl. Wir haben zwar einige gute Abschlüsse gemacht, aber jetzt wollen mehrere Leute ihr Geld sehen. Unsere Dollarreserven sind beinahe aufgebraucht. Mir gefällt es auch nicht. Immerzu muss ich daran denken, wie das Koks Ian erst verändert und dann zerstört hat. Und dieses Opium und seine Zubereitungen sind noch viel schlimmer. Ich verspreche dir, wir machen die Sache ein oder zwei Jahre und verkaufen das Geschäft dann an Willy Meyer oder jemand anderen. Bis dahin haben wir uns finanziell stabilisiert.«

»Was hat es mit diesem Heroin eigentlich auf sich?«, fragte Konter. »Ich dachte, es ist ein normales Medikament. Früher gab es dafür sogar Werbungen in den Zeitungen. Hab es selbst mal bei Husten genommen. Wirkt gut.«

»Shen hat es mir erklärt. Anfangs gab es nur den Mohnsaft, also letztlich das Opium. Kann man rauchen, essen oder als Tinktur einnehmen. Im Labor haben sie später daraus das Morphium gemacht, das stärker wirksam ist und auch gespritzt werden kann. Und *Bayer* hat seit zwanzig Jahren Patente auf das Heroin, das noch eine weitere Stufe der Entwicklung ist. Ich habe mit Meyer darüber gesprochen, und er meint, dass es einen deutlich schneller abhängig macht. Shen Li sieht das natürlich ganz anders. Ich kenne mich da nicht aus und habe darauf bestanden, dass ein Fachmann uns die Sache erklärt. Shen wird mich mit einem Chemiker zusammenbringen.«

»Das Zeug wollen diese Leute in Zukunft in China verkaufen? Verstehe ich nicht. Von dort kommt doch das Opium. Warum also der Umweg über Deutschland?«

»Nein. Also doch, aber nur auf Umwegen. Offiziell bestehen die Amerikaner darauf, Heroin zu verbieten. Deutschland und somit *Bayer* mussten dem zustimmen. Eine kleine Firma kauft jetzt das Heroin auf und verspricht, es nicht zu vermarkten und nur zu Forschungszwecken zu nutzen. Dann kippen sie ein paar Zusatzstoffe rein und behaupten, es wäre ein Mittel, um die Opiumsucht in China einzudämmen.«

»*Anti*-Opiumpillen, ich verstehe«, meinte Konter. »Die feinen Herren von *Bayer* halten sich an alle Vereinbarungen, machen dennoch einen Riesenreibach und zahlen brav ihre Steuern. Denn es betrifft ja nur ein paar Kulis im Nirgendwo. Wen kümmert es also?« Der Kriminalbeamte schnaubte wütend. »Alter Kolonialstil im Verborgenen.«

»Wenn ich Shen richtig verstanden habe, dann gibt es mit der Polizei, dem Handelsministerium, der Steuer und dem Zoll keinen Ärger. Alles geregelt.«

»Man muss nur die richtigen Leute kennen. Und schmieren.«

»Das *Syndicat* soll lediglich für den Schutz der Lieferungen vor missgünstigen Neidern sorgen. Eigentlich keine große Sache.« Franz beobachtete, wie Konter zum dritten Mal ein Stück Fisch aus dem Brötchen rutschte. »Diese Pillen werden von Berlin nach Hamburg gebracht und dort auf Schiffen versteckt. Auf dem Rückweg nehmen wir das gelieferte Opium mit. Im Gegenzug sind wir allein zuständig für den Vertrieb in der Stadt. Mit der ganz dreckigen Sache haben wir also nicht allzu viel zu tun.«

»Klar, so kann man es sich schönreden. Einbildung ist ja auch eine Form von Bildung«, wandte Konter ein. »Nach dem Motto: Ich habe dem König das Gift nur gebracht, getrunken hat er es selbst.«

»Du weißt, ich stehe gegenüber den Schlitzaugen im Wort«, entgegnete Franz. »Schon seit der Sache in Hamburg. Susanne verdankt Zhi Chao wahrscheinlich ihr Leben. Und ich möchte gar nicht wissen, was geschieht, wenn ich mein Wort breche.«

»Das Geschäft ist eine Nummer zu groß für uns. Ich habe Polizeiberichte aus London, New York und Hongkong gelesen. Da geht es richtig zur Sache, Franz! Ein Menschenleben zählt dort gar nichts. Dagegen sind wir hier Provinz.«

»Ja, Toni sieht das ebenso. Aber es gibt kein Zurück mehr, Paul. Shen hat klargemacht, dass wir keine andere Wahl haben. Entweder wir steigen in den gesamten Handel ein. Oder wir verlieren auch die Opiumlieferungen. Und das können wir uns nicht leisten. Wir müssen die Sache vorsichtig angehen. Vielleicht können wir die Chinesen später überzeugen, dass die großen Ringvereine die besseren Partner sind. Wir übergeben an sie, machen noch eine Zeit lang kleinere Sachen und steigen dann aus. Oder bleiben bei einem Teil des Opium-Geschäfts.«

»Du bist ein Träumer.« Paul Konter sah seinen jungen Freund zweifelnd an und seufzte. »Aber das Kind liegt ja bereits im Brunnen.« Er zog seine altmodische Taschenuhr heraus. »Ich muss los. Sprich mit Josef. Ich informiere Weber, damit er wegen Aaron Bescheid weiß. Und ich höre mich mal vorsichtig um, was meine Kollegen aus den anderen Abteilungen über die neuen Chinesen in der Stadt wissen.«

6

Oranienburger Vorstadt, Mitte Dezember 1923

Das *Institut für Gerichtliche Medizin* in der Hannoverschen Straße war im Volksmund immer noch als »Leichenschauhaus« bekannt. Hierher verbrachten seit bald fünfzig Jahren die preußischen Gendarmen jene Toten, zu deren Ableben es noch die eine oder andere ungeklärte Frage gab. Traditionell besah ein Stadtphysicus den Leichnam, manchmal – wenn dieser zu betrunken war – auch nur der Pförtner. Erst seit gut zehn Jahren waren es immer öfter auch ausgebildete Ärzte, die dort nach der genauen Todesursache forschten.

Das Gebäude wirkte von außen zugleich eindrucksvoll und schlicht. Der Mitteltrakt wies mächtige Rundbogenfenster auf und verband die beiden dreistöckigen, nüchtern gehaltenen Seitenteile miteinander. Die Symmetrie wurde nur durch den Schornstein des Krematoriums unterbrochen, der wie ein mahnender Finger gen Himmel wies und anzuzeigen schien, wohin die Reise der Verblichenen letztlich ging. Hier warteten jedoch nicht nur die Körper jener Menschen, deren Todesursache gewaltsamer oder unklarer Natur war, auf ihre Einäscherung oder Bestattung. Hier wurde auch Wissenschaft betrieben. Hier konnten die Toten – ein letztes Mal – ihre Geschichte erzählen. Zumindest, sofern ein begabter und interessierter Arzt ihnen auch zuhörte. Es war in vielen Städten immer noch üblich, dass die Opfer von Gewalttaten im besten Fall von einem schlecht ausgebildeten Polizeiarzt untersucht wurden. Und oft war es auch nur ein Leichenkommissar, der seine wenig fundierte Stellungnahme zu den Umständen des Ablebens abgab. Entsprechend wurden Stichwunden, Würgemale, Platzwunden oder andere Zeichen eines unnatürlichen Dahinscheidens oft übersehen und sogar Todeszeitpunkte falsch eingeschätzt. Identitäten blieben zudem ungeklärt, und wichtige Spuren wurden durch schiere Unwissenheit vernichtet. Immer noch machte jene Anekdote die Runde durch die Stadt, die die Geschichte der Johanna Böckler erzählte. Die arme Frau war scheinbar an einem Herzschlag verstorben. Zumindest glaubte man dies, bis ein Angehöriger – arg stutzig geworden durch den postmortal einsetzenden, starken Bartwuchs – die Leiche trotz heftigen Protestes des Gerichtsassistenten erstmals vollständig entkleidete, die Genitalien inspizierte und neben einem für Frauen ungewöhnlichen Gemächt auch noch eine Schusswunde im Unterleib freilegte. Weder hieß also der Tote Johanna, noch war er einem Infarkt erlegen. Immerhin hatten sich die Dinge nach diesem Skandal zum Besseren entwickelt. Zumindest etwas.

»Berlin wird der Welt den Rang ablaufen, Jens. Und ich meine nicht nur die Gerichtsmedizin.«

Dr. Berthold Schmid war einige Jahre älter als sein Schwager Jens Druwe und hatte im Krieg das Handwerk des Chirurgen quasi als Feldscher auf die unschöne, klassische Weise erlernt. Er war es von jeher gewohnt, Ganzes in Teile zu zerlegen. Daraus hatten sich später eine Art detektivisches Interesse am Tod und eine fieberhafte Neugier, ja beinahe Leidenschaft für die gerichtsmedizinischen Tatbestände entwickelt.

»Bald wird kein Täter mehr vor uns sicher sein«, meinte er jetzt, da er euphorisch bei seinem Lieblingsthema angelangt war. Zu Druwes Leidwesen überkam seinen Schwager bei dieser Tätigkeit regelhaft ein starker Hunger, so dass er in diesem Moment an einem Wurstbrot kaute und damit auf den Leichnam wies, der auf einem Stahltisch lag. »Wir Ärzte werden sagen können, welche Waffe er benutzt hat. Wann, wo, aus welchen Abstand, in welchem Winkel. Wir werden in jedem toten Körper lesen wie in einem Buch. Vielleicht werden wir sogar Filme drehen, die zeigen, wie wir den Ablauf der gesamten Tat rekonstruieren. Wir können jetzt schon oft sagen, wie groß und schwer der

Täter war. Ob Rechts- oder Linkshänder. Bald werden wir Haarfarbe und Alter benennen können. Wart es ab, in wenigen Jahren braucht die Polizei die Leute nur noch an ihrer Meldeadresse zu verhaften, weil wir ihr die Namen nennen.«

»Nimmst du jetzt auch Koks?«, fragte Druwe und bedachte seinen Schwager mit einem zweifelnden Blick. »Sabbelst ganz schön Unsinn, wenn der Tag lang ist.«

»Koks? Nein, das Zeug führt nur zur Selbstüberschätzung. Als Chirurg musst du deine Grenzen kennen. Abgebrüht und dennoch demütig, sonst verpfuschst du es. Ein guter Brandy kann da allerdings sehr hilfreich sein. Mein Doktorvater pflegte zu sagen: *Zwei Klare klären den Geist und beruhigen die Hand.*«

Beide Männer saßen im Souterrain des Instituts. Die Toten wurden durch die Hofeinfahrt zu einem Eingang im hinteren Gebäudeteil gebracht, so dass Passanten und Personal der Anblick der blutig verschmierten Jutesäcke und verdächtigen Leinentücher erspart blieb. Allzu oft fiel auch ein Arm von der Bahre, hing dann winkend und schaukelnd herab. Waren die Leichenträger betrunken, kam es auch zu größeren Unglücken. Einmal war ein Leichnam unbemerkt von einem Karren gerutscht, als gleich vier Neuzugänge angeliefert wurden. Der Gärtner hatte den Korpus zwei Tage später in den Rabatten gefunden.

»Weißt du, warum der Seziersaal der Institute immer im Keller ist?«, fragte Schmid. Druwe schüttelte den Kopf. »Das Klima. Hier ist es auch im Sommer kühl. Früher spielte das eine Rolle, und mit alten Traditionen sollte man nicht brechen. Bringt Unglück. Einmal habe ich zehn Tage hintereinander die gleichen Socken im Operationssaal getragen, weil die Eingriffe so gut gelangen und ich nicht wollte, dass die Glückssträhne reißt.«

»Du bist doch eigentlich Chirurg. Warum treibst du dich bei den Leichen herum?«, fragte Druwe. Wegen der Sockensache lag ihm eine Bemerkung auf der Zunge, aber hier unten machte man keine Scherze über Gerüche.

»Die Antwort liegt doch auf der Hand. Vielmehr auf dem Tisch. Ich studiere hier meinen ärgsten Feind, mein Lieber! Bei diesen bedauernswerten Geschöpfen hat Gevatter Tod zwar gewonnen. Aber ich schaue ihm hier über die Schulter. Ich finde heraus, wie er es angestellt hat. Und am OP-Tisch trickse ich ihn dann aus. Immer öfter.«

Sie schwiegen eine Weile. Jens Druwe betrachtete die vielen kleinen Türen, die in drei Reihen die gesamte, gegenüberliegende Wand des Raums einnahmen. In Hamburg hatten die Leichname noch gemeinsam in einer Kühlkammer gelegen, in die die Gehilfen einmal am Tag große Mengen Eis karrten. Hier war alles moderner. Brummende Aggregate schienen die Aufgabe zu übernehmen, die richtige Temperatur zu halten. Und jeder Tote hatte jetzt ein eigenes Fach für sich. Auf einer Bahre in der Ecke stand eine halbleere Flasche *Bommerlunder Aquavit*. Eisgekühlt.

»Wie geht es dir, Berthold?«, fragte er seinen Schwager unvermittelt. »Ich meine, du arbeitest in der Klinik. Und hier hast du offenbar noch eine zweite Stelle.« Er zeigte auf den Kümmel. »Und du pichelst immer noch zu viel.«

Während seiner Studentenzeit vor dem Krieg hatte seine stramme Trinkfestigkeit Schmid den Beinamen »Becher« eingebracht. Jetzt berührte der Arzt zärtlich den Ring, den er an einer kleinen Halskette trug.

»Fünf Jahre, Jens. Und es schmerzt genauso wie am ersten Tag.« Schmids Augen schimmerten feucht. »Die Kugel steckte in ihrem Herzbeutel. Ein fähiger Chirurg hätte sie retten können. Ich konnte nichts tun, aber ich hätte sie doch retten müssen!«

Margot Schmid war bei Kriegsende Krankenschwester in Kiel gewesen, als der Matrosenaufstand ausbrach. Es hatte Kämpfe zwischen den kriegsmüden Marineangehörigen und kaisertreuen Truppen gegeben. Und eine verirrte Kugel hatte die junge Frau, die gerade zwei Verwundete versorgte, nahe am Herzen getroffen. Eine Kugel, drei zerstörte Leben. Sie war einen Tag später im Krankenhaus verstorben. Schmid hatte getobt und gebettelt, aber kein Arzt hatte gewagt, sie zu operieren. Er betäubte sich seither mit Arbeit und Alkohol. Verbitterung und Schuldgefühle ließen keinen Raum für Muße, waren nüchtern kaum zu ertragen.

Und Jens Druwe, ihr Bruder, hatte sich bis heute nicht verziehen, dass er bei der Rückführung der deutschen Truppen aus Belgien getrödelt hatte. Er hatte vier Jahre Wahnsinn überlebt, um dennoch den Blutzoll zu zahlen. Denn er war zu spät in Kiel eingetroffen, hatte sich von seiner Schwester nicht verabschieden können. Seither war kein Tag vergangen, an dem er nicht daran dachte, dass er Margot nie mehr wiedersehen würde. Aber bereits jetzt verschwammen ihre Gesichtszüge in seiner Erinnerung, wurden zu einem Schemen, der im Nebel der Zeit entschwand. Er stand – wie so oft schon – neben seinem Schwager, fühlte sich beklommen und hilflos. Sie schwiegen wieder. Was hatten sich zwei Männer, die ein unerträglicher Schmerz verzehrte, auch zu sagen? Was blieb, war jener winzige Trost, den Schmid jetzt in zwei Gläser kippte.

»Da habt ihr mir aber eine Gaslaterne gebracht«, meinte er dann und wandte sich dem Leichnam zu, der auf dem Tisch aus Edelstahl lag. Normalerweise waren die Körper hier nicht bedeckt, aber aus Rücksicht hatte er seinen Assistenten angewiesen, ein Tuch über den Toten zu legen.

»Wieso Gaslaterne?«

»Heinrich musste zuerst die Gase ableiten. Ich hatte Angst, dass sich bei einem elektrischen Funken das Methan aus den Därmen entzündet. Früher haben die Leichenbeschauer dicke Kanülen in die Bäuche der älteren, aufgetriebenen Leichname gerammt und das entweichende Gas einfach angezündet. Man nannte sie Gaslaternen.«

»Sehr anschaulich, danke«, murmelte Druwe. Sein Schwager neigte immer öfter dazu, mit zynischer Schärfe auf seine Welt zu blicken. Und offenbar fand er Spaß daran, Besucher mit den eher unappetitlichen Details seines Berufs zu konfrontieren. »Welches Licht ist dir also aufgegangen? Im Lichte deiner Laterne?«

»Ein kerngesunder Mann Mitte zwanzig«, begann Schmid. »Todesursache ist Ersticken.«

»An den Geldscheinen?«, unterbrach ihn Druwe. »Ich meine, er konnte doch durch die Nase atmen.«

»Er wurde mit dem Zeug gestopft wie eine Weihnachtsgans«, erwiderte Schmid. »Ich habe Abschürfungen an den Ohren und Wangen gefunden. Er wurde wahrscheinlich festgehalten und hat versucht, sich wegzudrehen. Jemand hat ihm die Scheine in den Mund gestopft. Ein dritter Kerl muss mit einer Art Schürhaken nachgeholfen haben. Damit es tief rutscht.«

»Schürhaken«, stellte Druwe konsterniert fest.

»Ja. Zwei Schneidezähne waren abgebrochen. Aschereste und Rost im Mund. Verletzungen im tiefen Rachen. Am ehesten ein Schürhaken. Dadurch war das Geld fast bis zum Magen gelangt. Da hilft auch die Nase nicht mehr. Außerdem hat sich der Mann erbrochen. Das Zeug blieb aber aus besagten Gründen stecken und gab ihm den Rest.«

»Kein schöner Tod«, sagte Druwe. »Langsam und qualvoll. Was sollte das? Irgendein Ritual?«

In letzter Zeit hatten sich in allen größeren Städten obskure Zirkel gebildet, die dem vermeintlich nahenden Weltuntergang durch seltsamste Zeremonien huldigten. Ihrer Lehre nach verlangten nordische Götter und slawische Dämonen nach Opfern. Meistens blieb es jedoch bei skurrilen Effekten, Schweineblut, abstoßenden Tätowierungen oder ein paar Tröpfchen Blut aus der eigenen Fingerkuppe.

»Am Körper gab es keine Anhaltspunkte für Folter oder rituelle Handlungen. Hände und Füße waren vor Eintritt des Todes gefesselt. Lederschnüre, die man danach jedoch wieder entfernt hat. Wenn du mich fragst, dann hatte die Todesart zwar symbolische Bedeutung. Aber von einer Sekte, die ihre Opfer mit Geld erstickt, habe ich noch nie gehört.«

»Wann ist er gestorben?«

»Schwer zu sagen. Selbst in den Berliner Katakomben ist es im Moment kalt. Beginnender Wurm- und Insektenbefall. Starke Autolyse der Weichteile. Es gibt eine Studienreihe von Berchheimer, der die Kadaver von Schweinen unterschiedlichen Bedingungen …«

»Erspare mir das, Berthold. Also, was denkst du? Wie lange ist er schon tot?«

»Fünf Tage, vielleicht eine Woche.«

»Verdammt«, schimpfte Druwe. »Mit jedem Tag werden mögliche Zeugenaussagen unwahrscheinlicher und unbrauchbarer. Die Leute haben andere Dinge im Kopf, vergessen und verdrehen wichtige Fakten.« Er machte einen Vermerk in seinem Notizbuch. »Also wurde der Mann Anfang letzter Woche, zwischen dem 25. und 27. November ermordet. Die Todesart lässt vermuten, dass es mindestens zwei, eher drei Täter waren. Erstickt ist er an mehreren Billionen Papiermark, die ihm äußerst brutal in den Rachen gerammt wurden. Und an der eigenen Kotze. Wir haben nicht viel.«

»Zwei Sachen sind vielleicht noch wichtig.« Berthold Schmid zog das Leinentuch im Bereich des Oberkörpers zur Seite. »Siehst du diese kleinen, schwarzen Punkte?« Er reichte seinem Besucher eine Lupe, und Druwe erkannte winzige, dunkle Löcher im Bereich des Halses und auf der Brust.

»Was ist das?«

»Wir nennen es Spritzverbrennung. Kann mit sehr heißem Fett und beim Metallschmelzen vorkommen. Oder beim Abbrand gewisser, entzündlicher Chemikalien. Ich habe ein Körnchen Magnesiumoxid sicherstellen können.«

»Magnesiumoxid? Dann ist der Idiot von Fotograf bei der Spurensicherung mit seinem Blitz zu dicht ran!«

»Nein. Um die Verbrennungen herum fand ich winzige Einblutungen. Wenn du eine Leiche fotografierst, blutet nichts mehr.«

»Du meinst …?« Druwe empfand jetzt doch eine Ehrfurcht vor der Arbeit seines Schwagers. Vielleicht hatte er ja recht mit dem, was er anfangs gesagt hatte. Bald schon konnte man sicherlich einen Mörder mit solchen Spuren eindeutig überführen.

»Kurz vor seinem Tod wurde der Mann offenbar fotografiert. Daran kann es keinen Zweifel geben. Jemand hat den Blitz schräg gehalten, so dass Reste des glühend heißen Magnesiums auf den Körper spritzten.«

Druwe war verwirrt und machte sich Notizen. Konter und Gennat würden ihn zu dieser Frage sicherlich ausquetschen.

»Du hast eben von zwei Dingen gesprochen, die ich wissen muss«, sagte er dann. »Was noch?«

Schmid schob jetzt das Tuch in Höhe der Genitalien zur Seite. »Unser Opfer war höchstwahrscheinlich Jude«, sagte er ohne einen weiteren Kommentar.

II

BERLIN 1924

1

Wilmersdorf, Anfang Januar 1924

Katja und Anna hatten in der Stadt, besser gesagt auf ihren illustren Festen und Bällen, bereits viel erlebt. Jekaterina »Katja« Romanowa war zu einer festen Größe der Empfänge geworden, seit sie unmittelbar nach der Flucht vor den Bolschewisten ihre Namensgleichheit mit der gemeuchelten Zarenfamilie geschickt ausgenutzt hatte. Noch heute wunderte sie sich, dass ihr dieser Umstand – immerhin hatte sie manchen betuchten Gönner um ordentliche Summen gebracht – nie geschadet hatte. Im Gegenteil, wider besseren Wissens wurde sie weiterhin als »Gräfin Romanowa« eingeladen. Ihre Geschäftspartnerin und Liebhaberin Anna Bäumer hatte eher den umgekehrten Lebensweg hinter sich. Während über Katja zunächst ein Stern geglänzt hatte, der in der Folge etwas verblasst schien, war die Frau eines nervlich zerrütteten Frontsoldaten erst aus ihrem Mauerblümchen-Dasein erwacht, nachdem sie ihren Mann verlassen hatte. Anna war in der Stadt bekannt geworden als die Tänzerin *La Veuve Noire*, die Schwarze Witwe. Dabei war sie ebenso skandalträchtig wie die berühmte Anita Berber, aber weniger selbstzerstörerisch. Und durchaus ebenso männermordend, obwohl gerade Männer sie kaum mehr interessierten.

»Hugenberg ist doch ein seltsamer Stenz«, meinte sie am Frühstückstisch und nahm Katjas Sohn auf den Schoß. »Predigt Wasser und säuft Wein.«

»So sind sie doch alle, diese nationalen Moralisten und Tugendwächter. Sprechen von der heiligen Ehe und schauen dann jedem Rock hinterher«, erwiderte ihre Gefährtin und verteilte Honig auf ihrem Hörnchen. »Prangern den Verfall der Sitten an und feiern ihn gleichzeitig aufs Derbste.« Sie betrachtete die Einladungskarte, die in Goldlettern auf die Abendveranstaltung heute hinwies. Für Katja war es ein weiteres Amüsement, für Anna hingegen ein Engagement. Die angebotenen fünfhundert Mark für eine halbe Stunde Tanz konnten sich sehen lassen.

... haben die Ehre, Sie, werte Gräfin, für den Abend des 4ten Januar in die Räumlichkeiten der Lokalität Feldschloss, Berliner Straße 27, auf das Herzlichste einzuladen. An historisch bedeutsamen Orten wird ein Potpourri hervorragender deutscher Filmkulturwerke zu sehen sein ...

»Das *Feldschlösschen* wird doch bald abgerissen«, sagte Anna zwischen Hoppe-Hoppe-Reiter und Bienchen-summ-herum.

»Die Bude ist ziemlich heruntergekommen.« Katja nickte. »Brandschaden, Ratten, ein paar Wohnungslose. Aber es ist doch so herrlich morbide.« Sie ahmte die schrille Stimme einer typischen, abendlichen Damenbegleitung nach. Dabei hob sie die Arme und schüttelte sich affektiert. »Murnau wird da sein und ein paar Szenen aus einem neuen Film zeigen. Und dazu passend soll es ein paar Minuten aus *Mabuse* und *Nosferatu* geben. Schreck, Veidt und Jannings kommen, und sogar die Negri soll eingeladen sein.«

»Was soll das Ganze?«

»Hat Berlin je einen Anlass gebraucht, um zu feiern?« Katja lachte. »Im Ernst, ich glaube, sie suchen ein paar Idioten, die sich an den Kosten der Neubauten für die *Ufa* beteiligen. Ein Kinopalast und eine ganze Filmstadt sind geplant. Da werben sie für ein paar Beteiligungen. Ein Bekannter meinte, das Projekt ist vollkommen überteuert. Irgendwelche Kasper haben im *Feldschlösschen* vor dreißig Jahren angeblich den ersten Kinofilm gezeigt. Jetzt machen die Herren auf Kultur und Nostalgie. Dabei suchen sie nur Geldgeber, die Hugenberg und der *Ufa* ihre neuen Paläste bauen.«

»Franz meinte, die Kerle kaufen Grundstücke von der Stadt billig ein und verscheuern die Anteile für das Zehnfache«, sagte Anna. »So macht man Geld, ohne Gefahr zu laufen, dafür ins Zuchthaus zu gehen.«

»Legal betrügen hat eben Zukunft.«

»Hat Hugenberg denn jetzt die *Ufa* bekommen?«, fragte Anna, obwohl sie Wirtschaft eigentlich langweilte.

»Noch nicht, aber man ist sich offenbar nicht mehr so spinnefeind wie vor Jahren. Die *Ufa* ist immer knapp bei Kasse, und Alfred hat das Geld. Nur eine Frage der Zeit, bis eine Vernunftehe eingefädelt wird. Ich habe gehört, dass viele Schauspieler und Regisseure gute Angebote aus Amerika bekommen. Wenn der deutsche Film mithalten will, müssen sich die Verantwortlichen wohl zusammenraufen.«

»Könnte interessant werden heute Abend.«

o o o

Alfred Hugenberg, der mittlerweile bei über dreißig Verlagen die Finger im Spiel hatte und zudem diverse Beteiligungen in der Schwerindustrie sein Eigen nannte, begrüßte die Gäste, als wäre er der allein Verantwortliche für den Abend. Auf Seiten der *Ufa*, deren Übernahme ihm – sehr zu seinem Verdruss – bisher versagt geblieben war, gab es keinen annähernd so präsenten, polternden, fordernden Charakter wie ihn.

»Meine liebe Katja! Ihre Zusage hat mich wieder einmal besonders gefreut.« Aus unerfindlichen Gründen hatte er einen Narren an der jungen Russin gefressen. Er verzieh ihr so manche Indiskretion und behandelte sie zeitweise wie eine Tochter. Katja fand, dass er dabei durchaus charmant, ja beinahe liebevoll sein konnte. Ein Wesenszug, der gänzlich seinem öffentlichen Auftreten als Nationalist, Antisemit und Kriegstreiber widersprach. Sie plauderte eine Weile mit dem Mann, dessen ergrauender Bürstenhaarschnitt eher wie ein hochgeklappter Ritterhelm aussah denn wie eine Frisur.

»Ich muss Ihnen demnächst unbedingt meine Neuerwerbung am Grunewald zeigen, Teuerste«, sagte er. »Es wurde Zeit für eine feste Berliner Adresse. Ich habe Pläne, die mich bald veranlassen könnten, dauerhaft hier zu residieren.« Er zwinkerte Katja vielsagend zu. Ihre

Neugier war prompt geweckt, denn dem städtischen Klatsch war sie durchaus nicht abgeneigt und nutzte ihn oft gewinnbringend. Bisher schien der Mann eher den Landstrichen im Süden und Westen des Reichs zugetan, dort hatte er seine größten Beteiligungen erworben. In der Hauptstadt machte er sich eher rar. Bevor sie ihn jetzt nach den Gründen für seinen Sinneswandel fragen konnte, trafen allerdings neue Gäste ein, und er wandte sich von ihr ab.

Das *Feldschlösschen* war eine klassische Mischung aus Ballsaal, Theater und Speiselokal. Kurze Zeit war es gegen Ende des vergangenen Jahrhunderts zu Ehren gekommen, als hier erstmals mittels eines speziellen Apparats, des Bioskops, bewegte Bilder gezeigt wurden. Hier befand sich also quasi die Wiege des Kinofilms. Nun allerdings war das Gebäude in einem fürchterlichen Zustand, da kurz nach der Jahrhundertwende das zahlungskräftige Publikum ausgeblieben war. Pankow lag zu jener Zeit einfach zu weit vom Schuss, als dass die Berliner Gesellschaft dauerhaft Notiz von dem Etablissement genommen hätte. Erst seit drei Jahren gehörte das ehemalige Dorf zur Stadt Berlin. Und seit Kurzem hatte die filmische Avantgarde Berlins, immer auf der Suche nach spektakulären Orten für ihre Werke und Feiern, das Lokal wiederentdeckt und belebte es durch skurril schaurige Abendschauen.

Die *Ufa* war seit ihrer Gründung notorisch klamm, insofern passte sie gut zu Berlin. Das Filmunternehmen begriff sich immer noch eher der Kultur zugewandt denn als eine reine Gelddruckmaschine. Aus diesem Grund war Alfred Hugenberg bisher auch als Investor abgeblitzt. Katja sah sich unter den Gästen um und erkannte den knackigen, jungen Hamburger Hans Albers, dessen Gesang sie in verschiedenen Berliner Varietés bewundert hatte. Etwas abseits stand Maximilian Schreck, der als Graf Orlok in *Nosferatu* geglänzt hatte. Der Mann wirkte immer traurig und litt offensichtlich nach seiner Paraderolle unter der Normalität des Alltags, in dessen Bedeutungslosigkeit er zu versinken drohte.

»Ich habe mit Pommer gesprochen«, polterte Hugenberg neben Katja und schreckte die Russin aus ihren Gedanken auf. Er war kein

Freund der leisen Töne. Er wollte, dass man ihn zu jeder Zeit wahrnahm. »Erich wird im nächsten Jahr der *Neptun Film* einen Auftrag geben. Es heißt, Jannings, Veidt und Krauß spielen darin die Hauptrollen. Ich will Sie dort unterbringen, meine Liebe.«

Katja lächelte. Hugenberg versprach seit zwei Jahren, sie beim Film »unterzubringen«. Obwohl sie ihn nie darum gebeten hatte, wollte er unbedingt einen Star aus ihr machen. Es schien ihm ein Bedürfnis zu sein, und er hatte dafür – im Gegensatz zu den in der Branche üblichen Gepflogenheiten – niemals eine Gegenleistung eingefordert. Die ihm Katja ohnehin nicht gewährt hätte.

»Er schuldet mir noch einen Gefallen«, fuhr der Verleger fort. »Und da er jetzt im Vorstand sitzt, dürfte die Sache kein Problem sein.«

Bevor sie etwas sagen konnte, begann die erste Vorführung des Abends. Der zerschlissene, rote Theatervorhang glitt zur Seite, und ein adrett gekleideter Mittdreißiger, der mit versteinerter Miene hinter einem winzigen Tisch stand, wurde sichtbar.

»Meine Damen, meine Herren!«, rief der Ansager des Abends. »Begrüßen Sie Hermann Steinschneider, Wiens bekanntesten Wahrsager!« Es folgten einige einleitende Zaubertricks, die auf jedem Jahrmarkt gezeigt wurden. Dann aber weckte der Mann durchaus Katjas Interesse, als er mehrmals zufällig ausgewählten Gästen Details aus ihrer Vergangenheit in Erinnerung rief, von denen er eigentlich nichts wissen konnte. Nach diesem – vermeintlichen – Beweis seiner Glaubwürdigkeit im Vergangenen begann er, sich als Orakel des Kommenden zu präsentieren. Und wie immer gab es genügend gutgläubige Narren, die förmlich an den Lippen des Mannes hingen.

Katja nutzte den Abend, um sich bei einigen Bekannten in Erinnerung zu rufen. Sie hatte sich in den letzten Monaten etwas rar auf den Berliner Abenden gemacht, da sie mehr Zeit mit ihrem kleinen Sohn verbringen wollte. Sie hatte ein Gedächtnis, das regelrecht geschaffen schien für Namen, Beziehungen, gesellschaftliche Stellung, Gerüchte und Klatsch. Sie horchte einige Leute aus, die ansehnliche Villen in

Westend, Wilmersdorf und Charlottenburg besaßen. Auch ihr Gönner platzte offenbar vor Stolz hinsichtlich seines neuen Anwesens.

»Über zwanzig Zimmer, meine Liebe«, meinte Hugenberg. »Sicher, Grunewald liegt etwas abseits. Aber die Ruhe und drei Hektar Grundstück entschädigen für eine halbe Stunde Fahrzeit ins Zentrum. Ich werde zukünftig häufiger in der Hauptstadt sein. Sogar einen Banktresor habe ich einbauen lassen. Manche Geschäfte erfordern umgehende Entlohnung, verstehen Sie?« Hugenberg zwinkerte Katja wieder vielsagend zu. »Leider komme selbst ich nicht umhin, den einen oder anderen Gauner aus Politik und Industrie sofort zu bezahlen. Und hunderttausend Mark lege ich nicht einfach in den Nachtschrank oder unters Bett.« Er lachte auf die ihm eigene, dröhnende Weise.

»Sie waren doch nie so gut auf Berlin zu sprechen, Alfred«, erwiderte sie, um ihn in Plauderlaune zu halten. »Woher der plötzliche Sinneswandel?«

»Ich werde mich politisch in Stellung bringen«, meinte er derart laut, dass es alle im Theatersaal gehört haben mussten. »Von verschiedenen Seiten wurde ich aufgefordert, mich um ein Amt zu bemühen. Ein Ministerposten in einer der kommenden Regierungen würde selbstverständlich häufiger meine Anwesenheit in der Stadt erfordern.«

Eine der kommenden Regierungen, dachte Katja amüsiert. Diese Republik schien ihre Kabinette öfter zu wechseln als mancher Arbeiter seine Unterwäsche.

»Im Vertrauen.« Hugenberg sprach jetzt doch ungewöhnlich leise. »Es gibt einflussreiche Kreise, die mich gern im Präsidentenpalais sähen.«

Alfred Hugenberg als Reichspräsident? Es gab Neuigkeiten, die selbst eine mit allen Wassern gewaschene Jekaterina Romanowa aus der Fassung brachten. Fast wäre ihr das Champagnerglas aus der Hand geglitten, aber sie überspielte die Geste, indem sie tat, was von ihr erwartet wurde.

»Nein, wirklich?«, rief sie in hysterisch entzücktem Tonfall und deutete ein Klatschen an. »Wie aufregend! Alfred, mit Ihnen muss man sich ja gut stellen.« Er nickte zufrieden.

Ihr Gespräch wurde durch einen kleinen Tumult beendet, der sich später als inszeniert herausstellen sollte. Ein kruder Okkultist namens Aleister Crowley, den die italienische Regierung ausgewiesen hatte, war für eine Darbietung seiner obskuren *Thelema*-Lehre angeworben worden. Offenbar hatten die Veranstalter gedacht, dass ein wenig Kunstblut und ein paar vermeintliche Kontakte mit dem Jenseits zum schaurig schönen Ambiente des Abends passen würden.

»Agape ist Lehre von Große Tier«, predigte der Mann gerade in gebrochenem Deutsch und hielt eine jaulende Katze in die Höhe. »666 wird Zukunft für diese Land sein.« Dumm nur, dass er zum Entsetzen aller Anwesenden im nächsten Moment das arme Tier tatsächlich mit einem Hieb seines Messers köpfte. Als er sich danach mit seiner hübschen Assistentin auf dem Podium auch noch in sexual-magischen Praktiken üben wollte, beorderte Erich Pommer drei Wachleute zu sich, die den übel fluchenden Kerl kurz darauf schließlich von der Bühne schleiften.

»Der Pöbel ereifert sich so gern«, kicherte Hugenberg, der offensichtlich Bescheid wusste. »Und man muss ihm geben, woran er sich labt. Morgen wird es in allen Zeitungen stehen. Und wir haben wieder eine gute Werbung für unser Vorhaben. Skandale und Tadel sind wirkungsvoller als fromme Predigten.«

Katja wusste in diesem Moment nicht, was sie mehr anwiderte. Die Vorstellung Crowleys oder Hugenbergs Reaktion darauf. Sie wandte sich von ihrem Gesprächspartner ab und bestellte amerikanischen Whisky, um ihre Nerven zu beruhigen. Und sie freute sich auf den erotischen Tanz ihrer Gefährtin, der für sie auch immer eine Verheißung jenes Vergnügens war, das die lange Nacht noch bereithalten konnte. Leid und Schmerz. Freude und Ekstase. Alles lag in diesem Berlin ganz dicht beieinander.

○ ○ ○

»Verdammter Mist!«, rief Paul Konter bereits im Flur, als er nach Hause kam. Nach Hause bedeutete in diesem Fall, dass er wieder einmal bei Toni übernachten würde. Seine kleine Bude in Lichtenberg hatte er seit drei Wochen nicht mehr gesehen. Entweder hatte dort ein Treber schon lange die Tür aufgebrochen und seine Biervorräte gekapert. Oder aber die Ratten tanzten bereits Samba in der ohnehin nur knapp gefüllten Speisekammer.

»Kauf dir endlich neue Schnürsenkel«, gab Toni zurück, die sah, dass ihr Lebensgefährte wegen der bereits mehrfach geknoteten Bänder nicht aus den Schuhen kam.

»Ach, darum geht es gar nicht!«, maulte der Polizist wieder. »Wir haben Josefs Neffen gefunden.«

»Endlich. Da wird er sich freuen. Dem Bengel sollte man den Hintern versohlen. Sich über einen Monat nicht bei seinen Eltern zu melden, gehört sich einfach nicht.«

»Er ist tot.«

»Was?« Toni, die eben noch zu Neckereien aufgelegt gewesen war, erstarrte und schlug die Hand vor den Mund. »Nein, das wird Josef das Herz brechen. Was ist passiert?«

»Genau wissen wir es nicht«, antwortete Konter, der beim Versuch, den zweiten Schuh loszuwerden, beinahe umgefallen wäre. »Eine Leiche, die wir bereits vor einem Monat gefunden haben. Mein Assistent wusste nichts von dem Vermissten, weil wir es ja nicht offiziell gemacht hatten. Verdammt, das war meine Schuld! Danach hat sich alles noch wegen der Feiertage verzögert.« Er saß jetzt auf dem Boden und zerrte an seinem Schuh. »Üble Sache. Alles sieht nach einer missglückten Entführung aus. Oder aber Aaron hatte Schulden, die er nicht zurückzahlen konnte.«

»Diese Leute haben Geld wie Heu!«, erwiderte Toni zweifelnd.

»Der alte Rosenbaum, aber nicht sein Sohn«, gab Konter zu bedenken.

»Dann hätte sein Onkel ihm das Geld gegeben.«

»Vielleicht waren es gar keine Schulden. Was weiß ich? Die Mörder haben den armen Jungen an alten Geldscheinen krepieren lassen. Sie haben sie in ihn hineingestopft wie in eine Mastgans.«

»Wann genau habt ihr ihn gefunden?«

»Schon lange vor Weihnachten, aber erst hat dieser senile Polizeiarzt getrödelt und alles verzögert. Es wundert mich, dass er nicht auf Selbstmord als Todesursache getippt hat. Und dann musste unser neuer Gerichtsarzt noch einmal von vorn anfangen. Gott sei Dank war der Körper eingefroren. Dazu noch die Feiertage. Der Dienstweg. Und jetzt ist Januar. Weißt du, warum deutsche Beamte nie verklagt werden?« Er wartete eine Antwort seiner Verlobten nicht ab. »Die, die es betrifft, sind längst tot, bevor das erste Mal an ihrer Sache gearbeitet wird.«

»Unglaublich«, meinte Toni, die sich etwas gefangen hatte. »Beste Aussichten also, die Täter zu fassen, wenn schon fünf Wochen vergangen sind! Josef wird toben.«

»Heute sicher nicht mehr«, beendete ihr Lebensgefährte die Diskussion. »Verdammt, ich brauche eine Schere.« Mit Schuh humpelte er auf sie zu und setzte zu einer halbherzigen Umarmung an. Dass er bereits seit drei Tagen in dieser Angelegenheit mit sich haderte und eine Entscheidung aufschob, verschwieg er. Immer wieder hatte er Gründe dafür gefunden, dass es gar nicht Sternweins Neffe sein konnte. Aber seit heute hatte er Gewissheit. »Ich rufe ihn morgen früh an. Im Leichenschauhaus arbeitet jetzt ohnehin niemand. Ich will das Josef nicht antun.«

»Ja, tatsächlich? Ich denke eher, du willst es vor allem *dir* nicht antun.« Natürlich hatte Toni sofort begriffen, worum es hier wirklich ging. Sie mochte es ebenso wenig wie er, wenn wichtige Dinge liegen blieben. Aber in diesem Fall konnte sie ihren Partner vollkommen verstehen.

2

Alexanderplatz

Als Franz gerade aufbrechen wollte, um am späten Vormittag seine übliche Kontrollrunde durch die Klubs des *Syndicats* zu machen, erreichte ihn der Anruf Konters.

»Du musst kommen, Franz. Sofort.« Konters Stimme zitterte. Aber mehr sagte er nicht und legte wieder auf. Franz stürzte noch zwei Tassen des kalten Frühstückkaffees hinunter, um die bleierne Müdigkeit, die sich seiner bemächtigt hatte, zu vertreiben. Dann lief er zu seinem Automobil. Die eilig entzündete Zigarette blies ihm der Fahrtwind bereits am Moritzplatz aus, da er vergessen hatte, die Frontscheibe hochzuklappen.

Auf dem Präsidium angekommen, eilte er im Laufschritt die Gänge entlang, so dass ihn die Mitarbeiter sogar mehrmals ermahnten. Trotz aller Unbill, die hier auf Ermittler wie Delinquenten wartete, schien man noch immer Wert auf ein Mindestmaß preußischer Contenance zu legen. Andere, weniger wohlmeinende Geister sprachen hingegen boshaft vom Phlegma der Arbeitsscheuen, das hier schlicht zur Staatsräson verbrämt worden war. Zwar eiligen, aber dennoch beherrschten Schrittes hatte jeder Beamte und Besucher durch die Gänge zu wandeln. Aber Franz trieben dunkle Ahnungen zu Konters Büro, das er schließlich abgehetzt erreichte. Der Mann wahrte einen gewissen Abstand zu ihm, hatte ihn noch nie um einen direkten Gefallen gebeten, der keinen Aufschub duldete. Im Dienstraum standen zwei Männer. Neben Paul Konter blätterte ein jüngerer Mann in seinen Notizen.

»Kriminalassistent Druwe, mein neuer Mitarbeiter«, stellte ihn

Konter knapp vor. »Jens, ich habe Herrn Sass hierher gebeten, weil er uns dabei helfen soll, den Toten zu identifizieren.«

»Wir kennen uns doch bereits«, meinte der junge Polizist und musterte Franz, als versuche er, sich an Einzelheiten zu erinnern. Dann ging ihm offenbar ein Licht auf. »Ja, sicher. Sie waren doch der Kerl, der angeblich in Hamburg auf St. Pauli eine Wohnung gemietet hatte. In die offenbar jemand eingebrochen war. Sie sind doch der Mann mit den Chinesen-Kontakten!«

»Wie bitte? Ich verstehe gar nichts.« Konter war es sichtlich unangenehm, dass die beiden Männer sich kannten. Behutsam tastete er sich vor. »Herr Sass ist Geschäftsmann. Mag sein, dass er Kontakte nach Hamburg hat oder hatte. Das tut jetzt aber nichts zur Sache. Sein Kompagnon vermisst einen Verwandten.«

Franz, der bisher geschwiegen hatte und ebenfalls versuchte, das Gesicht des Kriminalen einzuordnen, wurde langsam ungeduldig.

»Warum kommt dann nur Herr Sass?«, fragte Druwe.

»Ich vertrete meinen Teilhaber in allen Angelegenheiten, da er nach einigen ekelhaften Schmähungen seiner Person recht öffentlichkeitsscheu geworden ist«, erwiderte Franz in selbstbewusstem Tonfall. Auch er erinnerte sich jetzt an die Begegnung in Hamburg. Und schon damals war ihm dieser Druwe etwas zu nassforsch erschienen. »Sie müssen wissen, er ist Jude.«

»Wie unser Toter«, gab Druwe zurück und stürzte Franz mit dieser Bemerkung umgehend in die seelischen Untiefen zurück, aus denen er sich gerade herausgearbeitet hatte.

»Paul! Meinst du, Aaron ist …? Hat es sich bestätigt?« Als er merkte, dass Druwe ihn aufmerksam beobachtete und bei Nennung des Vornamens seines Vorgesetzten sogar die Braue hob, ruderte Franz zurück. »Herr Kommissar Konter, bitte! Was haben Sie herausgefunden?«

Konter nickte seinem Assistenten zu, der eine knappe Zusammenfassung vom Leichenfund in der Kanalisation und den Erkenntnissen der gerichtsmedizinischen Untersuchung gab.

»Haben Sie mittlerweile eine Fotografie des Vermissten?«, fragte der Kriminalbeamte, als der jüngere Kollege seinen Vortrag beendet hatte. »Alter und Größe könnten passen. Und wie Herr Druwe bereits sagte, wurde bei dem Toten offenbar die *B'rit Milah* durchgeführt. Tut mir leid, Herr Sass. Aber derart viele Tote, die auch noch beschnitten sind, gibt es nun auch wieder nicht in der Stadt. Vielleicht sollten Sie Ihren Bekannten zur Identifizierung ins Leichenschauhaus bitten. Wir brauchen Gewissheit.«

○ ○ ○

Kurz darauf fuhr Franz die Prenzlauer Allee hinauf, um Josef Sternwein die schauerliche Nachricht zu überbringen. Sein väterlicher Mentor schien sofort zu ahnen, worum es ging, als sein Leibwächter und Hausdiener den jungen Gast, der sichtlich aufgelöst wirkte, ins Raucherzimmer führte.

»Hat die Polizei Aaron gefunden?«, fragte er leise. Franz nickte stumm. Sternwein fiel förmlich in sich zusammen. »Ich hatte also recht, es ist etwas passiert.«

Franz musste den älteren Freund stützen, als sie zum Wagen gingen. Es war das erste Mal, dass er den so selbstsicher auftretenden, jüdischen Unternehmer als verzweifelten und gebrochenen Mann sah. Unter Missachtung aller Verkehrsregeln und Dauereinsatz des Bosch-Horns jagte er seinen *Bugatti* Richtung Hannoverscher Straße. Im gerichtsmedizinischen Institut wartete Jens Druwe bereits auf die beiden Männer.

»Sie sind Herr Rosenbaum?«, fragte er. »Der Vater?«

»Der Onkel. Josef Sternwein. Mein Schwager ist verhindert. Außerdem ist er schwer herzkrank und würde Ihnen hier nur zusammenbrechen.«

Sie betraten die Kühlhalle. Franz staunte, da er sich einen Moment lang an eine moderne Schlachterei erinnert fühlte. Geflieste Wände und Abflusslöcher im Boden. Geschnitten und verpackt wurde offenbar auf diesen glänzenden Tischen. Sein Blick glitt über die Reihen der Kühlfächer, und er versuchte, nicht daran zu denken, dass darin menschliche Körper lagen. Ein hinzugerufener Medizinalassistent stöberte gerade in einer Liste und ging dann zu der Kammer III/M-251123 hinüber und öffnete die Tür.

»Kein sehr schöner Anblick. Fortgeschrittenes Stadium der Verwesung mit Prozessen an den inneren Organen und Nachweis einer typischen Leichenfauna. Bissspuren von Nagern an den verschiedensten Weichteilen. Ich hoffe, Sie haben nicht eben gegessen, meine Herren«, sagte er und zog an dem Stahlgriff des Fachs. Die Bahre, auf der ein abgedeckter Leichnam lag, glitt auf Rollen aus der Wand. Wenig rücksichtsvoll schlug der Mann das grüne Tuch zur Seite, so dass Gesicht und Oberkörper des Toten sichtbar wurden. Der typische Schnitt am Brustkorb, mit dem die oberen, inneren Organe freigelegt worden waren, sah aus, als hätte ihn ein unbegabter, blinder Kürschner wieder zusammengenäht. Ähnlich verhielt es sich an der Kopfhaut am Übergang zum Haaransatz. Besonders abstoßend erschienen jedoch tatsächlich die Zeichen der Verwesung, die sich überall im Gesicht fanden. Und die natürlich durch das Einfrieren nur aufgehalten, aber nicht rückgängig gemacht worden waren. Zudem fehlten unter dem linken Auge sowie an Wangen und Nase eindeutig Gewebestücke.

»O Gott!«, rief Sternwein und wandte sich zur Seite.

»Ich muss Sie das jetzt fragen, Herr Sternwein«, sagte Druwe leise. »Können Sie bestätigen, dass es sich hier um Ihren Neffen Aaron Rosenbaum handelt?«

»Nein.« Die Stimme des sonst immer gefassten Mannes war nur schwach zu vernehmen. »Das ist nicht Aaron!«

Der Assistent zuckte nur mit den Schulter, klappte seine Akte zu, bedeckte den Leichnam und schob ihn zurück in die kalte Dunkelheit, aus der er gekommen war.

Franz hatte den Bankierssohn in den vergangenen zwei Jahren nur ein paar Mal bei gesellschaftlichen Anlässen gesehen. Und dennoch hätte er Stein und Bein geschworen, dass das entstellte, blasse Antlitz dem Rosenbaum-Spross gehörte.

»Aaron hatte von Geburt an und noch als Kleinkind eine Hasenscharte«, sagte Sternwein unvermittelt. »Nichts Großes, es wurde später operiert. Aber bei genauem Hinsehen kann man es erkennen.«

Keiner der Männer musste den Toten noch einmal anschauen. Sie wussten, er hatte ganz sicher keine derartige Narbe.

3

Wedding, Mitte Januar 1924

Die Lynarstraße im Berliner Arbeiterviertel gehörte nicht zu den besten Adressen der Stadt. Shen Li hatte hier in einem verwitterten Hinterhaus Quartier bezogen. Vom Kohlenbahnhof zog beständig feiner, schwarzer Staub herüber, der in jede Ritze zu kriechen schien und das Fensterglas der Wohnung über Jahrzehnte blind gemacht hatte. Etwas weiter lag die Gasanstalt, deren Gelände immer hell erleuchtet war und über der ein dauerhaftes Brummen von Generatoren lag, das in der Umgebung mehr spürbar als hörbar war. Der Nordhafen wurde zwar weniger genutzt als noch vor zehn Jahren, dennoch war es auch hier nicht ruhig. Denn von der scharfen Kurve, die die Züge des Lehrter Bahnhofs auf ihrem Weg nach Westen beschreiben mussten, drang ein lautes Kreischen der Räder herüber. Und über allem lag der Petroleumgeruch vom Lagerhof am Friedrich-Krause-Ufer.

»Meister Zhi lässt fragen, weshalb Ihr dieses Wissen zu erwerben wünscht, Herr Sass.« Shen zeigte auf einen Brief. Sein mächtiger Schreibtisch war völlig überladen mit Papieren aller Art. Aktenordner und lose Dokumente, dazu noch englische und chinesische Zeitungen, Bücher und handschriftliche Notizen. Der Mann schien rechts, links und vorn vollkommen eingefasst von Stapeln Papier, lediglich dort, wo er saß, war ein wenig Platz auf der Tischplatte freigehalten. Franz wunderte sich, dass in dem kleinen Büro keine Regale oder Aktenschränke standen, die für etwas Ordnung hätten sorgen können. Franz bemühte sich seit Wochen darum, endlich mit dem Chemiker zu sprechen. Schließlich hatte der Chinese eingewilligt, Zhi Chao, dem er unterstand, schriftlich um Erlaubnis zu fragen.

»Richten Sie Meister Zhi doch bitte aus, dass ich dieses Wissen zu erwerben wünsche, weil ich nicht nur ein Diener und Handlanger bin. Außerdem haben Sie mir zugesagt, dass mir ein Fachmann die Zusammenhänge erklärt.« Franz war aufgebracht, weil Shen bisher seine Bitte, Näheres über die Rohstoffe zu erfahren, abgelehnt hatte. Jetzt spuckte er dem Chinesen dessen selbst gewählte, schwülstige Ausdrucksweise förmlich vor die Füße. »Es geht mir lediglich darum, zu erfahren, was wir liefern und ob es gefährlich ist«, fuhr er etwas versöhnlicher fort, als er merkte, dass sich die Gesichtszüge seines Gegenübers verhärteten. »Ich bin für meine Leute verantwortlich. Ein Fass kann umkippen, ein Sack mit Chemikalien reißen. Die meisten Männer rauchen. Sollen unsere Waren in die Luft fliegen? Also?«

»Ich habe dies bereits über Fernsprecher mit Meister Zhi erörtert. Und er stimmt Eurem Ansinnen unter der Bedingung zu, dass Ihr vollkommenes Stillschweigen über dieses Wissen bewahrt. Die Rezeptur, für die die Roharzneien genutzt werden, ist geheim. Ihre Entwicklung hat eine Menge Geld gekostet.«

»Wann kann ich diesen Mann treffen, Herr Shen?«, fragte Franz ungeduldig.

»Ich werde einen Kontakt herstellen. Der Chemiker überwacht die Reinheit der gelieferten Substanzen und die Herstellung vor Ort. Es ist eine alte, stillgelegte Fabrik. Ich werde einen Boten schicken müssen. Ich denke, in ein paar Tagen wird er ihre Fragen beantworten können.« Shen nahm mehrere Blätter Papier von seinem Schreibtisch. Er schien dabei genau zu wissen, wo diese unter den Schichten anderer Dokumente begraben waren. »Die Menge an Opium, die über Hamburg in die Stadt kommt, soll binnen Jahresfrist verzehnfacht werden. So ist es Meister Zhis Wille. Die Weisung, die er erhielt, stammt direkt aus Shanghai. Ihr wisst, was dies bedeutet?«

»Sagen Sie es mir.«

»Dem Wunsch der Oberen der Familien muss entsprochen werden. Es nicht zu tun käme einer Entehrung gleich, die alle Beteiligten …«

Er schien sich zu erinnern, wo er war. »Ich will Euch nicht mit einer Beschreibung jener Strafen langweilen, die einen Entehrten erwarten. Schließlich befinden wir uns in Eurem Land und nicht in meiner Heimat.«

»Bisher waren es ein paar Kilo im Monat«, sagte Franz und ignorierte die versteckte Drohung.

»Ab nächstem Monat kommt deutlich mehr Opium in Hamburg an. Die Vorbereitungen für die Rohstofflieferungen sind allerdings noch nicht vollständig abgeschlossen. Werdet Ihr den Anforderungen gewachsen sein?«

Den Anforderungen gewachsen. Franz ballte die Faust in seiner Jackentasche. Der Mann verstand es, Beleidigungen auf höfliche Art auszusprechen. Viele Zwischenhändler und Kunden in Berlin nervten ihn bereits, ob er mehr von dem Rauschmittel besorgen könnte. Ein Problem war immer noch die Bezahlung. Die Nacht-und-Nebel-Aktion der Währungsumstellung hatte viele Fragen und noch mehr zerstörte Existenzen hinterlassen. Die alte Papiermark hatte zum Schluss an galoppierender Schwindsucht gelitten. Und nun bettelten alte Kunden des *Syndicats*, die pleite waren, förmlich darum, Kredit zu bekommen.

»Welche Mengen?«

»Im Frühjahr zunächst eine Verdopplung der Opiummenge. Dazu mehrere hundert Kilo Chemikalien. Später soll es noch mehr werden.«

»Bis Mitte des Jahres könnte das gelingen«, meinte Franz.

»Sehr schön.« Der Chinese machte sich einige Notizen. »Bei den Arzneichemikalien werden wir Geduld brauchen. Die Strukturen für den Handel sind noch nicht völlig aufgebaut.«

»Sofern *Sie* den Anforderungen gewachsen sind, *wir* wären soweit«, warf Franz ein. Die Retourkutsche wirkte zwar etwas billig, tat aber dennoch gut. »Einen Teil der Ware können wir über Land bringen, aber große Menge passen besser auf die Binnenschiffe. Vielleicht nutzen wir für die harmlosen Rohstoffe einfach die Bahn. Auch deshalb ist es wichtig, dass ich weiß, worum es sich handelt. Eine Tonne Salz kann die Reichsbahn fahren. Bei einem Sack voll Opium wäre ich mir da allerdings nicht so sicher.«

»Mit Verlaub, wäre es so einfach, würden wir es sicher selbst bewerkstelligen.« Shen Li lächelte mit einem Anflug von Überheblichkeit. »Aber im Ernst. Wir rechnen damit, dass das weltweite Handelsnetz noch im Laufe des Jahres seine Arbeit aufnimmt. Bis dahin müsst Ihr Eure Routen ausgearbeitet und auch überprüft haben, Herr Sass. Zunächst erhaltet Ihr also nur kleine Mengen. Ware, die von Hamburg nach Berlin geht. Und verarbeitete Roharznei, die wieder zurück in die Hafenstadt muss. Später können es durchaus drei bis fünf Tonnen im Monat werden. Bereitet dafür alles vor.«

Drei bis fünf Tonnen. Franz musste schlucken und versuchte, seine Überraschung zu verbergen. Wenn das der Anfang war, wie viel würden sie in zwei oder drei Jahren umschlagen? Gut, diese Rohstoffe – so hatte er es zumindest verstanden – waren für sich genommen zwar nicht illegal, jedoch überall auf der Welt äußerst begehrt. Sie mussten geschützt werden. Zudem sollte die Ware möglichst unerkannt zu den Betrieben gelangen, in denen sie verarbeitet wurden, damit niemand dumme Fragen stellte. Alles in allem eine große Herausforderung.

o o o

Am nächsten Tag besprach Franz die Einzelheiten mit Max und Georg. Sie saßen gemeinsam in seiner Lieblingskneipe in der Stallschreiberstraße und genossen die fettigen Bouletten von »Skagerrak Hein«, dem einarmigen und einbeinigen, alten Schiffskoch. Max hatte in der Stadt beste Kontakte zu Fuhrwerkunternehmen, mit denen er bereits im Baugeschäft gut verdiente. Und Georg konnte auf die Handelswege der Familie Harussel vertrauen. Der Schmuggel über Spree, Havel, diverse Seen und Kanäle lief oft über die Zigeunerfamilien, die geheime Liege- und Umschlagplätze rund um Berlin unterhielten. Franz musste zusehen, dass bei der Verwaltung und beim Zoll alles reibungslos lief.

In der Stadt mussten viele Beamte geschmiert werden. Auf dem Land fuhren seine Vertrauensleute bereits die Gendarmerien ab und klärten, was erforderlich war, damit dort die unterbezahlten Polizisten notfalls alle Hühneraugen zudrückten. Und es war beinahe noch wichtiger, die Überlandwege ausreichend zu sichern. Die Ware weckte Begehrlichkeiten. Bei derart vielen Arbeitern konnte immer ein Suffkopf plaudern. Das *Syndicat* hatte Neider und Feinde in der Stadt. Die Götze-Brüder konnten auf dumme Ideen kommen. Der Prinz von Moabit und einige andere waren ebenfalls nachtragend und missgönnten der Sass-Familie ihren schnellen Aufstieg.

»Ich spreche mit Joaquin und den Sieben«, sicherte Georg zu. »Es sollte keine Probleme geben, wenn die Bezahlung stimmt. Ware ist Ware.«

»Sehe ich genauso«, stimmte Max zu. »Meine Lieferanten sind für jede zusätzlich verdiente Mark dankbar. Vielen steht das Wasser bis zum Hals. Berlin und Umland sind kein Problem für Pferde oder Laster. Aber ich hörte, dass die Straßen ins Brandenburger Land und nach Mecklenburg ziemlich schlecht sein sollen.«

»Wir prüfen alles, probieren es aus und treffen dann eine Entscheidung«, sagte Franz. »In einem halben Jahr müssen wir mehrere Tonnen im Monat hin und her kutschieren.«

Georg pfiff durch die Zähne. »Da muss aber noch einiges erledigt werden, bevor wir so viel schaffen.«

Franz war jedoch mit seinen Gedanken schon wieder woanders. Er kippte die Molle in drei Zügen hinunter. Mit seiner Beziehung zu Susanne stand es nicht zum Besten. Wenn er jetzt wieder wochenlang nur zum Schlafen nach Hause käme, dann wäre es sicherlich aus zwischen beiden.

»Franz?« Max stieß ihn unsanft an. »Hörst du nicht zu? Ich finde, Georg hat recht.«

»Womit?« Er ahnte, dass er gerade das Gespräch zwischen den beiden älteren Brüdern komplett ausgeblendet hatte.

»Du solltest mal auf andere Gedanken kommen. Ich und Georg schaukeln die Sache schon. Mit Transport kennen wir uns aus. Vielleicht fährst du mit Susanne mal in den Harz?«

Offenbar wissen schon alle Bescheid, dachte Franz. Noch immer konnten die Brüder voreinander nur wenig verbergen. Obwohl die Geschwister ihr eigenes Leben lebten, war es in den Angelegenheiten der Familie immer noch so, als hausten sie in der engen Zweizimmerwohnung ihrer Kindheit und Jugend in Moabit. Und der Liebeskummer war dort ebenso wenig vor den anderen zu verbergen gewesen wie die Darmgeräusche nach zwei Tellern Kohlsuppe.

»Euch Nasen allein lassen? Kann ick mir ja ooch jleech inne Jemüsebeete an St. Johannis lejen! Kreuz druff und Ruhe im Puff.«

Als seine Brüder lachend gegangen waren, saß er noch eine Weile da und beobachtete das Treiben im Speiseraum und am Tresen. Hier im *Open House* schien die Welt noch in Ordnung. Die Leute gingen wochentags zur Arbeit, am Samstagmittag in die Laube und sonntags zum Fußball. Und zwischendrin gingen sie saufen. Die Philosophie des Proletariats. Er machte sich leicht schwankend auf den Heimweg. Er brauchte frische Luft und musste den Kopf klar bekommen. Deshalb nahm er den Umweg über die Cöpenicker Straße und unternahm einen Abstecher zur Spree. Die ersten Demontagearbeiten an der Schleuse zum Luisenstädtischen Kanal hatten begonnen. Der Wasserweg war in den letzten Jahren wirtschaftlich nutzlos geworden und sollte in ein oder zwei Jahren sogar gänzlich zugeschüttet werden. Er und Susanne suchten deshalb seit einiger Zeit eine neue Bleibe und waren sich sogar darüber in die Haare geraten. Nachdem sie vor gut einem Jahr mit knapper Not ihre schwere Erkrankung überstanden hatte, war es zur Fehlgeburt ihres gemeinsamen Kindes gekommen. Susanne sprach fast nie darüber und wurde regelmäßig wütend, wenn Franz versuchte, das Thema Familie anzuschneiden. Er wusste, dass der Verlust immer noch schmerzte, denn er empfand ebenso.

»Ich will in die Stadt«, hatte sie gesagt, als läge die Naunynstraße im Brandenburgischen. »Ins Zeitungsviertel. Das Leben genießen ohne lange Wege.«

»Ich habe da eine nette Villa in Pankow aufgetan«, hatte er vorsichtig erwidert. »Viel Platz und ein großes Grundstück.«

»Zieh du doch zu den Rüben! Ich will Theater und Galerie um die Ecke.«

Schwermütig saß Franz eine halbe Stunde später an seinem Schreibtisch, als Susanne das Zimmer betrat. Sie hatte sich verändert. Äußerlich immer noch gepflegt, war die Anmut der Jugend innerhalb der letzten Monate aus ihrem Gesicht verschwunden. Sie hatte es selbst nicht leicht gehabt, als sie kurz nach dem Krieg sich und ihre kleinere Schwester hatte durchbringen müssen. Kurzzeitig hatte sie aus diesem Grund sogar als Prostituierte in einem Tanzklub gearbeitet. Und sie hatte teuer dafür bezahlen müssen. Eine unerkannte, bereits fortgeschrittene Syphilis war nur mit Hilfe – Franz konnte es bis heute kaum glauben – seltsamer, chinesischer Kräuter zu heilen gewesen. Und eben dies war der Grund, weshalb er in der Schuld dieses chinesischen Kaufmanns aus Hamburg stand. Denn Zhi Chao hatte diese Behandlung erst ermöglicht. Nicht dass der Chinese ihn zu irgendetwas gezwungen hätte. Nein, Franz empfand eine tiefe und ehrliche Dankbarkeit und wäre sich schäbig vorgekommen, wenn er dem damaligen Wohltäter in Zukunft nur die kleinste Bitte abschlagen würde. Aber nicht nur die Krankheit hatte Narben auf Gesicht und Seele seiner Verlobten hinterlassen. Die Fehlgeburt, aber vor allem die damit verbundenen Hoffnungen und Ängste hatten sie verändert. Alle, Ärzte und Hebamme, hatten zwar versichert, dass »es besser so« gewesen war. Denn das Ungeborene hatte schon im Mutterleib unter den Folgen der zerstörerischen Krankheit gelitten, wäre auf ewig behindert gewesen. Und dennoch. Weder Susanne noch Franz hatten den Verlust bisher überwinden können. Aber für ihn war das weitaus Schlimmste, dass seine Partnerin ihn nicht in ihre Trauer hineinließ. So jedenfalls drückte er es aus, wenn er – allerdings selten – mit seiner Tante oder Katja darüber sprach. Er fühlte sich ausgeschlossen und hilflos.

»Es ist, als verspürten wir zwei unterschiedliche Arten von Schmerz«, hatte er unter Tränen zu Toni gesagt. »Dabei ist es doch ein und derselbe Schmerz!«

Hinzu kam die höchst unpassende Zuneigung, die er für seine Cousine Valerie empfand. Er hatte mit ansehen müssen, wie Susanne unter der Last ihrer Krankheit verfiel. Gleichzeitig war Tonis Tochter, die in Paris entführt worden war und nur knapp überlebt hatte, zusehends zu einer Schönheit erblüht, die Männern den Atem raubte. Franz konnte seine Gefühle kaum benennen. Er war innerlich zerrissen, manchmal wütend, manchmal verzweifelt, aber auch vor unterdrücktem Verlangen halb irre.

»Noch gar keinen Kognak heute?«, riss Susanne ihn aus seinen Gedanken. Er trank zu viel, das wusste er selbst. Er zwang sich, ruhig zu bleiben, damit es nicht wieder zum Streit kam.

»Wie geht es dir?«, fragte er stattdessen.

»Vor dieser Sache mit Ian und Valerie hast du gesagt, dass du dich fühlst, als wärest du für alles verantwortlich«, erwiderte sie. »Als würde jeder an dir zerren. Und genauso fühle ich mich jetzt. Nur dass es mich von innen heraus zerreißt und auffrisst.«

Franz blickte sie erstaunt an. Er hatte eine weitere Auseinandersetzung erwartet. Wie so oft in letzter Zeit. Stattdessen zeigte sich Susanne jetzt offen und verletzlich. Ihm gingen jedoch viele Dinge durch den Kopf. Das Opium, die Chinesen, die neuen Verträge, die alten Pflichten. Aber er spürte, dass er sich unbedingt zwingen musste, in diesem Moment bei der Sache zu bleiben. Sonst machte Susanne wieder dicht. Warum mussten Gefühle auch immer zur unpassendsten Zeit kommen? Wie Maulwürfe schienen sie sich tagelang unbemerkt durch das Dunkel zu graben, um dann unerwartet irgendwo hervorzubrechen und dabei einen hoffnungsvollen, zarten Setzling aus der Erde zu wühlen.

»Ich …«, stotterte er. »Ja. Ich verstehe das. Ich denke noch oft an Ian. Und … Ach, verdammt! Ich will, dass es wieder so wird wie früher.«

»Du weißt, dass das nicht geht«, erwiderte sie mit sanfter Stimme. Sie strich ihm übers Haar, und er spürte eine Gänsehaut über den Rücken laufen. »Manchmal frage ich mich, ob es richtig war, die Hilfe dieses chinesischen Arztes in Anspruch zu nehmen.«

»Wie meinst du das?«

»Vielleicht war mir anderes bestimmt. Vielleicht haben wir das Schicksal oder einen Gott verärgert, als wir uns gewehrt haben. Viel Leid wäre dir und mir erspart geblieben.«

»Gott? Der Kerl kann mich am Arsch lecken, wenn er gewollt hat, dass das passiert!«, polterte Franz los. Wie viele Männer seines Alters war er sich noch nicht ganz sicher, ob es diesen Gott wirklich gab. Bisher war er da jedoch eher skeptisch. »Nein, Susi. Und wenn ich durch eine Hölle gehen müsste, ich würde es für dich tun. Du bist ein guter Mensch. Dich trifft keine Schuld. Du hast das Ganze nicht verdient.« Er wollte sie umarmen, aber sie wich ihm aus. Seit der Fehlgeburt waren sie miteinander nicht mehr intim gewesen. »Durch die Hölle, glaub mir«, flüsterte er.

Sie nickte nur stumm, schenkte ihm das melancholische Lächeln, das er in den letzten Monaten so oft an ihr bemerkt hatte. Er wusste, sie kehrte in diesen Momenten wieder in ihre innere Welt des Schmerzes zurück. Als sie den Raum verlassen hatte, hieb er so lange mit der Faust auf den Tisch, bis sie taub wurde. Dann griff er nach der Flasche *Courvoisier*, die auf einem Tablett stand. Er machte sich nicht einmal die Mühe, einen Kognakschwenker zu füllen. Gierig setzte er die Flasche an den Mund und nahm mehrere große Schlucke. Das Brennen in der Kehle erinnerte ihn an seinen eigenen Seelenschmerz. Es war, als würde der Alkohol ihn nicht nur betäuben. Nein, die Hitze, die er verspürte, war das Fegefeuer, in dem er vielleicht doch noch gereinigt werden würde.

○ ○ ○

In den folgenden zwei Stunden, in denen er in Selbstmitleid und Grübelei versank, reifte ein Plan. In letzter Zeit hatte er Katja und Anna aufmerksam zugehört, wenn sie von ihren Einladungen zu den Festen der Stadt erzählten. Das teure Geschmeide der Damen, das Prahlen der Gastgeber, die herrlichen Villen am Grunewald und Schlachtensee oder in Westend und Hohenschönhausen. All das übte einen seltsamen Reiz auf ihn aus. Vor allem wenn er hörte, dass die Besitzer sich der neuen Mode, ihr Eigentum in Tresoren und Safes zu verwahren, angeschlossen hatten. Dass nun auch Hugenberg über ein Domizil in Berlin verfügte, welches über einen eigenen Raum für den Panzerschrank verfügte, weckte einen seltsam morbiden Ehrgeiz in Franz.

»Ich musste mir dort alles ansehen«, hatte Katja arglos ausgeplaudert. Im zweiten Stock wurden die Zimmer umgebaut, um Platz für diesen Stahlkoloss zu schaffen. Alfred meint, er braucht oft ein paar Mark für unerwartete Geschäfte, die er auf seinen Soireen manchmal abschließt.«

Franz griff nach dem Fernsprecher und rief im *Klub Berlin* an. Als er seinen jüngsten Bruder, der dort die Geschäfte leitete, an der Strippe hatte, konnte er vor Aufregung kaum an sich halten.

»Erich, wir drehen ein Ding zusammen«, rief er euphorisch und viel zu laut in die Sprechmuschel. »Du wolltest doch immer, dass wir dich ernst nehmen und einbeziehen.«

Erich traf erst gegen Abend in der Naunynstraße ein und fand seinen Bruder halb betrunken vor. Franz saß am Tisch und fertigte offenbar Zeichnungen an. Mehrere Versuche mussten misslungen sein, denn im Zimmer lagen Papierknäuel verstreut auf dem Boden.

»Erich, wir machen ein Ding zusammen.«

»Sagtest du bereits. Und wat jenau meenste damit?«

»Du musst lernen, wie man mit Werkzeug umgeht. Ich meine den schweren Kram. Du musst Erfahrung sammeln mit Stahl und Schlössern. Und mit Schweißen und Brennen.«

Erich Sass hatte sich in den vergangenen zwei Jahren zu einem Vertreter jenes jungen Männertypus' entwickelt, den die Jungs der Berliner Straßencliquen einen Schnösel nannten. Ein wenig verwöhnt und arrogant, aber viel öfter gelangweilt oder sogar gleichgültig. Nach dem Tod seines Freundes Ian hatte ihn Franz mit Tonis Hilfe in die Geschäftsführung der Edelklubs des *Syndicats* eingewiesen. Lokale wie das – von Franz immer noch geliebte – *Open House* in der Stallschreiberstraße erforderten gänzlich andere Prioritäten als der *Klub Berlin* oder der *Club 21* am Wittenbergplatz.

»Proletenbude«, nannte Erich das erste, sehr einfache Lokal, das Franz und Max vor fünf Jahren eröffnet hatten und in dem es immer noch »eene Molle mit Bouillon und Schrippe« für die gestrandeten Seelen der Nacht gab. Er selbst fühlte sich unter den Fittichen seiner Tante zunehmend wohl in der edlen Bohème des Neuen Westens, die die betuchte Gesellschaft sich selbst und anderen vorgaukelte. Vielleicht war er zu jung, um den Widerspruch darin zu bemerken.

»Wir steigen bei Hugenberg ein«, meinte Franz und bemühte sich, klar zu sprechen. »Katja hat bei dem Kerl etwas Lukratives ausbaldowert. Wir holen uns ein paar Tausender.«

»Steht es wirklich so schlecht um uns?«, fragte Erich leicht belustigt. Natürlich war niemandem in der Familie entgangen, dass Franz ein Faible für Schlösser und Stahl hatte.

»Unsinn. Dat Jeld is mia schnuppe.« Franz verschwand kurz im Badezimmer, um den Kopf unter den Wasserhahn zu halten.

»Und dafür willst du das hohe Risiko eingehen?«, meinte Erich, als sein Bruder ins Arbeitszimmer zurückkehrte. Er war unschlüssig, fühlte sich oft von seinen Geschwistern zurückgesetzt. Jetzt also sollte »der Steppke«, wie ihn viele trotz seiner Proteste immer noch nannten, bei einem Raubzug mitmischen?

»Es geht doch um den Nervenkitzel. Du hast dich neulich erst beschwert, wie langweilig dein Leben ist. Hier hast du die Möglichkeit, etwas daran zu ändern. Und es wäre etwas, das du Max, Georg und den anderen voraushättest.«

Der jüngste Sass war noch ein Kind gewesen, als die Geschichte des *Syndicats* kurz nach dem Krieg begonnen hatte: die Verhaftung des Vaters im *Hotel Eden*. Tonis unerwartete Rückkehr aus Paris. Schlägereien mit den Götzes. Ärger mit dem Prinzen von Moabit und den anderen Ringvereinen. Natürlich Max Klantes schon legendäre Wetteinsätze auf den Pferderennbahnen Karlshorst und Hoppegarten. Erich hatte folglich meistens im Bett gelegen, wenn es für die Teilhaber des *Syndicats* erst richtig zur Sache gegangen war. Er fühlte sich immer, als wäre er zu einem Schlussverkauf zu spät gekommen. Oder zum Anschneiden der Torte auf der eigenen Hochzeit.

»Nur wir beide? Und ich stehe nicht nur Schmiere?«, fragte er zögerlich. »Du bringst mir den ganzen Kram bei? Schweißen und so.«

»Du musst vorher an zwei oder drei Stahlplatten üben, dann an dem echten Geldschrank, den ich neulich gekauft habe.« Franz nickte. »Wir machen ein paar Brüche über den Sommer verteilt. Du lernst den Rest vor Ort.«

»Sag mal, Franz. Warum machst du das überhaupt? Ich meine die Sache mit den Tresoren?«

»Manche Leute gehen zum Boxen oder auf die Rennbahn. Ich reagiere mich an Stahl ab. Kennst du nicht dieses Kribbeln, wenn eine Sache dich total mitreißt? Wenn du alles darüber erfahren willst? Und alles andere stehen und liegen lässt?« Franz hob die Schultern. »Ich muss einfach wissen, ob ich es kann. Erinnerst du dich an die Todesprobe?«

Er war gleich nach dem Krieg kurze Zeit Anführer einer Clique, der *Bruderschaft*, gewesen. Jeder Junge, der aufgenommen werden wollte, musste eine Mutprobe bestehen: Bei Dunkelheit über ein Leitungsrohr balancieren, das die Gasanstalten nahe der Schlesischen Brücke über die Schleuse des Landwehrkanals verlegt hatten. Zwar war dabei nie jemand zu Tode gekommen, aber Franz erinnerte sich mit Grausen an die Nacht vor dem Aufnahmeritual.

»So in der Art«, fügte er hinzu. »Gefährlich zwar, aber du willst es unbedingt machen. Du *musst* es machen, sonst fehlt etwas in dir. Wie gesagt, du beschwerst dich doch immer, dass wir dich nicht ernst nehmen. Also, bist du dabei?«

Erich nickte.

»Gut. Wir fangen morgen an. Nachmittags bekommst du deine erste Lektion. Kauf dir eine Lederjacke. Da brennen sich die Funken nicht rein.« Franz kam regelrecht ins Schwärmen. »Vielleicht kann ich sogar Joe dazu bringen, uns noch ein paar seiner Tricks zu verraten. Vorher müssen wir allerdings noch eine Fabrik der Chinesen besuchen. Dort arbeitet ein Mann, der uns in die Geheimnisse der Chemie einweihen will.«

4

Borsigwalde, Wittenau

»Weshalb nennt man ihn eigentlich *den Chemiker*? Klingt unheimlich. Hat der Kerl keinen richtigen Namen?«, fragte Erich seinen Bruder, als sie etwa eine Woche später zu der von Shen Li genannten Adresse fuhren. »Und es gibt doch bestimmt eine Menge anderer Leute, die sich mit so etwas auskennen. Dafür müssen wir doch nicht raus in die Pampa.«

Die Werkssiedlung Borsigwalde in Tegel war eine der übleren Auswüchse unternehmerischer Raffgier in der Hauptstadt. *Borsig* hatte vor gut dreißig Jahren seine Werkhallen hierher verlagert und wollte Arbeiter an sich binden, indem man billigen Wohnraum schuf. In achtzig Häusern hausten zeitweise viertausend Menschen, fließend Wasser gab es, wenn es regnete, und sogar Typhus war im Jahr von Kaiser Wilhelms zwanzigstem Thronjubiläum ausgebrochen.

»Shen sagt, dass er die genaue Zusammensetzung der Pillen überwacht. Und nur er hat das nötige Wissen für diese spezielle Sache«, antwortete Franz. »In den Pillen sind auch Dinge drin, die dich in falscher Dosis umbringen können.«

»Pillen? Dann ist er also eher ein Apotheker.«

»Liest du keine Zeitung, Erich? Heute machen Forscher in den Laboren alle möglichen Experimente, und sie finden ständig irgendeinen Stoff, den sie dann in Arzneien und Salben mischen. In Köpenick ist einem Apotheker neulich seine Bude um die Ohren geflogen, als er mit Salpeter und Holzkohle gewerkelt hat, um einen neuen Wirkstoff gegen Bartflechte zu finden. Zumindest die ist er wohl jetzt los. Zusammen mit seinem halben Gesicht.«

»Ich verstehe das Ganze nicht. Aus dem Opium wird ein Mittel gegen Opium gemacht?«

Franz antwortete nicht. Ihm stand der Sinn nicht nach Gesprächen. Sie hatten die Zufahrt eines unübersichtlichen, aufgegebenen Fabrikgeländes nordöstlich von Tegel erreicht. Eine Art Forstweg ging hier von der Bernauer Straße ab und endete bei dem heruntergekommenen Häuserkomplex. Georg kannte die Gegend etwas besser und hatte gemeint, dass dort vormals eine Färberei ansässig gewesen war.

Sie erreichten ein versperrtes Doppeltor und wurden prompt von einem Wachposten angehalten. Als Franz ihm das Kennwort nannte, das er mit Shen vereinbart hatte, ließ der Mann sie mit mürrischer Miene passieren.

»Nicht vorn rein, sondern an der Seite«, knurrte er und zeigte auf einen Nebeneingang, dessen Türblatt einst grün gewesen sein musste.

Der Ort ist wie geschaffen für eine Falle, überlegte Franz. Wer hier verschwand, der verschwand für immer. Shen Li hatte ihm erklärt, dass er sich direkt vor Ort ein Bild machen müsste. Nur dort wäre ein Treffen mit dem Chemiker möglich. Ganz ruhig, ermahnte er sich. Weshalb sollte Shen uns eine Falle stellen? Schließlich will er ja Geschäfte machen, und bisher ist er offenbar zufrieden. Nach den Erfahrungen der letzten Jahre beschloss er, dennoch wachsam zu sein.

Er nahm sich allerdings für den Fall, dass sich die Stimmung zwischen den Partnern einmal ändern sollte, vor, keinesfalls einem Treffen mit den Leuten in dieser Einöde zuzustimmen. Von außen wirkte die Werkshalle verlassen. Als die Brüder näher kamen, hörten sie jedoch Hämmern, Sägen und das Geräusch laufender Motoren. Offenbar machten sich im Inneren Arbeiter zu schaffen. Wahrscheinlich hatte man die Besucher beobachtet, denn die Tür zur Halle öffnete sich, ohne dass sie klopfen mussten. Der Mann, der sie erwartet hatte, sprach kein Wort, sondern bedeutete mit einer Handbewegung, ihm zu folgen. Als Franz sich umsah, erkannte er, dass hier verschiedene Bereiche instand gesetzt und neue, zusätzliche Arbeitsbereiche errichtet worden waren. Das Baumaterial schafften die Chinesen wahrscheinlich in der Nacht herbei, um jede unnötige Aufmerksamkeit zu vermeiden. Seitlich lagen sauber gestapelte Latten, Schalbretter, Konstruktionshölzer und sogar Stahlträger. Kleine Berge von Sand und Zement sowie Mischtröge und allerlei Werkzeug waren in einer Nebenhalle zu erkennen. Sämtliche Fenster waren von innen verkleidet, so dass kein Licht nach außen dringen konnte. Franz und Erich folgten dem Chinesen, der sie über eine provisorische Treppe in den ersten Stock führte.

»Platz. Warten.« Mit diesen beiden Worten wies er auf zwei klapprige Stühle im Gang. Auf Besuch war man offenbar nicht eingestellt. Im Gang stank es nach einer Mischung aus Lack und Schweiß. Franz war überhaupt nicht in der Stimmung, sich herumkommandieren oder unangemessen behandeln zu lassen. Jeder Pförtner oder Pedell, der sich ihm gegenüber nur andeutungsweise so aufgeführt hätte, wäre zur Minna gemacht worden. Aber in dieser Umgebung schien es ratsamer, kleine Brötchen zu backen. Im Gegenteil, ein wenig bereute er sogar, derart vehement auf einem Treffen mit dem Chemiker bestanden zu haben. Shen Li gewährte ihm hier Einblicke ins Herz der neuen Unternehmung. Eingeweihte hatten Pflichten. Und sie kamen meist nicht ungeschoren davon, wenn sich das Blatt einmal wendete. Zum wiederholten Mal musste Franz an die Geschichte des Mannes in der Themse denken. Nach endlos langen Minuten öffnete sich eine Tür, und ein schlanker, kleiner Mann in einem Laborkittel erschien.

»Verzeihen Sie die Wartezeit, meine Herren!«, sagte er. »Aber manche Experimente und Ansätze dulden keinen Aufschub. Bitte, folgen Sie mir.«

Der Bursche war Franz von Anfang an unheimlich. Schon das Gesicht gab Rätsel auf. Shen hatte ihm ein paar Dinge über ihn verraten. Angeblich war er ein Deutschchinese, aber seine Züge wiesen etwas Unnahbares und Fremdartiges auf, das nicht mit der Zugehörigkeit zu einem Landstrich oder einer Volksgruppe in Verbindung zu bringen war. Franz fragte sich im käsigen Licht der alten Dampflampe sogar, ob der Mann vielleicht eine hauchdünne Maske trug. Er war zwar von kleiner Statur, wirkte jedoch drahtig und schien sich auf eigenartige Weise einen Tick zu schnell und ruckartig zu bewegen. So als wäre er unter Zeitdruck. Franz fühlte sich an ein defektes Grammophon erinnert, auf dem Enrico Caruso besonders schnell mit seinem *Ave Maria* durch war. Billige Filmvorführungen wurden oft ebenfalls zu schnell gekurbelt. Anstatt jedoch dadurch erheiternd zu wirken, umgab die scheinbare Eile diesen Chinesen mit einer Aura der Gefährlichkeit.

»Ich weiß, es ist unhöflich, ja unverzeihlich, dass ich mich Ihnen nicht vorstelle. Aber zu Ihrer und meiner Sicherheit ist es besser, wenn Sie mich nur als den Chemiker kennen.« Die Stimme hatten einen hohen, dünnen Klang. »Kommen Sie bitte herein. Ich habe nebenan noch einige Versuchsreihen zu prüfen, doch in wenigen Minuten stehe ich Ihnen zur Verfügung.«

Das Labor war kaum mehr als eine kleine, umgebaute Werkhalle. Man hatte für einen Entlüftungsschacht gesorgt. Auf den Tischen standen Bunsenbrenner, Glaskolben und die typischen braunen Apothekerflaschen in unterschiedlichen Größen. Mehrere Gefäße mit unaussprechlichen Bezeichnungen wurden sogar durch Schlösser gesichert, und auf der Vorderseite war ein Totenschädel mit gekreuzten Knochen abgebildet. An den Seiten des Raums standen Dutzende Käfige, in denen sich Mäuse und Ratten befanden. Entsprechend herb war die Duftnote, die über allem schwebte. Erich, der Tiere aller Art mochte, betrachtete entsetzt die Käfigreihen.

»Was soll dat denn? Kommen die ooch in die Pillen?«, fragte er irritiert. Dann nahm er mehrere Stücke Speck, die er in einer Schale gefunden hatte, und schob sie durch die Gitter. Eine weiße Ratte quiekte und verzog sich nach weit hinten, ohne das Fleisch anzurühren. Die Mäuse stürzten sich jedoch gierig auf die unerwartete Zwischenmahlzeit. Franz wollte ihn gerade wegen dieses Verhaltens zurechtweisen, als ein Knall die Luft durchschnitt. Es klang, als wäre eine riesige Zirkuspeitsche geschwungen worden. Erschrocken fuhren die beiden

Männer herum. Der Chemiker schien einen kurzen Moment seine Fassung verloren zu haben und funkelte sie zornig an. In der Hand hielt er jetzt einen Zeigestock, wie ihn Lehrer für den Erdkundeunterricht an der Wandkarte nutzten. Und diesen hatte er mit aller Wucht auf eine freie Tischfläche geknallt.

»Es wird meinen Assistenten freuen, dass Sie eben gerade die Versuchsreihe 17-F sabotiert haben«, sagte der Mann mit eingefrorenen Gesichtszügen.

»Versuch?«, stotterte Erich. »Ich habe den armen Viechern nur eene kleene Freude jemacht.«

»Ach ja? Drehen Sie sich um und schauen Sie, wie die Kleinen sich freuen.«

Die Tiere, die die Speckstücke gefressen hatten, lagen auf der Seite oder dem Rücken und zuckten, als hätten sie ein Stromkabel angenagt. Erich wich entsetzt zurück.

»Strychnin, meine Herren.« Er wies mit dem Stock auf die Futterschale. »Das Fleisch wurde damit präpariert. Es handelt sich um einen Extrakt der Brechnuss, und in der geeigneten Dosis ist es ein hervorragendes Mittel zur Steigerung von Ausdauer, Kraft und Potenz. Leider mit gewissen Nebenwirkungen behaftet.«

»Was treiben Sie hier?«, fragte Franz, der seine Fassung etwas schneller wieder gefunden hatte. »Ich habe Herrn Shen gebeten, dass Sie uns ein paar Einblicke in Ihre Arbeit gewähren, damit wir wissen, womit wir es zu tun haben. Sie sollen hier keine Gruselschau abziehen.«

»Es handelt sich um Versuche, meine Herren. Versuche. Und einen ersten Anschauungsunterricht hatten Sie ja bereits«, erwiderte der Chinese, der sich ebenfalls beruhigt hatte, und wandte sich direkt an Erich. »Waschen Sie sich die Hände. Bereits kleine Mengen der Substanz können gefährlich sein. Oder zumindest sehr unangenehm.«

Erich trat an ein Laborwaschbecken heran und konnte nicht verhindern, dass er leicht zitterte, als er sich sorgfältig die Finger schrubbte.

Der Chemiker indes wies Franz an, ihm an einen Nebentisch zu folgen, auf dem diverse Reagenzgläser standen. Danach begann er, einen kleinen Vortrag über die Substanzen zu halten.

»Das Strychnin ist zwar ein starkes Gift, aber auch ein ausgezeichnetes Mittel, um eine schwere und gefährliche Wirkung des Opiums und Heroins zu dämpfen«, sagte er. »Alle Opiumpräparate führen bei hoher Dosierung zu einer Störung der Atemfunktion. Der Konsument vergisst quasi zu atmen. Zehntausende sterben jedes Jahr daran. Strychnin hingegen regt die Atemleistung an und fördert die Sauerstoffaufnahme. Zumindest in der richtigen Dosis.«

»Ich verstehe«, entgegnete Franz in zynischem Tonfall. »Indem Sie das Zeug dazu kippen, bleiben die Leute länger am Leben. Sie sind ja schließlich Ihre Kunden und sollen es auch bleiben. Wie rücksichtsvoll und barmherzig.«

»Sehr richtig, aber vor allem kann das Rauschgift in immer größerer Menge eingenommen werden«, erwiderte der Chemiker. »Das wichtigste Merkmal einer Sucht ist, dass die Leute mehr davon haben wollen. Gut fürs Geschäft.«

Franz schauderte bei dem teuflisch anmutenden Gedanken, zog es jedoch vor zu schweigen. Immerhin wusste er jetzt, womit es seine Leute zu tun haben würden. Am besten wurde das Zeug dreimal verpackt, bevor sie es transportierten.

»Ich sehe, Meister Shen hatte recht, was Ihren wachen Geist angeht, Herr Sass. Sie begreifen, worum es hier geht.«

»Und warum müssen Sie diese Tiere damit vergiften?«, fragte Erich, der dazu gekommen war. Er hielt seine Hände in einem unnatürlichen Abstand zu Körper, als befürchtete er, dass von ihnen weiterhin Gefahr ausginge.

»Die Dosis macht das Gift«, erwiderte ihr Gastgeber. »Und sehen Sie sich die Ratte an.«

Das Tier lief in seinem Käfig herum und beachtete das am Gitter klemmende Fleischstück überhaupt nicht.

»Strychnin hat einen starken Eigengeschmack, der noch in hohen Verdünnungen wahrnehmbar ist. Ratten – aber auch wir Menschen – sind da besonders empfindlich und bemerken es. Mein Labor arbeitet daran, eine Verbindung zu entwickeln, die bei Süchtigen eine höhere Dosis erlaubt, die von ihnen erstens nicht bemerkt wird.« Er zeigte auf die mittlerweile verendeten Mäuse. »Und zweitens nicht zu diesen äußerst unglücklichen Auswirkungen führt. Eine solche Arznei wäre mit Heroin zusammen dann das perfekte Rauschmittel.«

Franz musste daran denken, dass Shen von einem Markt gesprochen hatte, der vierhundert Millionen Dollar schwer war. Über eine Milliarde neue Mark. Kein Wunder, dass dann ein derartiger Aufwand betrieben werden konnte.

»Deutschland ist hervorragend geeignet, solche Forschungen zu betreiben«, fuhr der Chemiker fort, als hätte er die Gedanken seines Gastes erraten. »Hier gibt es viele wache Geister, hervorragende Technik und die Bereitschaft, gewisse Grenzen zu überschreiten. Ruhm und Erkenntnis brauchen den Mut, sich über allzu rigide Regeln hinwegzusetzen.« Er zeigte auf Flaschen und Reagenzgläser, die mit Kürzeln versehen waren. »Wir haben bereits einige Zubereitungen entwickelt. Zum Schluss haben wir dann diese kleine Arznei vor uns.« Der Mann nahm eine weiße Tablette in die Hand, die Franz an das *Aspirin* erinnerte, das seine Tante oftmals wegen ihrer Kopfschmerzen genommen hatte. Er wollte sie Erich geben, aber der wich erschrocken zurück. »Keine Sorge, diese Anti-Opiumpille ist ungefährlich. Sofern sie nicht gleich zehn davon nehmen.«

»Sie haben alles in der Hand«, meinte Franz und betrachtete das kleine Ding. »Warum vertreiben sie auch die Rohstoffe selbst, wenn Sie das Zeug hier herstellen können?«, fragte er. »Herr Shen erwähnte die Firma *Berliner Stickstoff*, die eigentlich Düngemittel ins Ausland verkauft.«

»So ist es. Über einen Zwischenhändler nehmen wir *Bayer* noch die Bestände an Heroin ab, die offiziell deklariert sind und zu Laborzwecken verwendet werden dürfen. Aber es wird der Zeitpunkt kommen, da es gänzlich aus dem Handel genommen werden muss.« Der Chemiker lächelte dünn. »Zumindest aus dem sichtbaren Handel. Ihr Land bietet zahlreiche Möglichkeiten, das Formale und gesetzlich Vorgeschriebene zu regeln und dennoch bestehende Chancen nicht ungenutzt zu lassen. Dafür braucht es nur Expertise, ein paar Stempel und die Unterschriften der richtigen Leute. Dann werden uns auch in Zukunft gewisse Freiheiten belassen. Wir werden gemeinsam mit unseren Partnern eine Struktur aufbauen, die es in ein paar Jahren erlaubt, die Produktion der Anti-Opiumpille unabhängig in asiatischen Fabriken durchführen zu lassen. Noch aber lagern Tonnen von Heroin in Deutschland und im Ausland. Später liefern wir von hier nur noch Rohstoffe und das Wissen. Alles rein und sauber, wie es sich für Ihr Land gehört. Die Gesetze werden sämtlich befolgt, aber der Gewinn verbleibt in den richtigen Händen.«

Franz schwieg. Über die Verbindung zu Zhi in Hamburg war das *Syndicat* also fast unmerklich in den Rauschgifthandel großen Stils eingestiegen. Vorher waren Kokain und ein bisschen Opium ein kleines Zubrot für ihr Unternehmen gewesen. Ihr Teilhaber, der Ringboss Willy Meyer, hatte ein paar Kontakte vermittelt. Aber gegen dies hier war das Kleinkram gewesen. Drei oder vier Dutzend Kilo im Monat vielleicht. Kaum der Rede wert. In Zukunft würden aber riesige Mengen Opium über den Hamburger Hafen kommen, die das *Syndicat* im Auftrag der Chinesen in der Hauptstadt an den Mann bringen sollte. Im Gegenzug schickte man von Berlin aus ein dubioses Arzneimittel und dessen Grundstoffe in die Welt. Alles in allem blieben sie jedoch Handlanger der Chinesen. In den wichtigsten Bereichen behielten diese Leute die Fäden in der Hand. Erst in diesem Moment, da er das Ausmaß der Vorbereitungen und Arbeiten hier sah, wurde Franz klar, worauf sie sich mit diesem Geschäft eingelassen hatten.

Wahrscheinlich ist es nur übergangsweise, versuchte Franz, sich einzureden. Wenn die Kerle ihr Geschäft später wieder in Richtung Heimat verlegen, dann brauchen sie uns gar nicht mehr. Dann kommt das *Syndicat* da vielleicht in zwei oder drei Jahren wieder raus. Aber bis dahin war der mögliche Gewinn sicherlich nicht zu verachten.

Dann brauchen sie uns nicht mehr. Er hielt plötzlich inne, als er erkannte, wie schwach der Trost war, den er sich da selbst zusprach. Im Gegenteil, kurz danach wurde aus Trost sogar Furcht. Es war, als sänge Franz ein Wiegenlied für die armen Kinderlein, die der Wolf am nächsten Tag dann doch noch holen würde.

5

Brandenburg, Havelland, Anfang Februar 1924

Die Ladung bestand aus Säcken mit gepresstem Hopfen und Gerste. Drei Dutzend Bierfässer waren aufwändig präpariert worden und verfügten über doppelte Böden, in denen insgesamt hunderttausend Opiumpillen Platz fanden. Die brisante Ware wog gerade einmal zweihundert Kilo und war schnell verstaut. Mitglieder der Familie Harussel ließen das Stückgut von den Schauerleuten am Westhafen verladen. Ihre Schute nahm dann über den Hohenzollern-Kanal den Weg Richtung Spandausee und Havel. Auf dem Rückweg aus Hamburg würden sie in der Wildnis des Saatwinkels das Opium ausladen, um das Risiko zu vermeiden, dass es im Hafen entdeckt wurde. Joaquin Harussel hatte sich bereit erklärt, diese erste große Fahrt bis Hamburg anstatt seines Schwiegersohns zu begleiten.

»Kümmere dich um Marya und meinen Enkel«, hatte er zu Georg gesagt. »Wenn ich zurückkomme, müssen die Sieben zusammen mit der Königin eine Entscheidung treffen.«

Georg hatte geahnt, worum es ging. Die ehemals feuchte, naturbelassene Jungfernheide wurde immer dichter bebaut. Vor dem Zusammenschluss zu Großberlin war das Ödland nördlich des Kanals ideal gewesen für Vagabunden und das fahrende Volk. Niemand hatte damals die Familie Harussel gestört, als sie sich hier niederließ. Und auch sie kam niemandem in die Quere. Jetzt fraßen die Arbeitersiedlungen, die überall aus dem Boden wuchsen, das Land im Stundentakt. Die Roma-Familie war nach Nordwesten in den noch unbebauten Landstrich Saatwinkel ausgewichen. Aber auch dort wurden nun die ersten Straßen erschlossen. Die Harussels würden nach langen

Jahren in Berlin weiterziehen müssen. Und sein Schwiegervater wollte Georg die Zeit mit seiner Frau geben, die er brauchte, um eine Entscheidung für sich zu treffen. Schweren Herzens hatte Georg Joaquins Plan zugestimmt. Das Gesetz bestimmte, dass er dem Wunsch des Vaters nachkommen musste. Und insgeheim war er sogar froh, noch einige Zeit mit Marya und seinem Einjährigen verbringen zu können.

Ein anderer der Sieben Häupter, Ŝaban, fuhr zur selben Zeit mit Max Sass in einem *Magirus*-Lastkraftwagen die Landstrecke nach Hamburg, um zu prüfen, ob diese vermeintlich schnellere Alternative überhaupt nutzbar war. Viele Straßen im Berliner Umland waren stark vernachlässigt worden, und oft genug hatten die Anwohner Baumaterial aus den Wegen gebrochen, so dass ganze Abschnitte eher Geröllpisten oder Äckern ähnelten. Und in manchen Schlaglöchern hätten ganze Entenfamilien bequem Quartier beziehen können.

»Trotz allem werden wir wesentlich schneller in Hamburg sein«, meinte Max und umfuhr im Schritttempo eine Art Furt, die der letzte Regen in die Straße gerissen hatte.

»Aber das Risiko ist höher«, erwiderte Ŝaban. »Auf dem Boot verstecken wir eine halbe Tonne unserer Ware spielend leicht. Um bei Kontrollen sicherzugehen, müssten wir zehn Kraftwagen losschicken. Außerdem werden Frachtschuten viel seltener durchsucht.«

»Drei Tage für eine Flussfahrt. Irrsinn! Vielleicht einfach die Bahn?«

Der Rom stöhnte. Er wusste mittlerweile, dass Max etwas schwerfällig im Denken war.

»Wir probieren vorerst nur aus«, sagte er schließlich. »Wenn der Fluss im Winter vereist, dann müssen wir uns ohnehin etwas anderes überlegen. Wenn die Straßen später einmal besser werden sollten, nehmen wir eben die LKW. Aber bei der Reichsbahn müssten wir auch noch die Bahnpolizei schmieren. Alle wollen verdienen. Und euer Gewinn schmilzt dahin wie Butter in der Sonne. Denk darüber nach, oder halt den Mund und fahr.«

Max schwieg.

○ ○ ○

Der Lastkahn quälte sich am zweiten Tag den mäandrierenden Lauf der Havel zwischen Brandenburg und Havelberg hinab. Die Harussels hatten keine tief ladende Schute für Stückgut gewählt, sondern eine Art Plattboden-Variante holländischer Bauart. Sie ließ sich durch Staken, zeitweise auch Treideln einigermaßen gut steuern. Dennoch war äußerste Vorsicht geboten, um den tonnenschweren Kahn nicht in die Böschungen zu setzen. In einer Flussschleife unweit des Gülper Sees geschah es dann doch. Eine Weide war umgestürzt und blockierte an unübersichtlicher Stelle die Fahrrinne. Das Boot wurde zur Seite gedrückt und lief auf eine kleine Sandbank, deren Ende bis zum Ufer reichte. Durch die Wucht des seitlichen Versatzes beim Auflaufen verrutschte ein Teil der Ladung und drohte über Bord zu kippen. Gerade als die Hälfte der Männer damit beschäftigt war, die Säcke und Ballen über Seilwinden wieder klarzuholen, fielen Schüsse. Es war der denkbar günstigste Moment für Angreifer. Und der denkbar ungünstigste für die Verteidiger. Zwei Arbeiter wurden von Kugeln direkt niedergestreckt, und ein Teil der gerade angehobenen Ladung sauste ungebremst wieder zurück. Nur durch kühne Sprünge konnten sich zwei weitere Helfer retten, während ein dritter unter fünf Ballen Presshopfen begraben wurde.

»Deckung, Männer!« Joaquin warf sich hinter dem Steuerstand zu Boden und tastete an seinem Gürtel nach der eigenen Pistole. »Schießt zurück, verdammt!« Er wusste, dass die nächsten Sekunden entscheidend waren. Ohne erkennbare Gegenwehr würden die Angreifer das Boot wahrscheinlich im Handstreich nehmen. Ohne den Kopf zu heben, feuerte er mehrere Schüsse in Richtung Böschung ab. Tatsächlich ließ der Kugelhagel kurz nach, als die Gegner ihren Sturmlauf unterbrachen und selbst Deckung suchten. Gut verschanzt eröffneten Joaquins Männer nun das Feuer und waren nach kurzer Zeit sogar im Vorteil. Immerhin mussten sich die Unbekannten aus ihrer Deckung wagen, um ihr Ziel, die Übernahme des Lastkahns, zu erreichen. Hingegen suchten sich Joaquins Leute in den folgenden Minuten immer bessere Deckung und Schusswinkel. Zwei Männer lagen im Uferschlick, und einen dritten erwischte eine Kugel im Rücken, als er den kleinen Hang nach oben klettern wollte.

»Stjepan«, rief Joaquin und erhob sich hinter der flachen Reling. »Wir brauchen wenigstens einen! Wir müssen wissen, wer diese Leute sind, sonst pissen die uns immer wieder ans Bein.« Mit diesen Worten lief er zum Bug und sprang auf die Sandbank. Stjepan folgte nur einen kurzen Augenblick später. Geistesgegenwärtig feuerten die an Bord verbliebenen Männer in Richtung des Gebüschs. Ungeachtet der Weidenzweige, die ihnen ins Gesicht peitschten, rannten die beiden Harussels im Zickzack zum Ufer. Dort versuchte gerade ein verbliebener Angreifer seinen in den Rücken getroffenen Kameraden hochzuziehen. Als er Joaquin näher kommen sah, ließ er jedoch von seinem Vorhaben ab, feuerte ein paar Mal in Richtung Schute und zog sich zurück. Stjepan packte den Verletzten und schleuderte ihn die Böschung hinunter, als wäre er ein Wäschesack. Etwas entfernt von oben war das Geräusch eines schweren Lastkraftwagens zu hören, dessen Motor aufbrüllte. Dann knirschten Sand und Kiesel, als er anfuhr.

»Einen haben wir, Joa!«, rief der junge Harussel nach unten, sprang zurück auf die Sandbank und schleifte den Gefangenen zum Boot. Der Mann hinterließ eine breite, tiefrote Spur auf dem Boden. Der ältere Harussel hielt sich die rechte Seite und bewegte sich schwerfällig.

»Hast du etwas abgekriegt?«, fragte Stjepan besorgt, aber Joaquin winkte unwirsch ab.

»Wie viele?«, fragte er, als er sich stöhnend über die Reling geschoben hatte.

»Milosh hat es erwischt«, antwortete ihm ein Mitglied der Besatzung. »Und Gabors Bein ist gebrochen.«

Joaquin wies mit dem Kinn Richtung der angeworbenen Arbeiter, die sich um einen der Ihren scharten. Milosh und Gabor gehörten zur Familie. Aber offenbar war auch unter den anderen Männern ein Opfer zu beklagen. Stjepan nickte.

»Ein Kerl aus Köpenick. Hartmut, guter Packer.« Er wusste, dass dessen Tod Auswirkungen auf die Moral – und den zukünftig geforderten Lohn – der Arbeitsmänner haben würde, doch er schwieg. Aus einer idyllisch anmutenden Flussfahrt war ein Todeskommando geworden.

»Das war kein Zufall!«, sagte er stattdessen und schlug wütend gegen die Kajütentür. »Der Baum, die Sandbank, die kaum einsehbare Flusskehre.«

»Oben stand ein grüner *Vomag.*« Stjepan nickte. »Die Schweine wussten, dass es was Schweres zu holen gab.« Er sah Joaquin an und deutete auf dessen Seite. »Brauchst du Hilfe?«

Der Ältere schüttelte den Kopf. »Ich verbinde das. Und danach nehmen wir das Schwein auseinander.« Er zeigte auf den Gefangenen, der in einer kleinen Blutlache an Deck lag. »Seht zu, dass er uns nicht vorher verreckt.«

○ ○ ○

In Havelberg ging Joaquin am nächsten Morgen von Bord. Er ließ sich von einem Bauern nach Breddin fahren und stieg in den nächsten Zug nach Berlin. Dort traf er bereits gegen Mittag am Lehrter Bahnhof ein.

»Entweder hat der Chinese uns betrogen«, meinte er zu Franz, als er eine Dreiviertelstunde später in dessen Haus stürmte. »Oder wir haben einen Verräter in unseren Reihen.« Er schilderte ausführlich den Überfall auf das Boot.

»Niemand sonst wusste davon«, beteuerte Franz, sichtlich schockiert. »Shen hat mir versichert, dass wir die einzigen waren, mit denen er über die Vereinbarung gesprochen hatte. Nicht einmal die Leute aus der Tegeler Fabrik wussten, wann genau die Ware am Westhafen verladen wird.«

»Die gemieteten Arbeiter wurden für eine ganz normale Fahrt angeheuert«, meinte Georgs Schwiegervater. »Klar, die haben sich ihren Teil gedacht. Und vielleicht geglaubt, dass wir auf dem Weg Whisky oder Zigaretten schmuggeln. Aber dafür lohnt ein solcher Aufwand nicht. Stjepan sagt, es waren mindestens sieben Kerle. Sie hatten einen LKW und hätten den ganzen Kahn auseinandergenommen. Das waren keine besoffenen Taschendiebe, sondern allesamt kräftige Burschen, die auch mit Waffen umgehen konnten. Den Baum umzulegen, an dieser Stelle. Das war gut geplant.«

Joaquin öffnete eine Art kleinen Seesack und schüttete dessen Inhalt auf den Küchentisch. Ein Revolver und eine halb gefüllte Pappschachtel mit Patronen Kaliber 7,62 fielen heraus. Daneben lagen eine graue Schirmmütze und eine Art Notizheft, stark mit Blut verschmiert.

»Ein *Nagant M*«, sagte der Harussel. »Du weißt, was das bedeutet, Franz!«

»Die Russen?«

»Oder deren Handlanger, diese Kommunistenschweine!«

Von der geschätzten halben Million Flüchtlinge, die ihr Land nach der Oktoberrevolution in Richtung Berlin verlassen hatten, lebten immer noch gut zweihunderttausend in der Stadt. Und jene unter ihnen, die nicht darauf aus waren, ihren Lebensunterhalt auf ehrliche Weise zu verdienen, galten als wenig zimperlich. Sogar die großen Ringvereine hielten Kontakte zu den russischen Banden und versorgten sie mit lukrativen Aufträgen. Vor allem um sich Ärger mit ihnen zu ersparen.

»Ein russischer Revolver muss nichts bedeuten«, meinte Franz schließlich. »Wer will, kauft sich so ein Ding bei den üblichen Hehlern.«

»Klar«, erwiderte Joaquin grimmig. »Und die Mütze mit dem roten Blechstern gibt es umsonst dazu.«

Franz nahm sie an sich und betrachtete das billig gepresste fünfzackige Abzeichen. KPD-Genossen der Arbeiterschicht – und dieser fühlten sie sich ja alle Linken zugehörig – trugen diese Schiebermützen. Selbst Anzugträger sah man schon mit diesen Teilen auf der Straße herumlaufen.

»Und hier.« Joaquin scheute sich nicht, das kleine, verschmierte Buch anzufassen. Dabei bemerkte Franz, dass der Schwiegervater seines Bruders selbst frisches Blut an der rechten Hand hatte. »Ein Mitgliedsbuch dieser Bolschewiken. Marken geklebt und gestempelt bis vor kurzem. Friedebert Winckler. Der Kerl, den wir von der Böschung gekratzt haben. Leider hat er nicht mehr viel sagen können. Der Schuss in den Rücken hat ihm vorn die Gedärme aus der Hose gedrückt.«

Hass lag in Joaquins Augen. Er war nicht besonders gut auf die russischen Bolschewiki und die mit ihnen verbündeten deutschen Kommunisten zu sprechen. Ihm und den anderen Sippen waren über befreundete russische Familien grauenhafte Nachrichten über die Verfolgung und Misshandlung von Zigeunern durch die neuen Machthaber im Osten zu Ohren gekommen. Franz war verunsichert und betrachtete die Fundstücke einige Zeit lang.

»Wie dämlich ist das?«, fragte er schließlich. »Jeder weiß, dass man bei solchen Aktionen nichts bei sich trägt, was eine Spur hinterlassen könnte. Waffe und Mütze lasse ich ja noch durchgehen. Die Roten plustern sich ganz schön auf. Und sie benutzen auch mal eene Knarre. Aber ein Mitgliedsbuch? Mit Namen? Da hätten die Kerle sich gleich Namensschilder an die Brust heften können. Da stimmt etwas nicht, Joaquin.«

Der Rom antwortete nicht, stöhnte stattdessen. Als er die rechte Hand unter der Jacke hervorzog und betrachtete, war sie vollkommen mit hellrotem Blut bedeckt. Er sah Franz aus größer werdenden, glasigen Augen an und kippte dann zur Seite. Franz konnte ihn gerade noch auffangen und rief um Hilfe, während er den Bewusstlosen zu einem Sessel zog. Er schlug Joaquins Lederweste zur Seite.

»Verdammt«, schrie er. »Susi! Einen Arzt, schnell. Ruf den Arzt!«

Susanne kam mit ihrer Haushaltshilfe ins Zimmer gelaufen. Nachdem sie ihren ersten Schreck überwunden hatte, reagierte sie schnell. Sie schob Franz, der reichlich kopflos mal den Blutfleck, mal sie anstarrte, unsanft zur Seite.

»Zum Fernsprecher! Ruf du den Arzt. Ich mache das hier.«

Sie versorgte den Verletzten und musste mehrmals einen Schrei unterdrücken, als sie die dicken Schichten mit Blut durchtränkter Tücher an Joaquins Flanke mit der Schere entfernte. Franz versuchte derweil mit Bitten und Drohen, ihren Hausarzt über Amt herbeizurufen. Und tatsächlich erschien der Mann keine Viertelstunde später.

»Wir legen ihn auf den Tisch«, wies er Franz an. »Was ist passiert?«

»Er fährt für mein Unternehmen auf der Havel. Sie wurden überfallen und beschossen. Wahrscheinlich Flusspiraten.«

»Zeiten sind das!« Der Arzt schob den Druckverband, den Susi angelegt hatte nach oben.

»Er murmelte etwas von glattem Durchschuss, bevor er das Bewusstsein verlor«, sagte Franz.

»Durchschuss? Dann müsste es eine Austrittswunde geben. Ich sehe aber nur einen Einschusskanal. Wenn die Kugel nicht am Fuß wieder raus ist, dann steckt sie noch drin. Wie lange ist das her?«

»Gestern Abend.«

»Er muss sofort operiert werden. Selbst bei einem einfachen Durchschuss könnten innere Organe verletzt worden sein. Ein Steckschuss richtet oft verheerende Schäden an. Rufen Sie im Bethanien an, Herr Sass!«

»Bethanien? Da mache ich es lieber selbst.« Das nahegelegene Diakonissen-Krankenhaus am Mariannenplatz stand nicht im besten Ruf. Und als Paul Konter vor über einem Jahr dort behandelt worden war, hatte es so ausgesehen, als wartete man an diesem pietistischen Ort nur ab, wie der liebe Herrgott in der Sache entscheiden würde.

»In die Charité, Herr Doktor. Er ist ohnehin Privatpatient. Da werden Sie doch sicher bei Ihren Professoren noch ein Bett für meinen Freund finden.«

»Was sagen wir?«, fragte der Arzt vorsichtig. Er wusste, dass die Geschäfte des *Syndicats* manchmal unangenehme Fragen aufwarfen.

»Die Wahrheit! Überfall auf einen Flussschiffer. Die Sache mit der Polizei kläre ich.« Franz nahm mehrere hundert Mark und gab sie Susanne. »Susi, kannst du Joaquin begleiten? Sie sollen tun, was immer nötig ist. Egal, was es kostet. Ich fahre zu Georg und Marya. Sie müssen erfahren, was passiert ist. Wenn ihr Vater stirbt, ohne dass sie davon wussten, dann legen sie mich gleich neben ihn ins Grab.«

○ ○ ○

Eine Stunde später brach auf dem Platz der Familie Harussel die Hölle los. Marya war mit anderen Frauen beinahe sofort in Jammern, Wehklagen und Singsang verfallen. Und die Männer rannten im Lager hin und her, diskutierten und schimpften. Ein Anschlag auf eines der Sieben Häupter war eine böse Sache.

»Wie konnte das überhaupt passieren, Franz?« Georg schrie seinen Bruder an und raufte sich die Haare. »Hopfen, Gerste und Bier nach Hamburg. Da gab es doch offiziell nichts zu holen. Jemand muss uns verraten haben!«

»Für unsere Leute lege ich die Hand ins Feuer. Aber es sind Dutzende, die etwas geahnt haben könnten. Ich kläre mit Shen, wer noch von der Sache gewusst hat.« Franz überlegte, ob er Georg und die Zigeuner in Joaquins Verdacht einweihen sollte. Handelte es sich um einen Überfall durch Russen oder deutsche Kommunisten? Er war skeptisch, wäre sich aber schäbig vorgekommen, wenn er jetzt schweigen würde. Natürlich würde er durch solche Mutmaßungen Öl ins Feuer der aufgebrachten Emotionen gießen. Er zog den *Nagant*-Revolver, die Mütze und das Mitgliedsbuch aus einem Jutebeutel. Georg sah ihn verständnislos an.

»Joa hat mir die Sachen gezeigt, bevor er zusammengebrochen ist. Sie stammen von einem der Angreifer.«

Ŝaban war hinzugetreten und musterte die Sachen. Georg nahm das KPD-Markenbuch, blätterte darin und schleuderte es wütend zu Boden.

»Wenn die Kerle Joaquin …« Er wagte nicht, den Satz zu Ende zu bringen. »Dann schneide ich jedem Bolschewisten von hier bis Moskau die Eier ab. Ich mobilisiere die tausend Familien und ziehe …«

»Gar nichts wirst du!«, fuhr ihn Ŝaban an. »Die Sieben Häupter beraten, und die Königin entscheidet.«

»Joa liegt im Sterben! Und ich bin sein Sohn. Ich vertrete ihn.«

»Normalerweise hast du recht. Aber dein Kopf ist nicht klar. Und deshalb entscheide ich als Oberster der Sieben, dass du nicht mit uns zusammensitzt.«

Franz versuchte, seinen Bruder zu beruhigen, der kurz davor war, einen unverzeihlichen Fehler zu begehen. Einem der Sieben zu widersprechen oder ihn gar zu beleidigen konnte schwere Strafen und sogar den Ausschluss aus der Sippe nach sich ziehen. Schon jetzt schien es, dass Ŝaban ungewöhnlich viel Geduld zeigte.

»Lass sie, Georg. Wir beide beraten in der Zwischenzeit für uns selbst«, flüsterte er.

Fünf ältere Rom traten zu Ŝaban in dessen Hütte und begannen mit ihrem Palaver. Zwei Frauen brachten frisches Tschandu für den Geist und gekochte Olme zur Stärkung des Körpers. Augenblicke später quoll der typisch weiße Rauch durch ein offenes Fenster. Stunden würden vergehen.

»Marya wird mir nie verzeihen, dass ich ihren Vater gehen ließ! Ich müsste die Kugel im Bauch haben, Franz. Ich bin schuld an allem!«

»Hör auf mit dem Unsinn.« Franz hatte schon öfter bemerkt, dass sein Bruder sich zunehmend an das Denken und Fühlen der Zigeuner anpasste. »Was wäre dann gewonnen? Sollen Mutter, ich und Toni dann um dich trauern? Ŝaban hat vollkommen recht. Denk nach, bevor du handelst, Georg! Wir dürfen jetzt nichts Unüberlegtes tun.«

»Wir müssen das Schlitzauge auseinandernehmen. Gib mir eine Stunde mit ihm, und wir wissen alles.«

»Eben wolltest du noch nach Moskau ziehen. Jetzt aber soll Shen dran glauben? Merkst du gar nicht, dass deine Wut dich blind macht?«

»Jemand spielt ein unsauberes Spiel.«

»Das tun wir doch alle«, erwiderte Franz trocken. »Uns allen war klar, dass die Sache gefährlicher ist als Alkohol, Huren, Glücksspiel oder ein bisschen Koks. Wir müssen Transporte von Tonnen an Ware überwachen und organisieren. Da könnte es überall eine undichte Stelle geben. Aber was hätte Shen davon, mit uns zu verhandeln, uns sogar in einige Abläufe einzuweihen, um uns dann hinters Licht zu führen? Das ergibt doch keinen Sinn.«

»Dann waren es nur die Russen. Auf eigene Faust«, erwiderte Georg immer noch aufgebracht. »Zusammen mit ihren deutschen Handlangern. Die Schweine führen sich in der Stadt auf wie tollwütige Hunde. Frag Paul! Letztes Jahr wurden dreimal mehr Leute erschossen als in den vergangenen Jahren! Zum Teil ballern die Schweine wegen vierzig Stangen *Papirossa* herum. Und jeder zweite Exilrusse glaubt an den großen Schatz, den die Zarenfamilie kurz vor ihrem Ende natürlich mitten in Berlin vergraben hat. Berlin ist ein Tollhaus. Wir müssen denen endlich zeigen, wer hier das Sagen hat. Sollte doch auch im Interesse der Ringvereine sein. Du könntest mit Meyer sprechen.«

Franz nahm dieses typische Rauschen im Kopf wahr, das zwischen Ohren und Gehirn zu entstehen schien, wenn ihn die Dinge überforderten. Und im Moment gab es derart viele – aber wenig glaubhafte – Vermutungen, dass es besser war, innezuhalten, bevor man aus dem eigenen Gedankenkarussell herausflog und sich die Nase blutig schlug.

»Ich werde mich mal umhören«, sagte er. »Du weißt, dass ich ein paar Leute in der Rosenthaler KP-Zentrale kenne. Und du musst dich beruhigen, Georg! Es ist Marya und deinem Jungen nicht damit geholfen, wenn du dich mit ihrer Familie überwirfst. Halte dich an ihre Regeln. Und ich verspreche dir, Joaquin bekommt nur das Beste.«

»Ich gebe dir zwei Tage, Bruder«, entgegnete Georg in hartem Tonfall. »Danach räume ich selbst auf. Zwei Tage!«

Nach erstaunlich kurzer Zeit traten die verbliebenen sechs Familienoberhäupter vor Ŝabans Hütte und gingen langsam zum Wagen ihrer Königin. Vêra lebte weiterhin in einem dieser traditionell geschmückten Wagen, die so typisch schienen für das fahrende Volk. Auf Jahrmärkten traf man Wahrsagerinnen, Kräuterweiber und Liebeshexen darin an. Die Deutschen mochten diese scheinbar rückständige Folklore, die ihnen Rätsel aufgab und gleichzeitig einen wohligen Schauer über den Rücken jagte. Franz verdrehte die Augen, da er ahnte, dass beim Palaver mit der Königin schnell eine weitere Stunde vergehen konnte. Gerade wollte er zu dem *Steyr*-LKW zurück, mit dem er über die Feldwege gekommen war, als ihn Georg noch einmal zurückrief. Als er sich umdrehte, sah er die älteren Männer aus dem Wagen ihrer Königin kommen. Sie winkten Georg zu sich heran, aber Franz entschied, dass er sich in diese Sache nicht weiter einmischen durfte.

6

Scheunenviertel und Friedrichstadt

Gershom da Silva unterhielt ein winziges Büro in einem schäbigen, grauen Gewerbebau an der Leipziger Straße Ecke Markgrafenstraße. *Private Detectei G. da Silva – Ermittlungen aller Art – Schnell & diskret* stand in schwarzen, gemalten Lettern auf dem Glaseinsatz der Tür. Der Ermittler hatte sich in der Vergangenheit bei einigen Angelegenheiten für das *Syndicat* als nützlich erwiesen. Sein Verstand war der eines guten Kriminalpolizisten. Allerdings wurde er bei seiner Arbeit nicht durch die üblichen Vorschriften und Verlustängste eines Beamten beeinflusst. Konter war von dieser Art Konkurrenz naturgemäß wenig begeistert gewesen.

»Jeder gelangweilte Müßiggänger fühlt sich im Augenblick berufen, Liebhaberdetektiv zu werden«, hatte er bereits öfter genörgelt, wenn von da Silva und dessen Kollegen die Rede gewesen war. »Liebhaberdetektiv! Wenn ich das Wort schon höre, bekomme ich die Krätze.«

Tatsächlich gab es in der Stadt mehr als tausend Büros von Ermittlern, die die Aufklärung all jener Fälle versprachen, denen sich die Polizei nicht widmete. Oder an denen sie gescheitert war. Ehebruch, Erbstreitigkeiten, das Abwerben wichtiger Mitarbeiter, Geheimnisverrat oder Veruntreuung von Firmengeldern waren zumeist die Arbeitsfelder. Sogar verschwundene Tiere und gestohlene Briefmarken suchten die emsigen Schnüffler, die sich oftmals in nur wenigen, aber teuren Wochenend- oder Feierabendseminaren – angeboten über Mosses *Annoncenblatt*, Seite zwei, Spalte sieben – zum *Fach-Detectiv für Criminales* hatten ausbilden lassen. Und dann gab es noch eine Unterscheidung, die Franz nie richtig verstanden hatte. Der Berufsdetektiv ging seinem Gewerbe nach, um sein Auskommen zu haben. Er verstand also sein Tun als Beruf. Der Liebhaberdetektiv hingegen tat es schlicht aus Spaß an der Freud'; aus Liebhaberei eben. Eine dämliche Wortwahl, wie Franz fand, denn er hatte anfangs immer geglaubt, diese Leute würden nur bei der Suche nach jüngeren Gespielinnen, bei Eifersuchtsdramen und Untreue oder der Suche nach Kuckuckskindern tätig.

Da Silva war von gänzlich anderem Kaliber. Er war Nachkomme einer alten, jüdischen Familie, die aus Spanien nach Deutschland gekommen war. Er besaß die Gabe einer hochsensiblen Wahrnehmung, war jedoch aus diesem Grund während einer kurzen Zeit als Kriminalanwärter im Elsässischen immer wieder bei seinen Vorgesetzten angeeckt. Sein Ideenreichtum und seine Kombinationsgabe hatten Franz manches Mal überrascht und seine Polizeilaufbahn durch neunmalkluges Vergraulen der Kollegen frühzeitig beendet. Interessant war auch, dass die Leute Gershom da Silva aus einem unerfindlichen Grund bereitwillig Auskunft gaben, wo sie im Privatleben oder gegenüber den Ordnungshütern beharrlich schwiegen. Er schien eine Art Beichtvater zu sein für Menschen, die im Zwielicht lebten. Vielleicht lag es auch einfach daran, dass er sie – ganz in Gegensatz zur Polizei – nicht bloß wie Gesindel behandelte.

Franz hatte ihn bereits im Dezember auf Sternweins Bitte mit dem Fall des verschwundenen Aaron Rosenbaum betraut. Er war zwar damals selbst nicht überzeugt gewesen, dass dem Bankierssohn etwas zugestoßen war. Als dann jedoch das Mordopfer in der Kanalisation gefunden wurde, waren ihm doch erhebliche Zweifel gekommen. Tatsächlich erwies sich der Fall auch für den ausgebufften Schnüffler als knifflig. Da Silva war nach zwei Wochen endlich auf die Spur einer Liaison zwischen dem Vermissten und einer gewissen Gudrun Koller gestoßen. Die junge Frau wusste jedoch unter Tränen nur zu berichten, dass ihr heimlicher Verlobter nach einem Streit verschwunden war. Der Ermittler ging bereits vom Schlimmsten aus, als ihm der bloße Zufall zu Hilfe kam – ein Umstand, der ihn eher kränkte als zufriedenstellte.

Er traute seinen Augen nicht, als er Aaron Rosenbaum mehr oder weniger vor der eigenen Haustür aufspürte. Die Grenadierstraße im Berliner Scheunenviertel war nicht gerade ein Aushängeschild des modernen Berlin. Etwas zu eng, etwas zu schmutzig, etwas zu laut. Eigentlich von allem etwas. Gershom da Silva fühlte sich zwar als Deutscher, aber seine jüdischen Vorfahren aus dem fernen Andalusien hatte er nie verleugnet. Er sah jedoch mit zunehmender Besorgnis, dass die Juden Westeuropas – und auch seine eigenen Verwandten – mit herablassendem Stolz auf ihre bettelarmen Glaubensbrüder aus dem Osten blickten. Eben jene waren in den letzten fünfzig Jahren vor den wiederkehrenden Pogromen in Litauen, Polen und der Ukraine geflohen und hatten im belebten Viertel um die Grenadierstraße ihr neues, wenn auch winziges Schtetl gefunden. Da Silva wusste selbst nicht recht, was ihn veranlasst hatte, hier ebenfalls Quartier zu nehmen. Er war nicht sonderlich vermögend, aber auch nicht so arm, dass er sich nicht in der Spandauer Vorstadt in einer Pension hätte einmieten können. Aber Jo Goldenstein, der an der Ecke Hirtenstraße *Colonialwaren aller Art* anbot, verstand es, die besten Pasteten der Stadt zu backen. Und über seinem Geschäft war ein Zimmer frei gewesen, als Gershom da Silva in Straßburg nach dem Krieg von den Franzosen als *Boche* diffamiert worden war und dort keine Zukunft mehr als Ermittler gesehen hatte. Kurzerhand war er also nach Berlin gezogen. Dass mittlerweile Goldensteins Tochter Hanna zu einer hübschen, jungen Dame herangewachsen war und ihm zeitweise als Gehilfin zuarbeitete, mochte da Silvas Entscheidung, im Berliner Schtetl zu bleiben, durchaus beeinflusst haben.

»Ist Ihnen eigentlich klar, dass Ihr Verschwinden Chaos und Verzweiflung ausgelöst hat? Warum konnten Sie sich nicht bei Ihren Eltern melden, Herr Rosenbaum?«, fragte der Detektiv den jungen Bankierssohn zum wiederholten Mal.

Aaron Rosenbaum hatte in den letzten Wochen eine Odyssee hinter sich gebracht, an deren Ende ihn ein billiger Schlafplatz bei einer »Lumpenwitwe im Judenviertel« erwartet hatte. Dort hätte er wohl unerkannt noch weitere zwei Wochen verbringen können, wenn ihm nicht der Fusel und das Rauchwerk ausgegangen wären. Mit einem Laufburschen, dessen Freund zufällig zu da Silvas Straßenjungen gehörte, hatte er sich lauthals über das schuldige Wechselgeld in Höhe von zwölf Pfennigen gestritten. Und so hatte der Detektiv erfahren, dass der Gesuchte seit drei Wochen keine fünfzig Meter von seiner eigenen Bleibe entfernt untergekommen war.

»Ich bin erwachsen«, gab der Mann maulig zurück. »Und ich bin es leid, mich für jede kleine Entscheidung vor meinem Vater rechtfertigen zu müssen.«

Da Silva kannte das Problem nur zu gut. Nach den alten Gesetzen blieb in gläubigen Familien der Vater bis zum Tod die entscheidende Figur im Leben des Sohnes. Viele moderne Juden gaben sich zwar liberal und aufgeschlossen, aber in der Frage des Patriarchats waren die Ältesten oft stur und unnachgiebig.

»Ich will nach Weimar zu Gropius«, fuhr Aaron Rosenbaum fort. Sein Tonfall erinnerte an einen trotzigen Jungen. »Aber mein Herr Vater hat ja bereits alles arrangiert. Für ihn war es bereits unerträglich, dass ich Literatur und Philosophie studiere. Also wollte er mich danach gleich nach London abschieben. Irgendein Bekannter verschafft mir dort eine staubtrockene Professur, an der ich in ein paar Jahren ersticken werde. Dann ist das Problem aus der Welt, und Papa Baldur kann in der Zwischenzeit sogar damit angeben.«

»Ihr Onkel hat sich ebenfalls große Sorgen gemacht«, meinte da Silva etwas halbherzig.

»Lasst mich doch einfach mal in Ruhe, verdammt!«

»Sie sehen angeschlagen aus. Brauchen Sie etwas? Oder soll ich nach einem Arzt schicken?«

Aaron Rosenbaum war blass und wirkte leicht ausgezehrt. Der Detektiv vermutete, dass regelmäßige Nahrungsaufnahme in den letzten vier oder fünf Wochen nicht zum Tagesablauf des Mannes gehört hatte. Im Zimmer roch es nach kaltem Schweiß, Intimverkehr und billigem Parfüm. Entweder waren gewisse Damenbesuche hier eine buchbare Dienstleistung. Oder aber Rosenbaum hatte sich ein paar Bordsteinschwalben während etwaiger nächtlicher Streifzüge aufgegabelt. Einer Eingebung folgend ging der Besucher zum Fenster und zog abrupt den Vorhang zur Seite. Rosenbaum quiekte, als wäre er von dem Licht gestochen worden, und bedeckte die Augen, indem er seinen Unterarm vor das Gesicht hielt. Da Silva zog mit sanfter Gewalt den Arm weg und sah – wie er es erwartet hatte – in geweitete Pupillen.

»Bevor wir gehen, sollten Sie die Reste des Kokains entsorgen«, schlug er vor. »Und ich kenne eine gute Pension. Diskret und sauber. In einem solchen Zustand können Sie Ihrer Familie nicht gegenübertreten. Man würde Sie in eine Anstalt einweisen. Sie wollen doch nicht in Dalldorf enden?« Die Erwähnung der berüchtigten Berliner »Irrenanstalt« zeigte die gewünschte Wirkung, und Aaron Rosenbaum nahm schwankend Haltung an, als wäre er beim Militär.

»Sie schlafen sich einen Tag lang aus, und den Anzug lassen wir in der Zwischenzeit reinigen. Dann können Sie auch darüber nachdenken, wie Sie Ihrem Vater die Sache mit Weimar und Gropius verkaufen. Und natürlich dürfen Sie danach noch bei Fräulein Koller Abbitte leisten.«

Da Silva bestellte ein Taxi und bugsierte den schwankenden Rosenbaum hinein. Er wies den Fahrer an, noch zu warten, und lief ein paar Häuser weiter.

Diese Straße ist unglaublich, dachte er amüsiert. Das Bordell lag zwei Häuser neben Gebetssaal, Mikwe, Schule und Krämer. Direkt daneben der Schuster, ein Hühnerzüchter und im Hinterhof eine Lumpenfabrik. Der Privatdetektiv traf Frau Goldenstein in ihrem Laden an. Er legte den vereinbarten Groschen auf den Tresen und nahm das Telefon. Franz Sass musste unbedingt erfahren, dass der Gesuchte am Leben war.

»Wunderbar, Herr da Silva«, meinte der Angerufene, nachdem er Aarons Geschichte erfahren hatte. »Ich gebe seinem Onkel Bescheid. Und ich habe bereits eine neue Sache für Sie. Können wir uns möglichst schnell treffen?« Sie verabredeten sich für nachmittags auf eine wenig koschere Boulette im *Aschinger* an der Leipziger Straße.

o o o

»Was kann ich noch für Sie tun?«, fragte da Silva. Nach dem Essen saßen er und Franz jetzt in dem kleinen Büro, das der Ermittler am Rande des Zeitungsviertels angemietet hatte. Der Raum war stickig, lag direkt unter dem Dach und machte auch sonst nicht viel her. Aber Franz ahnte, weshalb da Silva hier eine Geschäftsadresse hatte. Die Lage versprach andere Kundschaft als die, die sich in die Grenadierstraße verirren konnte.

»Geht es wieder um einen Filius, der seiner Familie eins auswischen will?«, fügte er lächelnd hinzu. Er hatte in den vergangenen Wochen gutes Geld verdient, als er in Kneipen, einschlägigen Bordellen, an den Bahnhöfen und bei Kommilitonen nach Rosenbaum gesucht hatte.

»Sehr witzig«, erwiderte Franz. »Wer konnte ahnen, dass der Bursche fünf Wochen lang in irgendeiner Kaschemme Opium raucht? Und dazu bei Ihnen um die Ecke!«

»Zwei Wochen, Herr Sass. Vorher war er einige Zeit bei seiner Geliebten untergetaucht. Aber es ist ja ein Segen für die Familie, dass er nicht weiter zu Schaden gekommen ist. Außer dass er sich vielleicht bei den horizontalen Damen ein paar Sackläuse eingefangen hat. Also, haben Sie wieder eine derart amüsante Sache für mich?«

»Nein, dieses Mal ist es ernst«, begann Franz zögerlich seine Schilderung der jüngsten Ereignisse. Georg hatte ihn zum wiederholten Mal unter Druck gesetzt, damit sie hinsichtlich des Überfalls vorankamen. Er musste seinem Bruder etwas Handfestes liefern. Georg hatte gedroht, ansonsten auf eigene Faust eine Truppe zusammenzustellen, um die Kommunisten aufzumischen. Er war weiterhin überzeugt, dass die Roten etwas mit der Sache zu tun hatten. Franz wusste jedoch, dass die Harussels und das *Syndicat* bei einer derartigen Auseinandersetzung nur verlieren konnten. Zudem pflegte er einige Kontakte zur Spitze der KPD, die er in einem solchen Fall natürlich vergessen konnte. Bisher ließen die Streikenden oder Demonstranten die Sass-Lokale immer in Ruhe, während drumherum stets die Fetzen flogen.

Er durfte sich jetzt gegenüber dem Detektiv keine falsche Zurückhaltung erlauben oder erst auf die Beschlüsse der Familie warten. Er ahnte zwar, dass seine Tante Antonia ihm für sein eigenmächtiges Vorgehen mächtig die Leviten lesen würde, aber er brauchte jede Hilfe. Erneut holte er die Dinge hervor, die Joaquin beim Handstreich gegen ihren Lastenkahn sichergestellt hatte. Der Detektiv musterte erst die Mütze, dann die Waffe, die er jedoch tunlichst nicht berührte. Aus der Innentasche seiner Weste zog er eine Lupe und begann die Untersuchung.

»Was ist das?«, fragte er, nachdem er die Dinge eingehend gemustert hatte.

»Der Schwiegervater meines Bruders wurde bei einem Gütertransport auf der Havel von ein paar schweren Jungs überfallen und liegt jetzt im Krankenhaus«, erwiderte Franz und schilderte in knappen Worten das Geschehene.

»Eine Schute«, sagte da Silva. »Mit ein paar Waren auf dem Weg nach Hamburg. Und dafür der ganze Aufwand? Äußerst seltsam, wenn Sie mich fragen.«

Franz fühlte sich ertappt. Selbstverständlich durchschaute sein Gegenüber sofort, dass da etwas an der Geschichte nicht stimmte. Da Silva blätterte mit Hilfe eines Bleistifts in dem blutverkrusteten KPD-Mitgliedsbuch.

»Friedebert Winckler«, sagte er. »Wie zuvorkommend, dass die Herren ihre Identität vor Ort preisgegeben haben. Eine Art Einladung, es ihnen heimzuzahlen.«

»Nicht das Einzige, was an der Sache faul erscheint.« Franz hielt inne. »Finden Sie heraus, ob es den Mann wirklich gibt. Besser gesagt, ob es ihn gab. Denn der Bursche, der das Heftchen bei sich trug, ist jetzt Fischfutter.«

»Uns beiden ist doch klar, dass es sich wahrscheinlich um eine vorgetäuschte Fährte handelt.« Da Silva betrachtete die Klebemarken, die zeigten, dass der Mitgliedsbeitrag in die Parteikasse bis Dezember bezahlt war. »Der Mann, der die Marken geklebt hat, war Linkshänder.« Er zeigte mit der Bleistiftspitze auf die Felder. »Man leckt die Marken an und klebt sie schnell auf. Normalerweise geht dabei der Schwung des Daumens von links unten nach rechts oben, was sich anhand einer winzigen Verschiebung der Marken zeigt. Bei Linkshändern ist es allerdings umgekehrt.«

»Wie interessant«, erwiderte Franz mit leichtem Sarkasmus in der Stimme.

»Nicht wahr?«, erwiderte der Detektiv, als hätte er gerade ein lange verschollenes Fabergé-Ei aufgespürt. »Außerdem ist es bei den Parteien üblich, dass Anfang des Monats bezahlt wird. Geklebt sind die Marken aber nur bis Dezember. Ein möglicher Hinweis, dass Winckler das Heft bereits vor geraumer Zeit entwendet wurde. Sonst wären auch Januar und Februar drin. Vielleicht hat er es auch verloren.«

Franz gestand sich ein, dass er dies nicht beachtet hatte. »Und es wird noch interessanter.« Da Silva wies auf die Waffe. »Betrachten Sie den Griff des *Nagant*, Herr Sass. Die typische Abnutzung im Daumenbereich deutet darauf hin, dass der Revolver lange Zeit einem Rechtshänder gehörte. Die Waffe könnte selbstverständlich geliehen oder gekauft sein, aber der feine Flusssand haftet in einer Weise daran, die mich veranlasst, anzunehmen, dass der Täter nicht Friedebert Winckler heißt. Denn ich bin sicher, dass die Waffe zuletzt von einem Rechtshänder genutzt wurde.«

Franz war unschlüssig, ob er den Detektiv für seinen Scharfsinn bewundern sollte oder ob das Ganze Korinthenkackerei war. Er selbst war mehr ein Mann des Offensichtlichen und Fassbaren. Da Silva hingegen bewegte sich in anderen, offenbar für Normalsterbliche unsichtbaren Sphären.

»Können Sie sich in dieser Sache umhören?«, fragte er nach einer Weile. Chinesen, Russen, deutsche Kommunisten, der schwer verletzte Joaquin. Dazu saßen ihm sein Bruder und die aufgebrachten Harussels im Nacken. Es gab einige Gründe, daran zu zweifeln, dass die nächste Zeit friedfertig verlaufen würde.

»Nun gut«, meinte da Silva in nüchternem Tonfall. »Ich werde sehen, was ich tun kann. Vielleicht können meine Informanten aus dem Scheunenviertel etwas aufschnappen.«

Der Detektiv hatte lang zurückreichende, jüdische Wurzeln. Der Warenhändler und Pastetenbäcker Goldenstein und dessen Frau hatten ihn ins Herz geschlossen. Und er fühlte sich anscheinend in dem kleinen jüdischen Viertel pudelwohl. Franz war sicher, dass der Mann mittlerweile gutes Geld verdiente, aber er blieb seinen Prinzipien treu. Und natürlich war er über die Jahre zu einem respektablen Mitglied des Schtetl geworden; ein Umstand, der ihm manch kostbare Information einbrachte. Seine Beziehungen reichten von wohlhabenden Kaufleuten bis zu Lumpensammlern. Ihm gaben die Alten ebenso bereitwillig Auskunft wie die jungen Burschen. Da Silva wusste genau, was er an seinen Landsleuten hatte. Franz war zufrieden. Wenigstens konnte er der Familie und vor allem Georg jetzt sagen, dass er an der Sache dran war.

7

Leverkusen, Ende Februar 1924

»Meine Herren, ich erhebe das Glas.«

Geheimrat Friedrich Carl Duisberg, Leiter der *Farbenwerke Friedrich Bayer*, hatte sich lange auf diesen bedeutsamen Tag vorbereitet. Die Chemie war sein Leben. Er besaß Expertise unter den Wissenschaftlern, hatte das Fach in Göttingen und Jena studiert. Aber er repräsentierte auch den Typus eines neuen Unternehmers, der über den Zaun des eigenen Fabrikgeländes hinaus zu denken vermochte. Die Briten hatten es schließlich vorgemacht, dass man die Enge der eigenen Landesgrenzen überwinden musste, um Größe zu erwerben. Deutschland war zwar mit seiner Forderung nach eigenen Kolonien viel zu spät auf den Plan getreten. Aber all dies war nun, nach dem Weltkrieg, ohnehin egal. Das Reich musste sich in Zukunft durch Geld und Wissen seine Macht in der Welt sichern. Nach amerikanischem Vorbild galt es jetzt, möglichst schnell für die deutschen Chemieunternehmen den Welthandel zu erobern.

»Die Märkte sind die Kolonien der Zukunft, meine lieben Freunde«, dozierte er. »Und hier darf das Reich nicht wieder ins Hintertreffen geraten. Sollen sich die Engländer und Franzosen mit ihren Zuckerrohrarbeitern, den Indern oder Arabern herumschlagen. Amerikaner und Deutsche verdienen das Geld!«

Beifälliges Murmeln und Nicken signalisierten Zustimmung. Offenbar waren alle Anwesenden in einer Hochstimmung, die durch Duisbergs Worte befeuert wurde. Er war sicher, dass ihn nicht alle alten Herren hier verstanden. Es waren die Vorstandsmitglieder der anderen, in Deutschland führenden Chemieunternehmen. Und in vielen Köpfen spukte noch der Ungeist einer nationalen Abschottung, der sich bereits im vergangenen Jahrhundert überlebt hatte. Duisberg war während seiner Reisen in die USA auf gänzlich neue Modelle von Unternehmertum gestoßen. Und ein solches Modell würde er nun in Deutschland aus der Taufe heben.

»Konkurrenz belebt zwar das Geschäft«, sagte er lächelnd. »Absprachen hingegen beleben Bilanzen.« Er wartete geduldig, bis alle Anwesenden sein Bonmot verstanden und durch leisen Applaus gewürdigt hatten. »Der Kuchen, den es aufzuteilen gilt, ist derart groß, dass sich jeder von uns immer noch an seinem Stück verschlucken könnte. Konkurrenz ist also unter Freunden, die teilen, unnötig und verdirbt nur den Appetit.« Höfliches Gelächter und Nicken signalisiertem ihm erneute Zustimmung. Sein Intimus, Carl Bosch von der *Badischen Anilin- und Sodafabrik*, war sogar neben ihn getreten und klopfte ihm freundschaftlich auf die Schulter.

»Ich denke, dass wir binnen Jahresfrist zu einer Fusion unserer Unternehmen kommen werden. Und darauf trinke ich.«

Jetzt erhob sich lautstark Applaus, und die Gläser wurden angestoßen. Bereits kurze Zeit danach trennte sich die Spreu vom Weizen, denn die eigentlichen Drahtzieher des Zusammenschlusses der acht Firmen trafen sich in einem separaten Zimmer der mondänen Villa, die die *Bayer*-Werke eigens für dieses Treffen angemietet und teilweise umgebaut hatten. Neben Duisberg nahmen Carl Bosch und Hermann Schmitz in den wuchtigen Art-Deco-Clubsesseln Platz.

»Eine gewagte Prognose, mein Lieber«, meinte Bosch, der Inhaber vieler Patente und auch Anteilseigner der *Badischen Anilin- und Sodafabrik* war. »Die Vorbehalte in unseren Reihen konnten wir zwar ausräumen. Aber die Politik schießt quer. Präsident Ebert ist in der SPD immer noch eine Machtfigur.«

»Und Stinnes nicht zu vergessen«, ergänzte Schmitz. »Seine Kaufwut wurde durch die offenbare Stabilität der neuen Währung erheblich gedämpft. Sein Konzept, Firmen mit Geld zu erwerben, das dann wertlos wird, geht nicht mehr auf. Und andere Ideen hat er nicht. Er ist

Krisenunternehmer, kein Mann mit langfristigen Plänen und Strategien. Und zu Recht befürchtet er jetzt wohl, dass irgendwann wir diejenigen sind, die seine Beteiligungen aufkaufen.« Er lachte.

»Die Gründung der *I. G. Farben* wird nicht aufzuhalten sein, meine Herren!«, sagte Duisberg in bewusst sonorem Tonfall. »Sehen Sie, die Geschichte spielt uns geradezu schicksalhaft in die Hände. Rathenau war ebenfalls gegen uns, und jetzt liegt er zwei Meter tief unter der Erde in der Wuhlheide. Und von Alfred Hugenberg erfuhr ich gerade neulich, dass unserem Herrn Reichspräsidenten wieder eine Prozesswelle ins Haus steht. Diverse Schreiberlinge sind uns noch ein paar Gefallen schuldig und werden ein paar Gerüchte streuen, gegen die sich der Dicke dann wehren kann. Er ist bereits jetzt gesundheitlich angeschlagen.«

»Nicht die feine Art, Carl«, meinte Schmitz und lachte erneut.

»Die neue Art, mein Lieber. Wir müssen mit der Zeit gehen, sonst überrennen uns die Amerikaner. Wir dürfen es nicht zulassen, dass *Dow Chemical* oder *DuPont* uns den Rang ablaufen.«

»Ich gebe zu, dass Stinnes mir ein Dorn im Auge ist«, sagte Carl Bosch. »Der einstige Saulus mausert sich plötzlich zum republikanischen Paulus. Er wettert gegen Monopole und fordert staatliche Kontrollen. Sollte er Erfolg haben, wird uns das mächtig schaden.«

»Können wir ihn nicht einbinden?«, schlug Schmitz vor.

»Hermann, das haben wir alles besprochen«, erwiderte Bosch. »Ebenso wenig wie Hugenbergs Montanzweige oder seine Verlage passen die Stinnes-Unternehmen zu uns. Dieses kreuz und quer zusammengekaufte Konglomerat würde uns nur behindern. Und er bekäme für seine Anteile zu viel Mitspracherecht. Nein, wir müssen eine andere Lösung finden.«

»Ich habe bereits einige Pläne«, meinte Duisberg. »Es ist alles in die Wege geleitet. Wir brauchen etwas Geduld, aber letztlich wird uns niemand aufhalten können.«

○ ○ ○

»Wie sieht es aus? Alles bereit?«, fragte Duisberg seinen Besucher am Abend, als alle anderen Gäste sich schon verabschiedet hatten. Sein Englisch war perfekt, und darin lag nicht der Hauch eines Akzents. Der neue Besucher war über den Personalzugang gekommen und kaum älter als zwanzig.

»Natürlich. Sie können sich auf uns verlassen«, antwortete sein Gast kurz angebunden.

»Mr Flegenheimer, ich habe einen weiteren Auftrag für Sie.«

»Tatsächlich? Gibt es überhaupt etwas, das Sie selbst erledigen können?«

»Sparen Sie sich Ihre Häme, Mr Flegenheimer. Es gibt Männer für die saubere Arbeit und Männer für die …«

»*Wetwork, you are right*. Manchmal frage ich mich allerdings, welche Arbeit die ehrlichere ist.«

»Sie sind nun auch unter die Philosophen gegangen?« Carl Duisbergs Stimme klang eisig. Dieser Mann stand auf der sozialen Leiter meilenweit unter ihm, dennoch diktierte er in diesem Gespräch die Regeln und führte sich auf wie ein kleiner Fürst. »Haben Sie Probleme mit Juden?«, fragte er Flegenheimer.

»Inwiefern?«

»Der Auftrag, um den es geht, erfordert eine gewisse Neutralität in dieser Frage«, erläuterte er. »Und ich hörte, dass Ihre Familie …«

»Mir egal, wenn der Preis stimmt.«

»Gut. Dann wird mein Sekretär alles weitere mit Ihnen besprechen. Ich erwarte, dass Sie ihn regelmäßig auf dem Laufenden halten. Wir möchten von den Entwicklungen nicht überrascht werden. Guten Tag, Mr Flegenheimer.«

Fast im selben Moment, als Duisberg den Raum verließ, trat sein Privatsekretär aus dem Nebenzimmer. In den Händen hielt er eine kleine Ledertasche sowie ein paar Notizblätter.

»Es gibt ein paar Einzelheiten zu besprechen«, wandte er sich an Flegenheimer. »Dem Mann, um den es geht, darf selbst kein Haar gekrümmt werden. Wir haben ihm bereits eine Warnung zukommen lassen, aber er hat sie offenbar nicht ernst genommen. Das nächste Mal müssen wir etwas deutlicher werden. *Wie* Sie das anstellen, bleibt Ihnen überlassen.«

Flegenheimer prägte sich alle Fakten und Namen ein. Er schrieb niemals etwas auf, was auch daran lag, dass er nicht sonderlich gut darin war. Vor allem hinterließ der *Dutchman*, wie er in New York genannt wurde, keine Spuren. Duisbergs Sekretär übergab ihm die Ledertasche, nachdem sie alles besprochen hatten. Flegenheimer öffnete sie und betrachtete zufrieden die Dollarnoten darin.

»Gut, Sie hören von mir. Die Planung wird ein bisschen Zeit in Anspruch nehmen. Die anderen beiden Aufträge verlangen schließlich ebenfalls meine Aufmerksamkeit.«

Der Sekretär nickte, nahm ein Feuerzeug und steckte wortlos die Notizblätter in Brand, von denen er abgelesen und seine Anweisungen erteilt hatte. Es gab nichts Schriftliches. Und dieses Gespräch hatte nie stattgefunden.

8

Friedrichstadt, März 1924

Sternwein war dermaßen erfreut über die Rückkehr des verloren geglaubten Neffen, dass er für den April ein rauschendes Fest im *Café Wintergarten* plante.

»Ich nehme es Paul nicht krumm, dass er sich getäuscht hat«, sagte er zu Franz, als er ihm persönlich die Einladung überbrachte. »Der arme Kerl in der Leichenhalle sah Aaron wirklich entfernt ähnlich. Und die *B'rit Milah* hat die Ermittler endgültig auf die falsche Spur geführt. Besser so als anders.«

Das Verhältnis der beiden älteren Männer war seit dem Vorfall im Leichenschauhaus – trotz der gegenteiligen, anders lautenden Bekenntnisse – abgekühlt. Tatsächlich hatte Franz jedoch den Eindruck, dass es eher Konter war, der auf Distanz ging. Aus Schamgefühl, vermutete er.

»Es ist Zeit, dass du ihn endlich kennenlernst«, meinte Josef Sternwein stolz. »Ihr seid im gleichen Alter, und du weißt, wie sehr ich ihn schätze. Söhne wie euch beide hätte ich gern gehabt.«

Franz konnte gerade noch verhindern, laut aufzustöhnen. Seit gut einem Monat versuchte sein Mentor, ihn zu einem Treffen mit Aaron Rosenbaum zu nötigen. Immer wieder hatte er Ausreden gefunden und eine Verabredung hinausgeschoben.

»Er geht doch bald nach Weimar, habe ich gehört.« Franz hatte Probleme mit Sternweins plötzlicher Sentimentalität in Familiendingen. Bisher war ihm der Kaufmann immer als Eigenbrötler erschienen. Seit Aaron wieder aufgetaucht war, kannte der Mann jedoch kaum ein anderes Thema als den Neffen und eine mögliche Freundschaft zu Franz.

Dabei war Sternwein sonst ein gewiefter Geschäftsmann, der nur mit seiner Arbeit verheiratet zu sein schien und auch als Teilhaber des *Syndicats* immer mit harten Bandagen antrat.

»Na und? Weimar ist nicht Timbuktu. Komm schon, Franz, wir treffen uns im *Schlichter*, und danach gehen wir in den *Kakadu*. Da kann ich mich nach einem Minzlikör unauffällig verziehen. Dann habt ihr den Abend für euch. Ihr passt gut zusammen, glaub mir. Was sagst du?«

»Du hörst dich an wie der hinterletzte Kuppler, der eine alte, verwachsene Jungfer doch noch unter die Haube bringen will.« Seufzend stimmte Franz schließlich doch zu. Er hatte andere Dinge im Kopf, die ihm zunehmend den Schlaf raubten. Um der alten Beziehung zu Sternwein willen musste er die Sache endlich hinter sich bringen.

»Kann ich darauf zählen, dass du die drei *Benz*-Laster samt Fahrer bis Montag hast?«, wechselte er das Thema.

»Wie oft noch? Ja! Und zwei Wachleute pro Wagen habe ich bei Schmidtchen angeheuert. Alles, wie du es wolltest. Die Sache ist kompletter Irrsinn, wenn du mich fragst. Und noch dazu teuer. Alles wegen ein paar Säcken Düngemittel.«

Natürlich wusste Sternwein, worum es ging. Die bisherigen Mengen an Opium konnten aus Hamburg problemlos mit Kurieren geliefert werden, die ein oder zwei Kilo zwischen ihren schmutzigen Unterhosen versteckten. Sie nutzten dabei fast immer die Reichsbahn. Schnell, solide, preiswert, pünktlich. Nun jedoch mussten nicht nur die Transportwege für mehrere Tonnen Rohstoffe ausgekundschaftet werden, die in naher Zukunft zwischen der Hafenstadt und Berlin hin und her gefahren würden. Auch die Opiummenge hatte sich verzehnfacht. Nach dem Flussdesaster hatten die Mitglieder des *Syndicats* entschieden, doch vermehrt auf den Landweg zu setzen. Drei *Benz*-Laster würden sich auf den Weg machen, um die nächste, große Ladung für die Chinesen zu befördern.

»Die Motoren machen mir keine Sorgen«, fuhr Sternwein fort. »Im Reich baut man die besten. Aber Getriebe, Reifen, Federn und Achsen leiden auf den beschissenen Überlandstraßen ungemein. Wir können nicht nach jeder Fahrt Tausende Mark in Reparaturen stecken!«

»Ich sehe das genauso, Josef. Aber wir brauchen zumindest einen guten Kostenvergleich. Damit kann ich Zhi und Shen überzeugen, doch den Fluss zu nehmen. Ich bevorzuge auch den Lastkahn auf Spree und Havel. Grauenhaft langsam, aber viel Zuladung und wenig Verschleiß.«

»Spielen die Zigeuner da noch mit?«, fragte Sternwein. »Nach dem Überfall?«

»Die Burschen der Harussels wissen, was sie tun. Die Wachen wurden verdoppelt, alle haben jetzt Pistolen. Nicht schön, aber leider notwendig.«

»Worauf hast du dich da nur eingelassen?«, murmelte Josef Sternwein derart leise, dass Franz, der gerade seine Zeitung umblätterte, es nicht mitbekam.

o o o

Das *Schlichter* in der Marburger Straße war ein beliebter Treffpunkt von betuchten Feinschmeckern und abgerissenen Künstlern. Die einen schmausten, die anderen schnorrten. Der Besitzer lockte auf sehr geschickte Weise zahlungskräftige Gäste an, indem er in seinem Lokal – in abgetrennten Bereichen – eine gewisse Anzahl handverlesener, wenn auch notorisch klammer Literaten, Regisseure und Schauspieler duldete. Ohne von diesem Prinzip zu wissen, hatte Franz die erste Kneipe des *Syndicats* nach ähnlicher Art aufgebaut. Während es jedoch im *Open House* vor allem Bouletten und Bouillon gab, war Max Schlichter bereits im *Kaiserhof* ein angesehener Küchenchef gewesen, dessen Gaumenpremieren wahre Begeisterungsstürme beim speisenden Publikum auslösten.

»Ich sitze lieber drüben«, nörgelte Aaron und zeigte zu den Stammtischen der Künstlerecke. »Ich hab da neulich mit Tucholsky eine Waldmeister-Weiße gekippt. Und die Waldoff ist mit ihrer Süßen auch oft hier. Manchmal legt sie eene flotte Sohle uffs Parkett. Leute, die mich verstehen.«

Sie saßen zu dritt seit einer ganzen Weile beim Essen. Immer wieder versuchte Aaron Rosenbaums Onkel ein Gespräch in Gang zu bringen, bisher erfolglos. Weder interessierte sich Franz für Schopenhauer, Wittgenstein oder die Theorie der Kunstepochen. Noch vermochte sich der Bankierssohn und Student der schönen Künste für Automobile, Eisenwaren oder die Praxis des Schweißens zu begeistern. Franz war sicher, dass die gemeinsamen Interessen noch nicht mal für eine flüchtige Bekanntschaft reichten.

»Es wird zwischen uns keine Verlobung geben!«, zischte Franz seinem älteren Geschäftspartner zu, als sie sich vor den Urinalen trafen. »Netter Kerl, aber etwas einfach gestrickt. Der versteht doch nichts vom wahren Leben.«

»Seltsam«, erwiderte Sternwein. »Dasselbe hat er vorhin über dich gesagt.«

Franz schwieg und kehrte zu ihrem Tisch zurück, fest entschlossen, den Abend durch Offenheit und Ablegen aller falscher Etikette zügig zu beenden.

»Hast du dir eigentlich überhaupt mal Gedanken darüber gemacht, was du anderen antust, wenn du einfach so verschwindest, ohne Bescheid zu geben?«, fragte er Aaron, noch bevor Sternwein zurück war. »Dass dein Onkel derart viel Verständnis dafür hat, zeigt, wie gern er dich hat. Aber der Mann hat gelitten wie ein Hund, sage ich dir. Gott und die Welt hat er verrückt gemacht. Ich habe Leute angeheuert. Sogar einen Polizisten habe ich darauf angesetzt. Ihr dämlichen Schwärmer wisst doch gar nicht, was es heißt, Verantwortung zu tragen.«

Insgeheim hatte er gehofft, die folgende Auseinandersetzung nutzen zu können, um zu verschwinden. Aber er sah sich getäuscht. Aaron Rosenbaum schien in sich zusammenzusinken. Statt der erhofften Widerrede nickte er nur stumm.

»Hast ja recht, Franz. Es war dumm von mir. Aber du kennst die

Zusammenhänge nicht. Es war eine Kurzschlussreaktion. Ich weiß, du stammst aus einer Arbeiterfamilie. Ihr glaubt immer, dass alles einfacher wird, wenn man nach oben kommt. Geld, Haus, Sicherheit, Einfluss. Das Leben muss ja so leicht sein! Von wegen. Auf jedes Wort musst du achten, sogar in der eigenen Familie. Ausbildung, Kleidung, Freunde, Abendveranstaltungen und sogar engere Beziehungen stehen einzig und allein im Dienst des Erreichten und des noch zu Schaffenden. Wenn ich schon nicht der Stolz meines Vaters bin, dann darf ich der Familie aber keinesfalls Schande machen!« Sein Onkel kam zurück. Offenbar hatte er an einem anderen Tisch mit einer Bekannten gesprochen. »Hol uns eine Flasche Schnaps«, fuhr Aaron ihn ungebührlich heftig an. Dann schien er sich jedoch etwas zu besinnen. »Bitte.«

»In drei Stunden im *Kakadu*«, flüsterte Aaron, als Sternwein sich nach der Bedienung umsah. »Da erzähl ich dir ein paar Sachen, danach willst du selbst weglaufen.«

Jetzt da sein Onkel wieder am Tisch saß, war er wieder kurz angebunden und eher abweisend. Sternwein mühte sich die folgende Stunde vergeblich, verborgene Gemeinsamkeiten bei den Männern aufzudecken. Dann gab er schließlich auf und zahlte.

»Schluss mit Schmonzes«, meinte er schließlich. »Euch ist nicht zu helfen. Macht doch, was ihr wollt!«

Die beiden jungen Männer saßen stumm da, bis er gezahlt und das Restaurant verlassen hatte. Dann brachen sie in Gelächter aus. Endlich schien sich die beinahe unerträgliche Spannung zu lösen.

»Trotzdem nachher in den *Kakadu*?«, fragte Franz.

»Jetzt erst recht.« Aaron nickte.

Um den Anstand zu wahren und aus Respekt vor Sternwein blieben sie eine weitere Viertelstunde im *Schlichter*. Ein Gespräch wollte dennoch nicht in Gang kommen. Franz war sich plötzlich nicht mehr so sicher, ob er sich tatsächlich mit Aaron im *Kakadu* noch weitere Zeit herumschlagen sollte. Was wollte der Kerl ihm erzählen? Vielleicht machte er sich nur wichtig? Oder Franz musste sich die leidvolle Geschichte des missverstandenen Jünglings reicher Eltern anhören.

»Ich muss noch einen Abstecher in mein Lokal machen«, meinte er. »Wir treffen uns um Mitternacht im *Kakadu*, in Ordnung?«

Aaron nickte, und beide Männer verließen das Restaurant. Franz legte die kurze Strecke zur eigenen Bar *Club 21* am Wittenbergplatz rauchend und grübelnd zurück. Der junge Rosenbaum hätte ihn nach dem provozierten Affront vorhin eigentlich abkanzeln müssen. Darauf hatte es Franz angelegt, aber stattdessen war Sternweins Neffe plötzlich vollkommen verunsichert gewesen. Sein Verschwinden Ende November letzten Jahres war offenbar weder die Folge einer unreifen Laune, noch schien es durch die Liebe zu seiner Angebeteten heraus motiviert gewesen zu sein. Franz überlegte. Er hatte nichts zu verlieren, wenn er sich nachher oben an der Ecke Joachimsthaler und Augsburger Straße mit Aaron traf. Er war neugierig, was der Kerl noch zu sagen hatte.

Der *Kakadu* hatte das *Syndicat* sogar kurzzeitig selbst interessiert, als die Brüder auf der Suche nach lukrativen Lokalen waren. Fantastische Lage und trotz mittelmäßigen Interieurs und Angebots immer brechend voll. Im letzten Jahr hatte der Laden zum Verkauf gestanden. Aber schließlich war der Kaufvertrag doch zwischen zwei alten Bekannten abgewickelt worden. Wehmütig dachte Franz jetzt an die vergebene Gelegenheit. Sternwein hatte dafür geworben, ihr Unternehmen immer breiter aufzustellen. Auf solide – und vor allem legale – Füße. Vielleicht hatte der alte Mann damals recht gehabt.

»Haste wieder een mit unsre Jungs jezwitschert?«, fragte Erich, als sein Bruder in Gedanken versunken und ohne Begrüßung im hinteren Privatseparee des *Club 21* Platz nahm. Trotz seines jugendlichen Alters gelang es Erich, in den drei Edellokalen des *Syndicats* als seriöser Geschäftsführer aufzutreten. Es versetzte Franz immer einen Stich, wenn er sah, dass der jüngste Sass jetzt in die Rolle hineinwuchs, die sein irischer Freund Ian McCullen bis zu seiner Ermordung innegehabt hatte. Ihm schien es in diesen Momenten, als wären seit Kriegsende Jahrzehnte und nicht erst fünf Jahre vergangen.

»Bin gleich wieder weg. Ick luscher noch inne *Kakadu* rin.« Franz dachte wieder über die seltsame Wendung nach, die das Zusammentreffen mit Aaron genommen hatte. Was sollten die Andeutungen? Weshalb konnte – oder wollte – er nicht in Gegenwart seines Onkels sprechen?

»Wahrscheinlich flennt er sich bei mir aus, dass Vadder ihm früher den zarten Arsch versohlt hat«, murmelte er leise vor sich hin. »Oder dass er ihm jetzt die Penunze streicht.«

»Also wat nu?«, fragte sein Bruder spöttisch. Er liebte es, Franz mit ein paar Berliner Sprachkapriolen zu ärgern. »Ick versteh dir nich, Herr Jraf! Willste Molle? Und zwee Schnäpperken dazu?«

»Halt den Mund, und setz dich hin«, schnauzte Franz ihn nur an. »Ich habe mit Katja gesprochen. Sie hat mir ein paar lohnende Adressen genannt.«

»Für die Fingerübungen?«, fragte Erich und blickte ihn mit Verschwörermiene an. Er ging zu seinem Überzieher und nahm ein paar Prospekte heraus. »Der alte Peters hat in seinem Antiquariat gestöbert.« Er legte die dünnen Hefte auf den Tisch.

»*Cassen- und Tresoranlagen in modernen Zeiten. Ausgabe 1913*«, las Franz von einem Faltblatt ab. »*Panzer-Gewölbe-Schränke. Solide. Sicher.*« Er warf die Broschüren zurück auf den Tisch. »Was soll das?«

»Fachliteratur«, erwiderte Erich nicht ohne Stolz. »Man muss doch vorbereitet sein.«

»Holzkopf. Selbst Peters weiß, dass eins und eins manchmal drei ergibt. Was ist, wenn die Polizei ein paar Spitzel losschickt? Dann haben sie deinen Namen.« Franz war gerade in einer Stimmung, die ihm zu gebieten schien, auch anderen die Laune zu verderben.

»Ist doch nur alter Kram«, meinte sein Bruder leicht verunsichert. Seine Euphorie war verflogen.

»Eben! Was willst du mit Beschreibungen, die zehn Jahre oder älter sind? Wirf das Zeug weg, hörst du. Paul meint, dass sie bei Verdächtigen immer öfter auch Durchsuchungen machen. Wie sieht das dann wohl aus, wenn man diese Dinge bei dir findet? Ich sage dir: Nach einem Bruch alles vergraben. Erst die Beute, dann an anderer Stelle auch das Werkzeug. Und einen Monat Ruhe bewahren. So können sie dir nichts nachweisen, wenn sie doch durchsuchen.«

»Und was ist mir dir?«, schnauzte ihn der Jüngere an. »Ständig kaufst du dir neue Schränke, machst sie kaputt und ab auf den Schrott. Glaubst du, das ist unauffällig?«

»Die Sachen macht immer ein Strohmann, du Trottel!«

Erich wirkte verlegen, ging nach draußen und kehrte mit einem Krug kalter Limonade zurück. Seine Blicke und die Haltung brachten jenen typischen Trotz jüngerer Geschwister zum Ausdruck, die von den älteren zurechtgewiesen worden waren. Als Franz ihm die drei Orte nannte, die ihm Katja vorgeschlagen hatte, war er allerdings wieder Feuer und Flamme.

»Hugenberg, das wäre es! Davon hast du ja neulich schon gesprochen«, rief er begeistert. »Dem alten Bock können wir eine Abreibung verpassen. Und wenn wir ihn danach auf einer Gala sehen, feixen wir uns eins. Bitte, lass uns Hugenberg nehmen!«

Franz genoss es, die Unbekümmertheit seines Bruders mitzuerleben. Eben ein solches Gefühl hoffte er in sich wieder zu wecken, wenn er diese – eigentlich vollkommen sinnlose – Einbruchsache durchzog. Nach einer Stunde des aufgeregten Palavers mit Erich sah er auf die Uhr. Es war Zeit, Aaron im *Kakadu* zu treffen.

»Wir müssen noch etwas warten, Erich. Katja meinte, dass in Hugenbergs Villa immer noch Umbauarbeiten stattfinden. Sie wird uns danach einen Plan der Räume anfertigen. Dann legen wir los.«

Als Franz wieder vor dem Klub am Wittenbergplatz stand, hatte leichter Nieselregen eingesetzt. Er entschied sich, zunächst in Richtung Auguste-Viktoria-Platz zu gehen, da die Tauentzienstraße sehr gut ausgeleuchtet war und man hier vor unangenehmen Überraschungen meist sicher war. Sein Bruder Georg hatte ihm ein paar Tricks und

Kniffe aus der Boxszene verraten, damit er sich zur Not zur Wehr setzen konnte. Viele Nachtschwärmer verließen sich um diese Zeit jedoch eher auf ein Schießeisen in der Manteltasche. Franz schlenderte die Tauentzienstraße hinauf. Die fünf Türme der Gedächtniskirche lagen im Widerschein der Lampen, die die Straßen und Häuser der Umgebung beleuchteten. Obwohl der Bau erst dreißig Jahre alt war, wirkte er an diesem quirligen Knotenpunkt des Berliner Neuen Westens seltsam deplatziert. Der helle Tuffstein hatte im Kunstlicht etwas Gespenstisches an sich, als wollten die bleichen, alten Kaiser jeden Moment wieder aus ihren Gräbern steigen. Franz fröstelte, und er war froh, dass es auf der Tauentzien und am Ku'damm niemals wirklich Nacht wurde. Der Himmel über Berlin war zuletzt in der Endphase des Kriegs dunkel gewesen, als das Militär befürchtete, die Alliierten könnten die Stadt mit Ballonen oder Flugzeugen erreichen und bombardieren. Seither gab es keine wirkliche Nacht über der Hauptstadt. Wie alle anderen Lokale der näheren Umgebung hatte auch der *Kakadu* an der Joachimsthaler Straße ein Leuchtschild über dem Eingang, das zudem noch nervös blinkte. Als Franz eintrat, wurde er sofort mit der Strafe für jene Besucher belegt, die entweder nicht vom frühen Abend an dabei oder aber nicht betrunken genug waren. Denn nüchtern war der infernalische Dunst, der ihm entgegen waberte, kaum zu ertragen. Tabakrauch und Schweiß bildeten eine Grundtönung, auf die die Nase nach Belieben Akkorde aus Bratenfett, schalem Bier, Urin, billigem Parfum, Darmlüften und Erbrochenem setzte.

Aaron Rosenbaum saß vornüber gebeugt an der Bar und schien mit verschränkten Armen zu schlafen. Franz konnte ihn zwar kurz wachrütteln, erkannte dann jedoch, dass der Mann sich in der letzten Stunde offenbar hemmungslos betrunken hatte.

»Aaron!«, fuhr er ihn wütend an. »Du wolltest mir etwas sagen. Verdammt, wach auf!«

Kurz überlegte er, ob er ihn einer Rosskur unterziehen sollte, wie es manche seiner Arbeiter mit ihren Kumpels machten, die zu betrunken waren. Kopf unter Wasser, Kotzen, *Bullrich*, Hering, danach zum Trost einen Klaren. Aber allein der Gedanke daran widerte ihn an. Er zog Aaron stattdessen von Stuhl und bugsierte ihn in eine freie Sitzecke. Dort stabilisierte er den Oberkörper, der mehr einem schlaffen Boxsack glich, seitlich mit einigen Kissen. Dann bestellte er eine Kanne starken Kaffee.

»Keine Milch, aber viel Zucker!«

Tatsächlich gelang es ihm, dem Betrunkenen in der nächsten Viertelstunde eine Tasse von der schwarzen Brühe einzuflößen und sogar ein paar Worte aus ihm herauszubekommen.

»... wüsstest, mein Lieber!«, lallte Aaron.

»Mein alter Herr ... der feine Herr Bankier!«

»Diebstahl am Volk! Kapital ... die Welt.«

»Was redest du da? Bist du neuerdings dicke mit den Roten?«, fragte Franz aufgebracht. Aaron wäre nicht der erste Sohn aus vermögendem Hause, der das Geld plötzlich verschmähte und zum Kaviarkommunisten mutierte. Zumal diese Haltung unter Künstlern und Philosophen weit verbreitet zu sein schien.

»Schw ... Schweinepack braucht immer mehr davon. Verbote gelten für die Pinkel nicht ...«

»Welche Verbote? Wer sind die Pinkel? Rede!« Franz packte Aaron am Revers.

»Hey! Alles in Ordnung bei euch Süßen?« Der Barmann sah zu ihnen hinüber, um zu prüfen, ob Ärger ins Haus stand. Franz glättete demonstrativ den Anzug des Bankierssohns, strich den Stoff in einer theatralischen Geste glatt und nickte nur. Plötzlich kam Franz eine Idee, und er winkte den Mann mit einem Zehnmarkschein zu sich heran.

»Sag mal Kumpel, hat sich mein Freund hier bei dir die Kante gegeben, oder ist er schon so anjedudelt gekommen?« Franz steckte den Zehner in die Westentasche des Kerls.

»Hatte schon einen sitzen, als er kam, aber nich dolle. Da waren später drei, die ihn injewickelt ham. Oder nee, wart mal. Erst zwee

Kerle, der dritte kam später und hat sich jestritten mit dene andre. Hab se alle zum Lüften raushängen lassn.«

Aaron kicherte in beinahe debiler Weise und legte den Zeigefinger an die Lippen.

»Pscht! Soll ja keiner wissen … Hoppe, hoppe Marsch! Der Papa ist am …«

Zwecklos, dachte Franz nur und bedankte sich beim Wirt.

»Außen hui … Alles gekauft. Papa ist nur ein kleiner Boten-Itzhak. Der große Rosenbaum … aus der Traum. Tod!« Aaron wurde plötzlich laut. »Der blinde Teiresias sieht Tod und Verderben! Das Ende!« Er fegte drei halbvolle Biergläser vom Tisch, die scheppernd auf dem Boden zerbrachen.

»Nu is jenuch! Raus mit euch beeden, sonst jibt et 'ne kostenfreie Politur vonne Kauleiste.« Zwei Türsteher waren an den Rundtisch gekommen. Franz wiegelte zunächst mit erhobenen Händen ab und legte dem Wirt einen Fünfziger extra auf den Tresen, als er sich erhoben hatte. Dann kritzelte er eine Adresse auf einen Bierdeckel.

»Besorgt ihm eine Droschke und ab nach Hause. Hier die Straße und Hausnummer. Der Rest ist für euch.«

Ein Reinfall. Aber das ließ sich ändern, wenn der Kater ausgestanden war. Irgendetwas schien Aaron Rosenbaum so zuzusetzen, dass er die Zeit bis zu ihrem Treffen nur im Suff überstanden hatte. Zusammen mit ein paar Bekannten. Leider hatte er es übertrieben. Zwar löste ein wenig Alkohol die Zunge, aber Aaron war über den Punkt, bis zu dem man mit Betrunkenen einen Plausch halten konnte, weit hinaus gewesen. Immerhin, ein paar Wortfetzen gaben Franz zu denken und ließen in ihm die Alarmglocken läuten. Bei Rosenbaums hing nicht nur der Haussegen schief, wie es zwischen Söhnen und Vätern öfters vorkam.

Diebstahl. Verbote. Kleiner Boten-Itzhak. Tod. Irgendwo zwischen den dahingelallten Worten verbarg sich ein Geheimnis, und Franz würde es morgen zur Not aus Aaron herausschütteln. Vorausgesetzt, der Kerl war bis dahin wieder nüchtern.

9

Hamburg – Chinesenviertel, Mitte April 1924

»Ich nehme den Expresszug nach Hamburg.« Franz lief einige Tage später in Tonis Haus wie ein aufgeregtes Huhn von einem Zimmer zum anderen. Seine Tante und Paul Konter hatten es nach ein paar Minuten aufgegeben, ihm hinterherzugehen. Sie hörten, wie er beständig vor sich hin murmelte. Er war derart aufgebracht, dass er lamentierte und sprunghaft die Themen wechselte, so dass ihm gedanklich ebenfalls niemand folgen konnte. Jeder im Raum bekam in den folgenden Minuten sein Fett weg.

»Georg meint plötzlich, die Chinesen stecken dahinter.«

»Joaquin geht es immer noch schlecht.«

»Oder es sind doch die Russen gewesen!«

»Ein weiterer Überfall. Diesmal am Hafen.«

»Wir müssen einen klaren Kopf bewahren!«

»Wie konnte die Sache mit der Leiche passieren, Paul?«

»Josef ist stinksauer. Ich bin stinksauer. Alle sind es.«

Nach einer halben Stunde hatte er sich endlich etwas beruhigt und blieb wenigstens im Wintergarten. Seine Tante reichte ihm eine Zigarette und ein Glas Limonade in der Hoffnung, er wäre dann anderweitig beschäftigt. Aber weit gefehlt. Rauchend und trinkend ging das Klagen und Zetern weiter.

»Was soll ich nur machen?« Er hob die Arme theatralisch gen Himmel, wie es vor Jahren Max Klante immer getan hatte, wenn er völlig verzweifelt und ratlos gewesen war.

»Und was willst du dann in Hamburg?«, fragte Konter. »Liegen da die Antworten auf der Straße?«

»Ich muss Zhi Chao informieren und sehen, wie er reagiert. Ich stelle ihn zur Rede! Entweder verschweigen die Kerle uns etwas, oder sie stecken sogar selbst dahinter. Und ich habe die Schnauze voll von diesem Shen Li.«

»Könntest du bitte einen Moment lang nachdenken, Neffe?«, herrschte ihn Toni an, die durch das Hin und Her langsam ebenfalls nervös wurde. »Was hätten die Chinesen davon, uns zu überfallen? Warum sollen sie ihr eigenes Geschäft stören? Und selbst wenn es so wäre, glaubst du, dass Zhi dir dann in seinem Lokal tränenreich die Wahrheit beichtet und dich um Entschuldigung bittet?«

»Ich habe mit da Silva gesprochen«, erwiderte Franz trotzig. »Er hat ein paar Erkundigungen über diese Triaden eingeholt. Diese Leute sind sehr gefährlich. In Asien gibt es viele, konkurrierende Familien. Vielleicht steckt Shen mit jemandem unter einer Decke und will Zhi Chao ausbooten.«

»Im Ernst?« Konter verdrehte die Augen. »Du hast wieder mit diesem Detektiv zu tun?« Er klang jetzt herablassend. »Der Kerl findet für dich den Mann im Mond, wenn du ihn dafür bezahlst. Merkst du nicht, dass er dich an der Nase herumführt?«

»Du bist nur neidisch«, giftete Franz zurück. »Er hat einen wachen Geist, frische Ideen und schielt nicht mit einem Auge immer nach den beschissenen, deutschen Vorschriften!«

»Ach so! Der Herr mokiert sich über meine Arbeitsweise? Ich sage dir, …«

»Ruhe!«, unterbrach Toni den Streit und warf eine Zeitschrift auf den Esstisch. »Ich bekomme schon Kopfschmerzen von eurem Geschwafel. Und ihr wisst genau, was euch dann blüht. Also, benehmt euch! Wir sollten übers *Syndicat* und die Überfälle sprechen. Eure Eifersüchteleien spart euch für den Klub auf.«

»Zhi muss aus erster Hand erfahren, was hier vor sich geht«, versuchte Franz es mit einem anderen Argument. »Wir wissen nicht, was ihm Shen berichtet. Ich stehe bei Zhi im Wort. Die Sache mit Susanne vergesse ich ihm nicht. Aber alles hat auch eine Grenze. Die Überfälle müssen aufhören. Und an den Kosten dafür möchte ich unsere Partner ebenfalls gern beteiligen.« Er nahm einen Zettel aus der Hosentasche. »Hier stehen die Zahlen. Allein die letzten beiden Überfälle haben uns zehntausend Verlust eingebracht.«

Erst vor zwei Tagen hatten Unbekannte versucht, in ein kleines Lager am Westhafen einzubrechen. Nachdem die Tür aufgebrochen war, hatten sie ein Feuer gelegt. Und kurz zuvor war ein einzelner LKW mit wertvollem Laborgerät in der Nähe von Wittenberge überfallen und ausgeraubt worden.

»Du verdächtigst also nicht Zhi Chao, sondern eher unseren Shen?«, meinte seine Tante. »Vielleicht wäre es gar nicht so dumm, dem Hamburger Boss mal etwas auf den Zahn zu fühlen.«

»Dann fahre ich mit ihm«, sagte Konter.

»Ihr beide? Zusammen seid ihr in etwa so diplomatisch wie zwei angeschossene Eber. Nein, kommt gar nicht in Frage. Ich fahre mit Franz.«

Beide Männer wussten in diesem Moment, dass jede Widerrede zwecklos war. Nicht nur vermochte Antonia Sass beinahe jeden Mann mit einer Mischung aus selbstbewusstem Charme und dreister Chuzpe um ihre schönen, langen Finger wickeln. Sie hielt sich vor allem nicht mit Nebensächlichkeiten auf und brachte die Dinge – in manchmal schmerzhafter Weise – auf den Punkt.

○ ○ ○

Franz kannte aus seiner Cliquen-Zeit alle Bahnhöfe Berlins und deren Besonderheiten. Am Schlesischen gab es die beste Hehlerware. Am Potsdamer wurde man Koks zu guten Preisen los. Und der Anhalter versprach die schnellen Nummern auf dem Bahnhofsklo, nach denen man mit Sicherheit Juckreiz im Schritt bekam. Hier an den Fernbahnhöfen hatten er und seine Jungs Reisende um ein paar Pfennige angehauen, deren Gepäck getragen, manchmal auch bestohlen. Bahnhofspflaster war immer ein gefährliches Pflaster. Die Bahnpolizei war oft gnadenlos und knüppelte sogar auf Zehnjährige ein. Hier trieb sich auch allerlei Gesocks herum, das es auf blutjunge Burschen und Mädels abgesehen hatte. Ausgehungerte Kinder wurden auf Schmalzbrot und Limonade eingeladen, in die irgendein Schwein zwei Tropfen Laudanum gekippt hatte. Und am nächsten Morgen fanden sich die Opfer meist unbekleidet und geschändet auf einer Parkbank wieder. Die Zeiten waren zwar etwas besser geworden. Denn nach dem Krieg hatten sich »Puppenjungen« noch für zwei lächerliche Groschen verkauft. Jetzt vereitelte die Sittenpolizei allzu offensichtliche Nachstellungen und brutale Übergriffe. Man sah auch keine »Skelette« mehr in der Stadt. So hatten die Bandenmitglieder jene Kinder oder Jugendlichen genannt, die völlig abgemagert und apathisch vor Hunger gewesen waren und deren Gelenke bei jeder Bewegung widerlich geknackt hatten.

Am Lehrter Bahnhof herrschte wie immer Hochbetrieb. Es wurde gedrängelt und geschubst, gestunken und geflucht. Auf dem Bahnsteig war sich jeder selbst der nächste. Das Gefühl der Ersten Klasse gab es erst nach Zustieg ins Abteil.

»Sie wollen bald mit Zeppelinen nach New York fliegen«, meinte Toni nach dem dritten Rempler, den sie dieses Mal mit einem Stoß in die Rippen des Übeltäters beantwortete.

»Im Luftballon nach Amerika? Ohne mich.«

Die Zugfahrt nach Hamburg dauerte jetzt nur noch knapp drei Stunden. Franz nahm sich vor, die Güterverbindungen nochmals zu prüfen. Vielleicht wären eigene Frachtwagons doch die bessere Wahl. Die Ware musste dann zwar gut vor den neugierigen Augen der Zöllner versteckt werden, aber die Kontrolle stinkender Düngemittelbehälter gehörte ohnehin nicht zu deren Lieblingsbeschäftigungen.

»Ein Ablenkungsmanöver wäre auch gut«, murmelte er, als am Fenster bereits die brandenburgischen Felder an ihnen vorbeizogen.

»Wie bitte?«, fragte Toni, die sich gerade erhob, um in den Speisewagen zu gehen.

»Wenn in einem anderen Wagon Ware gefunden wird, die falsch deklariert wurde, dann haben die Aasgeier etwas, worauf sie sich stürzen können. Vielleicht ein paar Tuche oder ein paar Flaschen Schnaps. Dann wird nachgemeldet und eine kleine Strafe fällig. Der Zoll ist zufrieden. Und unsere Lieferung geht durch.«

»Vielleicht hast du recht. Aber erstens sind wir auf dem Weg nach Hamburg, also konzentriere dich auf die Unterredung mit Zhi Chao. Und zweitens wäre es eine Katastrophe, wenn die Sache mit der Bahn auch nur ein einziges Mal schiefgeht. Zoll, Steuer, Gewerbebetrug wären plötzlich alarmiert. Da könnte uns auch Paul nicht mehr helfen. Die Boten, Zulieferer und Verladeplätze, alles könnte durch einen einzigen Fehler auffliegen.«

»Ich will nur, dass uns Zhi ernst nimmt. Wenn er nachfragt, möchte ich Antworten parat haben. Mögliche Alternativen.«

Als sie am frühen Nachmittag am Hamburger Hauptbahnhof ankamen, erkannte Franz, dass sich auch in der Hansestadt das Straßenbild verändert hatte. Wie in Berlin waren die einfachen Händler, die ihre Ware auf dem Rücken oder in Karren mit sich führten, kaum noch zu sehen. Pferde und Droschken gab es rund um den Bahnhof gar nicht mehr. Die Luft roch nach Kohle und Autoabgasen. Überall herrschte Chaos und Lärm.

»Als ich mit Susanne und Erich hier war, wirkte alles noch fast beschaulich«, meinte Franz. »Dabei sind es nicht einmal drei Jahre.«

»Alle wollen eben ein Stück vom Kuchen.« Toni zuckte mit den Schultern und wies den Kofferträger an, nach einem Taxi Ausschau zu halten. Sie hatte darauf bestanden, eine Nacht im *Vier Jahreszeiten* am Neuen Jungfernstieg zu verbringen. Franz wäre es lieber gewesen, wieder eine Bleibe an der Reeperbahn zu nehmen. Also mussten sie zunächst zur Alster. Für den Abend hatte sich Franz bei dem Chinesen per Eiltelegramm angemeldet.

»Von der Reeperbahn aus hätten wir zu Fuß gehen können«, nörgelte Franz, als er die gediegene Innenstadtarchitektur um die Hamburger Binnenalster erblickte. »Da tobt das Leben. Hier sind doch nur die Reeder und Makler mit ihren Matronen unterwegs.«

»Du hast nur keine Lust, dich bei Tisch zu benehmen«, gab seine Tante schlagfertig zurück.

Die beiden Zimmer im zweiten Stock hatten einen herrlichen Blick nach Osten über die Alster auf den Alsterdamm, dessen Schönheit nach Tonis Ansicht etwas durch den wuchtigen Klotz des Ballinhauses beeinträchtigt wurde. Nach einer kurzen Ruhepause nahmen sie und ihr Neffe noch ein Abendessen zu sich, bevor sie sich mit einem Wagen des Hotels zum Spielbudenplatz auf St. Pauli bringen ließen. Natürlich hätten sie auch gleich das winzige »China-Town« der Hafenstadt in der Schmuckstraße ansteuern können, aber Personal kam immer schnell ins Tratschen. Der Fahrer würde nun denken, sie wollten sich schlicht in den Lokalen an der Reeperbahn die Nacht um die Ohren schlagen. Offenbar hatte sich der Ton St. Paulis seit seinem letzten Aufenthalt nicht verändert. Das erkannte Franz schnell, denn mehrmals wurde seiner Tante hinterher gepfiffen. Und an obszönen Sprüchen angesichts des ungleichen Paares mangelte es ebenfalls nicht.

In der Schmuckstraße angekommen, veränderte sich von einem Meter zum nächsten die gesamte Welt. Es war interessant, dass zwar das emsige Treiben im Vergleich zur Reeperbahn sogar noch zunahm. Dass aber gleichzeitig eine eigenartige Stille über der Szenerie lag. Der Hamburger machte Lärm bei Schritt und Tritt. Diese chinesischen Menschen schienen dagegen in allem unauffälliger. Selbst das Kinderlachen wirkte gedämpfter, und das Rufen der Mütter war auf besondere Art leise. Hier lebten Seebären, die das Meer fern der Heimat an eine Küste gespült hatte. Die vielleicht wegen hoher Schulden, eines Vergehens oder Ehrenhandels nicht mehr zurück konnten. Und die Kaufleute hatten erkannt, dass es im Venedig des Nordens durchaus gutes Geld zu verdienen gab. Anders als bei der einheimischen Bevölkerung in Städten üblich hatte sich Arm hier nicht von Reich getrennt. Man blieb unter sich, weil man zwei Straßen weiter nur ein Fremder war.

Das *Schanghai* hatte sich in den Jahren nicht verändert. Es war eine Mischung aus Hafenspelunke, Restaurant und winzigem Kontorhaus geblieben. Zhi Chao führte von hier aus seine Geschäfte, seine Frau stand in der Küche, und eine Art Schankwirt maulte die Gäste an, sich die Getränke am Tresen selbst abzuholen. Ein Mann saß am Tisch neben der Tür und machte sich in widerlich schmatzender Weise über frittierte Hühnerfüße her, die er zunächst in eine rötliche Brühe tauchte und dann krachend zwischen den Zähnen zermalmte.

»Ich freue mich, Euch wiederzusehen, Herr Sass!« Zhi Chao trat hinter einem dunklen Vorhang aus der Tiefe des Kellerlokals hervor. Natürlich deutete er eine Verbeugung an, die Franz entgegen seiner Vorsätze erwiderte. Wie damals schien der Chinese weiß geschminkt zu sein oder hatte einen ungewöhnlich bleichen Teint, was seinem Erscheinen vor dem schwarzen Hintergrund eine gewisse Dramatik verlieh. »In Begleitung einer Dame, wie ich sehe.«

»Meine Tante, Antonia Sass«, erwiderte Franz, woraufhin Zhi auch sie begrüßte. »Wir leiten gemeinsam das Unternehmen, deshalb ist es wichtig, dass sie an dem Treffen teilnimmt.«

»Selbstverständlich! Es sind neue Zeiten angebrochen, und ein weiser Mann tut gut daran, sich den Winden nicht zu widersetzen, sondern sie zu nutzen.«

Franz verdrehte genervt die Augen, hoffte jedoch, dass sein Gastgeber es nicht bemerkte. Zhi Chao bat sie an einen Tisch hinter dem Vorhang. Nach den üblichen Höflichkeitsfloskeln kam er schnell zur Sache.

»Ihr misstraut mir, Herr Sass. Und dieser Umstand kränkt mich. Seid versichert, dass ich nichts mit den Überfällen zu tun habe!« Seine Stimme hatte etwas Schneidendes.

Franz hatte durch den Kontakt zu ihm vor zwei Jahren und die vielen Unterredungen mit Shen gelernt, auf feinste Nuancen zu achten. Eine gehobene Augenbraue, die Veränderung der Schulterhaltung, ein Neigen des Kopfes; alles konnte bei diesen Leuten auf einen Wechsel der Stimmung hinweisen. Die Ausdrucksweise und der Sprachklang waren besonders wichtig. Er bemühte sich jetzt, besonders sachlich und ohne Vorwürfe die Situation zu schildern, in der sich das *Syndicat* befand. Zhi schien sich zu entspannen.

»Ich bin sehr zufrieden mit Eurer Arbeit«, sagte er. »Ich habe gar keine Veranlassung, Störenfriede zu unterstützen oder gar zu beauftragen.«

»Wir müssen die Verantwortlichen finden, und zwar schnell«, mischte sich Toni in die Unterhaltung ein. »Zwei Überfälle kosten uns bereits mehrere tausend Dollar. Wenn wir das nicht abstellen, schmilzt der Gewinn wie Butter in der Sonne.«

»Euer Gewinn, meine Dame«, erwiderte Zhi. »Für den Transport und dessen Sicherung seid Ihr zuständig. Also müsst Ihr mit den Störungen fertigwerden. Oder aber den Preis zahlen.«

»Wir …«, wollte Franz empört erwidern, aber Toni hielt ihn am Arm zurück.

»Mein Neffe will sagen, dass wir das Problem natürlich in den Griff bekommen werden. Wir werden dabei keine Rücksicht nehmen.« Sie sah Zhi Chao jetzt direkt in die Augen. »Auf niemanden. Wenn es die Russen sind, werden wir sie zur Räson bringen. Wenn sich herausstellt, dass es doch einige Ihrer chinesischen Landsleute sind, gelten allerdings dieselben Regeln.«

»Selbstverständlich.« Zhi verneigte sich.

»Können Sie auch für Ihre anderen Handelspartner die Hand ins Feuer legen?«, fragte Franz. »Für die Herren aus den Vorstandsetagen von *Luxol*, *Bayer* oder der *Berliner Stickstoff*?«

»Mir ist nicht bekannt, dass man dort unzufrieden mit unserer oder Eurer Arbeit wäre, Herr Sass. Aber es mag Neider geben, die die Geschäfte stören wollen. Es ist Eure Sache, dies schnell zu klären. Die *Gesellschaft des Himmels und der Erde* verlässt sich auf einen reibungslosen Ablauf unseres Handels. Es wäre unglücklich, wenn ich den Familien gegenüber in meinen Berichten diese Hindernisse benennen müsste. Glaubt mir, das wollt Ihr nicht.«

Der Kerl hatte ihnen eben unverhohlen gedroht. Franz hätte ihm am liebsten seine Faust in die hintergründig lächelnde Visage getrieben. Dann hätte der Mann einen echten Grund gehabt, sich in seinem Bericht zu beklagen. Seine Tante erhob sich.

»Wir werden ohne falsche Rücksichtnahme zurückschlagen«, sagte sie in eisigem Tonfall. »Ein Familienmitglied ringt mit dem Tode«, fügte sie – nicht ganz richtig – hinzu. Die Bemerkung verfehlte ihre Wirkung jedoch nicht.

»Seid nochmals versichert …« Zhi wirkte irritiert und suchte nach Worten.

»Nein, Sie hören mir zu, Herr Zhi! Sollten wir herausfinden, dass einer Ihrer Männer – und sei es Shen Li – uns hintergeht, dann werden wir der Gesellschaft eine Rechnung aufmachen, die zwischen Himmel und Erde ihresgleichen sucht.« Toni lächelte und verbeugte sich. Auch sie lernte offenbar schnell.

° ° °

»Sehr diplomatisch, Toni«, meinte Franz, als sie wenig später mit einem Taxi zurück in ihr Hotel fuhren. »Wie gut, dass ich dich dabeihatte. Wer weiß, wie ich es angestellt hätte.«

»Der Kerl brauchte einen Dämpfer«, schnaubte sie. »Wir sind keine Kofferträger, die er nach Belieben herumschubsen kann. Ich hoffe, dass er das begriffen hat.«

»Viel haben wir nicht erfahren. Aber immerhin bin ich mir jetzt sicher, dass es nicht Zhi ist, der uns ausbooten will. Dafür hat sich der Aufwand gelohnt.«

Als sie am nächsten Morgen an der Rezeption standen, um die Rechnungen zu begleichen, erreichte sie ein Eiltelegramm.

»*Werde Herrn Shen anweisen, Euch zu unterstützen. Ein Tiger kennt sein Revier. Z. C.*«, las Franz vor.

»Offenbar hat er begriffen«, meinte Toni triumphierend.

»Und was soll der Spruch mit dem Tiger? Diese Leute gehen mir so auf die Nerven mit ihren Weisheiten.«

»Ich denke, er hat verstanden, dass wir uns am besten in unserem Metier zurechtfinden. Da sind wir eben die Tiger«, sagte seine Tante. »Und unsere Feinde sind seine Feinde. Denn er ist ein Fremder in Berlin.«

Während der Zugfahrt zurück in die Hauptstadt sprachen sie kaum miteinander. Am Bahnhof wurden sie bereits von Max und Erich erwartet.

»Joaquin musste ein zweites Mal operiert werden«, sagte der ältere Bruder. »Aber es geht ihm besser. Ein Stoffrest war in der Wunde geblieben.«

»Und Georg? Hält er die Füße still?«, fragte Franz, der das Schlimmste erwartete. Er hatte seinen Bruder immer wieder vertröstet, da er keine neuen Erkenntnisse zu den Tätern hatte. Schließlich hatte sich Franz sogar an Šaban gewendet, der Georg prompt zu sich zitiert und jede eigenmächtige Aktion untersagt hatte.

»Ist immer noch stinksauer auf dich«, meinte Erich. »Ich kann ihn sogar verstehen. Erst versprichst du ihm, schnell die Verantwortlichen zu finden. Und als dir das nicht gelingt, verpfeifst du ihn bei den Zigs.«

Er bekam drei Kopfnüsse von Max. »Eine für die Kritik am Boss, die andere für die Zigs.«

»Das waren drei«, protestierte der Jüngste.

»Die dritte ist für den Quatsch, den ich sonst nicht mitbekomme.«

Franz hörte nicht mehr zu. Er dachte an da Silva. Er musste sich mit dem Privatdetektiv treffen, um zu erfahren, ob er in den letzten zwei Wochen etwas herausgefunden hatte. Konter war keine große Hilfe gewesen. Er hatte empfohlen, den Toten gegenüber den Kollegen gar nicht zu erwähnen.

»Man wird euch und den Harussels sehr unangenehme Fragen stellen«, hatte er gemeint. »Zum Beispiel, weshalb die Leute auf dem Kahn so gut bewaffnet waren. Man wird die Warenliste durchgehen. Vielleicht sogar die Bücher. Finden die Kollegen nur eine Ungereimtheit, dann seid ihr plötzlich die Gelackmeierten.«

Willy Meyer und Adolf Leib hatten versprochen, ihre Kontakte nach russischen Banden in der Stadt zu befragen. Mit den meisten dieser Kerle hatten die Ringvereine eine Art Waffenruhe, aber es gab immer Hasardeure, die sich nicht an die Regeln hielten. Oder Neuankömmlinge, die Stunk machten und auf das schnelle Geld hofften.

»Ich muss noch heute zu da Silva. Danach zu Meyer«, sagte Franz. Die übrigen Familienmitglieder sahen ihn verständnislos an. Sie waren mittlerweile gewohnt, von seinen Gedankengängen immer erst ganz am Schluss durch ein paar Satzbrocken zu erfahren. Und irgendwann hatten sie es aufgegeben, nachzufragen.

o o o

Bereits zwei Stunden später trafen sich Franz und der Detektiv erneut, um über den zweiten Auftrag da Silvas zu sprechen. Franz war zunehmend beeindruckt, denn der Mann brachte Einzelheiten über Dinge ans Tageslicht, deren Verknüpfung nicht nur einen wachen Verstand erforderte. Es bedurfte auch einer Menge Beziehungen zu Leuten aller Schichten, um sie überhaupt in Erfahrung zu bringen.

»Mein Kontakt bei den Kommunisten meint, dass Friedebert Winckler ein unbescholtener Arbeiter bei *Borsig* in Tegel ist«, begann der Detektiv und schielte auf die Teller am Nachbartisch. Das Schnellrestaurant *Aschinger 7* war wie üblich brechend voll. Da Franz hier bekannt war und immer üppig Trinkgeld gab, kam eine beleibte Matrone auf sie zu, grüßte resolut und nahm ihre Bestellung auf. Die anderen Gäste, die sich in der langen Schlange am Tresen anstellen mussten, blickten beinahe gehässig zu ihnen hinüber. »Und der Mann hatte schon nach einem neuen Buch für seine Beitragsmarken angefragt. Er erfreut sich offenbar bester Gesundheit, wenn man von seiner Raucherlunge absieht. Ich denke, er hat nichts mit der Sache zu tun.«

»Die Angaben decken sich mit meinen Nachforschungen«, sagte Franz.

»Übrigens ist der Mann Linkshänder.«

»Ja und? Sie hatten recht. Aber das bringt uns nicht weiter. Ich muss wissen, wer hinter dem Überfall steckt. Wenn wir nach dem Ausschlussverfahren vorgehen, dann bin ich Kaiser oder Reichspräsident, bevor wir etwas Brauchbares haben.«

»Sie müssen sich entscheiden, Herr Sass. Wenn Sie mir nur die halbe Zeitung geben, können Sie nicht erwarten, dass ich die ganze lese. Wenn ich Ermittlungen anstellen soll, muss ich wissen, worum es geht.«

Franz nickte und stocherte lustlos im Kuchen. Um ihn herum wurde deftig gegessen, und die typischen Düfte stiegen ihm in die Nase, so dass er seine Entscheidung, etwas aus der Backwarenauslage zu bestellen, bereits bereute.

»Ich hörte, dass eine gewisse Unruhe in der Stadt, speziell unter den Ringbossen umgeht«, fuhr da Silva fort. »Man spricht von neuen Mitspielern, die aufs Feld drängen.«

»Die Chinesen«, erwiderte Franz etwas zu voreilig, so dass der Detektiv ihn neugierig ansah.

»Die Asiaten wollen ihr Rauschgift in Europa vermarkten. Aber das ist nichts Neues«, meinte da Silva gedehnt. »Nein, ich spreche von den Amerikanern. Man hat wohl bereits einige seltsam anmutende Cowboys im *Adlon*, *Eden* und *Esplanade* von ihrem Pferd steigen sehen.«

»Cowboys? Ist das Ihr Ernst?« Franz dachte an den *Ölprinz*, sein Lieblingsbuch von Karl May.

»Eine Redensart. Diese Leute fallen immer und überall auf, der Radau scheint ihnen im Blut zu liegen. Cowboys eben.« Der Detektiv sah Franz jetzt direkt an. »Herr Sass, wenn ich weiterarbeiten soll, muss ich wissen, worum es geht.«

Die beiden Männer verließen das Lokal und gingen Richtung Leipziger Platz und Potsdamer Platz. Dort setzten sie sich auf eine Bank in einem der beiden winzigen Parks. Es war laut und geschäftig, aber gerade deshalb konnten sie sicher sein, dass das Besprochene nicht in die falschen Ohren geriet. Franz hatte seine Skepsis vollkommen abgelegt. Da Silva hatte sich mehrmals als vertrauenswürdig erwiesen. Und er hatte Aaron aufgespürt. Der Mann nahm seinen Beruf ernst. Franz genoss es jetzt sogar, jemandem diese verworrene Geschichte zu erzählen, die ihm schlaflose Nächte bereitete. Da Silva war nicht direkt darin verwickelt, aber dicht genug dran, um vielleicht eine eigene – und neue – Perspektive zu entwickeln.

»Heroin«, meinte da Silva nachdenklich, als sein Gegenüber den Vortrag nach einigen Minuten beendet hatte. »Ich habe davon gehört, auch von den Anti-Opiumpillen.«

»Es hätte mich auch gewundert, wenn nicht«, sagte Franz, der sichtlich erschöpft, aber auch erleichtert war.

»Allerdings wusste ich nicht, dass deutsche Firmen auf derart großen Mengen von dem Stoff sitzen. Wenn ich das richtig einschätze, kann der Markt die nächsten Jahre aus dieser Reserve bedient werden.«

»Und später wird eine Fabrik in Tsingtao oder anderswo das Rauschgift vor Ort herstellen. Die einstige Vorzeigekolonie wäre wieder in deutscher Hand. Nur kostet sie nichts, sondern bringt jede Menge ein«, meinte Franz. »Und raten Sie, wem achtzig Prozent der Anteile an diesem Unternehmen gehören werden.«

»*Bayer*«, entgegnete da Silva prompt. Franz hatte langsam den Eindruck, dass ihm der Name dieser Firma in letzter Zeit etwas oft zu Ohren gekommen war.

10

Klinik Charité und Köpenick, Mai 1924

Joaquin erholte sich nur schleppend von der Notoperation, die in der Charité durchgeführt worden war.

»Wir mussten große Teile des Darms entfernen«, hatte der Oberarzt gemeint. »Und das Bauchfell hat sich stark entzündet. Er wird es überleben, aber in seinem Alter bleiben meistens deutliche Folgeschäden zurück. Krämpfe, Übelkeit, Durchfälle. Und er wird sehr lange Zeit geschwächt sein.«

Franz hatte in den letzten Wochen bemerkt, dass sein Bruder immer verschlossener wurde und sich zurückzog. Gerade im letzten Jahr hatte sich Georg von seinen eigenen, vor allem den seelischen Verletzungen der Entführung durch Freikorps-Soldaten erholt, schien sogar fast wieder der Alte zu sein. Aber jetzt waren beständig eine unterschwellige Wut und Verbitterung spürbar, wenn man mit ihm sprach.

»Du hältst mich seit Wochen hin«, schnauzte er seinen jüngeren Bruder zum wiederholten Mal an. Natürlich war die anfangs von ihm gesetzte Zwei-Tage-Frist längst verstrichen, ohne dass Franz neue Erkenntnisse oder gar die Täter präsentieren konnte. » Ŝaban hat mir verboten, etwas ohne Absprache mit dem Rat zu unternehmen«, fügte er grimmig hinzu. »Hast du mich bei ihm angeschwärzt?«

»Was heißt angeschwärzt?«, verteidigte sich Franz. »Ich musste verhindern, dass du unüberlegt und in blinder Wut handelst. Ich kläre, ob es die Kommunisten waren. Wenn ja, dann werden sie dafür bezahlen. Aber wenn sie es nicht waren, dann könnte jede Aktion zur Katastrophe für uns werden.«

Nach dem Besuch beim Kranken, der kaum ansprechbar war und nur mit unsichtbaren Figuren an der Decke sprach, fuhren die Brüder zur Inspektion der Fahrzeuge, die für die Transporte über Land vorgesehen waren. In Köpenick besaß das *Syndicat* eine Halle, die geradezu ideal war fürs unbemerkte Umladen und Verbergen der Waren. Franz hoffte, dass eine Fahrt mit dem Sportwagen seinen Bruder auf andere Gedanken bringen würde. Allerdings war der Bugatti eher für einen einzelnen Fahrer, allenfalls für zwei schlanke Insassen gemacht. Georg war durch sein Muskeltraining jedoch fast doppelt so breit wie früher, so dass Franz beinahe auf der winzigen Tür sitzen musste, als sie auf der Cöpenicker Landstraße Richtung Südosten donnerten. Schon von weitem schwante ihm Böses, als er sah, dass Max ihnen hektisch winkend am Hallentor entgegen gelaufen kam.

»Jemand hat sich an den Wagen zu schaffen gemacht«, rief er, obwohl das Motorgeräusch noch beinahe alles übertönte. In der alten Kutschhalle standen mehrere Männer offenbar ratlos um die Laster herum, die dort – eigentlich vor neugierigen Blicken und Neidern geschützt – untergestellt waren.

»Was haben die Kerle davon?«, fragte Georg, nachdem er sich einen ersten Überblick über die Schäden verschafft hatte. Er betrachtete die vier Lastkraftwagen, die sabotiert worden waren. Den zwei *Dürkopp*-LKW waren sämtliche Reifen zerstochen worden. Der alte *Benz* war bei einem ersten Startversuch in der Frühe beinahe in die Luft geflogen. Besonders ärgerlich war, dass der *Büssing*-Sattelzug vom Auflieger gehebelt worden war. Erstens hatte das *Syndicat* das Fahrzeug nur ausgeliehen. Und zweitens hätte in die Hohlräume der transportierten Stahlrohre eine Menge Ware gepasst.

»Das dritte Mal in zehn Tagen«, sagte Franz und scheiterte beim Versuch, sich eine Zigarette anzuzünden, an seinem erregten Zittern. Er fühlte eine Ohnmacht in sich, die nur noch durch seine Wut übertroffen wurde.

»Die Schweine wollen uns fertigmachen!« Georg hämmerte wütend gegen den Radkasten des Aufliegers, der leicht schief stand.

»Um so wat zu machen, müssen sie Leute von uns bestechen, brauchen Muskelmänner und jede Menge Werkzeug.« Max lief hin und her, tastete an Reifen und Metall, als könnte sein Handauflegen alles wiedergutmachen. »Und dabee kommt doch nüscht rum. Nur Spesen.«

»Wurde etwas gestohlen?«, fragte Franz, kannte jedoch die Antwort. Und Max schüttelte nur den Kopf. »Ich glaube, dass es wieder nur darum geht, unser Geschäft zu stören. Wenn wir jeden Transport besonders stark bewachen müssen, dann bleibt von unserem Anteil nicht viel übrig. Denn wir müssten alles doppelt und dreifach schützen, da wir ja nie wissen, wo und wann diese Leute zuschlagen.«

»Und je mehr fremde Arbeiter und Wachmänner wir einstellen, desto einfacher wird es sein, Verräter und Saboteure einzuschleusen. Jeder Außenstehende könnte ein Spitzel sein.« Georgs Faust bearbeitete erneut den Stahl, dieses Mal die Motorhaube des *Benz*.

»Damit ist wohl endgültig klar, dass die Roten damit nichts zu tun haben«, meinte Franz, der trotz des Rauschens in seinem Kopf versuchte, einen klaren Gedanken zu fassen.

»Wieso? Gerade diese Leute haben viele Arbeiter in ihren Reihen, die bei uns nicht auffallen würden.«

»Und weshalb klemmen sie nichts? Ist doch völlig sinnlos«, erwiderte Franz. »Und sie riskieren nur einen blutigen Kampf mit uns, der viel Aufmerksamkeit bei Polizei und Politik wecken würde.«

»Stimmt schon«, meinte Max. Georg schnaubte nur.

»Ich setze unseren Detektiv darauf an. Und unsere Jungs werden sich in der Stadt umhören. Paul könnte seine Kollegen befragen. Wer das hier getan hat …« Franz zeigte auf die Fahrzeuge. »Wer die Sache mit Joaquin zu verantworten hat, der ist nicht einfach vom Himmel gefallen. Irgendwo muss es Spuren und Hinweise geben.«

Franz hatte einen Plan, über den er aber nicht sprach. Würde Georg jetzt erfahren, wen er aufsuchen wollte, sein Bruder hätte wohl an den Lastern noch erheblich größeren Schaden angerichtet.

○ ○ ○

Wilhelm Pieck war unberechenbar wie eine Kreuzotter, die man im Gebüsch aufgeschreckt hatte. Seit Jahren kannte Franz den kommunistischen Funktionär. Und doch wusste er wenig über den Menschen Pieck. Trotz aller Querelen und Veränderungen in seiner Partei schwamm er offenbar im Fahrwasser der Roten irgendwie immer oben mit, ohne sich selbst zu sehr in die Schusslinie möglicher Gegner zu bringen. Einige Zeit hatte er in Moskau verbracht und Kontakte zu den Männern geknüpft, die Lenin beerben wollten. Aber Franz interessierte sich nicht für Politik, schon gar nicht für die lauten Parolen von links oder rechts außen. Dennoch glaubte er, dass der lose Kontakt zu Pieck jetzt helfen konnte, die Geschehnisse aufzuklären.

»Du hast Glück, dass du mich hier in Berlin antriffst, Genosse«, sagte der Mann, der gegen die allgemeine Mode immer noch seinen mittlerweile ergrauten Bürstenhaarschnitt trug. Genosse war natürlich die allseits gängige Anrede auf dieser Seite des politischen Spektrums. Vor allem aber wusste Pieck, dass sich sein Gegenüber darüber ärgerte. »Die Weltrevolution nimmt mich voll in Beschlag.«

»Ich bin hier, um uns beiden eine Menge Ärger zu ersparen, Herr Pieck.« Franz war die plumpe Vertraulichkeit der Roten schon immer unangenehm gewesen. »Sie und ich hatten in der Vergangenheit gleiche Interessen. Vielleicht können wir uns auch zukünftig gegenseitig helfen.«

Der KPD-Politiker wirkte nachdenklich. Er war in den letzten zwei Jahren öfter in der neuen Sowjetunion gewesen als in der Reichshauptstadt und musste hier vor Ort langsam um seinen Einfluss fürchten.

Sein Büro im Parteihaus am Rosenthaler Platz war schlicht eingerichtet, wirkte eher wie ein Notbehelf. Keine Aktenschränke, kein Vorzimmer, nichts Persönliches. Entweder erledigten andere die Arbeit für ihn, oder er kam nur zum Däumchendrehen hierher. Vielleicht auch weil er bereits abgemeldet war, überlegte Franz.

»Im Moment wäre ein Goldesel recht hilfreich«, sagte Pieck. »Unsere Gegner verfügen über riesige Vermögen und gute Beziehungen zur Industrie. Der Adel bekommt von der Republik eine Entschädigung und finanziert damit prompt die Agitation gegen uns. Und wir sammeln Notgroschen und Sechser in Blechdosen. Hast du vielleicht eine Sache für uns, die Geld einbringt? Wie damals?«

Wilhelm Pieck grinste unverschämt. Er spielte mit seiner Bemerkung auf einen Coup an, der dem aufstrebenden *Syndicat* mit Hilfe der Kommunisten vor einigen Jahren gegen die völkische Brigade Ehrhardt gelungen war. Gemeinsam hatten sie den rechten Freikorps-Männern einen LKW mit ein paar hunderttausend Mark unter der Nase weggeschnappt.

»Ich fürchte, dass ich damit nicht dienen kann, Herr Pieck. Irgendjemand will Ihren Leuten etwas anhängen. Und die Sache könnte unangenehm werden, selbst für Ihre Leute. Meine Jungs sind stinksauer. Und euch könnte Ärger mit den Zigeunern ins Haus stehen. Ein gefundenes Fressen für die rechte Presse. Die Staatspolizei wird sicherlich nicht begeistert sein.«

»Ich fasse das mal als gut gemeinten Rat und nicht als Drohung auf, Genosse Sass.«

»Außerdem sind Sie ja immer an aller Art von Informationen interessiert«, fuhr sein Besucher ungerührt fort. Franz kam sich vor wie ein Zauberlehrling, als er zum wiederholten Mal den *Nagant*-Revolver, die Schiebermütze mit dem roten Blechstern und das Mitgliedsbuch der KP aus seiner Tasche hervorholte. Zunächst versuchte er es wieder mit dem Märchen von den bösen Flusspiraten, die ein paar arme Havel-Schiffer überfallen hatten. Aber Pieck sah ihn nur eindringlich an und legte den Kopf schief. Der Mann war zu erfahren, um sich einfach hinters Licht führen zu lassen.

»Hältst du mich für beschränkt, Genosse?«, fragte er beinahe belustigt. »Du kommst doch nicht, um dich bei mir wegen ein paar Stangen geschmuggelter Zigaretten auszuweinen. Entweder du packst aus oder trollst dich, Sass.«

Franz hatte damit gerechnet, dass Pieck nachhaken würde. Der Opium-Handel zwischen Hamburg und Berlin war mittlerweile in gewissen Kreisen eine Art offenes Geheimnis. Noch schien allerdings Kokain das größere Problem – aber auch das bessere Geschäft – zu sein, so dass sich niemand wirklich darum scherte. Aber Franz musste Pieck etwas bieten, wenn er von ihm Informationen wollte. Also schilderte er in groben Zügen die Vereinbarung mit den Chinesen. Die Beteiligung des *Syndicats* schien den KPD-Politiker jetzt doch zu überraschen.

»Nicht schlecht, Genosse«, meinte er. »Am Anfang ein paar geklaute Zigaretten, und jetzt ist es Rauschgift. Hoffentlich verhebt ihr euch nicht an der Kiste. Vielleicht könntet ihr ein wenig Schutz gebrauchen. Überall gibt es missgünstiges Gesindel. Meine Jungs packen billig an und wissen sich immer zu wehren.«

»Letztlich geht es genau darum, Herr Pieck.« Franz fühlte sich bestätigt. Er hatte Piecks Reaktion beobachtet und war bereits jetzt sicher, dass die Kommunisten nicht hinter den Überfällen steckten. »Allerdings anders, als Sie es vielleicht meinen. Diese Sachen wurden bei einem Täter gefunden.« Franz deutete auf den Revolver. »Und es hat einen Mann erwischt, der meinem Bruder sehr nahesteht.«

»Mir ist nicht bekannt, dass seitens der Partei Aktionen geplant sind oder durchgeführt wurden, die solche …« Wilhelm Pieck suchte nach einem passenden Wort. »Überfallkommandos vorsehen. Im Gegenteil, derzeit möchten wir möglichst wenig Aufmerksamkeit erregen, die den Staatsorganen Anlass böte, gegen uns vorzugehen. Dazu gehört natürlich auch, dass wir nicht in Konflikte mit den Schmugglerbanden und Ringvereinen hineingezogen werden möchten.«

Er musterte das Mitgliedsbuch und notierte sich den Namen Friedebert Wincklers. Den Revolver berührte er nicht, sondern schob ihn mit einem Brillenbügel näher zu sich heran.

»Ich kläre, ob dieser Winckler bei uns Parteimitglied ist.« Er unterbrach sich. »Oder war. Aber im Ernst, Sass, wie blöd müsste der Kerl sein, wenn er seine Habseligkeiten auf einen Raubzug mitnimmt? Solche Dokumente gehen übrigens bei jeder Straßenschlägerei dutzendfach verloren. Für eine Mark kannst du sie dann später bei Schnürsenkel-Heinrich um die Ecke kaufen. Und über die Mütze brauchen wir uns wohl nicht zu unterhalten. Das Ganze beweist gar nichts. Eher wollte uns jemand etwas in die Schuhe schieben.«

»Bleibt die Waffe.«

»Noch einmal, Sass.« Wilhelm Pieck wurde etwas ungehaltener. »Im Moment will die Partei keine Aufmerksamkeit, die über politische Aktivität hinausgeht. Fäuste und Knüppel auf der Straße, keine Schießeisen. Das ist derzeit die Parole. Den *Nagant* bekommst du immer noch problemlos am Spittel oder Hackeschen. Zugegeben, etwas teurer als vor ein paar Jahren. Das Ding wirkt doch fast wie ein Plakat, das sich euer Täter auf den Rücken hätte kleben können: *Seht her, ich bin Russe! Zur Not auch deutscher Kommunist. Wie ihr wollt. Sucht es euch aus.*«

Pieck konnte ihm zwar keine Namen nennen. Und offenbar hatte die KPD im Moment tatsächlich enormen Gegenwind. Aber Franz war dennoch zufrieden, als er die Parteizentrale verließ und in Richtung Innenstadt marschierte. Der Funktionär hatte bestätigt, was er bereits vermutete. Vielleicht bekamen sie über diesen Winckler noch etwas heraus; sofern der Kerl tatsächlich noch unter den Lebenden weilte, wie da Silva meinte. Sorge bereitete ihm nur, ob Georg die Sache ebenfalls so sehen und die Füße stillhalten würde. Und natürlich blieb die wichtigste Frage ungeklärt: Wer besaß die Informationen, um den Chinesen und vor allem dem *Syndicat* derart zielgenau in die Quere zu kommen? Und wer würde dabei auf diese einfältige Weise den Verdacht auf die Roten zu lenken versuchen? Ein Ringverein, der ein

Stück vom Kuchen wollte? Franz war sicher, dass sich diese Leute anders bemerkbar gemacht hätten. Außerdem war er mit Willy Meyer im Geschäft, der ihm vertraglich den entsprechenden Schutz bot. Blieben noch die Radaubrüder vom rechten Spektrum. Aber hatten die Freikorps unter Offizieren wie Hermann Ehrhardt vor zwei oder drei Jahren noch eine gewisse Disziplin – und Raffinesse – gezeigt, so waren in den letzten zwei Jahren äußerst zwielichtige, aber auch skrupellose Gestalten neben dem republikfeindlichen *Stahlhelm* aufgetaucht. Mit Abscheu erinnerte sich Franz an Paul Röhrbein, der gerade für eine kleine süddeutsche Partei gewaltbereite Männer zu einer Kampftruppe formte. Konter hatte jedoch versichert, dass es sich hierbei nur um Splittergruppen handelte. Vielleicht aber irrte er sich. Vielleicht waren sie schon schlagkräftig genug, um sich in die Berliner Geschäfte einzumischen? Eine neue Macht im Hintergrund? Als Franz am Alex ankam, war seine Zuversicht verflogen. Zu viele Fragen. Zu wenige Antworten.

11

Grunewald, Anfang Mai 1924

»Sie haben früh erkannt, dass Propaganda auch und gerade in Friedenszeiten ein wichtiges Instrument ist, um die Meinung der Massen zu beeinflussen. Und wer die Menge lenkt, hat die Macht. Sie sind in dieser Hinsicht ein Vordenker.«

»Die Heeresleitung hat mir anfangs nicht zugehört«, meinte Alfred Hugenberg und wirkte geschmeichelt. »Die Engländer haben schon gleich zu Beginn des Kriegs Filme gedreht, in denen Deutsche nur Kinder fressende Hunnen waren. Und die Leute haben es geglaubt. Es hat sie gegen uns aufgebracht, und sie waren bereit, diese Menschenfresser aufzuhalten. Wir dagegen haben mit Gründung der *Ufa* ein Jahr vor Kriegsende zu spät dagegengehalten.«

»Jetzt sollten wir an die Zukunft denken und aus alten Fehlern lernen. Es muss uns gelingen, die völkischen Ideen mit unseren Zielen zu verknüpfen. Dabei müssen Zeitungsleser oder Kinobesucher in dem Glauben gelassen werden, dass der Einfall, der Impuls von ihnen ausginge. Und natürlich müssen sie immer denken, es wäre die Wahrheit.«

»Sie sind zwar ein schlauer Fuchs. Aber wie stellen Sie sich das vor, Herr Göbel? Die Leute wollen unterhalten werden! Niemand interessiert sich noch für derartige Werbefilme oder platte Hetzartikel.«

»Goebbels. Dr. Goebbels«, korrigierte der klein gewachsene Mann den Zeitungsverleger, und für einen Moment verhärteten sich seine Gesichtszüge. Er hatte mit Mühe eine Unterredung mit dem bekannten Magnaten erwirkt und war gerissen genug, diese Chance nicht durch einen Wutanfall aufs Spiel zu setzen. Einen Untergebenen hätte er jetzt zur Minna gemacht. Es gab zwei Dinge, die ihn zur Weißglut brachten. Anspielungen auf seine Körpergröße und Verhunzung seines Namens.

»Als Redakteur der *Völkischen Freiheit* habe ich andere Erfahrungen gemacht«, sagte er. »Gerade das Einfache fasziniert die Leute. Die Zeiten sind unruhig, alles ändert sich, viele verstehen ihre alte Welt nicht mehr. Da ist es wichtig, ihnen die Illusion zu geben, dass es auf alle Fragen eine einfache Antwort gibt.«

»Die da wäre?«

»Bolschewisten, Freimaurer, Juden, die Hochfinanz oder der Vatikan sind schuld an der Misere des kleinen Mannes. Je nachdem in welchem Saal man sich gerade bewegt.« Goebbels lachte.

»Fünf Antworten, wenn ich richtig zähle. Und Vorsicht beim Geld und den Katholiken, Dr. Goebbels. Sie wollen doch die Hände, die sie füttern, nicht beißen?«

»Meinetwegen streichen Sie zunächst die Banken und den Papst, Herr Hugenberg. Den Rest fassen wir zusammen als bolschewistisch-jüdische Weltverschwörung. Viele Probleme, eine Antwort. Wie ich bereits sagte.«

»Und wie wollen Sie solche Vorstellungen publikumswirksam verkaufen?«

»Stellen Sie sich ein Dorf im Ostland vor.« Goebbels schien mit den Händen eine fiktive Szene zu beschreiben wie ein Theaterregisseur, der seine Schauspieler unterweist. »Ein deutscher Bauer bestellt mit harter Arbeit sein Feld. Der Bürgermeister, ein Jude, drangsaliert ihn mit hohem Zins für Pacht und Saatgut. Dessen Sohn verführt die einzige Tochter des Bauern, ein reines, unschuldiges Wesen. Und das arme Mädchen wird von ihm schwanger. Der Mann ist Lenin-Anhänger und Anarchist, ein Spieler und Säufer. Sein Vater untersagt eine Heirat, die Tochter erhängt sich aus Scham im Wald. Da hat der Bauer endlich genug von der Unterdrückung und dem Leid. Er fordert Gerechtigkeit. Er schließt sich mit anderen Männern zusammen, erschlägt den Bürgermeister und befreit das Dorf vom jüdischen Joch.«

»Reichlich vulgär. Allerdings …«, erwiderte Hugenberg. »Mit einer jungen, blonden Schönheit in der Rolle der Verführten könnte es durchaus funktionieren. Sie haben ein gewisses Talent, Herr Dr. Goebbels. Aber Sie wollen sicherlich nicht meine Zeit stehlen, indem Sie mir ein zweitklassiges Drehbuch anbieten, nicht wahr?«

Wieder spürte Goebbels, wie sich die Muskeln an seinem Hals und dem Kiefer spannten. Aber General Ludendorff als Anführer der alten, nationalistischen Kräfte hatte ihm vor einigen Tagen in einer geheimen Unterredung eine klare Anweisung gegeben.

»Gewinnen Sie Hugenberg für unsere Sache, Joseph«, hatte der berühmt-berüchtigte Weltkriegsoffizier gesagt. »Der Kerl ist zwar wankelmütig, doch wir brauchen seine Unterstützung.« Ludendorff hatte den Parteivorsitz bei der erst gegründeten *Nationalsozialistischen Freiheitsbewegung* inne, und Goebbels war ganz vernarrt in den Mann. Also machte er jetzt gute Miene zum unguten Spiel und rang sich ein Lächeln ab.

»Wir möchten Ihnen eine Kooperation vorschlagen«, sagte er. »Die Kampfverbände und der Saalschutz von KPD und SPD üben einen enormen Druck aus, dem wir in Zukunft eine Kraft entgegensetzen werden. Schlagkräftige Einheiten werden unser Programm auf die Straßen bringen. Dabei ist der *Frontbann* erst der Anfang. Wir können Ihren Verlagen und Mitarbeitern zukünftig Sicherheit garantieren.«

Hugenberg antwortete nicht sofort. Stattdessen überflog er noch einmal ein Schreiben, das ihm sein Sekretär auf den mächtigen Eichenholzschreibtisch gelegt hatte. Ludendorff hatte darin die Aufstellung seiner Partei zur Reichstagswahl angekündigt und bot dem Verleger einen Posten im Falle einer Regierungsbeteiligung an.

»Man bietet mir also einen Ministerposten an«, schnaubte er schließlich verächtlich, und eine steile Zornesfalte zog sich von der Nasenwurzel zur Stirnmitte. Dass er seit geraumer Zeit mit dem Amt des Präsidenten liebäugelte, verschwieg er. »Nationalsozialisten! Was seid ihr denn nun? National oder sozialistisch? Wollt ihr den Marx als

Kaiser? Oder sollen die Bolschewisten in Zukunft Schwarz-Weiß-Rot flaggen? Nationalsozialisten! Das Ganze klingt nach Schweinepisse im Champagnerglas.«

»Sie beschmutzen das Ansehen des Generals!«, rief Goebbels und konnte sich nun doch nicht länger beherrschen. »Ludendorff ist sicher, dass die neue Wahlgruppe mehrere Prozent bei der Wahl erhalten wird. In einer nationalen Regierung der Mitte könnten Sie Minister sein.«

»Unsinn, junger Mann. Die Verhältnisse im Reich haben sich stabilisiert. Die Arbeiter haben ein paar Mark mehr in der Tasche. Der Adel hat eine riesige Entschädigung erhalten. Und wir Industrielle machen gute Geschäfte. Zufriedenheit ist doch seit jeher der Feind der Revolution! Egal ob von links oder rechts. Solange es den Leuten gut geht, liegen sie gern in der Mitte des Betts und räkeln sich zufrieden.«

»Umso wichtiger ist es, die Massen unzufrieden zu machen. Und hier kommt die Propaganda ins Spiel. Ihre Zeitungen, Herr Hugenberg. Sehen Sie denn nicht, welche Macht Sie in Händen halten? Wir müssen jetzt mehr Einigkeit …« Goebbels hielt kurz inne, als Lärm aus der Eingangshalle der Villa zu ihnen in den Salon drang.

»Was ist denn da los«, polterte Hugenberg, der trotz seiner Leibesfülle und Körpergröße erstaunlich behände die Flügeltür aufgerissen hatte.

»Verzeihung, Herr Hugenberg.« Ein vierschrötiger Kerl, der offenbar zu einer Art Wachmannschaft gehörte, richtete sich vor ihm auf. Er hatte einen sehr jungen Mann am Kragen gepackt und hob ihn jetzt sogar leicht an, so dass er nur auf den Zehenspitzen stehen konnte. »Wir haben oben in Ihrem Arbeitszimmer zwei Burschen geschnappt, die wohl Ihren Tresor aufbrechen wollten.« Der Wachmann wies auf zwei Kollegen, die hinter ihm standen und einen weiteren Einbrecher, der um sich schlug, nur mit Mühe in Schach hielten. Hugenberg ordnete an, die beiden zu fesseln und in den Salon zu bringen.

»Sehr ärgerlich, Herr Goebbels«, meinte er und schenkte sich und dem Gast einen doppelten Weinbrand ein. »Wir müssen unser Gespräch vertagen. Richten Sie General Ludendorff meine Grüße …«

»Quod erat demonstrandum«, unterbrach ihn Goebbels und wies auf die Gefangenen. »Sie brauchen dringend besseren Schutz, Herr Hugenberg. Einen passenderen Beweis kann es doch kaum geben.«

»Ich habe Männer, die ich dafür bezahle. Wahrscheinlich sind es nur zwei Hohlköpfe, die dachten, ich verstecke riesige Summen in meinen Tresoren.«

»Hohlköppe? Du oller Fatzke mit deene Wilhelm-Rotzbremse«, krakeelte der jüngere Mann los. »Denkste, et jeht ums Jeld? Du hast doch keenen Schimmer, du Nieselpriem!«

»Halt den Mund, Erich!«, fuhr ihn der andere an.

Alfred Hugenberg betrachtete die Gefesselten und zeigte dann auf den älteren. »Dich kenne ich doch! Aus der Zeitung. Du hast bei irgendeiner Sache mitgemischt, in die Kapitän Ehrhardt verwickelt war. Und auf einigen Empfängen der letzten Monate hast du dich ebenfalls herumgetrieben. Sack oder Sachs! So lautet doch dein Name?«

Franz seufzte. Er hatte nicht verhindern können, dass trotz aller Vorsichtsmaßnahmen einige Reporter Bilder von ihm gemacht und veröffentlicht hatten. Die Sache mit Ehrhardts Lastwagen, von dem er und seine Leute einen Tresor gestohlen hatten, war in der linken Presse reißerisch breitgetreten worden. Dass man dem *Syndicat* nichts nachweisen konnte, hatte nichts daran geändert, dass Franz' Visage ein paar Mal in der Zeitung gewesen war. Im Moment erwies sich dieser Umstand eindeutig als Nachteil.

»Sass«, erwiderte er knapp und versuchte dabei, trotzig zu klingen.

»Ein kleiner Möchtegern-Ringboss«, wandte sich Hugenberg an Goebbels. »Wie so viele andere, die aus der Gosse gekrochen sind. Jetzt sorgen wir dafür, dass er in Plötzensee einen richtig kräftigen Zellengenossen bekommt, der es ihm fünf Jahre lang besorgt. Werner?«, wies er seinen Bediensteten an. »Rufen Sie die Polizei!«

»Mein Gott, Sie denken schon fast wie ein alter, spießiger Parlamentarier!«, mischte sich Goebbels unerwartet ein. »Recht und Gesetz. Verfehlung und Strafe. Alles bürgerlich überkommener Ballast. Prüfen Sie doch zunächst, ob Sie einen Nutzen aus der Situation ziehen können. Selbiges pflegen Sie bei Ihren Geschäften doch auch zu tun. Warum nicht in diesem Fall?«

»Wie meinen Sie das?« Hugenberg hob die Hand und bedeutete dem Wachmann, noch zu warten.

»Wir sollten uns mit den Herren unterhalten. Finden wir heraus, was sie wollten und wer sie angestiftet hat.« Goebbels richtete die nächsten Worte an Franz. »Ich hoffe, Sie wissen zu schätzen, dass ich mich für Sie einsetze. Erzählen Sie uns ein bisschen was, und vielleicht kann ich unseren Gastgeber dann dazu bewegen, von einer Anzeige abzusehen.«

Franz kannte die Tricks. Die vorgebliche Freundlichkeit, das Lächeln, das Wecken von Hoffnung. Einlullen nannte man das auf der Straße. Und er war zu lange mit der Clique um die Häuser gezogen, um sich in eine solche Falle locken zu lassen. Diese Freundlichkeit war Berechnung. Jedes Lächeln der Puppen in den Auslagen bei *Wertheim* wirkte aufrichtiger als die Fratze dieses Burschen.

Bleibt nur die Hoffnung, dachte er. Schnauze halten und einfach durchstehen die Sache. Anwalt Renger wird es schon irgendwie richten.

»Lassen Sie meinen Bruder gehen«, sagte Franz, ohne auf die Bemerkung des Zwergs einzugehen. Er wollte die Bedingungen diktieren, zu denen hier verhandelt wurde. »Dann erzähle ich Ihnen alles.«

Euch Kerlen werde ich schon eine Geschichte auftischen. Und danach werdet ihr mir freiwillig diesen beschissenen Tresor öffnen! Franz hatte sich förmlich in Rage gedacht.

»Na bitte! Sehen Sie, Herr Hugenberg. Zivilisierte Menschen. Und wie rührend. Der Bruder!« Goebbels klang derart zynisch, dass Franz ein Schauer über den Rücken lief. Hugenbergs Gast war klein und hässlich. Und Franz hatte ein Hinken bemerkt, das der Mann allerdings zu verbergen suchte. Aber dieser Goebbels schien ihm gefährlicher als zehn Straßenschläger. Im Gegensatz zu Hugenberg verfügte er offenbar über Menschenkenntnis und einen geschliffenen Verstand. Er schien in der Stimmung seiner Umgebung lesen zu können wie in einem Buch. Goebbels sprach jetzt leise zu seinem Gastgeber, der schließlich nickte.

»Werner, bringt den Älteren nach unten. Und jemand bleibt zur Bewachung bei ihm.«

»Und wir werden uns ein wenig mit dem jungen Bruderherz unterhalten«, fügte Goebbels hinzu.

Franz wusste, dass er einen schweren Fehler begangen hatte, als er die Verwandtschaft zwischen sich und Erich preisgegeben hatte. Im Nu war seine Selbstsicherheit dahin, und Zorn loderte in ihm. Er tobte trotz der Fesseln, die ihm ins Fleisch schnitten. Zwei kräftige Wachleute packten und schleiften ihn wie einen Sack Mehl zurück in die Halle und dann ins Kellergeschoss.

o o o

»Mein Name ist Erich. Basta, aus, Ende.« Der jüngste Sass klang trotzig. Er hatte sich vorgenommen, nichts weiter zu sagen. Er konnte nicht verhindern, dass er zitterte. Er wusste selbst nicht, ob aus Angst oder aufgrund der Spannung, die er während des Bruchs und der Gefangennahme empfunden hatte.

»Sehr schön, Erich«, meinte Goebbels im Plauderton. »Herr Hugenberg und ich würden gern wissen, weshalb ihr beide hier eingestiegen seid.«

Als sein Gegenüber beharrlich schwieg, wandte sich Goebbels um. »Einen Weinbrand für den jungen Mann? Was denken Sie, Herr Hugenberg? Wir wollen ihn ja nicht behandeln wie einen unreifen Spitzbuben, der gerade erwischt wurde, wie er in Mutters Unterwäsche wühlt. Wir haben es hier mit einem Ganoven zu tun, der Mumm genug hatte, beim bedeutendsten Verleger des Reichs einzusteigen. Etwas Respekt scheint mir da durchaus angebracht.«

Nachdem er dem völlig überraschten Erich einen Schwenker gereicht hatte, begann Joseph Goebbels, eine Geschichte zu erzählen. Seine Geschichte. Er berichtete von den ärmlichen Verhältnissen, in denen er aufgewachsen war, von den Herabsetzungen, die er erdulden musste. Dabei betonte er sein fortwährendes Ringen um einen angemessenen Platz in der Gesellschaft.

»Auch mir wurde nichts geschenkt, Erich. Ich musste es mir nehmen. Dir und deinem Bruder ist es ähnlich ergangen, nicht wahr?« Er wartete die Antwort nicht ab. »Ich sage nicht, dass ich den krummen Weg gutheiße, den ihr gewählt habt. Aber ich kann euch verstehen. Dieses Land braucht Männer mit Biss. Männer, die wissen, was sie wollen. Dafür wird in Zukunft manche starre Regel zu brechen sein. Dem deutschen Wesen wurden Ketten angelegt, die wir sprengen müssen. Dieses ewige, verweichlichte Jammern hat uns den Sieg im Weltkriege gekostet. Und seit Jahren wird in den Parlamenten verhandelt und lamentiert. Während die Sieger seelenruhig unser Land ausplündern.« Goebbels schenkte Erich einen weiteren *Asbach* ein. »Aber, mein junger Freund, es gibt eine Bewegung, die etwas gegen diese Schmach tun will. Und wir brauchen Leute, die sich in gewissen Kreisen auskennen. Auch in Ganovenkreisen, bei diesen Ringvereinen und auf der Straße. Denn wir, die nationalen Sozialisten, machen Politik von unten. Wir schauen dem Volk aufs Maul. Mir ist lieber, dass ein Deutscher sich am Reichtum fetter Bankiers bedient, als dass die Rothschilds, Vanderbilts und Rockefellers bald auch hier das Sagen haben. Verstehst du, was ich meine, junger Freund? Wir brauchen Leute wie dich und deinen Bruder.«

Erich stürzte bereits den dritten Weinbrand hinunter. Das Zittern hatte nachgelassen. An seine Stelle trat jetzt eine angenehme Wärme und das sichere Gefühl, diese Situation meistern zu können. Und der

Mann klang vernünftig, fand er. Vielleicht konnte er mit ihm etwas aushandeln. Da würde Franz staunen. Der »kleene Erich« konnte es allen zeigen! Und sogar einen Hugenberg um den Finger wickeln. Und dieses bleiche Hutzelmännchen gleich mit.

Wirst schon sehen, dachte er, als Goebbels ein weiteres Mal nachschenkte. Ihr tanzt jetzt nach meiner Pfeife.

○ ○ ○

Franz hatte schließlich jeglichen Widerstand aufgegeben, nachdem dieser Werner ihn zwei Mal kräftig geohrfeigt und jedes Mal beinahe an die Wand geklatscht hatte. Die Wachleute führten ihn ins Souterrain des Hauses, in dem sich eine Art Arrestzelle befand.

»Wegen dir bekomme ich eine Menge Ärger, Bursche«, meinte Werner. »Ich hätte nicht übel Lust, dich zu vermöbeln.« Zur Bestätigung setzte es den dritten Schlag ins Gesicht. »Gib mir nur einen Grund.«

Obwohl Franz wütend war und sich fragte, was Hugenberg und sein Gast mit Erich anstellten, schwieg er. In dieser Situation war außer Schmerz für ihn nichts zu holen. Wenige Augenblicke später schloss der Mann die schwere Eichentür, die mit zwei Schlössern gesichert war. An den Händen gefesselt in einem Raum, in dem nur eine Pritsche stand und vor dessen winzigem Fenster ein Gitter angebracht war, gab Franz sofort jeden Gedanken an Flucht auf. Er verwünschte sich jetzt dafür, dass er Erich in die Sache hineingezogen hatte. Konnte sein Bruder den Drohungen und Misshandlungen standhalten? Vielleicht nahmen die Kerle ihn auch richtig in die Mangel. Nase, Finger, Zähne. Es gab viele Stellen am Körper, die mächtig schmerzten, wenn sie brachen. Keiner der Sass-Brüder war jemals ein großer Schläger gewesen. Sicher, zur Not konnten sie auch austeilen. Aber Max, Georg, Erich und er selbst hatten immer versucht, die Probleme der Straße auf andere Weise zu lösen. Und so glaubte Franz nicht, dass sein jüngster Bruder unter Druck lange dichthalten würde. Mancher Schmerz löste die Zunge schneller als Wasser ein Stück Würfelzucker. Er überlegte, was Erich preisgeben konnte. Sein Bruder war nicht vollständig eingeweiht in die Geschäfte; ein Umstand, der sich jetzt als Glück erweisen mochte. Dennoch wusste er genug, um das *Syndicat* mächtig in Schwierigkeiten zu bringen. Der Opiumhandel war auf den Straßen Berlins eine Art offenes Geheimnis, und mittlerweile hatten sicherlich auch Männer wie Hugenberg davon Wind bekommen. Erich kannte die Chinesen Zhi und Shen, er wusste vom Chemiker und den Arzneien, und er konnte natürlich die Schmuggelrouten preisgeben.

Verdammt, dachte Franz. Hugenbergs Schmierfinken konnten die Angelegenheit schon morgen in die Zeitungen bringen. Er sah schon die Schlagzeilen: *Rauschgiftkönig Sass gefasst*. Die Kontakte des *Syndicats* würden sich verschreckt zurückziehen. In der Öffentlichkeit würden sich gerade jene Personen empört geben, die das Zeug besonders gern rauchten oder spritzten. Die Polizei und Politik wären aufgeschreckt und gleichzeitig dankbar, von den eigenen Problemen ablenken zu können. Gott sei Dank hatte Erich keine Ahnung, welche Bewandtnis es mit dem Chemiker und der angeblichen Anti-Opiumarznei hatte. Franz war sicher, dass seine Tante und Sternwein die möglichen Folgen einiger weniger Enthüllungen im Opiumhandel zwar abfangen konnten. Anders sah es jedoch aus, wenn die Chinesen ihre neuen Pläne mit dem Heroin durch eine unbedachte Bemerkung gefährdet sahen. Wie würden sie dann reagieren? Mit den Leuten wäre ganz sicher nicht zu spaßen.

Nachdem er beinahe zwei Stunden über seinen düsteren Ahnungen gegrübelt hatte, hörte Franz Gelächter und Rufen draußen im Gang. Kurz darauf wurde die Tür aufgeschlossen, und sein sturzbetrunkener, kichernder Bruder fiel ihm förmlich vor die Füße.

»Hab dat jeregelt, Bruderherz«, lallte er und rappelte sich auf. »Nette Leute. Vor allem Joseph. Allet jeritzt.«

Franz brauchte einen Moment, um seine Fassung wieder zu erlangen. »Du hast dich von denen abfüllen lassen? Ich glaube es nicht! Ich dachte, die Kerle schlagen dir alle Zähne aus. Oder Schlimmeres.«

»Hugi, der olle Stutzer.« Erich lachte wieder. »Aber der Kleene is echt Wolke, wa. Dit Janze is een Jeschäft unter Männern. Allet jeritzt, mia kannste dit jlooben.«

»Welches Geschäft? Hast du denen etwas erzählt?« Franz trat seinem Bruder leicht in die Seite. Dieser war an der Wand zu Boden geglitten, und sein Kopf kippte nach vorn. »Rede!«

»Nüscht Wichtiges … Hab denen jezeigt, wat ne Harke is …« Erichs Stimme wurde immer verwaschener. Schließlich gab Franz auf und hätte sich am liebsten die Haare gerauft. Stattdessen trat er zornig gegen das Türblatt.

Prompt öffnete sich die Tür, und Franz stellte sich schon auf weitere Prügel ein, als er Werners grimmige Visage erblickte. Aber der Mann trat zur Seite, und Hugenbergs Gast erschien im Durchgang.

»Ich habe eine Vereinbarung mit Ihrem Bruder, Herr Sass«, sagte der Mann. »Ich denke, Sie werden erkennen, dass ein Bündnis von beiderseitigem Nutzen ist.«

»Ein Bündnis?«, fragte Franz ungläubig. Was hatte Erich bloß getan?

»Ihr Bruder war so freundlich, mich in ein paar Details Ihrer Unternehmungen einzuweihen. In Tateinheit mit dem Einbruch kommen da mit Sicherheit ein paar Jahre Zuchthaus zusammen. Und ich fürchte, dass die Geier sich umgehend auf Ihr Geschäft stürzen würden. Das *Syndicat*. Nett. Von den Abteilungen Steuer- und Gewerbebetrug wäre natürlich auch einiger Ärger zu erwarten. Sie wären pleite, bevor der nächste Regierungswechsel ansteht. Folglich haben Sie doch einiges zu verlieren, Herr Sass. Ich biete Ihnen an, meinen Einfluss bei Herrn Hugenberg geltend zu machen, damit er die Sache auf sich beruhen lässt.«

»Und was erwarten Sie dafür als Gegenleistung?« Franz sprach die Frage fast reflexhaft aus, noch bevor er sich über mögliche Konsequenzen Gedanken gemacht hatte. Er war es seit der Jugend gewohnt, Chancen zu erkennen, wenn sie sich ihm boten. Wer zögerte, verlor in den meisten Fällen.

»Nicht viel«, erwiderte Goebbels. »Sie stehen mir zur Verfügung, sofern ich vielleicht einmal Ihre speziellen Fähigkeiten benötigen sollte. Und ich werde Ihnen hin und wieder ein paar Fragen über bekannte Persönlichkeiten der Stadt stellen. Wissen ist Macht. Diese alte Weisheit gilt nicht nur in Ihrem Metier.«

»Hugenberg kennt die Berliner Gesellschaft doch wesentlich besser als ich«, versuchte Franz zaghaft, von sich und seinem Bruder abzulenken.

»Ich meine die weniger feinen Kreise. Ringbosse, Schieber, Geldeintreiber. Besitzer illegaler Spielhöllen, Bordelle und Puffmütter, Kredithaie und die Bestattungsunternehmer der besonderen Art. Es soll ja in der Stadt eine regelrechte Schattenwirtschaft geben. Manche sprechen gar von Unterwelt. Ganz wie bei den amerikanischen Gangstern.«

»Darf ich erfahren, wozu Sie die Informationen brauchen?«

»Nein. Nur so viel: Das Augenmerk wichtiger Leute richtet sich in Zukunft vermehrt auf Berlin. Und es ist gut, wenn man weiß, mit wem man es zu tun hat. Wem man vertrauen kann und wem nicht. Ich rate Ihnen, sich auf die Seite zu stellen, der ich zu vertrauen gedenke, Herr Sass. Sie wollen doch zu den Gewinnern gehören, nicht wahr?«

Goebbels gab ein Zeichen, und ein Wachmann stellte eine Flasche *Asbach*, die noch zu etwa einem Drittel gefüllt war, auf den Boden.

»Sie haben den Rest der Nacht, um über meinen Vorschlag nachzudenken«, meinte Goebbels. »Da Ihr Bruder bei der Entscheidung wohl wenig hilfreich sein dürfte, gebe ich Ihnen einen anderen Gesprächspartner zur Hand. Ein guter Schluck löst nicht nur die Zunge, sondern zerstreut auch viele Bedenken und löst manche Probleme.«

12

Schmargendorf, Ende Mai 1924

Im Westen des kleinen Ortsteils Schmargendorf, an der Grenze zum Grunewald, ließ es sich leben. Obwohl jetzt eingemeindet, hatte der Ort seinen kleinstädtischen Charme behalten. Hier brachte der Chauffeur die Herrschaft in nur zehn Fahrminuten in den Neuen Westen. Und in der doppelten Zeit ins alte Berlin. Entsprechend beliebt war der Stadtteil beim vermögenden Bürgertum, den Bankkaufleuten, Industriellen, Maklern und höheren Beamten. Das *Bankhaus Rosenbaum* trat nach außen hin kaum in Erscheinung. In fünfter Generation sah man sich eher als eine Art deutscher Medici. Mochte der Vergleich zwar hinsichtlich der Bedeutung und Größe übertrieben sein, traf er vom Prinzip her jedoch zu. Baldur C. Rosenbaum deckte den Kapitalbedarf derer, die entweder angeblich keinen hatten. Oder aber nicht ausreichend kreditwürdig schienen. Beides war unangenehm und musste tunlichst im Verborgenen bleiben. Für Diskretion und Vermittlung waren entsprechende Kreise bereit, einen ordentlichen Zinsaufschlag an die Rosenbaums zu bezahlen. Und seit Kriegsende gehörte – in aller Stille – auch die Stadt Berlin zu diesem illustren, aber bankrotten Kundenkreis.

»Wieder ein sehr gelungener Abend«, meinte ein Gast. »Nicht der schrille Lärm und die grelle Buntheit einer zu Geld gekommenen Kaste, die unbedingt gehört und gesehen werden will. Sie, mein lieber Baldur, haben so etwas nicht nötig.«

Ein Feuerwerker warf einen letzten Blick auf seine Arbeit. Alles war vorbereitet für den krönenden – dann doch noch etwas lauten und bunten – Abschluss des Empfangs. Rosenbaum selbst jedoch war schlechter Laune. Wie so oft in letzter Zeit. Er hatte sich nachmittags mit Kaufleuten aus den Vereinigten Staaten getroffen und auf lukrative Absprachen gehofft. Die Amerikaner drängten nach Europa und erwarben Beteiligungen an allen wichtigen Industriezweigen. Und dafür brauchten sie Geld. Diese Leute verstanden, wie es lief. Der kleine Mann dachte, ein Vermögen wäre durch ehrliche, harte Arbeit zu erwerben. So wurde es ihm auch in kolportierter Legende weisgemacht. Bankiers allerdings wussten, dass ein halber Prozentpunkt beim Kreditrahmen, ein gerade rechtzeitig abgegebenes Kaufangebot für einen aufstrebenden Konkurrenten oder das kurzzeitige Unterbieten der Preise am Markt viel wichtiger waren, um das eigene Konto zu füllen.

»Das Geheimnis der neuen Reichen ist einfach«, pflegte Rosenbaum seinen Söhnen und Prokuristen zu erklären. »Käufe durch Anleihen finanzieren und dabei selbst auf Pump leben. Danach auf eine gute Wertsteigerung der Beteiligungen und Grundstücke hoffen. Zur Not müssen eben weitere Kredite her. Egal, Hauptsache ist, dass wir die Provision erhalten.«

Sein zweitjüngster Sohn Conrad schien zwar offiziell der aussichtsreichste Kandidat für die Nachfolge in der Unternehmensführung und sollte in Kürze bei einem Bankhaus in Kopenhagen seine Sporen verdienen. Insgeheim jedoch wünschte sich Baldur Rosenbaum seine Tochter Livana an der Spitze. Sie war derart aufgeweckt, dass sie sich die Grundregeln des Kreditgeschäfts in den Gesprächen mit ihrem Vater selbst erarbeitet hatte. Irgendwann hatte sie ihn damit überrascht, dass ihr eine äußerst gewinnträchtige Spekulation gelungen war, ohne dass sie Hilfe gesucht hätte. Aber was half es? Niemand würde sie in die Lehre nehmen. Kein Börsen- oder Schiffsmakler. Auch kein befreundetes Finanzhaus. Überall, wo Rosenbaum vorsichtig nachgehakt hatte, hatte man nur vermutet, er suche einen Vorwand, seine Tochter gut unter die Haube zu bringen. Aber ein starker Schwiegersohn würde wiederum nicht dulden, dass seine Frau sich ins Geschäft einmischte. Ein schwacher Mann hingegen konnte durch riskante Geschäfte, Spiel- oder Trunksucht alles ruinieren. Die beiden letzten Jahre waren hart gewesen für Baldur Rosenbaum, der sich irgendwie in seinen eigenen Regeln und Traditionen verfangen zu haben schien. Er war erkennbar gealtert. Die Auseinandersetzungen mit seinem ältesten Sohn Aaron und dessen Verschwinden hatten das Übrige dazu beigetragen. Umso mehr hatte sich Rosenbaum jetzt von den Gesprächen mit den Amerikanern versprochen, denn in New York gab es offenbar die ersten Frauen, die bei *Morgan & Co* oder der *Chase Manhattan Bank* auch in höheren Positionen arbeiteten. Vielleicht konnte seine Tochter dort eine Ausbildung erhalten und Erfahrungen sammeln.

»Ist es nicht gut gelaufen, Papa?« Livana besaß eine Gabe, die Stimmung in ihrer Umgebung wahrnehmen und einschätzen zu können, ohne dass viele Worte nötig waren.

»Es geht um Summen, die wir unmöglich aufbringen können«, antwortete ihr Vater und schüttelte den Kopf. »Im Prinzip würde man uns unterstützen. Aber diese Kerle wollen sich noch zusätzlichen Einfluss sichern. Die Struktur von *Rosenbaum & Cie.* ist ihnen zu altbacken. Sie würden uns mit Anleihe-Platzierungen in Höhe von zwanzig Millionen Dollar beauftragen, wenn wir im Gegenzug das Bankhaus in eine Aktiengesellschaft umwandeln. Und natürlich hätten sie dann gern noch zehn Prozent der Anteile. Impertinent! Einfach unerträglich.«

Livana Rosenbaum kannte ihren Vater wie sonst niemand. Er war zwar nach außen ein Patriarch alter Schule. Allerdings wusste sie, dass er sich durch sein Verhalten nur schützen wollte. Er ahnte zwar, dass die Dinge sich änderten, aber er hatte auch Angst vor dem, was kommen würde.

Den Alten bricht ihre Welt weg, dachte sie. Alles ändert sich im Vierteljahrestakt. Da bieten ein paar Traditionen etwas Halt. Sie wusste, dass ihre Brüder es nicht einfach hatten, den Anforderungen ihres Vaters gerecht zu werden. Er verlangte Gehorsam und wollte die Biografien seiner Söhne auf jene Weise beeinflussen, wie es in besser gestellten Familien des Kaiserreichs seit Jahrzehnten üblich gewesen war. Seltsamerweise waren die jüdischen Bürger dabei sogar konservativer und strenger mit sich und ihren Angehörigen als die nichtjüdischen Deutschen. Es schien immer, als wollten sie beweisen, wie gut sie sich angepasst hatten. Dass sie sich ihr Deutschsein verdient hätten. Umso schwerer musste es Baldur Rosenbaum gefallen sein, Stück für Stück mit diesen Traditionen zu brechen. Dann, vor knapp einem Jahr, hatte er seiner Tochter eröffnet, dass er sie gern an der Spitze der Familienbank sehen würde. Livana war zunächst aus allen Wolken gefallen, hatte aber schnell bemerkt, dass die Sache einen Haken hatte.

»Du brauchst einen Ehemann, der den Schein wahrt«, hatte ihr Vater erklärt. »Eine Frau wird offiziell nicht an der Spitze einer Bank stehen können. Unsere Kunden würden auf die Barrikaden gehen. Von den Gesetzeshürden ganz zu schweigen.«

Damit war die Sache eigentlich für Livana erledigt gewesen. Sie wollte sich nicht verheiraten lassen. Erst nach Wochen war die Wut auf ihren Vater verraucht. Jetzt musste sie über ihre damalige Reaktion schmunzeln. Innerhalb der letzten Jahre hatten mehrere Frauen in Deutschland erfolgreich eigene Unternehmen gegründet. Zwar brauchten sie dafür immer noch eine Erlaubnis ihres Ehemannes – sofern sie verheiratet waren. Aber die Zeitungen von Ullstein und Mosse hatten groß darüber berichtet. Die Dinge änderten sich.

»Die Amerikaner würden dich nicht an der Spitze dulden«, schimpfte ihr Vater weiter. Er sprach leise. »Dulden, hörst du! So haben sie es ausgedrückt. Diese Leute führen sich in fremden Häusern auf, als gehörte ihnen schon alles. Als müsste *ich* jemanden fragen, ob meine Tochter in meiner eigenen Bank geduldet wird!«

»Denk an dein Herz, Papa. Es findet sich eine Lösung. Auch ohne solche Partner. Europa ist groß genug. Ich würde mein Augenmerk auf Russland lenken. Selbst Bolschewisten müssen Geschäfte machen, das haben sie mittlerweile auch erkannt. Und dafür brauchen sie Kredite. Oder schau dir Italien an. Der Zwerg Mussolini ist chronisch pleite. Verspricht alles, ohne eine Lira in der Hand zu haben.«

»Schwesterherz!« Aaron näherte sich den beiden, in der Hand ein

Champagnerglas. Livana bemerkte sofort, dass er leicht angetrunken war. »Heckt ihr beide gerade aus, wie ihr mich um mein Erbteil bringen könnt?« Er kicherte albern.

»Ich muss mir das nicht anhören!« Baldur Rosenbaum drückte die Hand seiner Tochter, ignorierte Aaron und wandte sich Gästen zu, die am Buffet standen.

»Musst du ihn immer zur Weißglut bringen?«, fragte Livana. »Ihr beide seid euch viel ähnlicher, als ihr es zugegeben könnt.«

»Ähnlich? Manchmal bezweifle ich, dass er mein Vater ist«, schnaubte Aaron mit erstaunlich klarer Stimme. Offenbar hatte er den Angetrunkenen nur gemimt, um seinen Vater zu vergraulen.

»Er hat sich damit abgefunden, dass du nicht in seine Fußstapfen trittst. Du hast also erreicht, was du wolltest. Nun lass ihn wenigstens in Ruhe.«

»Abgefunden«, erwiderte Aaron in verächtlichem Tonfall. »Tolle Vorstellung, dass sich der eigene Vater mit den Plänen seines Sohnes abfindet. Als hätte ich eine Kartoffel im Gesicht und Schweineohren am Kopf, mit denen man sich arrangieren muss. Ich bin Künstler, verdammt!«

»Ach! Du denkst, dass du es ja so schwer hast als Künstler, nicht wahr?« Jetzt bekam Livanas Stimme einen scharfen Unterton. »Ich muss mich allein dafür rechtfertigen, dass ich eine Frau bin. Eine Frau, die ihren Kopf benutzt und eigene Ziele verfolgt. Sobald ich den Mund aufmache und über ernsthafte Dinge spreche, blicken mich die Herren der Schöpfung verwundert an. Ja, ich kann rechnen. Und ich kann Entscheidungen treffen. Dreihunderttausend in der Bilanz vom letzten Jahr verdanken *Rosenbaum & Cie.* nur meinen Ideen. Da drin …« Sie tippte sich mehrmals mit dem Finger an die Stirn. »Da drin stecken eben nicht nur Kleiderschnitte, Kinderreime, Benimmregeln oder Einladungslisten. Erzähl du mir also nichts davon, wer sich womit abfinden muss, Bruderherz! Du kannst immerhin machen, was du willst. Papa hat es akzeptiert, die Welt kratzt es auch nicht. Und du wirst sogar Geld haben, mit oder ohne Erfolg als Künstler.«

Plötzlich drangen Rufe aus dem Empfangsraum nebenan in das kleine Privatzimmer. Offenbar nahm eine gewisse Unruhe unter den Gästen zu, da das Klappern von Schuhabsätzen zu hören war. Eine Frau kreischte und verstummte dann. Zwar stand die Tür offen, aber in der Halle spielte ein kleines Orchester, so dass nicht zu hören war, was gesagt wurde. Aaron sah auf seine Uhr.

»Viertel vor zwölf. Zu früh für das Feuerwerk«, stellte er beiläufig fest.

Seine Schwester nickte und wirkte zunächst gelangweilt. Es wurde draußen für einen Moment gespenstisch still, wieder gefolgt von Rufen.

»Dieses Mal wirst du die Lektion lernen, Geldjude!«, drang eine Stimme von draußen herein. Die Worte klangen seltsam verzerrt, waren aber deutlich zu verstehen. Livana blickte ihren Bruder irritiert an.

»Papa?«, rief sie dann und lief aus dem Zimmer.

»Was soll das Theater, Liv? Den Alten wollen sie weder oben noch unten haben. Der überlebt uns alle.« Trotz seines zur Schau getragenen Zynismus war Aaron ebenfalls verunsichert und folgte seiner Schwester, wenn auch deutlich langsamer, in den Hauptraum, in dem sich jetzt wegen der nächtlichen Kühle die meisten Gäste versammelt hatten. Er sah sich kurz um und spürte sofort die Spannung, die im Raum lag. Vier Gestalten mit Halbmasken hielten die Anwesenden mit Pistolen in Schach. Drei Männer hielten ihre Waffen aus einiger Entfernung auf seine Geschwister Jakob und Livana sowie auf seinen Vater gerichtet. Völlig unerwartet war ein Pfiff wie von einem Schutzpolizisten zu hören. Ein Inferno brach los, als wäre das geplante Feuerwerk hier im Salon gezündet worden. Aaron Rosenbaums letzte Sinneseindrücke waren ein ohrenbetäubender Knall, den die fast zeitgleich abgefeuerten Schüsse verursachten, gefolgt von den gellenden Schreien der Umstehenden.

Sie richten meine Familie hin, war dabei der entsetzliche Gedanke, der seinen Verstand noch erreichte.

○ ○ ○

Viele Gäste standen unter Schock, als die Kriminalpolizei eine halbe Stunde später am Tatort eintraf. Paul Konter, der selbst das Glück gehabt hatte, in keinem Krieg kämpfen zu müssen, hatte viele Berichte über schockierte, vollkommen verstörte Soldaten gelesen. Manche waren nach schwerem Beschuss, nach Sturmangriffen oder anderen fürchterlichen Ereignissen unfähig gewesen, über das Erlebte zu sprechen. *Shell shock* nannten die Engländer das Phänomen, aber Gennat hatte darauf bestanden, den eingedeutschten Begriff Schock zu verwenden. Konter brauchte selbst ein paar Augenblicke, um sich zu fassen. Dabei war er Schlimmes gewohnt. Etwa die Bude des Serienmörders Carl Großmann, in dessen Bett eine geschändete, halb zerstückelte junge Frau gelegen hatte. Die Szene hier jedoch wirkte belastender, weil sie so normal schien. Hier waren Menschen, die vor einer Stunde noch getrunken, gelacht und getanzt hatten. Keine Soldaten, die in Gräben lagen. Keine Schupos, die eine Demonstration auflösen sollten. Kein Mörder, den man gefasst hatte. Einige Damen weinten, selbst Männer rangen um Fassung und klammerten sich an den dritten Brandy und die zehnte Zigarette, als hinge ihr eigenes Leben davon ab.

Ernst Gennat, der Leiter der Mordinspektion, hatte seine besten Ermittler geschickt, Grote und Konter. Beide konnten sich nicht ausstehen, aber Gennat, der gewiefte Fuchs, wusste, dass sich die Kommissare gerade deshalb vor Ort ergänzen würden. Teile und herrsche.

»Livana Rosenbaum und ihr Vater wurden ins Krankenhaus gebracht«, meinte Grote, der als Erster vor Ort gewesen war.

»Die beiden haben überlebt?«, fragte Konter. »Es hieß doch, auf die ganze Familie sei ein Attentat verübt worden.«

»So lautete die erste Meldung. Aber der einzige Tote ist Aaron Rosenbaum, der älteste Sohn.« Winfried Grote schüttelte den Kopf. »Er liegt drüben bei der Tür zum Nebenzimmer. Kopfschuss.«

»Aber es wurden mehrere Schüsse abgegeben«, erwiderte Konter irritiert. Das kleine Erkerfenster im Erdgeschoss zeigte einen Durchschuss, eine Vase in der Eingangshalle war zerborsten, und in den Wandpaneelen dahinter befand sich ebenfalls ein Loch. »Hier oben …«

»Haben alle ihre Opfer verfehlt«, unterbrach ihn Grote unwirsch. »Außer Aaron Rosenbaum. Armes Schwein. Für die anderen war es ein unglaubliches Glück. Wahrscheinlich ein Raubüberfall, der aus dem Ruder gelaufen ist. Die Kerle haben herumgeballert, aber Gott sei Dank nur eine Person getroffen.«

In diesem Moment trat Konters Assistent an die beiden älteren Kollegen heran. In der Hand hielt er sein akribisch geführtes Notizbuch und blätterte darin. Paul Konter war erstaunt, wie ruhig und gefasst der Mann auftrat. Er wusste, dass Druwe vier Jahre für Kaiser und Vaterland Dreck gefressen hatte. Wahrscheinlich wirkte dieser Tatort im Vergleich zu den Kriegserlebnissen recht harmlos auf ihn.

»Die Zeugen sagen übereinstimmend aus, dass es fünf oder sechs Täter waren«, berichtete der Kriminalassistent. »Entweder befanden sie sich bereits vorher auf dem Empfang und haben dann ungesehen ihre Masken aufgesetzt. Oder sie haben sich geschickt und unauffällig erst knapp vor Mitternacht Zugang verschafft. Es gibt zwei Bedienstete, die das Grundstück im Auge behalten sollten, aber es waren keine richtigen Wachleute. Es ist also durchaus möglich, dass …«

»Niemand kennt also ihre Gesichter?«, stellte Konter eher fest, als dass er fragte. Druwe nickte. »Nein, Winfried«, wandte er sich an den Kollegen. »Kein einfacher Raubüberfall. Diese Leute wussten, was sie taten. Das war keine Sache, die einfach aus dem Ruder gelaufen ist.«

»Alle benutzten die gleiche Waffe«, ergänzte sein Assistent. »Eine *08*. Und ein Täter hatte wohl eine Bootsmannspfeife. Alle Schüsse wurden beinahe gleichzeitig abgegeben, nachdem der Kerl damit ein Signal gegeben hatte. Auch das bestätigen mehrere Zeugen.«

»Wahrscheinlich wollten sie vermeiden, dass sie ihre Opfer verfehlen«, meinte Grote und kratzte sich eine vereiterte Stelle an seinem ungepflegten Kinnbart auf. »Hätte jeder einzeln gefeuert, wäre doch sofort ein Tumult losgebrochen. Die Schweine wollten die ganze Familie liquidieren.«

»Entschuldigung«, unterbrach ihn Druwe. »Da widersprechen Sie sich selbst, Herr Kommissar. Sechs Täter, die höchstens einige Meter von ihren sechs Opfern entfernt stehen. Gute Waffen. Offenbar gezielte Planung. Ein Pfiff, um die Schüsse zu koordinieren. Wie wahrscheinlich ist es wohl, dass diese Männer bei fünf Rosenbaums daneben schießen und nur Aaron durch einen Kopfschuss stirbt?«

Konter hielt den Atem an. Winfried Grote war die rechte Hand des Chefs. Was Gennat an Führungsqualitäten vermissen ließ, war seinem Stellvertreter quasi in die Wiege gelegt. Zudem war der Kerl ein Wadenbeißer, der nach allem schnappte, was nicht spurte. Ein Grund, weshalb ihm Kollegen den Spitznamen »Stabsfeldwebel Grote« verpasst hatten. Aber er hatte die Leute im Griff und konnte organisieren. Und wer sich bei der Truppe auskannte, wusste, dass Jens Druwe sich eben eines Sakrilegs schuldig gemacht hatte. Vorgesetzten widersprach man in seiner Position nicht. Zumindest nicht vor Zeugen. Der Angesprochene ließ von seinem Gesichtsfurunkel ab und schien kurz selbst überrascht. Aber bereits im nächsten Moment kündigte sich das Gewitter in Form von Zornesfalten auf seinem Gesicht und einem Heben des mächtigen Brustkorbs an. Paul Konter war sicher, dass sich am kahlen Schädel seines Kollegen gleich elektrische Funken entladen würden. So wie er es auf dem Jahrmarkt an polierten Metallkugeln beobachtet hatte.

»Sieh an, der junge Kollege denkt mit.« Grotes Stimme hatte einen gefährlichen Unterton. »Herr Kriminalassistent Dröge meint, sich eine Theorie zusammenreimen zu können, um sie dann auch noch in unverschämter Weise hinauszuposaunen. Redet dazwischen, wenn Erwachsene sich unterhalten. Da haben Sie sich aber ein schönes Exemplar der Gattung vorlauter Flegel geangelt, Paul. Vielleicht sollten wir das unreife Früchtchen noch ein wenig der Straßenarbeit bei Wind und Wetter aussetzen. Streifendienst auf dem Wedding. Was meinen Sie?«

»Mein Name ist Druwe, Herr Kommissar.« Offenbar konnte der

Mann nicht die Schnauze halten, wenn es besser war, es zu tun. »Und ich bin von Herrn Konter mit den Befragungen der Zeugen betraut worden. Es ist meine Pflicht, Ihnen ein Bild der Lage zu geben, wie es sich mir darstellt. Dazu gehört es, möglicherweise unsinnigen und damit irreführenden Hypothesen zu widersprechen. Sollten Sie sich dadurch angegriffen fühlen, dann liegt das Problem bei Ihnen, nicht bei mir.«

Es geschah nun etwas, dass Konter seit der Versetzung in Gennats Abteilung nicht erlebt hatte. Winfried Grote schien sprachlos. Druwes Erwiderung war wie ein Schlag ins Gesicht. Der Kerl hatte entweder Mumm. Oder er war total verblödet. In Konters Brust schlugen in diesem Augenblick zwei Herzen. Einerseits hielt er Druwe für einen Klugscheißer, der oft nervte, aber dabei gute Arbeit leistete. Andererseits hätte er den jungen Mann jetzt gern auf die Schulter geklopft und auf ein Bier eingeladen. Dem bärbeißigen Grote Paroli zu bieten, dafür brauchte es Eier in der Hose.

»Ich werde noch die Angestellten befragen.« Bevor der stumme Grote sich sammeln und zum Gegenschlag ausholen konnte, wandte Druwe sich um und steuerte in Richtung Treppenhaus.

»Das wird Folgen haben, Freundchen!«, knurrte Grote, der offenbar immer noch um seine Fassung rang.

»Winfried«, versuchte Konter, ihn zu beruhigen. »Sie müssen zugeben, dass er nicht unrecht hat. Und die flegelhafte Art ist der Zeit geschuldet. Ich werde ihn mir vorknöpfen.« Im Stillen dachte er dabei eher an das Bier, dass er Druwe ganz sicher spendieren würde. Die Erinnerung an Grotes verdutzte Visage war es wert.

»Hoffentlich!« Grote musste den aufgestauten Druck irgendwo ablassen und schnauzte prompt zwei junge Schupos sowie einen Kollegen vom Erkennungsdienst an. »Was haben wir? Wie viele Schüsse wurden insgesamt abgegeben? Was gafft ihr so? Gibt es Hinweise auf Handgemenge oder Kampfspuren? Mensch, euer ED ist langsamer als die Hannoveraner Post.«

»Es wurden sechs Schüsse abgefeuert«, sagte der Beamte, der gerade mit einer Art Holzstift, auf dem sich Maßeinheiten befanden, in einem Loch an der Wand herumstocherte. »Fünf flogen dicht an den bedrohten Mitgliedern der Familie vorbei und stecken in Wand, Paneelen oder Möbelstücken. Eine Kugel ging durchs Fenster. Entweder waren die Schützen blind, aber dann hätten sie vielleicht sogar noch eher etwas getroffen. Nein, ich denke, die Schüsse wurden gezielt daneben gesetzt. Tja, nur eine Kugel saß.« Der Mann deutete mit dem Messstift in Richtung des Toten, der unter einem Tuch lag.

»Sehen Sie, Winfried«, meinte Konter, der eine Chance sah, die gesamte Situation etwas zu beruhigen. »Sie hatten mit Ihrer Vermutung vollkommen recht. Der Pfiff sollte sehr wohl das Abfeuern der Waffen koordinieren. Allerdings nicht, um alle zu treffen, sondern um die fünf anderen Rosenbaums sicher zu verfehlen.«

Grote grunzte, wirkte überfordert und schien zu überlegen, ob der ältere Kollege ihn mit dieser Bemerkung gerade auf den Arm nahm. Schließlich entschied er, dass unwichtig war, was er gesagt hatte. Entscheidend war, wie es sich später im Bericht ausnehmen mochte. Also nickte er gnädig.

»Ich vermute, das Ganze ist eine blutige Warnung an jene, die es überlebt haben«, fuhr Konter fort. »Allen voran für den Senior des Hauses.«

Die beiden Kripo-Einsatzleiter wandten sich dem Leichnam zu. Auf einer kleinen Anrichte neben dem Körper lag ein blutgetränktes Tischtuch, mit dem ein Gast zu Anfang notdürftig die Reste des Kopfes und Teile des blutigen Torsos abgedeckt hatte. Der Erkennungsdienst hatte es mittlerweile gegen ein Leichentuch getauscht. Der Kollege, den Grote zurechtgewiesen hatte, revanchierte sich auf seine Weise, indem er jetzt ohne Vorwarnung die Schussverletzung aufdeckte. Konter hatte sich bereits aufs Schlimmste gefasst gemacht, denn Teile von Schädelknochen und Gehirnmasse klebten am Rahmen der Tür, die zu einem Nebenraum führte. Grote war allerdings derart mit sich selbst und Druwes Affront beschäftigt gewesen, dass er kein Auge für diese Tatortdetails gehabt hatte.

»Mann!«, stöhnte er, als der Kopf frei lag. »Haben die Kerle eine L/12-Haubitze benutzt? Welche Pistole richtet solchen Schaden an?«

»Vielleicht war es ein 9-mm-Teilmantelgeschoss«, erwiderte der Kollege. »Die starke Deformierung nach dem Eintritt in den Körper verursacht maximalen Gewebeschaden. Und auf eine derart kurze Entfernung könnte die Durchschlagskraft des Projektils noch groß genug gewesen sein, um die Sauerei da anzurichten.« Er deutete auf die Gewebereste, die an Türrahmen und Wand hingen.

»Da wollte jemand auf Nummer sicher gehen«, mischte sich Konter ein.

»Bereits ein Streifschuss am Kopf kann bei derartiger Munition tödlich sein, weil die abgegebene Energie aus dem Gehirn Rührei macht«, bestätigte der Mann, der sorgfältig darauf achtete, keine Spuren zu übersehen und alles genau zu dokumentieren. »Die Waffenentwickler hatten schließlich vier Jahre Zeit, ihre neuen Entwicklungen an den Versuchspersonen im Felde zu testen. Ein Ergebnis sehen wir hier.«

»Sind Sie Sozi, oder was?«, fauchte Grote. »Sparen Sie sich Ihre zersetzenden Kommentare, sonst kommen Sie in meinen Bericht. Die Staatspolizei wird sich freuen, einen Kollegen zu durchleuchten.«

Konter hörte nur noch mit halbem Ohr zu. Die Spurensicherung war unter Gennat bedeutend besser geworden. Die Leute machten gute Arbeit, und Grotes Bemerkungen waren völlig fehl am Platz.

Der Dicke macht dem Erkennungsdienst die Hölle heiß, wenn nicht jeder Zentimeter abgesucht ist, dachte er mit einer Mischung aus Respekt und Schwermut. Sein Chef war fast zwanzig Jahre jünger als er und Kriminologe vom Scheitel bis zur Sohle. Er pflegte nur selten an Tatorten aufzutauchen. Heute hatte sich sein stark übergewichtiger Chef wegen Darmproblemen entschuldigen lassen. Umso wichtiger war es, dass ihm später eine exakte Rekonstruktion vorgetragen wurde. Konter seufzte. Er liebte diese Arbeit, aber er wusste auch, dass die paar Jahre, die ihm selbst noch im aktiven Dienst blieben, nur geborgte Zeit waren. So vieles hatte sich bei der Kripo bereits verändert. Aber es gab noch eine Menge mehr zu tun.

»Sie schreiben den Bericht für Ernst«, riss ihn Grote aus seinen Gedanken. »Und ihr Assistent legt mir einen exakten Sonderbericht vor. Sollte ich merken, dass er vergessen hat, die Grashalme auf dem Rasen zu zählen, dann fahre ich mit ihm Schlitten.«

Konter war nicht in der Stimmung, sich mit dem cholerischen Grote zu streiten. Und Druwe brauchte einen Dämpfer, sonst tanzte er bald auch ihm auf der Nase herum. Winfried Grote hatte offenbar genug gesehen und verabschiedete sich. Kurz darauf kehrte Konters Assistent zurück.

»Ich denke, hier ist nichts mehr zu holen«, sagte er. »Der Erkennungsdienst wird alles sammeln, was gerichtstauglich ist. Aber zur Klärung des Falls wird es wohl kaum beitragen. Unglaublich, welchen Aufwand die Täter betrieben haben. Und wie präzise sie bei Ausführung der Tat waren. Haben Sie so etwas schon erlebt, Herr Konter?«

»Eine ganze Bande gut vorbereiteter Männer, die wussten, was sie suchten.« Konter schüttelte den Kopf. »Besser gesagt, wen. Präzise Planung, gute Waffen, nur ein Opfer. Der Rest der Familie unverletzt.«

»Es ist wohl auszuschließen, dass hier jemand nur mit Aaron Rosenbaum eine persönliche Rechnung offen hatte«, meinte sein Assistent. »Weshalb dann das hohe Risiko eingehen, wenn es nur um ihn ging? Man hätte ihn auch in der Universität oder einem Lokal abpassen können.«

»Wie man es nimmt«, sagte Konter. »Es sieht so aus, als sollte nur Aaron sterben. Ich gebe Ihnen insofern recht, dass die Täter mit seinem Tod etwas bewirken wollten. Aber es sollte auch von allen gesehen werden. Die Inszenierung hatte mindestens ebenso große Bedeutung wie das Resultat.«

»Eine judenfeindliche Tat?«, fragte Druwe.

»Ein politisches Motiv halte ich für wenig wahrscheinlich«, entgegnete Konter. »Die Freikorps spielen kaum noch eine Rolle. Die bürgerliche Rechte hält sich seit dem Mord an Minister Rathenau mit der Unterstützung von Gewalttaten zurück. Und die Schläger und Krakeeler von der Straße wären zu so akribischer Planung und Durchführung gar nicht fähig.« Er zeigte auf das Einschussloch in den Wandpaneelen.

»Und bei einem antisemitischen Hintergrund hätten die Täter wohl kaum fünf Mal daneben geschossen.« Druwe hatte offenbar verstanden.

»Bleiben private oder geschäftliche Beweggründe«, sagte der ältere Kriminalpolizist.

»Wenn die Kerle das Geschäft hätten ruinieren wollten, dann wäre Baldur Rosenbaum das bessere Ziel gewesen.«

»Eine Warnung?«, murmelte Konter. »Zufällig weiß ich, dass der Tote wohl nicht als Nachfolger im Bankhaus vorgesehen war. Er war dieser Typus Künstler, der jetzt überall in der Stadt herumläuft und die Sitzplätze in den Cafés blockiert. Gute Kinderstube, ein Batzen Geld. Für die Bankgeschäfte war Aaron nicht von Bedeutung, aber die Botschaft an die Familie wäre dennoch sehr deutlich.«

»Sie meinen also, dass jemand eine Rechnung mit Rosenbaum senior offen hat?«, fragte Druwe.

»Er soll vielleicht etwas tun«, erwiderte sein Vorgesetzter. »Oder umgekehrt, er soll es unterlassen. Mithin wäre es eine äußerst brutale Form der Erpressung. Eine Warnung nach dem Motto: Wenn du nicht spurst, dann sind die anderen dran. Einer nach dem anderen.« Es schien, als wollte Konter den Gedanken abschütteln. Er wandte sich abrupt zum Gehen. »Aber das sind Spekulationen. Damit dürfen wir Gennat nicht kommen. Ich werde versuchen, die Eltern des Toten zu befragen. Und Sie tragen alle Fakten zusammen, die Sie zu Rosenbaums aktuellen Geschäften finden. Aus der Vermutung müssen wir eine tragfähige Hypothese machen, bevor wir dem Dicken unter die Augen treten.«

13

Charlottenburg

Obwohl mit dem jungen Rosenbaum kein Familienmitglied oder Teilhaber getötet worden war, stellte sich in Tonis Haus eine Art Schockstarre ein, als sich alle am Tag nach der Bluttat bei ihr trafen. Paul Konter kam als Letzter und zog seinen Überzieher gar nicht erst aus.

»Das Präsidium ist in Alarmbereitschaft versetzt«, meinte er. »Urlaubssperre und Doppelschichten. Einen derartigen Anschlag hat es bisher in Berlin nicht gegeben. Bisher richteten sich die Attentate gegen einzelne Personen. Unglaublich. Entsetzlich. Ich muss gleich zurück.«

»Kannst du uns etwas zum Ablauf sagen? Habt ihr schon jemanden in Verdacht?«, fragte Katja.

Er schüttelte den Kopf. »Ihr könnt immer auf mich zählen, und ich gehöre hier als Teilhaber zu euch. Aber diese Sache bleibt erst einmal Aufgabe der Polizei, bis wir wissen, ob noch weitere Taten folgen. Der Reichskanzler wollte sogar den Notstand ausrufen. Vielleicht ist es eine neue Art von Putsch. Wir müssen noch abwarten.« Er verabschiedete sich mit einem Winken.

»Josef bekommt Laudanum«, berichtete Toni, als er gegangen war. »Der Arzt sagt, es ist ein Nervenzusammenbruch.«

»Versetzt euch in seine Lage«, meinte Valerie. »Der arme Mann denkt Anfang des Jahres, sein Lieblingsneffe sei tot. Paul zitiert ihn sogar in die Leichenhalle. Dann geschieht ein Wunder, und Aaron taucht wieder auf. Erinnert ihr euch, wie glücklich Josef war? Und jetzt alles noch einmal von vorn.«

»Wir müssen ihm helfen«, sagte Franz. »Beim ersten Mal habe ich ihn nicht richtig ernst genommen. Aber jetzt sind wir es ihm schuldig, dass die Kerle gefasst werden, die das getan haben.«

»Entschuldige, wenn ich die herzlose Spielverderberin bin«, unterbrach ihn Katja. »Aber was haben wir damit zu tun? Sicher, es ist Josefs Neffe. Und der arme Kerl bekommt alle Unterstützung, die er braucht. Aber wir wissen nichts über die Rosenbaums. Vielleicht waren es Konkurrenten, die ihnen das angetan haben. Es könnte politische Gründe geben. Oder Aaron ist jemandem auf die Füße getreten. Wir sollten uns da nicht unnötig einmischen.« Sie sah Franz eindringlich an. »Zumal wir schon selbst genug Probleme haben.«

»Ganz unrecht hast du sicher nicht«, sagte Toni und wirkte nachdenklich. »Für meinen Geschmack stolpern wir in letzter Zeit etwas zu oft in Pfützen, die sich dann später als abgrundtief erweisen. Warten wir doch einfach ab, was Paul herausfindet. Dann können wir immer noch entscheiden, wie wir Josef helfen. Bis dahin ist ihm am besten damit gedient, wenn wir seinen Laden am Laufen halten.«

° ° °

Josef Sternwein kam ohnehin selten zu den Familientreffen. Der jüdische Kaufmann hatte sich seit einigen Jahren aus der Öffentlichkeit zurückgezogen. Als mehr oder weniger stiller Teilhaber des *Syndicats* hatte er den Sass-Brüdern anfangs, gleich nach dem Krieg, den Weg in Berlins halbseidene Welt gebahnt. Viele Geschäfte mit den Klubs und Varietés wären ohne seine Kontakte nicht zustande gekommen. Seine privaten Aktivitäten beschränkten sich meist auf Doppelkopf-Abende mit alten Freunden und ein paar Theaterbesuche im Jahr. Drei Tage nach dem furchtbaren Ereignis entschloss sich Paul Konter, den Freund – der sich am Fernsprechapparat mehrfach verleugnen ließ – in dessen Wohnung aufzusuchen. Der Kripobeamte war selbst mit den Nerven am Ende.

»Es kotzt mich an«, meinte er am Ende der Woche zu Toni. »Im

Präsidium nur Kompetenzgerangel! Eine Besprechung jagt die nächste, und jeder Dummkopf verfasst ein Memorandum.«

»Josef braucht uns jetzt«, erwiderte Toni. »Es ist gut, dass du zu ihm gehst. Wenn deine Kollegen nicht weiterkommen, dann müssen wir die Sache selbst in die Hand nehmen. Das sind wir Josef schuldig!«

Konter wusste, dass der Verlust seines Neffen Sternwein ins Mark getroffen hatte.

»Eigentlich hat er ihn zwei Mal verloren«, meinte er traurig zu Toni, bevor er ging.

Nachdem er vor dem Haus des Freunds aus dem Taxi gestiegen war, musste er zunächst eine Zigarette rauchen, um sich zu beruhigen. Paul Konter war erzogen worden, seine Gefühle möglichst zu unterdrücken, wenigstens aber zu ignorieren. Erst die Arbeit mit Ernst Gennat hatte ihm klargemacht, dass sie auch in seinem Beruf eine große Rolle spielten. Opfer fühlten sich hilflos und ängstlich, manchmal auch wütend. Zeugen waren oft verstört, angeekelt und bedrückt. Und die Täter mochten erregt, zufrieden, reumütig oder verärgert sein. Und diese Stimmungen spiegelten sich im Ermittler wider.

»Ein guter Kriminalist nutzt die Reaktionen seiner eigenen Seele«, hatte Gennat einmal gesagt. »Denn tief verborgen in dem vermeintlichen Chaos liegt die Antwort. Die Wahrheit.«

Chaos, wohl wahr, dachte Konter, als er die zweite Zigarette aus seinem Etui nahm, zum fünften Mal auf die Uhr sah und den tausendsten Grund suchte, die Sache abzublasen.

Josef Sternwein nickte nur stumm zur Begrüßung, als sein Mitarbeiter den Polizisten in das Arbeitszimmer führte. Offenbar hatte der Mann mehrere Wutanfälle hinter sich, denn Papiere waren auf dem Boden verstreut, als wären sie vom Schreibtisch gefegt worden. Zwei Gläser lagen zerbrochen auf dem Fischgrät-Parkett. An der Wand bemerkte Konter einen Tintenfleck, und in der Ledereinlage des Sekretärs steckte der *Montblanc*-Füllfederhalter, als wäre er imaginär in den

Leib des Schuldigen gerammt worden. Konter war erschüttert, den Freund so zu sehen, und schwieg.

»Es ist fürchterlich«, sagte Sternwein nach einer scheinbar endlosen Weile. Seiner Umgebung war er bisher trotz der sechzig Jahre und einer gedrungenen Statur immer kraftvoll präsent erschienen. Jetzt allerdings saß er hinter dem großen Tisch und wirkte um zehn Jahre gealtert, beinahe sogar hinfällig. »Er war ein guter Junge. Er hatte Pläne. Und ich wollte ihn dabei unterstützen.«

Im Raum herrschte beklemmende Stille. In der Stube nebenan tickte nur die Wanduhr. Einen älteren Mann weinen zu sehen machte Konter verlegen. Er wusste, Toni wäre hingegangen und hätte ihn umarmt. Aber zu einer derart vertraulichen Geste war Konter nicht fähig.

»Ich ...«, begann er. »Es tut mir leid.«

»Ich muss wissen, was passiert ist. Wer dafür verantwortlich ist!« Sternwein sah Paul Konter direkt an. Seine Augen waren blutunterlaufen, als hätte er die letzten Nächte nicht geschlafen. »Aaron hat keiner Fliege etwas zuleide getan, war in keine Geschäfte oder Mauscheleien verwickelt. Also, warum?«

»Wir wissen noch nicht viel«, sagte der Kriminalbeamte. »Der Überfall könnte eine Warnung an den alten Rosenbaum sein. Wir haben keine Hinweise, dass er Aaron galt. Wenn du ...« Er stammelte wieder. »Jeder Hinweis kann wichtig sein, Josef.«

»Ich werde eine Belohnung aussetzen.« Es schien, als wäre Sternwein der Gedanke eben erst beim Sprechen gekommen. Er streckte sich ruckartig und blickte entschlossen in die Runde. »Zehntausend Mark. Ich werde meine Leute anweisen, sich umzuhören. Und ich erwarte von euch, dass ihr dasselbe tut.»

»Klar. Franz hat dafür gesorgt, dass die Jungs ihre Ohren und Augen offenhalten. Aber ehrlich, ich habe keine große Hoffnung, dass in dieser Sache auf der Straße was zu holen ist. Die Tat war von langer Hand geplant. Und kostspielig. Es wurde nichts geraubt. Geld, Schmuck, alles da. So etwas hat es in Berlin überhaupt noch nicht gegeben.«

»Vielleicht irgendwelche Freikorps-Leute«, sagte Sternwein und ließ nervös einen Bleistift zwischen den Fingern wippen. »Leute, die etwas gegen uns haben. Politische Wirrköpfe.« Er sprang auf. »Was weiß ich!«, schrie er. »Es ist eure Aufgabe, Paul! Deine! Katja und Anna sollen sich auf ihren verdammten Empfängen umhören. Dreht jeden Stein um. Legt den Kanal trocken. Durchsucht das Schloss. Mir egal, aber findet die Schweine!«

»Bitte kein privates Kopfgeld, Josef.« Konter schluckte, fühlte sich, als würde er jeden Moment auf dem dünnen Eis eines zugefrorenen Sees einbrechen. »Wir können es offiziell machen. Um Hinweise bitten in der *Vossischen*, im *Vorwärts*. Eigenmächtige Aktionen behindern nur unsere Arbeit. Diese Leute sind gefährlich und skrupellos. Es könnte weitere Opfer geben, wenn wir es falsch anpacken.«

Sternwein schnaubte verächtlich, schwieg jedoch. Die Energie der Verzweiflung war verpufft, schien aus ihm entwichen wie heiße Luft aus einem Ballon. Er fiel wieder in sich zusammen, und Konter fürchtete bereits, er könnte vom Stuhl kippen.

»Was weißt du über die Bankgeschäfte deines Schwagers?«, fragte er, um auf berufliches, also sicheres Terrain zu wechseln. »War er in etwas verwickelt? Wurde er unter Druck gesetzt? Oder liefen die Geschäfte nicht so, wie er es wollte?«

»*Rosenbaum & Cie.* vermittelt vor allem Anleihen, Hypotheken und Beteiligungen. Eine Bank im herkömmlichen Sinn mit Sparbüchern und Schaltern ist es nicht. Baldur hat mir nie von seinen Kunden oder den Verhandlungen erzählt. Und meine Schwester habe ich nicht nach den Geschäften gefragt. Weshalb auch? Ich lag mit meinem Schwager im Streit wegen der Art, wie er Aaron behandelte. Seine Tochter Livana ist der Liebling, aber sie ist eben eine Frau und hat es enorm schwer, ernst genommen zu werden. Ich habe ihm sogar angeboten, zu helfen. Ich wollte eine Stelle für Livana in London finden. Ich denke, in ein paar Jahren könnte sie das Bankhaus leiten, wenn man ihr einen fähigen Ehemann zur Seite stellt. Dafür hätte er dann Aaron in Ruhe lassen können.

Aber der sture Kerl haderte mit sich selbst, unserem Glauben und der Tradition. Ständig hackte er auf Aaron herum. Der arme Junge hat doch viele Flausen nur aus Trotz entwickelt. Wenn Vater und Sohn vernünftig miteinander umgegangen wären, hätte sich bestimmt auch eine Lösung finden lassen.« Der Mann wirkte nach seinen Worten noch erschöpfter.

»Du darfst nicht vom Thema ablenken, Josef«, meinte Konter. »Ich brauche Fakten. Belastbare Fakten, mit denen ich arbeiten kann.«

Sternwein nickte nur stumm.

»Wie sieht es mit dem Geld aus?«, fuhr Konter fort. »Hat sein Vater das Studium weiterhin bezahlt?«

»Ja, aber er wollte ihm jetzt den Hahn zudrehen.«

»Könnte Aaron in etwas Illegales verwickelt sein? Vielleicht brauchte er mehr Geld. Er hatte Franz erzählt, dass er nach Weimar wollte. Könnte er sich auf eine Sache eingelassen haben, die ihm über den Kopf gewachsen ist?«

»Unsinn!«, rief Sternwein aufgebracht. »Das Geld hätte er von mir bekommen. Und außerdem war er verliebt, also hatte er ganz sicher keine Frauengeschichten. Natürlich musste es eine Nicht-Gläubige sein, um alles noch komplizierter zu machen. Aber als Jude in Deutschland ist es doch nicht weiter verwunderlich, wenn man auf ein nettes, deutsches Mädchen trifft. Oder? Ich habe versucht, meinem Schwager das klarzumachen. Wenn es der Wille des Ewigen ist, können wir Seine Entscheidung nicht verurteilen. Aaron wollte mit der Frau weg aus Berlin. Zu diesen neuen Künstlern in Weimar. Was wäre dabei gewesen? Es ist …« Er schluchzte. »Es war doch sein Leben! Ach, warum nur musste das Ganze geschehen? Wäre er doch früher gegangen!« Bei den letzten Sätzen hob Sternwein die Hände über den Kopf, und seine Stimme veränderte sich, wurde wieder zu einer Art leisem und verzweifeltem Klagegesang.

Paul Konter legte ihm eine Hand auf die Schulter. »Ich gehe jetzt«, meinte er. »Und ich halte dich auf dem Laufenden. Katja wird sich umhören. Und ich spreche mit allen Zeugen. Wir finden die Kerle.«

14

»Wir kommen so nicht weiter.« Paul Konter umarmte Toni ungewöhnlich lange. Es tat gut, die Wärme eines Menschen zu spüren. »Zu viele Gefühle, zu wenig Verstand und Wissen. Ich war noch kurz auf dem Präsidium. Mutter und Tochter wurden aus dem Krankenhaus entlassen. Baldur Rosenbaum laboriert noch an seiner Herzschwäche. Er bleibt wohl ein paar Tage zur Beobachtung dort. Mein Assistent hat mich bei seiner Frau angekündigt. Ich gehe noch heute hin.«

Konter war entschlossen, einen längeren Spaziergang zu machen, um den Kopf frei zu bekommen. Und Tonis Haus in Charlottenburg lag nicht allzu weit von der Villengegend Schmargendorf entfernt.

»Meinst du nicht, dass eine Frau dieses Gespräch führen sollte?«, fragte Toni. »Ich meine, eine Mutter hat ihren Sohn verloren. Jetzt willst du zu ihr und der Tochter, um sie zu vernehmen. So etwas erfordert Fingerspitzengefühl.«

»Eine Befragung, nichts weiter.«

»Ja, in der typischen Art und Weise. Ich erinnere mich noch gut daran, wie verständnisvoll deine Kollegen waren, als mein Bruder im Gefängnis saß und ich bei euch aufgetaucht bin. Ihr Männer seid in manchen Dingen einfühlsam wie Zaunpfähle.«

Konter kannte das Thema und schwieg lieber.

»Ihr solltet wirklich überlegen, ob bestimmte Themen nicht durch Polizistinnen besser geregelt werden könnten.« Sie sah ihn eindringlich an. »Mit ein wenig mehr Einfühlungsvermögen und Verständnis käme man in einem solchen Fall sicherlich weiter.«

Tatsächlich gab es im Preußischen Landtag eine Initiative, eine weibliche Kriminalpolizei in Berlin aufzubauen. Konter war nicht dagegen, denn allzu oft hatte er schon erlebt, wie herablassend seine Kollegen etwa mit straffällig gewordenen Frauen, Minderjährigen oder Prostituierten umgingen. Sie sprachen immer noch abfällig von »den Weibern«, wenn es um Ehefrauen ging. Und jede nicht verheiratete Verdächtige war für sie sofort eine »Nolle« oder »Horizontale«, also eine Prostituierte.

»Vielleicht hast du recht«, erwiderte er. Einerseits fühlte er sich gegenüber weiblichen Zeugen manchmal hilflos. Fast schien es, als spräche er mitunter gar nicht ihre Sprache. Anderseits hatte ihn auch manche Frau schon um den Finger gewickelt und mit ihrem Charme über den berühmten Löffel balbiert.

»Ich komme mit«, entschied Toni kurzerhand und in einer Weise, die keinen Widerspruch zuließ. »Wir gehen in letzter Zeit so selten aus, dass ich schon mit einer Zeugenbefragung zufrieden bin.«

ooo

Als sie nach einer Stunde in der Nähe des Elster-Platzes ankamen, war Toni beeindruckt vom Anwesen der Familie Rosenbaum. Nichts wirkte protzig und aufdringlich, sondern erlesener Geschmack fand hier durch zurückhaltenden Auftritt seine Vollendung. Die kurze Zufahrt war mit Katzenköpfen gepflastert, die ungewöhnlich hell waren und eine angenehme Abwechslung zu den sonst üblichen Wegen aus weißem Kiesel darstellten. Der Garten beschied sich mit Pflanzen aus der Region und verzichtete auf das Gehabe mit Lorbeersträuchern, Zitrusbäumen und Palmen. Das Haus selbst war von außen modern und schien aus zwei Bungalows zu bestehen, die der Architekt verschachtelt übereinander gestapelt hatte. Große, oft bodentiefe Fensterflächen dominierten den Bau. Selbst Konter musste zugeben, dass der Bankier eine angenehme Art gewählt hatte, zu zeigen, wer er war. Viele Details des Gebäudes und der Einrichtung waren ihm am frühen Morgen nach der Tat, als er die ersten Ermittlungen geleitet hatte, schlicht entgangen. Fast kamen sich er und seine Begleiterin nun ohne Automobil etwas schäbig vor, als sie zum breiten Portal gingen und läuteten.

»Frau Direktor Rosenbaum erwartet Sie bereits im Salon.« Eine zierliche Hausangestellte begleitete Toni und Paul in den seitlich rechts gelegenen Flügel, den der Polizist noch nicht kannte. Das Innere des Hauses entsprach in seiner Schlichtheit dem Äußeren. Die Eleganz feiner, französischer Möbel entging Antonia nicht und nahm sie sofort für sich ein. Die Angestellte kündigte den Kommissar an, bemerkte dann jedoch, dass sie dessen Begleitung nicht nach dem Namen gefragt hatte. Selbstbewusst wie immer stellte sich Toni daraufhin selbst vor.

Esther Rosenbaum war ihrem Bruder Josef wie aus dem Gesicht geschnitten. Sie musste jedoch etwa zehn Jahre jünger sein, schätzte Konter. Eine Frau, deren Schönheit durch reizvolle Unvollkommenheit – ihre Züge wirkten ein wenig zu grob und die Nase zu mächtig – erst richtig zur Geltung kam. Er mochte das, gab sich jedoch wohl einen Moment zu lange der stillen Bewunderung hin. Prompt spürte er Tonis spitzen Ellbogen in der Flanke, der ihn aus seiner kleinen Träumerei riss. Er räusperte sich verlegen, suchte nach den ersten passenden Worten.

»Zunächst möchten wir Ihnen unser tief empfundenes Beileid aussprechen, Frau Rosenbaum«, kam ihm Toni zuvor. »Ich bin selbst Mutter und hätte vor zwei Jahren beinahe mein Kind verloren. Sicher kann ich die Tiefe Ihrer Trauer nicht ermessen, aber ich verstehe sie.«

Antonia Sass trat näher an die Dame des Hauses heran und nahm deren Hand. Ein inniger Moment des Schweigens folgte. Konter gestand sich ein, dass er das Gespräch vermutlich anders begonnen hätte. Und wieder einmal war er beeindruckt von seiner Lebensgefährtin. Toni konnte rau und knallhart sein, aber auch einfühlsam und zärtlich. Immer wohldosiert und im passenden Moment. Daran musste er bei sich selbst noch arbeiten, gestand er sich ein.

»Wir Frauen haben auf unserem Klavier einfach mehr Tasten als Männer«, hatte Toni vor einiger Zeit gesagt. »Mehr Töne ergeben natürlich harmonischere Klänge. Und deshalb können wir eben auch kompliziertere Melodien spielen.«

»Ich danke Ihnen, Frau Sass.« Esther Rosenbaum nickte Paul zu, der erleichtert war. Der Panzer, den Verlust und Trauer oft bei den Angehörigen hinterließen, schien durchbrochen. »Wie kann ich Ihnen helfen, die Hintergründe dieser Untat aufzuklären?«

»Gab es Drohungen gegenüber Ihrer Familie? Oder hatte Ihr Mann Feinde?«, fragte Konter.

»Wir leben eher zurückgezogen«, erwiderte die Frau. »Sie werden uns auf den meisten Bällen, Empfängen und Festen vergeblich suchen. Und meines Wissens hat es nie Drohungen gegeben. Baldur hätte es mir gewiss gesagt. Nicht einmal die üblichen Schmierereien oder Schmähungen, die viele Bürger mit jüdischen Wurzeln erdulden müssen.«

Natürlich wusste Konter von den typischen Anfeindungen, denen insbesondere vermögende, jüdische Bürger ausgesetzt waren. Häuser wurden nachts mit dem Davidstern bemalt oder Hetzparolen und Todesdrohungen an die Wände gepinselt. Der Name Rosenbaum und das florierende Bankgeschäft passten nur allzu gut zu den antisemitischen Vorurteilen mancher Deutscher.

»Mein Mann und ich unterstützen Kriegsversehrte und deren Familien. Er fordert von der Stadt seit Jahren mehr Geld für die Jugendfürsorge. Sogar für die Renovierung unserer Kirche haben wir großzügig Mittel bereitgestellt.« Sie zeigte den Hauch eines Lächelns. »Wohlgemerkt, es ist das Gotteshaus der hiesigen, evangelischen Gemeinde.«

»Hat er Ihnen gegenüber vielleicht ungewöhnliche Geschäfte erwähnt? Kredite, die nicht gewährt wurden? Ärger mit Partnern? Säumige Gläubiger? Irgendetwas, das uns auf eine Spur bringen könnte?«

»Wie kommen Sie überhaupt darauf, dass der Anschlag meinem Mann galt? Oder im Zusammenhang mit dem Bankhaus steht?« Esther Rosenbaum gab sich alle Mühe, bei den nächsten Worten gefasst zu wirken, und dennoch zitterte ihre Stimme. »Schließlich wurde ja mein Sohn erschossen.«

Konter deutete knapp die Ungereimtheiten an, die sich für die Polizei aus dem Ablauf der Tat ergaben. Sie nickte und blickte aus dem Fenster. Toni griff nach seinem Arm und hielt ihn zurück, als er Aarons Mutter bedrängen wollte.

»Ich verstehe, was Sie meinen«, sagte Esther Rosenbaum nach einer Weile. »Aber Sie sollten mit meiner Tochter sprechen. Ich habe mich nicht in die beruflichen Belange meines Mannes eingemischt, kann Ihnen also nicht weiterhelfen.«

»Die Beziehung zwischen Vater und Sohn war nicht die beste?«, fragte Konter.

»Ach, wissen Sie, es wird viel getratscht. Aaron wollte seinen eigenen Weg gehen. Und Baldur hatte Probleme, dies zu akzeptieren. Ist das nicht ein klassisches Thema seit der Antike? Mein Mann hat unseren Sohn geliebt. Auf väterliche Weise. Ja, beide sind stur. Es gab einigen Ärger. Und nein, mein Mann war dabei, sich mit den Gegebenheiten abzufinden. Schließlich stehen wir am Anfang einer neuen Zeit. Männer wie Baldur möchten nur, dass ein Hauch ihrer alten Autorität und des Respekts erhalten bleiben. Er möchte, dass man ihn fragt, wenn es um wichtige Dinge geht. Und sei es auch nur, um den Anschein zu wahren. Man tut gut daran, alten Männern diese Illusion zu lassen. Sonst kommt Unfrieden ins Haus.«

»Verzeihen Sie, Frau Rosenbaum«, mischte sich Toni ein. »Herr Konter wollte nichts unterstellen. Nur kann bei der Polizeiarbeit jeder noch so kleine Hinweis wichtig sein.«

Paul Konter sah die beiden Frauen ratlos an und fragte sich, was er vorher anderes gesagt hatte. Aber offenbar kam es auch darauf an, *wie* man es sagte, denn die unterschwellige Spannung im Raum ließ nach Tonis Erläuterung spürbar nach.

»Kommen wir zu Ihrem Sohn, Frau Rosenbaum«, meinte er. »Er wollte sein Studium hier abbrechen und nach Weimar gehen. Und offenbar hatte er eine Frau kennengelernt, die nicht ganz den …« Er suchte nach Worten. »Die offenbar nicht den Vorstellungen der Familie entsprach.«

Aarons Mutter stöhnte und wirkte ungehalten. »Sie sollten an Ihren Vorstellungen über das deutsche Judentum arbeiten, Herr Kommissar. Wir tun das, was Juden seit zweitausend Jahren tun. Wir passen uns an. Manche nennen es liberal, und Strenggläubige verurteilen uns sogar dafür. Aber es ist die Voraussetzung dafür, dass wir überleben, ohne auf Tradition und Glaube vollkommen zu verzichten. Mein Mann und ich haben Aaron keine großen Steine in den Weg gelegt. Und dennoch tragen wir als Eltern auch Verantwortung. Dass sich junge Menschen daran stören, ist normal und gesund. Und wegen der jungen Liebe, die da offenbar in meinem Sohn entbrannt war, hätten wir ganz sicher nicht ein Zerwürfnis unserer Familie in Kauf genommen. Wir sind Deutsche, auch wenn manche dummen Menschen in diesem Land zunehmend daran zu zweifeln scheinen. Lassen Sie nicht ein billiges Klischee zur Maxime Ihres Handelns und Denkens werden.«

Während Konter noch überlegte, ob er auf die verbale Spitze antworten sollte, trat eine junge Frau ins Zimmer.

»Livana! Schön, dass du kommst«, rief Esther Rosenbaum und stellte den beiden Gäste ihre Tochter vor. »Der Herr Kommissar vermutet, dass die Tat eher mit Vaters Geschäften als mit Aaron selbst zu tun hat. Wie furchtbar! Das hieße, er wäre für die Mörder nur eine Art Bauernopfer gewesen. Ein unerträglicher Gedanke.«

Sie wandte sich an Toni. »Ich muss mich ausruhen. Aarons Tod ist schon schlimm genug. Aber ich hätte nicht gedacht, dass die Fragen mich derart belasten. Begleiten Sie mich doch auf eine Tasse Tee in die Küche, meine Liebe. Barbara wird sie holen, wenn Ihr Verlobter gehen möchte.«

Toni und Paul sahen sich wissend an und mussten ein Lächeln unterdrücken. Verliebt und liiert waren sie, aber sicher nicht verlobt. Alte Sitten, neue Zeiten. Er nickte, und die zwei Frauen verließen den Salon.

»Ich muss gestehen, dass ich so etwas bereits selbst vermutet hatte«, meinte Livana, als sie mit dem Kripobeamten allein war. »Es war sicher ein sorgfältig geplanter Überfall. Meine gesamte Familie wurde mit Waffen bedroht, und die Täter haben auf uns alle geschossen. Aber nur Aaron wurde getötet.«

Konter sagte nichts und musterte die junge Frau. Livana Rosenbaum war von anderem Kaliber als ihre Mutter, im Erscheinungsbild und offenbar auch charakterlich. Direkter, aber auch berechnender. Er kannte die Tricks, die bei Vernehmungen eingesetzt wurden: Brocken hinwerfen; etwas in den Raum stellen und dann auf das natürliche Bedürfnis des Menschen vertrauen, sich mitzuteilen. Offenbar unterschied sich die Gesprächstaktik in geschäftlichen Dingen gar nicht so sehr von einer guten Polizeiarbeit. Nach einer Minute des Schweigens beendete Konter das Kräftemessen.

»Warum halten Sie es für wahrscheinlich, dass man es nur auf Ihren Bruder abgesehen hatte?«, fragte er. »Lag er mit irgendwem im Streit? Schulden? Rauschgift? Wurde er erpresst?«

»Mein Bruder hatte nur einen echten Widersacher«, erwiderte die junge Frau und verzog das Gesicht. Konter meinte, darin sogar so etwas wie Verachtung zu erkennen. »Aaron Rosenbaum. Er stand sich oft selbst im Weg, konnte keine Entscheidungen treffen. Und er litt an dieser klebrigen Herzschmerz-Melancholie, die Menschen oft dazu veranlasst, zu glauben, sie wären zu Künstlern berufen.«

»Ihre Mutter meinte, Sie könnten mir etwas mehr über das Bankhaus und die Beziehungen zu den Kunden erzählen? Vor allem interessiert mich natürlich, ob es Schwierigkeiten gab oder Streitigkeiten, die eine solche Tat rechtfertigen würden.«

»Was ich Ihnen jetzt erzähle, muss unter uns bleiben, Herr Kommissar. Meine Mutter darf nichts davon erfahren. Es würde sie zerstören.«

»Wenn es für eine mögliche Verhandlung relevant werden sollte, dann kann ich nichts versprechen«, erwiderte Konter. Er hielt nichts davon, falsche Zusagen zu geben, die er später nicht einhalten konnte.

»Aber für die Ermittlungen kann ich Ihnen mein Stillschweigen zusichern.«

»Sie erinnern sich, dass mein Bruder bereits Anfang des Jahres verschwunden ist?«

»Natürlich. Fünf Wochen, aber alles stellte sich als dummer Streich und leichtsinnige Retourkutsche gegenüber Ihrem Vater heraus. Er wollte ihm eins auswischen.«

»Ja und nein.«

»Wie meinen Sie das, Fräulein Rosenbaum?«

»Ja, er ist aus freien Stücken verschwunden, wollte einige Zeit seine Ruhe haben. Und nein, ganz so harmlos war die Sache nicht für unsere Familie.«

»Bitte, spannen Sie mich nicht auf die Folter. Also, was ist damals noch geschehen?«

»Kurz bevor er wieder auftauchte, bekam mein Vater einen Briefumschlag zugestellt, in dem sich zwei Fotografien befanden. Es waren Bilder, die einen Leichnam zeigten. Wir dachten, es sei Aaron. Es sah aus, als wäre er …« Sie stockte. »In seinem Mund steckten Geldscheine.«

Die Leiche in der Kanalisation, dachte Konter entsetzt. Die Ermittlungen waren eingestellt worden, weil nicht einmal die Identität des Toten geklärt werden konnte. Natürlich, jetzt ergab das Ganze einen Sinn. Er versuchte, sich an das entstellte Gesicht zu erinnern, verglich es vor seinem geistigen Auge mit Aarons Zügen. Die Haare waren ähnlich frisiert gewesen, dazu der feine Schnurrbart. Die Nase und Wangenpartie ähnelten sich durchaus.

»Sie haben damals keine Meldung gemacht!«, sagte er irritiert. »Weshalb haben Sie der Polizei diese Angelegenheit vorenthalten? Vielleicht hätte man dann …« Er unterbrach sich und dachte an den Zaunpfahl, den Toni vorhin erwähnt hatte. Nicht jede Vermutung musste auch sofort ausgesprochen werden.

»Mein Vater und die Anwälte waren sich uneins«, erwiderte Livana Rosenbaum. »Unsere Hausjuristen wollten keinen Skandal heraufbeschwören, wollten eine Forderung oder zumindest eine weitere Nachricht abwarten. Und ein wichtiger Geschäftsabschluss stand zu der Zeit gerade bevor.«

Skandal? Geschäftsabschluss? Verdammt, dachte Konter und biss die Zähne aufeinander. Er wollte nichts Falsches sagen, war jedoch stinksauer. Es bestand damals der Verdacht, der eigene Sohn könnte tot sein, und die Herrschaften dachten an einen möglichen Eklat und ihre Moneten!

»Halten Sie uns bitte nicht für herzlos, Herr Konter. Mein Vater hat es nach ein paar Tagen nicht mehr ausgehalten und wollte mit dem Polizeipräsidenten persönlich sprechen. Aber dann war Aaron plötzlich wieder da. Niemand dachte mehr an diese geschmacklose Sache.« Konter bemerkte, dass jetzt ein leichter Glanz in ihren Augen lag. »Wir konnten doch nicht wissen, dass diese Leute zu einer solchen Tat fähig wären.«

»Immerhin waren sie fähig, ein armes Opfer in der Kanalisation an Geldscheinen ersticken zu lassen«, erwiderte Konter trocken. »Nur um Ihnen eine Fotografie zu schicken.«

»Nicht nur eine Fotografie, Herr Konter«, sagte Livana Rosenbaum. »Am selben Tag, als mein Vater sich entschied, die Polizei doch zu informieren, bekam er einen Brief mit weiteren Bildern. Unglaublich, wozu Menschen fähig sind. Ein Mensch wird ermordet, um den Tod eines anderen vorzutäuschen und Nutzen daraus zu ziehen. Ebenso widerlich wie die Tat jetzt.«

»Ein Drohbrief?«, fragte Konter interessiert. »Haben Sie ihn und die Fotografien noch?«

»Er hat sie mir nie gezeigt. Und er sagte, er hätte alles in den Kamin geworfen, nachdem Aaron wieder aufgetaucht war.« Sie hielt inne und nahm sich eine Zigarette.

»Kommen Sie, Fräulein Rosenbaum. Ihr Vater will Sie zu seiner Nachfolgerin aufbauen oder zumindest in führender Position sehen. Da müssen Sie doch etwas über die Geschäfte und mögliche Reibereien wissen!« Konter hatte den Eindruck, dass die Frau ihn taxierte. Sie schien zu prüfen, wie weit sie gehen konnte.

Livana Rosenbaum nickte. »Ich kenne die meisten Kontrakte und Absprachen. Aber ich bin in diesen Dingen zur Diskretion verpflichtet, Herr Kommissar.«

»Es geht um den Mord an Ihrem Bruder!« Konter wurde etwas ungehalten, dachte aber sofort an Toni, die ihm sicher in diesem Moment zu einer gewissen Zurückhaltung geraten hätte. Aber Händchenhalten und das Reichen von Taschentüchern gehörte einfach nicht zu seinem Repertoire.

Dieses abgebrühte Luder spricht von Diskretion gegenüber den Kunden, während ihre Eltern um den Sohn trauern, dachte er wütend. Vielleicht ist es Zeit, etwas deutlicher zu werden.

»Noch einmal, halten Sie mich nicht für herzlos«, meinte Livana, als hätte sie seine Gedanken erraten. »Aber eine falsche Bemerkung zur falschen Zeit kann im Kredit- und Anleihewesen erhebliche Folgen haben.«

»Die da wären?« Konter wurde hellhörig. Wollte ihm die Frau etwas sagen, ohne es direkt auszusprechen?

»Man könnte uns das Vertrauen entziehen, Konkurrenten würden in die Bresche springen, Provisionen entfielen. Unsere Partner büßen an Bonität ein. Ein halbes Prozent höherer Zins kann Großprojekte zum Scheitern bringen. Und vergessen wir die Reporter nicht. Rechte und linke Schmierfinken versuchen gleichermaßen, uns als schachernde Juden zu diffamieren, die an jeder Misere der letzten tausend Jahre schuld sind.«

»Bereits anhand Ihrer kurzen Beschreibung erkenne ich eine Menge Motive für mögliche Täter. Wir haben jetzt nur zwei Möglichkeiten, Fräulein Rosenbaum.« Paul Konter hatte den höflichen Plauderton abgelegt. Diese Frau brauchte etwas Gegenwind, um zu erkennen, dass sie hier nicht mit einem Buchhalter oder Lakaien sprach. »Wir können hier unter vier Augen darüber reden. Dann verspreche ich Ihnen, dass es keine Indiskretion von meiner Seite geben wird. Oder wir gehen den offiziellen Weg. Eine Anfrage beim Reichsanwalt und Richter. Die Vorladung. Anwesenheit meines Vorgesetzten Gennat oder wenigstens meines Assistenten. Polizeiliches Protokoll. Da kann ich nicht versprechen, ob alles unter dem berühmten Teppich bleibt. Also, wie sehen Sie das?«

Sie lächelte. »Und ich könnte nun die Anwälte unserer Bank anrufen, auf die Ungeheuerlichkeit hinweisen, dass Sie so kurz nach dem scheußlichen Verbrechen hier auftauchen. Dass Sie meine Familie aufs Präsidium und ins Rampenlicht zerren wollen. Dass Sie mich und meine Mutter unter Druck gesetzt haben. Dann würde jede der Aussagen für unzulässig erklärt werden. Sie erhielten sogar eine Rüge vom Präsidenten. Und Sie würden wohl erst in einigen Wochen eine schriftliche Stellungnahme zu Ihren Fragen erhalten.«

»Mein Vorgesetzter wäre wenig begeistert, wenn Sie dadurch die Ermittlungen in einer Mordsache behindern würden. Herr Gennat verfügt über sehr gute Beziehungen zu Politik und Verlagen. Es ist nie ratsam, ihn zu verärgern.« Konter hielt kurz inne. »Lassen wir diese Spielchen, Fräulein Rosenbaum. Einverstanden? Ich war schon immer für das offene Visier. Zumal wir beide doch dasselbe Ziel haben.«

»Sie geben mir Ihr Wort, dass nichts nach außen dringt, sofern es nicht zur Aufklärung beiträgt? Und ich verschaffe Ihnen einen Überblick über momentan anstehende Verhandlungen und – sagen wir – heikle, strittige Pläne.«

»Sie haben mein Wort. Und ich bin ganz Ohr.«

○ ○ ○

»Ich bin gespannt«, sagte Toni, als sie mit Paul eine Stunde später im Taxi saß. Der Nachmittag ging bereits in den Vorabend über, und beide wollten noch einen späten Kaffee am Kurfürstendamm genießen.

»Ich darf nichts sagen«, erwiderte Konter knapp.

»Na, hör mal, ich bin doch nicht irgendeine neugierige und plappernde Tippse vom Präsidium! Indem du mir ein paar Dinge anvertraust, erweiterst du nur deinen Denkhorizont um die weibliche Sichtweise.« Sie blickte aus dem Fenster, als wäre sie gelangweilt, und senkte die Stimme. »Natürlich würde ich dir dann auch verraten, was mir Esther im Vertrauen erzählt hat. Aber bitte, dann eben nicht.«

»Esther? Sag nicht, du bist mit der Dame per du.«

»Warum nicht? Wir haben über eine Stunde Tee miteinander getrunken«, sagte Toni und tat, als wäre dies bereits Grund genug, intim miteinander zu werden. »Mütterliche Sorge und Schmerz einen die Frauen. Ebenso wie die Verwunderung über männliche Inkompetenz.«

»Was hat sie dir erzählt?«, fragte Konter, den diese Spielchen durchaus reizten. Er fühlte eine Unsicherheit, die sich immer dann einstellte, wenn er mit Frauen auf Augenhöhe sprach. Wenn er sich nicht hinter seine berufliche Position zurückziehen konnte. Wenn er nicht den starken, erfahrenen Mann markieren konnte. Seltsamerweise erregte ihn dies aber auch.

»Du zuerst.«

Immer das letzte Wort und einen Schritt voraus, dachte er beeindruckt und indigniert zugleich.

»Hat nicht nach Bürgerlichem Gesetzbuch in der Fassung von 1871 der Mann das Recht, seine Frau in angemessener Weise zu züchtigen, sofern sie sich unbotmäßig und wider die natürliche Ordnung verhält?« Konter blickte Toni zunächst mit aufgesetzter, gewichtiger Miene an, konnte sich jedoch nicht lange beherrschen und lachte herzhaft auf.

»Erstens sind wir nicht verheiratet«, gab Toni ebenso ernst zurück. »Und zweitens wird heute Nacht zu klären sein, was angemessen ist, mein lieber Herr Verlobter.«

Sie saßen wenig später im *Romanischen Café* am Auguste-Viktoria-Platz, in dem es gegen Abend meist lauter wurde. Die literarischen Revolutionäre hatten bereits die ersten Gläser Rotwein intus und stritten mit Malern, Bildhauern und Theaterregisseuren darum, wie das Land vom bourgeoisen Geist befreit werden konnte. Viele Schlachten im Geiste waren hier bereits geschlagen worden, jedoch floss dabei eher Tinte statt Blut. Gerade die Erfolglosen, also auch Mittellosen unter ihnen schimpften besonders heftig auf die Knechtschaft des Kapitals, um – als wollten sie umgehend den Beweis führen – gleich darauf den Tischnachbarn anzupumpen.

»Die Tochter hatte ein paar interessante Details«, begann Paul Konter, als sein Kaffee Kognak gebracht wurde. »Das Bankhaus Rosenbaum war in großem Stil an der Währungsreform beteiligt.«

»Aha«, erwiderte Toni gelangweilt. »Schnee von gestern.«

»Von wegen!«. Konter wirkte zufrieden, da er endlich ein Thema hatte, über das er offenbar mehr wusste. »Die neue Mark ist eine gigantische Betrugsmasche!« Er hatte etwas zu laut gesprochen, und ein angetrunkener Gast am Nebentisch begann sofort, zu lamentieren.

»Ick sach ja. Dat allet is een jroßer Plan. Dat Jeld is wie Syphlisis.« Seine Zunge schien über das Wort zu stolpern. »Verjiftet dat Jehirn! Möpse oder Moneten. An nüscht andres kann der Michel mehr denken!« Er sah Konter aus glasigen Augen an. »Haste ne Mark fürn ollen Marxisten, Jenosse?«

Konter winkte der Bedienung zu. Er kannte die Regeln. Gab er dem Mann ein Almosen, dann war der Kerl in zehn Minuten wieder da. Gab er nichts, so würden Toni und er den Suffkopp am Nebentisch für den Rest des Abends ertragen müssen.

»Der Mann bekommt drei Rote auf meine Rechnung«, sagte er zu dem jungen Kellner. »Aber nur, solange er drüben an der Bar sitzt. Sehe ich ihn an einem anderen Tisch, gehen die Gläser auf ihn. Verstanden?«

»Een feener Mensch biste, jawoll.« Der Mann erhob sich. »De Herrjott hat den Wein janz rot jemacht, weil er die Bole …, Bolwesch …, Bloscheschwisten liebt.«

»Also, die neue Rentenmark wurde im Wert abgesichert durch Zwangshypotheken bei den Hausbesitzern«, fuhr Paul Konter fort, als sie wieder Ruhe hatten. »Um die Gebäude und den Grundbesitz zu bewerten, wurde ein Einheitswert geschaffen. Und da wurde bei einigen Leuten wohl mächtig nach unten geschummelt.«

»Damit sie nicht so viel zahlen mussten«, vermutete Toni.

Konter nickte. »Genau. Wer Beziehungen hatte, dessen Besitz wurde niedriger eingestuft. Und Baldur Rosenbaum hat wohl auch jede Menge Hypotheken umgeschrieben, damit die Leute offiziell einen Haufen Schulden hatten.«

»Verstehe, Mauscheleien wie immer«, meinte Toni. »Aber was hat die Sache mit dem Mord zu tun?«

»Es gab auch eine Menge Verlierer. Livana Rosenbaum hat mir ein paar Namen genannt. Einige Herrschaften aus der feinen Gesellschaft Berlins waren äußerst unzufrieden. Da ging es teilweise um mehrere hunderttausend Mark.«

»Klingt nicht glaubhaft, wenn du mich fragst. Ich könnte verstehen, dass man den alten Rosenbaum unter Druck setzt oder es ihm heimzahlen möchte. Aber der Mord an seinem Sohn? Derart perfide geplant und brutal ausgeführt?«

»Ich gebe dir ja recht. Dennoch werde ich dranbleiben und Befragungen veranlassen. Und es ist noch nicht alles, was die junge Rosenbaum zu berichten hatte. Ihr Vater ist seit ein paar Monaten beauftragt, zwei große Anleihen am Markt zu platzieren.«

»Schon wieder eine Geldsache?«

»Was hast du erwartet? Rosenbaums Leben ist seine Bank. Seit Generationen ist das Unternehmen in Familienhand. Jetzt hat er offenbar den Durchbruch nach ganz oben geschafft.« Konter hielt inne. Sein Kaffee war kalt geworden. Und der Kognak hatte einen Geschmack nach Spiritus. »Die Stadt ist pleite. Sie holen sich zweihundert Millionen in Form von Zinspapieren. Und Rosenbaum gehört zum Konsortium.«

»Also sind unzufriedene Kämmerer aus dem Rathaus die Täter?«, fragte Toni in gereiztem Tonfall. »Hör auf! Glaubst du doch wohl selbst nicht.«

»Warte doch ab, Toni! Warum immer so ungeduldig? Für das andere Geschäft ist Rosenbaum nämlich vollkommen allein verantwortlich.« Konter ging nicht weiter auf ihre Bemerkung ein. »Selbst seine Tochter fand das ungewöhnlich. Diese Bank ist bestenfalls mittelgroß und soll siebzig Millionen über Anleihen beschaffen. Eigentlich sind diese Schuhgrößen einer *Dresdner* oder *Deutschen Bank* vorbehalten.«

»In Ordnung, jetzt scheint es interessant zu werden. Für wen ist das Geld?«

»Livana Rosenbaum ist erst vor Kurzem von ihrem Vater in die Sache eingeweiht worden und war selbst überrascht. Der Schuldner ist eine Düngemittelfirma. *Berliner Stickstoff*.«

»Toll. Siebzig Millionen für Dünger, damit die Brandenburger Kartoffeln noch dicker werden?«

»Die Summe allein ist schon seltsam für eine solche Firma. *Siemens* oder *Borsig*, da würde ich mich nicht wundern.«

»Die würden aber wohl nicht Rosenbaum allein mit so etwas betrauen?«

»Richtig, aber der Betrag ist nicht das ungewöhnlichste. Wenn ich Livana Rosenbaum richtig verstanden habe, dann gab es Verzögerungen und Nachverhandlungen. Geheimklauseln und Haftungsausschlüsse. Teilhaber, die nicht genannt, aber in den Verträgen berücksichtigt werden wollen. Alles für ein bisschen Chemie und Pferdemist? Irgendetwas stimmt da nicht. Es scheint, als ob ihr Vater aus der Sache heraus wollte.«

»Wie viel Gewinn macht eine Bank, wenn sie siebzig Millionen beschafft?«

»Ein Prozent«, antwortete Konter. »Siebenhunderttausend.«

»Da muss Papa Rosenbaum aber mächtig was quer gelegen haben, wenn er eine solche Summe sausen lassen will.«

»Genau so sehe ich das auch, Toni. Es gab wegen der Vereinbarungen ein Treffen hier in Berlin. Die Stimmung war nach Livanas Angaben äußerst unterkühlt, und sie wurde von ihrem Vater vor die Tür gesetzt, bevor es interessant wurde. Sie weiß nicht viel.«

»Eine Firma bekommt ihr Geld nicht wie vorgesehen. Und beauftragt deshalb ein Gruppe, um den Sohn des Bankiers zu töten? Sehr dünnes Motiv, wenn du mich fragst. Weshalb wenden sie sich nicht einfach an die *Dresdner* oder *Diskonto*?«

Konter blickte sie an und legte den Kopf leicht schief. Er freute sich, dass er seiner Gefährtin etwas voraushatte. Und plötzlich schien Toni zu begreifen.

»Weil sie es gar nicht können«, sagte sie leise. »Es geht um Vetternwirtschaft wie bei der Rentenmark. Oder sogar um vollkommen illegale Geschäfte. Baldur Rosenbaum war offenbar anfangs bereit, eine Dienstleistung zu erbringen, die andere Banken ablehnen würden. Dann aber hat er Fracksausen bekommen.«

»Diese Leute brauchten Rosenbaums Erfahrung und Kontakte. Sie waren auf ihn angewiesen. Also traf man sich. Man wurde sich jedoch nicht einig. Und dann wollte jemand der Sache etwas Nachdruck verleihen.« Konter nickte zufrieden. »Motiv, Mittel und Möglichkeiten.«

»Mord«, flüsterte Toni. »Da haben die Kerle aber gleich das schwerste Geschütz aufgefahren.«

»Nicht ganz.« Konter hatte einen Teil von Livana Rosenbaums Enthüllungen bisher für sich behalten. »Sie bekamen vorher eine Warnung, die der alte Baldur wohl nicht ernst genug genommen hat. Du erinnerst dich an Aarons plötzliches Verschwinden vor etwa einem halben Jahr?«

»Natürlich. Er war über einen Monat wie vom Erdboden verschluckt. Der arme Josef hat schon damals gelitten wie ein Hund.« Tonis Augen weiteten sich. »Du meinst, er wurde damals doch entführt?«, fragte sie ungläubig.

»Nein, das nicht.« Er berichtete von dem Leichenfund in der Berliner Kanalisation, von den ekelhaften Fotografien und von der Warnung an den Bankier.

»O Gott, wie furchtbar!«, meinte Toni. »Es gab schon vorher eine Art Erpressungsversuch? Und sie haben die Sache nicht ernst genommen? Jetzt ist der Sohn wirklich tot. Wie soll man mit einem solchen Wissen leben?«

»Livana Rosenbaum erschien mir nicht so, als würde sie für den Rest ihres Lebens in Schuldgefühlen versinken. Das Bankenwesen scheint abzuhärten.« Konter wurde plötzlich still und blickte Toni an.

»Was ist?«, fragte sie.

»Geld verdirbt den Charakter, sagte meine Mutter. Ich möchte nicht, dass wir irgendwann genauso werden.«

»Du weißt nicht einmal, wie viel du überhaupt besitzt, wohnst in einer winzigen Buddeke beim Schlachthof, trägst immer noch Schuhe vom *KaDeWe* und schielst im Restaurant nach den Preisen.« Sie lachte, dann küsste sie ihn derart lange, dass an den Nebentischen bereits Gejohle einsetzte. »Keine Sorge, du bist der Garant dafür, dass wir bodenständig bleiben.«

Sein Magen knurrte, und er ließ sich kurzerhand vom Kellner die Karte geben. »Ich habe mein Soll erfüllt, meine Liebe«, meinte er. »Jetzt bist du dran.«

»Tja, mein Lieber, während du der kleinen Rosenbaum schöne Augen gemacht hast, bin ich nicht untätig gewesen.« Toni bestellte Lachs auf Weißbrot. Bei Paul Konter wollten gerade Krämpfe in der Gegend seiner Geldbörse einsetzen, als er sich noch rechtzeitig daran erinnerte, dass er tatsächlich mehr Geld besaß, als er in hundert Jahren ausgeben konnte.

»Aaron war offenbar ein Eigenbrötler wie sein Onkel«, fuhr Toni fort. »Hast du gemerkt, dass er viel älter ist als seine anderen Geschwister?«

»Ehrlich gesagt, ist mir das entgangen.« Konter überlegte. Aaron war achtundzwanzig, soweit er sich erinnerte.

»Livana wurde als zweites Kind geboren. Sechs Jahre nach ihrem Bruder.«

»Tatsächlich?«

»Er war ein Muttersöhnchen. Esther dachte lange Zeit, er würde das einzige Kind bleiben. Sie liebte ihn abgöttisch. Und er sie.«

»Aha. Das bringt die Ermittlungen wirklich entscheidend voran, *mon amour.*«

Sie verpasste ihm zwei Hiebe mit ihrem Fächer. »Einer, weil du ein hölzerner Stenz bist. Der andere ist für dein fürchterliches Französisch. Es heißt *mon amour*, nicht *monga muhr*!« Sie betrachtete ihre Zigarettenspitze, schien ihn absichtlich auf die Folter zu spannen. »Solche Feinheiten bemerken nur Mütter an Müttern. Dir wäre es entgangen.«

»Bitte! Es reicht!«

»Sie wusste fast alles von ihm. Aaron hat ihr alles erzählt. Er hat eine deutsche Geliebte. Gudrun Koller. Und Esther wollte ihrem Ehemann mit viel Liebe und Einfühlungsvermögen beibringen, dass die beiden heiraten wollten.«

»List und Heimtücke.«

»Wie bitte?«

»Nicht Liebe und Einfühlungsvermögen«, meinte Konter und grinste unverschämt. »Weibliche List und Heimtücke!« Der Fächer ging über seinem Kopf entzwei.

»Und noch etwas, du S-t-e-n-z. Er hatte einen wirklich guten Freund aus frühen Studienzeiten. Der Mann ist etwas älter als Aaron und arbeitet als Arzt an der Charité. Dr. Hans Heinrich Dollberg. Ihr Sohn hatte Esther erzählt, dass die beiden sich gestritten haben. Und sie sagt, ihr Sohn sei völlig außer sich gewesen. So hatte sie ihn offenbar noch nicht erlebt. Es muss eine Sache gewesen sein, die ihm wirklich naheging.«

»Worüber haben sie gestritten?«

»Sie weiß es nicht. Das ist ja gerade das Seltsame. Sie meint, dass es etwas sehr, sehr Wichtiges sein muss. Eben weil er es ihr nicht gesagt hat.«

Konter stöhnte. Er sollte unter, über und zwischen den Zeilen lesen, wenn es nach Toni ging. Er würde die Frauen nie verstehen. Das Essen kam und erlöste ihn. Er schwieg, um weitere Blessuren zu vermeiden.

Gudrun Koller. Hans Heinrich Dollberg. Es gibt viel zu tun, dachte er zufrieden und wandte sich den Bratkartoffeln zu.

15

Friedrichstadt, Juni 1924

Franz hatte in den folgenden Tagen alle Hände voll zu tun, um weitere Transporte für die Chinesen vorzubereiten. Und Paul Konter wurde durch Beratungen und Vorträge bei der Politischen Polizei und im Rathaus daran gehindert, seiner eigentlichen Arbeit nachzugehen. Er hatte schließlich widerstrebend zugestimmt, dem Detektiv jene Aufgaben zuzuweisen, die dringend erledigt werden mussten.

»Ich habe ein paar Nachforschungen angestellt. Aarons Bekannter arbeitet als Arzt an der Charité«, sagte da Silva, als sie sich in seinem Büro an der Leipziger Straße trafen. »Hans Heinrich Dollberg ist im selben Alter wie Rosenbaum. Beide haben sich offenbar bei Treffen der *Freien Wissenschaftlichen Vereinigungen* kennengelernt.«

»Eine Studentenverbindung, die ausdrücklich jüdische *und* nichtjüdische Mitglieder zulässt und sich stark macht gegen den zunehmenden Judenhass«, erläuterte Konter, als er Franz' fragenden Blick bemerkte.

»Ich habe Kontakt mit Dollberg aufgenommen und ihn befragt«, fuhr der Detektiv fort. »Seltsamer Mensch. Ich habe nicht viel aus ihm herausbekommen. Er glaubt, dass Aaron mit niemandem Ärger hatte. Hat sich abgekapselt, wollte oft allein sein. Er hatte wohl einen Hang zur Schwermut. Und seit seine Beziehung zu Gudrun Koller enger wurde, kamen die beiden Freunde auch deutlich seltener zusammen.«

»Was ist mit Fräulein Koller?«, fragte Konter. »Laut unseren Unterlagen ist sie nicht jüdischen Glaubens. Könnte die Liaison mit Aaron jemandem in ihrer Familie missfallen haben? Ein wütender Bruder? Ein fanatischer Antisemit? Oder der unzufriedene Vater?«

»Der Vater ist Angestellter bei *Siemens*, die Mutter arbeitet als Hausdame in einem Hotel. Gudrun Kollers älterer Bruder studiert in Hamburg und ist Mitglied in der SPD. Der jüngere geht noch zur Schule. Keine Hinweise auf allzu konservative Ansichten. Aber wir wissen natürlich, das muss nichts heißen. Ich habe das Fräulein Koller um eine Unterredung gebeten, aber sie steht noch vollkommen unter dem Eindruck der schockierenden Nachricht. Vielleicht sollten Sie oder Ihre Kollegen …«

Konter nickte. Er hatte längst vorgehabt, die beiden Zeugen zu befragen. Aber auf dem Präsidium gaben sich die Vertreter von Politik und Reichswehr die Klinke in die Hand. Zwei Tage lang hatte er auf Gennats Anweisung vor den Herren immer wieder den Stand der bisherigen Ermittlungen zusammenfassen müssen. Und er war aus diesem Grund selbst keinen Schritt weitergekommen. Franz hatte ihn schließlich überzeugt, dass er sich keinen Zacken aus der Krone brach, wenn er Hilfe annahm. Auch hatte er ihm gestanden, dass da Silva in die Geschäfte des *Syndicats* eingeweiht war.

»Wir haben dich, unseren Mann bei der Kripo«, hatte Franz versucht, ihn zu beruhigen. »Und wir haben Renger, unseren Anwalt. Warum nicht einen Privatschnüffler, der für uns arbeitet? So etwas nennt man Arbeitsteilung. Und natürlich musste ich ihm ein paar Dinge erklären …«

Und Konter gestand sich jetzt ein, dass ihm der Mann mit den südländischen Gesichtszügen sogar sympathisch war. Da Silva wusste, was er konnte, und wirkte manchmal vielleicht etwas selbstgefällig. Aber im Gegensatz zu einigen Kollegen im Präsidium hatte er erstens allen Grund dazu, denn er war ein fähiger Ermittler. Und zweitens trat er dabei seiner Umgebung nicht auf die Füße, sondern wirkte im Gegenteil rücksichtsvoll, beinahe sensibel.

»Franz, was sagt Shen Li?«, fragte der Kriminalpolizist. »Hält er still?«

»Die Chinesen werden ungeduldig. Die Lieferungen für Heroin und die anderen Arzneien wurden mehrfach unterbrochen. Ich musste noch weitere Wachmänner anheuern.«

»Die Kerle müssen doch wissen, mit wem sie es zu tun haben«, sagte Konter aufgebracht. »Da muss es doch Kontaktleute und Vertragspartner geben. Sollen sie doch selbst klären, wer ihnen den Hahn zudrehen will.«

»Zhi ist in Hamburg verantwortlich und Shen hier. Ihnen sitzen irgendwelche Hintermänner im Nacken, die Druck machen. Ich denke, es geht um die *Berliner Stickstoff*. Dort ist man wohl in Sorge, weil das Geld fehlt, das Baldur Rosenbaum auftreiben sollte. Also sagt Shen, dass allein wir für den Transport zuständig sind. Wir müssen einen Weg finden, die Überfälle abzustellen.«

»Wir sind kein bisschen weiter, was das Motiv hinter dem Überfall auf Joaquin und seine Männer angeht.« Konter warf sein Notizheft auf den Tisch. »Und hinsichtlich Aaron tappen wir auch weiterhin im Dunkeln. Gibt es eine Verbindung? Oder nicht? Verdammt, da verschaukelt uns jemand!«

»Alles spricht dafür, dass es sich um mächtige und gut vernetzte Leute handelt, die sich mit dieser Art von Geschäften auskennen«, sagte Gershom da Silva. »Die falsche Fährte beim Überfall auf den ersten großen Warentransport sollte zu Verwicklungen mit den Kommunisten führen. So etwas denkt sich kein Gelegenheitsganove aus. Noch klarer wird dies bei dem Anschlag auf die Rosenbaums. Akribische Planung und eine Menge Geld waren dafür nötig. Nicht zuletzt möchte ich erwähnen, dass es hinsichtlich der Gerüchte in der Stadt erstaunlich ruhig ist. Kein klammer Kneipengänger, der für ein Herrengedeck mit seinen Heldentaten prahlt. Kein frisch verliebter Schläger, der seiner Angebeteten mit einer tollen Geschichte imponieren will. Nichts, absolute Stille. Meine Augen und Ohren auf den Straßen haben in der Sache nichts gesehen und nichts gehört. Das Ganze spricht dafür, dass die Drahtzieher ihre angeheuerten Leute voll im Griff haben. Wahrscheinlich bekommen die Täter gutes Geld und wissen, was geschieht, wenn sie zu viel reden.« Da Silva zog den Zeigefinger symbolisch über seinen Hals.

»Ich werde jetzt endlich Gudrun Koller vernehmen«, meinte Konter. »Und du versuchst bei Dollberg dein Glück, Franz. Danach knöpfe ich ihn mir vor. Sofern Gennat mich endlich meine Arbeit machen lässt!« Er fuhr sich durch das Haar. »Befragungen durch mehrere Personen. Vielleicht tauchen da Ungereimtheiten auf. Herr da Silva, vielleicht finden Sie noch mehr Einzelheiten zu Rosenbaums Geschäften heraus. Das Bankgeschäft, Sie wissen schon. Tun Sie sich mit Sternwein zusammen. Sie beide …«

»Sie glauben, nur weil wir Juden sind, wird uns jeder Geldverleiher sofort in abrahamitischer Bruderliebe seine Bücher offenlegen?« Da Silva schien amüsiert. »Ich kann es versuchen, obwohl ich eher Kontakte zu den ostjüdischen Lumpensammlern, Schuhmachern und Kesselflickern pflege. Die Bankenkreise zählen noch nicht zu meiner Kundschaft.«

»So war das nicht gemeint. Josef Sternwein, Aarons Onkel, wird Sie nach Kräften unterstützen. Er kennt sehr viele Leute in der Stadt. Übrigens, ich hege keinerlei Vorurteile gegen irgendwen. Machen wir uns allerdings nichts vor. Ein Polizist spricht eher mit einem Kollegen, die Marktfrau mit ihresgleichen. Es kann in dieser Angelegenheit von Vorteil sein, dass Sie und Josef jüdischer Abstammung sind. Sehen wir es ganz neutral ohne diesen ganzen völkischen Quatsch. Vor allem bitte ich Sie, auch ein Auge auf Sternwein zu haben. Er ist verständlicherweise sehr aufgebracht, und ich fürchte, sein unbedachtes Handeln könnte uns allen schaden und meine Ermittlungen gefährden. Ich denke, dass wir ihn am besten unter Kontrolle haben, wenn wir ihn ein wenig in unsere Ermittlungen einspannen.«

○ ○ ○

»Wir müssen noch eine Angelegenheit besprechen, auf die ich mir keinen Reim machen kann«, sagte Konter zu Franz, nachdem sich da Silva verabschiedet hatte. »Ich werde später auch Gudrun Koller dazu befragen. Aber ist dir in letzter Zeit eine Chinesin in der Stadt begegnet? Ich meine, vielleicht bei Shen Li? Hat er dich jemandem vorgestellt? Oder hat Zhi in Hamburg erwähnt, dass eine Frau bei diesen Geschäften mitmischt?«

Franz überlegte. Chinesische Frauen waren ihm natürlich in dem winzigen Chinesenviertel der Hansestadt begegnet. Alle hatten sofort den Blick gesenkt, wenn er sie ansah. Sie schienen vollkommen ihrer heimatlichen Tradition und einer Art angeborener Unterwürfigkeit verhaftet. Wäscherinnen, Köchinnen, Näherinnen. Nicht einmal die für das europäische Bürgertum typische Rolle der treuen Ehegattin in zweiter Reihe schienen sie zu besetzen.

»Nein, Frauen aus Asien habe ich hier bisher nur als Begleitung bei irgendwelchen Festen gesehen«, erwiderte er und schüttelte den Kopf. »Zhi oder Shen haben mir nie eine Dame vorgestellt. Was soll die Frage, Paul?«

»Mein Assistent ist die Liste von Bekannten durchgegangen, die Aarons Schwester uns gegeben hat. Bei den Befragungen dieser Leute erwähnten zwei Kommilitonen, dass Aaron offenbar eine weitere Frauenbekanntschaft hatte.«

»Eine Asiatin?«, fragte Franz überrascht.

Konter nickte. »Ich werde Fräulein Koller dazu befragen. Vielleicht hat der Schwerenöter ja doch in mehreren Betten geschlafen. Zwar können wir ein Eifersuchtsdrama wohl mit Sicherheit ausschließen, aber vielleicht hat seine Geliebte jemandem Informationen gegeben, um sich zu rächen. Wer weiß? Von einer enttäuschten Liebe ist es nur ein Schritt ins Grab.«

»Woher hast du denn diese Weisheit, Paul? Deine Großmutter? Oder sprichst du aus der Erfahrung der letzten fünfzig Jahre?«

»Mein Gott, das steht bei Shakespeare, du ungebildeter Stoffel!« Konter warf zwei Bierdeckel nach Franz. »Ich schlage vor, du befragst Shen. So viele Damen aus dem Reich der Mitte wird es in Berlin wohl nicht geben. Ich denke, dass diese Menschen voneinander wissen.«

»Es gibt ja nicht nur Chinesen. Sofern diese Dame wirklich existiert, könnte sie auch aus …« Franz unterbrach sich. Sein Wissen über Geografie war im Gebiet östlich von Frankfurt/Oder doch recht lückenhaft. »Na, da aus Asien eben.«

»Ja, du hast recht. Es gibt auch andere Länder da hinten …« Konter fuchtelte mit der Hand in Richtung Osten. »Da unten. Im Osten eben.« Immerhin war er im Schulunterricht noch bis zur Wolga gekommen. »Es ist nur so eine Idee, und ich will unbedingt ausschließen, dass uns etwas überrascht. Wir handeln mit Chinesen, und Aaron soll eine Asiatin gekannt haben. Ungewöhnlich ist das schon.« Er rieb sich die Augen, die jetzt im Zigarettendunst und vor Überanstrengung regelrecht schmerzten. »Aber wahrscheinlich bedeutet es gar nichts.«

ooo

Konter übernachtete auf dem Präsidium. Er fiel wie ein Stein auf die Klapppritsche, die er für solche Fälle bereithielt. Er war sicher, dass ihm in seiner kleinen Wohnung das Gefühl von Einsamkeit den Schlaf geraubt hätte. Hier jedoch war er umgeben von Akten und Geistern. Vertraute Gefährten. Und vom Flur her drangen immer irgendwelche Geräusche, die ihn jetzt beruhigten und in seinen traumlosen Schlaf begleiteten. Er schlief sechs Stunden, bevor ihn seine Bandscheibe ins Diesseits zurückholte. Und um Punkt sieben trug er einem Boten auf, der Zeugin Gudrun Koller eine schriftliche Vorladung für zehn Uhr zu überbringen.

»Fräulein Koller, verzeihen Sie die Umstände«, meinte er, als er die junge Frau zu der vereinbarten Zeit in sein Dienstzimmer bat. Er hatte sie von Druwe mit einem Taxi abholen lassen, um ganz sicherzugehen. »Ich hätte Ihnen die Vorladung gern erspart, aber eine Befragung in Anwesenheit Ihrer Eltern schien mir ebenso unangebracht wie ein zwangloses Treffen in einem Café.«

Gudrun Koller nickte nur stumm. Der Kriminalpolizist hatte vorab die Angaben überflogen, die sein Assistent über die Zeugin zusammengetragen hatte. Sie gehörte zu jenen jungen Frauen in der Stadt, die von den Neuerungen der Zeit etwas überrascht schienen. Die sich in einer Art Metamorphose befanden. Zwar nicht mehr nur lieb, nett, konturlos und den überkommenen Normen entsprechend. Aber auch noch nicht aus dem Kokon geschlüpft; nicht verwandelt zu dem Schmetterling, der sich virtuos über die Konventionen erhob. Paul Konter beeindruckte die schlichte Eleganz und Unaufdringlichkeit dieser Frau dennoch. Die Hoffnungen und Erwartungen, die sie an die Welt hatte, schienen ihm fast greifbar. Aber er spürte auch echte Trauer. Gudrun Koller hatte Aaron geliebt, daran bestand für ihn von der ersten Sekunde ihrer Begegnung an kein Zweifel. Der charakteristischen Mischung aus Wut, Verzweiflung und Enttäuschung vermochte er sich kaum zu entziehen.

»In welcher Beziehung standen Sie zu Aaron Rosenbaum?«, fragte er dennoch steif nach ein paar einleitenden Worten. Die Antwort lag auf der Hand, doch es gab ihm Sicherheit, einem inneren Plan zu folgen. Sei es auch nur ein Vernehmungsprotokoll.

»Er war mein ...« Sie hielt inne. »Wir waren verlobt und wollten heiraten.«

»Gab es Schwierigkeiten mit Ihren oder seinen Eltern?«

»Meine Mutter war begeistert von Aaron.« Gudrun Koller schüttelte den Kopf. »Mein Vater ist alter Sozi und hat ein wenig geknurrt, weil er aus einer reichen Familie kommt. Dann aber haben die beiden Karten zusammen gespielt. Ein gutes Zeichen.« Sie zeigte ein angedeutetes Lächeln.

»Und Familie Rosenbaum?«

»Aarons Eltern wussten noch nichts davon. Er ahnte, dass es schwierig werden würde. Vor allem sein Vater bereitete ihm Kopfzerbrechen.«

»Ist es richtig, dass sie beide nach Weimar wollten?«

»Ich arbeite als Assistentin in einem fotografischen Studio. In Weimar wurde mir eine Lehrstelle bei einem Künstler angeboten, der sehr erfolgreich für Architekten arbeitet. Und Aaron wollte unbedingt bei Walter Gropius studieren. Er träumte davon, eine Symbiose aus Literatur, Philosophie und Kunst in diese neue Bewegung einzubringen.«

Konter überlegte. Gudrun Kollers Schilderungen zeigten, dass die Pläne, gemeinsam nach Weimar zu gehen, offenbar nicht nur eine spontane Entscheidung oder gar Flucht vor dem Patriarchen gewesen waren. Vielmehr hatten zwei Menschen einen Neuanfang in einer anderen Stadt geplant.

»Es tut mir leid, dass ich Ihnen eine sehr unangenehme Frage stellen muss«, meinte er. »Gab es andere Frauen in Aarons Leben?« Konter musste an das erste, tagelange Verschwinden des jungen Mannes denken, als dieser von da Silva mehr oder minder im Vollrausch aufgefunden worden war. Er achtete jetzt sehr genau auf die Reaktion der Frau.

»Andere Frauen in Aarons Leben?« Die Zeugin lachte kurz auf, jetzt ehrlich amüsiert. »Sie sollten sich mal hören, Herr Kommissar. Wir leben in Berlin, und ein Viertel des neuen Jahrhunderts ist bereits um!« Sie wurde wieder ernst. »Ob er vor mir andere Frauen kannte, weiß ich nicht. Und wenn Sie auf diese peinliche Situation vor gut einem halben Jahr anspielen: Wir hatten uns gestritten. Und er war recht feinfühlig. Da sind ihm wohl die Sicherungen durchgebrannt.«

»Und sie haben ihm verziehen?«

»Da gab es nichts zu verzeihen. Wie gesagt, wir hatten uns zerstritten, weil ich diese Heimlichtuerei nicht mehr ertragen konnte. Dann merkte ich erst, wie sehr er litt. Und wie ernst es ihm war mit unseren Plänen.«

»Gut. Dann frage ich direkter. Ist Ihnen bekannt, dass er sich in den vergangenen Monaten mehrmals mit einer Frau getroffen hat? Es handelte sich dabei um eine Asiatin, vielleicht ein Chinesin.«

»Eine Halbchinesin«, entgegnete Gudrun Koller gefasst.

Konter ließ vor Überraschung seinen Bleistift fallen. Was er für ein Hirngespinst gehalten hatte, entpuppte sich also als richtig.

»Ihr Vater war Kolonialbeamter in Tsingtao, ihre Mutter kam aus der Nähe von Hongkong. Sie heißt Marie-Yini. Eigentlich hat sie einen unaussprechlichen, chinesischen Nachnamen. Aber in Deutschland nennt sie sich Dollberg. Wie ihr Bruder.«

Konter hatte sich gerade nach dem Bleistift gebückt und schnellte vor Überraschung wieder hoch. Dabei prellte er sich den Kopf an der Tischkante und fluchte.

»Sie scheinen ja nicht allzu viel zu wissen, Herr Kommissar. Dabei heißt es doch, das Präsidium in Berlin sei die beste Polizeidienststelle im Reich.«

Miststück, dachte Konter und rieb sich den Schädel. »In welcher Beziehung stand Ihr Verlobter zu dieser Frau?« Er war irritiert. Natürlich konnte dieser Anschlag keine Tat aus Eifersucht sein. Aber er musste jeder Spur nachgehen. Aarons Kontakt zu der Frau war also weitaus weniger geheimnisvoll als vermutet. Andererseits, weshalb traf sich die Halbschwester seines besten Freundes mit dem Verlobten von Gudrun Koller?

»In welcher Beziehung«, ahmte sie Konters Tonlage nach und schien sich dabei zu amüsieren. »Marie-Yini ist die Halbschwester von Hans Heinrich, Aarons bestem Freund. Sie hatte sich an ihn gewendet, da sie wohl hoffte, dass er ihr helfen könnte.«

»Helfen? Wobei?«

»Aaron sollte Hans Heinrich dazu bewegen, ein gutes Wort bei ihrem Vater einzulegen. Er wollte wohl nichts von seiner Tochter wissen. So jedenfalls hat es Aaron mir erzählt. Da war aber wohl noch etwas anderes.«

»Und zwar?«

»Aaron machte sich Sorgen um seinen Freund und hat ein paar Mal mit Marie-Yini darüber gesprochen. Die Einzelheiten kenne ich allerdings nicht. Wir haben vereinbart, dass jeder von uns ein eigenes privates Umfeld haben darf. Ohne dass sofort alles einer Rechtfertigung oder Erklärung bedarf.«

Konter bot Gudrun Koller eine Zigarette an. Die ersten Züge lieferten ihm immer einen guten Grund, kurz innezuhalten und sich einen Überblick zu verschaffen. Die junge Frau war weder umwerfend attraktiv, noch war sie unansehnlich. Seinen ersten Eindruck musste er zudem korrigieren. Zwar war sie etwas bieder gekleidet, aber im Auftritt selbstbewusst und auf ihre Art einnehmend modern. Wenn sie lächelte, bildeten sich Grübchen an ihren Wangen. Sie wirkte auf Konter wie eine Frau, die sich entschieden hatte, nicht im Mittelmaß zu versinken. Und durch eben diese Entscheidung schien ihr dies auch zu gelingen.

»Wissen Sie, wo die Dame wohnt?«

»Nein, darüber habe ich mit Aaron nie gesprochen. Warum auch? Ich kenne sie nicht«, erwiderte sie. »Vielleicht bei ihrem Vater? Fragen Sie doch einfach Hans Heinrich. Richten Sie ihm von mir aus, dass er alles über Aaron und mich …« Sie zeigte die Andeutung eines Lächelns. »Dass er keine falsche Rücksicht nehmen muss. Aaron und ich haben … hatten nichts zu verbergen.« Nun schien die Fassade einer souveränen und beherrschten Frau doch zu bröckeln. »Glauben Sie mir, Herr Kommissar. Ich habe nichts zu verheimlichen. Und auch nichts zu verlieren.« Sie schluchzte. »Nicht mehr. Und vielleicht kann es helfen, Aarons Mörder zu fassen.«

16

Moabit, Anfang Juli 1924

Unglücklicherweise war Hans Heinrich Dollberg Anfang Juni zu einer ärztlichen Weiterbildung aufgebrochen, die ihn über Prag und Wien nach München führen sollte. Für eine Vorladung lagen keine hinreichenden Gründe vor, so dass Konter nichts anderes übrigblieb, als auf die Rückkehr des Zeugen zu warten. In einem Telegramm hatte der Mann erklärt, dass er die Wohnadresse seiner Halbschwester nicht kannte. Paul Konter ließ daraufhin seinen Assistenten die polizeilichen Meldungen aller Berliner Bezirke der letzten zwölf Monate durchgehen.

»Idiotenarbeit«, fluchte Druwe mehrmals. Immerhin hatte er noch drei Schupos, die für ihn am Fernsprecher saßen oder zu den Revieren fuhren. Nach einigen Tagen wurden sie schließlich fündig.

Dollbergs Schwester hatte ihren Wohnsitz unter ihrem chinesischen Namen im nördlichen Moabit gemeldet. Und Gershom da Silva erwies sich auch in dieser Angelegenheit einmal mehr als guter Spürhund. Unauffällig spähte er auf Bitten Konters die nähere Umgebung der Wohnung aus. Er befragte Nachbarn nach ihr und erfuhr, dass sie nur am Wochenende zu Hause war. Außerdem hatte die Polizei dank ihm endlich eine genauere Beschreibung der Frau. Nach einigem Überlegen entschied Konter, die junge Frau direkt bei ihrer Wohnung abzupassen.

»Wenn sie etwas zu verbergen hat, könnte eine Vorladung sie warnen. Und sie verschwindet.«

»Ich habe mir erlaubt, mich ein wenig in ihrer Wohnung umzusehen«, meinte da Silva so beiläufig, als nannte er gerade die Uhrzeit.

»Sie haben *was*? Sind Sie verrückt? Die Leute haben Rechte! Diese Frau ist nur eine Zeugin, keine Verdächtige. Selbst wenn ich einen Reichsanwalt davon überzeugen könnte, bräuchten wir für eine Wohnungsdurchsuchung einen gerichtlichen Beschluss.«

»Sie, nicht ich«, erwiderte da Silva lapidar. »Eine sehr seltsame Unterkunft übrigens. Außer der Wäsche konnte ich keine persönlichen Sachen finden. Auch keine Akten oder sonstigen Unterlagen, die dafür sprächen, dass sie dort nur arbeitet. Zwei einfach und karg möblierte Zimmer. Die Kleidergröße weist darauf hin, dass es sich bei Fräulein Dollberg um eine zierliche Person handeln muss. Ich schätze, die Dame ist etwa einen Meter sechzig groß und sehr schlank. In einem Koffer fand ich übrigens auch zwei Garnituren Männerkleidung. Ebenfalls kleine Größe, also vielleicht ebenfalls ein Asiate. Scheint jedoch im Moment nicht dort zu wohnen, denn Bettbezug, Küchenvorräte und Badezimmerartikel weisen nur auf die Nutzung der Wohnung durch eine weibliche Person hin. Vielleicht ist es ja eine Wohnung, die vom Arbeitgeber zur Verfügung gestellt wird? Insgesamt wirkt alles so, als rechne Fräulein Dollberg damit, jederzeit den Wohnort wechseln zu müssen.«

Konter war zwar weiterhin verärgert, nahm die Schilderungen jedoch dankbar zur Kenntnis.

»In der Wohnung werden auch Sie nichts von Bedeutung finden, Herr Kommissar. An der Tür befindet sich ein einfaches Bartschloss.« Da Silva grinste. »Da kommt wirklich ein Dreijähriger ohne Mühe hinein. Und die Frau wäre dämlich, wenn sie dort etwas Wichtiges versteckt hätte.«

Konter hatte das unbestimmte Gefühl, dass seine intuitive Entscheidung, die junge Frau vor Ort zu überraschen, richtig war. Er ließ da Silva eine Lageskizze vom Haus und der näheren Umgebung der Siemensstraße anfertigen.

»Ich brauche Sie«, sagte er dann entschieden. »Sie beziehen Posten am Hauseingang gegenüber und geben Zeichen, wenn Fräulein Dollberg erscheint. Ich und Druwe sind im Haus. Einen jungen Kollegen nehmen wir hinten für den Hof, falls sie tatsächlich stiften geht.«

o o o

»Der Kerl ist ohne Beschluss in ihre Wohnung eingebrochen?«, fragte Jens Druwe, als sein Chef ihn über das Vorhaben informierte und die Planung durchging.

»Nein, so etwas würde er doch nie tun, Jens«, erwiderte Konter. »Er hat nur überprüft, wie sicher das Haustürschloss ist, und stellte fest, dass ein Kind es öffnen könnte. Also hat er nachgesehen, ob etwas entwendet wurde. Eine Art Nothilfe also. Danach hat er mir Meldung gemacht. Es hat alles seine Ordnung.« Er lachte auf. »Außerdem sind Sie nur sauer, weil er Ihnen zuvorgekommen ist.«

Druwe verkniff sich eine Bemerkung. Er war froh, dass er endlich einen Draht zu seinem Vorgesetzten gefunden hatte. Den Erfolg musste er nicht aufs Spiel setzen, indem er jetzt beleidigt und überkorrekt tat. »Wenn es stimmt, was der Kerl sagt, dann scheint diese Frau zu leben, als wäre sie jederzeit auf dem Sprung«, meinte er. »Möblierte Wohnung, relativ wenig Kleidung, die nicht ausgepackten Koffer. Obwohl …« Er hielt inne und las nochmals in seinen Notizen. »Männersachen. Ebenfalls ein Chinese?«

»Vielleicht ein Arbeitskollege. Oder der Vormieter.« Konter zuckte mit den Schultern. Er hatte seinen Assistenten im Unklaren gelassen über die genauen Zusammenhänge. Druwe wusste zwar von den Befragungen, die auf eine Chinesin hinwiesen. Aber Konter befand, dass das im Moment ausreichen musste.

»Wir passen sie am Samstagabend ab«, entschied er. »Da Silva meint, sie wäre nur am Wochenende zu Hause.«

»Ich halte den Aufwand für übertrieben, Herr Kommissar«, meinte Druwe. »Vier Leute, um eine Frau festzusetzen. Letztlich ja nur für eine Befragung.« Er blickte seinen Vorgesetzten an. »Oder gibt es noch etwas, das ich wissen muss?«

»Halten Sie sich an meine Anordnungen, Druwe. Fragen klären wir später.« Konter war mit sich selbst unzufrieden. Zwar hatte er die Abneigung gegen seinen Assistenten vom Beginn ihrer Zusammenarbeit abgelegt, doch immer noch fehlte jenes vorbehaltlose Vertrauen, das Voraussetzung für einen reibungslosen Ablauf bei Einsätzen aller Art war. Und wie sollte er Druwe erklären, dass er sich bei der gesuchten Chinesin nur auf sein Bauchgefühl verließ?

∘ ∘ ∘

Gershom da Silva stand im Halbdunkel eines Durchgangs auf der gegenüberliegenden Straßenseite. Er sollte durch das Entzünden eines Streichholzes Zeichen geben, sobald er die Zielperson auf der Straße erblickte. Die beiden Polizisten bezogen Posten im Haus. Konter stand im Zwischengeschoss über der Wohnung am Fenster des Treppenhauses und beobachtete den Hauseingang, in dem sich der Detektiv versteckte. Man konnte den Mann für einen abgerissenen, halb verhungerten Obdachlosen halten. Selbst diese einfache Aufgabe nahm da Silva äußerst ernst. Druwe hatte bei einer Familie eine Etage tiefer in deren Wohnung Stellung bezogen und spähte angestrengt durch den Türspion.

»Ich ahnte doch, dass mit dieser Person etwas nicht stimmt«, redete seine unfreiwillige Gastgeberin, eine untersetzte Wäscherin mittleren Alters, zum wiederholten Mal auf ihn ein. »Eine merkwürdige Person. Nie hört oder sieht man etwas von ihr. Nicht einmal vorgestellt hat sie sich. Ich will ja nicht schlecht reden, aber manchen Menschen sieht man an, dass sie mit der Polizei Ärger haben.«

Neugier schien sich wie ein hungriger Wurm durch die Gehirne mancher Menschen zu fressen. Blieb sie unbefriedigt, mussten eben Klatsch und Tratsch als Ersatznahrung herhalten. Druwe nickte nur und schwieg. Nach mehreren Anläufen, ihn doch zum Reden zu bringen, gab die Matrone schließlich auf.

Konter schmerzte nach zwei Stunden des Wartens der Rücken, den er immer wieder dehnte und massierte. Langes Stehen war ihm eine Qual, aber wenn er sich auf die Stufen setzte, konnte er den gegenüberliegenden Hauseingang nicht im Auge behalten. Zeiger und Ziffern seiner Armbanduhr trugen grüne Leuchtpunkte, so dass er umso deutlicher wahrnahm, wie sich die Minuten quälend langsam dahinschleppten.

Endlich, gegen halb zwölf, drang vom Bürgersteig her ein leises, sich näherndes Klappern von Absätzen herauf. Beinahe im selben Moment blitzte am Durchgang auf der Straße ein angerissenes Zündholz auf. Von unten war ein Quietschen von Türangeln zu hören, und das Licht im Treppenhaus ging an. Durch das lange Ausharren in der Dunkelheit wurde Konter zunächst geblendet und lauschte auf die Schritte. Jemand kam zügig nach oben und hantierte schon wenige Sekunden später am Schloss der Tür, die sich im Stockwerk unter ihm befand. Mit vier großen Schritten sprang Konter zum Treppenabsatz.

»Polizei! Bitte drehen Sie sich langsam um!« Noch bevor die Frau sich überhaupt bewegte, hatte er schon seine Kennmarke hervorgezogen. Eine Etage tiefer fiel jetzt eine Tür ins Schloss, und schwere Schritte stürmten die Treppe hinauf. Konter warf einen Blick auf den kleinen, zart gebauten Körper der Frau und kam sich wegen des betriebenen Aufwands jetzt doch recht dämlich vor.

Nur eine Befragung, schalt er sich. Ein Bote mit einer Vorladung hätte völlig gereicht.

Einen Augenblick lang schien es, als wollte ihre Zielperson der Aufforderung nachkommen. Konter blickte für einen kurzen Moment in ein hübsches, jungenhaftes Gesicht, dessen außergewöhnliche Züge sich jeder üblichen Einschätzung entzogen. Das schwarze Haar lag eng am Kopf. Um die dunklen Augen herum war jener straffe Zug zu erkennen, der Asiaten eigen war. Die Nase war zwar klein, ohne jedoch kindlich zu wirken. Die vollen Lippen und ausgeprägte Wangenknochen gaben dem Gesicht etwas Amazonenhaftes, das der Zierlichkeit zu widersprechen schien. Vielleicht war Konter mit diesem ersten Eindruck beschäftigt, den sein Verstand in keine der gängigen Schubladen zu stecken wusste. Die Frau nutzte diese winzige Unaufmerksamkeit, um ihm das Netz mit Lebensmitteln, das sie in der linken Hand hielt, mit Schwung gegen den Kopf zu schlagen. Sie überrumpelte den älteren Kripobeamten im selben Augenblick, als Druwe die letzten Stufen nach oben nehmen wollte. Dann glitt sie wieselflink an dem verdutzten Konter vorbei und war mit zwei Hechtsprüngen bereits im oberen Zwischengeschoss. Als Konter endlich seine erste Überraschung abgeschüttelt hatte, rutschte er auf zwei kleinen Kohlköpfen aus und schlug der Länge nach hin. Druwe schickte der Flüchtenden ein paar Verwünschungen hinterher und trat mit dem Absatz in ein am Boden liegendes Brot, das ihn beim Sprung auf die Treppenstufen derart behinderte, dass auch er zu Fall kam. Wie die beiden Männer jetzt am Fuß der Treppe lagen und ihre scheinbar verknoteten Gliedmaßen sortierten, hätte ein Unbeteiligter geglaubt, hier würde ein »komischer Streifen« gedreht. Diese bewegten Kalauer waren als Vorspann vor den Hauptfilmen in den Kinos derzeit sehr beliebt.

»Das bleibt unter uns, Druwe!«, zischte Konter, als er sich stöhnend erhob. »Ich lasse dich nach Cottbus versetzen, wenn du ein Wort sagst. Und jetzt hinterher, Mann! Was soll sie da oben? Fliegen kann sie ja wohl noch nicht. Also los.«

Wie Druwe schnell feststellte, konnte die Flüchtige, die er längst aus den Augen verloren hatte, es vielleicht doch. Als er auf dem Dachboden ankam, durchsuchte er zügig jeden Drahtverhau. Dann entdeckte er im hinteren Bereich den Ausstieg für den Schornsteinfeger. Das einfache Klappfenster war eigentlich von innen mit einem Riegel gesichert, der jetzt immer noch hin und her schwang. Er entledigte sich seines Mantels und kletterte über einen dafür vorgesehenen Tritt nach oben. Als er den Oberkörper durch das enge Dachfenster gezwängt hatte, blickte er sich um. Die Häuser standen in der Straße dicht an dicht. Oft waren bei den Mietskasernen sogar die Giebelseiten aneinander gebaut worden. Und überall gab es diese Eisenstiegen für die Schornsteinfeger. Druwe, der an Höhenangst litt, verspürte keine Neigung, den möglichen Fluchtweg der Chinesin zu überprüfen. Sie musste entweder auf dem Dachfirst balanciert sein. Oder sie war von Stiege zu Stiege gesprungen. Vielleicht kauerte sie auch nur zehn Meter weiter hinter einem Schornstein.

»Nichts zu machen, Chef«, sagte er frustriert, als er wieder auf dem Dachboden stand. Konter war mittlerweile nach oben gehumpelt und fluchte vor sich hin.

»Gefahr in Verzug«, murmelte er grimmig. »Damit haben wir alle Rechte. Ich schaue mir an, was es Interessantes in der Wohnung gibt. Geh nach unten. Ich glaube nicht, dass unsere Leute irgendetwas mitbekommen haben. Schick da Silva und den Kollegen nach Hause.«

Druwe konnte seinen wütenden Vorgesetzten mit Mühe davon überzeugen, dass es besser wäre, wenn da Silva die Tür ohne Zerstörungen öffnete. Nicht dass ihn der Schaden an Zarge und Schloss kümmerte. Vielmehr fürchtete er, sein Chef könnte sich in seiner Wut beim Versuch, die Tür einzutreten, ernsthaft verletzen. Tatsächlich gelang es dem Detektiv erneut, das einfache Schloss schnell und unauffällig zu knacken. Schnaubend betrat Konter den Wohnungsflur. Sein Fuß und die Hüfte schmerzten. Er atmete tief durch und versuchte, sich zu beruhigen. Solche Durchsuchungen waren reine Routinearbeit. Und Routine gab den inneren Abstand, den er im Moment dringend brauchte.

»Kein Hinweis auf Identität, Beruf oder Privatleben«, sagte Druwe schließlich nach einer halben Stunde intensiven Suchens. »Die Frau hat hier offenbar als Geist gelebt. Aber über ihren Vater werden wir sicher Genaueres erfahren. Oder den Bruder, wenn er mal wieder im Lande ist.«

»Offenbar verkleidet sich die Dame gern«, meinte Konter. Im Schrank fanden sich neben einem teuren Abendkleid, einem mondänen Hosenanzug und der klassischen Garderobe für Sekretärinnen auch ein einfaches, abgetragenes Kleid, eine Arbeitshose und sogar ein Blaumann. Der Kommissar nahm nacheinander drei Paar Schuhe in die Hand.

»Größe sechsunddreißig«, sagte er und deutete auf die beiden Koffer mit Männerkleidung, die schon da Silva erwähnt hatte. »Kleider- und Schuhgröße sind identisch. Entweder ist der Mann auch für asiatische Verhältnisse recht klein.«

»Oder die Sachen werden von derselben Person getragen«, ergänzte sein Assistent. Beide Polizisten dachten in diesem Augenblick offensichtlich dasselbe. »Aber weshalb sollte sie sich als Mann verkleiden?«

»Tragen Sie alles zusammen, was wir haben, Jens«, sagte Konter entschlossen. »Und lassen Sie die Frau zur Fahndung ausschreiben. Ab jetzt ist sie nicht mehr nur eine Zeugin, sondern eine Verdächtige.«

17

Charlottenburg

»Fassen wir zusammen, was wir haben«, meinte Paul Konter, als er am Abend mit Toni und Valerie beim Essen saß. Seine Quasi-Stieftochter war mittlerweile mit den Machenschaften des *Syndicats* einigermaßen vertraut. Nachdem sie vor anderthalb Jahren überraschend und halbtot in der Stadt aufgetaucht war, hatte ihre Mutter alle – auch weniger legalen – Hebel in Bewegung gesetzt, um die Verantwortlichen für ihre Entführung und Misshandlung ausfindig zu machen. Und zu bestrafen. Valerie hatte im Laufe der letzten Monate nur eins und eins zusammenzählen müssen, um zu erkennen, dass das *Syndicat* weitaus mehr war als eine einfache Handelsgesellschaft.

»Dieser Detektiv hat ja manchmal ganz lichte Momente.« Der ältere Kriminalpolizist war zwar immer noch nicht warm geworden mit da Silva, aber dessen fachliches Gespür konnte er nicht leugnen. »Er ist überzeugt, dass die Überfälle auf unsere Transporte sämtlich fingiert sind.«

»Was bedeutet das?«, fragte Valerie. »Überfälle, die nur vorgetäuscht sind?«

»Ja. Es geht diesen Kerlen nicht um die Waren. Sie wollen die Geschäfte so lange stören, bis wir aufgeben.«

»Was hätten die Kommunisten davon?«

»Nichts! Und sie waren es auch nicht. Eine falsche Spur, um uns zu verunsichern.«

»Diese Information kommt gerade noch rechtzeitig«, meinte Antonia Sass. »Wir müssen unbedingt Georg überzeugen. Er hat sich immer noch nicht beruhigt und ein paar junge Männer unter den Harussels überzeugt, sich endlich für den Überfall auf einen der Sieben zu rächen. Wenn er sich mit den Kommunisten doch noch anlegt, werden wir von zwei Seiten in die Mangel genommen. Gerade jetzt laufen die Geschäfte wieder gut an. Wenn uns die KPD auf dem Kieker hat, dann bedeutet das eine Menge zerschlagener Scheiben, Lieferungen von vergälltem Alkohol und Prügel für die Gäste. Schlechte Werbung.«

»Habt ihr einen Verdacht, wer uns da wirklich in die Suppe spuckt?«, fragte Valerie.

Paul sah abwechselnd Toni und ihre Tochter an und musste lächeln. Die junge Frau hatte nicht nur die markanten – und äußerst attraktiven – Gesichtszüge ihrer Mutter geerbt. Sie verfügte auch über deren Gabe, blitzschnell von gepflegter Konversation zu den derbsten Kutscherflüchen zu wechseln. Konters Gefährtin parlierte eben noch in den Salons mit Fürstensöhnen, Bankiers und Literaten, um im nächsten Moment eine zotig heftige Erwiderung auf unflätige Bemerkungen abzufeuern. Sie konnte mütterlich besorgte Gastgeberin in Kittelschürze sein, um in derselben Nacht als Femme fatale ihren Geliebten an die Grenzen seiner Belastbarkeit zu bringen.

»Es gibt eine Gruppe ehemaliger *Ochrana*-Agenten«, erwiderte Konter. »Die Kerle sind bestens ausgebildet, verfügen über gute Ausrüstung und arbeiten für jeden, der sie bezahlt. Vielleicht waren sie es. Joaquins Beschreibung eines Mannes erinnert mich an die Mörder von Paul Koczinsky damals im *Kleist Kasino*. Erinnert ihr euch? Wir hatten eine genaue Täterbeschreibung.« Der Kripobeamte blätterte in seinem Notizbuch, in dem er dienstliche Hinweise vermerkte. So konnte er noch nach Jahren seiner Erinnerung auf die Sprünge helfen. »Der Mann war ziemlich groß, trainiert, Linkshänder und hatte einen russischen Akzent.«

»Aber da Silva sprach doch davon, dass die Spuren auf dem Griff der Waffe eher zu einem Rechtshänder passen«, gab Toni zu bedenken. »Insgesamt wirkt deine Theorie jetzt wie der berühmte Strohhalm, nach dem ein Ertrinkender greift. *Ochrana*.« Sie kannte die Geschichten, die man sich erzählte. Nach dem Krieg hatten die Zeitungen viele Schauergeschichten abgedruckt, als stünde eine Übernahme Deutschlands durch russische Agenten unmittelbar bevor. »Alles ein bisschen dünn, findest du nicht?«

»Mag sein, aber hast du was Besseres?« Konter war mit sich selbst nicht zufrieden, verletzte er doch gerade seine eigene Regel, Luftschlösser und Hirngespinste nicht zur Grundlage von Ermittlungen zu machen. »Die Bande, die den Anschlag ausgeführt hat, wird wahrscheinlich nur von ein oder zwei Leuten angeführt. Die Leute von der *Ochrana* stehen nicht an jeder Straßenecke. Sie sind Spezialisten und kaum bezahlbar.«

»Was ist die *Ochrana* überhaupt?«, fragte Valerie, die ihre Kindheit und Jugend in Paris verbracht hatte und folglich kaum etwas von den Entwicklungen östlich des Rheins wusste.

»Zaristischer Geheimdienst. Manche sind Fachleute im Kampf oder für Attentate. Von lautloser Tötung bis zu Sprengstoff machen sie alles. Andere beherrschen Verhörmethoden, von denen wir lieber nichts wissen möchten. Dazu kommen Erpressung, Entführung, Bestechung. Und sogar Politik. Alle sind äußerst gefährlich.«

»Und die Bolschewiki haben sie damals nicht erwischt?«

»Ein Teil dieser Männer ist vor ihnen ins Ausland geflohen.« Konter schüttelte den Kopf. »Sie verdingen sich dort als Söldner. Einige *Ochrana*-Leute arbeiten jetzt sogar für die Roten. Eine Geheimpolizei kennt eben keine Moral.«

»Wir sollten glauben, dass Russen hinter den Überfällen auf unsere Schiffe, Laster und Warenlager stecken«, sagte Toni. »Entweder auf eigene Rechnung oder im Auftrag der deutschen Kommunisten. Irgendjemandem war es letztlich egal, was wir glauben. Hauptsache, wir schlucken das Märchen. Da sie es nicht wirklich auf die Waren abgesehen haben, kann es ihnen in Wirklichkeit nur um eines gehen.«

»Sie wollen uns aus dem Geschäft drängen«, bestätigte ihr Lebensgefährte. »Und es dann selbst übernehmen.«

»Und wer soll das sein?«, fragte Toni ungläubig. »Etwa diese verblödeten Götze-Brüder? Ein ehrgeiziger Ringverein, der es sich mit Willy Meyer verscherzen will?«

»Da Silva deutete an, dass ein paar amerikanische Gestalten in der Stadt sind«, sagte Konter. »Sie sondieren offenbar neues Terrain für ihre Bosse in den Staaten. Vielleicht stecken sie dahinter.«

»Klingt jetzt aber sehr nach Groschenheft, findest du nicht, mein Lieber?«, witzelte Toni. »Beim Zahnarzt musste ich neulich etwas warten. Und da habe ich ein bisschen in diesen Schundblättern gelesen. Die bösen Buben schießen in Chicago und New York angeblich auf offener Straße herum. Die Banden heißen da drüben Gang oder Mobster. Aber wir müssen ja nicht alles glauben. Da geht vielleicht mit Gershom die Phantasie durch.«

»Nein, ich fürchte, er könnte recht haben. Meine Kripokollegen ermitteln in mehreren Fällen von Schutzgelderpressung bei angesehenen Geschäftsleuten. Angeblich zahlt Rudolf Nelson tausend Mark im Monat an drei Amerikaner, die ihm dafür garantieren, dass sein Theater nicht abbrennt. Es sind also keine Hirngespinste.«

»Du meinst, da will jemand seinen Einfluss ausweiten?«, fragte Valerie. »Auch bei uns?«

»Das *Syndicat* könnte für diese Leute interessant sein«, meinte Konter und nickte. »Sie hätten auf einfache und billige Weise einen Fuß in der Tür, wenn sie uns ausbooten. Wenn sie dann ähnlich brutal agieren, wie sie es angeblich in den Staaten tun, dann sähen sogar unsere Ringvereine alt aus. Und wir wären ihnen sicher nicht gewachsen.«

»Was sagen denn Meyer oder Leib dazu?«, fragte Toni. »Haben die auch Probleme mit solchen Kerlen?«

»Wer lässt sich schon gern in die Karten schauen?«, gab Paul Konter die Frage zurück. »Vielleicht könntest du deinen Charme spielen lassen und versuchen, etwas aus Meyer herauszubekommen.«

»Messer-Willy« Meyer war nicht nur Anführer eines großen Ringvereins, der die weniger legalen Geschäfte im Bereich der Innenstadt kontrollierte. Er war dazu noch stiller Teilhaber des *Syndicats*, was die Dinge selten einfacher und häufiger komplizierter machte. Denn er war Geschäftsfreund und Konkurrent zugleich. Immerhin garantierte er, dass kein anderer Verein dem *Syndicat* querkam.

Meyer muss sich ähnlich fühlen wie ich, dachte Konter. Der ewige Spagat zwischen zwei Welten. Ein Bein links der Spree, das andere rechts. Und dazwischen schnappen die Haie nach den besten Teilen. Irgendwann musste dieser Drahtseilakt schiefgehen.

»Könnten die Burschen nicht auch hinter dem Anschlag auf die Rosenbaum-Familie stecken?«, fragte Valerie. »Würde doch passen. Sie heuern die *Ochrana*-Leute an, die für sie die Drecksarbeit erledigen.«

»Drei Fliegen mit einer Klappe«, ergänzte ihre Mutter. »Sie selbst machen sich nicht die Finger schmutzig. Bankiers und Industrielle sind eingeschüchtert, und sie zahlen lieber bereitwillig Erpressungsgeld, als ihre Familien bedroht zu sehen. Und sie erreichen, dass der alte Rosenbaum spurt.«

»Und wer käme schon auf die Idee, dass Amerikaner und Russen unter einer Decke stecken?«, sagte Valerie.

»Schön und gut, fast zu gut!«, erwiderte Konter in leicht gereiztem Tonfall. Er wurde schnell ungeduldig, wenn Laien ihre Vermutungen äußerten. Jetzt musste er zugeben, dass er die beiden sogar dazu angestachelt hatte. Auf dem Revier oder Präsidium hatte er den nötigen Abstand zu Zeugen und Verdächtigen. Die Arbeit unter Gennat hatte ihn gelehrt, sich nicht von deren Gefühlen beeinflussen zu lassen, sondern sie wahrzunehmen und zu nutzen. Aber in der Familie war dies beinahe unmöglich. So musste sich ein Arzt fühlen, der das eigene Kind untersuchen und behandeln sollte. Es war verdammt schwer, den nötigen inneren Abstand zu wahren.

»Uns fehlt nämlich immer noch das Motiv! Zumindest für den Rosenbaum-Mord«, meinte er. »Was haben die Amerikaner mit Baldur Rosenbaum und seinen Krediten zu tun? Was hätten die Kerle davon, den Sohn zu töten? Und ein Versehen war es ganz sicher nicht, denn

Aaron wurde nach den bisherigen Erkenntnissen relativ gezielt hingerichtet.« Er war vom Tisch aufgestanden und im Halbrund des Wintergartens auf und ab gegangen. »Der Anschlag kann durchaus zur Vorgehensweise von *Ochrana*-Agenten passen«, fügte er in ruhigerem Tonfall hinzu. Plötzlich spürte er eine neue Verärgerung in sich aufsteigen, da er selbst bisher nicht auf diesen Gedanken gekommen war. »Es waren sechs Täter. Erfahrene Männer, die nicht einfach wild um sich geschossen haben. Denn sonst wären noch andere Gäste zu Schaden gekommen. Eine von langer Hand geplante und gezielte Einschüchterung mit nur einem Opfer. Unglaublich! Wenn *Ochrana*-Leute darin verwickelt sind, dann muss die Sache eine Menge Geld gekostet haben.«

»Es mag alles unwahrscheinlich klingen, aber es ist nicht undenkbar«, meinte Toni und legte ihre Hand auf seinen Arm, als er zum wiederholten Mal an ihr vorbei tigerte.

»Ich hoffe, wir irren uns. Wir hätten es mit zwei äußerst gefährlichen Gruppen zu tun. Geheimdienstmänner und Leute, die sie anheuern, lenken und bezahlen können.«

Als es an der Tür klingelte, stöhnte Konter leise auf. Er hatte Franz und Susanne ganz vergessen, die jetzt in der Tür standen. Er befürchtete, die Spekulationen würden von vorn beginnen und ihn nur noch nervöser machen. Susanne wirkte – wie immer, wenn sie und Valerie zusammentrafen – etwas steif und verkrampft. Mit Argusaugen wachte sie über Franz, über jede seiner Äußerungen gegenüber seiner Cousine, seine Miene und sein Verhalten. Franz mochte Valerie, aber er hatte sich nach kurzem Zaudern schon vor über einem Jahr entschieden, es bei der platonischen Zuneigung zu belassen. Die Verwicklungen einer Beziehung – immerhin war Susanne mittlerweile ebenfalls eine Teilhaberin im *Syndicat* – wären auch immens gewesen. Von möglichen Schuldgefühlen gegenüber seiner Partnerin ganz abgesehen. Was zu einem Zerbrechen der Beziehung hätte führen können, hatte beide Menschen seltsamerweise nur noch fester aneinander gekettet.

»Bei deinem Assistenten musst du aufpassen, Paul«, sagte Franz, nachdem sie eine Weile über Belanglosigkeiten gesprochen hatten. »Der Kerl ist hellwach.«

Konter brummte ein beinahe unverständliches »Ich weiß«.

»Ich glaube, er ahnt mehr, als er zugibt«, fuhr Franz fort. »Er war neulich ganz zufällig im *21* und fragte mich, ob es die Geschäftsbeziehungen zu den Chinesen noch gibt. Hamburg, du, ich, mehr Rauschgift in der Stadt. Er wird nicht lange brauchen, um die Zusammenhänge zu erahnen.«

»Ich hab das im Griff«, entgegnete Konter wenig überzeugend.

»Apropos Chinesen. Die Schwester von Dr. Dollberg ist wie vom Erdboden verschluckt. Die Cliquen haben nichts gesehen, und da Silva konnte ebenfalls keine Spur finden.«

»Ich weiß«, meinte Konter. »Wir haben auch nichts. Bisher kann ich nur eine Aussage verwerten. Gudrun Koller hatte ein paar interessante Informationen. Dieser Dollberg hingegen war bisher ein Reinfall. Ich glaube, jetzt ist er gerade in Wien. Mein Schreiben mit den wichtigsten Fragen hat er nur einsilbig beantwortet. Er konnte oder wollte mir absolut nichts Brauchbares mitteilen. Er gab an, dass er seine Schwester kaum kennt. Und er weiß angeblich nicht, warum sie aus ihrer Heimat hierher gekommen ist oder was sie beruflich macht. Mit Aaron gab es angeblich keinen Streit. Auch dessen Eltern kannte er kaum. Ich werde ihn mir vornehmen, sobald er wieder in Berlin ist. Er wirkte mir in seinem Brief recht unbeteiligt. Wenn man bedenkt, dass der Freund tot ist und dass sich seine Halbschwester mehrmals mit Aaron getroffen hatte.«

»Wir müssen uns auf unser Geschäft konzentrieren«, sagte Toni plötzlich. »Erich und ich haben die Bücher geprüft. Wir machen durch die enormen Sicherheitskosten sogar Verlust bei der Opium-Sache.«

»Dabei geht es für die Chinesen wahrscheinlich um Gewinne von mehreren hunderttausend Mark.« Konter nickte. Er hatte das Gefühl, dass er nach der Unterhaltung weniger wusste als vorher. Klar schien mittlerweile nur, dass jemand das *Syndicat* bei den Chinesen ausstechen wollte. Russische *Ochrana*? Amerikanische Mobster? Und jede Theorie schien abstruser als die vorherige.

Vor kurzem hatten sich die Berliner Ganoven noch um Schnaps, Zigaretten und das Wettgeschäft geprügelt, dachte er beinahe wehmütig. Selbst der Handel mit ein paar Waffen war den meisten Bossen der Ringvereine zu heiß gewesen. Nun plötzlich ging es um Rauschgift und Medikamente. Was hatte Franz gesagt? Es war ein Markt, der weltweit hundert Millionen Dollar einbrachte. Du meine Güte, was ist nur aus dieser Welt geworden, fragte er sich. Vor zehn Jahren war der Überfall auf die kaiserliche Post-Pensionskasse in Dorotheenstadt noch ein riesiger Skandal gewesen. Zweitausend Mark Beute, und die Täter hatten sogar die Frechheit besessen, die armen Beamten mit Knüppeln und Messern zu bedrohen und dabei zu fluchen. Es folgte damals eine vierwöchige Ermittlung, dann die Verhaftungen. Fünfzehn Jahre Plötze für die drei Schwerverbrecher. Alles hatte seine Ordnung gehabt. Das Kaiserreich war wieder in seinen bürgerlich trägen Dämmerschlaf geglitten. Mit einem solchen Fall würde man heute keinen halbblinden Kriminalanwärter mehr von seinem Schreibtisch weglocken. Konter seufzte erneut.

18

Luisenstadt, Ende Juli 1924

Franz öffnete die Tür. Er selbst erwartete zwar keinen Gast, jedoch konnte es ja eine Freundin von Susanne sein. Vor ihm stand jedoch ein vielleicht fünfzigjähriger Mann, dessen Schläfen bereits deutlich ergraut waren. Er stützte sich auf einen Gehstock, und als Franz ihm ins Gesicht blickte, erkannte er den Grund dafür. Das Gesicht war schief, das linke Augenlid und der Mundwinkel hingen herab. Offenbar hatte der Schlag eine Körperseite zumindest teilweise gelähmt. Eine dicke Hornbrille saß, ebenfalls leicht schräg, auf seiner Nase.

»Herr Sass?« Die Stimme klang kehlig und etwas gequält.

»Ja. Und wer sind Sie?«

»Graf Eric Ennerström. Ich komme auf Bitte von Herrn da Silva, der mich freundlichst ersuchte, Ihnen diesen Brief zu überreichen.«

Ein Graf als Postbote, dachte Franz überrascht. Die Zeiten waren zweifelsohne seltsam, aber dass es schon so weit gekommen war. Er nahm das Schreiben, das in der Art einer altmodischen Depesche verfasst war. Der Brief selbst war durch geschickte Faltung zugleich der Umschlag und wurde durch ein Wachssiegel verschlossen.

»In Ordnung.« Franz sah den Mann an, der keine Anstalten machte, zu gehen. »Danke.«

»Ich bin gehalten, zu bleiben, bis Sie den Inhalt gelesen haben«, sagte Ennerström.

Werter Herr Sass. Bitten Sie den Mann zu sich herein. Ich bürge für ihn. Er hat ein paar wichtige Neuigkeiten in unserer Angelegenheit. Ergebenst, Ihr G. d. S.

Wieder wurde es also nichts mit dem ruhigen Vormittag bei Zeitung und Kaffee. Franz führte den unerwarteten Gast in den kleinen Salon. Der Mann war von überaus schiefer Statur, hinkte und schlurfte etwas über die Fußkante. Er musste sich etwas Speichel aus dem Mundwinkel wischen, nachdem er sich gesetzt hatte.

Wenn das Alter zuschlägt, helfen auch die Moneten nicht, dachte Franz etwas mitleidig. Obwohl dieser Kerl wohl keine mehr hatte, da er sich ja als Zusteller verdingte. Erst neulich hatte sich ein verarmter Junker bei ihm im *Club 21* als Türsteher beworben. Er bot jetzt Zigaretten und einen Weinbrand an, die sein Gast jedoch dankend ablehnte.

»Unser gemeinsamer Freund ersuchte mich, Ihnen ein paar Details zu den Kontakten europäischer Unternehmen der Chemie- und Arzneimittelbranche zu schildern«, begann Eric Ennerström, nachdem er wieder zu Atem gekommen war. »Ich bin stiller Teilhaber an dem schwedischen Unternehmen *Astra*, das schon vor Jahren mit dem Ziel gegründet worden war, unser Land von den chemischen Importen aus dem Ausland unabhängiger zu machen. Ähnlich wie bei Ihnen in Deutschland hat man in Schweden gerade versucht, die Farbenindustrie mit einem Arzneihersteller zu verschmelzen. Denken Sie an die *Bayer AG* oder die *Badischen Anilinwerke*.«

»Ich sehe nicht, weshalb …« Franz verstand kein Wort. Er wusste von einer Zusammenarbeit verschiedener Firmen, aber es interessierte ihn nicht wirklich.

»Das Vorhaben in meinem Heimatland ist gescheitert«, unterbrach ihn der Schwede. »Fehlentscheidungen und Geld, das in die falschen Taschen floss. Letztlich haben Politik und das Wallenberg-Konsortium entschieden, das große Projekt zu beerdigen.«

»Wallenberg? *Astra*? Ich verstehe gar nichts.«

»Dabei wird es jetzt erst interessant. Noch vor Kriegsende hat sich Schweden ein paar führende Köpfe aus Deutschland geholt. Von *Casella*, *Bayer*, *Hoechst* und der *Badischen Anilin* kamen Berater, die beim Aufbau von *Astra* mitwirken sollten. Finanziert und vorangetrieben wurde die Sache damals durch den Bankier Jacob Wallenberg. Hinter seinem Rücken haben die deutschen Direktoren jedoch munter alle Geheimnisse an den Interessenverband im Deutschen Reich weitergegeben. Ein übler Vertrauensbruch. Man wollte hier schlichtweg keine Konkurrenz vor der eigenen Haustür und torpedierte deshalb erfolgreich mehrere Vorhaben. Damit Wallenberg stillhielt, garantierte man ihm im Gegenzug die Rückzahlung seiner Verluste und die Beteiligung an einem künftigen, deutschen Großunternehmen. So werden die Kriege der Zukunft geführt, Herr Sass. Wirtschaftskriege bringen den Siegern deutlich mehr Gewinn und sind weniger blutig.«

Erst gegen Ende dieses verwirrenden Vortrags bemerkte Franz, dass sich bei seinem Gast eine Veränderung vollzogen hatte. Seine Stimme war jetzt fester. Er nahm die Brille ab, und plötzlich schienen seine Gesichtszüge ebenmäßiger zu sein.

»Und unser guter Baldur Rosenbaum ist so eine Art Vasall von Wallenberg. Da braut sich irgendeine riesengroße Sauerei zusammen. Was meinen Sie, Herr Sass?« Der Mann lachte hell auf, und Franz erkannte, wer sein Gast wirklich war.

»Da Silva? Was …? Die Verkleidung …«, stotterte er.

»Verzeihen Sie, bitte. Ich musste prüfen, ob meine Tarnung auch bei Personen Bestand hat, die mich etwas näher kennen.«

»Warum? Ich meine, Sie hätten mir die Geschichte auch ohne den Mumpitz erzählen können.«

»Ich werde die Figur Eric Ennerström in Zukunft häufiger benötigen. Durch sie gelange ich in einschlägigen Kreisen unauffällig an Informationen. Der richtige Ennerström ist ein Prokurist der *Enskilda Banken*, die übrigens Wallenberg gehört, und er ist dort zu höheren Weihen gekommen, ohne groß aufzufallen. Ein Langweiler und Stubenhocker, so dass keine Gefahr besteht, dass er hier seinem Doppelgänger begegnet.«

»Sie benutzen die Identität eines anderen Mannes?«

»Warum nicht? Sofern sich jemand erkundigt, erfährt er, dass der biedere, unverheiratete Bankkaufmann tatsächlich existiert. Und zu bedeutungslos ist, als dass man sich weiter um ihn kümmern müsste. Aber ich habe durch seine Person bei den entsprechenden Gelegenheiten einen Anlass, Gespräche zu beginnen, mich umzuhören, ein bisschen den neugierigen Kleinstadt-Bankier zu spielen. Sie glauben gar nicht, wie gern die überheblichen Mitarbeiter größerer, deutscher Firmen vor Provinzlern wie Ennerström prahlen.«

»Bei welchen Gelegenheiten?«

»Handelskammer, Börsenverein, Bankenklub«, erwiderte der Detektiv. »Die Kerle feiern sich gern selbst. Jeden zweiten Abend kann ich irgendwo aufkreuzen, wenn ich es will.«

»Danke für den Vortrag«, sagte Franz trocken. »Aber bringt uns dieser Aufwand weiter?«

»Natürlich. Ich sagte doch, man will in Deutschland ein Chemiemonopol schaffen«, erwiderte da Silva. »Fast scheint es, als hätten die deutschen Direktoren in Schweden eine Art Versuchsballon gestartet. Die Fehler, die dort gemacht wurden, wird man hier vermeiden. Die Verantwortlichen wissen jetzt, dass ein solches Vorhaben Widerstände hervorruft.«

»Sie meinen diesen Zusammenschluss der *I. G. Farben*, von dem immer mal in den Zeitungen die Rede ist?«

»Ganz genau. Und Wallenberg wird in Form von Beteiligungen kräftig mitverdienen. Seine *Enskilda Banken* soll alle Finanzgeschäfte für die *I. G. Farben* im Nordosten Europas übernehmen.«

»Und das Bankhaus Rosenbaum arbeitet mit *Enskilda* zusammen?« Franz begann allmählich, die komplexe Verwobenheit dieser Strukturen zu erahnen.

»Richtig. Rosenbaum sitzt auf einem riesigen Wechsel aus Estland, der noch aus der Zarenzeit stammt. Estland weigert sich zu zahlen, weil das Land damals noch gar nicht unabhängig war. Wallenberg könnte Druck ausüben, dass der Wechsel doch eingelöst wird. Sofern der alte Baldur brav tut, was man ihm sagt.«

»Ich bezahle Sie nicht, damit Sie Staatsaffären aufdecken, sondern Sie sollen klären, warum Aaron sterben musste.«

»Der Sachverhalt liegt doch auf der Hand.« Da Silva wirkte beinahe beleidigt. »Irgendetwas muss Rosenbaum veranlasst haben, sich aus dem Geschäft mit *I. G. Farben* und Wallenberg zurückzuziehen. Aber man war wohl nicht gewillt, ihm das durchgehen zu lassen. Die Finanzwelt ist sehr altmodisch. Und Baldur hat beste Kontakte zu uralten Familien. Das sicher geglaubte Kapital wäre gefährdet. Zudem dürfte der Mann über Einzelheiten Bescheid wissen, die selbst einen Wallenberg ins Schwitzen bringen.«

»Zwei Warnungen«, sagte Franz leise. Er versuchte, die Ereignisse in Berlin mit den Verflechtungen der Finanzwelt in Beziehung zu setzen. »Beim ersten Mal wollte man dem alten Rosenbaum nur Angst einjagen. Deshalb die Fotografien von dem angeblich toten Aaron. Beim zweiten Mal haben die Kerle ernst gemacht.«

»Baldur Rosenbaum dürfte klar sein, dass ein drittes Mal das Ende seiner gesamten Familie bedeutet.« Da Silva spielte mit einer Schachtel Zündhölzer. »Es geht um Einfluss und Geld. Die Welt ordnet sich neu. Und die großen Spieler stellen sich auf, um sich die besten Positionen zu sichern. Sie werden dafür in einen Krieg ziehen. Und wie in jedem Krieg zählen Menschenleben nichts.«

19

Wedding, August 1924

Die Wetteinnahmen auf den Pferderennbahnen Hoppegarten und Karlshorst hatten zu Anfang, unter dem Totokönig Max Klante, noch das wesentliche Standbein des *Syndicats* gebildet. Seit Jahren waren sie jedoch immer stärker zurückgegangen. Beamte und staatliche Kontrolleure entwarfen beständig neue Regularien, die offiziell vor Betrug schützen sollten, aber letztlich Schikanen gleichkamen. Vor allem aber waren sie dazu ausgelegt, möglichst alle Einnahmen in Form von Steuern ins Stadtsäckel zu lenken. Manche Staatsdiener hielten zudem unverfroren die eigenen Hände auf, so dass von den einst traumhaften Margen, wie sie Klante erwirtschaftet hatte, kaum etwas geblieben war. Das *Syndicat* hatte sich zwar einige Lizenzen für seine Buchmacher gesichert. Aber das konsolidierte, legale Wettgeschäft auf den Rennbahnen war nur noch ein solides Standbein, kein Goldesel mehr.

Seit einiger Zeit hatte die Familie daher ihr Augenmerk auf das Boxgeschäft gerichtet. Boxen wurde neben Fußball langsam, aber sicher zu einem Volkssport. Hans Breitensträter und Otto Flint hatten im Berliner *Zirkus Busch* erstmals ein Massenpublikum begeistert. Und Georg hatte schnell erkannt, dass der Boxsport in den Arbeitervierteln brummte. Da war es dann nur ein kleiner Schritt gewesen zu lukrativen Wochenend-Turnieren, die sogar den betuchten Berlinern bald als willkommene Abwechslung galten. Saufen, Rauchen, Lärmen, Prügeln. Hier hatte der abenteuerlustige Bürger alles, von dem er sich entsetzt distanzieren, das er aber gleichzeitig auf der Tribüne genießen konnte. Die Boxklubs *Heros* und *Makkabi* trugen bereits im Auftrag des *Syndicats* ihre Kämpfe aus. Dabei war etwa jeder fünfte *Fight* – man gab sich auch im Sprachgebrauch zunehmend moderner – vorher abgesprochen. Ein unklares Straucheln des Favoriten, ein Zufallstreffer, die hängende Deckung und nicht zuletzt gekaufte Ringrichter entschieden dann manchen Kampf. Es gab einige Möglichkeiten, mehr oder weniger unauffällig und gewinnbringend zu manipulieren. Letztlich war es auch allen egal, denn was zählte, war allein die Schau. Der Spaß. Und Aufregen gehörte einfach zum Geschäft. Zu Berlin ohnehin.

»Erwin, du bist echt Jold«, meinte Max zu dem jungen Boxer, der nebenbei als Kontaktmann und *Promoter* für die Sass-Brüder arbeitete. Max zählte an diesem Samstagabend gerade die Wetteinnahmen in einem Nebenraum des *Heros*-Klubhauses. Der angesprochene Erwin Volkmar war »sauber«, denn seine eigenen Kämpfe manipulierte er grundsätzlich nicht; ein Umstand, auf den er stolz war und den er Zweiflern handfest nachzuweisen bereit war. Er wollte unbedingt an die Spitze des Verbands, und er wollte den Titel eines Berliner Amateurmeisters. Ohne Getuschel und Verdächtigungen. Obwohl er selbst nicht käuflich war, hatte er sich – notorisch klamm wie er war – für eine Beraterrolle im Boxbereich vom *Syndicat* anwerben lassen. Er bahnte Kontakte an, kannte alle Veranstalter und nannte den Brüdern all jene Sportkollegen, die für einen Fünfziger bereit waren, in der dritten Runde auch mal die Deckung herunterzunehmen und sich »legen« zu lassen.

»Wir haben eine unangenehme Aufgabe für dich«, druckste Franz herum. Georg hatte einen wesentlich besseren Draht zu Volkmar, ließ sich jedoch im Moment gern verleugnen. Der Sportler sah ihn nur fragend an. »Du musst noch mal Kontakt mit Röhrbein aufnehmen.«

»Woof? Müt döm Fwein?« Der Boxer hatte sich gerade eine halbe Boulette in den Mund gestopft, an der er sich jetzt prompt verschluckte, worauf er einen Hustenanfall bekam. Paul Röhrbein war in den Augen der Brüder Abschaum der übelsten Sorte. Und Franz wusste, dass Volkmar diese Ansicht teilte. Der Mann log und betrog, dass sich die Balken bogen. Selbst die Strichjungen, die ihm zu Diensten gewesen waren, prellte er unter Drohungen oder Ausreden oft noch um ihr karges Auskommen. Er gab sich als Hauptmann a. D. aus, obwohl er es im Weltkrieg mit Mühe zum Unteroffizier gebracht hatte. Aber er schien über eine teuflische Gabe zu verfügen. Denn er zog junge, enttäuschte Kerle in seinen Bann, die ihre Frustration gern mit Fäusten und Knüppeln an anderen ausließen. Brutalität und Gewalt schienen der Treibstoff zu sein, den er brauchte. Und so hatte er innerhalb von nur zwei Jahren mehrere Schlägertrupps für völkische Parteien aus der Taufe gehoben. Und er leitete den *Frontbann Nord*, einen Wehrverband, der in Zukunft alle rechten Kräfte vereinen sollte.

»Nee, zu der Sau gehst du allein in den Stall«, sagte Erwin Volkmar, als sich sein Hustenanfall gelegt hatte. »Einmal reicht fürs Leben.«

Er und Georg hatten Röhrbein vor längerer Zeit benutzt, um Druck auf einen Politiker auszuüben. Und Franz erinnerte sich noch gut daran, dass sein Bruder dem Kerl am liebsten den Hals umgedreht hätte. Um solche Leute machte die Sass-Familie im Normalfall einen großen Bogen.

»Röhrbein ist feige und hinterlistig. Und ich habe keine Lust, dass mir seine Truppe zur Vergeltung später die Flossen bricht.«

»Ist eine kleine Sache, Erwin. Du bietest ihm Geld an für ein paar Informationen. Er muss nur ein bisschen erzählen und bekommt fünfhundert Mark. Und du kriegst tausend. Dafür kann deine Tante sonst lange stricken.« Es war allgemein bekannt, dass Erwin Volkmar Löcher in den Taschen hatte. Mit Geld konnte er nicht umgehen und war fast immer pleite.

»Muss ich wieder in das Schwulenlokal? Nichts für ungut. Mir ist völlig egal, wohin es den Jonny eines Mannes zieht. Rock oder Hose, mir doch einerlei. Wie du weißt, komme ich mit deinem Bruder gut klar. Aber im *KC* oder der *Holländischen Diele* sind das Pimmelmessen und die Fleischbeschau echt ekelhaft.«

»Sprich ihn meinetwegen auf der Straße an. Schick ihm zwei Freikarten für deinen Kampf gegen Ottfeld nächsten Samstag. Prügel, Blut und Männerkörper, da wird er nicht widerstehen können. Oder geht zusammen ins Kino, was weiß ich? Lass dir einfach etwas einfallen.« Franz hatte das Gefühl, in diesem Gespräch wieder für zwei denken zu müssen. Andererseits konnte er Volkmars Reaktion gut verstehen. Er und Georg mochten das *Kleist Kasino* ebenso wenig wie Volkmar. Dessen Besitzer betrieb eine Art Vermittlungsagentur für die unterste Kategorie der Prostitution. Denn bei ihm konnten die ausschließlich männlichen Gäste Burschen wirklich jeden Alters buchen. Für Dienste aller Art.

»Was genau willst du wissen?«

»Die Sache mit Rosenbaum. Du hast von dem Anschlag gehört?« Volkmar nickte. »Finde heraus, ob seine Leute zu so etwas fähig wären.«

»Echt jetzt? Klar legen die Schweine jemanden für hundert Mark um. Denk nur an Liebknecht. Oder Rathenau. Die Studenten, die ihn abgeknallt haben, wurden auch bezahlt.«

»Ich meine, ob sie dazu in der Lage sind«, erklärte Franz. »Waffen, Planung und so weiter. Horch ihn aus. Außerdem soll er dir ein bisschen was über Joseph Goebbels verraten.«

»Wer? Nie gehört.«

»Egal, ich habe die Fragen aufgeschrieben. Du liest alles in Ruhe durch und triffst dich demnächst mit Röhrbein. Deine Sache, wie du das machst. Denk an die tausend Mark. Die Blondine, die dir vorhin zugejubelt hat …«

»Lola.«

»Lola sieht aus, als hätte sie hohe Ansprüche. Da kommt das Geld gerade recht. Und da wir gerade dabei sind. Ich möchte, dass du ein paar von Georgs Aufgaben übernimmst. Mein Bruder hat genug am Hals, er kann Unterstützung brauchen. Wenn du die Sache mit Röhrbein für mich erledigst, bekommst du in Zukunft zweihundert Piepen im Monat mehr.«

20

New York, Five Points, Oktober 1924

»Ich hab ihn gefunden, Boss«, meinte der Mann in beinahe unverständlichem Englisch. Im Gegensatz zu Meyer Lansky hatte er seinen baltischen Akzent in all den Jahren nicht ablegen können. Hingegen sprach er fehlerfrei Deutsch, was ihn wiederum für seine Aufgabe in Berlin bestimmt hatte, von der er soeben zurückgekehrt war.

»Und? Ist die Sache endlich erledigt?«

Meyer Lansky lebte seit Jahren in einem edlen Apartmenthaus im östlichen Manhattan, aber er war immer noch gern hier an der Südspitze der Insel. Obwohl seine Eltern keine irischen Auswanderer gewesen waren, zog es ihn immer wieder einmal in die ehemalige Slum-Gegend um die 14. Straße, Broadway und Bowery. Hier war bis vor zwanzig Jahren das *filthy hole*, das Dreckloch, gewesen. Die Kloake New Yorks, in der sich die Wesen, die dort vegetierten, kaum von ihren Ausscheidungen unterschieden hatten. Wer die *Five Points* überlebt hatte, war zehn Tode gestorben, hieß es. Naturgemäß änderten solche Erfahrungen den Charakter eines Menschen. Und nur sehr selten zum Guten.

»Vielleicht besser als erledigt, Boss.« Der Mann grinste schief, wodurch seine linke Gesichtshälfte zur Grimasse geriet. Während der Unruhen auf dem Baltikum hatten ihm zaristische Freischärler mit einem Gewehrkolben die halbe Visage zu Brei geschlagen. Kaum ein Knochen war gerade verheilt. Meyer Lansky, der ihn damals – selbst kaum zehn Jahre alt – irgendwo an der Memel aus einem Graben gezogen hatte, wunderte sich noch heute, dass die grauenhaften Verletzungen nur auffielen, wenn sein Freund zu lächeln versuchte.

»Wie meinst du das?«, fragte er.

»Smith arbeitet jetzt in Berlin. In seiner alten Branche. Deshalb dachte ich, er könnte nützlich sein.«

»Ich bezahle dich nicht fürs Denken, Gatis«, erwiderte Meyer Lansky. Im Gegensatz zu den meisten Auswanderern hatte sich Gatis Jansons geweigert, seinen Geburtsnamen zu ändern.

Meyer Lansky hatte es mit Mitte zwanzig bereits geschafft, zu den *Big Ones*, den Großen, in New York zu gehören. Diese Bezeichnung war den bedeutenden Bossen der Unterwelt an der Ostküste vorbehalten. Der Handel mit gestohlenen Autos hatte nichts eingebracht, die Zuhälterei war ihm zu schmutzig gewesen. Glücksspiel, Geldwäsche und ein paar Nachtclubs waren da schon eher sein Metier. Aber der illegale Handel mit Alkohol hatte ihn früh reich gemacht und schließlich an die Spitze des *Bugs and Meyer Mobs* katapultiert.

»Es ist immer besser, wenn jemand seine Schulden dreifach zurückzahlt. Deine Worte, Boss. Tot kann er das nicht. Wir sollten Smiths Laden in Berlin übernehmen, anstatt ihn einfach kaltzumachen.«

»Vielleicht hast du recht.« Meyer Lansky überlegte. Carl Smith hatte sein *Entsorgungsunternehmen für spezielle Fälle* im New Yorker Stadtteil Hell's Kitchen aufgebaut, sich dort jedoch mit mehreren Gangstern überworfen. Daraufhin war er außer Landes geflohen. Meyer Lansky hatte einigen Freunden versprochen, den Kerl aufzuspüren und die alte Rechnung zu begleichen.

»Wir bieten ihm einen Deal an«, sagte er. »Er bleibt am Leben, wenn er unsere Geschäfte in Deutschland unterstützt. Mach ihm klar, wer in Zukunft der Boss ist, Gatis. Wenn er nicht spurt, dann ab mit ihm in den Hudson.«

»Spree, Boss.« Als Meyer Lansky ihn fragend ansah, fuhr Gatis Jansons lächelnd fort und zeigte dabei wieder seine Grimasse: »Der Hudson River heißt in Berlin Spree.«

»Was machen die Chinesen?«, fragte Meyer Lansky, ohne auf die Bemerkung einzugehen. »Haben die Schlitzaugen endlich begriffen, dass es ohne uns in Europa nicht geht?«

Er hatte nicht vergessen, dass ihn die Opiumhändler vor einigen Jahren in Shanghai abserviert hatten. Sein Angebot, den Schutz und die Organisation der Warenlieferungen anzunehmen, war damals brüsk abgelehnt worden. Natürlich wie immer mit Verbeugung und dem Angebot, diese fürchterliche Kräuterbrühe aus viel zu kleinen Tassen zu schlürfen. Meyer Lansky hasste das Pack. Aber für ein paar Millionen musste ein Mann bereit sein, über seinen Schatten zu springen.

»Es wird nicht mehr lange dauern«, antwortete Jansons. »Von Smith weiß ich, dass dieses *Syndicat* sich aus dem Geschäft zurückziehen will. Denen wird die Sache zu heiß.«

»*Syndicat*?«

»Ein Berliner Mob«, erläuterte der Lette. »Zu zögerlich, die Jungs. In ihrer Stadt haben sich die Bosse geeinigt, wer was wo machen darf. Sie nennen ihre Mobs *Vereine*.« Er sprach das Wort verächtlich aus. »Wie eine *association* oder ein *club*.«

»Vielleicht gar nicht so dumm.« Meyer Lansky strich sich über die penibel glatt rasierten Wangen. Er war ein Mann, der immer bereit war, dazuzulernen. Und der nie vergaß. Sein Gedächtnis galt als legendär unter den New Yorker Gangstern. »Bei einem Tanzabend kannst oder willst du ja auch nicht mit allen Mädchen tanzen. Dutch, Bugsy und ich können nicht alle Geschäfte machen.« Jetzt war er es, der lächelte. »Zumindest noch nicht. Absprachen könnten unnötige Verluste vermeiden. *Syndicat*. Guter Name, den ich mir merken werde.«

»Werden wir den Leuten ein Angebot machen oder …?« Gatis Jansons beschrieb mit Zeige- und Mittelfinger ein Kreuz vor sich, als segnete er einen Gläubigen.

»Nicht zu viel Aufsehen. Noch sind wir Gäste da drüben und sollten keine schlafenden Hunde wecken. Biete den Kerlen ein paar Brotkrümel an. Und ihr Leben.«

»Da ist noch etwas, Boss.« Gatis Jansons druckste herum. Er wusste, dass Lansky es nicht mochte, wenn zu viele Fragen offen blieben. »Ein paar deutsche Firmen mischen in dem Geschäft mit. Und zwar ganz legal.«

»Was? Firmen?« Meyer Lansky war sichtlich überrascht. »Die Deutschen haben legale Wege gefunden, um mit Rauschgift zu handeln?«

»Halbwegs. Es sind sechs oder sieben Unternehmen, die sich zusammengeschlossen haben. Sie produzieren irgendwelche chemischen Sachen. Und nebenbei verkaufen sie auch Heroin und Rohstoffe an chinesische, britische und holländische Händler in ganz Asien.«

»Heroin. Ein Trust? Sehr geschickt.« Wieder schien es, als speicherte Meyer Lansky eine Information in den Archiven seines Gehirns ab. »Nein, mit denen sollten wir uns nicht anlegen. Vorerst. Solche Leute kennen Politiker, Anwälte und Polizisten, die uns eine Menge Ärger machen können. Wir brauchen einen Kontakt. Ich rede mit Dutch. Er mischt doch da drüben ein bisschen mit. Er soll den Herren Direktoren versichern, dass alles nach ihren Wünschen verläuft. Sie wollen ihr Zeug für einen guten Preis loswerden. Also machen wir ihnen einen besseren Preis. Danach verdoppeln wir ihn auf dem Markt und bauen unseren Vertrieb auf. Alles da oben drin.« Er tippte sich an die Stirn. »Weißt du eigentlich, wie die Cops Gory Pattersen damals erwischt haben?«

Meyer Lansky verabscheute rohe Gewalt. Das Morden überließ er daher Männern wie Gory Pattersen, einem brutalen Schlitzer aus der Bronx. Gatis Jansons schüttelte irritiert den Kopf. Er wusste, dass sein Boss manchmal recht abrupt das Thema wechselte.

»Der Idiot hat sich die Namen und Adressen seiner …« Meyer Lansky suchte nach einem unverfänglichen Wort. »… seiner Kunden aufgeschrieben. Und anstatt die Zettel zu fressen oder zu verbrennen, hat er sie in seinem Apartment an die Wand geheftet. Da haben die Bullen sie natürlich gefunden. Nein, Gatis. Alles da oben drin.« Er wiederholte seine Geste.

»Ich kümmere mich um die Berliner Möchtegern-Mobster«, sagte Jansons. »Werden die Chinesen mitspielen?«

»Die Triaden sind im Moment geschwächt. In ihren eigenen Hafenstädten machen ihnen überall spezielle Polizeieinheiten das Leben schwer. Und in Frisco und L. A. sind sie zwar traditionell stark, aber die Chicanos überschwemmen dort den Markt mit billigem Kokain. Ich habe den Reisfressern einen Deal angeboten. Sie behalten ihre Dreckslöcher an der Westküste und überlassen uns dafür den gesamten Osten. Wir helfen ihnen, sich die Mexikaner vom Leib zu halten. Und in Europa werden wir Partner. Alle gewinnen.« Er lachte. »Fast alle.«

Dem Letten schwirrte der Kopf. Zu viele Kapriolen für einen Schädel, der vor Jahren zu viel abbekommen hatte. Deshalb zog er es vor, nur stumm zu nicken. Es gab eben gute Gründe, weshalb einige Männer Bosse wurden und andere Handlanger blieben. Gatis Jansons kannte seine Grenzen.

»Sprich mit diesen *Berlin-Boys*, Gatis. Biete ihnen zur Not eine kleine Beteiligung an. Wir können sie dann später immer noch zum Teufel jagen. Wenn sie nicht mitmachen, dann schüchterst du sie weiter ein. Aber unternimm nichts, bevor wir es nicht abgesprochen haben. Verstanden?«

»Klar, Boss.«

○ ○ ○

»Dutch?« Nachdem Jansons gegangen war, telefonierte Lansky von einer Bar aus mit seinem Partner. »Dutchman« Schultz war ein Mann fürs Grobe im engeren Zirkel der Macht, eine Art Bindeglied zwischen den Bossen und Schlägern. »Du warst doch Anfang des Jahres in Amsterdam. Gatis sagt, dass die Krauts noch auf einer Menge Heroin sitzen. Weißt du etwas davon?«

»Hab ein bisschen die Fühler ausgestreckt, Meyer. Sie wollen in Europa ein Monopol für Farben, Medikamente und andere Chemikalien aufbauen. Und offenbar haben die Deutschen noch eine Menge Zeug, das man ihnen in Versailles verboten hat. Das Gas zum Beispiel.«

»Der Dreck interessiert mich nicht. Hast du was von Heroin gehört?«, fragte Meyer Lansky ungeduldig.

»Nee, sie mussten einem Banker einheizen, der nicht spuren wollte. Da habe ich meine Hilfe angeboten.« Dutch Schultz klang leicht nervös. »Ich habe die Sache damals mit Bugsy abgesprochen. Und er meinte, es ist okay.«

»Kein Problem, Mann. *Keep cool.*« Meyer Lansky war zufrieden. Selbst der Dutchman hatte Angst vor ihm. Gut. Es bedeutete, dass er und Bugsy Siegel bald allein das Sagen haben würden. Für Männer, die sich fürchteten, war ganz sicher kein Platz an der Spitze. »Melde dich bei diesen Leuten. Bring dich einfach in Erinnerung. Und sag ihnen, dass wir bald die neuen Partner der Reisfresser sind. Zur Not mach ihnen Druck. Wir sind nicht die Art Metzger, die sich vom Tisch verdrängen lässt, wenn endlich das Spanferkel kommt.«

»Wie weit soll ich gehen?«

»Eine klare Ansage, das reicht. Für den Anfang.«

ooo

Einige Tage später erhielt Meyer Lansky Besuch einer kleinen Gruppe chinesischer Kaufleute, die offiziell den Markt für Tuche und Färbemittel erkunden wollten. Der Mobster ließ seine Gäste eine Dreiviertelstunde im Salon seiner Wohnung schmoren, bevor er sich zu ihnen gesellte.

»Es ist lange her, Mr Shen.« In Meyer Lanskys Stimme lag ein Unterton von Genugtuung und Verachtung. Dieses Mal kam der Chinese als Bittsteller, und der Mobster war entschlossen, ihn dies ebenso spüren zu lassen, wie es umgekehrt vor Jahren in Shanghai gewesen war. Da war er noch Mejer Suchowljanski gewesen, ein Grünschnabel, der die Welt erobern wollte.

Lansky war nicht nachtragend. Etwas zu tragen war nur eine unnötige Belastung. Nein, er zahlte nur zurück. Mit Zins und Zinseszins.

Sollte Shen doch ruhig sehen, dass die Häuser an der Fourth Avenue etwas anderes waren als die verlausten Bambushütten am Jangtse oder die Bretterbuden in China Town. Und dass mit den Männern, die darin wohnten, nicht zu spaßen war.

»Ihr habt nicht nur Euren Namen geändert, sondern auch Euer Benehmen, Mr Lansky«, gab der Chinese spitz zurück und deutete eine Verbeugung nur flüchtig an.

»Ich habe Ihnen damals eine Partnerschaft angeboten, und Sie haben sie abgelehnt. Jetzt sind die Karten neu verteilt, wie man bei uns sagt.«

»Fehler lassen sich beheben.«

»Manchmal ja, manchmal nein. In jedem Fall kommt es einen teuer zu stehen, dass man sie begangen hat.«

»Die Familien teilten mir mit, dass wir in Europa Partner werden können«, sagte Shen Li, der angestrengt versuchte, sich zu beherrschen. Vor seinem geistigen Auge malte er sich aus, welche der Fünf Strafen für diese arrogante Langnase am besten geeignet wäre. Andererseits trieb er selbst hinter Zhi Chaos Rücken ein gefährliches Spiel, dass ein qualvolles Sterben garantierte, wenn es zu früh aufgedeckt wurde. Lansky hatte dummerweise recht. Der Wind hatte sich gedreht. Er brauchte dessen Hilfe. »Unter gewissen Bedingungen, die wir noch aushandeln müssen.«

Vor der Flügeltür zum Salon, in dem die beiden Männer sich unterhielten, wurden deren Begleiter in der folgenden Stunde Zeugen einer offenbar hitzigen, ja feindseligen Debatte. Mehrmals griffen Jansons und seine Männer, aber auch Shens Wachleute zu ihren Waffen. Draußen wie drinnen stand die Situation mehr als einmal vor einer verheerenden Eskalation.

»Keine Zeugen«, sagte Shen Li schließlich. »Die Familie Sass und ihre Verbündeten müssen beseitigt werden.«

»Ich weiß zwar, dass ihr bei euch so denkt«, widersprach ihm Lansky. »Der Sieg der einen Familie bedeutet den Untergang der anderen. Aber dort drüben sind wir weder in Hongkong oder Macau, noch können wir uns aufführen wie in Chicago oder den Five Points, mein Lieber.« Er bot seinem Gast einen Whisky an, wissend, dass Shen angewidert ablehnen würde. »Hier sind die Cops froh, wenn sich ein paar Gangster gegenseitig abknallen. Man bezahlt einige Leute auf den Revieren und gut. Aber in Berlin würden wir schlafende Hunde wecken. Und meine Leute haben mir gesteckt, dass in diesem *Syndicat* sogar Polizisten mitmischen. Wir können nicht zehn oder mehr Leute umbringen, ohne dass es Konsequenzen hat. Unnötigen Ärger sollten wir vermeiden! Sie müssen außerdem bedenken, dass wir Esel brauchen, die unseren Karren ziehen. Wir sind zu wenige, um alles erledigen zu können. Springen Sie über Ihren Schatten, Mann.«

»Keine Zeugen!« Der Chinese blieb stur.

»Ja, ich habe es verstanden«, schrie der Amerikaner und warf sein Glas auf den Boden. »Verdammt, warum so halsstarrig? In den anderen Punkten sind wir uns doch einig.« Er blickte eine Weile aus dem Fenster in Richtung Central Park. »Okay, dann werde ich mal großzügig sein. Ein paar Krautfresser sind mir ohnehin vollkommen egal. Wir müssen sie aber unauffällig verschwinden lassen. Unfälle kommen immer vor, verstehen Sie? Und in Städten müssen viele neue Fundamente gegossen werden. Flusskrebse haben ständig Hunger, und Moore sind überall auf der Welt gefährlich. Wir entsorgen nicht alle sofort, sondern einen nach dem anderen über einen längeren Zeitraum. Wir dürfen mögliche Verbündete in der Stadt nicht vergraulen. Einverstanden?«

Shen Li nickte, ohne zu lächeln oder sich zu verbeugen. Im Stillen hatte er sich für die Methode des langsamen Häutens entschieden. Zentimeter für Zentimeter wollte er dem eitlen *Yangguizi* seine weiße Haut abziehen. Er konnte warten. Er würde für die *Gesellschaft des Himmels und der Erde* bald die Geschäfte in Europa führen. Und irgendwann würde die Zeit kommen, Rache zu nehmen für die unzähligen Schmähungen, die er heute hatte erdulden müssen.

III

BERLIN 1925

1

Alexanderplatz, Januar 1925

»Gute Arbeit, Jens«, sagte Konter und ergänzte seine eigene Skizze, die er zu jedem Fall auf einem großen DIN-A3-Blatt anzufertigen pflegte. Mittlerweile war der Fall Rosenbaum zu einer reinen Mordermittlung geworden. Der Republikschutz und die Politische Inspektion hatten erklärt, dass sie keinen staatsfeindlichen Hintergrund vermuteten, und hatten Gennat alle weiteren Schritte überlassen. »Die Ermittlungen werden in einem Monat eingestellt, wenn wir bis dahin keine neuen Hinweise finden«, sagte er zu seinem Assistenten.

Es war beschämend. Wochenlang hatten sich einflussreiche Herren auf dem Präsidium die Klinke in die Hand gegeben. Da fürchteten sie noch, der Anschlag könnte der Auftakt zu einer neuen Serie von Morden werden. Im Herbst hatte das Interesse dann nachgelassen. Niemand machte mehr Druck. Die Theorie, es könne sich um ein geschäftliches Komplott handeln, reichte den Oberen offenbar aus. Dollberg war immer noch in Wien. Und Konter hatte weiterhin keinen triftigen Grund, ihn offiziell vorzuladen. Immerhin würde der Kerl in wenigen Tagen nach Berlin zurückkehren. Seine Schwester blieb verschwunden, war sicherlich längst wieder in der Heimat. Und Familie Rosenbaum schwieg sich zu den dubiosen Kreditgeschäften des Bankhauses aus. Die Überfälle auf die Transporte beim *Syndicat* gingen zwar weiter, aber natürlich konnte man sich darüber schlecht bei der Kripo beschweren.

»Mir ist nur nicht klar, wie dieser Franz Sass dort hineinpasst«, meinte sein Assistent vorsichtig. Jens Druwe war natürlich nicht entgangen, dass Konter oft mit dem Mann in Kontakt kam, der sich auf der Straße einen zweifelhaften Ruf als Edelganove erworben hatte. Sein Chef behauptete zwar, dass Sass nur als eine Art Mittelsmann auftrat, da er enge Beziehungen zu Josef Sternwein und den Rosenbaums pflegte. Doch die Beziehung schien Druwe intensiver, als es für diese Funktion notwendig gewesen wäre.

»Es ist Zeit für ein Geständnis«, meinte Konter, als hätte er die Gedanken seines Gegenübers erahnt. »Herr Sass ist das, was die moderne Kriminalarbeit einen Informanten nennt. Wir bekommen Tipps und halten dafür bei einigen Geschäften die Füße still. Eher unbedeutenden Geschäften.«

»Ein Spitzel? Sie arbeiten mit Gesetzesbrechern zusammen?«

Paul Konter musste ein Lachen unterdrücken. *Gesetzesbrecher*. Der Begriff schien eher ins letzte Jahrhundert oder in einen Wildwest-Roman von Karl May zu passen. »Erstens wäre ich Ihnen verbunden, wenn Sie Ihr Erstaunen etwas leiser zum Ausdruck brächten«, erwiderte er. »Und zweitens arbeiten wir nicht zusammen, sondern ich nutze das Wissen dieser Leute zum Wohle der Allgemeinheit.«

Konter hatte sich diese Geschichte bereits vor einiger Zeit zurechtgelegt. Und sein Vorgesetzter Gennat hatte sie bisher geschluckt. Warum sollte es bei einem Anfänger wie Druwe anders sein? Er konnte schließlich nicht zugeben, dass er der Teilhaber eines halblegalen Gemischtwarenladens war, der mit Drogen, Wetten, Alkohol, Lokalen, allerlei Schiebereien und Frauen sein Geld verdiente. Zudem ließ ihn diese überaus geschönte Ausrede selbst ein wenig besser schlafen.

»Steckt Sass mit drin?«, fragte Druwe skeptisch. »Ich meine, können wir ausschließen, dass er oder seine Leute den jungen Rosenbaum beseitigt haben?«

»Mit Sicherheit können wir das. Er ist selbst ein Opfer. Seine Familie ist mit Rosenbaums bekannt und möchte, dass die Angelegenheit umfassend geklärt wird.«

»Ist das alles? Oder verheimlichen Sie mir etwas?«

»Jens, ich beginne langsam, Sie und Ihre Arbeit zu schätzen. Setzen Sie mein Wohlwollen nicht aufs Spiel, indem Sie jetzt unverschämt werden.« Konter war sicher, dass er dem jungen Mann auf Dauer nicht mit solchen fadenscheinigen Ausreden kommen konnte. Gennat vermochte er auf Abstand zu halten, denn sein Chef war nur an Ergebnissen interessiert. Druwe hingegen war zu dicht an ihm und seiner Arbeit dran. Und er hatte Biss und Verstand, die ein guter Kriminaler brauchte.

Irgendwann muss ich ihn ins Vertrauen ziehen, dachte er. Nur nicht jetzt. Im Moment musste eben die gute, alte Autorität eines preußischen Vorgesetzten herhalten, um weitere Fragen abzuwürgen.

○ ○ ○

Sternwein hatte bereits im vergangenen Sommer fünftausend Mark Belohnung für Hinweise zum Mordfall seines Neffen ausgelobt. In Absprache mit Konter war zusätzlich eine Art Steckbrief gedruckt worden, den die Cliquenjungs in die Briefkästen geworfen und an Litfaßsäulen geklebt hatten. Jetzt wollte Aarons Onkel die Summe auf zehntausend erhöhen. Das Ergebnis war bisher gleich null gewesen. Keine Hinweise, nicht einmal die üblichen Wichtigtuer. Nichts. Und Konter bezweifelte, dass eine Verdopplung der Belohnung daran etwas ändern würde.

»Amerikanische Methoden«, schnaubte Gennat, als ihn Konter von der Erhöhung der Belohnung in Kenntnis setzte. »Wussten Sie, dass die da drüben sogar Kopfgeldjäger haben, die mehr oder weniger privat losziehen? Wir müssen doch nicht alles gut finden, was diese Leute sich ausdenken!«

Sein Mitarbeiter sagte nichts. Natürlich wusste er davon, spätestens seit Franz ihm Carl Schmidt, den inoffiziellen »Bestatter« der Ringvereine, vorgestellt hatte. Es war besser, wenn sich der Ärger seines Chefs von selbst verflüchtigte. Jede Bemerkung konnte Öl im Feuer sein.

Also wandte er sich dem großen Stück Apfelkuchen zu, den Gennats Sekretärin in der *Konditorei Josty* geordert hatte.

»Was haben wir im Fall Rosenbaum?«, fragte der beleibte Kommissar. »Außer Belohnung und Aufruf zur Schnitzeljagd? Gibt es irgendetwas Neues?«

Konter hatte sein – fast schon berühmtes – DIN-A3-Blatt mitgebracht, auf dem er immer die relevanten Namen, Orte, Querverweise und Verbindungen, die seine Fälle betrafen, aufzeichnete. Jetzt rammte er ungeniert zwei Heftzwecken in die innen mit Leder beschlagene Tür und befestigte so das Papier. Dann gab er seinem Vorgesetzten einen kurzen Überblick zum Stand der Ermittlungen.

»Nicht viel, wenn man bedenkt, dass Monate vergangen sind«, fasste Gennat kurz und treffend zusammen, nachdem Konter mit seinen Schilderungen fertig war. »Der Bürgermeister sitzt mir im Nacken. Er will die Sache jetzt vom Tisch haben. So oder so.«

»Zu den Akten.« Konter nickte frustriert. »Ich weiß. Ich will mich damit nicht abfinden. Ich denke, dass die Lösung irgendwo hier liegt.« Er zeigte auf eine Art Spinnennetz aus Linien zwischen den Firmen *Bayer*, *Berliner Stickstoff* und mindestens zehn Personen. »Rosenbaums Bedeutung für manche Leute könnte seinem Sohn zum Verhängnis geworden sein.«

»Sie meinen den Kredit für diesen Düngemittelhandel?«

»Ich habe beim Gewerbeamt und der Steuer nachgehakt. Die *Berliner Stickstoff* fährt jährliche Umsätze von zwei oder drei Millionen ein. Wozu also benötigen diese Leute siebzig Millionen aus Anleihen?«

»Strohmann-Geschäfte?«

Konter nickte. In den letzten Jahren hatten viele große Unternehmen kleinere Nebenbetriebe gegründet oder gekauft, damit diese quasi als Tarnfirmen in zweifelhaften Bereichen agierten. Flog etwas auf, dann betraf es eben nur diesen Geschäftszweig. Die Wirtschaftsmonopole von Unternehmern wie Stinnes oder Hugenberg waren mittlerweile derart verzweigt, dass niemand mehr durch deren Steuererklärungen durchstieg. Kam eine Sache durch unvorhergesehene Umstände doch mal vor Gericht, dann wurde zur Not der kleine Laden als Bauernopfer vorgeschickt. Alle ereiferten sich kurz, gelobten Besserung, aber die eigentlich Verantwortlichen blieben unbehelligt.

»Wenn der alte Rosenbaum in etwas eingeweiht ist, könnte er anderen gefährlich werden«, meinte Konter.

»Andererseits ist er zu wichtig für diese Anleihe-Sache«, fuhr Ernst Gennat mit den Überlegungen fort. »Man konnte ihm nicht selbst ans Leder, wollte ihn aber gehörig unter Druck setzen.«

»Livana ist sein Lieblingskind«, stimmte Konter ihm zu. »Sie soll die Nachfolge im Bankhaus übernehmen. Diese Leute lassen zunächst nur Aaron töten, um ein Zeichen zu setzen. Tu, was man dir sagt, sonst ist deine Tochter dran.«

»Klingt plausibel, Paul. Aber Sie wissen, dass ich alles für ein Märchen halte, solange die Beweise fehlen. Glaubhaft und spannend, jedoch ein Märchen.«

»Mein Assistent ist dran. Er wird klären, ob jemand hinter der *Berliner Stickstoff* steht und welche Interessen dieser Unbekannte hat. Aber ich brauche auch Ihr Einverständnis, um Baldur Rosenbaum endlich auf den Pelz zu rücken. Jetzt, da etwas Gras über die Sache gewachsen ist, sollte das doch möglich sein, ohne dass sich sofort der Polizeipräsident in die Hose macht.«

Gennat stöhnte. »Da werden mich wieder einige bedeutende Herren anrufen.«

»Jagen Sie den Leuten einfach ein wenig Angst ein. Sagen Sie, dass der Überfall auch ein Schlachtfest mit fünf oder mehr Toten hätte werden können. Wenn wir so etwas in dieser Stadt durchgehen lassen, dann ist in Zukunft vielleicht niemand mehr sicher. Und die Honoratioren feiern doch so gerne ihre Feste und zeigen sich bei allen Gelegenheiten. Man muss nur ein Kommando anheuern, und alles endet im Blutbad. Ich denke, Ihre bedeutenden Herren werden das sicher nicht wollen.«

»Amerikanische Methoden«, murmelte Gennat, nickte geistesabwesend und schien mit seiner Aufmerksamkeit bereits bei seinen drei Tortenstücken zu sein.

° ° °

Zur Mittagszeit hatte sich Konter mit seinem alten Freund Lothar Kunnecke verabredet, der beim Außenamt in der Wilhelmstraße tätig war.

»Du zahlst?«, fragte Kunnecke und zerlegte fachgerecht den halben Hahn, der sich auf seinem Teller befand. »Meistens bedeutet das, du willst etwas von mir.«

Konter war es auch ohne diese Bemerkung äußerst unangenehm, den Kumpel aus Jugendtagen erneut um einen Gefallen zu bitten. Kunnecke hatte der Familie vor einiger Zeit geholfen, Valeries Peiniger ausfindig und dingfest zu machen. Dabei war er durchaus ein Risiko eingegangen, das größer gewesen war als nur ein drohender Verlust seiner Pensionsansprüche.

»Wenn ick meene Alte um die Ecke bring, haust du mir dafür raus aus Moabit. Abjemacht?« Lothar Kunnecke lachte mit vollem Mund. Er hatte es seit Kriegsende zum Schriftleiter im Büro des Staatssekretärs gebracht. Eine Leistung, die für einen ehemaligen, jugendlichen Kleinkriminellen aus dem Wedding durchaus beachtlich war.

»Klar«, erwiderte Konter und lachte ebenfalls. »Wenn du mir auch bei dieser Sache helfen kannst, hast du sogar zwei Freifahrscheine bei mir gut. Raube die Reichsbank aus und tanz danach nackt auf dem Pariser Platz. Egal, ich überzeuge den Richter, dass es der Kaiser war.« Dann wurde er ernst. Er weihte seinen Bekannten kurz so weit in die Ermittlungen ein, wie er es vertreten konnte.

»Böse Sache mit dem jungen Rosenbaum. Aber mir scheint, man möchte die Sache gern vergessen«, meinte Kunnecke.

»Die *Berliner Stickstoff* ist ein seltsamer Laden«, sagte Konter. »Die Hälfte der Umsätze machen sie im Ausland, vor allem mit Russland.«

»Ist nicht weiter verwunderlich. Seit sich Rathenau mit den Kommunisten an einen Tisch gesetzt hat, laufen die Geschäfte deutscher Unternehmen dort offenbar ganz gut. Auch die diplomatischen Beziehungen tauen auf. Sehr zum Verdruss der drei westlichen Siegerstaaten übrigens.«

»Könntest du dich umhören, mit wem diese Düngemittelfirma noch in Kontakt steht? Das Bankhaus *Rosenbaum & Cie.* hatte den Auftrag, siebzig Millionen über Anleihen aufzutreiben.«

Überrascht spuckte Kunnecke fast den Hähnchenflügel aus, an dem er gerade knabberte. »Siebzig Millionen? Das ist eine Kleidergröße, die mir doch etwas üppig erscheint«, meinte er nachdenklich. »Was vermutest du, Paul? Waffen? Steuerbetrug? Oder Bruch des Versailler Vertrags? Da wäre das Außenamt aber gar nicht erfreut.«

»Einen Waffenschmuggel schließen wir aus. Der Markt ist ausgedünnt und zudem fest in Schieberhänden. Die Strafen stehen in keinem Verhältnis mehr zum möglichen Gewinn. Bei der Steuer ist ebenfalls nichts anhängig gegen Rosenbaum oder die *Stickstoff*.« Er überlegte kurz. »Versailles. Eine Option, an die ich noch nicht gedacht habe.«

Der Friedensvertrag knebelte das Reich in fast allen Bereichen von Wirtschaft, Militär und Wissenschaft. Aber findige Politiker und Unternehmer hatten Wege gefunden, die Bestimmungen zu umgehen. In zivilen Flugschulen bildete man Piloten einer Luftwaffe aus, die es offiziell gar nicht gab. Es wurden verbotene Waffen produziert und in den Bestandslisten des Heeres als Kinderwagen geführt. Drei Fregatten der Marine waren als Forschungsschiffe auf den Weltmeeren unterwegs. Jedes Jahr ließ die Reichswehr zehntausend zusätzliche Soldaten in Russland ausbilden, da der Vertrag vorsah, dass Deutschland nur hunderttausend Mann unter Waffen haben durfte. Dazu kamen unzählige private und wirtschaftliche Projekte, die die Versailler Bestimmungen systematisch aushöhlten.

»Ich kann prüfen, ob es Verdachtsmomente gegen die Firma gibt«, sagte Kunnecke. »Ist zwar Verschlusssache, aber als rechte Hand des Staatssekretärs …«

»Es wäre auch denkbar, dass die *Berliner Stickstoff* nicht auf eigene Rechnung tätig ist«, meinte Konter. »Vielleicht hörst du dich da auch etwas um. Auslandsgeschäfte mit gewissen Staaten sind doch genehmigungspflichtig?«

Der Freund nickte. Konter merkte jedoch, dass er sein Pulver verschossen hatte. Erstens konnte er seinen Bekannten nicht alles erzählen. Vom Rauschgift, den Chinesen und der Beteiligung des *Syndicats* durfte Kunnecke keinesfalls erfahren. Zweitens waren auch die Überlegungen in dieser Unterhaltung wieder Luftnummern. Reine Spekulationen. Er musste schlichtweg abwarten, ob ihm Kunnecke etwas liefern würde. Die Männer saßen noch einige Zeit bei einem Kaffee und sprachen über vergangene Zeiten.

»Es weht ein anderer Wind, mein lieber Paul. Und der bläst uns alte Säcke einfach weg. In allen Bereichen wird gelogen und betrogen, dass sich die Balken biegen. Scheint übrigens den Amerikanern im Blut zu liegen. Erst komme ich, dann Gott und mein Geld, danach vielleicht meine Familie und am Schluss alle anderen. Das Übervorteilen ist zum guten Ton geworden. Die alten Kaufleute hätten solche Strauchdiebe mit dem Knüppel aus ihren Kontoren gejagt.«

Konter hätte gern widersprochen, denn er mochte diese Art von wehmütiger Verklärung nicht. Bereits sein Vater hatte lamentiert, früher wäre alles besser gewesen. Unsinn! Schon der Kaiser war ein verblendeter, eitler Raffzahn gewesen. Und die Armut der Arbeiterschaft war ebenfalls kein Phänomen der neuen Zeit. Schon immer trugen manche Ganoven Lumpen, andere hingegen Monokel und Frack. Oder eben eine Krone. Aber in der Sache hatte sein Freund durchaus recht. Fast sechs Jahre nach dem großen Krieg schienen allerorten auch die letzten Bastionen von Zurückhaltung und Mäßigung eingerissen worden zu sein.

2

Charlottenburg, Mitte Februar 1925

Konters Interesse war plötzlich wieder geweckt. Noch Ende des Jahres hatte er sich gefragt, weshalb er den »Kram«, wie er es nannte, überhaupt noch machte. Gennat hatte ihn mit der Leitung der *Sonderermittlung Rosenbaum* beauftragt. Der Mitarbeiterstab beschränkte sich auf Druwe und ihn. Seine Kollegen Grote und Buber erzählten bereits den Witz herum, dass das Pauls letzter Fall vor der Pensionierung sei.

»Da ermittelt er bis in alle Ewigkeit. Amen«, hatte Grote sich amüsiert und dabei so gelacht, dass Konter ihm am liebsten eins aufs Maul gegeben hätte.

Die Gespräche mit Lothar Kunnecke brachten etwas mehr Licht ins Dunkel, warfen jedoch auch neue Fragen auf. Tatsächlich konnte ihm der Freund berichten, dass viele Unternehmen ins Ausland expandierten und dort Nebenfirmen gründeten, um die Auflagen des Friedensvertrags zu umgehen.

»Automobile, Waffen, Kleidung, Medikamente. Fast alle Branchen sind betroffen und suchen sich neue Standorte«, hatte er gesagt. »Sofern sie groß genug und finanzkräftig sind. *Bayer* und die *Badische Anilin* wollen offenbar in Asien den Düngemittelmarkt übernehmen. Dafür haben sie sich über das Wallenberg-Imperium Finanzmittel aus neutralen Ländern besorgt. Und tatsächlich mischt euer Rosenbaum da kräftig mit. Es heißt, dass fünfzig bis hundert Millionen Mark benötigt werden. Und Rosenbaum vermittelt sie. Offiziell im Auftrag der schwedischen *Enskilda Banken*. Mein lieber Paul, du rührst mit einem Zahnstocher in einer riesigen Gulaschkanone. Pass auf, dass du da nicht reinfällst.«

Obwohl es erst Mittag war, verließ Konter das Präsidium und nahm ein Taxi nach Charlottenburg. Eigentlich war er hundemüde und wollte in seine eigene, kleine Bude. Aber das Alleinsein bekam ihm nicht mehr gut. Er hing dann trüben Gedanken nach und begann zu trinken. Dienstliches und Privates zu trennen fiel ihm ebenfalls immer schwerer, seit er mit Antonia Sass liiert war. Andererseits musste er sich eingestehen, dass er einige Fälle gewiss nicht aufklären hätte können, wenn er nicht die Unterstützung des *Syndicats* gehabt hätte.

Wer im Glashaus sitzt, sollte die Steine in der Hosentasche lassen, dachte er und grübelte immer weiter vor sich hin. In solchen Momenten schalt er sich einen Narren, da er eben dies schon wieder tat. Um sich etwas abzulenken, blickte er aus dem Wagenfenster und beobachtete das bunte Treiben am Potsdamer Platz und wenig später rund um den Großen Stern. Berlin wurde langsam wirklich eng.

»Es gibt Neuigkeiten!«, begrüßte ihn Toni, als er auf die Veranda trat. »Esther Rosenbaum hatte doch ein paar Namen ausgeplaudert, erinnerst du dich? Die Bekanntschaften der Familie.«

Paul nickte nur und trank einen kühlen Eistee.

»Katja und Anna haben sich ein paar Abende lang umgehört. Im *Nelson Theater* und in der *Rakete* haben sie ein bisschen was aufgeschnappt. Aaron ist wohl in seinen letzten Wochen wieder vermehrt um die Häuser gezogen. Er wurde im *Wintergarten* und *Toppkeller* und *Kakadu* gesehen.«

»Na und? Sohnemann wollte seinen alten Herrn ärgern«, meinte Konter. »Er musste sich austoben. Oder aber er ist wieder melancholisch geworden. Seine Schwester hat mir berichtet, dass er es mit den Nerven hatte. Vielleicht hat er sich besoffen. Oder Schlimmeres.«

»Hör doch erst einmal zu, Paul. Annas Kolleginnen von der Bühne haben beobachtet, dass Aaron im *Kakadu* von zwei Männern angesprochen und dann regelrecht abgefüllt wurde. Dabei hat man sich wohl munter unterhalten.«

»Über was?«

»Woher soll ich das wissen? Vielleicht haben sie ihn ja ausgehorcht? Oder bedroht? Keine Ahnung. Das Seltsame war, dass der eine Kerl gar nicht in die Klubs passte. Laut und ungehobelt. Solche Leute gehen ja eher in die *Weiße Maus* und randalieren dort mit der Berber.«

»Hast du eine genauere Beschreibung?«, fragte Konter. »Wie sah er aus? Narben? Glatze? Bart? Schielte er? Hatte er keine Zähne? Oder Flügel? Irgendetwas brauche ich.«

Als Toni einen Zettel aus ihrer Handtasche zog und Annas Beschreibung vorlas, fiel Konter beinahe aus allen Wolken.

»Röhrbein? Das ist Paul Röhrbein! Unmöglich! Der Kerl hasst Juden wie die Pest.«

»Du meinst den Röhrbein, der uns bei der Botschaftssache mit Fabian geholfen hat?«, fragte Toni.

»Nicht geholfen. So etwas gibt es in der Gedankenwelt von Röhrbein nicht. Wir haben ihn benutzt. Und dafür wurde er von uns bezahlt. Das Schwein mischt schon seit Langem bei den Rechten ganz groß mit. Er rekrutiert Leute für deren Schlägertruppe, den *Frontbann*. Und da hätte Aaron wohl kaum hineingepasst.« Konter überlegte einen Moment. »Du sagtest, es waren zwei Männer. Hast du von dem anderen Kerl ebenfalls eine Beschreibung?« Als Toni nickte, nahm er den Zettel, den sie immer noch in der Hand hielt, und las laut vor: »*Hohe Stimme, fliehende Stirn, kleine Statur, leichtes Hinken, gut gekleidet*. Sagt mir nichts. Vielleicht ein Gehilfe aus Röhrbeins Gefolge.«

Toni schüttelte den Kopf. »Anna beschreibt, dass er eher beschwichtigend auftrat und Röhrbein ein paar Mal in die Schranken gewiesen hat.«

»Was wollen solche Leute von einem jüdischen Bankierssohn? Er ist doch das Paradebeispiel ihres so oft beschworenen Feindbilds. Und dann zeigen sie sich mit ihm in aller Öffentlichkeit? Ergibt doch keinen Sinn.«

»Geld?«, erwiderte Toni trocken. »Man lässt doch manchen festen Vorsatz fahren, wenn die Penunze lockt.«

»Denkst du, sie haben ihn erpresst? Er besaß doch selbst kaum etwas.«

»Nein. Ich meine, dass diese ganze politische und völkische Hetze in dem Moment keine Rolle mehr spielt, wenn es nur um genügend Geld geht. Dann sitzt ein amerikanischer Millionär einträchtig neben dem fetten Bolschewisten-Funktionär. Kein Witz, Katja hat es im *Adlon* selbst gesehen. Der Pope tanzt Cancan mit dem Teufel, und einer wie Röhrbein vergisst seine antisemitischen Parolen.« Toni deutete auf Annas Notizen. »Zum Schluss kam noch ein weiterer Mann hinzu, der auf Aaron eingeredet hat. Dann hat er sich mit den anderen gestritten und wollte den Betrunkenen aus dem Saal führen. Offenbar wollte Röhrbein ihn daran hindern, aber das kleine Hinkebein hat ihn zurückgepfiffen. Alle drei wurden von Wachleuten an die Luft gesetzt.«

Wieder sah Konter auf den Zettel. Auf Katja und Anna war Verlass. Sie konnten selbst dann sehr gute Beschreibungen von Personen liefern, wenn sie andere dazu befragen mussten.

»*Um die dreißig, schmächtig, schlechte Haltung, eckige Brille, schütteres, blondes Haar, schmale Lippen.*« Konter blickte Toni überrascht an. Er konnte es nicht glauben. »Der Arzt! Die Beschreibung passt zu Dollberg.«

Er erinnerte sich daran, dass sich Franz und Aaron kurz vor dessen Tod getroffen hatten. Dass der junge Rosenbaum ihm etwas hatte erzählen wollen, aber dafür zu betrunken gewesen war. »Jetzt habe ich einen Grund, den Kerl endlich vorzuladen! Und wenn er beim Scheich von Arabien ist, er muss kommen. Und ich werde Aarons Schwester noch einmal befragen. Ein bisschen Druck kann nach all der Zeit nicht schaden.«

»Was ist mit Röhrbein und dem anderen?«, fragte Toni.

»Das Schwein ist eine harte Nuss. Wenn ich ihn vorlade, gibt es wieder Proteste und böse Artikel in der national gesinnten Presse. Er ist jetzt immerhin der Leiter des *Frontbanns* in Berlin. Und wenn ich ihn privat befrage, dann wird er mir den harten Kerl vorspielen. Diese

Schlägertrupps werden immer dreister und selbstbewusster. Schwarz oder rot, die Farbe ist dabei vollkommen egal.«

Konter erkundigte sich telefonisch nach Livana Rosenbaum. Er hatte immer noch nicht ganz verinnerlicht, dass ihm diese Fernsprechapparate eine Menge Arbeit und Zeit ersparen konnten. Fast hätte er sich auch jetzt für den umständlichen Weg über den Briefboten entschieden, aber Toni zeigte nur lächelnd auf den schwarzen Apparat, der auf einer eigenen Anrichte im Flur stand und über dessen fünf Meter langes Kabel er bereits ein paar Mal gestolpert war. Er erfuhr, dass Baldur Rosenbaums Tochter derzeit täglich in der Filiale im Bankenviertel am Hausvogteiplatz tätig war, da ihr Vater einen weiteren Herzanfall auskurierte. Also ließ er sich vom Amt mit der Bankzentrale verbinden. Dort hatte er es zunächst mit einer abweisend auftretenden, hauseigenen Telefonistin zu tun. Er musste ihr erst mit Beugehaft und einem Bußgeldverfahren wegen Behinderung der polizeilichen Ermittlungen drohen, bevor sie ihn schließlich doch zu Livana Rosenbaum durchstellte.

Konter war also mit den Nerven bereits am Ende, bevor er überhaupt ein Wort mit seiner Zeugin gewechselt hatte. Glücklicherweise war der Rest dann endlich wieder Routine.

»Fräulein Rosenbaum«, sagte er. »Es ist Zeit, jede falsche Rücksichtnahme abzulegen.« Erst in diesem Augenblick wurde ihm klar, dass er eigentlich keine neuen und vor allem keine belastbaren Fakten hatte. Er musste mit dem auftrumpfen, was er hatte. »Unsere Nachforschungen haben ergeben, dass Aaron Kontakte zu völkisch-nationalen Gruppen hatte. Ihre Bank ist verwickelt in dubiose Geschäfte mit Estland, Schweden und verschiedenen deutschen Firmen. Unter anderem zählt *Bayer* zu Ihren Kunden. Werden Sie freiwillig mit mir reden oder muss ich mit Wilhelm sprechen?«

Konter war keinesfalls per Du mit dem Polizeipräsidenten Wilhelm Richter, aber vielleicht vermochte Dreistigkeit die Distanziertheit dieser Frau zu brechen. Schüsse ins Blaue, das wusste er. Zudem war die

Bemerkung hinsichtlich der Kontakte zu *Bayer* ebenfalls nur eine Vermutung. Livana Rosenbaum schwieg. Konter zwang sich, ruhig zu bleiben. Entweder das Gift des Zweifels wirkte, oder er hatte bei ihr für immer verloren.

»Kann ich auf Ihre Verschwiegenheit zählen?«

Toni beobachtete, wie ihr Partner unvermittelt eine Art stillen Tanz aufzuführen schien. Konter drehte sich im Kreis und stampfte mit dem Fuß auf. Zum Glück hatte er die Schuhe ausgezogen.

»Herr Kommissar?« Die Frau klang tatsächlich verunsichert. Er biss sich auf die Lippe, sagte nichts. »Ich bin bereit, Ihnen die Zusammenhänge zu erklären. Ich habe bis halb acht eine Besprechung mit meinen Prokuristen. Treffen wir uns danach hier in der Hauptfiliale?«

Ein Sieg auf ganzer Linie. Konter verabschiedete sich mit knappen Worten und hängte den Hörer ein.

»Weich gekocht!«, rief er und umarmte Toni. »Sturmreif geschossen! Endlich! Und jetzt ist noch Röhrbein dran. Ich habe gerade einen Lauf.«

»Der Kerl kann warten«, meinte Toni mit sanfter Stimme und zog ihn dichter zu sich heran. »Du hast selbst gesagt, dass du normalerweise einen ganzen Nachmittag für die Rosenbaum-Befragung gebraucht hättest. Die gewonnene Zeit solltest du anders nutzen.« Sie küsste ihn leidenschaftlich. »Sollten *wir* anders nutzen.«

○ ○ ○

Glücklich, aber etwas geschwächt und immer noch müde traf sich Konter am frühen Abend mit Franz im *Club 21*. Er hatte sich bei Toni mit der Notlüge losgeeist, vor dem Gespräch mit Livana Rosenbaum noch Akten durchsehen zu müssen. In Wahrheit gingen ihm jedoch Dollberg, Röhrbein und dieser unbekannte Hinkefuß nicht aus dem Kopf.

»Was könnten die beiden Männer von Aaron gewollt haben?«, fragte er, nachdem er ein Glas Milch bestellt hatte. Seit geraumer Zeit machte ihm sein Magen zu schaffen. Vor allem nachts bekam er oft Krämpfe, hatte jedoch herausgefunden, dass ein spätes Glas lauwarme Milch Besserung versprach.

»Du meintest, dass der Kleinere das Sagen hatte?«, fragte Franz, ohne auf Konters Frage einzugehen. »Kannst du ihn näher beschreiben?«

»Er hatte wohl ein verkrüppeltes Bein. Und er war eben ziemlich klein.« Konter versuchte, sich an weitere Details zu erinnern, die Toni genannt hatte. »Hohe, fliehende Stirn und ziemlich prägnante Stimme.«

»Natürlich«, rief Franz. »Goebbels! Der Mann scheint öfter in der Stadt zu sein, um fürs rechte Lager zu trommeln.«

»Und was hast du mit dem Kerl zu tun? Besuchst du jetzt die Veranstaltungen der völkischen Schreihälse und Spinner?«

»Lange Geschichte.« Franz hatte keine Lust, den misslungenen Einbruch bei Hugenberg und sein Zusammentreffen mit Goebbels an die große Glocke zu hängen. »Vertrau mir, Paul. Ich denke, dieser Mann war Goebbels. Im Gegensatz zu Röhrbein ist er allerdings wirklich gefährlich.« Er zeigte an seine Schläfe. »Schlau und skrupellos.«

Konter hatte sein Notizbuch hervorgeholt und kritzelte den Namen und ein paar Bemerkungen hinein. »Rechte Antisemiten sitzen bei einem jüdischen Bankierssohn und heben ein paar Klare? Was soll das?«

»Ich glaube, Aaron wollte mir genau davon berichten. Oder er wusste etwas, das auch solche Leute interessieren könnte. Goebbels ist ein Mann, der um den Wert von Informationen weiß.«

»Du scheinst ihn ja gut zu kennen«, meinte Konter in gedehntem Tonfall.

»Ist jetzt egal. Jedenfalls beschäftigte Aaron eine wichtige Sache, etwas machte ihn regelrecht fertig.«

»Ich hoffe, die Befragung Dollbergs bringt uns weiter.«

»Röhrbein muss auch etwas wissen. Ich habe einen Bekannten auf ihn angesetzt. Schon vor einiger Zeit.«

»Weshalb?«, fragte Konter. Er mochte es gar nicht, wenn andere vor ihm auf gute Ideen kamen. Insbesondere wenn es sich um Ermittlungsangelegenheiten handelte.

»Ich wollte hören, ob die Rechten wieder etwas planen. Aber da ist nichts. Dort hält man ich im Augenblick zurück. Röhrbein hat es gegenüber meinem Kumpel als Durchatmen bezeichnet. Ein rechter Hitzkopf hat vor über einem Jahr in München wieder einmal einen Putsch versucht. Und einigen Gegenwind bekommen. Mehrere kleine Parteien und Kampfgruppen wurden vom Republikschutz verboten. Paul Röhrbein sprach von einer Anweisung, dass die Leute jetzt die Füße stillhalten sollen. Deshalb baut er fleißig seinen *Frontbann* auf und ist mit Aktionen eher vorsichtig.«

»Gut, dann kann ich mir es eigentlich sparen, das Schwein persönlich zu befragen. Also Dollberg!« Konter sah auf die Uhr. »Vielleicht hat der Mann mitbekommen, worüber Aaron mit Röhrbein und Goebbels gesprochen hat. Und mit dem Wissen können wir später vielleicht noch etwas aus diesem Röhrbein herausquetschen. Ich muss los.«

»Du siehst übrigens furchtbar aus. Vielleicht solltest du etwas kürzer treten. *Syndicat*, Beruf, Liebesleben. Alles etwas viel, oder?«

»Wir gehen gleich vor die Tür, Junge! Zu viel? Du hast vielleicht etwas viel in deiner Windel.«

»Vorsicht, alter Mann! Ich kann jetzt boxen. Rechts, links, Leberhaken, dann auf den Punkt. Und aus.« Franz wurde wieder ernst. »Ich könnte doch erst einmal mit Dollberg sprechen, ihm ein bisschen Druck machen. Du hast gesagt, der Kerl wäre arrogant und kurz angebunden.«

»Seine Antworten auf meine schriftliche Befragung waren gelinde gesagt unverschämt.«

»Ich koche ihn ein bisschen vor, dann hast du es bei deiner Befragung einfacher.«

»Ist was dran. Ich kann den Kerl nicht leiden. Also gut, sprich du zuerst mit ihm. Druwe hat sich erkundigt. Der Mann ist seit ein paar

Tagen wieder an der Charité.« Konter gähnte heftig. »Verdammt, ich muss mal wieder richtig schlafen. Sonst verhafte ich demnächst Gennat als Mörder des amerikanischen Präsidenten.«

»Hier.« Franz zog eine winzige, flache Dose aus der Brusttasche seines Jacketts. »Nimm nachher eine *Luminal*. Haut dich für acht Stunden um.«

»Da ist wirklich nur *Luminal* drin?«, fragte Konter. »Der Chemiker hat da nicht irgendetwas hineingeschüttet, von dem ich grüne Haare bekomme?«

»Nur ein Mittel zum Erhalt der männlichen Spannkraft«, feixte Franz. »Toni scheint dich ja völlig fertigzumachen, mein Lieber. Da kannst du eine Stärkung brauchen.«

»Jetzt reicht es.« Konter tat entrüstet. »Boxen hin oder her. Mit einem Dreikäse-Bengel wie dir werde ich fertig!«

»Soll ich deinen Gehstock holen?«

ooo

Es konnte keinen Zweifel daran geben, dass sich die junge Frau als künftige Chefin im Hause *Rosenbaum & Cie.* sah. Sie saß hinter dem Schreibtisch ihres Vaters und studierte Dokumente, in die sie mit Füllfederhalter hin und wieder Korrekturen oder Anmerkungen schrieb.

»Herr Kommissar! Ich habe mit meiner Mutter gesprochen, und wir sind uns einig, dass Sie einige Dinge erfahren müssen, die meinen Vater und uns seit vielen Monaten belasten.«

Die Unsicherheit, die die Frau am Fernsprecher gezeigt hatte, war verschwunden. Aber Konter sah keine Veranlassung, in die Offensive zu gehen. Er wollte erst abwarten, was sie zu sagen hatte.

»Bereits vor anderthalb Jahren war es zu einem Eklat zwischen Aaron und unserem Vater gekommen«, fuhr sie fort. »Aaron hatte von einer Frau, deren Namen er nicht nennen wollte, Einzelheiten über Bankgeschäfte erfahren, die bei uns streng vertraulich behandelt wurden. Nicht einmal ich war zu diesem Zeitpunkt in alles eingeweiht.«

»Worum ging es?«

Livana Rosenbaum berichtete von den Verflechtungen zwischen ihrem Bankhaus und einer schwedischen Bank, dem Magnaten Wallenberg sowie den Plänen der *I. G. Farben*-Firmen, nach dem Zusammenschluss einige Geschäftsfelder ins Ausland zu verlegen.

»Bitte, Fräulein Rosenbaum.« Konter tat bewusst gelangweilt. »Auch ich mache meine Arbeit. *Enskilda Banken*, *Bayer* und ein paar sogenannte Arzneien, in die man äußerst gewinnbringend die Altbestände von Heroin mischt. Verschwenden Sie nicht meine Zeit, und erzählen Sie mir etwas, was ich noch nicht weiß.«

»Aaron war sehr aufgebracht. Er drohte meinem Vater damit, zur Polizei zu gehen.«

»Worum ging es dabei genau?«

»Er hatte von dieser Frau offenbar erfahren, dass diese Medikamentensache ein großer Betrug war. Und dass sein Freund und einige Charité-Professoren dabei eine wichtige Rolle spielten. Und einmal schrie Aaron meinen Vater sogar an, dass er selbst ein Mörder wäre, wenn er weiter bei der Sache mitmachte.«

»Mord?« Paul Konter war nun doch erstaunt. Der Vater-Sohn-Konflikt war also nicht nur das übliche Geplänkel gewesen. Dollberg und dessen Halbschwester. Aaron und der alte Rosenbaum. Verwickelt in Mord? »Wann war das?«

Livana überlegte einen Moment. »Es muss kurz vor Einführung der neuen Währung gewesen sein«, sagte sie dann.

Zu der damaligen Zeit war noch niemand umgekommen, überlegte der Kriminalpolizist. Hatte Dollbergs Schwester Aaron also von geplanten Taten berichtet? Wollte sie ihn warnen? Sollte er Einfluss auf seinen Vater nehmen, ein Geschäft mit *Bayer* oder *I. G. Farben* abzublasen?

»Haben Sie etwas Konkretes, Fräulein Rosenbaum? Führt Ihr Vater

Aufzeichnungen zu solchen Geschäften, die als Beweis genutzt werden können?«

»Ich habe alles durchgesehen, Herr Konter.« Sie schüttelte den Kopf. »Bitte glauben Sie mir. Wenn diese Dokumente öffentlich werden, wird man nur unserer Bank Vorwürfe machen können. Mein Vater hat sich auf halblegale Strohmann-Geschäfte eingelassen, die das Ansehen der Bank derart beschädigen würden, dass wir zu einem Spottpreis verkaufen müssten.«

»Und Ihr Vater wollte aussteigen?«

»Dazu finden sich Hinweise in den Akten, ja.« Sie nickte. »Dann aber gab es Telefonate mit Knut Wallenberg in Schweden und Carl Duisberg von *Bayer*. Und zeitgleich die Sache mit den ekelhaften Fotografien, als Vater denken sollte, Aaron wäre getötet worden.«

»Die Warnungen. Da hat er kalte Füße bekommen«, sagte Konter und fügte gleich hinzu: »Verständlich.«

»Sie haben es nun in der Hand, unser Familienunternehmen zu ruinieren, Herr Konter.« Livana Rosenbaums Stimme klang matt, und sie wirkte, als hätte sie schon lange mit der Entscheidung gerungen. »Alles würde den Rosenbaums vor die Füße fallen.« Sie richtete sich in ihrem Lederstuhl auf und sah ihn beinahe trotzig an. »Oder ich versprechen Ihnen, Sie zu unterstützen, sofern Sie handfeste Beweise gegen die wahren Verantwortlichen in der Hand haben. Dann bekämen Sie Informationen von mir, über die nicht einmal der Finanzminister, die Gewerbeaufsicht oder die Steuerbehörde verfügen.«

3

Tegel, Ende Februar 1925

Die Jungfernheide wurde immer dichter bebaut. Georg steuerte den LKW von *NAG* über den Tegeler Weg Richtung Hohenzollern-Kanal. Er fluchte, da der Dreitonner dröhnend laut und zugig war. Aber ihm blieb in dem unwegsamen Gelände nördlich des Kanals keine Wahl. Vor einigen Wochen erst hatte es den *Mercedes Knight*, Georgs Lieblingsmodell, dort auf einem Knüppeldamm zerlegt. Achsenbruch und gerissene Ölwanne. Um eine Erfahrung reicher und dreitausend Mark ärmer hatte er beschlossen, das edle Teil fortan in der Nähe seiner Stadtwohnung stehen zu lassen. Zum Wohnlager der Familie Harussel ging es jetzt mit schwerem Gerät. Neben ihm saß seine Frau Marya und versuchte, den quengelnden Pedro zu beruhigen.

»Ŝaban hat ein Schreiben erhalten«, sagte Marya. Sie musste beinahe brüllen, um sich über das Kreischen und Sägen des Motors hinweg verständlich zu machen. »Von der städtischen Verwaltung.«

»Und was stand drin?« Georg ahnte, dass es nichts Gutes war. Er kannte die Frau, die neben ihm saß, einfach zu gut. Und er wusste, was es bedeutete, wenn sie längere Zeit schwieg, bevor sie mit einer solchen Nachricht herausrückte.

»Wir müssen weiterziehen.«

»Verdammt!« Er schlug mit der flachen Hand mehrmals aufs Lenkrad.

»Es war uns doch schon lange klar, dass dieser Tag kommen würde«, meinte Marya. »Die Sieben sind sich noch uneins, wohin es geht.«

»Die Schweine können uns doch nicht einfach vertreiben! Ich meine, wie lange lebt die Familie jetzt dort?«

»Fast zehn Jahre.«

Mit Kriegsbeginn war eine »Meldepflicht für Landfahrer, Zigeuner und Hausierer« eingeführt worden. Wer jede Woche weiterzog, hatte es schwer gehabt. Und die Harussels hatten in der Einöde des Saatwinkels nördlich der Jungfernheide und des Schifffahrtskanals eine passable Bleibe gefunden. Feucht und sumpfig war das Land, das sie mühsam bestellten und auf dem sie ihr Lager errichteten. Kinder waren dort geboren und Alte unter die Erde gebracht worden. Jetzt aber kam der Lindwurm Berlin näher. Angelockt vom Duft des Goldes, das die Spekulanten sich vom Verkauf der Landflächen erhofften, fraß er sich weiter nach Norden. Da war plötzlich kein Platz mehr für Landstreicher, Tagelöhner und anderes »Gesindel«. Und natürlich hatte sich der Tonfall seitens der Polizei und Verwaltung im Umgang mit den betroffenen Menschen ebenfalls geändert. Von Bußgeldern, Räumung, Strafbefehlen und Beugehaft war die Rede. Die durch Vorschriften abgesegnete, behördliche Schikane wurde begleitet von Beschimpfungen und Stimmungsmache. Eben galten die Mitglieder der Roma-Familie noch als verlässliche Arbeiter, die man nach Belieben anheuern, entlassen und bezahlen konnte. Jetzt waren sie nur noch Gauner, Kindesentführer und Landräuber.

Georg hing seinen trüben Gedanken nach, als sie an der riesigen Fläche vorbeifuhren, die rechter Hand lag und auf der gerade emsige Vermessungsingenieure ihre Instrumente ablasen, sich Anweisungen zuriefen und Werte notierten. Hier wollte *Siemens* ein neues Werk bauen, Zeichen setzen für die Moderne. Nach einem weiteren Kilometer wurde die Landschaft in Richtung Tegel schließlich doch so, wie Georg sie anfangs kennengelernt hatte. Tümpel und Moorflächen wechselten sich mit feuchten Waldarealen, Feldern, Gehöften und kleinen Landarbeiterhäusern ab. Sie waren noch ein paar hundert Meter vom Lager entfernt, als der Lastkraftwagen plötzlich seitlich nach vorn kippte. Im selben Moment war ein Krachen wie von brechendem Holz zu hören, gefolgt von metallischem Knirschen.

»Nicht schon wieder!«, fluchte Georg. »Soll ich mir einen englischen Tank kaufen, um hier durchzukommen? Den kriegen diese beschissenen Wege wahrscheinlich auch noch klein.« Er stieß die Fahrertür auf und sprang auf den morastigen Boden. Die linke Seite des Wagens schien ohne Schaden zu sein, aber angesichts der Schieflage schwante ihm Böses.

»Bleibt drin«, wies er seine Frau an. »Nur Dreck.« Wie zur Bestätigung gaben seine zwar etwas derberen, jedoch durchaus eleganten Lederstiefel bei jedem Schritt ein schmatzendes Geräusch von sich. Fluchend umrundete er den Motorblock und erkannte sofort, was geschehen war. Das rechte Vorderrad war tief in eine mit Bohlen bedeckte Senke gerutscht, die Achse hatte sich verbogen und die Blattfedern waren gebrochen. Wieder stieß Georg einen Fluch aus, der jedoch unterging in einem dumpfen Knall. Er hatte sich etwas nach vorn gebeugt, um das Rad zu begutachten, das wie bei einem kaputten Spielzeug-Blechauto zur Seite und nach außen gebogen war. Im nächsten Augenblick, als er den Knall hörte, folgte ein helles, blechernes Kreischen, dann ein Pfeifen. Instinktiv warf er sich zu Boden und versuchte, unter dem LKW Deckung zu finden.

»Runter, Marya!«, schrie er. »In den Fußraum!«

Wieder durchbrachen Schüsse die Stille des Waldwegs. Aber offenbar prallten die Projektile an der Motorhaube ab. Georg hätte jetzt vielleicht einem Gott gedankt, dass er sich beim Kauf des LKW die robuste *NAG*-Reichswehrvariante mit dickem Stahl hatte aufschwatzen lassen. Ja, er hätte ihm sicherlich gedankt, sofern Zeit dafür gewesen wäre. Panik ergriff stattdessen Besitz von ihm; ein Gefühl, das er nicht kannte. Aber er war hier nicht allein, seine Familie saß im Fahrerhaus. Schutzlos.

»Alles in Ordnung, Marya?«, rief er besorgt ins Nichts.

Ihre Antwort war durch das Klirren der Scheiben auf der Beifahrerseite kaum noch hörbar.

Der Kerl hat schlechte Sicht oder ist feige, dachte Georg, als er sich unter dem heißen Motor und in Deckung durch das Vorderrad etwas gefasst hatte. Wenn es mehrere wären, hätten sie uns bereits erledigt. Und mit einem werde ich fertig. Er wartete zwei weitere Schüsse ab und robbte im Schlamm nach hinten. Dabei verbrannte er sich am heißen Auspuffrohr und riss sich die Jacke an Leitungsschellen auf. Erneut schlugen zwei Projektile vorn beim Rad ein. Georg war mittlerweile unter dem Ende der Ladefläche angekommen. Er hatte ein paar Lebensmittel für die Familie dabei. Und in der Werkzeugkiste lag eine brandneue *Colt*-Maschinenpistole. Drei Magazine mit je zwanzig Schuss. Er lächelte grimmig. Trotz der Bedrohung, der Brandblasen und Schürfungen fühlte er sich plötzlich gut, nicht mehr hilflos. Schon einmal war er dem Sensenmann vom Erntewagen gesprungen. Er hatte lange mit sich, seiner Wut und seinen Ängsten gekämpft. Um dann den Entschluss zu fassen, sich nie wieder als Opfer fühlen zu wollen. Acht-Finger-Schorsch. Er betrachtete kurz die beiden Narben an den Händen. Dort, wo einmal die Kleinfinger gewesen waren. Dann sprang er aus der Deckung und auf die Ladefläche. Hier gab es nur die Plane, jede Kugel konnte ihn tödlich treffen. Dafür jedoch war er für den Schützen unsichtbar. Er schob sich nach hinten zur kleinen Holzkiste vor, in der Wagenheber, Schraubenschlüssel und allerlei andere nützliche Pannenhelfer lagen. In Ölpapier eingeschlagen war dort auch die MP verstaut. Sein Bruder hatte es ihm ausreden wollen, überall Waffen zu verstecken. Georg hatte nicht auf ihn gehört.

Für den Fall der Fälle, dachte er und griff nach der Maschinenpistole und den Magazinen. Und jetzt ist solch ein Fall. Nie wieder Opfer! Er nahm Anlauf und sprang mit einem Schrei gute drei Meter nach hinten in den Dreck, wo er sich sofort zur Seite rollte. Dann suchte er Deckung hinter dem verfaulenden Stamm einer Fichte. Ein Schuss traf die LKW-Plane, und Georg sah das Mündungsfeuer seines Gegners. Er stürmte los. Dabei hielt er die Waffe etwa hüfthoch in der typischen Weise, wie er es im Kino bei den alliierten Infanteriesoldaten gesehen hatte. Und er schoss. Ein Magazin, Wechsel, das zweite, Wechsel. Er hatte vom letzten vielleicht die Hälfte der Patronen verschossen, als er die Stelle erreichte, an der er seinen Gegner vermutete. Und dann schien ihm sein eigener Körper nicht mehr zu gehorchen. Er hielt erschrocken inne und ließ seine MP fallen. Fassungslos starrte er auf den Fleisch- und Knochenhaufen, der einmal ein Schädel gewesen war und nun vor ihm in Laub und Moos lag. Als wäre dieser Anblick nicht bereits unerträglich genug, bemerkte Georg voller Entsetzen, dass der Mann noch lebte, röchelte, Fontänen von Blut spuckte. Eine Salve musste ihn zerrissen haben, war allerdings nicht gnädig genug gewesen, die Sache zu beenden. Georg erbrach sich und wankte zum Feldweg zurück. Wie in Trance drehte er auf halbem Weg um und suchte seine Waffe. Für einen weiteren Angreifer wäre er in diesem Moment ein leichtes Ziel gewesen. Fast erwartete er, dass ihm ein ähnliches Schicksal zuteilwurde wie dem armen Kerl, den er immer noch leise stöhnen hörte.

»Was ist passiert? Bist du verletzt, draga mea?« Marya war ausgestiegen, als es still wurde, hatte schon das Schlimmste befürchtet. Als sie ihren Mann erblickte, der mit Tränen in den Augen und Resten von Erbrochenem an der Lederweste auf sie zu wankte, konnte sie einen entsetzten Aufschrei nicht unterdrücken. Als sie ihn erreicht hatte, schien er in ihren Armen beinahe zusammenzubrechen. Sie tastete ihn hektisch ab, suchte nach einer Wunde. Dieser Mann – ihr Mann – sah in diesem Moment aus wie ein tödlich Getroffener.

»Es ... Mir geht es gut. Der Kerl lebt. Ich ... Verdammt, er hat keinen Kopf und atmet!«

»Wir müssen weg«, rief sie und zerrte ihn zur Fahrerseite des LKW. Dann blickte sie auf das verbogene Vorderrad, das jetzt fast zur Hälfte in den Dreck eingesunken war. »Ich hole Pedro. Wir müssen ins Dorf!«

Im nächsten Moment fuhr sie herum, als sie das Rascheln von Blättern und Knacken kleiner Zweige hörte. Zwei Männer liefen zu beiden Seiten des Wegs auf sie zu. In den Händen hielten sie die typischen, uralten Karabiner, die bei den Harussels aufgrund ihrer Zuverlässigkeit immer noch recht beliebt waren.

»Stjepan!« Marya war erleichtert, stieß den Mann, der sie besorgt umarmen und befragen wollte, jedoch sofort von sich und zeigte auf Georg. »Wir wurden überfallen. Ich glaube, er ist verletzt.«

»Ins Dorf!«, sagte Stjepans Begleiter, den alle wegen seines prächtigen Zinkens Nakh, die Nase, nannten.

Georg nickte. »Mir geht es gut. Das Schwein hat mich nicht erwischt.« Er hatte sich etwas gefangen und übergab nun Stjepan seine Maschinenpistole.

»Ich glaube, es war nur einer«, meinte er. »Sonst hätten sie mich längst erledigt.« Er blickte Marya an, die jetzt ihren gemeinsamen Sohn trug. »Uns.«

Die beiden Rom deckten, rückwärts gehend und ihre Waffen im Anschlag, in den nächsten Minuten den Weg zum Lager.

° ° °

Georg hatte veranlasst, dass sich ein Bote auf den Weg zum Postamt Tegel machte, um von dort aus Toni oder Franz zu benachrichtigen. In der Zwischenzeit war eine Gruppe Männer in den Wald zurückgegangen, um das Gebiet zu durchkämmen und den Laster zu bergen. Sie waren nach zwei Stunden wieder zurück im Lager der Harussels. Gerade als Georg sie befragen wollte, trafen seine Brüder Franz und Erich ein. Sie waren von Westen über Spandau gekommen, um sicherzugehen, nicht Opfer eines weiteren Hinterhalts zu werden.

»Ŝaban hat gestattet, dass ihr an der Versammlung teilnehmen dürft«, meinte Georg, nachdem sich alle kurz begrüßt hatten. »Dann erfahrt ihr alles.«

Der Rat der Sieben war eigentlich den Familienoberhäuptern vorbehalten. Natürlich brauchten sie in diesem Fall auch Georg, um die Lage einschätzen zu können. Und schließlich gehörte er nach der Heirat mit

Marya zur Familie. Der Höchste der Sieben, Ŝaban, hatte zudem gefordert, dass auch Franz bei der Beratung anwesend sein sollte. Georg ahnte, dass dies nichts Gutes bedeutete.

»Die Männer haben nur einen Toten gefunden«, begann Ŝaban die Beratung, nachdem jeder Anwesende einen Zug aus der Tschandu-Pfeife genommen hatte. Sogar Franz, der sonst darauf verzichtete, das Zeug zu rauchen, nahm dieses Mal einen Lungenzug, um sich etwas zu beruhigen. »Der Kerl, den Georg erschossen hat. Nakh konnte keine Hinweise oder Spuren finden, dass noch andere dort waren.«

»Nur ein Täter?«, unterbrach ihn Franz.

Die Alten murmelten und sahen ihn missbilligend an. Nicht nur gehörte er zu den *Gadje*, den Anderen, er war auch noch unhöflich. Joaquin reichte dem Gast erneut die Pfeife. Es war ein deutliches Zeichen, den Mund zu halten und sich zu entspannen. Da Franz das Tschandu nicht vertrug, paffte er allerdings jetzt nur noch, so dass die erhoffte Wirkung ausblieb.

»Wissen wir etwas über diesen Mann?«, plapperte er folglich munter weiter. »Ist doch irgendwie seltsam, findet ihr nicht? Bei einem normalen Raubüberfall wären es doch mehrere Kerle gewesen. Und einen Anschlag hätte man doch ebenfalls nicht allein durchgezogen. Ich verstehe …«

»Halt den Mund«, zischte sein Bruder. »Du bist noch nicht an der Reihe!«

»Natürlich hat Stjepan keine Papiere bei dem Mann gefunden«, fuhr Ŝaban fort. »Von dessen Gesicht war kaum noch etwas übrig, so dass wir auch mit einer Beschreibung nicht weiterkommen werden.«

»Der Mann muss gewusst haben, dass ein LKW kommt«, fügte Joaquin hinzu. »Nakh meint, er muss bereits vorher an der Stelle gewesen sein. Vielleicht schon gestern Abend. Er hat offenbar die tiefe Grube auf dem Weg ausgehoben und dann mit unten angesägten Fichtenstämmen überdeckt. Eine zweite Grube daneben hat er mit Wasser volllaufen lassen. Georg musste also auf dem Weg dem Schlammloch ausweichen und fuhr über die vermeintlich sicheren Bohlen.«

»Wer wusste, dass du heute kommst?«, wandte sich ein dritter Rom aus der Runde an Georg.

»Ein Geheimnis war es jedenfalls nicht«, erwiderte dieser. »Der *NAG* steht in einem Schuppen am Tempelhofer Feld. Wenn ich ihn brauche, schicke ich meistens einen Tag vorher einen Botenjungen. Die Werkstatt schaut dann noch einmal drauf und lässt mir den LKW zur angegebenen Zeit bringen. Vielleicht habe ich es auch ein paar Jungs im Klub erzählt. Verdammt, man muss kein heller Kopf sein, um so etwas auszubaldowern.«

»Es war eine Warnung«, mischte sich Franz erneut ein.

Wieder erhob sich Gemurmel, und Georg blickte seinen Bruder verärgert an.

»Lasst ihn reden.« Ŝaban hob den Arm, um die anderen Männer zum Schweigen zu bringen.

»Die Sache wurde ordentlich geplant«, fuhr Franz fort. »Erst spioniert man Georg aus. Weiß, wann er den LKW braucht. Dann gräbt jemand die Gruben. Alles sorgfältig und gut gemacht. Ein Karren wäre noch drüber gekommen, aber ein Dreitonner bricht ein. Klingt doch alles so, als hätte der Kerl Ahnung gehabt.«

Aus dem missgelaunten Gemurmel war vereinzelt Zustimmung herauszuhören. Joaquin nickte sogar. »Weiter«, sagte er.

»Anstatt sich ein Versteck in der Nähe des erwarteten Unfalls zu suchen und dort auf den besten Moment zu warten, legt sich unser Mann aber ins Unterholz. Mit einer Pistole. Und viel zu weit weg, um einen gezielten Schuss abgeben zu können. Entweder ist er während der Wartezeit vollkommen verblödet. Oder aber er hatte es genau so beabsichtigt.«

»Wer lässt sich denn freiwillig anheuern, um dabei zu sterben?«, fragte sein Bruder erregt.

»Das Schwein hatte ganz sicher nicht vor, bei der Sache zu verrecken«, erwiderte Franz. »Wahrscheinlich hat er gedacht, dass du auf jeden Fall bei deiner Familie im Wagen bleibst. Er wollte ein paar Schüsse abgeben, euch in Deckung zwingen, vielleicht sogar verletzen. Dann wäre er abgehauen. Dass du mit einer *Colt*-Maschinenpistole zum Sturmangriff übergehen würdest, hatte er allerdings nicht einkalkuliert.«

Wieder hob Ŝaban die Hand, und kurz darauf war es still in der Hütte.

»Eine Grenze wurde überschritten«, sagte er. »Ihr habt Marya und den Kleinen in Gefahr gebracht. Das Dorf und die Familie werden bedroht. Wir können so etwas nicht zulassen.«

»Es sind eure Geschäfte, die Geschäfte des *Syndicats*. Kein Hahn würde danach krähen, wenn ein paar Söldner kommen und das ganze Dorf niederbrennen.« Joaquin nickte und blickte seinen Schwiegersohn an. »Die Sieben tragen eine große Verantwortung. Wir müssen uns entscheiden. Und ich stimme dafür, die Zusammenarbeit zu beenden.«

»Aber das geht nicht!«, platzte es aus Franz heraus, und er sprang auf. »Wir brauchen die Schiffsverbindungen. Und wir brauchen eure Leute für den Schutz.«

»Erst wäre Joaquin nach dem Überfall fast gestorben«, sagte Ŝaban unwirsch. »Dann ständig diese Überfälle. Meine Männer werden sogar bei anderen Arbeiten grundlos angegriffen. Oder man setzt sie einfach ohne ein weiteres Wort vor die Tür. Die Schikanen haben zugenommen. Die Polizei selbst verbreitet üble Gerüchte über uns. Jetzt diese Sache. Der Preis ist einfach zu hoch! Die Königin und die Sieben müssen die Kinder, Frauen und Alten schützen. Wir können euch bei dieser Sache nicht mehr helfen.«

»Dann haben sie erreicht, was sie wollten.« Franz klang resigniert.

»Georg gehört zur Familie. Deshalb werden wir uns noch einen weiteren Monat an die Absprachen halten«, fuhr Ŝaban fort. »Danach seid ihr auf euch allein gestellt. Ich hoffe sehr, dass wir dennoch unsere freundschaftliche Beziehung aufrechterhalten können. Georg und Marya. Unsere Familien sind untrennbar verbunden.«

o o o

Wenig später saßen die drei Brüder im Schatten von Maryas Wagen und warteten auf die Entscheidung der Königin. Die Sieben berieten nur und gaben ihrem Oberhaupt Rat. Aber die alte Věra hatte in den wichtigen Angelegenheiten das letzte Wort. Franz war jedoch klar, wie das Urteil ausfallen würde.

»Sie haben ja recht«, gestand er ein. »Wir würden es ebenso machen, wenn die Familie bedroht wäre. Ich war damals bereit, sogar Ian an die Luft zu setzen, weil er es mit dem Waffenschmuggel übertrieben hatte und uns alle gefährdete.«

»Sie werden weiterziehen«, sagte Georg leise und warf einen Wurstzipfel, an dem er gekaut hatte, zu den Hunden. Dann stand er auf und trat nach mehreren Kieseln. »Marya hat es mir erzählt. Im besten Fall in die nördlichen Wälder bei Tegel. Oder aber weiter weg.«

»Mist.« Erich, der bis eben noch geschmollt hatte, weil er nicht zum Palaver vorgelassen worden war, reichte ihm einen Flachmann. »Was machen wir jetzt?«

»Den Rat annehmen.« Georg trank gierig mehrere Schlucke und verzog dann das Gesicht.

»Welchen Rat?«, fragte der Jüngste.

»Mensch, du Flitzpiepe. Wäre Max hier, würde es jetzt eine Kopfnuss setzen.« Georg trank erneut. »Jemand rückt uns auf die Pelle. Ganz dicht. Warnung oder nicht, die Sache vorhin hätte auch schiefgehen können. Wenn ein Schuss gesessen hätte, läge ich jetzt tot im Dreck. Oder Marya … Nicht auszudenken!«

»Es betrifft beide Familien«, sagte Franz. »Der Ort des Überfalls war sehr geschickt gewählt. Die Harussels haben es verstanden.«

Ihn schauderte, als er daran dachte, dass sie nach Georgs Entführung vor fünf Jahren geglaubt hatten, der Bruder wäre tot. Er hatte es überlebt. Ian hingegen hatte für seine Eskapaden mit dem Leben bezahlt.

»Ich will niemanden mehr verlieren. Als ich heute den Kerl gesehen habe, der …« Georg spürte, wie sich ein schwerer Stein auf seinen Magen zu legen schien. »Ich habe ihm das Gesicht weggeschossen, und er atmete noch! Da musste ich daran denken, dass es jeder von uns sein könnte. Es sind nur ein paar Kugeln nötig, und nichts bleibt übrig außer zerhacktes Fleisch.«

»Können wir uns überhaupt sicher sein, dass es etwas mit den Chinesen zu tun hat?«, fragte Erich, der offensichtlich die Beklommenheit, die sich eingestellt hatte und das darauffolgende Schweigen nicht ertragen konnte. Als Antwort bekam er von Georg jetzt tatsächlich die angekündigte Kopfnuss.

»Wer sonst hätte ein Interesse daran, mit uns in den Ring zu steigen?«, fragte Franz mit matter Stimme. »Der Anschlag war eine Kriegserklärung. Die Götze-Brüder wären dazu gar nicht in der Lage. Mit den Ringvereinen gibt es keinen Ärger. Alles läuft edel, wie Meyer immer sagt. Unstimmigkeiten werden besprochen, Geld fließt, Reviere werden neu verteilt, vielleicht wird jemand geschmiert. Nein, im Moment haben wir nur mit den Opium- und Rohstoff-Lieferungen Probleme. Also, der Rat, den die Sieben ihrer Königin geben werden, gilt eigentlich genauso für unsere Familie.«

Einige Zeit später trat Joaquin aus Věras buntem Wagen und kam auf sie zu. Seine Miene war finster, so dass seine Worte wenig überraschend für die Brüder waren.

»Auch die Königin wünscht, dass wir das Geschäft beenden. Ihr habt bis Ende des nächsten Monats, um euch nach neuen Partnern umzusehen.«

Ihnen blieben also fünf Wochen, um – mal wieder – das Geschäft völlig umzukrempeln. Franz raufte sich die Haare. Neuerdings benutzte er eine Menge Haaröl, so dass seine wirre Frisur jetzt eher zu einem Bad im Wannsee nach dem Abtrocknen gepasst hätte.

»Ihr habt euch mit dem Rauschgift mächtig verhoben.« Der Rom blickte abwechselnd zu seinem Schwiegersohn und Franz. »Ihr wisst, dass wir mit dem Tschandu handeln. Ein wenig. Gerade so viel, um nicht aufzufallen. In das Geschäft wächst man langsam hinein. Die Leute, die es kaufen, vertrauen uns. Wir vertrauen ihnen. Vertrauen ist alles. Aber ihr musstet sofort nach den Sternen greifen. Und die beteiligten Partner und die Kunden sind jetzt wie Kartoffeln in einer Kiste. Ist eine Frucht faul, dann verdirbt sie den Rest. Fünfzig Kilo Opium im Monat! Später hundert oder zweihundert. Und dazu mehrere Tonnen dieser Rohstoffe! Hunderttausend Pillen! Ihr habt euch mehr in den Mund gestopft, als ihr kauen und schlucken könnt. Spuckt es aus, solange es noch geht. Sonst werdet ihr daran ersticken.«

Georg schwieg und schien seine Schuhe zu betrachten. Wenn er im Dorf war, stand er in der Hierarchie klar unter seinem Schwiegervater. Ein Widerspruch vor den Augen anderer galt als schwere Verfehlung. Und er musste sich insgeheim eingestehen, dass es überhaupt nichts gab, dem er widersprechen konnte.

4

Prenzlauer Berg & Neuer Westen

Carl Schmidt schwitzte. Ihm machte mittlerweile jede größere Anstrengung zu schaffen. Mit jedem Jahr, das verging, nahm er an Leibesumfang zu. Und er pfiff und zischte beim Gehen wie eine überholungsbedürftige G8-Dampflok. Niemand, der ihn so sah, wäre auf die Idee gekommen, dass »Smithy« in den Staaten noch vor zehn Jahren höchstpersönlich auf die Jagd gegangen war. Er hatte sich viele Kopfgelder und andere ausgesetzte Belohnungen verdient, war als Kautionsjäger unterwegs gewesen. Und er hatte eben auch ein paar sehr dreckige Jobs, die *wetwork*, für die vielen, konkurrierenden Banden in Chicago und New York übernommen. Jetzt wohnte er in einer geräumigen Villa an der Immanuelkirche mit Blick auf sein liebstes Grabesgrün, das ihn an die Berufung als Bestatter erinnerte. Manches Grab auf dem Friedhof gegenüber war in den letzten Jahren doppelt belegt worden. Und der Viehhof hinter Friedrichs Hain war auch nicht allzu weit entfernt. Dort hatte Schmidtchen, wie er in Deutschland genannt wurde, einen Mann bei der Seuchenstelle, den er kräftig schmierte, so dass besonders heikle Leichname mit den Kadavern kranker Tiere verbrannt und als Düngemittel wieder in den Kreislauf ewigen Lebens zurückgeführt wurden.

»Ich habe ein Angebot bekommen, das ich nicht ablehnen konnte«, sagte er mit einem ungewöhnlichen, leichten Zittern in der Stimme. Man kannte ihn sonst als knallharten, wenn nicht gar skrupellosen Geschäftsmann.

»War es das Angebot, Georg umzulegen?«, schrie Franz ihn an. »Wie viel haben sie dir geboten?«

Schmidts persönlicher Wachmann baute sich sofort bedrohlich zwischen seinem Boss und Franz auf. Dabei knurrte er wie ein Kettenhund, dem man den Knochen stehlen wollte. Schmidt winkte ab und drängte ihn zur Seite.

»Unsinn! Wenn die Sache mein Job gewesen wäre, dann hätte ich es auch ordentlich zu Ende gebracht und würde jetzt Maß an der Leiche nehmen.«

»Mein Bruder hat den Kerl erledigt, allerdings mehr durch Zufall.« Franz versuchte, sich zu beruhigen, und zog eine zerknüllte Zigarettenpackung aus der Jackentasche. »Ich glaube, es sollte eine Warnung sein. Wenn man es ernst gemeint hätte, wären doch eher zwei oder drei Männer da gewesen.«

Schmidt nickte und ließ sich von seinem Mitarbeiter eine Zigarre reichen, deren Spitze er mit einem winzigen Messer kappte. Kurz darauf war der Raum von bläulich-weißem Qualm erfüllt.

»Ich habe eine ähnliche Drohung erhalten«, sagte er nach einer Weile. Er nahm eine Fotografie von der Anrichte. Sie zeigte ihn in Jagdkleidung, neben ihm ein Weimaraner. Franz wusste, dass Schmidt, der keine Familie hatte, seine Hündin abgöttisch liebte.

»Meine treue Charly. Sie wurde vergiftet. Hier vor dem Haus. Diese Leute haben keinen Respekt mehr.«

Franz war immer wieder irritiert, dass hartgesottene Ganoven plötzlich bei bestimmten Themen sentimental wurden. Willy Meyer besaß eine Art Schrein, durch den er das Andenken an seine verstorbene Schwester hütete. Der Prinz von Moabit liebte Blumen, am besten mit großer, weißer Blüte. Und Ian hatte einen winzigen Lederbeutel besessen, in dem sich ein wenig Erde seiner Heimat Irland befunden hatte. Und jetzt dieser abgebrühte Deutschamerikaner, dem Tränen in die Augen traten, als er die Fotografie seiner geliebten Hündin betrachtete.

»Hier im Haus«, wiederholte er. »Ich kann niemandem mehr trauen, verstehst du? Außer Hans.« Er sah zu seinem Leibwächter hinüber.

»Die Chinesen«, sagte Franz. »Es reicht.«

Carl Schmidt nahm zwei Whiskygläser aus der Vitrine und schenkte ihnen Bourbon ein.

»Die Kerle machen es ganz geschickt«, sagte er, nachdem er sein Glas in einem Zug geleert hatte. »Werfen ihr Zeug überall auf der Welt auf den Markt und haben selbst kaum *manpower* …«. Er zögerte, suchte nach einem deutschen Wort. »Ihnen fehlen eigentlich die Leute für derart große Geschäfte. Sie sehen sich also in Ruhe an, wer auf den Plan tritt. Wer Interesse hat, für sie zu arbeiten. Ein paar Streitereien und Scharmützel, vielleicht sogar einige Verluste, alles ist einkalkuliert. Zum Schluss wird der Sieger ihr endgültiger Partner. Und die Verlierer müssen das Feld räumen. Die Mobster in den Staaten machen es ähnlich. Ich war immer fürs Aufräumen zuständig.«

»Ich verstehe.« Franz nickte. »Sie können es sich leisten, weil sie das Opium haben. Und sie können den Hahn zudrehen, wenn sie wollen.«

»Genau. Sie kontrollieren die Anbaugebiete und die Handelswege zu den Hafenstädten. Sehr alte Strukturen. Familienbande und Beamtenbestechung seit Jahrhunderten. Da kommt kein Europäer rein. Zudem wissen sie, wie und wo sie das Zeug über Land bringen oder auf den Schiffen verstecken. Kommt ihnen jemand in die Quere und versucht es selbst mit dem Schmuggel, dann treten zur Not die Piraten im Chinesischen Meer auf den Plan. Übrigens auch Mitglieder der Triaden. Diese Kerle kennen keine Gnade. Kein Schlitzauge fasst nur ein Gramm an, ohne sich vorher bei den Familien abzusichern. Deren Hierarchie umfasst mehr als zwanzig Stufen. Von ganz oben nach ganz unten.«

»Das *Syndicat* will aus der Sache aussteigen«, gestand Franz. »Du musst uns helfen. Wir wissen, dass es Leute aus Amerika gibt, die die Sache übernehmen wollen.« Er wollte jetzt endlich reinen Tisch machen. Der Anschlag auf Georg konnte nicht ohne Antwort bleiben. Zhi Chao in Hamburg ließ sich neuerdings verleugnen. Und Shen lächelte nur und schien abzuwarten. Mittlerweile hatte Franz den Verdacht, dass sich die Machtverhältnisse in Hamburg und Berlin verschoben haben könnten. Vielleicht war Meister Zhi auch gar nicht mehr am Leben. Jedenfalls fühlte sich Franz nicht länger an seine Versprechen gebunden. Nicht unter diesen Umständen und zu diesen Bedingungen.

»Für die Chinesen gibt es die Option eines Ausstiegs nicht. Jedenfalls nicht lebend«, erwiderte Schmidt und schien damit die Vermutungen seines Gastes unwissentlich zu bestätigen. »Es ist ein Hahnenkampf, an dessen Ende immer einer stirbt. Der einzige Ausweg ist der Tod.«

»Aber wenn du nichts mit dem Anschlag auf meinen Bruder zu tun hast. Und wenn es nur eine Warnung war, wie ich vermute: Wer hat uns diese Botschaft geschickt? Und an wen kann ich mich wenden, um zu signalisieren, dass wir begriffen haben? Und dass wir den Rat annehmen. Sind es tatsächlich deine ehemaligen Landsleute?«

»Ich verrate dir jetzt ein Geheimnis, Sass. Weil ich dich und deine Familie mag. Und vielleicht können wir, sofern wir alle mit heiler Haut da herauskommen, in Zukunft wieder ruhigere Geschäfte miteinander machen.«

»Wenn *wir* da herauskommen?« Franz wurde hellhörig. »Du wirst ebenfalls bedroht?«

»Die US-Mobster haben mich aufgespürt.« Schmidt nickte. »Du kennst ja die Gerüchte, die in der Stadt kursieren. Und ich sage dir, sie untertreiben noch. Diese neuen Cowboys, wie man sie hinter vorgehaltener Hand bereits nennt, sind äußerst brutal. Gegen die sind die Götze-Brüder die reinsten Hühnerzüchter. Ich dachte lange Zeit, dass ich es geschafft habe. Dass Gras über die Sache gewachsen ist. Dass diese Leute wichtigere Dinge zu tun haben, als ihrem Smithy eine alte Rechnung zu präsentieren. Ich habe mich geirrt. Die Opiumgeschäfte der Chinesen und diese Sache mit dem Heroin, in die ich gar nicht eingestiegen bin, haben das Interesse meiner ehemaligen Auftraggeber auf Europa gelenkt. Und dabei haben sie zufällig auch mich gefunden.«

»Was ist das für eine alte Rechnung, Carl?«

»Ich stand vor vielen Jahren bei einem Konflikt der *Five Pointers* mit den *White Handers* einmal auf der falschen Seite. Auf der Seite der Verlierer, du verstehst? Und die Mobster verzeihen einen Fehler ebenso wenig wie diese verdammten Triaden.«

»Wollen dich die Amerikaner loswerden?«

»Ein gewisser Flegenheimer, der sich drüben Dutchman Schultz nennt, hat mir klar zu verstehen gegeben, dass ich meine Schuld bezahlen muss. Sofort oder in Raten. Also in Blut oder durch viele, kleine Gefallen. Sie haben mir einen Deal angeboten.«

»Also doch!« Franz sprang auf und fegte seinen halbvollen Stamper vom Tisch. »Du sollst ihnen unsere Köpfe liefern!«

»*Hey, keep cool*, Sass!« Schmidt hob die Arme. »Wie gesagt, wenn es meine Absicht gewesen wäre, darauf einzugehen, dann läge dein Bruder unter der Erde. Und du jetzt auch. Ich bin der *Undertaker*, Mann, und habe einen Ruf zu verlieren. Wenn ich mich von jedem einschüchtern lasse, tanzen mir bald die Fischweiber auf der Nase herum.«

»Wer, Schmidt? Nur dieser Schultz? Oder steckt noch jemand anderes dahinter?«

»Zwei Kerle. Lansky und Siegel. Und sie haben noch ein paar Handlanger. In Europa sind das derzeit dieser Dutch Schultz. Und irgendein Lette, glaube ich. Dazu vier *regulators*.«

»Was?«

»*Regulators*. So nennen die Mobster sie. Sie regeln Dinge. Auf heftige und endgültige Art.«

Sechs Amerikaner. Franz dachte an Konters Vermutungen. Agenten der *Ochrana*? Unsinn, diese Mobster hatten ihre ganz eigene Organisation. Ihre sechs *Regulators*.

Nur noch fünf, korrigierte er sich und lächelte grimmig. Georg hatte einen Kerl erwischt. Unverwundbar waren sie also nicht. »Und was wirst du tun?«, fragte er Schmidt barsch.

»Zunächst einmal habe ich etwas Zeit herausgeschlagen. Ich denke, dass es ihnen zu denken gibt, dass sie einen Mann verloren haben. Glückstreffer hin oder her. Einen Regulator ersetzt man nicht einfach. Vielleicht hat ihnen das auch etwas Respekt eingeflößt. Jedenfalls soll ich mit euch verhandeln. Was kannst du diesen Leuten anbieten, Sass?«

»Wir ziehen uns zurück. Und wir übergeben die Handelsrouten, die Arbeiter und das Wissen, wer wann fürs Schweigen bezahlt werden muss.«

»Zu wenig«, erwiderte Schmidt ungerührt. »Ich konnte mit Flegenheimer eine Art Waffenstillstand aushandeln. Du hast einen Monat, um dir etwas einfallen zu lassen.«

Schon wieder einen Monat, dachte Franz. Was mochte es geben, womit er die Amerikaner unter Druck setzen konnte? Was er ihnen anbieten konnte? Er kannte die Leute gar nicht, geschweige denn deren Geschäfte.

○ ○ ○

»Du glaubst Schmidtchen?«, fragte Georg seinen Bruder aufgebracht, als sie sich nachmittags in den Geschäftsräumen des *Klub Berlin* trafen. Auch Max und Erich waren anwesend.

»Wir werden nie herausfinden, wer der Kerl wirklich war, der euch überfallen hat. Carl behauptet, es wäre ein Amerikaner, aber …« Franz zuckte mit den Schultern. »Wir werden es nie beweisen können. Und deine Leute haben im Wald alles abgesucht. Ich habe Erkundigungen eingezogen. Keiner kennt ihn. Nirgendwo wird ein Pensionsgast vermisst. Wir haben ja noch nicht mal eine ordentliche Beschreibung, da sein Gesicht nur Brei war.«

»Irgendjemand wird etwas wissen«, erwiderte Georg trotzig. »Niemand kann einfach als Geist leben, Leute abknallen und unerkannt sterben.«

»Carl meint, es wären sechs von denen in der Stadt. Sie werden wohl von einem gewissen Schultz angeführt. Gefälschte Meldepapiere oder Kennkarten bekommst du für hundert Mark auf jedem Marktplatz. Und als amerikanische Staatsbürger sind sie beinahe unantastbar. Die Kerle führen sich nach dem Friedensschluss in Europa auf, als wären sie die Herren der Welt.«

»Stimmt«, unterbrach ihn Erich. »In der *Nachtausgabe* stand neulich, dass ein US-Soldat eine Deutsche zur Unzucht gezwungen hat. Er ist seelenruhig ins Ausland verschwunden, ohne dass die Polizei etwas machen konnte.«

»Liest du immer noch diesen Mist?«, fragte ihn sein Bruder wütend. Er wusste, dass Erich sich hin und wieder mit Leuten aus rechten Kleinstparteien herumtrieb und deren Zeitungen las. Und Hugenbergs *Nachtausgabe* erschien wahrscheinlich deshalb erst abends, weil der hanebüchene Unsinn nur betrunken nach dem dritten Feierabendbier zu ertragen war.

»Dann waren es diese sechs Männer, die den Anschlag auf Rosenbaums verübt haben?«, fragte Max, bevor es zwischen den Brüdern wieder zum Streit kam.

»Deshalb hat die Kripo auch nichts gefunden«, legte Erich nach. »Weil sie nichts finden sollte! Amerikaner, ich hab es ja gesagt.« Max hob drohend die Faust, aber sein Bruder duckte sich darunter weg.

»Könnte was dran sein«, sagte Franz. »Paul ist bei seinen Recherchen ständig aufgelaufen, Anfragen bei seinen Kollegen wurden nicht beantwortet. Und die Sache wurde ganz schnell von der Presse als eine Hasstat gegen Juden hochgespielt. Dabei hat die Politische Polizei nie Hinweise dafür gefunden. Jetzt sitzt Paul in seiner Kammer und darf noch ein bisschen weiterermitteln. Funkstille, versteht ihr? Die Sache soll im Sande verlaufen.«

»Schweigen im Walde! Sag ich doch!«

»Dann haben die Kerle aber nicht nur den Auftrag gehabt, unsere Geschäfte mit den Rohstoffen zu stören und Georg eine Abreibung zu verpassen«, meinte Max, der seinen schnell überforderten Verstand sonst eher zu schonen pflegte.

»Ganz genau. Wenn es dieselben Männer waren, die für die Anschläge auf Georg und die Familie Rosenbaum verantwortlich sind, dann lässt dies nur einen Schluss zu. Es muss Verbindungen geben zwischen ihnen und diesen Firmen. Wallenberg, *Bayer* und wie sie heißen.«

»Die Leute von *I. G. Farben* sollen Auftragsmörder angeheuert haben?«, fragte Georg ungläubig.

Sein Bruder schüttelte den Kopf. »Diese Herren machen sich nicht selbst die Finger schmutzig. Sie sagen nur, in welche Richtung der Zug fährt. Sie lassen für sich arbeiten, die dreckige Kohle schaufeln andere Leute für sie. Ich denke, es gibt gemeinsame Interessen.« Franz rieb Daumen und Zeigefinger aneinander. »Geld. Irgendjemand hat den deutschen Direktoren angeboten, dass man sich gut um die Angelegenheit kümmern wird. Dass alle Widerstände aus dem Weg geschafft werden. Auf diese Weise macht man sich bei solchen Leuten unentbehrlich. Am Ende waschen sich auf diese Weise alle Hände gegenseitig. Und jeder gibt dem anderen Deckung.«

»In diese verdammte Sache hast *du* uns reingeritten, mein Lieber«, schnaubte Georg.

»Komm schon, hör auf.« Max versuchte erneut, beschwichtigend einzugreifen. »Wir haben doch alle darüber entschieden. Und die Penunze hat uns einfach den Verstand benebelt.«

»Carl hat erzählt, dass drüben in den Vereinigten Staaten Politiker, Unternehmer, Polizisten und schräge Vögel schon seit langer Zeit Geschäfte miteinander machen«, sagte Franz. »Man trifft, unterhält, verheiratet sich, und alle verdienen an den Absprachen.«

»Klingt doch gar nicht schlecht«, meinte Erich. »Unser Paul hat ja auch erkannt, wie es läuft. Polizist und Gauner. Von allem etwas. Der schlaue alte Sack.«

»Halt die Klappe«, fuhr Georg ihn an. Er deutete mit dem Finger auf Franz. »Du hast mich schon beim Überfall auf Joaquin verarscht. Und für Josef habt ihr ebenfalls nichts getan. Wenn ihr denkt, dass die

Dreckskerle meine Familie überfallen und damit davonkommen können, dann habt ihr euch getäuscht. Jetzt ist Zahltag! Ich werde alle Jungs der sieben Familien zusammenrufen und den Dreckskerlen zeigen, welche Regeln in unserem Ring gelten.«

»Er hat recht«, meinte Erich. »Ich könnte auch ein paar Leute zusammentrommeln.«

»Sicher, Kleena, deene strammen *Frontbann*-Burschen neben Stjepan und seinen Zigeunerfreunden. Passt jut zusammen«, erwiderte Max. »Hand in Hand fürs Vaterland! Nisten bei dir da oben nur Spechte, oder wat?«

∘ ∘ ∘

Die Brüder schwiegen und ließen die Flasche kreisen. Es schien, als hätten sie ihr Pulver verschossen. Die letzten Monate hatten Kraft gekostet. Eine Stunde später kam Toni dazu, die mit Erich die Bücher der drei Klubs durchgehen wollte.

»Wir haben nur uns«, meinte Franz mit belegter Stimme. Max und Erich nickten, aber Georg starrte demonstrativ aus dem Fenster.

»Sicher, die Familie steht an erster Stelle. Wir müssen aber auch fragen, was am Ende für uns bleibt«, meinte Toni plötzlich, die bisher nur geraucht und zugehört hatte. Auch sie wirkte erschöpft. Die Nachricht vom Anschlag auf Georg hatte bei ihr erst einen Tobsuchtsanfall und dann eine stundenlange Apathie ausgelöst. Selbst Valerie war es nicht gelungen, sie zu trösten. Erst heute, kurz vor dem Treffen hatte sie sich wieder einigermaßen gefangen.

»Wir müssen uns und den Geschäftspartnern auch noch in die Augen schauen können«, fuhr sie fort. »Wenn wir jetzt nur feige den Schwanz einziehen, kann *ich* vielleicht noch damit leben. Aber ihr …« Sie wies mit dem Finger ins Rund. »Ihr werdet euch gegenseitig zerfleischen. Weil ihr es nicht ertragen könnt. Und die Geier holen sich den Rest.«

»Lieber feige als tot«, entgegnete Franz halbherzig.

»Ach ja? Vom Prinzip her hast du vielleicht recht. Aber das Leben tickt anders, mein Lieber. Wir können keinen Krieg anfangen, aber wir müssen diesen Leuten auch zeigen, dass die Sass-Familie nicht alles mit sich machen lässt.«

»Schmidtchen sieht das ähnlich.« Franz fasste das Gespräch zusammen, das er mit dem Bestatter geführt hatte. »Er meint, dass wir ein Druckmittel gegen die Amerikaner brauchen. Nur dann lassen sie uns aus der Sache raus, ohne uns alle umzulegen.«

»Wir sollen diesen Schweinen einfach alles überlassen?« Max und Erich waren erbost aufgesprungen, aber Georg gab ihnen ein Zeichen, zu schweigen.

»Man muss wissen, wann man verloren hat«, meinte er. »Franz und Schmidtchen haben recht.«

»Wir hatten von Anfang an nur Ärger mit dem Rauschgift«, sagte Toni. »Durch eine Abmachung mit den Amerikanern und Chinesen wären wir ihn los. Und wie Schmidt sagt, wenn wir es geschickt anstellen, dann ist es eben nicht nur ein feiger Rückzieher.«

»Ich weiß schon, wo wir graben müssen«, meinte Franz entschlossen. »Ich denke, dass Hans Heinrich Dollberg etwas weiß. Und Paul wird Livana Rosenbaum auf den Zahn fühlen. Wir brauchen etwas, das wir den Amerikanern voraushaben. Oder um es mit deinen Worten zu sagen, Georg, es ist unser Ring. Nur dass wir uns auf keinen Fight einlassen, bei dem wir nicht vorher die Kampfrichter bestochen haben.«

»Lasst uns abstimmen«, schlug Toni vor. »Nur der harte Kern. Konfrontation oder geordneter Rückzug?«

Die Abstimmung in der Familie hinsichtlich des weiteren Vorgehens fiel mit drei zu zwei Stimmen denkbar knapp aus. Franz atmete auf, da Georg sich für den Ausstieg entschieden hatte. Und dennoch war er sichtlich unzufrieden.

»Wir entscheiden über die Köpfe der anderen hinweg. Und auch nur sehr knapp. Es wird Ärger geben.«

»Ich nehme das Ganze auf meine Kappe«, erwiderte Toni. »Gib Schmidt Bescheid, dass wir diesen Waffenstillstand, wie die Kerle es nennen, annehmen. Das verschafft uns etwas Zeit. Keine weiteren Anschläge auf die Familie und das *Syndicat.*« Sie blickte aus dem Fenster und setzte bereits zum dritten Mal ihre Mokkatasse an den Mund, obwohl diese längst leer war. Ein untrügliches Zeichen für die Unruhe, die seit Tagen von ihr Besitz ergriffen hatte. »Ich will keine Trauer tragen müssen. Erst habe ich in Paris meinen geliebten *bijou* verloren, dann fast Valerie. Und nun beinahe Georg. Es reicht mir. Aber diese Schweine sind auch nicht unverwundbar, auch das hat uns Georg bewiesen. Wir gehen hoch erhobenen Hauptes vom Feld und wenden uns in Zukunft wieder den Geschäftsbereichen zu, die uns groß gemacht haben.«

»Da bleibt aber nicht viel«, maulte Max. »Du hast Josef gehört. Waffen sind tabu. Schnaps und Zigaretten machen andere auch. Und die Pferde bringen kaum noch etwas ein, seit sie deinen Lümmel in den Bau verfrachtet haben.«

Franz sah seine Tante an, da er befürchtete, sie würde bei der Erwähnung ihres ehemaligen Liebhabers in die Luft gehen. *Lümmelchen.* Tonis Kosename für das liebenswert vertrottelte Zahlengenie Max Klante. Toni blieb jedoch ruhig. Stattdessen nahm sie sich die vierte *R6* in einer Stunde und setzte sie mit einer eleganten Bewegung auf ihre Elfenbeinspitze.

»Glücksspiel wird hoch besteuert, und die Lizenz kostet ein Vermögen«, fuhr der älteste Sass fort. »Und ihr Weiber mault herum, wenn die Mädchen bei uns anschaffen gehen. Aber schöne Augen und Händchenhalten bringen kein Geld.«

Jetzt hatte er den Bogen doch überspannt. Seine Tante und die anderen Teilhaberinnen des *Syndicats* hatten strenge Regeln aufgestellt, was die Prostitution in den Klubs anging.

»Vorsicht, mein Lieber. Sehr dünnes Eis«, sagte sie nur und blies ihrem Neffen den Rauch direkt ins Gesicht. »Die Lokale werfen allesamt gutes Geld ab. Und wir sollten unser Augenmerk auf die hochpreisigen Spirituosen richten. Franz hat durch Ian noch gute Beziehungen nach Schottland. Ich kenne einige Cognac-Hersteller in Frankreich. Drehen wir den Spieß doch um! In den Staaten ist Alkohol verboten. Wenn wir mit den Amerikanern einig werden, können wir ihnen guten Sprit anbieten. Und das Glücksspiel gibt es in Zukunft nur noch für gut betuchte Kenner und Mitglieder. Mit hohen Einsätzen.« Sie blickte ihren Neffen lange an. »Wir werden sicherlich nicht verhungern, Max.«

»Das Boxen wird auch immer beliebter«, sagte Franz. »Durch Volkmar und seine Kontakte sind wir da beinahe exklusiv im Wettgeschäft.« Er träumte in diesem Moment wieder einmal davon, sich Susanne zu schnappen und mit dem *Bugatti* spontan an die Ostsee zu fahren. Besser noch wäre Neapel. Ganz ohne Sorgen um Brüder, Transporte und Geschäftspartner.

Das Leben muss einfacher werden, dachte er wehmütig, schwieg jedoch, um die Stimmung nicht unnötig anzuheizen.

Er erinnerte sich nur zu gern an die beinahe legendären Einkaufstouren, zu denen seine Susanne mit ihren Freundinnen noch vor einiger Zeit aufgebrochen war. Immer samstags. Immer nach einem Mokka und Gebäck. Immer in altmodischen Pferdedroschken. Es ging dann ins *KaDeWe*, *Warenhaus Maaßen* oder zu *Wertheim*. Aus Sicherheitsgründen hatte Franz ihr die Vergnügungen seit mehreren Monaten untersagt, was natürlich zu wiederholten und heftigen Auseinandersetzungen geführt hatte. Mehrere Geschäftsführer führender Häuser hatten sich anfangs nach dem Fortbleiben ihrer betuchten Kundschaft um deren Wohlergehen – oder um ihren Umsatz – gesorgt und sich sogar bei Franz schriftlich nach dem Befinden der Damen erkundigt. Er lächelte versonnen. Das Leben konnte eben doch einfach sein. Und vielleicht wären in Zukunft auch wieder ein paar Streifzüge mit Joe Fischer drin. *Wertheim* hatte angeblich einen ganzen Keller mit Tresoren für die Einnahmen. Sie könnten zu dritt vorsorglich deren Sicherheit prüfen. Er selbst, Joe und Erich. Sofern sein jüngster Bruder endlich seine politischen Flausen ablegte.

»... Ablauf aus?«, fragte Toni und stieß ihn unwirsch an.

»Was? Ja. Wir ... Ich kläre die Sache mit Carl«, erwiderte ihr Neffe. »Er kümmert sich um die Amerikaner. Und wir müssen endlich mit Shen sprechen. Schmidt meint, dass die Chinesen ein Problem werden könnten. Sie hinterlassen wohl offenbar bei Geschäftsbeziehungen, die sie aufgeben, gern ein leeres Buch. Hat bei denen Tradition.«

»Was? Welches Buch?«, fragte der Jüngste und handelte sich umgehend seine Kopfnuss ein.

»Sie blasen ihren alten Partnern gern das Licht aus, du Pfeife!«, sagte Max ungehalten. »Aber bei dir brennt eh nüscht, wat et zu blasen jibt.«

»Shen Li wird es nicht auf einen offenen Krieg ankommen lassen«, sagte Franz. »Vor allem nicht, wenn die Amerikaner da nicht mitmachen. Die Chinesen haben kaum Leute hier. Sie sind nur die Strippenzieher. In ihrer Heimat sähe es schlecht für uns aus. Aber in Berlin bestimmen wir, wie wir vom Schlachtfeld gehen! Wir einigen uns mit diesem Lansky und seinen Regulatoren. Und ich drohe Shen, dass wir alle Handelskontakte vergraulen werden, wenn er nicht mitzieht. Die Kerle müssten dann bei null anfangen. Wir könnten sogar über Paul ein paar Razzien veranlassen. Zur Not wirft die Fremdenbehörde Shen und seine Bande einfach raus aus Deutschland. Solche Aussichten dürften ihnen gar nicht gefallen.«

»Dann stehen wir gegenüber den Chinesen wenigstens nicht mit völlig leeren Händen da«, stellte Toni fest und nickte zufrieden. »Immerhin haben wir trotz der vielen Störungen ein gutes Handelsnetz aufgebaut.«

»Hoffen wir, dass sie es ähnlich sehen«, meinte Franz und betrachtete die Glut seiner Zigarette, als könne er darin die Zukunft erkennen. »Diese Leute haben ein sehr seltsames Verständnis von Dankbarkeit.«

5

Klinik Charité, März 1925

»Ich sehe keine Veranlassung, mit Ihnen über Aaron und meine privaten Angelegenheiten zu sprechen, Herr Sass«, sagte der junge Assistenzarzt in herablassendem Tonfall. »Ich habe bereits vor einem halben Jahr bei der Kriminalpolizei alles Wesentliche zu Protokoll gegeben. Dass Sie seinen Onkel kennen, ändert nichts an der Tatsache, dass Sie mein Privatleben nichts angeht.« Dollberg blickte demonstrativ zur Tür, als würde er dadurch seinen Besucher zwingen können, den Raum zu verlassen.

Gar nichts hast du der Kripo gegeben, dachte Franz und bemühte sich, ruhig zu bleiben. »Fräulein Koller meinte, dass Sie vielleicht helfen könnten, diese schreckliche Tat aufzuklären«, sagte er stattdessen in möglichst ruhigem Tonfall. »Immerhin waren Sie mit Aaron näher bekannt.«

Franz hatte die letzten Tage durch da Silva einige neue Details zu Hans Heinrich Dollbergs Biografie erfahren. Der Mann arbeitete als Assistent an der *Charité*. Eigentlich war er der Chirurgischen Klinik zugeordnet, wurde aber wohl auch als eine Art Springer in andere Abteilungen geschickt, wenn es dort eng wurde. Offiziell war sein Chef, Professor August Bier, der Ordinarius und Leiter des »Lehrstuhls Ziegelstraße« an dem renommierten Krankenhaus. Allerdings war der Mann durch eine große Privatklinik am selben Standort oft anderweitig ausgelastet. Insgesamt hatte der Detektiv den Eindruck gewonnen, dass es mit Dollbergs Laufbahn nicht zum Besten stand. Offenbar hatte er versucht, sein Renommee zu verbessern, indem er einige Zeit an anderen Kliniken, unter anderem bei Professor Sauerbruch in München, hospitiert hatte.

»Sie könnten auch aus reiner Höflichkeit und Respekt gegenüber dem Toten mit mir reden, Dr. Dollberg«, fuhr Franz fort. »Sein Onkel ist ein gebrochener Mann. Aaron war wie ein Sohn für ihn. Und wir alle wollen doch der Familie helfen, damit diese Untat endlich aufgeklärt wird. Die Leute, die das getan haben, müssen bestraft werden. Oder sehen Sie das anders?«

»Ich darf doch sehr bitten! Natürlich! Aber diese Aufgabe sollten wir doch der Polizei überlassen. Sie gehen ja auch nicht zum Schuster, wenn Sie Zahnschmerzen haben.«

Wieder musste Franz sich zusammenreißen, denn er hatte nicht die besten Erfahrungen mit Ärzten. »Sicher. Zur Not kann der Schuster aber mit seinen Zangen auch einen bösen Zahn ziehen«, erwiderte er. Warum nur mussten Ärzte immer auf ihrem hohen Ross sitzen?

»Sein Onkel«, meinte Dollberg unvermittelt. Er sah jetzt aus dem Fenster, nickte und schien sich etwas zu entspannen. »Wenigstens er hat Aaron verstanden.«

»Und Sie? Haben Sie ihn auch verstanden? Ich meine, Sie sind Chirurg, also eher ein Mann der Praxis. Er hingegen war philosophisch interessiert, wollte sogar Schriftsteller werden und nach Weimar gehen. Sieht nicht gerade nach gemeinsamen Interessen aus, die einen zusammenschweißen.« Franz wusste, dass er gerade ziemlichen Unsinn redete. Natürlich konnte es solche Bekanntschaften geben. Aber er wollte Vertrauen aufbauen, indem er über ein paar Einzelheiten aus Aarons Leben plauderte und gleichzeitig so tat, als verstünde er die beiden Männern nicht.

»Man muss nicht unbedingt dieselben Wege gehen, um ein Ziel zu erreichen«, erwiderte der Arzt. »Wir haben uns einfach gut verstanden. Und schließlich geht es in der Medizin und Philosophie doch vor allem um Menschen. Wir hatten viele Dinge, über die wir sprechen konnten. Wir hatten anfangs die Träume, die junge Männer so haben.«

»Aaron erzählte mir mal, Sie beide hätten sich in einer studentischen Verbindung kennengelernt. Trifft das zu?«, fragte Franz, obwohl er die Antwort bereits kannte.

»Warum sollte er Sie anlügen? Ja, wir waren bei den *FWV*. In der Wissenschaft war ein kreatives Miteinander schon immer wichtiger als nationalkonservative Attitüden und ethnische Ressentiments. Denken und Vorurteile schließen sich nämlich gegenseitig aus. Den Beweis für diese These liefern jeden Tag die Schmierfinken der radikalen Presse.«

»*FWV*«, meinte Franz. »Hab davon gehört. Könnte der Anschlag von Gegnern dieser *Freien Wissenschaftlichen Vereinigungen* verübt worden sein?«

»Sie meinen antisemitische Hetzer? Da müsste die Polizei wohl halb Berlin zu Verdächtigen erklären.« Sein Lachen hatte einen bitteren Klang. »Nein, im Ernst, es gab immer Schmähungen gegen uns. Aber ein solches Attentat? Soviel ich weiß, scheint es mir besser geplant und ausgeführt als der Mord an Walter Rathenau. Ich glaube, dass diese geifernden Judenhasser dazu nicht fähig wären. Die meisten Kerle sind verblendet und dumm.«

»Hatte Aaron vielleicht Schulden? Oder wurde er bedroht? Jeder Hinweis könnte wichtig sein.«

»Er hatte seine Eigenheiten. Sicher, ein paar hundert Mark dürfte er mir und anderen geschuldet haben. Aber er war kein Spieler, kein Säufer, nahm kein Rauschgift. Und bedroht? Davon hat er nie etwas erzählt. Er war ein Hitzkopf, aber nur in seinen Seminaren oder im Kreise von Bekannten. Ansonsten war er in der Öffentlichkeit eher schüchtern. Ganz besonders gegenüber Frauen.«

»Er wollte heiraten.«

»Gudrun«, bestätigte Dollberg. »Nettes Mädchen. Die Arme steht jetzt vor den Trümmern ihrer Träume. Wie wir alle. Sie stammt aus einfachem Hause. Sie und Aaron wollten Berlin verlassen. Und ich glaube, es hätte ihnen gutgetan.«

»Hat Aaron Ihnen vielleicht von den Geschäften seines Vaters berichtet? Gab es da etwas, was die Polizei weiterbringen könnte?«

»Aaron und sein Herr Vater«, meinte Dollberg nachdenklich. »Ein Thema für sich. Aaron gab gern den Rebellen, wenn es um seine Bankiersfamilie ging. Da war er bereits ganz der missverstandene Künstler. Aber so zerrüttet, wie er vorgab, war die Beziehung zwischen beiden wohl nicht. Sonst hätte ihm sein Vater viel eher den Geldhahn zugedreht. Sehen Sie, man muss den alten Mann auch verstehen. Aaron ging auf die dreißig zu und hatte keinen Abschluss.« Der Arzt sah auf die Uhr. »Sie müssen mich jetzt entschuldigen. Die Pflicht ruft.« Dollberg griff demonstrativ nach einem Aktenberg, den er auf die Fensterbank gelegt hatte, und erhob sich von seinem Schreibtischstuhl.

»Was hatte Ihre Schwester mit Aaron zu tun?« Franz musste den Kerl aus der Deckung locken, sonst fingen sie hier noch an, gemeinsam zu stricken.

»Was …? Ich wüsste nicht, was Sie meine Schwester angeht, Herr Sass! Mein Privatleben werde ich vor Ihnen ganz sicher nicht ausbreiten.«

»Ihre Halbschwester …« Franz betonte das Wort. »… hat sich mehrmals mit ihm getroffen. Er muss Ihnen doch erzählt haben, worum es ging. Oder sie. Und dann noch diese beiden Gestalten, die ihn im *Kakadu* betrunken gemacht haben. Ich weiß, dass Sie später dazu gekommen sind.«

»Es reicht. Ich muss mir das nicht bieten lassen! Ich möchte Sie jetzt bitten, zu gehen. Ich habe zu tun.«

»Sie tanzen hier auf vielen Hochzeiten, Dr. Dollberg.« Franz versuchte, den Ausdruck von Bewunderung in seine Stimme zu legen. »Als ich in der Privatklinik von Professor Bier nach Ihnen fragte, wurde ich hierher verwiesen. Beim Pförtner hieß es, Sie arbeiteten auf der *Chirurgie II*. Dort meinte man, ich solle beim Apotheker vorbeisehen. Sie sind ein vielbeschäftigter Mann.«

»Gute Wissenschaft erfordert ein gerüttelt Maß an Flexibilität. Herr Professor Bier und ich arbeiten an neuen Mitteln, die Wundentzündungen nach Operationen verhindern sollen. Wir müssen schneller sein als die Keime. Alleiniges Dozieren am Katheder wäre nicht zielführend. Wie Sie bereits sagten, ich bin ein Mann der Praxis. Bitte entschuldigen Sie mich jetzt.«

Ohne Zweifel ist der Kerl von sich eingenommen, dachte Franz, als er den Assistenzarzt über den Flur davongehen sah. Das energische Aufsetzen der Absätze, der schnelle Schritt, die kerzengerade Haltung, der wehende, offene Arztkittel, die Akten unter dem Arm. Dieser Mann wollte unbedingt gesehen werden. Auf seinem Weg zum Erfolg. Allerdings meinte Franz auch inneren Zweifel bei dem Arzt bemerkt zu haben, ja, da war sogar ein Anflug von Unsicherheit gewesen. Jedenfalls hatte er viel geredet. Aber Franz wurde das Gefühl nicht los, dass er dabei nicht viel gesagt hatte.

∘ ∘ ∘

Franz hatte da Silva bisher als einen Mann erlebt, den nichts aus der Ruhe zu bringen schien. Selbst wichtige Fakten fasste er unaufgeregt und kompetent zusammen. Umso mehr verwunderte und beunruhigte es Franz, als er noch am späten Abend einen Anruf des Detektivs erhielt.

»Sie werden nicht glauben, was ich erfahren habe!«, sagte der Mann, der sogar außer Atem zu sein schien. »Waren Sie schon bei Dollberg?«

»Ja, weshalb? Um ehrlich zu sein, das Gespräch hat nicht viel gebracht. Er behauptet, bereits alles bei der Polizei gesagt zu haben. Und er ist ja kein Verdächtiger, der …«

»Ich wäre mir da nicht mehr so sicher, Franz. Der Mann hat Dreck am Stecken, da gehe ich jede Wette ein.«

»So kenne ich Sie ja gar nicht, Gershom. Sie wetten? Ich dachte, Sie denken und schlussfolgern nur.«

»Stinnes.«

»Ist tot. Und?«

»Ebert.«

Franz blickte auf die vielen Zeitungen, die sich auf dem Beistelltisch des Salons stapelten. *B. Z. am Mittag*, *Germania*, *Vossische* hatten tagelang über den Tod des Reichspräsidenten berichtet. Im *Vorwärts* von gestern das ungewöhnlich pathetische Titelblatt: *Millionen neigen das Haupt. Die Republik ehrt ihren Führer*. Reichspräsident Ebert war vor einer Woche an einer Blinddarmentzündung gestorben.

»Wo wurden beide operiert?«, fragte der Ermittler.

»Selbstverständlich in der Universitätsklinik. Was soll das, Gershom?«

»Hugo Stinnes litt an einer Gallenblasenkolik. Ebert hatte einen entzündeten Blinddarm. Nicht gerade die größten Herausforderungen für einen Chirurgen möchte man meinen. Und dennoch gingen die Operationen bei beiden schief. Sie haben es sicher gelesen. *Unvorhergesehene Komplikationen*. Und Sie erinnern sich an die stärksten Widersacher des *I. G. Farben*-Zusammenschlusses, Franz?«

»Stinnes und Ebert«, antwortete Franz kaum hörbar. Der von da Silva in den Raum gestellte Zusammenhang verblüffte und erschreckte ihn zugleich. Er schien derart offensichtlich, dass er unmöglich zutreffen konnte. Durfte.

»Letztes Jahr Stinnes, jetzt Ebert. Beide Male operiert der angesehene Professor Bier. Für wie wahrscheinlich halten Sie es, dass einem derart erfahrenen Mann zwei Mal unvorhergesehene Komplikationen ins Handwerk pfuschen?«

»Sie meinen, Bier hat …«

»Raten Sie, wer ihm beide Male assistiert hat!«

»Nein!« Franz hatte seine Zigarette vergessen, und die Glut des Stummels versengte ihm erst die Finger und danach den Hosenstoff.

»Dr. Hans Heinrich Dollberg«, meinte da Silva triumphierend. »Erster Assistent und zuständig für die Wundnachsorge. So steht es in den Dienstplänen.«

Es war beängstigend, wie sich durch dieses Wissen plötzlich vermeintliche Zufälle zu einem stimmigen Bild fügten.

»Glauben Sie, dass Dollberg auch Aaron …?«

»Der Mann ist Chirurg. Er wird kaum über die Mittel und Kontakte verfügen, um einen derart akribisch geplanten Anschlag durchführen zu lassen.«

»Dollbergs Schwester könnte ihrem Bruder auf die Schliche gekommen sein«, mutmaßte Franz. »Und vielleicht hat sie Aaron in die Sache eingeweiht. Allerdings frage ich mich, woher sie so etwas gewusst haben könnte.«

»Die Polizei muss sie unbedingt dazu befragen. Sonst bleibt alles reine Spekulation.«

»Konter arbeitet nur noch allein an der Rosenbaum-Sache. Und er hat mit den Befragungen schon alle Hände voll zu tun. Ich denke, es ist besser, wenn Sie nach der Frau suchen, Gershom. Und ich werde mir morgen noch einmal Dollberg vornehmen. Zur Not müssen wir eben etwas inoffizieller und unangenehmer werden. Die Androhung eines gebrochenen Fingers sollte bei einem Chirurgen Wunder bewirken. Wenn der Kerl denkt, er kann mich auf den Arm nehmen, dann wird er bald merken, dass er sich mächtig verhoben hat.«

∘ ∘ ∘

Da Silva hatte herausgefunden, dass Dollberg nach Feierabend fast immer auf ein oder zwei Absacker ins *Schampus mit Schuss* einkehrte. Das Lokal am Karlplatz war nur einen Katzensprung von der Charité und dem Deutschen Theater entfernt. Da das Publikum mit den Jahren deutlich zahlungskräftiger und anspruchsvoller geworden war, hatte der pfiffige Wirt seine alte Kneipe *Bolle mit Schuss* nach dem Krieg kurzerhand umbenannt. Und gleich die Preise verdreifacht. Franz passte den jungen Arzt vor dem Eingang ab und griff energisch nach seinem Arm.

»Zeit, Klartext zu reden, Dollberg. Wir setzen uns da jetzt rein. Und ich zahle sogar. Dann unterhalten wir uns noch einmal. Und vielleicht bin ich bereit, zu vergessen, dass Sie mich gestern verarscht haben.«

»Unerhört! Ich …«

»Ganz ruhig. Ich bin gerade in der Stimmung, ein paar Jungs anzuheuern, die es toll finden, anderen mit ihren Absätzen auf die Hände zu treten. Möchten Sie das?«

Der Chirurg schwieg und ließ sich in das Lokal ziehen. Sie setzten sich an einen freien Tisch.

»Marie-Yini, Ihre Schwester, hat Aaron ein paar unangenehme Dinge über Sie erzählt, habe ich recht?«, begann Franz sein Verhör. »Die Sache mit Stinnes. Sie hatte einen Verdacht und hat darüber mit ihm gesprochen. Aaron hat Sie zur Rede gestellt und gedroht, alles auffliegen zu lassen.«

»Ich … Nein …«

»Bei der ersten Warnung an Baldur Rosenbaum ging es nur um diese Kreditgeschichte. Der Anschlag war dann zwar auch als eine Warnung gedacht, aber vor allem musste ein unangenehmer Zeuge beseitigt werden. Aaron. So war es doch?«

»Lassen Sie mich doch bitte erklären.« Die Stimme des jungen Arztes klang flehend, und er blickte sich nervös um, ob jemand anderes zuhören konnte.

»Ich stehe meiner Halbschwester nicht sehr nahe. Sie war verärgert, weil unser Vater nichts von ihr wissen wollte. Er ist von der alten Schule, verstehen Sie? Aber sie ist auch eine seltsame Frau. Fremd, anders. Ich habe nichts gegen solche Leute. Also ich meine, gegen andere Rassen. Aber meine Halbschwester schien einerseits unnahbar, andererseits aber auch enorm selbstbewusst. Für eine Frau. Dabei hat sie es offenbar nicht einfach gehabt in ihrer Heimat. Ich weiß zwar nicht, wie sie es angestellt hat, doch sie hat studiert und war dann bei einem britischen Unternehmen in Hongkong als Ingenieurin tätig. Ich habe einmal im Jahr einen Brief von ihr erhalten. Und unser Vater hat mir einige Dinge erzählt.«

»Was genau?«

»Er meinte, dass sie für Organisationen arbeitet, die mit dem Rauschgifthandel zu tun haben. Britisch-Indien, China, Französisch-

Indochina, was weiß ich. Deshalb wollte er auch nichts weiter mit ihr zu tun haben.«

Franz ließ sich seine Überraschung nicht anmerken. Wieder eine Figur auf diesem unübersichtlichen Schachbrett, die mit den Chinesen zu tun hatte.

»Lenken Sie nicht ab«, sagte er. »Ihre Schwester hat etwas gewusst, das Ihnen gefährlich werden konnte. Was war es? Was haben Sie mit dem Tod von Stinnes zu tun? Und jetzt auch noch Ebert?«

Der Mann wurde blass. »Sie ist gefährlich, Herr Sass. Und die Ringvereine sind ein Witz gegen die Leute, für die sie arbeitet.«

Plötzlich kam Franz eine ungeheuerliche Idee. »Hat sie Sie angestiftet? Wurden Sie von ihr beauftragt? Haben Sie die beiden Männer umgebracht?«

»Nicht so laut, Herr Sass! Bitte! Ich kann Ihnen alles erklären!«

»Wo ist Ihre Schwester jetzt? Warum ist sie verschwunden?«

»Davon weiß ich nichts. Damit habe ich nichts zu tun. Ich sagte ja, diese Leute sind mächtig und kennen keine Skrupel. Vielleicht wurde sie …«

Franz hatte vergessen, dass er sich schon vor fünf Minuten eine *Juno* hatte anstecken wollen. Die Zigarette hing jetzt an seiner Unterlippe, so dass sein Erstaunen etwas leicht Tölpelhaftes hatte. »Hat sie jemals von Familien und Gesellschaften gesprochen?«, fragte er vorsichtig mit tonloser Stimme, wobei die Zigarette an seiner Lippe auf und ab tanzte. »Von Himmel, Erde, Harmonie oder solchen Sachen?«

»Sie kennen sich also damit aus?« Der junge Arzt lächelte gequält. »Ja, Triaden. Asiatische Verbrecherbanden, die sich wohlklingende Namen geben.«

»Eine Frau bei den Triaden?«, hakte Franz nach.

Dollberg zuckte mit den Schultern. »Vielleicht ist sie die Geliebte eines bedeutenden Bosses. Oder sie hat sich durch ihr Wissen unentbehrlich gemacht. Jedenfalls sollte sie hier in Berlin einige Zeit lang arbeiten. Mehr weiß ich nicht.«

»Hat sie die Morde in Auftrag gegeben? Hat man Sie erpresst, Dr. Dollberg? Reden Sie endlich.«

Franz versuchte, sich zu beruhigen. Mit leichtem Zittern entzündete er ein Streichholz. Wusste Shen Li davon? War Marie-Yini seine Mitarbeiterin? Oder arbeitete sie für jemand anderen? Hatten die größeren Triaden es jetzt auf die kleinere *Gesellschaft des Himmels und der Erde* abgesehen und dort eine Art Spionin eingeschleust?

»Was haben Sie mit diesen Leuten zu tun? Haben Sie Stinnes und Ebert umgebracht?« Franz nahm an, dass Konter ihn für diese Art der Befragung gevierteilt hätte. Keine Ja-Nein-Fragen predigte der Kripobeamte. Bis man sich absolut sicher war. Fakten sammeln, ein Gespräch in Gang bringen. Verdammt! »Haben Sie die beiden umgebracht?«, wiederholte er und beging sofort den nächsten Vernehmungsfehler. »Was sollten Sie für die Kerle tun?«

»Ich habe nur ein paar Kontakte hergestellt.« Dollberg ergriff die Chance. Er schien sich wieder auf sicherem Terrain zu bewegen. »Man beauftragte mich, an der Charité namhafte Gutachter zu finden, die durch Leumund und Expertise die Unbedenklichkeit neuer Arzneien bescheinigten. Ich habe einige Studien und Untersuchungen betreut und gewissen Herren in Aussicht gestellt, dass man ihre Arbeit großzügig fördern würde.«

»Eine nette Umschreibung für Bestechung.«

»Wissenschaft ist ein Markt, Herr Sass.« Der Arzt gewann einen Teil seiner Selbstsicherheit zurück. »Robert Koch hat mit seinem zweifelhaften Wirkstoff *Tuberkulin* eine Menge Geld verdient. Behring war ganz unverhohlen Unternehmer und Millionär. Chemiker wollen ihre Neuentwicklungen prüfen. Es ist wie im Krieg, Herr Sass. Die meisten Generäle denken nur an sich und ihren Ruhm. Nach außen soll hingegen ein anderes Bild gemalt werden. Der Segen der Forschung und die Selbstlosigkeit des Äskulap. Doch der Schein trügt.«

»Ich brauche Namen.«

»Unmöglich! Ich koordiniere alles. Wenn etwas durchsickert, wird jeder sofort mich in Verdacht haben.«

»Dann wird die Polizei Sie zur Nennung der Namen zwingen. Zur Not mit ein paar Tagen Moabit. Und denken Sie an Ihre Hände!«, erwiderte Franz. Er war sicher, dass auch Konter nicht zimperlich sein würde.

»Sie haben es immer noch nicht verstanden, nicht wahr? Wenn diese Leute davon erfahren, sind Sie in großer Gefahr! Und ich ebenso. Die Herren Professoren werden ohnehin all ihren Einfluss in der Politik geltend machen, so dass die Polizei noch nicht einmal den Namen unseres Hausmeisters erfährt.«

»Auch ich verfüge über einige Kontakte in der Stadt. Kontakte, die ebenfalls nicht zimperlich sind. Und ich weiß mich gegen Bedrohungen zur Wehr zu setzen.« Franz mochte das ängstliche Lavieren überhaupt nicht. Männer wie Dollberg waren zu ein wenig Ansehen und Wohlstand gekommen. Doch der kleine Erfolg schien sie zu lähmen, denn sie lebten beständig in Angst, das Erreichte wieder zu verlieren.

»Und was ist mit den Operationen?«

»Davon weiß ich nichts«, erwiderte Dollberg, der jetzt zunehmend selbstbewusster wirkte. »Unglückliche Umstände. Stinnes und Ebert hatten die Eingriffe zu lange hinausgezögert. Traurig, wirklich. Komplikationen. Aber Mord? Ich bitte Sie, machen Sie sich nicht lächerlich, Herr Sass.«

Franz war knapp davor, die Beherrschung zu verlieren und dem Mann ins Gesicht zu schlagen. Hans Heinrich Dollberg hatte dem Kellner zugewinkt, der umgehend zu ihnen an den Tisch trat. »Zwei Mal vom Grünen, Benno.« Dann wandte sich der Arzt wieder an Franz. »Ich weiß wirklich nicht, wo meine Schwester ist. Bitte glauben Sie mir. Hinsichtlich dieser Forschungsprojekte und Gutachten kann ich Ihnen anbieten, zu verabredeter Zeit ein paar wichtige Unterlagen in meinem Dienstraum liegen zu lassen. Wenn dort dann eingebrochen würde, wäre das sehr unglücklich. Sie verstehen? Und wenn Sie versuchen, mir etwas wegen Stinnes und Ebert anzuhängen, dann nehme ich mir einen Anwalt. Ich werde übrigens in Zukunft nur noch mit der Polizei sprechen. Ich hoffe, ich habe mich klar ausgedrückt.«

Dieser aalglatte Schweinehund hat mich wieder auf die Rolle genommen, zumindest teilweise, dachte Franz. Er überlegte, ob er ihm nochmals drohen sollte, als der Kellner mit zwei Gläsern zurückkam, die aussahen wie kleine Weinkelche aus Kristallglas. Darin schimmerte eine grünliche Flüssigkeit. Auf einem Tablett lagen seltsam gebogene Löffel und einige Stücke Zucker. Daneben stand eine winzige Wasserkaraffe.

»Sie ahnen sicherlich, dass wir hier eine kleine, verbotene Kostbarkeit vor uns haben«, meinte Dollberg leise. »Oder sind Sie zu jung, um das Zeug noch zu kennen?«

»Absinth«, erwiderte Franz und lächelte etwas gelangweilt. Offenbar fühlte sich sein Gesprächspartner als schlimmer Finger, weil er ein offiziell verbotenes Getränk bestellt hatte. Und Franz ließ ihm diese Illusion. Gerade weil die Gesundheitsbehörden die Herstellung und den Konsum der »Grünen Fee« untersagt hatten, erfreute sich Absinth auf vielen Feiern immer noch einer gewissen Beliebtheit. Er hatte allerdings schon immer den Verdacht gehabt, dass der vermeintliche Rausch nichts anderes war als Selbstbetrug und Einbildung. Als Jungen hatten sie in der Clique getrocknete Maishaare geraucht und sich dann eingeredet, es wären die stärksten Zigaretten.

Dollberg goss etwas Wasser in dünnem Strahl über den Zucker, der auf dem Löffel lag. Das giftige Grün des Getränks verfärbte sich zu trübem, eher unansehnlichen Gründgelb. Nachdem das Ritual für beide Gläser abgeschlossen war, reichte er Franz ein Glas.

»*Devoille*. Ein Familienbetrieb von 1859«, sagte er. »Mit Weinalkohol destilliert. Es gibt keinen besseren.«

Franz wollte nicht unhöflich erscheinen, obwohl er fand, dass Bittergetränke generell etwas für alte Männer waren, deren Drüsen nicht mehr ordentlich arbeiteten. Er tat es dem Arzt also gleich und hob das Glas an die Lippen. Natürlich dominierte zunächst das Bittere, dann jedoch gefolgt von einem Hauch süßlichen Karamellgeschmacks. Teuer oder billig, Franz fand das Zeug einfach nur widerlich. Folglich trank er gerade eben so viel, wie es die Höflichkeit gebot.

»Sie wollen die gute Fee einfach verkommen lassen?«, meinte Dollberg, nachdem Franz sich nicht anschickte, sein Glas zu leeren. Der Arzt wirkte fahrig wie ein Pennäler, der seine Schularbeiten nicht erledigt hatte und befürchtete, ertappt zu werden. Sein Blick schien zu flattern, und er wartete die Reaktion seines Gastes nicht ab. Stattdessen goss er sich dessen Getränk ins eigene Glas und kippte es in einem Zug hinunter, gefolgt von einem beinahe unanständigen Stöhnen der Ekstase.

Franz war überrascht, bei sich ebenfalls erste Anzeichen eines Rausches zu bemerken. So etwas hatte er bei seinen wenigen Erfahrungen mit Absinth nie erlebt. Fast schien es ihm, als könne er sich selbst von außen beobachten. Lediglich sein träger Körper wollte offenbar dem unbändigen, freien Geist nicht folgen. Dabei hatte er nur einen kleinen Schluck getrunken! Alle fünf Sinne vereinigten sich nun zu einer einzigen Wahrnehmung. Alles war plötzlich in ihm. Und er war in allem. In der Musik, in Dollbergs Worten, der Stadt, seinem Bugatti, den Schmetterlingen, Rosenbaums. Der ganze Fall war klar. Die Lösung so einfach! Dumm nur, dass er keinen echten Gedanken fassen konnte. Immer wenn er es doch versuchte, entschlüpfte er seinem Gehirn wie ein glitschiger Aal den Händen des Fischers. Aber so viel stand fest: Diese Welt gehörte Franz Sass!

Er wurde im nächsten Moment in die Realität zurück gerissen, als Dollberg einen entsetzlichen, gedehnten Schrei ausstieß. Der Mann saß auf dem Stuhl, und der Rücken krümmte sich in völlig unnatürlicher Weise nach hinten. Plötzlich warf er sich nach vorn, und Franz sah ein widerwärtiges Grinsen, als zöge ihm jemand die Mundwinkel mit Löffeln zur Seite. Wieder schien Dollberg schreien zu wollen, aber aus seiner Kehle drang nur ein gequältes, ruckartiges Stöhnen. Dabei zuckte sein Oberkörper, als hätte er einen elektrischen Schlag bekommen. Nie und nimmer konnte dies eine Wirkung des Absinths sein! Franz versuchte, sich zu konzentrieren. Vielleicht hatte der Mann vorher gekokst? Und er hatte in der *Charité* doch sicherlich Zugang zu diversen, anderen Arzneimitteln.

»Einen Arzt!«, keuchte Franz, der selbst schwer Luft bekam. »Wir brauchen hier einen Arzt. Schnell!« Er wollte sich erheben, aber die Beine versagten ihm den Dienst. Als er sich am Tisch abstützen wollte, zuckte sein Arm plötzlich unkontrolliert zur Brust, anstatt sich zu strecken. Dieser Bewegung folgte ein grausamer Schmerz in allen Muskeln. Als Franz zu Boden sank, sah er zu Dollberg, der blau angelaufen war und sich nicht bewegte. Zwar schienen die Krämpfe aufgehört zu haben, aber Erbrochenes quoll jetzt aus seinem Mund.

○ ○ ○

Franz erwachte in einem kleinen Krankenzimmer, als die Sonne durch die Vorhänge auf sein Bett schien. Seine Augen schmerzten, als er sie öffnete, und er stöhnte auf. Offenbar befand sich eine weitere Person im Raum, denn er hörte Schritte, und plötzlich wurde es wieder dunkler. Nach kurzer Zeit konnte er blinzeln und erkannte schließlich eine junge Hilfsschwester, die ihm ein kühles, feuchtes Tuch auf die Stirn legte. Franz hatte das Gefühl, sein Körper würde von innen heraus gebraten werden. Die Körperhitze war unerträglich, wobei er allerdings auf der Haut fror. Sein Hals brannte wund, und er hatte überall Muskelkater.

»Was ist passiert?«, brachte er mühsam krächzend hervor.

»Sie sind im Spital für Innere. Ich hole den Arzt, Herr Sass«, erwiderte die Schwester mit süddeutschem Akzent.

Franz versuchte, sich im Bett aufzurichten, aber Schmerzen durchfluteten ihn im ganzen Körper. Das Schlucken fiel ihm schwer, und er sah die Umgebung nur verschwommen, als hätte er die Lesebrille eines alten Menschen auf der Nase. Wenige Minuten später erschien der gerufene Arzt.

»Dr. Schuchardt, ich bin der Stationsarzt«, stellte er sich knapp vor. »Bewegen Sie sich möglichst wenig.«

»Was ist …?«, setzte Franz erneut an, aber der Wundschmerz in seinem Hals war stärker als jede Mandelentzündung.

»Wir mussten Ihnen den Magen auspumpen«, erklärte Schuchardt und deutete auf seinen Hals. »Da Sie Krämpfe hatten, mussten wir etwas rabiater sein. Deshalb die Schmerzen im Rachen und am Kehlkopf.« Er untersuchte Franz eingehend. Dabei schienen ihn vor allem Lunge und Atmung zu interessieren, denn immer wieder klopfte er am Brustkorb und setzte das Stethoskop auf. Schließlich nickte er zufrieden.

»Sie haben das Schlimmste überstanden. In ein paar Tagen sind Sie wieder einigermaßen auf dem Damm.«

»Was war los?« Franz brachte die Worte trotz der Schmerzen mit Nachdruck heraus. Dann ergriff ihn plötzlich Panik, und er rieb sich die Augen. »… nicht richtig sehen!«

»Die Visusstörung ist eine Folgeerscheinung der Vergiftung«, entgegnete der Arzt. »Wir vermuten, dass Sie ein Alkaloid in hoher Dosis zu sich genommen haben.«

»Alka …?«

»So etwas wird unter anderem in Rattengift verwendet. Ich denke, dass Sie und mein Kollege Dr. Dollberg vergiftet wurden. Starke Alkaloide führen zu einer Übererregung des Nervensystems. In sehr geringer Dosis steigern sie die Leistung, können aber auch Rauschzustände auslösen. In hoher Konzentration treten Muskelkrämpfe, Zittern und Fieber auf. Schließlich kann es zur Atemlähmung kommen. Ihre Schmerzen sind Folge der Krämpfe. Die Muskeln müssen sich einige Zeit erholen. Bei den Augen sind Koordination und das scharfe Sehen betroffen. Aber keine Sorge, das wird wieder.«

Rattengift. Rauschzustände. Franz meinte zu spüren, wie etwas in ihm Alarm schlagen wollte, aber nicht durch seine benebelten Sinne zu dringen vermochte.

»Gift? Sind Sie sicher?«, krächzte er.

»Unser Apotheker hat kleine Mengen Ihres Mageninhalts an Mäuse verfüttert, die allesamt kurz danach in typischer Weise verendet sind. Es besteht kein Zweifel. Ein Alkaloid in hoher Dosierung, vielleicht Strychnin.«

Franz schoss zum wiederholten Mal ein fürchterlicher Schmerz durch den Körper, als er kurz zusammenzuckte. Strychnin. In seinem Geist schien sich der Nebel langsam zu lichten. Allerdings hinderten ihn die Schmerzen daran, den Gedanken festzuhalten, immer wieder entglitt er ihm.

»Und Dollberg? Was ist mit ihm?«, fragte er.

Dr. Schuchardt schüttelte den Kopf. »Für ihn kam leider jede Hilfe zu spät. Er muss eine wesentlich höhere Dosis eingenommen haben.«

Der Absinth, ging es Franz durch den Kopf. Der Arzt hatte eineinhalb Gläser getrunken. Entsetzen und Panik stiegen in ihm auf. Er wollte sich abrupt aufsetzen, wurde jedoch umgehend vom Höllenfeuer in seinen Muskeln wieder auf das Bett zurückgeworfen. Seine Atmung wurde flach und hektisch.

»Beruhigen Sie sich, Herr Sass! Sie sind hier in Sicherheit! Schwester, das Laudanum, schnell!«

»Warten Sie«, presste er hervor. »Kommissar Paul Konter. Vom Alex. Sagen Sie ihm, er soll Dollbergs Akten …«

»Schwester! Nun machen Sie schon!«

»Konter … Charité … Dienstzimmer …«

Franz spürte Tropfen, die seine Lippen berührten. Da er auch starken Durst hatte, leckte er sie gierig auf. Das neuerlich auf die Stirn gelegte, feuchte Tuch beruhigte ihn etwas. Dabei streichelte die junge Frau seine Hand und redete sanft auf ihn ein. Der Nebel hatte sich gelichtet. Da war eine Fee mit weißer Haube. Die ihn mitnahm in ein Land der Träume. In ein Land ohne Schmerzen. Und dort konnte er auch endlich wieder frei durchatmen.

6

Charlottenburg

»Was hat es mit dieser Chinesin denn nun auf sich?«, fragte Katja. Da Silva war gerade gegangen, nachdem er die Familie über seine neuen Erkenntnisse informiert hatte. »Ich werde das Gefühl nicht los, dass diese Frau Licht ins Dunkel bringen könnte. Paul muss sie finden!«

»Wie kannst du jetzt an diese Frau denken, Katja? Jemand hat versucht, meinen Neffen zu vergiften! Der zweite direkte Anschlag auf unsere Familie!«

»Von wegen Waffenstillstand«, rief Max verärgert. »Die Schweine haben uns übers Ohr gehauen.«

Erneut war das Zusammensein der Familie bei Toni – wie so oft in letzter Zeit – eher ein Krisentreffen. Alle redeten wild durcheinander. Vorschläge, Mutmaßungen und Zweifel mischten sich zu einem angstvollen Crescendo.

»Die Sache mit dem Opium bringt uns noch um!«

»Sprit, Sargnägel, Würfelbuden und een bisken Koks. Ick hab immer jesacht, dat wir nicht mehr broochn!«

»Wir brauchen vor allem Fakten! Belastbare Beweise. Wie oft habe ich *das* schon gesagt!«

»Hat diese Vergiftung etwas mit Aarons Tod zu tun?«

»Wir dürfen die Sache nicht auf sich beruhen lassen. Wir müssen wat tun! Zurückschlagen!«

»Ach ja? Willste den Kerlen Kloppe androhen? Wem denn genau? Wir wissn jar nüscht! Also, erst denken, dann reden.«

Eine wahre Kakophonie von Rede und Gegenrede ergoss sich seit Minuten im Raum. Entsprechend gereizt war die Stimmung aller Familienmitglieder. Toni und Paul hatten telefonisch und über Botenjungen eine Versammlung aller Teilhaber gefordert. Sogar Sternwein und Meyer waren gekommen, die sich in letzter Zeit rar gemacht hatten. Nun stritten die Sass-Brüder miteinander, Katja analysierte nüchtern die Situation, Toni und Anna waren aufgebracht, und Susanne weinte nur leise vor sich hin.

»Ruhe!« Konter platzte der Kragen. »So kommen wir doch nicht weiter. Mutmaßungen und Rachegelüste lenken nur von den Fakten ab. Da Silva meinte, dass das zweite Treffen zwischen Dollberg und Franz offenbar recht spontan zustande kam. Fakt eins: Der Mann wird sich nicht selbst vergiftet haben. Fakt zwei: Niemand konnte wissen, dass Franz an diesem Nachmittag ebenfalls in der Edel-Pinte am Karlplatz aufkreuzen würde. Die einzig sinnvolle Schlussfolgerung ist, dass der Anschlag nur Dollberg galt, Franz somit ein zufälliges Opfer ist. Der Täter muss die Gepflogenheiten des Mannes gut gekannt haben. Nach seinen OP-Tagen kehrte er auf ein oder zwei Absinth dort ein. Und er hat nur dreimal in der Woche operiert. Die Sache war also wieder gut geplant.«

»Vielleicht war es der Wirt?«, fragte Meyer. »Man sollte ihn an den Eiern aufhängen, und er wird alles sagen. Der Kerl muss doch eingeweiht gewesen sein!«

»Der Mann ist total durch den Wind«, erwiderte Konter und schüttelte den Kopf. »Wir glauben nicht, dass er …«

»Ich war bei Franz«, unterbrach Susanne die Diskussionen. »Falls es hier überhaupt irgendjemanden interessiert, wie es ihm geht.«

»Allein? Ohne uns zu fragen oder jemanden mitzunehmen?« Sofort erhob sich vielstimmiger Protest. Max und Erich nickten eifrig und sahen Susanne vorwurfsvoll an.

»Hört mir doch zu!«, sagte sie laut. »Die Schwestern meinten, dass ihn nur die Ehefrau oder Verlobte besuchen darf. Sie hätten niemand von euch zu ihm gelassen, also beruhigt euch. Er ist noch sehr kraftlos, aber die furchtbaren Schmerzen klingen ab. Der Arzt meint, es besteht keine Gefahr mehr. Franz war noch geschwächt und hat weiterhin leichte Krämpfe und Sehstörungen. Ich habe dennoch von ihm ein paar Einzelheiten aus dem Gespräch mit Dollberg erfahren.« Sie berichtete von den Kontakten seiner Schwester zu chinesischen Firmen und seinen Manipulationen bei diversen Gutachten.

»Daher weht der Wind!« Konter pfiff durch die Zähne. »Ich habe vor zwei Tagen einen Anruf bekommen. Franz hatte seinen Arzt gebeten, mir eine Nachricht zu übermitteln. Es ging um irgendwelche Akten in Dollbergs Dienstzimmer. Der Richter war nicht begeistert, aber wir haben die Dinger erst einmal beschlagnahmt. Die Protestnoten des Dekans und von Professor Bier liegen bereits vor.«

»Hinzu kommen da Silvas Vermutungen wegen der absichtlich verpfuschten Operationen an Stinnes und Ebert«, meinte Katja. »Nicht auszudenken, wenn da etwas dran ist. Wenn die Sozis erfahren, dass ihr geliebter Fritz gemeuchelt wurde, dann ist in Berlin die Hölle los!«

»Und schon wieder mischen die Chinesen mit«, sagte Konter. »Der Schlüssel zu allem ist diese Marie-Yini. Sie wusste etwas über ihren Bruder, das Aaron zutiefst beunruhigt hat. Rosenbaum wollte seinen Freund zur Rede stellen. Er könnte ihn auch erpresst haben, aber nach allem, was ich über ihn erfahren habe, glaube ich das eher nicht.«

»Ist die Frau jetzt nicht die Hauptverdächtige?«, fragte Katja. »Entweder arbeitet sie für Shen oder aber für seine Konkurrenten. Und ihr Bruder, mit dem sie offenbar nicht besonders gut ausgekommen ist, hatte seine Aufgaben erfüllt. Jetzt war er nur noch ein gefährlicher Zeuge. Also hat sie ihn beseitigt.«

»Was aber sollte dann der Kontakt zu Aaron?«, gab Konter zu bedenken. »Er hatte keinen Einfluss auf seinen Vater, was die Kreditgeschäfte anging. Und er scheint ja nach den Treffen mit Marie-Yini Dollberg völlig aufgelöst gewesen zu sein, hatte sich mit seinem Freund sogar gestritten. Livana Rosenbaum hat in einer weiteren Befragung zugegeben, dass Aaron ihrem Vater damit gedroht hatte, zur Polizei zu gehen. Er wollte ›die ganze Sache auffliegen lassen‹. So damals seine Worte.

Ich halte Fräulein Dollberg deshalb eher für die Haupt*zeugin*, nicht für die Hauptverdächtige.«

Eine Weile war es still im Raum. Das Anreißen eines Zündholzes, das Nachschenken von Limonade oder verlegenes Räuspern waren die einzigen Geräusche.

»Stinnes, Ebert. In was stecken wir da drin?«, schnaubte Meyer und sprach damit aus, was alle zu denken schienen. »Nichts für ungut, vor allem *ihr* steckt da drin«, ergänzte er. »Ich sollte wohl meinen Anteil am *Syndicat* schnellstens verkaufen. Obwohl ich fürchte, dass der Wert gerade ins Bodenlose fällt.«

»Sehr hilfreich«, sagte Toni und blickte ihn wütend an. »Danke für diesen aufmunternden Kommentar, Willy.«

»Was wissen wir eigentlich noch über Dollberg?«, fragte Katja. »Hatte er noch andere Bekannte? Kollegen? War er politisch aktiv? Was ist mit seinem Vater?«

»Mein Assistent und da Silva haben einige Dinge über ihn zusammengetragen«, antwortete Konter. »Der Mann war seit dem Ende seines Studiums in der Chirurgie tätig. Offiziell gehörte er zu Biers Universitätsklinik in der Ziegelstraße. Aber er schwirrte überall herum, wo operiert wurde. Offenbar forschte er zusammen mit seinem Chef zu Wundinfektionen nach Operationen.« Er hielt kurz inne, um die Bedeutung der folgenden Worte zu betonen. »Und er arbeitete oft mit den Apothekern der Charité zusammen, um neue Substanzen für die Wundreinigung zusammenzumischen.«

»Und privat?«, bohrte Katja nach. »Hatte er Schulden? Perverse Vorlieben? Trunksucht? Kokain? Nun lass dir nicht alles aus der Nase ziehen, Paul!«

»Er hatte noch zwei alte Kontakte aus der Studentenzeit. Unter anderem Aaron. Mit Kollegen ging er mal etwas trinken. Sein einziges Laster war der Absinth. Einmal war er kurze Zeit mit einer Krankenschwester verbandelt. Ansonsten wirkt es, als wäre er mit seinem Beruf verheiratet gewesen.« Konter schwieg. Er kannte diese Einstellung nur zu gut. Noch heute hallten die ewigen Vorwürfe seiner ersten Frau in ihm nach.

»Aaron ist tot«, mischte sich erstmals Josef Sternwein ein, der immer noch unter dem Eindruck der Ereignisse des letzten Jahres stand. »Jetzt auch sein Freund Hans Heinrich. Ich bin dafür, der Chinesin ordentlich auf den Zahn zu fühlen. Sie scheint mir die einzige Person zu sein, deren Angaben noch zu einer Aufklärung führen können. Wenn sie endgültig verschwindet oder ebenfalls …« Er beendete den Satz nicht, da ohnehin jeder wusste, was er meinte. »Ohne sie haben wir nichts mehr.«

»Wir arbeiten daran«, sagte Konter. »Druwe und da Silva setzen alles daran, sie zu finden. Aber wie du sagst, Josef, sollte sie tot sein oder wieder in China, dann wird es schwierig. Ich gehe Dollbergs Akten durch. Vielleicht gibt es einen Hinweis, der uns weiterbringt.«

»Was ist mit Georg?«, fragte Max plötzlich. »Er hat gedroht, endgültig zu den Harussels zu ziehen, wenn wir ihn weiter hängen lassen. Und ich finde, er hat recht.«

»Wir lassen niemanden hängen«, erwiderte Konter aufgebracht. »Georg ist ein Dickkopf. Er sollte endlich begreifen, dass die Dinge miteinander zusammenhängen. Jede Aktion provoziert immer eine Reaktion der Gegenseite. Wenn wir am Anfang gegen die Kommunisten losgezogen wären, wie er es verlangt hatte, dann säßen wir jetzt tief in der Scheiße!«

»Ach ja? Geht es denn noch tiefer?«, fragte Max.

7

Berlin-Mitte, Mai 1925

Franz brauchte beinahe einen Monat, um sich von dem Gift so weit zu erholen, dass er entlassen werden konnte. Er wurde zunehmend unausstehlich, als er wieder zu Hause war. Der Arzt hatte ihm zwei weitere Wochen Ruhe verordnet.

»Ich habe Max gebeten, dich zu fahren«, sagte Susanne, nachdem er im kleinen Bibliothekszimmer zum wiederholten Mal ein Buch an die Wand geworfen hatte. »Und wenn du noch einmal einen meiner *Harald-Harst*-Romane so behandelst, dann lernst du mich kennen.«

»Was? Wieso? Wohin soll Max mich fahren?«

»Ihr müsst euch vertragen«, antwortete sie mit sanfter Stimme und strich ihm übers Haar.

»Georg? Kommt nicht in Frage! Der Kerl hat sich nicht ein einziges Mal nach mir erkundigt. So war er schon immer! Stur, nachtragend, einfach egoistisch.«

»Nur gut, dass du nie überstürzt handelst und in allem so besonnen bist, mein Lieber. Ohne dein ausgleichendes Wesen gäbe es das *Syndicat* schon längst nicht mehr.«

Er nickte, wurde dann jedoch stutzig und sah sie an. »Ich bin vielleicht noch krank, aber nicht plemplem.«

»Schön, also fährst du, basta.«

Alles Lamentieren half nichts. Eine halbe Stunde später stand Max mit einem schäbigen *Deutz*-Traktor vor der Tür.

»Na, bestens«, nörgelte Franz, als er das Fahrzeug sah. »Ich bin eben knapp dem Tode entronnen, und bei meiner ersten Ausfahrt sitze ich auf einer solchen Mistschaukel. Wenn mich jemand von den Jungs sieht! Das spricht sich herum. Mein Ruf ist ruiniert.«

»Halt den Mund und steig ein«, rief sein Bruder über das Klackern, Hämmern und Rütteln der Maschine hinweg. »Sie brauchen eine Zugmaschine für ihren Umzug.«

»Ist es schon so weit?«, fragte Franz mit belegter Stimme.

»Letzte Frist bis Sonntag.« Max nickte. »Sie gehen ins Moor der Bieselheide.«

»So weit weg? Verdammt, von dort ist man anderthalb Stunden unterwegs bis …« Franz schluckte.

»Kann dir doch egal sein. Du willst Georg ja nicht mehr dabeihaben. Also, was kümmert es dich?«

Der Traktor war zwar auf den befestigten Berliner Straßen langsam, spielte seine Vorteile jedoch im Morast und auf den Feldwegen nördlich der Jungfernheide aus. Treu und stoisch wie ein Maultier zockelte er auch dort mit Tempo fünfzehn weiter. Nach einer Stunde Dröhnen und Ruckeln näherten sie sich endlich dem Lager der Zigeuner. Es war bereits vieles verstaut. Die verbliebenen, traditionellen Wagen standen bereits in Reihe, bereit zum Aufbruch. Das Baumaterial war entweder verkauft oder auf die zwei Hänger geladen worden.

»Sehr schön, Max. Ein *Deutz* zieht alles.«

Franz erschrak, als er Joaquin sah. Der Mann ging gebeugt, als hätte ihn gerade jemand in die Magengrube geschlagen. Er war jetzt vollständig ergraut, und sein ehemals muskulöser Körper wirkte teigig. Die Folgen des Überfalls vor über einem Jahr waren unübersehbar.

»Franz«, begrüßte ihn der Rom und tippte sich an die Mütze. »Er ist bei Marya.« Er zeigte zu einer Art Behelfszelt. Offensichtlich war Maryas Haus bereits abgebaut worden.

»Wenn du jetzt nicht hinne machst, geh ich zu Vadder.« Max versetzte seinem Bruder einen derben Stoß. »Der Alte hätt dir viel öfter den Riemen übers Fell ziehen sollen. Geh und sprich mit ihm!«

Langsam näherte Franz sich dem Zelt, als plötzlich die Plane zurückgeschlagen wurde. Georg stand wortlos vor ihm.

Wer die Brüder nicht kannte, hätte in diesem Augenblick geschworen, dass es sich um ein Kräftemessen handelte, als beide Männer sich jetzt geschlagene zwei Minuten stumm in die Augen sahen. Jedoch waren es Verlegenheit und Scham, in denen sie gefangen schienen. Und das Wissen, was es bedeutete, einen Verlust zu erleiden.

»Es tut mir …« Die Worte sprudelten beinahe gleichzeitig aus ihnen heraus. Dann aber schwiegen sie sofort wieder. Eine weitere Minute verging. Schließlich umarmten sie sich ohne ein weiteres Wort.

»Es war ein Fehler, sich mit den Chinesen einzulassen«, meinte Franz.

»Und ich hätte dich besser unterstützen müssen, als wir Gegenwind bekamen«, erwiderte Georg.

»Quitt?«

»Quitt.«

»Dann sollten wir die Sache jetzt zu Ende bringen, ohne dass noch jemand zu Schaden kommt.«

○ ○ ○

Gershom da Silva hatte nicht lockergelassen. Trotz der Wochen, die ins Land zogen, war er am Ball geblieben und jedem Hinweis nachgegangen, der ihn vielleicht auf die Spur der Chinesin bringen konnte. Und die Lösung des Rätsels um Marie-Yini Dollberg hatte sich auf der Damentoilette des *Café Kranzler* ergeben. Besser gesagt, davor.

»Sie wussten schon vorher, wo die Chinesin ist, und haben mir nicht Bescheid gegeben?«, fragte Franz irritiert, als der Mann ihm beim Nachmittagskaffee vom glücklichen Ausgang seiner Schnitzeljagd berichtete.

»Ich wusste, wo einer ihrer Koffer war«, entgegnete der Detektiv und trank genussvoll seinen Mokka. »Sie hätten sicherlich an meinem

Verstand gezweifelt, hätte ich Ihnen erzählt, dass ich einem Gepäckstück durch halb Berlin folgte.«

»Ich verstehe nur Bahnhof.«

»Sehr richtig. Eben an einem solchen kam mir der Zufall zu Hilfe. Gepaart mit einem wachen Verstand geht er manchmal eine äußerst fruchtbare Verbindung ein, Franz.« Der Mann lächelte und genoss sichtlich die zunehmende Verwirrung seines Auftraggebers. Dann endlich schien er bereit, ihn zu erlösen. »Fräulein Dollberg hatte einen größeren Koffer in ihrer Wohnung zurückgelassen, den ich bei meiner ersten Durchsuchung entdeckte. Mir waren darauf mehrere Kreidestriche aufgefallen. Sie waren von der Art, wie sie auf langen Reisen verwendet werden, um Gepäckstücke später wieder dem Besitzer zuordnen zu können. Jedoch waren es chinesische Zeichen, bereits abgerieben und verblasst, aber noch sichtbar. Ich vermute, sie stammten von einer langen Schiffspassage. Wahrscheinlich die Ankunft der Dame vor über einem Jahr.«

»Was hat das mit der Örtlichkeit im *Kranzler* zu tun?«

»Nachdem Herr Konter entschieden hatte, die Suche nach der Frau wieder aufzunehmen, habe ich meine Späher ausgeschickt, an der Gepäckaufbewahrung der großen Bahnhöfe nach solchen Zeichen Ausschau zu halten. Fräulein Dollberg würde nach unserem Wissen keinesfalls bei ihrem Vater unterkommen. Außerdem hat Herr Konter dies bereits überprüfen lassen. Die Hotels kamen nicht in Frage, da es erstens eine Meldepflicht für Gäste gibt und sie zweitens dort sofort auffallen würde. Ich habe daraufhin über zweihundert kleine Pensionen überprüfen lassen, von denen ich weiß, dass sie für zehn Mark auch einmal den ordentlichen Meldeschein vergessen. Nichts. Ich vermutete, dass der große Reisekoffer eine Art Rückversicherung war für den Notfall. Darin befanden sich Kleidung und etwas Geld. Nach vier Wochen bekam ich endlich Nachricht, dass eine zierliche Frau eine große Reisetasche mit derartigen Kreidesymbolen am Potsdamer abgeholt hatte. Es gelang meinen Leuten sogar, ihr unauffällig zu folgen. Sie gaben mir Bescheid, und ich konnte sie im Café an der Friedrichstraße abpassen. Dort ist Marie-Yini Dollberg nach einem Mokka und einem Stück Apfeltorte mit Sahne auf der Damentoilette verschwunden. Um nicht zurückzukehren.«

»Sie haben ihre Spur verloren? Ist sie dort durchs Fenster abgehauen?« Franz war es leid, da Silva jede Einzelheit aus der Nase ziehen zu müssen. Der Mann konnte ziemlich nerven. Außerdem nahm seine Irritation mit jedem Satz zu.

»Mitnichten. Sie kam nach einer Viertelstunde mit derselben Tasche wieder heraus. Allerdings als Mann.«

Franz war derart überrascht, dass er beim Griff nach der Packung *Gold-Saba*, die auf dem Tisch lag, den Zuckerstreuer umstieß.

»Sind Sie sicher? Vielleicht hat sie die Tasche jemandem übergeben? Oder sie wurde ihr entwendet.«

»Es gibt Dinge, die lassen sich durch die beste Verkleidung nicht verbergen«, erwiderte da Silva und griff nun selbst nach seinen *Garbáty*-Zigaretten. »Die Schuhgröße etwa. Größe sechsunddreißig dürfte unter Berliner Männern eher selten zu finden sein. Nein, aus ihr war plötzlich ein kleiner, drahtig wirkender Asiate in perfekt sitzendem Anzug geworden.«

Franz bestellte zwei weitere Kaffee, einen mit doppeltem Schuss. Er schwieg eine Weile und rauchte. Diese Neuigkeit musste er zunächst verarbeiten. Die ungewöhnlichen Methoden des Ermittlers überraschten ihn immer wieder. Der Mann schien einfach Dinge zu bemerken, die Normalsterblichen verborgen blieben. Kreidezeichen? Gab es nicht eine biblische Geschichte, in der die Gläubigen ihre Türen markierten? Tatsächlich hatte da Silva in einem früheren Gespräch sogar selbst seine jüdischen Wurzeln für die besondere Art von Aufmerksamkeit, die ihm zu eigen war, verantwortlich gemacht.

»Meine Vorfahren mussten überall auf der Welt stets hellwach sein, wenn sie überleben wollten«, hatte er Franz erklärt. »Es ist hilfreich, den Floh bereits an der Wand husten zu hören, lange bevor die Pest ausbricht. Vielleicht hat meine bescheidene Gabe, die ich übrigens gar nicht als solche betrachte, damit zu tun.«

»Wohin ist der Mann … also Marie-Yini …« Franz verbrannte sich die Zunge am heißen Kaffee und fluchte. »Dieses ganze Theater bringt mich vollkommen durcheinander. Wissen Sie, wohin er oder sie verschwunden ist, Gershom?«

»Natürlich haben meine Mitarbeiter die Spur unserer Zielperson verfolgt. Observation ist nicht meine Stärke«, meinte der Detektiv. »Ein kleines Bürohaus draußen in Tegel. Gleich neben den *Borsig*-Werken.«

Borsigwalde, dachte Franz. Das konnte nicht sein! Jetzt verbrannte er sich auch die Lippe, weil er den Rest der glimmenden *Saba* vergessen hatte.

»Mir scheint, Sie brauchen dringend ein wenig Erholung, Franz«, meinte sein Gesprächspartner kopfschüttelnd. »Sie wirken angespannt, mein Lieber.«

»Sie kennen also Ihre Adresse?«, fragte Franz, ohne auf die Bemerkung einzugehen.

Unmöglich. In Borsigwalde war die Fabrik der Chinesen. Dort arbeitete … Nein, vollkommen unmöglich. Der Chemiker.

»Ja, natürlich«, meinte da Silva. »Wie ich sagte, meine Leute sind dem Mann, also der verkleideten Dame, unauffällig gefolgt. Es gibt keinen Zweifel. Verheimlichen Sie mir wieder etwas, Franz?«

»Ich … Es ist nur … Nein«, stotterte Franz unbeholfen. Er hatte den Ermittler zwar in die wesentlichen Zusammenhänge eingeweiht, da er sicher war, dass der Mann sie ohnehin herausgefunden hätte. Von der Produktionsstätte für die Anti-Opiumpillen wusste er jedoch nichts. »Ich frage mich nur, was die Chinesin mit *Borsig* zu tun hat. Vielleicht will sie Lokomotiven für ihr Land bestellen?« Er lachte etwas zu schrill auf.

»Ich sagte, es ist ein Gebäude neben dem Werksgelände.« Da Silva blickte seinen Auftraggeber interessiert an und legte den Kopf leicht schief. Franz ahnte, dass er ihm kein Wort abnahm, aber er war selbst zu verwirrt, um die Sache in diesem Moment aufzuklären.

»Übrigens«, meinte da Silva, als er merkte, dass von seinem Auftraggeber nichts mehr kommen würde. »Der Spesenanteil meiner Rechnung wird deutlich höher ausfallen, da ich die Burschen, die ich auf die Sache angesetzt habe, alle bezahlen muss.« Der bisher beinahe freundschaftliche Tonfall war wieder einem neutralen, geschäftlichen gewichen. Fast schien es, als wollte er Franz deutlich machen, dass auch er in der Lage war, Menschen auf Distanz zu halten.

Nachdem sich die Männer voneinander verabschiedet hatten, begab sich Franz zügig zum Post- und Telegrafenamt in der Nähe des *Nelson-Theaters*. In einer Telefonkabine griff er nach dem Hörer und ließ sich mit dem Polizeipräsidium verbinden.

»Die Kripo, Herr Kommissar Konter«, wies er die Dame der zentralen Vermittlung an. Bereits nach zweimaligem Läuten meldete sich der Beamte.

»Wir haben sie«, meinte Franz knapp.

8

Tegel

Joe Fischer war auch in Hinblick auf Türschlösser ein guter Lehrmeister gewesen. Franz verfügte über Schlüsselmuster und Sperrhaken, die der Volksmund gemeinhin als »Dietriche« bezeichnete. Daneben hatte er natürlich auch das nötige Spezialwerkzeug – Spanner, Schlange, Schneemann. Außer den immer noch weit verbreiteten Buntbartschlössern konnte er damit problemlos die neuen Zylindermechanismen überlisten. Die alte Färberei in der Nähe des Tegeler Sees war bereits vor Jahren aufgelassen worden. Tote Fische in Bächen und Seen sowie ein penetranter Gestank, der sich über das ganze Idyll ausbreitet hatte, waren Anlass gewesen, die Fertigung zu untersagen. Nur ein kleines Gebäude, das neben den Fabrikhallen stand, wurde noch unterhalten. Die hier ansässigen Pensionäre, sämtlich uralt und halbblind, hatten sich kaum daran gestört, als ein kleiner, junger Mann hier eingezogen war. Offenbar erhielt er hin und wieder Damenbesuch, ein Umstand, der ebenfalls kaum noch jemanden veranlasste, sich das Maul zu zerreißen. Zumal man bei Ausländern ohnehin nie recht wusste, woran man war.

Ein geschickt gewählter Ort, dachte Franz, als er die Gegend um das Wohnhaus ausgekundschaftet hatte. Wer hier wohnte, war von Berlin Welten weit entfernt. Tegel oder Hongkong, einerlei. Das Fabrikgelände in Borsigwalde, das die Chinesen für ihre Produktion nutzten, lag ebenfalls in der Nähe. Der Chemiker – Marie-Yini Dollberg – hatte hier in den vergangenen Monaten unentdeckt leben und arbeiten können. Franz hatte beschlossen, sie in ihrer Wohnung abzupassen. Es erwies sich jedoch als schwierig, einen geeigneten Zeitpunkt für den Einbruch zu finden. Das Wochenende über saßen die Rentner am Fenster oder im Garten. Er hätte einen Tunnel graben müssen, um unbemerkt ins Haus zu gelangen. Der Montag schien hingegen ideal, da viele Bewohner ihre Vorräte beim Kaufmann im Ort auffüllen mussten. Franz verschaffte sich über die Kohlenluke, die nur mit einem Haken gesichert war, Zugang zum Haus. Mehrmals musste er warten, da eine Waschfrau Soda und Glättbrett aus dem Keller holte, ein steinalter Mann seinen Teppich nach unten zum Ausklopfen brachte und auch noch der Hausmeister eine Glühbirne im Treppenhaus auswechselte. So hatte er Zeit, seinen Gedanken über den Chemiker nachzuhängen.

Der Chemiker, von wegen, dachte er aufgebracht. Die Frau hatte ihn mächtig hinters Licht geführt. Alle. Er erinnerte sich an die Führung durch das Labor und ihre Erklärungen. Strychnin! Die toten Labormäuse. Das Zeug wurde genutzt, um das Heroin wirksamer zu machen. Warum hatte Paul sie nicht längst verhaftet? Wer sonst konnte Dollberg vergiftet haben?

Nach einer Stunde stand Franz endlich unbemerkt vor der Wohnungstür, die ihm da Silva genannt hatte. Wenig später hatte er sie geöffnet und sah sich in den Räumen um. Wie zu erwarten, war Marie-Yini Dollberg offenbar zur Arbeit gegangen. Ein kleines Zimmer war als eine Art Privatlabor eingerichtet, und überall lagen Aufzeichnungen herum. Von den wenigen Substanzen, die in Phiolen abgefüllt waren, ließ Franz respektvoll die Finger. Er durchsuchte einige Privatsachen, kam sich jedoch schäbig vor, als er die gebrauchte Wäsche der Frau in der Hand hielt. Also setzte er sich in die Küche und wartete.

Die Dämmerung war bereits deutlich fortgeschritten, als er zum wiederholten Mal im Treppenhaus Schritte hörte. Bereits drei Mal war es falscher Alarm gewesen, aber dieses Mal rührte ein Schlüssel im Schloss. Sowohl der ungebetene Gast als auch die rechtmäßige Eigentümerin der Wohnung waren im nächsten Moment zu überrascht, als dass es zu einer lautstarken oder gar körperlichen Auseinandersetzung hätte kommen können. Beide standen da und starrten sich an. Franz wusste zwar, was ihn erwartete. Vielmehr *wen* er erwartete. Er war dennoch sehr erstaunt, wieder diesen zierlichen Mann vor sich zu sehen, der sich ihm vor Monaten selbstbewusst nur als »Chemiker« vorgestellt hatte. Marie-Yini Dollberg hingegen schien sich ihres bisherigen Versteckspiels so sicher, dass sie nun völlig überrumpelt wirkte, als sie ihn erkannte.

»Was soll das? Sie haben kein Recht …«, begann sie, ließ den Satz jedoch unvollendet. Eine Dampflampe sandte ihr grell-weißes Licht vom Innenhof durchs Fenster. Und ihr Gesicht wirkte darin gespenstisch, maskenhaft. Franz kannte diesen Effekt von Theaterschminke. Er hatte Anita Berber als Scheintote tanzen sehen. In den Filmen der *Ufa* wurden die Bösewichte ebenfalls kontrastreich geschminkt und von unten beleuchtet. Und auch Katjas Gefährtin Anna Bäumer, bekannt als *Veuve noire*, nutzte den makabren »Leicheneffekt«, wie ihn die Visagisten unter sich nannten. Das Gesicht des Chemikers war Franz immer schon unnatürlich erschienen, aber jetzt erinnerte es ihn an die Totenmaske des Alten Fritz.

»Keine Sorge, Fräulein Dollberg.« Er trat einen Schritt zurück und zeigte seine offenen Handflächen. »Ich will Ihnen nichts tun. Aber ich brauche Informationen. Es geht um das Leben meiner Familie!«

»Sie hätten sich vorher überlegen sollen, worauf Sie sich einlassen«, erwiderte die junge Frau. Sie klang weder eingeschüchtert noch wirkte sie verunsichert.

»Was soll diese Maskerade?«, fragte Franz. »Der Chemiker ist in Wahrheit eine Frau? Warum das Ganze?«

»Es gibt Länder, in denen werden neugeborene Mädchen ertränkt«, erwiderte sie und warf ihren Kopf trotzig zurück. »Und Frauen sind nur geduldet, um wie Sklavinnen das Haus ihres Mannes zu hüten und ihm Söhne zu gebären. Uneheliche Kinder gelten als Abschaum, ihre Mütter sind Freiwild. Was also soll ein Mensch tun, der in einem Körper geboren wurde, der es verbietet, zu lernen, zu studieren und einen Beruf zu ergreifen, der den Namen auch verdient?« Das Licht vom Hof spiegelte sich in ihren Augen und warf einen kalten Schimmer zurück. Dadurch wirkte die Frau, als könnte sie ihren ungebetenen Gast jeden Moment anfallen.

»Aber Ihr Vater …« Franz hatte dieser unerwartete, heftige Gefühlsausbruch aus dem Konzept gebracht. Hinsichtlich der Verkleidung Marie-Yinis waren ihm vorher die wildesten Vermutungen durch den Kopf gegangen. »Er war deutscher Kolonialbeamter. Und er wird Ihnen doch sicher Hilfe angeboten haben.«

Er hatte die Worte kaum ausgesprochen, da wurde ihm bereits klar, wie schal und verlogen sie klingen mussten. Die Erfahrungen seiner Tante in Paris mochten ihn ahnen lassen, wie es einer jungen, unverheirateten Frau mit Kind ergehen konnte. Und er hatte erst vor kurzem in der *Vossischen Zeitung* einen Artikel über die »Schande der völkischen Vermischung mit Eingeborenen in den ehemaligen Kolonien« gelesen. Der Verfasser hatte sich – natürlich – nur über die Folgen für das Ansehen des deutschen Mannes und des Reichs ausgelassen.

»Mein Vater hat mich nicht einmal in seinem Haus empfangen wollen, als ich mich ihm angekündigt habe«, sagte die Frau in verächtlichem Tonfall. »Dabei ist meine Mutter selbst die Tochter eines höheren Beamten und genoss einiges Ansehen, bis …« Sie sprach den Satz nicht zu Ende. Betretenes Schweigen erfüllte den Raum und schuf seltsamerweise eine fast intime Atmosphäre.

»Und Ihr Bruder?«, fragte Franz nach einer Weile vorsichtig. »War er …? Ich meine, Sie sind seine Schwester.«

»Hans Heinrich war kaum besser als unser Vater. Dazu kam noch, dass er in diese üblen Machenschaften verwickelt war.«

»Ich dachte … Jemand …«, stammelte Franz. »Jemand muss ihn doch angeworben, beauftragt haben! Waren das nicht die Chinesen?«

»Für Shen hat er die gefälschten Gutachten besorgt. Damit konnte ich leben. Als ich von der anderen Sache erfuhr …«

»Sie wussten davon? Ich meine Ebert und Stinnes?«

»Nichts Genaues«, erwiderte sie. »Aber ich wusste, dass es Hintermänner gibt. Dass die Triaden ein viel größeres Geschäft mit einigen Firmen in Deutschland planten.«

»Wie haben Sie davon erfahren?«

»Ich habe meine eigenen Schlüsse gezogen, Herr Sass. Ich bitte Sie, Hugo Stinnes stirbt an einer einfachen Entzündung in der besten Klinik Berlins? Zufällig arbeitet mein Bruder dort? Und jetzt Ebert? Ich weiß allerdings nicht, wie er es angestellt hat.«

»Aber wenn Sie nicht ... Dann haben Sie auch ...? Ich meine, Sie haben nicht ...?«

»Bitte führen Sie sich nicht auf wie ein Zwölfjähriger, der einem Mädchen das erste Mal Blumen schenkt.« Sie öffnete ein ein silbernes Etui und bot Franz eine Zigarette an. »Wenn Sie etwas zur Beruhigung brauchen, ich habe von Baldrian über Luminal bis Morphium alles hier.«

»Sie arbeiten mit Giftstoffen«, sagte Franz und nahm eine *Overstolz*. Er betrachtete die Zigarette, als könne auch sie vergiftet sein oder zu einer Infektion führen. Er legte sie zurück.

»Sie meinen, ich habe meinen Bruder getötet?« Sie lachte, schien aber doch etwas nervös. »*Ich* war es, die Aaron von der Sache berichtet hat! Ich habe gehofft, dass er seinen Freund zur Vernunft bringen kann. Und ich habe Hans Heinrich zur Rede gestellt.«

»Was hat er gesagt?«

»Wenn es um seine Karriere ging, war er ein aufgeblasener Wichtigtuer. Er hat gelogen und betrogen, dass sich die Balken bogen.«

Franz erinnerte sich an die Gespräche mit Dollberg, an das Leugnen und die Ausreden. Allerdings hatte er den Verdacht, dass es sich um einen familiären Wesenszug handelte, denn Marie-Yini schien ihm keineswegs eine Verfechterin der unbedingten Aufrichtigkeit zu sein.

»Ich habe versucht, ihn von seinem Vorhaben abzubringen, Herr Sass. Außerdem wäre ich nicht so dämlich gewesen, die offensichtlichste Waffe einer Frau zu benutzen. Zumal ich mit solchem Zeug auch noch arbeite.«

»Und warum haben Sie sich überhaupt mit Ihren Landsleuten eingelassen?«, fragte Franz. »Opium, Morphium, Heroin, giftige Chemikalien. Damit töten Sie Menschen, das ist Ihnen doch klar?«

»Kommen Sie mir nicht mit Moral. Dieselbe Frage könnte ich Ihnen stellen. Von den Mohnfeldern bis in die Nasen oder Adern der Süchtigen. In dieser Reihe hat jeder eine Ausrede für sein Tun.« Die Frau nahm an einem kleinen Tisch Platz. »Wie Sie bereits sagten, es sind meine Landsleute. Sie sprechen meine Sprache, aber sie sind auch ein Stück Heimat. Und die *Gesellschaft des Himmels und der Erde* hat mein Studium ermöglicht und finanziert. Ich stehe also in ihrer Schuld.«

Schuld. Natürlich, dachte Franz.

»Meine Auftraggeber haben später schlicht keine Fragen gestellt. Dass ich eine Frau bin, ist nebensächlich. Chinesen denken da pragmatisch. Sofern das Ergebnis stimmt, ist ihnen nicht wichtig, ob man sie hinters Licht führt. Es darf nur niemand anderes davon wissen. Denn sonst würden sie ihr Gesicht verlieren. Und das wäre unentschuldbar.«

Zum wiederholten Mal gestand sich Franz ein, dass er diese Menschen nicht wirklich verstand. Verbeugen, lächeln, das Gesicht wahren, weise Sprüche klopfen.

»Ich bin auf der Suche nach Verbündeten«, sagte Franz.

»Ausgerechnet hier?« Marie-Yini wirkte erstaunt, beinahe amüsiert. »Quasi in der Höhle des Löwen?«

»Ich und meine Partner möchten aus der Vereinbarung mit der Gesellschaft aussteigen. Die Sache wächst uns über den Kopf. Dafür benötigen wir Informationen.«

»Niemand steigt da aus.« Die junge Frau lachte auf eine Art, die Franz einen Schauer über den Rücken trieb. »Eure Märchen kennen so etwas als Pakt mit dem Teufel. Einmal geschlossen ist er gültig für alle Ewigkeit.«

»Es kann doch nicht im Interesse der Familien sein, mit einem schwachen Partner zusammenzuarbeiten«, meinte er schließlich. »Wir verfügen nicht über den nötigen Rückhalt, um den reibungslosen

Ablauf der Geschäfte auf Dauer sicherzustellen. Nicht einmal die großen Ringvereine wollen mitmachen. Das *Syndicat* stellt keine Forderungen für den Ausstieg. Im Gegenteil, wir würden unser Wissen über die Transportwege und die Vereinbarungen mit den beteiligten Partnern einem Nachfolger zur Verfügung stellen.«

»Ich rate Ihnen, es gegenüber Shen anders auszudrücken«, erwiderte Marie-Yini Dollberg. »Denn Schwäche ist in seinen Augen nur ein anderes Wort für Versagen. Und sie wird nicht geduldet.«

»Es muss einen Weg geben.«

»Wie ich bereits sagte, über die Folgen hätten Sie nachdenken sollen, bevor Sie sich auf die Zusammenarbeit eingelassen haben.«

Franz fühlte sich plötzlich an die Gespräche mit seinem jüngsten Bruder erinnert. Wie oft hatte er ihm in den letzten Monaten gepredigt, endlich für sein Handeln die Verantwortung zu übernehmen? Und er selbst jammerte hier herum wie ein Fünfjähriger, der nicht wahrhaben wollte, dass er seine Stulle bereits aufgegessen hatte.

»*Manche Fische bleiben ewig klein*, heißt es bei uns. Also versuchen Sie nicht, neben den Haien zu schwimmen, Herr Sass.«

»Wir wissen, dass überall auf der Welt amerikanische Banden in das Geschäft drängen«, versuchte Franz es mit einem anderen Thema. »Wissen Sie etwas darüber? Wir haben Hinweise auf einen aus Russland stammenden Mann, der in New York etwas aufbaut. Haben Sie den Namen Lansky schon einmal gehört?«

»Meyer Lansky«, sagte sie leise. »Er gehört ganz sicher zu den Fischen, die in Zukunft noch deutlich größer werden können. Und neben denen Sie besser nicht schwimmen.«

»Bitte helfen Sie uns, Fräulein Dollberg! Lansky und seine Männer haben vielleicht sogar Ihren Bruder auf dem Gewissen.«

»Ich nehme es sogar an«, erwiderte sie, schien allerdings von dieser Erkenntnis nicht tief berührt zu sein. »Hans Heinrich wusste einfach zu viel.«

»Aaron Rosenbaum ebenfalls. Durch Sie.«

Sie nickte. »Deshalb bin ich zunächst untergetaucht, als die Polizei mich damals entdeckt hatte. Ich traute den beiden Kerlen im Treppenhaus nicht. Ich hatte Angst, dass mein Kontakt zu Aaron aufgeflogen wäre. Nach ein paar Tagen hat Shen mich aufgespürt, und da wusste ich, dass ich nicht in der Schusslinie stehe. Seitdem verstecke ich mich hier.«

»Können Sie für uns vermitteln, Marie-Yini?«, fragte Franz plötzlich.

Sie schien sich nicht an der vertraulicheren Anrede zu stören. »Sie überschätzen meine Bedeutung in dieser Angelegenheit«, sagte sie. »Mein Wissen war anfangs wichtig, als es um die Prüfung der Rohstoffe, deren korrekte Aufbereitung für den Transport und Vorschläge zu Rezepturen ging. Diese Phase ist abgeschlossen. Nun arbeiten hier zwei Dutzend Apotheker und Laboranten, die mich jederzeit ersetzen könnten.«

»Was hat es mit Rosenbaums Bankgeschäften auf sich? Da geht es um riesige Summen!«

»Ich kenne keine Einzelheiten, aber mir scheint, dass sogar die Familien von der plötzlichen Bedeutung und Größe des Geschäfts überrascht wurden. Die *Gesellschaft des Himmels und der Erde* ist nämlich relativ klein. Die anderen Triaden hatten ihr Europa als eine Art Brosamen überlassen.«

»Aber sie möchte jetzt doch sicherlich nicht von den anderen Triaden ausgebootet werden?«, unterbrach Franz sie. Er erinnerte sich an Meister Zhis Andeutungen, die er ihm gegenüber vor gut zwei Jahren in Hamburg gemacht hatte. Zhi hatte ihm erklärt, dass der Rauschgiftmarkt in Asien und Amerika in den Händen der großen Triaden lag. Und dass *die Gesellschaft des Himmels und der Erde* das in dieser Hinsicht noch recht jungfräuliche Europa als Trostpflaster erhalten hatte. Konnte es sein, dass auch die Chinesen selbst von der Geschwindigkeit überrascht waren, mit der dieser Zug Fahrt aufnahm? Der alte Kontinent schien förmlich nach Rauschgift zu lechzen.

»Ich weiß, dass die Direktoren der *I. G. Farben* Profit aus ihren Investitionen erwarten.« Franz trug dicker auf, als es seine oberflächlichen Kenntnisse eigentlich zuließen. »*Bayer* will seine Heroin-Bestände losschlagen, bevor in Europa auch der bloße Besitz strafbar wird. Vielleicht suchen sich die Herren einen stärkeren Partner in Asien?«

Marie-Yini betrachtete ihn, ohne etwas zu entgegnen. Sie schien abwägen zu wollen, ob Franz noch mehr wusste. »Ich gehe ein großes Risiko ein, wenn ich Shen darauf anspreche«, meinte sie schließlich. »Wir brauchen eine Rückversicherung und müssen den richtigen Zeitpunkt wählen.«

»Was meinen Sie damit?«

»Partner, die nicht mehr benötigt werden, verschwinden üblicherweise. Keine Zeugen und nichts, was der Konkurrenz später nutzen könnte. Und deshalb brauchen Sie etwas, das die Familien davon überzeugt, Sie am Leben zu lassen. Sie verstehen?«

Franz nickte und schluckte beklommen. Er überlegte. Das *Syndicat* war auf ein Druckmittel gegenüber den Chinesen angewiesen, wenn es aus der Sache heil herauskommen wollte.

»Und dann bleibt immer noch die Frage, aus welchem Grund ich das Risiko überhaupt eingehen sollte«, schob sie hinterher. »Oder wie Sie sagen, was springt für mich dabei heraus?«

Wenigstens auf diese Frage glaubte Franz eine Antwort zu haben. »Welche Aussichten haben Sie zukünftig in diesem Unternehmen? Sie haben es eben selbst angedeutet. Sie sind entbehrlich, Marie-Yini. Ich könnte Ihnen helfen. Das *Syndicat* könnte Ihnen helfen.«

»Ach ja? Sie wissen doch nicht einmal, wie Sie den eigenen Kopf aus dieser Schlinge ziehen wollen.«

»Wir könnten Druck auf Geheimrat Dollberg ausüben, Sie als Ihre legitime Tochter anzunehmen. Wir haben Beziehungen zu einigen Reportern. Und er wird keinesfalls dulden, dass es zu einem Skandal wegen seines Sohns kommt. Sie sind sein einziges Kind und hätten Aussicht auf das Erbe und eine gewisse gesellschaftliche Stellung.«

»Abgesehen davon, dass ich das bezweifle – wer sagt Ihnen, dass ich es will?« Die junge Frau klang jetzt wie ein Backfisch beim Dorffest, der dickköpfig die Aufforderung des letzten, verbliebenen Tanzpartners ablehnte.

»Wie gesagt, das *Syndicat* hat viele Kontakte.« Franz zeigte sich unbeeindruckt von ihrer Ablehnung. »Meine Tante wäre in der Lage, Ihnen in der Stadt eine angemessene Stellung zu beschaffen. Chemikerin bei einem angesehenen Unternehmen oder vielleicht sogar an der Universität. Und zwar als Marie-Yini Dollberg. Es gäbe kein Versteckspiel mehr.«

Franz konnte nur ahnen, was die Frau in den vergangenen Jahren durchgemacht hatte, um ihr Ziel zu erreichen. Jetzt schwieg sie, und Tränen traten ihr in die Augen. Allerdings war er taktvoll genug, in diesem Moment den Blick abzuwenden.

»Nehmen wir an, dass ich zustimme. Was wollen Sie den Familien anbieten, damit sie stillhalten?«, fragte sie nach einer Weile.

»Frieden. Wir nannten es früher Ruhe im Revier.« Franz lächelte, als Marie-Yini ihn fragend anblickte. »Ich habe mal zu einer Straßenclique gehört. Wenn Frieden zwischen den Banden herrschte, konnte man ein paar Geldbörsen mehr klauen oder Zweier-Zigaretten verkaufen, ohne befürchten zu müssen, dass andere dazwischenfunkten und einen grün und blau schlugen. Die Geschäfte gehen immer besser, wenn Frieden herrscht.«

»Du bist vollkommen verrückt.« Es war das erste Mal, dass sie ihn duzte. »Du kannst die Triaden und die Amerikaner nicht erpressen.«

»Nichts liegt mir ferner. Sie sollen nur ihre Vorteile erkennen und dafür die kleinen Fische ziehen lassen.« Franz erinnerte sich an den Mann auf dem Drahtseil im *Zirkus Busch*. Nun war er dieser Mann. Der Wind kam von allen Seiten: Konter und seine Ermittlungen im Fall Rosenbaum. Josef Sternwein, der Rache für seinen Neffen wollte. Der Anschlag auf Georg und Marya. Eine mögliche Staatsaffäre um Ebert und Stinnes. Die *I. G. Farben*. Plötzlich wurde er wütend. »Verdammt, ja! Du hast recht. Dann erpressen wir die Schweine eben. Was haben wir zu verlieren? Ich will, dass meine Familie da heil herauskommt. Und ich will, dass das *Syndicat* nicht untergeht. Lass mich dir helfen, Marie-Yini. Zwischen den vielen kleinen Fischen ist auch noch Platz für dich.«

9

Polizeipräsidium & Klinik Charité

»Weshalb verhaften wir sie nicht einfach?«, fragte Jens Druwe seinen Vorgesetzten. »Sie hat sich damals gewaltsam einer Befragung entzogen. Und nun der Mord an ihrem Bruder. Zumindest Gewahrsam wäre zu rechtfertigen. Die Ausstellung eines Haftbefehls könnten Sie wahrscheinlich ebenfalls begründen.«

Konter hatte Marie-Yini Dollberg von seinem Assistenten, da Silva und zwei Kollegen der Sitte abholen lassen. Er war sich unschlüssig, was eine Verhaftung anging. Zunächst wollte er den Vorteil nutzen, der sich meist ergab, wenn man die Zeugen im Unklaren ließ, ob sie auch Verdächtige waren. Zudem konnte die Frau unmöglich von seiner Verbindung zum *Syndicat* wissen.

»Wir sprechen erst mit ihr«, sagte er und wies Druwe an, die Zeugin, die auf dem Flur von einem Schutzpolizisten bewacht wurde, ins Zimmer zu holen.

»Sie sind nur einen winzigen Schritt davon entfernt, als Verdächtige im Mordfall Ihres Bruders verhaftet zu werden. Ist Ihnen das bewusst, Fräulein Dollberg?«

»Mit welcher Begründung?«, fragte sie, wirkte jedoch weder erregt noch nervös.

»Ihr Bruder wurde vergiftet. Und Sie sind Chemikerin. Aaron Rosenbaum wurde erschossen. Und Sie hatten vorher offenbar mehrmals Kontakt mit ihm. Der junge Mann wollte Ihren Bruder wegen etwas zur Rede stellen, das ihn, wie wir annehmen, sehr zu belasten schien.«

»So? Ich sehe die Zusammenhänge nicht. Welches Motiv sollte ich haben, meinen Bruder zu töten? Und ich weiß nicht, was Aaron derartig belastete.«

Das Motiv, dachte Konter. Es war die Schwachstelle bei einer möglichen Verhaftung dieser Frau. Und zu einer Anklage würde es bei derart dünnen Fäden nicht kommen. Insgeheim war er froh, sich zunächst für eine Befragung der Dame entschieden zu haben. Er musste die Angaben später mit Franz abgleichen, aber im Fall einer Verhaftung würde die Frau wahrscheinlich dichtmachen.

In der folgenden halben Stunde gab die Chinesin auf jede Frage eine aalglatte Antwort. Sie verwickelte sich nicht in Widersprüche, zeigte allerdings auch nicht den typischen Drang nach Rechtfertigung, den Konter so oft bei Tätern beobachtet hatte. Sie wollten es immer besonders gut machen, lückenlose Begründungen für ihr Handeln vorlegen. So ertappte man sie oft dabei, dass sie versuchten, Zweifel aus dem Weg zu räumen, die gar nicht geäußert worden waren.

»Wie genau sieht Ihre Arbeit aus?«

»Ich arbeite für ein chinesisches Unternehmen, das Tuche und Färbemittel für Wolle nach Europa exportieren möchte«, erklärte sie.

»Nach unseren Erkenntnissen ist es eine Firma, die einem gewissen Shen Li gehört. Haben Sie näheren Kontakt zu ihm?«

»Ja, ich kenne Herrn Shen. Er leitet die Firma. Wir haben ein paar Vorgaben abgesprochen, mehr nicht.«

»Mit welchen Substanzen arbeiten Sie in Ihrem Labor?«

»Meine Aufgaben als Chemikerin sind vielfältig. Ein Laie denkt, dass man die Vorgänge in einem Labor wie in einem Archiv oder der Verwaltung sauber voneinander trennen kann. Hier das Grundbuchamt, dort die Steuer. Chemiker brauchen immer eine große Menge von Substanzen. Sie leben im geordneten Chaos zwischen ihren Reaktionen. Und ich prüfe vor allem die Stabilität von Färbungen an Leinen, Jute und Baumwolle. Ich kann Ihnen gern eine Aufstellung der von mir verwendeten Chemikalien anfertigen lassen.«

»Wie sah der Kontakt zu Ihrem Vater aus?«

»Ich hatte gehofft, eine nähere Beziehung zu ihm aufbauen zu können. Aber er ist ein ehemaliger Beamter alter Schule. Für ihn bin ich ein unglückliches Versehen in seinem Leben.«

»Und was haben Sie mit Aaron Rosenbaum besprochen?«

»Ich bat Aaron, für mich zu vermitteln. Ich hatte ihn über Hans Heinrich kennengelernt und gehofft, er würde meinen Bruder dazu bewegen, bei unserem Vater zu vermitteln.«

Paul Konter und sein Assistent baten die Zeugin, kurz vor der Tür zu warten. Dort nahm sie erneut ein drahtiger Schutzpolizist in Empfang.

»Was halten Sie davon, Herr Kommissar?«, fragte Druwe. Er spielte nervös mit einem Bleistift.

»Ein geschicktes Geflecht von Wahrheit und Lüge vermute ich«, erwiderte Konter. Er hatte noch nicht mit Franz über die Frau sprechen können, da dieser erst gestern bei ihr in die Wohnung eingestiegen war. Plötzlich kam ihm eine Idee.

»Jens, versuchen Sie noch mal Ihr Glück!«

Druwe blickte ihn erstaunt an und schien sich zu fragen, ob dieser Vorschlag ein Vertrauensbeweis oder eine Nebelkerzen-Taktik war.

»Machen Sie ihr klar, dass ich der Böse bin«, schlug Konter vor. »Dass ich kurz davor stehe, sie einzubuchten. Geben Sie ihr etwas Leine und gewinnen Sie ihr Vertrauen. Spielen Sie den Guten, Jens.«

Ein Kreuzverhör der ungewöhnlichen Art, dachte er.

o o o

»Sie sollten sich mit meinem Schwager unterhalten«, meinte Druwe. »Er ist Chirurg, aber an allem interessiert, das geeignet ist, einen Menschen unter die Erde zu bringen. Kugeln und Schrapnelle hat er im Krieg bereits genug gesehen. Aber ich denke, dass Ihr besonderes Wissen ihn faszinieren könnte.«

Marie-Yini Dollberg lächelte. Der Mann gefiel ihr. Nicht mehr ganz jung, aber noch mit diesem Rest Unschuld im Blick, den sie mochte.

Dabei auf besondere Weise melancholisch. Sie nahm an, dass er im Krieg gewesen war. Sie kannte viele Männer, deren Augen leer und kalt schienen. Die das Grauen, das sie nachts immer noch heimsuchte, im Suff ertränkten. Die mit Ende zwanzig aufgedunsen und verbraucht aussahen. Nicht so Druwe. Von ihm ging eine Kraft aus, die nicht einfach richtungslos umherirrte, sondern gerichtet war. Er schien ein Mann mit Zielen zu sein, vielleicht sogar mit Idealen. Und dennoch war da etwas Dunkles an ihm, dass sie anzog. Sie spürte, sie waren Seelenverwandte.

»Mein besonderes Wissen?«

»Sie sind Chemikerin. Da kennen Sie sich doch mit Giften aus, nicht wahr?«

»Ich sagte bereits, dass ich Spezialistin für Farbstoffe bin. Nicht jeder Gendarm kennt sich mit Mordfällen aus, obwohl er doch auch Polizist ist.«

»Jedenfalls möchte der Gerichtsmediziner Ihnen ein paar Dinge zeigen und erklären.«

»Vielleicht möchte ich mich lieber mit Ihnen unterhalten als mit Ihrem Schwager«, erwiderte sie kokett.

»Mag sein, Fräulein Dollberg. Aber bleiben wir bitte bei der Sache.« Die letzten Worte waren mehr als Mahnung an sich selbst gedacht. Er räusperte sich und wandte den Blick von ihren bestrumpften Beinen ab. Unzüchtig hätte man das Verhalten dieser Frau noch vor einem Jahrzehnt genannt. Ein nur knielanger Rock, der zudem scheinbar nachlässig einige Fingerbreit nach oben gerutscht war. Dazu die Beine übereinander geschlagen und in der Hand eine Zigarette mit Spitze. Er sah allerdings keinen Grund, verlegen zu sein. Denn diese Frau wollte, dass man sie ansah. Ein Mann musste eben nur seine Grenzen kennen. »Und ich habe tatsächlich noch einige Fragen an Sie.«

»Ich meinte eine andere Form der Unterhaltung.«

»Hatte Ihr Bruder Feinde?« Er wirkte keine Spur nervös, obwohl – oder gerade weil – die Bemerkung der jungen Frau kaum misszuverstehen war.

»Er hatte seine Arbeit.« Es war eine Bemerkung, mit der sie die ganze Trostlosigkeit im Leben ihres Halbbruder zusammenzufassen schien. »Und Aaron, seinen einzigen guten Freund.«

»Finden Sie das nicht seltsam?«, fragte Druwe. »Ich meine, zwei befreundete, junge Männer sterben innerhalb so kurzer Zeit?«

»Sie sind der Polizist.« Die Chinesin zog an ihrer Zigarette und ließ den Rauch langsam über ihre Lippen nach oben steigen. »Finden *Sie* es seltsam, Herr Kommissar?«

»Ich bin Kriminalassistent.« Natürlich wusste er, dass sie es wusste. »Es ist meine Aufgabe, die Hinweise, Indizien und Beweise in einem Fall aufzuspüren.« Druwe hielt kurz inne. »Nicht, etwas dabei zu empfinden. Gefühle leiten einen Ermittler meistens in die Irre.«

»Dann sind Sie also ein gefühlloser Mensch?«, fragte sie.

»Sie versuchen, mich abzulenken? Warum?«

»Weil ich Sie interessant finde.«

»Ich bin verlobt.« Druwe wusste, dass es ein Fehler war, sich von Zeugen oder Verdächtigen auf die private Ebene ziehen zu lassen. Natürlich hatte er Ernst Gennats *Handbuch für die Mordermittlung* gelesen: *Der Kriminalbeamte hat inneren Abstand zu den privaten Belangen des Verdächtigen unbedingt zu wahren. Keinesfalls darf er Privates von sich preisgeben, außer es dient, die Befragung voranzubringen. Letztere Methode ist eine Gratwanderung, die nur erfahrenen Ermittlern zu empfehlen ist.*

Diese Frau war attraktiv und gefährlich. Druwe fühlte sich, als hielte er einen seltenen Dolch an der Klinge statt am Griff. Durch jede kleine Unachtsamkeit konnte Blut fließen. Aber genau dies reizte ihn. Inge, seine Verlobte, hatte mit dieser Frau nichts gemeinsam. Marie-Yini war klein, hatte einen beinahe knabenhaften Körper, dunkles glattes Haar. Und das Gesicht war eine Mischung aus puppenhafter Perfektion und frecher Kindlichkeit. Druwe tat, als müsste er in seinem Notizbuch nach bestimmten Einträgen suchen. Seine bevorzugte Methode, wenn er Zeit gewinnen wollte. Und schließlich gelang es ihm tatsächlich, die Blutzirkulation wieder in Richtung Verstand umzuleiten.

»Schluss mit den Spielchen, Fräulein Dollberg. Sie sind eine wichtige Zeugin in zwei Mordfällen. Mein Vorgesetzter möchte Sie sogar als Verdächtige festsetzen lassen«, log er. »Ich konnte ihn davon abhalten. Wenn wir zusammenarbeiten, ersparen Sie sich eine Menge Unannehmlichkeiten. Ihre Entscheidung. Werden Sie jetzt also meine Fragen beantworten?«

»Natürlich, Herr Kriminalassistent.«

»Seit wann sind Sie in Berlin?«

»Seit September vorletzten Jahres.«

»Sie hatten von Anfang an eine feste Anstellung? Kamen Sie auf Einladung Ihres Vaters nach Deutschland?«

»Ja und nein. Ich arbeite für die *Tuchwaren-Productions-und-Handelsbetriebe*. Deren Geschäftspartner in Tsingtao haben mich für die Anstellung empfohlen. Mein Vater hat damit nichts zu tun. Allerdings habe ich ihm und meinem Bruder geschrieben, und ich bat sie um ein Treffen.«

»Wie oft haben Sie Ihren Bruder gesehen? Und worüber haben Sie gesprochen?«

»Nur ein paar Mal. Letztlich blieben wir jedoch Fremde füreinander. Und für meinen Vater bin ich das Ergebnis einer Verfehlung, also selbst ein Fehler. Solche Herren pflegen ihre Beziehungen zu einheimischen Frauen in den Kolonien ja als lässliche Sünden zu sehen. Ich dachte, dass ich zu meinem Bruder vielleicht einen näheren Kontakt herstellen kann.«

»Und? Ist Ihnen dies gelungen?«

»Er ist zwar nicht so borniert wie unser Vater. Aber ich sagte bereits, er scheint mit seinem Beruf verheiratet zu sein. Hölzern und langweilig. Wir haben uns mehrfach getroffen. Und jetzt ist er tot. Er bleibt also leider für immer ein Fremder für mich.«

»Kam Ihnen bei den Gesprächen irgendetwas seltsam vor? Wirkte er nervös? Hat er vielleicht etwas erwähnt, das wichtig sein könnte? Fühlte er sich bedroht?«

»Nein, aber ich habe mit Besorgnis die Ereignisse um Stinnes und Ebert verfolgt. Ich wusste, dass er in derselben Klinik arbeitete, in der die beiden operiert wurden. Ich habe ihn dazu befragt, aber er hat die Fälle als Verkettung unglücklicher Umstände abgetan.«

»Sie haben in China Chemie studiert? Wo?«

»Ja, in Shanghai und Hongkong.«

»Ist das üblich in Ihrem Land? Als Frau? Wie haben Sie die Ausbildung finanziert?«

»Indem ich mit jedem Mann ins Bett gegangen bin, der bereit war, einen Dollar dafür zu bezahlen«, entgegnete sie mit eiskalter Stimme. »Dreitausend Dollar kostete das Studium. Rechnen können Sie ja sicherlich?«

Druwe blickte von seinen Notizen auf. In ihm mischten sich Gefühle von Verunsicherung und Wut. Die Frau führte ihn vor. Sie log ihn teilweise an, da war er sicher. Oder zumindest verschwieg sie Wichtiges. Ihre Fassade war makellos. Es gab nichts, an dem er ansetzen, nachhaken, zupacken konnte. Dazu kam diese ungewohnte Selbstsicherheit.

»Ich möchte Sie nicht um Ihren Schlaf bringen, Herr Kriminalassistent. Die Familie meiner Mutter ist nicht arm. Und ich hatte selbstlose Gönner«, fuhr Marie-Yini Dollberg in versöhnlichem Tonfall fort. »Gönner, die weitaus mehr als einen Dollar zu zahlen bereit wären. Aber wie gesagt, ich möchte Ihre moralische Entrüstung dämpfen und Sie beruhigen. Ich bin nämlich keine Hure.«

»Mir lag es fern …« Druwe mahnte sich zur Zurückhaltung. Es gelang dieser Frau, ihn in ihre private Welt hineinzuziehen. Dadurch würde er – so hatte Gennat immer wieder gemahnt – zu einem Vertrauten, einem Komplizen.

»Wie ich anfangs sagte, wäre es schön, wenn Sie mit meinem Schwager sprechen würden«, sagte er in nüchternem Tonfall. »Dr. Schmid ist in der Sache Ihres Bruders der zuständige Gerichtsmediziner. Ich habe ein Treffen mit ihm vereinbart. Fachliche Fragen könnten unter Fachleuten einfacher erörtert werden.«

Offenbar fühlte sich die Chinesin durch die Bemerkung geschmeichelt, denn ihr Lächeln wirkte nun echt.

»Natürlich, gern.«

° ° °

Berthold Schmid besetzte an der *Charité* lediglich eine Art Aushilfsstelle in der Chirurgie. Ihm fehlte der klassische Bildungsweg, da er nach dem Medizinstudium vier Jahre an der West- und Ostfront seine Erfahrungen vorwiegend an den zerschossenen und zerfetzten Objekten jener blutigen Orgie erworben hatte. Die Feldchirurgen hatten sich dann nach Kriegsende einer praktischen Prüfung unterziehen müssen, um als Chirurgen anerkannt zu werden. Und natürlich waren Standesdünkel der klassisch ausgebildeten Söhne von Industriellen und Akademikern – die oftmals vom Kriegsdienst freigestellt worden waren – mehr die Regel als die Ausnahme. Ärzte wie Schmid wurden daher als Chirurgen zweiter Klasse behandelt und bezahlt.

»Einmal Feldscher, immer Feldscher.« Offenbar nahm der Mann es gelassen, allerdings litt er seit Jahren an den Folgen seiner persönlichen Tragödie. Über den Verlust seiner Frau in den Tagen der Novemberrevolution kam er nicht hinweg.

»Zwei Freunde sind mir geblieben, Jens«, pflegte er bei den Treffen mit seinem Schwager Jens Druwe oft zu sagen. »Der Kognak und die Arbeit. Aber was braucht ein Mann mehr?«

Druwe hatte sich mit ihm am Alexanderufer verabredet. Dort verbrachte das Personal der Klinik seine kurzen Pausen, was unschwer zu erkennen war an den Bergen von Zigarettenkippen, die auf dem Kopfsteinpflaster lagen.

Diese Kerle verbieten jedes Laster, weil sie selbst so gern rauchen und saufen, dachte Druwe, als er seinen Schwager mit einer Stippe im Mund erblickte. Nach einer kurzen Begrüßung führte Schmid sie zurück ins Gebäude und zu einem kleinen Raum im ersten Stock, der offenbar von den diensthabenden Assistenten genutzt wurde. Darin roch es nach Fußschweiß, Wurstbrot und kaltem Rauch.

»In unserem Land erfahren Ärzte mehr Wertschätzung«, meinte Marie-Yini. Sie hielt sich einen Finger unter die Nase und blickte sich in dem Ruheraum um, der wenig freundlich eingerichtet war.

»Der Schein trügt, meine Teure«, sagte Schmid. »Wer bereits durch Kot, Gedärme und Blut gewatet ist; wer hundemüde und vollkommen erschöpft ist, der liegt hier wie auf einem Diwan aus Tausend und einer Nacht. Manche Erfahrungen lehren einen Menschen Demut. Oder sie treiben ihn in den Wahnsinn. Ich bin selbst noch unschlüssig, wohin es mich zieht.«

»Sie haben meinen Bruder untersucht, Herr Dr. Schmid?«

»Sehr richtig. Mein aufrichtiges Beileid, Fräulein Dollberg. Ihr Bruder befand sich körperlich in bester Verfassung. Die Lunge ein wenig zu schwarz, die Leber etwas zu groß. Wie bei Ärzten und vor allem Chirurgen üblich. Aber sonst … Eine wirklich sehr tragische Geschichte.«

»Er wurde vergiftet, sagte Herr Druwe.«

»Strychnin.« Dr. Schmid nickte. »Sehr ungewöhnlich. Wie Sie vielleicht wissen, hat der Stoff einen noch in geringster Dosierung wahrnehmbaren, bitteren Geschmack. Da das Gift dem Lieblingsgetränk Ihres Bruders, dem Absinth, beigemischt wurde, konnte man ihn jedoch täuschen.« Schmid bot allen Anwesenden aus einer Blechdose *Nil*-Zigaretten an. Druwe wusste, dass er die schwer erhältliche Variante mit Hanfanteil bevorzugte, und lehnte dankend ab.

»Ich konnte eine kleine Menge des Gifts aus dem Magensaft isolieren. Unsere Laborraten lassen sich normalerweise nicht täuschen. Sehr schlau, diese Viecher. Aber das Zeug aus dem Mageninhalt Ihres Bruders haben sie mit etwas Zwiebelmett einfach gefressen. Wirklich seltsam. Der Alkohol oder die darin gelösten Kräuter haben den abstoßenden Geschmack des Strychnins offenbar überdeckt.

Wer Ihrem Bruder das angetan hat, verfügt offenbar über einige Erfahrung.«

»Haben Sie von so etwas schon einmal gehört, Fräulein Dollberg?«, fragte Druwe.

»Ich arbeite natürlich mit vielen Chemikalien. Gifte in dem von Ihnen gemeinten Sinn gehören eher nicht dazu. Ich las allerdings davon, dass im Krieg wohl daran geforscht wurde, das Strychnin besser und vor allem unerkannt einsetzbar zu machen. Um es als Waffe zu nutzen.« Druwe schien es, als wäre die Frau einen Moment lang unsicher. »Ich weiß allerdings nicht, ob diese Entwicklung über das Stadium von Phantastereien in Spionageromanen und in den Gehirnen alter Generäle jemals hinausgekommen ist.«

Druwe hielt ihre Antwort schriftlich fest und malte hinter die entsprechende Notiz ein großes Fragezeichen. Sein Vorgesetzter hatte ihm zwar nicht viel über die chinesischen Aktivitäten in der Stadt erzählt. Jedoch hatte er sich in der Kriminalabteilung für Spurensicherung und in der Bibliothek der Universität und durch Zeitungsartikel selbst ein wenig schlau gemacht. Natürlich war er stutzig geworden. Eine Tuchfirma, die diesem Chinesen Shen gehörte. Kredite für die *Berliner Stickstoff*, eine Chemikerin aus Tsingtao, die Zunahme des Opiumhandels in den letzten Monaten. Man musste schon auf allen Hühneraugen blind sein, wenn man als Kripoermittler hier keine Zusammenhänge vermutete.

»Wissen Sie, was das ist?« Sein Schwager nahm eine flache Glasschale aus einem Metallschrank und hob den Deckel. Ein leicht säuerlicher Geruch stieg empor.

»Was wird das? Holen wir mein Examen nach?« Die Chinesin wirkte zwar etwas düpiert, jedoch schien auch ihr Interesse geweckt zu sein. »Eine Petrischale. Wahrscheinlich mit Agar gefüllt, auf dem ein Keim wächst. Ebenfalls nicht mein Arbeitsfeld.«

»Sehr richtig, meine Liebe«, entgegnete Schmid. »Es handelt sich um ein Bakterium, genauer gesagt *Staphylococcus aureus*.«

»Und was hat das mit mir oder meinem Bruder zu tun?«

»Wir haben in seinem Labor eine Mischung verschiedener Erreger gefunden«, meinte Druwe.

»Er hat auf dem Gebiet der Wundinfektionen geforscht. Also erscheint mir dieser Umstand nicht verwunderlich.«

»Sagen Ihnen die Namen Hugo Stinnes und Friedrich Ebert etwas?«, fragte der Kriminalassistent.

»Natürlich.«

»Beide Männer wurden von einem versierten Chirurgen aufgrund von relativ harmlosen Erkrankungen operiert. Stinnes wegen einer Gallenblasenentzündung, Ebert wegen eines vereiterten Blinddarms. Und beide Männer sind an Komplikationen kurze Zeit nach der OP verstorben. Wundinfektionen.«

Marie-Yini Dollberg schwieg. Druwe beobachtete ihre Reaktion genau. Aber sie schien eher verwirrt, blickte noch einmal auf die Petrischale.

»Keime gibt es mehr als Menschen«, sagte sie. »Sie sind überall. Und vor allem haben wir keine Mittel gegen sie.«

»Der Tod der beiden Männer wurde genau untersucht«, mischte sich Dr. Schmid wieder in das Gespräch ein. »Das Virchow-Institut hat die Wundsekrete analysiert. Darin fand sich ein Keimspektrum, das exakt mit der Versuchslösung aus dem Labor Ihres Bruder übereinstimmte. Neben Staphylococcus noch fünf weitere, äußerst gefährliche Bakterien. Ich muss Ihnen als Wissenschaftlerin sicherlich nicht sagen, wie gering die Wahrscheinlichkeit ist, dass es sich um Zufall handelt. Zwei tote Männer, identische Bakterienstämme. An beiden Operationen war Ihr Bruder als Assistent beteiligt, und laut Krankenakte übernahm er am ersten Tag jeweils persönlich die Wundinspektion und den Verbandswechsel.«

»Sie meinen, mein Bruder könnte die Wunden seiner Patienten absichtlich verunreinigt haben?« Die junge Frau blickte abwechselnd zu Druwe und dem Arzt. »Unfassbar! Ich sagte Ihnen bereits, Herr

Druwe, Hans Heinrich war ein Nörgler und Langweiler. Ganz sicher fehlte ihm für solche Taten jegliche Phantasie.« Sie hielt kurz inne. »Vielleicht war es nur ein Zufall. Er hat an diesen Keimen geforscht. Er könnte sie unabsichtlich übertragen haben.«

»Kennen Sie *Ergotoxin*?«, fragte Schmid.

»Selbstverständlich. Ein Alkaloidgemisch aus dem Mutterkorn. Es verengt die Gefäße, ist aber als Arznei zu unrein und zu ungezielt wirksam.«

»Was, denken Sie, geschieht, wenn eine Wunde mit dem besagten Bakteriengemisch und *Ergotoxin* in Kontakt kommt?«

»Die Durchblutung des verletzten Gewebes würde über Stunden heruntergefahren und damit auch die Abwehr gestört.« Die Augen der Chinesin weiteten sich, als sie begriff. »Und die Keime könnten sich ungestört ausbreiten!«

»Wie hoch schätzen Sie die Wahrscheinlichkeit ein, dass es zu einer schweren Entzündung kommt?«

»Sie sind der Arzt, Dr. Schmid. Aber ich würde denken, dass es in nahezu allen Fällen zu einer schweren Komplikation kommen würde.«

»Und halten Sie es immer noch für möglich, dass es nur ein Versehen war?«, fragte Druwe.

»Mein Bruder ... war tatsächlich ein Mörder?«

»Fräulein Dollberg, er steht zumindest unter dringendem Tatverdacht«, schloss der Kriminalpolizist die Befragung ab. »Wir denken, dass er im Auftrag unbekannter Dritter gehandelt hat. Es besteht wahrscheinlich ein Zusammenhang mit dem Rosenbaum-Anschlag. Die Spuren führen zur *Berliner Stickstoff* sowie anderen Unternehmen. Und zu chinesischen Geschäftsleuten wie Shen, die offenbar in Kontakt stehen zu den kriminellen Organisationen im Großraum Asien. Und Sie arbeiten für solche Leute. Ich sehe im Moment zwar keine Veranlassung, anzunehmen, dass Sie etwas mit der Sache zu tun haben. Dennoch muss ich Sie bitten, die Stadt nicht zu verlassen und jeden Wechsel Ihres Aufenthaltsorts sofort auf dem Präsidium anzuzeigen.«

Die Frau nickte. »Sie denken also, dass der Giftanschlag meinen Bruder zum Schweigen bringen sollte?«, stellte sie eher fest, als dass sie fragte.

»Davon gehen wir aus. Männer wie Ihr Bruder bedeuten für die Auftraggeber eine Gefahr, denn sie könnten ihre Meinung ändern, plötzlich ihr Gewissen entdecken oder später sogar unangenehme Forderungen stellen.«

»Der Weise bessert das undichte Dach aus, bevor es zu regnen beginnt«, murmelte sie.

»Wie bitte?«, fragte Druwe.

»Mein Bruder hatte seinen Zweck erfüllt«, erwiderte sie leise. »Warum ihn also am Leben lassen? Das ist es doch, was Sie denken, oder?«

10

Tiergarten, Juni 1925

»Der Mann ist mir unheimlich«, sagte Toni. »Er hat zwar gute Umgangsformen und ist höflich, aber seine Augen sprechen eine ganz andere Sprache.«

»Goebbels sucht seinen Vorteil«, erwiderte Paul. »Wie alle anderen auch. Ich hörte, er steckt mit irgendwelchen Splittergruppen unter einer Decke, die den Sozialismus mit nationalen Ideen vermählen wollen.«

»Na, dann ist es ja kein Wunder, dass solche verwachsenen Zwerge wie er dabei herauskommen!« Beide lachten. »Aber im Ernst, Paul. Er hat ein paar unschöne Dinge über Juden, Ausländer, Kranke und Kommunisten gesagt. Es klang so, als meine er, sie litten an einer Krankheit, die man ausmerzen muss.«

Sie standen etwas abseits im Garten des Schlosses Bellevue. Ein pfiffiger Makler vermietete es öfter im Auftrag des Hauses Hohenzollern für Feste aller Art. Und jetzt sollte es sogar verkauft werden. Die ehemalige Regenten-Familie war seit einiger Zeit knapp bei Kasse. Der Unterhalt des Gebäudes verschlang Unsummen, und man hoffte, den Verkaufspreis in die Höhe schrauben zu können, wenn sich das Objekt in der Berliner Gesellschaft vorher nur ausreichend in Erinnerung brachte. Wieder hatte eine dem Okkulten zugewandte Vereinigung einen feucht-fröhlichen Abend organisiert. Ein Hellseher und Magier, ein gewisser Hanussen, suchte zusammen mit seinen Partnern potente Geldgeber, die das Schloss erwerben und als »Schule des Okkultismus« herrichten sollten. Natürlich mit ihm als Leiter.

»Der Mann ist doch ganz witzig«, hatte Toni gesagt, nachdem ihr vorhergesagt worden war, dass sie einen bedeutenden Mann heiraten würde. »Ob er wohl dich meinte? Oder vielleicht hat er sich ja doch geirrt.«

»Scharlatan«, hatte Paul Konter geschimpft. »Aber natürlich, Frauen sind ja schon immer anfällig gewesen für die Avancen gut aussehender Hochstapler. Der Kerl ist ein Nepper, ein fürchterlicher Unsympath.«

»*Un filou est mon bijou*«, schwärmte Toni weiter, um ihren Begleiter noch mehr zu reizen.

»Hast du gesehen, dass dieser Goebbels an den Vorstellungen ganz interessiert war?«, fragte sie nach einer Weile. »In diesen angeblich letzten Überlebenden von Atlantis, den Hanussen noch vorgestellt hatte, war er regelrecht vernarrt. Wie hieß der Kerl?«

»Wiligut. Karl Wiligut. Noch so ein Idiot. Ich habe einen Nervenarzt beim Wein-Plaudern belauscht. Er behauptete, der Kerl wäre aus einer Wiener Heilanstalt abgehauen.«

»Solche Gestalten passen doch wirklich hervorragend zu Berlin«, meinte Toni.

»Wieso hat Goebbels dich überhaupt angesprochen?«, fragte sie, nachdem beide genug vom Theatertratsch hatten. »Kennst du ihn?«

»Er scheint gut informiert zu sein«, erwiderte ihr Gefährte. »Er wusste, dass ich oft mit Franz zu tun habe, nannte mich seinen Mentor. Und er bat mich, ihm einen Vorschlag zu unterbreiten.«

»Arbeiten wir jetzt mit solchen Leuten zusammen?«

»Der Kerl verschwindet in Kürze wieder zurück ins Rheinland. Und mit den Spinnern in Bayern, um die er herumschwirrt, haben wir auch nichts zu tun. Sieh es als eine Art Geschäft. Du erinnerst dich, dass Franz letztes Jahr einen Einbruch versaut hat?«

»Er hat nicht viel darüber erzählt …« Toni wirkte zunächst überrascht, dann schien sie zu begreifen. »Goebbels erpresst ihn?«

Konter nickte. »Wie gesagt, der Mann ist gut informiert. Er hat angedeutet, dass die Anschläge auf Aaron und Dollberg denselben Hintergrund haben. Er will uns einen Beweis dafür liefern, wenn Franz eine Sache für ihn erledigt.«

»Muss ich jetzt um jedes Wort betteln?«, fragte Toni aufgebracht. Sie war für ihre kurze Zündschnur bekannt. »Was genau will er? Lass dir nicht alles aus der Nase ziehen!«

»Franz soll bei Hugenberg einsteigen.«

»Nicht dein Ernst! Noch mal?«

»Es hatte wohl damals ein Treffen zwischen Goebbels und Hugenberg gegeben, das für Goebbels nicht ganz so gut gelaufen ist. Vielleicht wollte er den Alten für eine Partei gewinnen. Oder er brauchte Geld. Aber warum sollte sich ein Gigant wie Hugenberg mit diesen Splitterparteien abgeben? Und jetzt geht Goebbels offenbar einen ganz anderen Weg. Vielleicht hofft er, dass Franz ihm Dokumente besorgt, mit denen er Hugenberg unter Druck setzen kann.«

»Ich werde morgen ohnehin mit ihm reden müssen«, meinte Toni. »Er ist seit dem Mord an Dollberg unausstehlich. Nörgelt herum und will mit dem Kopf durch die Wand. Ich bin gespannt, welche Entscheidung er trifft. Aber vielleicht bringt ihn diese Sache dazu, mal an etwas anderes als sich selbst zu denken.«

o o o

Franz fühlte sich immer noch wacklig auf den Beinen. Die Strychninvergiftung würde nach Angaben der Charité-Ärzte noch über mehrere Wochen Auswirkungen auf seinen Körper haben.

»Am besten wäre ein Kuraufenthalt in Karlsbad«, hatte ein Professor vorgeschlagen. »Solebäder, Trinkkur, Spaziergänge an guter Luft.« Franz hatte abgewinkt. Er glaubte nicht, dass das *Syndicat* im Augenblick auf ihn verzichten konnte. Diese Vorstellung, unentbehrlich zu sein, hatte ihm bereits mehrmals Ärger mit Susanne und Toni eingebracht.

»Es wäre schön, wenn wir auch einmal Zeit für uns hätten«, beschwerte sich seine Partnerin ein ums andere Mal.

»Glaub mir«, meinte seine Tante. »Es geht auch ohne dich. Etwas Abstand kann heilsam sein, sonst verzettelst du dich nur. Fahrt nach Karlsbad oder Neapel, aber vor allem nerve uns nicht!«

Drei Wochen nach seiner Entlassung saß Franz am Vormittag im Garten und versuchte, das unangenehme Gefühl von Hilflosigkeit und Ohnmacht, das ihn seit Kurzem öfter überkam, zu überwinden. Er war wütend und warf bereits zum zweiten Mal eine nur halb gerauchte Zigarette auf den Rasen, als Konter plötzlich neben ihm stand.

»Es ist Sommer, und es hat über zwei Wochen nicht geregnet. Willst du Luisenstadt durch einen Brand sanieren?«, fragte er. Er war durch die offene Pforte nach hinten in den Garten getreten, als ihm an der Haustür niemand geöffnet hatte. Er hielt ein Glas Honig und eine Flasche Holundersaft in der Hand.

»Danke, es geht mir gut«, maulte Franz den Gast an. »Und ich bin nicht im Sanatorium. Stell deine Opfergaben also zu den anderen Sachen in die Speisekammer.«

»Wieder ganz der Alte!« Konter lachte. »Dann brauche ich mir kein schlechtes Gewissen zu machen, wenn ich dich um einen Gefallen bitte.« Der Kripobeamte sah sich um und stellte offenbar erleichtert fest, dass Susanne nicht zu Hause war. Dann berichtete er Franz von seinem Gespräch mit Goebbels.

»Der Kerl schon wieder?«, fragte Franz ungläubig. »Die Sache bei Hugenberg vergesse ich ihm nicht, Paul! Er hat Erich damals abgefüllt und ausgequetscht. Außerdem versucht er, ihn zu beeinflussen, schickt ihm Zeitungen und Einladungen zu Veranstaltungen. Willst du, dass Erich demnächst mit den Nationalen auf der Straße marschiert und Schaufenster einwirft? Nein, dem Mann ist nicht zu trauen, Paul.«

»Ach ja? Wäre es dir lieber gewesen, dass man euch damals wegen Einbruchdiebstahls hochgenommen hätte? Oder wenn Hugenbergs Leute Gewalt angewendet hätten? Denk dran, Goebbels hat euch immer noch in der Hand. Er kann jederzeit Anzeige erstatten.«

»Schnee von gestern«, erwiderte Franz, wirkte allerdings unsicher. »Eine solche Sache wird bestimmt eingestellt.«

»Von wegen! Hugenbergs Anwälte müssen nur erklären, dass ihr Mandant erst jetzt durch seine Wachleute davon erfahren hat. Sofort sitzt ihr ein! Mag sein, dass es keine Verurteilung gibt, aber der Ärger wäre immens groß. Die Kollegen von der Abteilung Bandenkriminalität haben dich nämlich auf dem Kieker.«

»Was hat Hugenberg überhaupt mit solchen Gestalten zu tun? Dieser Humpelfuß scheint mir nicht gerade die Lichtgestalt einer neuen, nationalen Revolution zu sein. Und Geld hat der alte Sack doch selbst genug.«

»Ich weiß es nicht. Hugenberg ist ein eitler Kerl, und er sieht für sich eine große Rolle in der Politik. Er war zutiefst gekränkt, dass er nicht für die Neuwahlen zum Reichspräsidenten aufgestellt wurde. Vielleicht sucht er neue politische Verbündete? Und ich denke, dieser Goebbels ist scharf auf die Zeitungen. Hugenberg ist ein schlechter Politiker, aber ein erfolgreicher Verleger. Goebbels könnte sich diesen Einfluss zunutze machen wollen. Aber fragen wir ihn doch persönlich. Ich habe ein Treffen mit ihm für heute Abend vereinbart. An der Bar im *Wintergarten*.«

Franz überlegte. Zum wiederholten Mal hatte er sich in eine Abhängigkeit zu anderen Leuten begeben. Es schien ihm, als zöge er den Kopf gerade aus der einen Schlinge, um sich schon im nächsten Moment unter dem Fallbeil wiederzufinden. Erst Susannes Behandlung in Hamburg und die Gefälligkeit, die er dafür dem Chinesen erweisen musste. Dann die Vereinbarung mit Kapitän Ehrhardt und die Zusammenarbeit mit dem Widerling Röhrbein. Jetzt auch noch Goebbels. Jedoch war da auch ein ungewisses, inneres Kribbeln, eine Art Spannung, die ihn aus seiner Lethargie zu reißen schien. Die Erinnerung an die frühe Jugend in der Clique. Die Straßen Berlins waren gefährlich gewesen, aber genau diese Gefahr hatte ihn immer gereizt. Das berauschende – wenn auch trügerische – Gefühl, unverwundbar, ja unsterblich zu sein. Und seltsamerweise war diese Empfindung in diesem Moment wieder erwacht. Eben gerade war er dem Sensenmann entkommen, und nun brauchte ihn das *Syndicat* bereits wieder. Alles in ihm drängte nach außen, nach Aktivität. Nach Gefahr. Entsprechend klang sein Widerstand gegen Konters Vorschlag nur halbherzig.

»Der Bruch bei Hugenberg vor einem Jahr sollte eine einmalige Sache sein. Nur für mich und Erich«, log er. Sein Bruder und er hatten zwar danach alle weiteren Pläne auf Eis gelegt. Aber er hatte noch lange nicht abgeschlossen mit der Vorstellung, einmal einen Coup zu landen, der auch gelang.

Sein Besucher legte den Kopf schief und lächelte. »Klar. Dass du immer noch mit deinem alten Lehrmeister Hülse das Schweißen übst und ständig mit Joachim Fischer zusammen bist, ist natürlich reiner Zufall.«

Hülse war schon lange im Ruhestand, aber auf Metallarbeiten verstand er sich wie kaum ein zweiter. Und Fischer, die Zufallsbekanntschaft einer nächtlichen Unternehmung, hatte Franz in die Arbeit mit dem Schneidbrenner eingewiesen. Die Tipps des Mannes waren Gold wert.

»Dass du dir mittlerweile jeden neuen Tresor kaufst, um ihn dann aufzubrechen, ist nur deinem Wissensdrang und der Liebe zu solider deutscher Handwerkskunst geschuldet.«

»Ist ja gut!«, entgegnete Franz gereizt. »Ich mache es. Und ich denke, dass Joe eine gute Begleitung wäre, damit die Sache wirklich klappt.«

»Ich werde meinen Assistenten in der betreffenden Nacht zum Bereitschaftsdienst abstellen. Wenn es aus dem Ruder läuft, dann wäre er als Erster vor Ort. Vor der Kripo haben auch Hugenbergs Leute Respekt. Du siehst, es kann gar nichts …«

»Nein, sprich es nicht aus, Paul!« Franz legte einen Finger an die Lippen. »Bringt nur Unglück. Weiß Toni eigentlich von der Sache?«

Konter nickte stumm.

»Gut, ich werde es Susanne schonend beibringen. Du solltest dann besser nicht dabei sein, sonst geht sie dir an die Gurgel. Ich brauche schließlich offiziell noch sechs Wochen Schonung. Habe ich schriftlich.«

»Komm schon. Wenn ein Greis wie ich einen Monat, nachdem man ihn halb tot geschlagen hat, wieder im Dienst sein konnte, dann solltest du nach deinem Tollkirschen-Abenteuer erst recht wieder loslegen können.«

»Brechnuss, mein Lieber. Strychnin stammt aus der Brechnuss, nicht aus der Tollkirsche.«

○ ○ ○

Der *Wintergarten* nahe dem Bahnhof Friedrichstraße war Restaurant, Bar und Varieté in einem. Hier galt – wie in allen größeren Etablissements der Innenstadt – der von allen gewahrte »Frieden des Geldes«, eine Art Waffenruhe zwischen rivalisierenden Ringvereinen, Schiebern, politischen Gegnern und Luden aller Art. Man wollte sich nicht gegenseitig den schönen Abend ruinieren. Die Lokalität gab sich von außen beinahe bieder langweilig, die Fassadenfront bestand aus einer dreistöckigen, langen Reihe von hohen Fenstern, die lediglich in der ersten Etage in Rundbögen eingefasst waren. Der Eingangsbereich war mit einem seitlich abgerundeten Betondach überdacht und war ein Überbleibsel der ersten Kinovorstellungen, die hier vor dreißig Jahren stattgefunden hatten. Erst in seinem Inneren hielt der *Wintergarten* das, was sein Name versprach. Der glasüberdachte Saal war derart groß, dass es schien, als wäre eine ganze Seitenstraße eingefasst worden. Franz und Paul waren zwei Stunden früher als mit Goebbels vereinbart erschienen, um zunächst bei einem Abendessen ihr weiteres Vorgehen zu besprechen.

»Sackgasse«, meinte der Kripobeamte. »Wenn uns Goebbels nicht einen entscheidenden Hinweis geben kann, dann stecken wir fest. Niemand in Berlin hat von der Bande gehört, die die Rosenbaums überfallen hat. Ich habe keine Handhabe, um alle Geschäftskontakte der Bank zu durchleuchten. Dass der Anschlag etwas mit Baldur Rosenbaums Tätigkeiten zu tun hat, liegt nahe, aber mir fehlen die Beweise. Ebenso verhält es sich mit dem Mord an Dollberg. Er und Aaron waren Freunde. Schön und gut, doch was bedeutet das? Kellner und Wirt in dem Lokal haben nach unserem Ermittlungsstand nichts mit dem Gift zu tun. Jeder wusste, dass Dollberg gern diesen speziellen, französischen Absinth trinkt. Die Flaschen dieser Marke sind dort nur für ihn reserviert, jeder konnte also ein bisschen Pulver hineinstreuen.«

»Jeder?«, fragte Franz verdutzt. »Strychnin, Paul! Ist das kein Hinweis? Bekommt man das Zeug an jeder Ecke?« Er musste daran denken, dass Erich in einem Labor der Chinesen die Mäuse damit vergiftet hatte.

»Beinahe. Es steckt in Rattengift. Jeder Laborant kann damit experimentieren. Apotheker, Ärzte, Kammerjäger. Man kommt recht problemlos an solche Stoffe heran.«

»Dollbergs Schwester ist ebenfalls Chemikerin.«

»Weshalb sollte sie ihren Bruder töten? Wir haben ihre Angaben überprüft. Ihr Arbeitgeber handelt mit Stoffen und Seide. Sie überprüft Färbemittel für diese Leute. Diese Chinesin hatte kein Motiv für den Mord.«

Sie schwiegen eine Weile und mühten sich mit der Empfehlung des Obers ab. Die Languste erwies sich für Ungeübte als kulinarische Festung, die sich einer schnellen Einnahme widersetzte.

»Es mag sein, dass ihr Arbeitgeber mit den Triaden zu tun hat. Vielleicht zahlen sie nur Schutzgelder. Oder aber es ist ein legaler Geschäftszweig, um illegales Geld sauber in die Bücher zu bringen. Wir können nichts beweisen«, fuhr Konter fort. »Jedenfalls hat sich Fräulein Dollberg als äußerst wendig und geschickt erwiesen.«

Nach dem Essen gingen die beiden an die Bar. Franz wurde beim Anblick der vielen Spirituosen und dem Alkoholdunst übel. Er bestellte zwar einen Brandy, nippte jedoch nur kurz daran und konzentrierte sich auf die Betrachtung des Großen Saals. Der gesamte Bereich war durch eine riesige Glaskuppel überdacht, die tagsüber das helle Sonnenlicht hineinließ. In den Nächten hingegen sollte ein Sternenzauber die Herzen und Brieftaschen der Gäste öffnen, jedoch machte das Berliner Wetter den Erfolg dieses Ansinnens oftmals zunichte. Kurzerhand hatten die Eigentümer Hunderte Glühlampen montieren lassen, die den Saal abends in ein »magisches Licht künstlicher Natürlichkeit« tauchten, wie ein bekannter Reporter vor Jahren geschwärmt hatte.

Joseph Goebbels erschien mit zwei Begleitern, die er anwies, an einem Tisch im Saal Platz zu nehmen. Der Ober deckte dort kurz danach für drei Personen ein. Offenbar hatte der Mann nicht vor, länger als nötig Konversation mit Paul und ihm zu betreiben, stellte Franz erleichtert fest.

»Meine Herren, schön, Sie hier zu sehen!« Goebbels reichte jedem die Hand. »Wir kommen also ins Geschäft?«

»Was brauchen Sie von Hugenberg?« Franz stand nicht der Sinn nach höflichen Reden. »Wonach sollen wir suchen?«

»Dokumente, Herr Sass. Ein paar Namenslisten und Protokolle. Und da die Angelegenheit nicht auffallen darf, müssen Sie sie noch in derselben Nacht wieder zurücklegen. Zur Tarnung entwenden Sie Bargeld sowie einige Aktien und Obligationen. Männer wie Hugenberg haben immer etwas von materiellem Wert in ihren Tresoren.«

»Wir müssen zwei Mal dort einsteigen?«, fragte Franz völlig entgeistert. »Und wenn der Einbruch zwischenzeitlich bemerkt wird?«

»Strengen Sie sich an! Wir haben nur ein enges Zeitfenster. Herr Hugenberg pflegt auf Reisen immer seine wichtigsten Unterlagen und Dokumente dabei zu haben. Früher hat er sie dann in einem Hoteltresor hinterlegt, manchmal auch in Schließfächern bei der *Diskonto*. Nun jedoch hat er seine eigene Villa in der Hauptstadt. Aber wem erzähle ich das? Sie kennen sich mit den Örtlichkeiten ja bestens aus.«

Er lachte auf unangenehme Art, und Franz meinte, aus den Worten so etwas wie Neid herauszuhören.

»Derzeit geht es um eine wichtige Verlagsbeteiligung, deshalb hält der Mann sich längere Zeit in Berlin auf«, fuhr Goebbels fort. »Wenn er die Stadt verlässt, ist unsere Chance vertan. Sie müssen wissen, dass Hugenberg immer Informationen über seine Handelspartner und Widersacher einholt. Immer. Und dieses Mal geht es um eine große Zeitung. Wenn er das Geschäft über die Bühne gebracht hat, verschwinden die Akten irgendwo in den tiefen Kellern der Reichsbank. Ich werde Ihnen einen Termin für Ihr Vorhaben benennen.«

»Wie bitte? Meine Planung pflege ich selbst vorzunehmen.«

»Hugenberg ist ein Stoffel. Er hasst die gesellschaftlichen Empfänge. Meist ist er schon vor Mitternacht zu Hause. Das Zeitfenster wäre für Sie bei normalen Anlässen viel zu knapp.«

Franz musste zugeben, dass der Mann recht hatte. Allein das Öffnen des Tresors würde gut zwei Stunden dauern. Dann musste er diese Schriftsachen zu Goebbels bringen und wieder zurück. Und nach seinen unangenehmen Erfahrungen beim ersten Mal würde er bei Hugenberg nicht noch einmal einsteigen, wenn der Mann zu Hause war. Offenbar schienen seine Leute dann hellwach zu sein und achteten auf das kleinste Geräusch.

»Hugenberg wird in zwei Wochen auf einer Feier der Berliner Handelskammer geehrt. Da kann er nicht früh weg, denn es wird erst gegen Mitternacht ein Bild von ihm enthüllt. Und danach gibt es die Laudatio, dann folgt ein Feuerwerk. Der Mann ist derart selbstverliebt, dass er bis zum Schluss bleiben wird. Somit haben Sie etwa zwei Stunden mehr Zeit.«

»Und was bieten Sie als Gegenleistung, Herr Goebbels?«

»Ich bekomme die Unterlagen, dann erhalten Sie alle Fakten zum Fall Rosenbaum. Als Zeichen meines guten Willens bin ich bereit, Ihnen vorab etwas zu geben, worüber Sie nachdenken sollten. Rosenbaum weigerte sich plötzlich, einen Kontrakt zu erfüllen, dem er zugestimmt hatte.«

»Anleihen im Wert von siebzig Millionen«, unterbrach ihn Konter und gab sich Mühe, besonders gelangweilt zu klingen. »Ist das alles? Alte Geschichten.«

Sofern Goebbels überrascht war, vermochte er es gut zu überspielen. »Sehr richtig«, bestätigte er. »Und Sie wissen sicherlich auch von der Firma *Berliner Stickstoff*, nicht wahr? Aber da ist Schluss. Weiter sind Sie nicht gekommen, oder irre ich mich? Wozu brauchen diese Leute so viel Geld? Und wer steckt dahinter? Ganz bestimmt sind es nicht diese Knochenmüller und Düngemittelfahrer. Ich werde Ihnen ein aufschlussreiches Papier überlassen. Ein Dokument, mit dem Sie die Hintermänner unter Druck setzen könnten.«

»Woher wissen wir, dass wir Ihnen vertrauen können?«

»Woher weiß ich es, meine Herren? Aber wir haben uns dann in Zukunft gegenseitig an der Leine. Würden Sie gegenüber Hugenberg plaudern, käme ich wenigstens in Erklärungsnot, und der Kerl würde kein Wort mehr mit mir wechseln. Ich hingegen kann Sie ins Zuchthaus bringen, Herr Sass. Und Sie, Herr Konter, würden mindestens Ihre nette Pension verlieren. Also, sind wir uns einig?«

Widerwillig und nach einigem Zögern reichte Franz dem Mann nochmals die Hand. Konter hatte sich demonstrativ etwas entfernt. Goebbels nickte und ging zu seinen Männern.

»Mir ist schlecht«, meinte Franz, als Konter wieder zu ihm kam.

»Ein Bier? Oder einen Kognak auf den Schreck?«

»Hör bloß auf! Mehr als 'ne Sportmolle jeht nich.«

11

Neuer Westen & Scheunenviertel

Jenseits von Tiergarten und Brandenburger Tor und südlich der Gedächtniskirche trieb das Nachtleben seltsame Blüten. Hier wechselten die Welten Berlins im Hundertmeter-Takt. Am Romanischen Forum redeten sich Künstler die Köpfe heiß. In der Motzstraße küssten sich schwule Paare auf der Straße, am Nollendorfplatz öffneten sich schmutzige Schenkel für fünf Mark. Und die Gegend um Tauentzien war das Paradies jener sauberen, weltoffenen Bürger, die ihr inneres Verlangen nach Unanständigkeit zum Selbstbild prägenden Credo gemacht hatten. Liberalität schien hier Pflicht. Unaufgeregt hatte sich dazwischen eine jüdische Oberschicht im Bayerischen Viertel eine Synagoge und Schule errichtet.

Kaum einen Kilometer weiter, zwischen Nolle und Bahnhof, hatte sich jedoch an der Potsdamer Straße ganz anderes Volk eingenistet. Von der Steglitzer Straße bis zum Landwehrkanal gab es Gesellschafts- und Versammlungsräume für die ewig gestrigen Spukgestalten, die lauthals nach einem neuen alten Deutschland riefen. Hier wurde jedoch nicht nur völkisches Liedgut bewahrt und hitzig-trunken über den Verrat der »Novemberverbrecher« sowie deren Bestrafung schwadroniert. Seit einiger Zeit trafen sich in den Kneipen auch rechte politische Zirkel, die ihre Parolen mit Gewalt auf die Straße und unter die Leute bringen wollten. Anfangs hatte Paul Röhrbein einen Wehrverband zusammengetrommelt, der kaum mehr als eine Truppe brutaler, unzufriedener Veteranen des Weltkrieges gewesen war. Seit geraumer Zeit war er jedoch Leiter des *Frontbann Nord*, dem bereits einige hundert Männer angehörten. Und es trafen immer öfter

Funktionäre kleiner Parteien in der Hauptstadt ein, um für ihre Ideen zu werben. »Wer Berlin hat, besitzt die Macht«, hatte der ehemalige Gefreite Hitler während einer Haftzeit entschieden. Es waren jetzt Leute wie Joseph Goebbels, die durch das Reich tingelten wie Schausteller und hofften, dass ihre Bewegung im Moloch Berlin endlich Fuß fassen könnte.

»Der Parlamentarier, der unser Land aussaugt, ist entweder ein Blutjude«, rief der dicke, schwitzende Mann am Rednerpult, der zu einer Veranstaltung in dem Kellerlokal an der Lützowstraße geladen hatte. »Und dann ist völlig klar, was mit ihm geschehen muss! Hinausjagen werden wir ihn in Schimpf und Schande!« Er legte eine Pause ein, um Luft zu holen. Nur einzelne Rufe der Bestätigung waren zu hören. »Weitaus gefährlicher jedoch sind noch die anderen, die im Verborgenen agierenden Gesinnungsjuden …«

Erich hörte nur mit halbem Ohr zu. Diese Bude und noch mehr die Leute, die sich hier versammelt hatten, stießen ihn ab.

»Die Helfer, Nutznießer und Zuträger tragen das Gift der Verderber weiter. Unerkannt und voller Hinterlist …«

Er war zu früh dran und überlegte, ob es ein Fehler gewesen war, der Einladung zu folgen. Der Dicke geiferte noch ein paar Minuten weiter. Schließlich erklang verhaltener Applaus. Der Redner wirkte konsterniert, hatte offenbar mit deutlich mehr Begeisterung gerechnet.

»Das Kapital presst uns Arbeiter aus!«, rief ein Mann, dem der rechte Arm fehlte. Plötzlich wurde es ganz still im kleinen Saal. Der Kerl sah sich um und erkannte offenbar seinen Fehler. *Kapital* und *Arbeiter* klangen verdächtig nach der anderen, der roten Seite.

»Und das Kapital ist jüdisch«, fügte er schnell hinzu, bevor jemand auf die Idee kam, ihm einen Bierkrug über den kahlen Schädel zu ziehen. Sein Nebenmann hatte bereits bedrohlich geknurrt.

Vor solchen Schwachköpfen muss sich niemand fürchten, dachte Erich. Die broochn keene Koffer zum Verreisen, die ham viel Platz inne Birne. Passt allet rin.

»Es ist wichtig, dass mal jemand für uns kleine Leute spricht«, raunte ein Geselle im Blaumann ihm zu. Der Kerl hatte mehr Pickel als gesunde Haut im Gesicht und roch nach flüssigem Stahl.

Der Duft der *Borsig*-Werke. Erich war zu einem Treffen der *Deutschvölkischen Freiheitspartei* gekommen, das in einer Kneipe stattfand, die nur fünfhundert Meter vom *Club 21* des *Syndicats* am Wittenbergplatz entfernt lag. Im Moment sprossen Parteien wie die sprichwörtlichen Pilze aus dem Boden. DVFP. Wer sollte sich so etwas merken? *Kommen Sie!*, stand auf der Karte, die Erich von Joseph Goebbels persönlich erhalten hatte. Er spendierte dem Furunkel-Nachbarn sein drittes Bier, damit er die Klappe hielt. *Zwei Molle für jeden Gast*, war auf den Plakaten versprochen worden. Das Zeug schmeckte wie Waschwasser.

»Ist doch wahr!«, fuhr der Picklige jedoch unbeirrt fort. »Die Schweine haben uns alle betrogen! Amerikaner. Die Engländer und Froschfresser sowieso. Die Ostjuden haben die Revolution in Russland angezettelt. Und die Bankjuden im Westen wollen Deutschland für immer am Boden sehen. Und weißt du, weshalb?«

Erich antwortete nicht, aber davon ließ sich der Mann nicht beirren. Den Parolen nach war er bereits auf mehreren dieser Veranstaltungen gewesen, denn die Worte, die folgten, klangen abgedroschen. Die Argumente waren fadenscheinig wie zu oft gewaschene und gemangelte Wäsche. Zudem schienen sie in auffälliger Weise jeglicher Logik zu entbehren. Im Verstand der meisten Kerle hier war offenbar eine Art Resteessen angesagt. Man nahm, was gerade da war, mischte alles, schlang es hinunter. Und schiss es schließlich wieder aus.

»Der deutsche Mensch ist der einzig saubere Mensch«, schwafelte ein anderer *Borsig*-Geselle. »Ist bewiesen. Liegt am Erbgut. Deshalb bin ich nicht bei den Kommunisten. Die wollen, dass wir uns mit allen verbrüdern. Die Bolschewisten teilen sogar die Frauen untereinander, wusstest du das? Nee, mein Lieber, nicht mit mir! Mich küsst nur eine deutsche Maid, und die hat treu zu sein.«

Erich mochte sich kaum vorstellen, dass überhaupt schon einmal eine Maid diesen schrägen Vogel mit Hakennase und Glubschaugen geküsst hatte. Er verkniff sich mühsam ein Lachen. Er blickte ein weiteres Mal auf die Karte. *Sie haben das Herz am rechten Fleck, mein Freund. Männer wie Sie braucht das neue Deutschland! Kommen Sie! Und hören Sie meine Rede. Dr. J. G.*

»Unsere Bewegung muss in Zukunft geeint auftreten«, sagte der DVFP-Mann am Pult. Er schwitzte und trank ebenfalls schon sein drittes Bier. »Männer wie Strasser, Röhrbein, Ernst und Roßbach sind Vorreiter der Revolution im Norden des Reichs. Im Süden formiert sich bereits seit den Tagen der Schande im November 1918 eine neue Kraft. Man ist uns dort also voraus. Noch, Kameraden. Denn auch Preußen wird dem deutschen Ruf folgen!«

Erich war zunehmend gelangweilt. Es war wie bei den Nackttänzen von Anita Berber. Erstens hatte man alles schon gesehen. In diesem Fall gehört. Und zweitens wusste man bei solchen Veranstaltungen nie, wann es soweit war. Wann er, sie oder es zum Höhepunkt kam. Zwar ließ hier heute niemand die Hüllen fallen. Aber er war nur wegen Goebbels gekommen. Der Redner schwafelte noch eine Zeit weiter, bevor er endlich zum Punkt kam.

»Liebe Kampfgefährten! Deutsche Arbeiter! Ich begrüße jetzt einen Kameraden, der ein Grußwort von General Ludendorff überbringt …« Er legte eine theatralische Pause ein, als erwartete er aufbrandenden Jubel. Aber die bloße Erwähnung des alten Weltkriegsoffiziers riss mittlerweile niemanden mehr vom Stuhl. Viele junge Männer kannten den Knacker gar nicht mehr. »Begrüßen wir einen führenden Mann der neuen Bewegung, den Geschäftsführer des NSDAP-Gaus Rheinland-Nord, den Leitenden Redakteur der *Nationalsozialistischen Briefe*. Herzlich willkommen, Herr Dr. Joseph Goebbels!«

Wieder war der Applaus nur verhalten. Aber was war von siebzig müden Arbeitern zu erwarten? Es wäre klüger gewesen, Goebbels zusammen mit einem dritten oder vierten Freibier anzukündigen. Trotz seines verkrüppelten Beins sprang der Mann erstaunlich behände auf das Podium, winkte ins Publikum und begann ohne Umschweife seine Rede. Dabei las er nicht vom Blatt ab, sondern schien genau zu wissen, was er sagen wollte.

»Deutschlands Schmach ist unsere Schmach! Aber das Rückgrat unserer Gemeinschaft ist der deutsche Arbeiter. Und ich sage euch, dieses Rückgrat wird kein amerikanisches, kein bolschewistisches, kein jüdisches Komplott jemals brechen!«

War es die leicht hysterisch anmutende, zu hohe, sich leicht überschlagende Stimme? Oder waren es wirklich die Worte, die eigentlich ähnlich inhaltsleer klangen wie alle Parolen der radikalen Parteien? Aber die Wirkung dieses Mannes auf die Anwesenden war eine gänzlich andere als bei seinen Vorrednern. Im Raum wurde es plötzlich gespenstisch still. Niemand wagte es, ein Streichholz zu entzünden oder auch nur ein Bierglas auf den Tisch zu stellen. Erich konnte sich der Stimmung nicht entziehen. Fasziniert beobachtete er, wie nach einer Weile sogar das Atmen der Leute in einen Rhythmus überzugehen schien. Das Nicken der Kopfe, leise geraunte Zustimmung. Jede Regung im Saal passte sich dem Auf und Ab im Timbre des Sprechers an.

»Sogar der amerikanische Präsident Woodrow Wilson hat es während der Verhandlungen zum Schmachfrieden von Versailles erkannt und ausgesprochen, liebe Volksgenossen! Er sagte, es ginge um nichts Geringeres als die Vorherrschaft des weißen Mannes in der Welt. Ausnahmsweise gebe ich diesem presbyterianischen Kapitalknecht sogar Recht. Die Welt braucht den weißen Mann. Und allen überlegen ist der deutsche Mensch!«

Plötzlich erhob sich Jubel und Beifall, der erst nach einer Minute abebbte. Erich sah dem Spektakel gebannt zu. Immer wieder gab es frenetischen Applaus für diesen seltsamen Mann, der unnahbar und umgänglich zugleich erschien. Manchmal drohte er, gefolgt von einem unheilvollen Flüstern. Dann wieder beschwor er die Vorhersehung und prophezeite seinen Zuhörern eine strahlende Zukunft.

»Dieses Land braucht jeden von euch!«, beendete Goebbels nach über einer halben Stunde seine Rede. »Denn das letzte Bollwerk gegen Dummheit, Ausbeutung und Lüge seid ihr. Das Herz Deutschlands schlägt in eurer Brust! Und es ist an der Zeit, dass deutsche Kraft, deutscher Geist und deutscher Wille wieder zusammenfinden. Man hat uns zu Sklaven gemacht, aber wir werden uns erheben. Und der Sturm, der dann losbricht, wird fürchterlich sein!«

Tosender Applaus brandete im Saal auf. Es war, als hätte Goebbels die Männer mit einem Bann belegt, den er am Schluss aufgehoben hatte. Und endlich konnten die Männer jetzt wieder grölen und toben. Auch Erich war fasziniert. Er verabscheute ewiges Taktieren und Speichelleckerei. Und als ebensolche empfand er die deutsche Politik gegenüber den Siegermächten. Wie viele junge Menschen war er verführbar, anfällig für einfache Antworten auf die komplizierten Fragen, die das Leben stellte. Warum einen Knoten lösen, wenn man ihn zerschlagen konnte? Warum verhandeln, wenn man nehmen konnte? Goebbels gab Hinweise, wo die Zweifelnden und Verzweifelten unter diesen Leuten ihre Erlösung suchen sollten. Der Mensch brauchte eben Ziele. Und er brauchte Feinde. An beidem orientierte er sich. Und beides bot dieser Mann seinem Publikum an.

»Herr Sass! Wie schön, dass Sie es einrichten konnten.« Ohne dass Erich es bemerkt hatte, war Joseph Goebbels an seinen Tisch getreten und nahm Platz, nachdem ein Leibwächter Stuhl und Platte mit einer Lösung, die irgendwie nach Krankenhaus roch, abgewischt hatte. Zwei Männer schirmten den Politiker von den grölenden Männern ab, die ihn bedrängen und ihm die Hand schütteln wollten. »Ich habe geahnt, dass Sie der deutschen Sache zugetan sind.«

»Politik interessiert mich nicht«, sprach der junge Mann die Worte nach, die er so oft von seinem Bruder gehört hatte.

»Mich ebenfalls nicht!«, rief Goebbels und lachte. »Sie ist für unsere Bewegung nur Mittel zum Zweck. Wir schlagen die Parlamentarier mit ihren eigenen Waffen, jagen sie zum Teufel und richten das

Reich wieder auf. Am Ende der Politik liegt die Macht. Wer sie hat, braucht keine Politik mehr.«

»Aha.«

»Sie könnten unser zukünftiger Mann in Berlin sein, Sass.«

»Mann? Wofür?« Erich fühlte sich einerseits geschmeichelt, andererseits war er stark verunsichert.

Goebbels legte den Kopf leicht schief und sah ihm in die Augen. Sein beinahe schwarzes Haar war glatt nach hinten angelegt und betonte die hohe, fliehende Stirn. Der lange Nasenrücken hatte zusammen mit der Form der Oberlippe etwas Schnabelartiges und verlieh dem Mann den Ausdruck eines Raubvogels.

»Besondere Angelegenheiten«, sagte er leise. »Meine Parteigenossen und ich sind Realisten, Herr Sass. Auch das deutsche Volk hat seine dunklen Seiten. Wenn wir die Massen auf unsere Seite bringen wollen, können wir uns dieser Tatsache nicht verschließen. In Städten wie Berlin, Hamburg oder Köln wird es immer Glücksspiel, Hurerei und Rauschmittel geben. Sie und Ihr *Syndicat* könnten in Zukunft eine Art Vermittlerrolle einnehmen. Wir sprechen ab, was in einem neuen Deutschland toleriert wird, und bestimmen die Grenzen. Es wäre nicht zu Ihrem Schaden.«

Erich saß diesem kleinen, schmächtigen Mann gegenüber und war überwältigt. Nicht so sehr von dessen Erscheinung oder Worten selbst, sondern von den Wirkungen, die sie in ihm auslösten. Er verspürte eine seltsame Mischung aus Angst und freudiger Erwartung. Der Kerl schien gleichzeitig zu drohen und zu schmeicheln.

»Sie sollten mit Ihrem Bruder und Ihren Partnern sprechen«, fuhr Goebbels fort. »Eine einzigartige Möglichkeit, die ich Ihnen biete. Ihr Bruder scheint sie nicht zu erkennen, aber Sie, mein Lieber, sind aus anderem Holz.« Er erhob sich und reichte Erich die Hand zum Abschied. Auf einen Fingerzeig hin nahm ein Leibwächter eine kleine Karte aus der Jacke und legte sie auf den Tisch. »Wir hören noch voneinander, hoffe ich. Sie sollten in Ihrem Unternehmen in Zukunft eine größere Rolle einfordern. Mir scheint, ihre Brüder erkennen ihren Wert nicht.«

Erich saß lange da und starrte auf die Visitenkarte. *Dr. Paul Joseph Goebbels*. Was hatte ein gebildeter, studierter Mann mit diesem Haufen zu tun, der sich jetzt in wüsten, bierseligen Tiraden erging? Erich wusste, dass die Herren Studenten ebenfalls gern rechts dachten, aber sie blieben immer unter ihresgleichen. Was hatte Goebbels in seiner Rede gesagt? Er versuchte, sich an die Worte zu erinnern.

»Deutschsein heißt das neue Klassenbewusstsein. Denn der deutsche Mensch ist rassisch rein. Und aus diesem Grund sind wir alle Brüder und Schwestern, sind uns gleich, geeint im Blut. Geeint im Ziel. Ob Arbeiter, Fabrikant oder Professor, es wird in Zukunft nur noch einen Stand geben. Den Stand der Ehre, einem neuen, starken Deutschland zu dienen!«

Der Mann hatte sich mit den einfachen Leuten verbündet. Und sie hatten ihn sogar – dem Beifall nach – verstanden, waren bereit, ihm zu folgen. Siebzig Säufer zwar, aber immerhin. Erich spürte, dass Goebbels zu mehr fähig war. Er hatte an einem Nebentisch gehört, dass der Politiker angeblich hundert Reden in einem halben Jahr gehalten hatte. Da konnten aus siebzig schnell auch siebentausend werden.

o o o

»Mensch Erich! Du hier?«, riss ihn eine Stimme aus seinen Gedanken. Er musste die Augen zusammenkneifen, um im grellen Gegenlicht einer Deckenlampe und durch die dicken, blauen Rauchschwaden ein Gesicht zu erkennen.

»Rosenthal. Setz dich!« Erich erkannte einen Kumpel aus der Zeit bei der Clique. Damals war der Kerl ein immer hungriger, sehr schüchterner Bursche gewesen, der bei jeder Gelegenheit rot wurde.

»Lass den Spitznamen. Nenn mich Baldur.«

Klar, dachte Erich. Balduin Maczeck war als junger Bursche weder mit seinem Vornamen noch mit dem Familiennamen zufrieden gewesen. Da er am Rosenthaler Platz wohnte, hatten ihn die anderen Jungs der Clique kurzerhand Rosenthal getauft. Der jüdisch anmutende Name war ihm hier natürlich unangenehm. Die beiden Männer tranken zusammen ein Bier und plauschten über die Vergangenheit. Es schien, als sprächen sie über eine Zeit, die Jahrzehnte zurücklag, dabei ging es gerade einmal um fünf Jahre.

»Bin jetzt im *Frontbann* unter Röhrbein«, sagte Maczeck nach einer Weile mit Stolz in der Stimme. Er tippte an seinen Hemdkragen, und Erich erkannte ein Abzeichen, das entfernt an das Eiserne Kreuz der Soldaten erinnerte. Allerdings zeigte es in der Mitte einen Stahlhelm und außen vier Haken.

»Wir wollen frei werden«, las Maczeck von dem Blechteil ab und tippte immer noch darauf.

»Aha. Wer hält dich denn gefangen?«, witzelte Erich.

»Es ist Zeit, dass wir es den Roten und den Juden zeigen.«

»Was?«

»Wer Herr im Hause ist. Wir fahren gleich zu einem Treffen, um den Galiziern mal wieder ein bisschen einzuheizen. Wir reden nicht nur, Erich. Komm doch mit.«

Galizier. So nannten viele Berliner die Ostjuden, die in den letzten Jahrzehnten in die Stadt gekommen waren und sich vor allem im Scheunenviertel niedergelassen hatten. Erst vor zwei Jahren war es dort zu Ausschreitungen gekommen, als das Gerücht die Runde gemacht hatte, die Juden wären durch ihre Spekulationen an der Inflation schuld. Dabei hatten gerade die Bewohner dieses Viertels oft kaum mehr als ein paar Lumpen, Alteisen oder erbettelte, verdorbene Lebensmittel. Mittlerweile waren zwei weitere *Frontbann*-Leute an den Tisch gekommen und bedrängten Erich, der schließlich nachgab.

Unser zukünftiger Mann in Berlin. Die Worte hallten in ihm noch nach. Er würde ganz gewiss nicht in diese Saalschutz-Verbände eintreten, die sich mittlerweile für jede noch so kleine Partei irgendwo prügelten. Aber es konnte nicht schaden, einmal vor Ort zu erleben, wie diese Burschen dachten und wie die Aktionen bei ihnen abliefen.

»Ich bin dabei«, sagte er schließlich, und sofort klopften ihm mehrere Männer auf die Schulter. »Will nur sehen, was Sache ist. Ick nehm keene Knüppel und keene Wumme. Nur luschern.«

»So haben wir alle angefangen«, grölte einer. »Und dann gleich feste druff, wa?«

o o o

Die Sache war ein Fehler. Schon als er den klapprigen *Benz*-Laster bestieg, dessen Ladefläche mit jungen Männern belegt war und der vor dem Bierlokal an der Ecke Körnerstraße bereitgestanden hatte, wurde Erich klar, dass dies die falsche Filmvorführung für ihn war. Der Kasernenhofton älterer Unteroffiziere aus dem Weltkrieg und billiger Weinbrand schienen die übliche Vorbereitung für diese Unternehmungen zu sein. Die jungen Männer stachelten sich an, indem sie im Wechsel Parolen riefen, Lieder anstimmten und die Flaschen ansetzten. Die Befehlshaber trugen Pistolen am Koppel, der Schlägertrupp selbst war mit Stöcken, kleinen Lederknüppeln, Messern und Metallringen ausgerüstet. Nach dem Durchzählen schlug ein Uniformierter, der bisher geschwiegen hatte und dessen rechte Gesichtshälfte aussah, als wäre sie auf einen Boulettengrill gedrückt worden, gegen die Fahrkabine. Als sich der LKW in Bewegung setzte, spürte Erich, dass sich eine seltsame Spannung unter den Männern ausbreitete. Einige grölten noch lauter, andere schwiegen. Die Fahrt war kurz, denn es ging über den Potsdamer Platz und die Leipziger Straße Richtung Alex, dann hoch zum Schönhauser Tor.

Rote Gegend, dachte Erich, als der Wagen langsamer wurde. Er blickte über die hintere Ladeklappe nach draußen. Arbeiter und armes Judenvolk. Oranienburger und Rosenthaler Vorstadt waren proletarisch, die *Borsig*-Werke hatten hier in den letzten dreißig Jahren die Gesundheit zehntausender Arbeiter ruiniert und ihr Bewusstsein, ganz unten zu sein, nachhaltig geprägt. Hier standen die Mietskasernen Berlins, so auch der berüchtigte *Meyer-Hof* in der Ackerstraße. In den engen, überfüllten Behausungen verreckte man als tuberkulöser Schlafgänger, während zwei Meter weiter im selben Raum neues Leben gezeugt wurde.

»Absitzen! Los, los. Raus mit euch!«

Erich wurde herumgestoßen und fühlte sich wie das berühmte fünfte Rad. Endlich, nachdem alle anderen Männer an ihm vorbei waren, stieg auch er von der Ladefläche.

»Muss immer schnell gehen«, raunte Maczeck ihm zu. »Rotfront schläft nicht. Deshalb benutzen wir Laster mit Firmenschrift und ändern ständig unsere Einsatzgebiete.«

»Schnauze! Gruppen zu fünft! Keine Plünderung. Keine Toten. In fünfzehn Minuten sammeln. Abmarsch!«

Erich schloss sich der Truppe um seinen ehemaligen Cliquen-Freund an und hielt sich hinter den Männern, die plötzlich in Richtung Mulackstraße abbogen.

»Die *Ritze* in Frieden lassen, verstanden?«, herrschte ihr Anführer, einer der älteren Unteroffiziere, sie an.

Plötzlich brach ein Sturm los. Die fünf Männer schwärmten aus und schlugen auf Fahrräder, Wagen und Fenster ein. Dabei schienen sie nach einem Plan vorzugehen. *Müllers Eisenwaren* blieben von Zerstörung verschont, während die Tür der *Sattlerei Ehrenberg* und die Fenster von *Kallinichs Comtoir* zu Bruch gingen. Vor *Sodtkes Restaurant* standen zwei zwielichtige Kerle in Anzügen und rauchten in Seelenruhe ihre Zigaretten, während um sie herum die Fetzen flogen. Sie rührten keinen Finger, als Maczecks Kameraden zwei in traditionelles Schwarz gekleidete Juden zusammenschlugen. Die beiden Männer hatten versucht, ihr Eigentum zu schützen, und bezahlten nun mit gebrochenen Nasen und Platzwunden. Aus den Häusern erklang eine Art Klagegeschrei, das sich mit den Stockhieben zu einem widerwärtigen Geräusch mischte. Erich, der sehr gute Ohren hatte, glaubte, immer wieder das

Knirschen brechender Knochen zu hören. Kurz darauf krümmte sich ein Jüngling, der den beiden Älteren zu Hilfe geeilt war, stöhnend und seinen Bauch haltend zusammen. Erich drehte sich zu einem Hauseingang und erbrach seine Biere und Schmalzbrote. Der Mief, der aus den Wohnungen drang, die Alkoholfahnen der *Frontbann*-Truppe, der Angstschweiß ihrer Opfer und metallischer Blutgeruch waren zu viel für seinen Magen. Jede Münze hatte zwei Seiten, das musste er jetzt erkennen. Noch wirkten die Reden, die Hochrufe und der Bann, in den ihn dieser Goebbels mit einer Mischung aus Drohgehabe und Schmeichelei geschlagen hatte. Aber hier war die raue Wirklichkeit. Blut und Schmerz. Denn das Versprechen eines neuen, großartigen Deutschlands sollte sich erfüllen durch die Not jener, die – nach dem Willen der Scharfmacher – nicht dazu gehörten.

»Lasst euch von den Nationalen keine Flausen in den Kopf setzen«, hatte Erichs Vater, der Schneider Andreas Sass, seinen Kindern eingeschärft. »Für die ist unsereiner nur Kanonenfutter oder Lohnsklave. Je nachdem, was gerade gebraucht wird.« Was hier geschah, widersprach tatsächlich einer Art Grundhaltung, die Erich im Augenblick zwar nicht hätte benennen können, die er jedoch deutlich in sich spürte. Man konnte sich um Frauen oder Geld prügeln, auch um das beste Stück vom Kuchen. Aber Leuten den Schädel einzuschlagen, weil sie Schläfenlocken und schwarze Hüte trugen, anders sprachen? Ihre mühsam aufgebauten Geschäfte zerstören, weil sie in andere Kirchen gingen? Die Magensäure hatte ihm die Tränen in die Augen getrieben, so dass er nur verschwommen die Szene erkannte, die sich keine zwanzig Meter weiter abspielte. An der Ecke zur Alten Schönhauser Straße standen zwei Schutzpolizisten, die von mehreren Frauen umringt waren. Sie versuchten offenbar, die Beamten zum Eingreifen zu bewegen. Die beiden Uniformierten hoben jedoch nur drohend ihre Knüppel, warfen einen Blick auf die ungleiche Straßenschlacht und wandten sich in Richtung der nahe gelegenen Bahnstation ab. Unterdessen kam der bösartige Mummenschanz zu einem traurigen Höhepunkt, als ein junger Mann aus der Tür des baufälligen Hauses Mulackstraße 9 herausstürzte. In der Hand hielt er einen Karabiner aus der Zeit der 1871er Kriege. Er feuerte ohne jede Vorwarnung in Richtung der *Frontbann*-Truppe, traf jedoch niemanden. Dennoch ließen die Kerle von einem Krämer ab, der am Boden kauerte, lauthals schrie und aus mehreren Platzwunden blutete. Sie waren sogar einen Augenblick lang irritiert und blickten in Richtung ihres Anführers.

»Rotfront schießt!«, brüllte dieser, zog eine Pistole und drückte in Richtung des jungen Mannes ab.

Für einen unendlich langen Moment schienen alle Anwesenden im Erstaunen und in der Angst vereint zu sein. Im Angesicht des Todes wurden aus Männern Söhne, aus Helden Fliehende. Es war, als spürten sie gemeinsam, was dem jungen Juden gerade widerfuhr. Er riss entsetzt die Augen auf und ließ seine Waffe fallen. Erst blickte er noch ungläubig über die Straße, dann neigte sich der Kopf nach vorn, während er gleichzeitig mit beiden Händen an seinen Bauch griff. Ein dunkler Fleck breitete sich schnell darunter aus und formte auf seinem Leinenhemd ein Oval. In der Ferne waren die Pfiffe der Schupos zu hören. Auf Schießeisen reagierten sie äußerst ungehalten.

»Abrücken, Männer!«, befahl der Unteroffizier.

Seine Leute rannten in Richtung Weinmeisterstraße, wo der Laster auf sie wartete und hupte, um die anderen Gruppen zu alarmieren. Balduin Maczeck zog den erstarrten Erich mit sich.

»Komm schon, Mensch! Gleich sind die Schupos hier. Und die Kommunisten rotten sich bestimmt auch schon zusammen!«

»Det arme Schwein is hin«, stammelte Erich.

»Hat zuerst geschossen. Notwehr. Jetzt weg hier.«

Als die Männer wieder auf der Ladefläche saßen, wurde durchgezählt, dann fuhr der Benz in abenteuerlicher Geschwindigkeit in Richtung Potsdamer Straße zurück. Die zunächst noch spürbare Anspannung löste sich, als wieder Weinbrand herumgereicht wurde.

»Den krummen Itzigs haben wir es gezeigt. Habt ihr gesehen? Der Alte hat geflennt wie ein Rotzlöffel vor dem Lehrer.«

»Ein Stoß gegen Juda! Hurra!«

»Mitten ins Herz der Roten! Zweihundert Meter von ihrer Zentrale. Jungs, an die Aktion erinnert man sich noch in zehn Jahren.«

Erich rang immer noch nach Luft. Der saure Geschmack im Mund und die Übelkeit ließen nicht nach.

»Unser Frischling hat sich bekotzt!«, meinte ein hagerer, verpickelter Kerl aus einem anderen Trupp lachend.

»Halt die Schnauze!«, fuhr ihn Maczeck an.

»Zusehen ist Scheiße. Hätte gleich mitmachen müssen. Weißt du, wie Jochen das erste Mal dabei war? Gleich drei Jüdlein aufs Maul gegeben.«

»Kameraden!«, rief ihr Leiter, der Offizier, der offenbar nicht selbst am Einsatz teilgenommen hatte. »Gute Arbeit. Wird jemand verhaftet, Ruhe bewahren, nichts sagen. Der Verein besorgt euch einen Anwalt. Glaubt mir, die Richter sind froh, dass wir den Dreck von der Straße räumen! Höchstens zwei Wochen und ihr seid wieder raus. Und eure Familien bekommen in der Zeit Ehrengeld.« Er nahm eine bisher ungeöffnete Flasche und prostete den Männern symbolisch zu. »Apropos Geld. Ich werde mich dafür verwenden, dass jeder von euch fünfundzwanzig Mark als Sonderzahlung bekommt. Heldentaten müssen belohnt werden!« Jubel brach aus.

12

Spandauer Vorstadt & Grunewald

»Du traust dem Mann?«, fragte Joachim Fischer eher beiläufig. Er blätterte in einem kleinen Notizbuch, das in Leder gebunden war. Darin hielt er Tricks und Kniffe fest, die mit seinem unlauteren Gewerbe zu tun hatten.

»Natürlich«, sagte Franz. »So wie ich jedem Straßenköter vertraue, der auf mein Wurstbrot aufpasst.«

»Beste Voraussetzungen, um in die Plötze einzufahren, mein Lieber. Du sagst, dieser Goebbels hat dich in der Hand. Er erpresst dich?«

»Mehr oder weniger. Eine erste Sache bei Hugenberg ist schiefgegangen. Und der Kerl hat Zeugenaussagen, mit denen er Erich und mich auch noch im Nachhinein anschwärzen könnte.«

»In seinem Tresorraum steht ein *Carl Kästner* sagst du?« Franz nickte und schob dem Freund einen Zettel zu, auf dem er Modell und Baujahr des Safes notiert hatte. Fischer schien in seinem Buch endlich gefunden zu haben, wonach er suchte. »Du weißt, dass die Firma seit über fünfzig Jahren auch die Reichsbank mit Panzerschränken beliefert? Hugenberg hat natürlich ein teures Modell mit Radialverriegelung und Rundbartschlüsseln. Gehärteter Stahl in drei Lagen. Bolzen-Schmelzsicherung …«

»Schmelzsicherung? Was ist das denn?« Wertschränke und Tresore faszinierten Franz seit gut zehn Jahren. Vor allem verspürte er einen unerklärlichen Drang in sich, deren Widerstandsfähigkeit zu überprüfen. Wie ein Alkoholkranker oder Wettsüchtiger musste er ein neues Modell einfach öffnen. Sein Meister bei *Siemens & Halske* hatte ihn einmal mitgenommen in die Katakomben der Direktion der *Deutschen*

Bank. Ganze Kellerbereiche waren dort als Sicherheitsräume eingerichtet worden. Stahlbolzen, dick wie Oberarme. Dazu Panzertüren, die nur mit zwei Mann aufgezogen werden konnten. Fünf Schlösser und Zahlensperre. Seit dieser Zeit trieb Franz seine seltsame Faszination an. Er hatte bereits mehrere Dutzend Modelle erworben. Und aufgebrochen. Er besaß jeden Katalog noch so kleiner Hersteller und verfügte über eine beachtliche Sammlung von Schließvorrichtungen.

»Um die Bolzen ist ein minderwertiges Metall gegossen«, erklärte Joe Fischer. »Macht man mit dem Schweißbrenner Fehler und erhitzt den Bereich zu stark, dann schmilzt es und legt sich wie Klebemasse um die Stehbolzen. Dann ist die Tür so dicht wie die anderen Wände.«

»Kriegen wir das trotzdem hin?«

»Ich schon«, entgegnete Fischer. »Sofern ich einen guten Tag habe. Aber du und dein Bruder wäret damals an dem Ding ohnehin kläglich gescheitert.«

Franz kramte in seiner Werkzeugkiste wie ein Schuljunge, der nach Zinnfiguren suchte. Seine Grundausstattung hatte er eher spontan kurz nach Kriegsende aus dem zerschlagenen Schaufenster eines Eisenwarenhändlers entwendet. Beste Fabrikate, auf die er immer noch stolz war. Im Lauf der Jahre waren dann diverse andere Spezialteile dazugekommen: Feilen aller Querschnitte, Reißnagel, Rohlinge der Schlüsselarten, Metallbohrer, Rohrzangen, Hämmer in diversen Größen. Und natürlich der Schneidbrenner.

»Wir brauchen Propangas und Sauerstoff für mindestens zwei Stunden«, meinte Fischer. »Da gibt es ordentlich was zu schleppen. Handschuhe sind jetzt für solche Sachen Pflicht. Die Kripo sucht fast immer nach Fingerabdrücken. Wenn wir die Flaschen oder anderes Werkzeug zurücklassen, darf nicht nachzuverfolgen sein, wo es herkommt. Ein Bekannter sitzt in Plötze ein, weil sein Gaslieferant Kürzel auf die Flaschen malt. Ein Blick in die Verkaufslisten, und sie hatten ihn.«

Die Hartware ist eben nur ein Teil der Herausforderung, dachte Franz und verspürte wieder die angenehme Erregung in sich. Genaue

Planung und Durchführung sind ebenso wichtig. Weizen, Mehl, Brot. Erz, Stahl, Schienen. Jedes Handwerk muss die Abläufe kennen. Bestes Material, geschickte Hände und Köpfchen, nur so entstanden Meisterstücke.

»Die Akten bringst du aber allein zurück, Franz«, riss ihn sein Freund aus den angenehmen Gedanken. »Bringt Unglück, noch einmal zurückzugehen. Ich bin nicht scharf darauf, mein Schicksal herauszufordern. Zurücklegen musste ich nach einem erfolgreichen Bruch bisher noch nichts.«

»Ist in Ordnung. Goebbels meint, dass wir dennoch einen ordentlichen Schnitt machen werden. Er ist sicher, dass Hugenberg immer zehntausend Mark im Schrank hat, wenn er irgendwo Geschäfte einfädelt. Reichsmark, Devisen, Aktien.«

»Klar«, meinte Fischer. »Wahrscheinlich muss er so manchen Wasserträger schmieren, um an Informationen heranzukommen. Umso besser für uns. Zeitplan?«

»Um acht fährt Hugenberg zu der Feier. Wir gehen um halb neun rein. Neun bis elf für das Schweißen. Du verschwindest mit den Moneten, ich schnappe mir die Dokumente. Goebbels meint, dass sein Kopist eine Stunde braucht. Um eins lege ich die Akten zurück. Hugenberg wird bis etwa halb zwei beschäftigt sein. Perfekt.«

»Ja, für Goebbels«, meinte Fischer nachdenklich. »Was will er eigentlich mit dem Zeug?«

»Er lässt Abschriften anfertigen. Da Silva meint, es gibt sogar neue Fotoapparate, mit denen man Dokumente schnell kopieren kann. Ich denke, dass es geschäftliche Papiere sind. Oder Liebesbriefe, was weiß ich? Wahrscheinlich will der Gnom Hugenberg später unter Druck setzen. Keine Ahnung. Jedenfalls sind wir dann quitt, und ich bin den Kerl hoffentlich los.«

»Glaubst du? Nach meiner Erfahrung kleben solche Leute an dir wie die berüchtigte Scheiße am Schuh.«

»Nein, wir haben uns dann gegenseitig in der Hand. Ich werde mit

Bleistift ein paar unauffällige Markierungen in den Akten machen, bevor ich sie zurücklege. Außerdem schaue ich sie mir an, sofern wir genügend Zeit haben. Wenn Goebbels noch mal ankommt, drohe ich damit, zu Hugenberg zu gehen und ihm alles zu erzählen. Ich glaube, der ist mit dem Hinkefuß auch nicht ganz grün.«

»O Mann, hast du nicht schon genug am Hals? Deine Geschäfte gehen mich zwar nichts an, aber was ich so höre, klingt nicht gut, mein Lieber. Nicht nur, dass wirklich einiger Dreck an deinen Schuhen klebt. Die Stiefel könnten dir und deinen Partnern auch ein paar Nummern zu groß sein.«

»Ganz richtig, Joe. Meine Geschäfte gehen dich tatsächlich nichts an.« Die gute Laune war verflogen. Dabei hatte Fischer nur ausgesprochen, was Franz mit aller Macht zu verdrängen suchte. Er fühlte sich als Spielball. Und dieser Einbruch war wieder ein sehr gefährlicher Handlangerdienst für andere.

o o o

Der Tag der Feier, die zu Ehren Hugenbergs in der Berliner Handelskammer abgehalten werden sollte, rückte näher. Zur Sicherheit hatten Franz und Joe die Gewohnheiten der Wachleute in der Villa des Verlegers selbst ausbaldowert. Franz wollte so wenig Mitwisser wie möglich. Bereits die intensive, wenn auch zeitlich begrenzte Zusammenarbeit mit Kapitän Ehrhardt hatte ihn einiges Ansehen in seinen Kreisen gekostet. Wenn jetzt bekannt wurde, dass er wieder mit radikalen Nationalisten unter der Decke steckte, wären seine Kontakte zur KPD und sein Ruf in den Arbeitervierteln wohl endgültig ruiniert.

Da Silva hatte ein paar Informationen über Joseph Goebbels eingeholt. Dabei war er auf Kontakte zu dem ewiggestrigen General Ludendorff und irgendwelchen rechten Putschisten in München gestoßen. Goebbels hatte in einem Käseblatt einen Artikel über einen gewissen Hitler geschrieben, den er »für den geborenen Führer des deutschen

Volkes« hielt. Der Mann war ein Zuchthäusler, hatte ein Buch geschrieben und war offenbar nicht ganz bei Trost. Das Ganze ließ nichts Gutes erahnen. Franz wusste aus seiner Jugend, dass es nie von Vorteil war, für Spinner zu arbeiten.

Immerhin hatte Goebbels Recht behalten, was die Bewachung des Anwesens anging. Hugenbergs Leute hatten Erich und Franz damals erwischt und sich somit gegenüber ihrem Boss als fähig erwiesen. Aber die Aufmerksamkeit der Mäuse ließ deutlich nach, wenn der Kater aus dem Haus war. Wer rechnete schon mit einem zweiten Einbruch in so kurzer Zeit? Folglich hatte man es bei den üblichen Vorkehrungen belassen.

»Wir steigen ein, wenn die Feier beginnt«, hatte Fischer vorgeschlagen. »Da sind die Wachmänner entspannt. Von acht bis neun brauchen wir für die Vorbereitungen. Spätestens um elf muss das Ding offen sein.«

»Zu dieser Zeit findet dann gerade die Verleihung der Ehrenmedaille an Hugenberg statt. Für Mitternacht ist ein kleines Feuerwerk auf dem Pariser Platz vorgesehen. Danach Schwof und Schampus im *Adlon*. Und eine Lobrede, die sich der eitle Fatzke sicher nicht entgehen lassen wird. Goebbels meint, Hugenberg kann frühestens um zwei gehen. Er will ja schließlich für das Präsidentenamt kandidieren.«

»Wirklich? O Gott, ich sollte auswandern«, scherzte Fischer. Dann wurde er wieder ernst. »Also haben wir nach dem Öffnen des Tresors etwas mehr als drei Stunden. Könnte klappen.«

»Wenn nichts schiefgeht.« Franz lachte etwas gequält auf.

ooo

Die Tage vorher waren regnerisch gewesen, der Boden immer noch matschig. Joe Fischer wies Franz deshalb an, sich Fußlappen um die Schuhe zu wickeln, um möglichst wenig verwertbare Spuren zu hinterlassen. Hugenberg liebte Pomp und Größe. So hatte der renovierte Bau zwischen Königsallee und Hubertusbader Straße im schönen

Stadtteil Grunewald selbstverständlich das weitläufigste Grundstück und bildete schon beinahe ein eigenes Wäldchen. Bereits gegen halb sieben trafen die beiden Männer dort ein und bezogen in einem alten, verfallenen Teepavillon zwischen mittelhohen Tannen ihre Stellung. Franz hatte Ferngläser der Reichswehr organisiert, und sie konnten das hektischer werdende Treiben im Haupthaus beobachten. Mehrmals war der laute Bass des Verlegers durch die geöffnete Verandatür zu hören.

»Schlecht gelaunt und nervös«, raunte Franz und lächelte. »Eine gute Voraussetzung dafür, dass seine Leute nachher erst einmal durchatmen wollen. Bei einem Klaren.«

Um halb acht hörten sie den schweren *Benz* vorfahren, aber Hugenbergs Stimme dröhnte sogar lauter als der Achtzylinder-Motor vom Vorplatz herüber. Kurz darauf kehrte Ruhe ein, das gesamte Haus schien endlich aufzuatmen. Franz und Joe warteten noch eine weitere Viertelstunde ab, ob der Magnat nicht zurückkehrte, weil er etwas Wichtiges vergessen hatte. Als es ruhig blieb, näherten sie sich leise und vorsichtig dem Haus. Ein Wachmann hatte gerade seine Außenrunde beendet. Zwar stand die Tür zur Terrasse weiterhin offen, aber Franz schüttelte den Kopf. Beim ersten Mal war er mit seinem Bruder problemlos an der Fassade hinauf zum Obergeschoss geklettert. Alfred Hugenbergs Arbeitsbereich lag im linken Hausflügel.

Der Mann war überall dort im Reich zu Hause, wo er Geschäftsabschlüsse für seine Konzerne witterte. So besaß er neben dieser Villa in der Reichshauptstadt auch Häuser in Hamburg, Köln und München. Dazu verfügte er noch über einige Wohnungen, und alles wurde von Personal derart unterhalten, dass er jederzeit auftauchen konnte. Sein Anwesen hier in Grunewald hatte er vor einem Jahr aufwändig umbauen lassen. Das Arbeitszimmer lag abseits der Hektik einer derart großen Hauswirtschaft im zweiten Stock. Darin – die Skizze der Räume hatte Franz von Katja erhalten – war ein gesonderter Tresorraum errichtet worden. Um viertel nach acht standen die beiden ungebetenen Gäste genau vor diesem Arbeitszimmer. Das auf Weisung des Hausherrn eingebaute, hochmoderne Zylinderschloss an der Zugangstür hatte Fischer innerhalb von einer Minute geknackt, ohne Spuren zu hinterlassen.

»Die Leute glauben tatsächlich, diese neuen Teile sind sicherer«, flüsterte er und lächelte stolz. »Dabei sehen nur die Dietriche dafür anders aus.«

Noch vor halb neun standen sie also in Hugenbergs Heiligtum, das im Empire-Stil eingerichtet war. Das mit Öl gepflegte Ahornholz der Möbel verströmte zusammen mit dem Duft nach kaltem Virginia-Tabak einen eigenartigen Geruch. Der Schreibtisch wies an der Frontseite Einlegearbeiten auf, die Palmen und Fabeltiere zeigten. Die Tischplatte selbst wurde von vier Figuren gehalten, die Franz später als halb ausgewickelte Mumien beschreiben würde.

»Wo ist der Raum?«, fragte Fischer ungeduldig und zeigte auf seine Armbanduhr.

Im ersten Moment konnte ein Besucher tatsächlich übersehen, dass es sich bei einem Teil der hinteren Regale, in denen Hunderte Bücher standen, nur um eine Attrappe handelte; wiederum kunstvoll gearbeitete Intarsien, die Buchrücken täuschend echt kopierten. Franz trat näher heran und drückte den Knopf, den er bei seinem ersten Besuch entdeckt hatte – kurz bevor er und sein Bruder ertappt worden waren. Die Holzarbeit entpuppte sich plötzlich als Geheimtür, die an dieser Stelle nur über einen einfachen Schnappmechanismus verfügte. Dahinter lag ein Raum, der nur von hier aus zu erreichen war und keine Fenster aufwies. Halb so groß wie das Arbeitszimmer, befanden sich nur drei Objekte darin: ein Bürotisch in der Art, wie ihn wahrscheinlich der jüngste Prokurist bei *Borsig* sein Eigen nannte. Dazu ein vom Stil her passender Stuhl mit Armlehnen, in den die mächtige Gestalt Hugenbergs kaum passen konnte. Und der Kassenschrank, so groß, dass mancher Obdachlose darin seine dauerhafte Bleibe gefunden hätte. Auf der Tischplatte lag ein Kassenbuch, daneben ein Stift.

»Wahrscheinlich lässt er selbst über seine Bestechungsgelder genau Buch führen«, raunte Fischer, und Franz nickte. Ihm war jedoch nicht nach Scherzen zumute. Er verspürte zwar keine Angst, aber das Adrenalin in seinen Adern sorgte für eine angespannte Erwartung.

Der Panzerschrank, den Franz vom ersten Bruch noch gut in Erinnerung hatte, konnte selbst einem hartgesottenen Ganoven das Herz in die Hose rutschen lassen. Ein Messingschild über den beiden Türen wies unübersehbar auf den Hersteller: *Carl Kästner Actien-Gesellschaft – Leipzig – gegründet 1846*. Das Ding hatte Franz bereits vor Monaten fasziniert. Auf dem freien Markt waren diese Tresore gar nicht erhältlich. Die Kundschaft bestand aus Regierung und Reichsbank. Und einigen, handverlesenen Personen. Ein *Carl Kästner* war immer Herausforderung und Abschreckung zugleich.

»Wir werden hier drin nach zehn Minuten kaum noch Luft bekommen«, riss ihn sein älterer Begleiter aus den Gedanken. »Der Brenner frisst den Sauerstoff wie ein Gaul den Hafer, und außerdem wird es hier ziemlich heiß werden.« Mit diesen Worten begann er, sich bis aufs Unterhemd zu entkleiden. Dann zog er einen dünnen Arbeitskittel über. Er bedeutete Franz, es ihm gleichzutun. »Dünne Jute mit irgendeiner Faser, die sich angeblich nicht entzünden kann«, erklärte er. »Sonst kriegst du überall kleine Brandstellen.«

Während seiner Lehrzeit – und später als sein eigentümliches Steckenpferd – hatte Franz stets in gut belüfteten Hallen oder Innenhöfen gewerkelt. Und dabei derben Lederschutz getragen. Neugierig besah er sich den Panzerschrank, der gut zwei Meter hoch und anderthalb Meter breit war. Die beiden Türflügel waren schlicht gehalten. Nur zwei Drehgriffe, mit denen der Verschluss entriegelt wurde, und darüber jeweils ein kleines rundes Loch für die Schlüssel. Eigentlich war der *Kästner* somit ein typischer Banktresor, denn die Doppelsicherung erlaubte es keinem einzelnen Angestellten, unbemerkt an den Inhalt zu kommen. Es waren immer zwei Schlüssel zum Öffnen nötig. Und Männer wie Fischer hatten sich bisher die Zähne ausgebissen beim

Versuch, diese Schlösser mit Dietrichen oder Feinwerkzeug zu knacken. Folglich blieb nur die brachiale Gewalt.

Schweißbrenner waren laut, aber die Tür zu dem Nebenraum, in dem sich Hugenbergs Wertschrank befand, konnten Franz und Joe Fischer unmöglich schließen, ohne Gefahr zu laufen, nach wenigen Minuten ohnmächtig zu werden. Sie wechselten sich bei der Arbeit ab. Bereits nach einer Viertelstunde war Franz schweißgebadet und sah trotz der dichten Schweißmaske mehr Sterne, als dass er sich auf seine Arbeit konzentrieren konnte. Mühsame eineinhalb Stunden vergingen. Immer wieder mussten die Männer eine Pause einlegen. Anfangs horchten sie dann noch, ob sich im Haus etwas rührte. Dann aber sanken sie nurmehr röchelnd auf den Boden. Sie mussten sich immer länger erholen. Viel wichtiger war jedoch, dass Fischer mit einer Art Fieberthermometer die Temperatur des Stahls in der weiteren Umgebung ihrer Trennstelle maß. Manchmal winkte er plötzlich ab.

»Zu heiß.« Dann mussten sie ein paar Minuten warten, bevor sie den Schneidbrenner wieder ansetzen konnten. Erhitzten sie nämlich die Legierung im Inneren auf über 1500 Grad, konnte ein Sicherungsstahl an den Bolzen schmelzen, der das Öffnen durch einfaches Aufschweißen des Schließmechanismus unmöglich machen würde. Fischer zog ein Buch aus seinem Rucksack und verglich die gemessene Temperatur mit einer handgezeichneten Tabelle.

»Von mir selbst getestet«, erklärte er mit Stolz in der Stimme. »Wenn ich außen achtzig messe, dann ist es am Bolzen noch in Ordnung. Bei neunzig wird es kritisch.«

»Sie müssen später nur dem Gestank folgen, um uns zu schnappen«, sagte Franz während einer der kurzen Pausen. Es roch beißend nach Oxiden und verbranntem Gas. Daneben gab es noch eine ungewöhnlich frische Note, die er sich nie hatte erklären können. Und natürlich lag der viehische Dunst schwitzender Männerkörper in der Luft.

Aber endlich, nach beinahe zwei Stunden konnten sie die Türen über die Griffe entriegeln. Es war der Moment, den Franz gern mit dem Empfinden erster Trunkenheit verglich. Wohlige Zufriedenheit stellte sich dann ein, innere Wärme, gepaart mit einem kurzen, herrlichen Gefühl von Allmacht. Hochprozentiges konnte man allerdings nach Belieben hinterher kippen. Hingegen beschränkte sich das Öffnen des Stahlschranks auf diesen einen winzigen Augenblick. Die Tat selbst schien das Berauschende zu sein, nicht so sehr das Ergebnis. Und viel zu schnell verging der Rausch. So blickte Franz auch dieses Mal eher gelangweilt in das Innere von Hugenbergs Tresor.

»Mensch, du hast nicht zu viel versprochen«, meinte Fischer und schob bereits mehrere Bündel Reichsmark sowie Wertpapiere aller Art in einen Lederbeutel. »Könnten tatsächlich ein paar Tausender sein. Und sieh hier, der gute Hugenberg scheint dem Papier allein nicht zu trauen.« Er grinste und zeigte Franz einige Goldmünzen. Von den vielen, weniger wertvollen, silbernen Friedrich-Wilhelm-Talern nahm er nur einige Handvoll mit. »Hast du das Zeug gefunden, das Goebbels haben will?«, fragte er, als seine Beutel halb gefüllt waren.

Franz blätterte in mehreren Ordnern. Allerdings waren diese Akten böhmische Dörfer für ihn. Querverweise auf Bilanzen, Namenskürzel, Protokolle einiger Gespräche. Zahlungsvermerke an Personen, deren Nachnamen offenbar mit Zahlen abgekürzt waren. Wer waren *Anton 2*, *Wilhelm 5* oder *Adolf 1*? Lediglich bei *Joseph 2* wurde er etwas stutzig. War damit vielleicht Goebbels gemeint? Letztlich schienen alle Zahlungen durch eine Firma veranlasst zu sein, die *Telegraphen-Union* hieß. Wahrscheinlich fädelte der Großindustrielle nur eine weitere Unternehmung ein und bezahlte für das spezielle Wissen der Beteiligten. Und Goebbels wollte offenbar genau diese Akten haben. Zu Fischers Erstaunen zog Franz vorsichtig einen Holzkasten aus seinem Rucksack, der zusätzlich in ein Tuch gewickelt war. Das Ding war aus poliertem Nussholz und trug ein Messingschild mit der Aufschrift *Steinheil – München*. Darunter stand in kleiner Schrift *Detectivcamera No. 3*. Danach zog Franz noch fünf Holzplatten aus seinem Beutel.

»Was soll das?«, fragte Fischer ärgerlich.

»Ich habe da Silva den Apparat abgeschwatzt. Ich kann zehn Fotografien damit anfertigen.« Er legte einige der Seiten auf den kleinen Schreibtisch, der vor dem Tresor stand. Dann richtete er die Lampe darauf aus und befestigte die Box auf einem kleinen Gestell. Nach weniger als fünf Minuten legte er die Papiere zurück in die Aktenmappe.

»Eine kleine Rückversicherung. Falls Goebbels auf den Gedanken kommt, uns übers Ohr hauen zu wollen.«

Er war zufrieden. Das Prickeln unter der Haut, das er immer nur kurzzeitig empfand, wenn er an einem gekauften Tresor geübt hatte, hielt jetzt doch ungewöhnlich lang an. Er war beinahe euphorisch, als er die Ordner in einen Leinensack wickelte.

»Wir sind fast eine Stunde früher dran als geplant«, sagte er. »Du schaffst die Wertsachen raus. Ich fahre zum Übergabeort. Bin gespannt, was Goebbels sagt.«

»Scheint ein ziemlich abgebrühter Kerl zu sein«, erwiderte Joe Fischer. »Glaubst du, er kommt selbst? Um Diebesgut in Empfang zu nehmen? Pass bloß auf, dass du nicht unter die Räder kommst.« Er lauschte in den Flur des Obergeschosses. Im Haus war es ruhig. Niemand hatte den Einbruch bemerkt. »Wir haben erst die halbe Miete eingefahren. Ich komme in einer Stunde wieder und beobachte die Bude von draußen. Komm zum Pavillon. Nicht dass du nachher den Wachleuten in die Arme läufst.«

° ° °

»Ich sehe, dass ich mich auf Sie verlassen kann«, sagte Goebbels. Er saß mit drei Begleitern in der Bahnhofskneipe Halensee, die eine Schanklizenz bis ein Uhr hatte.

»Sie haben an den Dokumenten nichts verändert und wissen, wo Sie sie wieder hinzulegen haben?«, fragte er.

Franz nickte schweigend.

»Hugenberg darf nichts merken. Sie nehmen das Geld. Es muss aussehen wie ein ordinärer Einbruchdiebstahl.«

»Na, meen Juter, janz normal is der Bruch nich«, erwiderte Franz beinahe fröhlich. Er stand immer noch unter dem Einfluss des Adrenalins und zitterte sogar leicht. »Ick meen mit'm Brenner rückt nich jeder an.«

»Ein Korn zur Beruhigung?« Goebbels lächelte. »Und keine Sorge. Dass der Mann eine Menge Geld hortet, weiß dank meinen Leute mittlerweile jeder Zinker in Berlin. Auf uns wird kein Verdacht fallen.« Er nahm die Dokumente und reichte sie an einen Mann mit Brille und Rundrücken weiter, der am Nebentisch saß. Kopist, Kontorist oder Buchhalter, vermutete Franz.

»Hier haben Sie meine Notizen über den ersten Einbruch.« Goebbels reichte Franz zwei Blatt Papier. »Wenn Hugenberg jetzt nachfragt, wird sich natürlich niemand mehr genau an den Ablauf erinnern können.«

»Was wissen Sie über Rosenbaums Machenschaften und die Leute, die dahinterstecken?«, fragte Franz ungeduldig. »Raus mit der Sprache!«

»Er soll einem Unternehmen ein Finanzpolster schaffen, das es erlaubt, in dessen Namen Immobilien in Asien zu erwerben. Lagerhäuser und Fabriken. In Macau, Hongkong und Tsingtao. Dorthin will man später einen Teil der deutschen chemischen Industrie verlagern.«

»Wer? Und welchen Teil?«, hakte Franz nach.

»Das Unternehmen *Bayer*«, sagte Goebbels. »Es handelt sich um die Herstellung von Giftgas und illegalen Arzneien. Wussten Sie, dass Herr Duisberg ein ganz eifriger Verfechter des Einsatzes von *Haber*-Gas war? Das Schlachtfeld schien ihm als das ideale und zudem kostenfreie Probelabor für den Schweinkram. Sicherlich ebenso brisant ist, dass *Bayer* die Sache jetzt über die Bühne bringen will, bevor die Fusion zur *I. G. Farben* stattfindet. Sie haben sicher davon gehört?«

»Natürlich.« Franz war überrascht, obwohl er bereits einige Fakten kannte. Die Produktion von Giftgas war Deutschland verboten. Und die illegalen Arzneien waren zweifelsohne die Heroinpillen, vielleicht noch andere Mittel. Dass *Bayer* auch noch seine zukünftigen Partner übervorteilen wollte, setzte dem Ganzen die Krone auf.

»Hier.« Goebbels legte ein drittes Blatt Papier auf den Tisch. »Ein nervöses Fräulein vom Amt vergaß vor einem Jahr, sich aus der Leitung zu stöpseln, als Carl Duisberg und Baldur Rosenbaum miteinander telefonierten. Und dann hat sie auch noch alles mitstenografiert. Ein sehr nettes und aufschlussreiches Gespräch. Legen Sie es Rosenbaum vor, und er wird Ihnen alles bestätigen. Vielleicht hat er sogar weitere Details für Sie.«

»Gut.« Franz musste sich eingestehen, dass die Vereinbarung mit Goebbels kein Fehler gewesen war. Dennoch wollte er dem Kerl zeigen, dass sie keine Freunde werden würden. »Denken Sie dran«, sagte er. »Erstens sind wir jetzt quitt. Und zweitens lasse ich Sie hochgehen, wenn Sie mich linken. Ich habe nämlich kurz in das Zeug hineingesehen. Keine Ahnung, was Sie damit wollen, aber Hugenberg wäre sicherlich ganz interessiert, zu erfahren, dass ich die Akten für Sie geklemmt habe.«

Einen Augenblick lang verhärtete sich der Gesichtsausdruck seines Gegenübers. Dann schien Goebbels sich zu besinnen und lachte in seiner unangenehmen Art auf.

»Deutsche Teufelskerle!«, sagte er in schrillem Tonfall, als wäre er mitten in einer Rede. »Selbst in den dunklen Schatten des Verbrechens wird in diesem Land mit offenem Visier gekämpft«, meinte er theatralisch. »So ist es recht.«

Der Kerl hat es irgendwie mit Deutschland, dachte Franz und kippte nun doch den Korn, den eine Kellnerin gebracht hatte. Goebbels dachte und schwelgte offenbar in Kriegsbildern und heroischen Symbolen. Vielleicht brauchte er das Gehabe aufgrund seines wenig beeindruckenden Äußeren. Der Kerl musste doch in der Schule ständig eins auf die Nase bekommen haben.

»Wenn die Sache durch ist, kreuzen sich unsere Wege hoffentlich nie wieder«, meinte Franz kühl.

»Wir werden sehen, Herr Sass. Warten Sie hier, bis Sie die Papiere zurückerhalten.« Mit diesen Worten erhob sich Goebbels, nickte kurz zum Abschied und verließ mit seinen Wachleuten und dem Buchhalter das Lokal.

Etwa anderthalb Stunden und eine Mitternachtsmahlzeit später saß Franz allein und immer noch unruhig am Tisch, als ein Bote ihm die entwendeten Papiere zurückbrachte. Nichts deutete darauf hin, dass sich jemand an den Unterlagen zu schaffen gemacht hatte. Er sprang auf, schnappte sich die Ledermappe und rannte aus der Tür. Um diese Zeit war natürlich kein Taxi am Bahnhof Halensee zu bekommen. Franz fluchte, sah sich um und griff kurzerhand nach einem Fahrrad, dass am Schuppen neben der Bahnrampe angelehnt war. Niemand protestierte, als er etwas wackelig, zu beiden Seiten schwankend in die Pedale trat und in Richtung Königsallee verschwand. Zu seiner Erleichterung war es um Hugenbergs Anwesen immer noch ruhig, als er zwanzig Minuten später vor der Villa ankam. Offenbar hatten sich die Sicherheitsleute geeinigt, eine Art Wache für die Wache zu schieben. Nur ein Mann hielt an der Straße Ausschau nach Hugenbergs protzigem *Benz 39/100 Landaulet*. Aber alles war still. Die anderen Männer saßen wahrscheinlich beim Kartenspielen und tauschten obszöne Bildchen nackter Schönheiten. Franz hatte das Fahrrad an einen Baum gelehnt, als er das Grundstück erreichte. Der Zaun sollte nur das Wild davon abhalten, die Rosen anzufressen. Und das Loch im Draht war noch dort, wo Joe und er es vor fast fünf Stunden hineingeschnitten hatten. Plötzlich fasste ihn von hinten eine Hand an die Schulter, und er hätte beinahe vor Schreck laut aufgeschrien. Joe Fischer grinste.

»Fast fuffzehntausend Piepen und dazu noch ein schöner Batzen Goldmärker«, sagte er. »Hat sich jelohnt, wa?«

»Die Ausrüstung?«, keuchte Franz, versuchte jedoch, sich den tief sitzenden Schrecken nicht anmerken zu lassen.

»Schon weg. Ick hab een paar Luden und Zangen da jelassen. Sieht echter aus. Jetzt bring den Kram rein, und wir machen die Mücke.«

Franz schlich zum Haus und nahm denselben Weg, den er und Joe gekommen waren. Aus der Küche war Gelächter und Gläserklirren zu hören.

Da werden wohl ein paar Boofkes ihre Anstellung verlieren, vermutete Franz. Ihm taten die Kerle keineswegs leid, denn sie hatten sich gegenüber ihm und seinem Bruder brutal und rücksichtslos verhalten. Hätte Hugenberg es damals befohlen, sie hätten die Sass-Brüder wahrscheinlich sogar um die Ecke gebracht. Er streifte Jutelumpen über die Schuhe, um keinen Lärm zu machen. Und dennoch kam ihm das leiseste Ächzen einer Bodendiele vor, als würden Elefanten aus dem Berliner Zoo Alarm schlagen. Endlich war er wieder im zweiten Geschoss mit diesem seltsamen, fensterlosen Raum in der Mitte. Joe hatte tatsächlich einige minderwertige Werkzeuge liegengelassen. Allerdings nichts, was als Spur zu ihnen zurückzuverfolgen war. Es stank immer noch nach Gas und Metallbrand. Franz legte die Dokumentenmappe in das Fach. Er hatte sogar mit Bindfaden die Stelle markiert, wo Hugenberg seine Akten verwahrt hatte. Auf den Millimeter genau. Wahrscheinlich würde der Hausherr ohnehin wütend und kopflos reagieren, wenn er den Diebstahl des Geldes bemerkte. Aber man konnte nie wissen. Goebbels wollte keine Spuren, als würde es keine geben. Franz wandte sich zum Gehen und stand eine Viertelstunde später wieder am Zaun. Offenbar gerade rechtzeitig, denn Joe winkte ihm aufgeregt zu.

»Er kommt!« Das Brummen von zehn Liter Hubraum drang aus der Ferne über die Allee zu ihnen herüber. Es klang, als rückten drei Panzerwagen an. Aber Franz erkannte Hugenbergs Wagen.

Sie hatten ausgemacht, in unterschiedliche Richtungen zu verschwinden. Joe Fischer schlug sich durchs Unterholz und verschwand in der Walachei des Grunewalds. Er hatte irgendwo einen Bekannten, der als Förster arbeitete. In dessen Hütte wollte er ein paar Tage unterkommen. Dorthin hatte er sicherlich auch die Beute gebracht. Franz wusste nicht einmal, wo diese Behausung überhaupt war. Aber er vertraute dem Freund. Er selbst schwang sich wieder aufs Fahrrad und kurvte durch die Seitenstraßen in Richtung Schmargendorf und Wilmersdorf. Die Sache war glattgegangen. Ungewöhnlich genug nach all den Fehlschlägen der letzten Zeit. Ein Hochgefühl hielt in ihm an. Endlich ein Durchbruch. Wenn Rosenbaum die Angaben von Goebbels bestätigen konnte, dann hatten sie endlich etwas in der Hand. Immer wieder jedoch gingen seine Gedanken zum Schneidbrenner. Die Hitze, der Lärm und das Vibrieren der Flamme. Dann das Gefühl, als er den Tresor geöffnet hatte. Das waren offenbar sein Koks und Opium. Er genoss diesen Zustand so sehr, dass er erst Nähe Friedrichs Hain bemerkte, dass er schon lange an seinem eigenen Zuhause vorbei war.

13

Alt-Kölln, Anfang August 1925

»Ich rauche selbst gern mal eine Pfeife«, sagte da Silva wie beiläufig. Franz wusste, dass der Ermittler nicht irgendeine Pfeife meinte. Kein Tabak, sondern dieses braune, klebrige Rauchopium. »Aber man muss sich immer bewusst sein, dass man auf einem schmalen Grat wandelt.«

Franz war überrascht von dem Bekenntnis des Detektivs. Er selbst mied das Kokain und alle Zubereitungen des Opiums wie der Teufel das Weihwasser. Aus gutem Grund, wie er sich jetzt bestätigt fand. Sie standen am Eingang zu einer der »Höhlen«, wie die Rauschgiftlokale auf der Fischerinsel in Alt-Kölln nur genannt wurden. Die Bezeichnung »Lokale« war eindeutig zu hoch gegriffen. Eigentlich waren es nur kleine Räume, in denen die Besitzer Stroh und alte Lumpen zur Herrichtung von Liegeplätzen verwendeten. Dort fanden sich die Gäste ein, kauften ein paar Gramm Raucherware und ließen sich von ihren Rauschträumen forttragen. Franz versuchte, sich an das Dämmerlicht in der Kaschemme zu gewöhnen. Opiumkonsumenten waren immer lichtempfindlich, so dass sie oft nur ein Kerzenlicht ertrugen. Ein leicht süßlicher Duft mischte sich mit dem Geruch menschlicher Ausscheidungen. Er kannte das Tschandu, das die Harussels bei wichtigen Besprechungen rauchten. Aber hier stank es wie in einem Höllenabort, in den man literweise Kölnisch Wasser gekippt hatte.

»Wen suchen wir?«, fragte Franz und unterdrückte ein Würgen.

»Einen guten Bekannten. Einen Informanten.«

Da Silva verwendete den Begriff mit einigem Stolz. Er hatte eine Abhandlung über die amerikanische Detektei *Pinkerton* gelesen und nutzte seitdem ein paar neue Fachausdrücke aus seiner Branche.

»Sicher ein verlässlicher Bursche«, entgegnete Franz und lächelte säuerlich. »Wer würde jemandem misstrauen, der hier einkehrt?«

Der Ermittler wechselte einige Worte mit dem Besitzer des Etablissements und steckte ihm fünf Mark zu. Daraufhin wurden er und Franz in einen hinteren Bereich geführt, der etwas sauberer war als der große Vorraum. Hier standen Betten, deren Bezüge offenbar öfter als einmal im Monat gewechselt wurden. Da Silva trat auf einen Mann zu, der sich gerade leise mit zwei weiteren Opiumrauchern unterhielt. Franz erkannte sofort, dass sie Chinesisch sprachen.

»Walter!« Der Detektiv sprach den Namen amerikanisch aus und setzte sich zu dem Mann aufs Bett. Auf einen Wink hin trollten sich dessen Gesprächspartner und wandten sich wieder ihren Pfeifen zu. Da Silva wechselte mit ihm ein paar Worte auf Spanisch. Aber Franz hätte auch dann kein Wort verstanden, wenn es Englisch gewesen wäre.

»Du musst wissen, Walters Vorfahren sind nach Kalifornien ausgewandert, als es noch mexikanisch war«, erklärte er Franz. »Und er spricht immer noch gern Spanisch.«

Franz sah sich um. Er war erstaunt, dass da Silva diesen halböffentlichen Treffpunkt gewählt hatte und jetzt ohne Bedenken mit seinem Informanten sprach. Allerdings wirkten die anderen Gäste allesamt abwesend, und niemand schien von den Neuankömmlingen Notiz zu nehmen. Er kam sich überflüssig vor, da er kein Wort verstand, während die beiden Männer zunächst miteinander zu scherzen schienen. Natürlich wusste er ebenfalls nicht, worum es ging, als das Gespräch ernster wurde. Nach einer gefühlten Ewigkeit schlug da Silva seinem Bekannten auf die Schulter, nahm dessen Pfeife und zog ein paar Mal kräftig daran. Er verabschiedete sich und verließ mit Franz das Haus. Die Rittergasse im südlichen Teil der Spreeinsel hatte nicht den besten Ruf. Viele Cöllner, die hier lebten, sahen sich nicht als Berliner. Der Legende nach stammten sie von einem rauen Urvolk ab, das hier gelebt hatte, lange bevor im Hochmittelalter der Nachbarort Berlin entstanden war. Noch heute machten die Kindermädchen der reichen Familien mit ihren Schützlingen einen weiten Bogen um die Gegend. Denn es hieß, Zauberkundige, die älter waren als die Stadt, bräuchten immer Kinderblut für ihre dunklen Rituale. Unsinn, befand natürlich der aufgeklärte Bürger. Und nahm des Nachts doch lieber einen kleinen Umweg in Kauf.

»Walter arbeitet für seine Landsleute als Vermittler«, riss der Detektiv Franz aus seinen Gedanken. »Er ist eine Art Makler und hält nach neuen Abnehmern, Lokalen und reichen Schnöseln Ausschau. Und natürlich muss er persönlich die Qualität der Ware überprüfen.«

Franz war plötzlich hellwach. »Sie meinen, die Chinesen haben noch andere Verteiler außer uns? Verdammt!« Er schlug mit der Faust gegen eine Bretterwand. »Diesen Kerle sollte man nur so weit trauen, wie man spucken kann. Wir hatten mit ihnen vereinbart, dass das *Syndicat* allein für den Vertrieb in der Stadt zuständig ist.«

»*Divide et impera*. Teile und herrsche. Bedenken Sie, Herr Sass, dass das chinesische Reich bereits eine Hochkultur war, als die Römer noch in Höhlen hausten und an den Zitzen einer Wölfin nuckelten. Beamtentum und Herrschaftsprinzipien wurden dort zur Perfektion gebracht. Korruption und Machtmissbrauch übrigens ebenso. Die Triaden geben ihren Partnern niemals ein Exklusivrecht. Kompetenz wird geteilt, Konkurrenz auf unteren Ebenen sogar gefördert. Und immer überwacht jemand den Überwacher. Diese Leute probieren aus, mit wem sie die besten Profite machen.«

»Arbeitet Ihr Informant für die *Gesellschaft des Himmels und der Erde*?«

Da Silva hob die Schultern. »Nein, wie ich bereits sagte, er ist Makler. Er vermittelt zwischen dem Markt, den Chinesen und den Amerikanern. Er weiß über die Geschäfte seiner Landsleute übrigens gut Bescheid. Die Amerikaner sind stark daran interessiert, in den Berliner Markt zu kommen. Meyer Lansky und Bugsy Siegel sind die Bosse in New York, die dahinterstecken.«

»Was weiß Ihr Mann über die Kerle?«, fragte Franz ungeduldig. »Ich muss mit ihnen Kontakt aufnehmen.«

»Beide blutjung, ehrgeizig und äußerst brutal. Walter sagt, dass sie erste Absprachen mit den Familien für die Staaten haben. Diese Burschen kontrollieren den Osten und überlassen den Asiaten dafür San Francisco und Los Angeles. Lansky und Siegel träumen offenbar von einem Imperium. Die chinesischen Familien sollen weiterhin für den Anbau und die Verarbeitung des Opiums sorgen. Aber der gesamte weltweite Handel liegt nach ihren Plänen später in den Händen der Amerikaner. Wie gesagt, der weltweite Handel. In London, Paris und Rom sind sie schon groß im Geschäft. Jetzt ist wohl Berlin dran.«

»Sind sie hier?«

»Nein, sie haben zwei Vertraute, die die Geschäfte in Europa aufbauen. Schultz und Jansons.«

»Und die beiden sind verantwortlich für das Attentat auf Aaron und den Überfall auf meinen Bruder?«

»Anzunehmen. Vielleicht haben sie auch Dollberg auf dem Gewissen, obwohl Gift eigentlich nicht ihr Stil ist.«

»Diese Männer müssen dafür bezahlen, Gershom! Mit solchen Mördern kann ich nicht verhandeln.«

Da Silva lud seinen Begleiter ins *Krakauer Café* ein. Die Konditorei lag in der Grenadierstraße in Souterrainräumen und wurde von einem freundlichen Ehepaar geführt. Franz wollte sich später noch mit Paul Konter am Alex treffen. Und ein Spaziergang an frischer Luft Richtung Scheunenviertel kam ihm jetzt gerade recht. Er musste nachdenken.

»David!« Da Silva begrüßte den Inhaber, der mit Mehl an Schürze, Händen und Haar im hinteren Ladenbereich stand und die Arbeiten eines Lehrjungen überwachte. Seine Frau Liebe Kempler war mit dem Mahlen des Kaffees beschäftigt. Franz empfand als ehemaliges Mitglied einer Straßenclique große Sympathie für Gegenden wie das Scheunenviertel und Geschäfte wie dieses Café. Die meisten Leute hier rangen um ihr Auskommen, ihnen wurde nichts geschenkt. Er erinnerte sich, wie gut alte Schrippen und Wurstzipfel schmeckten, wenn man arm war und der Magen leer. Und das höchste Glück war Kuchenbruch für einen Sechser gewesen, den sich dann zehn Burschen geteilt hatten. Nun kam er sich fast etwas schäbig vor, weil er in gutem Anzug hier eintrat. Mit Schuhen an den Füßen, die mehr kosteten, als diese Menschen in einem Monat verdienten.

»David«, schnarrte eine Stimme von einem winzigen Tisch neben dem Ofen. »Tu dich beweejen, oder willst e Nudnik sejn? Ejn fejne Herr im Lädele! Viellejcht is er jo ejn wichtige Person. Und du stehjst nur da. Soll er dich etwa halten für ejnen Schmo?« Eine alte Frau, den Gesichtszügen nach unverkennbar die Mutter des Bäckers, kanzelte ihren Sohn noch mit weiteren Worten ab, die Franz jedoch nicht alle verstand.

»Walter wird für mich weiterhin die Augen und Ohren aufhalten«, meinte da Silva, nachdem sie Torte und Kaffee bestellt hatten. »Aber er hat mir einen Rat für Sie mitgegeben. Mir selbst liegt es zwar fern, Ihnen einen solchen erteilen zu wollen, aber ich schließe mich der Einschätzung meines Informanten an.«

»Die da lautet?« Franz ahnte, dass sich die Befürchtungen bestätigen könnten.

»Die Amerikaner sind eine Nummer zu groß für die Berliner Kreise, Herr Sass. Auch und gerade für das *Syndicat*. Es geht um aberwitzige Geldsummen. Und sie bieten den Triaden einen Deal, den diese kaum ablehnen werden. Absatz und Vertrieb weltweit in wenigen Händen. Amerikanischen Händen. Dadurch werden die Unkosten verringert und die Gewinne gesteigert. Die Chinesen werden hoch erfreut sein.« Da Silva hob entschuldigend die Hände, nachdem er sich noch ein Stück Bienenstich in den Mund geschoben hatte. Genüsslich kauend fügte er hinzu: »Wenn Sie diesen Leuten in die Quere kommen, landen Sie als Fischfutter in der Spree.«

Oder in der Havel. Franz dachte an Joaquin und den Überfall auf die Schute vor mehr als einem Jahr. Alle Spuren waren im Sande verlaufen. Überall Widersprüche und Sackgassen. Konter war machtlos gewesen, schließlich ging es offiziell nur um »Zigeuner und andere Ganoven«. So hatte es im abschließenden Bericht eines Kollegen gestanden. Man hatte die Ermittlungen nach einer Schamfrist schlicht eingestellt.

»Franz, gegen solche Leute haben Sie keine Chance«, fuhr da Silva fort. »In vielen amerikanischen Städten sind Morde an der Tagesordnung. Diese Leute nehmen keine Revolver, sondern gleich schwere Maschinenpistolen und Granaten. Sie sprengen Automobile und ganze Häuser in die Luft. Die Berliner Ringvereine spielen vielleicht Räuber und Gendarm, aber diese US-Gangster führen einen Krieg.«

Gangster. Franz hatte den Ausdruck in letzter Zeit schon mehrfach gehört und gelesen. Und er machte ihm Angst. Er hatte nie zu denjenigen gehört, die großspurig behaupteten, dieses Gefühl nicht zu kennen. Wer Angst hatte und sich irrte, machte sich höchstens lächerlich. Wer jedoch keine hatte und sich irrte, war tot. Zumindest in Angelegenheiten, wie sie da Silva und er gerade besprachen.

o o o

Nach dem Treffen mit da Silva, der nur wenige Meter weiter in einer Seitengasse der Grenadierstraße bei Familie Goldenstein wohnte und sich vor der Konditorei verabschiedet hatte, ging Franz die kurze Strecke zum Polizeipräsidium zurück. Auf dem Alex herrschte wie immer reges Treiben. Mit der Verkehrsführung wurde es seit zwei Jahren immer schwieriger. Ständiges Hupen und derbes Fluchen übertönten die ohnehin laute Geräuschkulisse des riesigen Platzes. Oft kam es auch zu Unfällen, oder die Tramstrecke war durch Karren und abgestellte Automobile blockiert. Hier tobte sich das untere Berliner Bürgertum aus, lieferte sich einen Kleinkrieg mit Schutzpolizei und einfacher Arbeiterschaft. Gegensätze. Eben trat Franz aus einem Armenviertel, in dem schimmliges Brot und ranziges Fett Kostbarkeiten waren. Und ein paar hundert Meter weiter führten gelangweilte Damen bereits ihre Kleider und Hunde auf breiten Trottoirs spazieren.

»Nicht wieder ins *Aschinger*«, sprach ihn Konter von hinten an. Offenbar hatte er ihn bereits vor der Roten Burg, dem Gebäude des Präsidiums an der Ecke Dircksenstraße, erwartet. »Ich kann die Bouletten nicht mehr sehen. Und zu viele Touristen aus dem Süden.«

»Und ich hatte für heute genug Kuchen.«

Sie besprachen die Ergebnisse von da Silvas Nachforschungen, während sie zu einem kleinen Fischrestaurant in der Nähe des Spittelmarktes gingen. Konter verzichtete wegen seines Magens auf den heiß geliebten Aal.

»Ihr könnt nicht die amerikanischen Verhältnisse nach Berlin bringen«, meinte Konter.

»Ihr?«, erwiderte Franz. »Du vergisst, dass du ein Teil des *Syndicats* bist, Paul. Du kannst dich nicht einfach auf die andere Seite stellen, wenn es brenzlig wird. Hilf uns lieber da raus!«

Der Polizist warf wütend sein Besteck auf den Teller. Der nur zur Hälfte gegessene, saure Hering glitt protestierend auf die Tischplatte. »Verdammt«, zischte er. »Das weiß ich selbst! Die Kollegen von Betrug und Bandenkriminalität sitzen mir wegen des Rauschgifts im Nacken. Druwe und Gennat haben längst Lunte gerochen. Mein alter Vorgesetzter von der Staatspolizei hat mich gewarnt, in der Sache Rosenbaum mit allzu viel Eifer zu graben. Gegenwind von allen Seiten!«

»Da Silva glaubt, dass das Morden weitergehen wird«, sagte Franz resigniert. »Und das nächste Mal werden wir das Ziel sein. Das werde ich nicht zulassen.«

»Was wirst du tun?« Konter korrigierte sich. »Was werden *wir* tun?«

»Wir haben noch ein paar Eisen im Feuer, Paul. Ich habe mir das Protokoll des Telefongesprächs zwischen dem Direktor von *Bayer* und Rosenbaum angesehen.« Er nahm ein gefaltetes Papier aus der Jackentasche.

»*Bei Mord mache ich nicht mit, Herr Duisberg*«, las er leise vor.

»Es geht nicht um Mord, Herr Rosenbaum. Niemals würde ich mich auf so etwas einlassen. Es geht um die Beseitigung von Widerständen.

Stinnes und Ebert. Sind diese Männer die Widerstände, von denen Sie sprechen?

Hören Sie, ich bin Unternehmer. Und ich bin verantwortlich dafür, dass die Anteilseigner der Interessengemeinschaft zufrieden sind. Monopole sind die Zukunft, mein Lieber. Wir werden künftig starke Partner aus Übersee haben, die ihrerseits über ein Monopol verfügen. Nennen wir es eine Art Gewaltmonopol. Wir machen die Geschäfte, und andere beseitigen Widerstände.

Ich werde da nicht mitmachen. Suchen Sie sich ein anderes Bankinstitut für Ihre schmutzigen Kredite.

Für moralische Einwände ist es jetzt zu spät, mein Freund. Die Sache ist zu weit fortgeschritten. Ihr Ausstieg würde Sie zudem ruinieren, was mir, gelinde gesagt, vollkommen egal wäre. Aber er würde auch für böses Blut sorgen. Und zu Fragen führen. Und Fragen sind Gift in unserem Geschäft. Vor allem die, auf die eine ehrliche Antwort gegeben werden soll.

Was wollen Sie schon tun, Duisberg? Mich verklagen?

Ganz richtig, mein Lieber. Aber Klage würde ich vor einem Richter erheben, der gleichzeitig Henker ist. Wie ich schon sagte, unsere neuen Partner beseitigen Widerstände. Lassen Sie es nicht darauf ankommen, werter Rosenbaum.«

Franz faltete das Blatt zusammen.

»Diese Firmen arbeiten offenbar schon länger mit den Amerikanern zusammen«, sagte Konter. »Das Gespräch wurde vor der ersten Warnung an Baldur Rosenbaum geführt.«

»Wahrscheinlich wussten Zhi und Shen nichts davon, als sie mit uns die Vereinbarung getroffen haben.«

Konter nickte. »Aber die Mobster, die zunächst nur für die Drecksarbeit gedacht waren, wollten plötzlich mehr.«

»Ich denke, wir haben jetzt genug Informationen, um etwas auszuhandeln«, sagte Franz. »*Bayer* und Leute wie Duisberg wollen um jeden Preis vermeiden, dass die dunklen Flecken auf ihren Westen von der Öffentlichkeit bemerkt werden. Wir haben das Protokoll und ein paar Aussagen, die zusammen eine üble Geschichte bestätigen. Nicht viel, aber wir werden verlangen, dass die Chinesen uns ziehen lassen.«

»Wir sollten uns den alten Dollberg noch vornehmen. Wenn die Verwicklung seines Sohnes in den Tod von Ebert herauskommt, dann kann der Mann Botschafter am Nordpol werden. Sein Ansehen wäre ruiniert und sein Leben nicht mehr sicher.«

14

Alexanderplatz

»Und alles nur wegen eines Kredits, den Baldur Rosenbaum nicht mehr vermitteln wollte? Letztlich ist die Sache nur dadurch aus dem Ruder gelaufen«, sagte Konter. Er saß mit seinem Assistenten und Franz im Dienstzimmer und ergänzte sein Ermittlungsblatt, wie er den riesigen Papierbogen nannte, an den er bereits mehrere Zettel hatte anheften müssen. Von einer übersichtlichen Darstellung konnte schon längst keine Rede mehr sein.

»Wie man es nimmt«, meinte Jens Druwe und blickte Franz an. »Da sind sicher noch andere Punkte, die zu dieser Eskalation geführt haben.«

»Ich habe mit Gennat gesprochen. Er ist sich mit den anderen Inspektionsleitern einig, dass wir uns für die Zukunft wappnen müssen. Es ist gut, dass Geschäftsleute wie Herr Sass ihre Kontakte in der Stadt nutzen, um der Polizei und den Steuerbehörden in Zukunft wertvolle Hinweise zur Bekämpfung der Schwerkriminalität zu liefern.« Konter kam sich dämlich vor. Lehrbuch-Geschwafel, dass ein Mann wie Druwe ohnehin nicht ernst nehmen würde. Dafür war der Kerl viel zu aufgeweckt.

Nicht mehr lange und ich werde ihn einweihen müssen, dachte Konter. Er breitete das Blatt Papier vor sich auf dem Schreibtisch aus und fuhr mit dem Zeigefinger darüber, als müsse er sich zwischen den Notizen und Querverbindungen erst selbst zurechtfinden. »Vor vier Jahren hat das Deutsche Reich ein internationales Abkommen unterzeichnet, das Heroin zum Betäubungsmittel erklärte. Vorher hat die Firma *Bayer* das Zeug noch ganz einfach als Hustensaft und Schmerzmittel verkauft. Fast zwanzig Jahre lang brachte dieses Geschäft Umsätze im Millionenbereich. Jetzt sitzen sie aber auf riesigen Beständen, die nur außerhalb Europas und der USA verkäuflich sind.«

»Und was hatten Ebert und Stinnes damit zu tun?«, fragte Druwe.

»*Bayer* und andere Firmen werden sich Ende des Jahres offiziell zu einer neuen Gesellschaft, den *I. G. Farben*, zusammenschließen. Dabei hat *Bayer* offenbar einen guten Schnitt gemacht, da die Umsätze aus dem Heroin nicht mit in die Berechnungen eingeflossen sind. Aber es gab auch jede Menge Widerstand gegen diese Fusion. Wahrscheinlich zu Recht befürchteten Männer wie Ebert und Stinnes, dass ein Monopol in Zukunft die Preise diktieren wird. Die beiden Männer waren die schärfsten Gegner des Zusammenschlusses. Klingelt es?«

»Wollen Sie allen Ernstes behaupten, dass man die beiden beseitigt hat, um den Vertrag in aller Ruhe unterzeichnen zu können, Herr Kommissar?«, fragte Druwe. Er schien sich nicht ganz sicher, ob dieses Treffen nur eine Märchenstunde seines direkten Vorgesetzten war, um die seltsamen Beziehungen zu der Sass-Familie zu rechtfertigen. »Die Direktoren dieser Firmen zählen zu den angesehensten Männern des Reichs. In Gesellschaft, Politik und Wirtschaft erfahren sie große Wertschätzung. Das ist unmöglich! Zudem wäre die Sache eine Angelegenheit für den Staatsschutz, viel weitreichender noch als der Mord an Minister Rathenau.«

»Wir können nichts beweisen«, erwiderte Konter. »Und was wollen wir tun, wenn der Wolf wahrscheinlich unter den Jägern ist?«

»Wie meinen Sie das?«

»Jens, das wissen Sie doch genau. Männer, die mächtig genug sind, um solche Geschäfte einzufädeln und Gegner vom Kaliber eines Friedrich Ebert auszuschalten, werden sich von den Beamten des Republikschutzes kaum aufhalten lassen. Oder was meinen Sie?«

Druwe nickte und betrachtete die Skizzen auf dem Tisch.

»Warum China?«, fragte er.

»Erstens ist Asien weit weg«, mischte Franz sich jetzt ein. »Zweitens können die Deutschen und Amerikaner die Abneigung der Chinesen gegen England und Frankreich ausnutzen. Und drittens wird die hergestellte sogenannte Arznei selbst eine Droge sein. Sie heißt zwar Anti-Opiumpille, wird also angeblich *gegen* die Opiumsucht eingesetzt. In Wahrheit ist das Zeug aber schlimmer als alles andere und macht noch stärker abhängig.«

Und wir Idioten vom *Syndicat* überwachen die Rohstoffwege für den wahrscheinlich größten Rauschgifthandel der Geschichte, fügte er im Stillen hinzu. Es geht um Hunderte Millionen. Wir bekommen ein Handgeld und sind im Fall der Fälle nur das Bauernopfer.

»Herr Sass und das *Syndicat* haben sich bereit erklärt, Augen und Ohren für uns offenzuhalten«, versuchte Konter zum wiederholten Mal, seinem Mitarbeiter Sand in die Augen zu streuen. Er kam sich schäbig vor, brauchte aber einen triftigen Grund für die häufigen Treffen mit Franz.

»Die Ringvereine sehen mit Sorge, dass in der Stadt neuerdings Kräfte auf den Plan treten, die unberechenbar sind«, meinte Franz. »Die amerikanischen Ganoven sind von einem Kaliber, das von Seiten der Polizei auch gänzlich andere Maßnahmen erfordern wird. Sie nennen sich Mobster und schrecken vor nichts zurück. Wo bisher Grenzen waren, werden bald keine mehr sein. Wenn es früher den einen oder anderen Toten gab, dann werden es in Zukunft Hunderte im Jahr sein. Bald werden Sie …« Franz zeigte auf die beiden Beamten. »Sie werden in den eigenen Reihen nicht mehr wissen, wer Freund oder Feind ist. Bisher wurde der eine oder andere Schupo geschmiert, bald steht die Hälfte des Präsidiums auf der Gehaltsliste dieser Mobster. Und dann …«

»Jeder ehrliche Polizist wird um sein Leben fürchten müssen, Jens«, unterbrach ihn Konter. Er hatte den Eindruck, Franz könnte es mit dem Pathos und der Schwarzmalerei doch übertreiben.

Druwe sah die beiden anderen Männer lange an. Es war eine Art Kräftemessen. Wenn er jetzt seinen Vorgesetzten in dieser Angelegenheit bedrängte, könnte er auch ganz schnell versetzt werden. Dann wäre es vorbei mit der Laufbahn bei der Kripo; zumindest in der Mordinspektion. Andererseits wollte er sich auch nicht zum Deppen abstempeln lassen, der alles schluckte, was man ihm auf den Teller legte. Er musste sich schließlich noch im Spiegel ins Gesicht sehen können, ohne das Kotzen zu bekommen.

»Ich denke, dass ich über die wichtigsten Fakten im Bilde bin«, sagte er vorsichtig. »Natürlich kann in der Hektik auch mal etwas vergessen werden. Kann ich mich aber darauf verlassen, dass ich für den Fall, dass etwas ausgelassen wurde, später davon in Kenntnis gesetzt werde?«

Konter verstand sofort, ließ sich jedoch nichts anmerken. In diesem Moment war er sicher, dass er keinen besseren Assistenten finden würde.

»Sicher, Jens. Wenn sich die Hektik legt, werde ich darüber nachdenken, ob alle Fakten auf dem Tisch sind. Wenn nicht, werde ich das Versäumte natürlich nachholen.«

Franz verabschiedete sich, da er ein Telegramm von da Silva erhalten hatte. Der Tonfall verhieß nichts Gutes, und er sollte sich noch vor dem Mittag bei Goldensteins in der Grenadierstraße einfinden.

ooo

»Sag, dass es nicht wahr ist, Bruder!«

»Ich hatte nichts damit zu tun«, erwiderte Erich leise und wenig überzeugend.

»Da Silva hat dich gesehen! Allein eure Bande hat vier Leute verprügelt. Insgesamt wurden elf Juden misshandelt. Und der Junge ist tot, verdammt!« Franz war außer sich. Das Treffen mit dem Detektiv war gerade zwei Stunden her. Und bei dem, was der Mann mitzuteilen – und zu zeigen – hatte, war Franz aus allen Wolken gefallen. Da Silva hatte die Zusammenarbeit mit dem *Syndicat* sofort aufkündigen wollen. Franz hatte ihn nur mit Mühe besänftigen können und versprochen, die Sache aufzuklären.

»Warum musste der Trottel auch mit einem Karabiner auf die Straße kommen?«, fragte Erich.

»Eben sagst du, du hättest nichts damit zu tun. Woher weißt du dann von der Waffe?«

»Ich habe zugesehen.« Erich schien immer kleiner zu werden. Er wohnte in den Räumen über dem mondänen *Klub Berlin*. Das *Syndicat* verdiente hier eine Menge Geld, indem es das englische Modell der exklusiven *Club Membership* kopiert hatte. Nur handverlesene und zahlungskräftige Mitglieder kamen hinein. Getränke und Speisen kosteten das Fünffache, aber eben dies machte einen Teil des Anreizes aus.

»Jeder will besonders sein«, hatte Ian McCullen vor Jahren zu Franz gesagt. »Geben wir den Leuten dieses Gefühl und verdienen daran!« Einige Schauspieler gaben im *Klub Berlin* abends Kostproben ihres Könnens, Regisseure plauderten über Filme, die erst ein Jahr später gedreht werden würden, sogar die Waldoff trällerte hin und wieder ein Berliner Liedchen. Erich hatte sich den gesamten Tag über schlecht gefühlt. Mal plagte ihn das schlechte Gewissen, mal war er wütend auf seine Brüder, vor allem auf Franz.

»Zugesehen?«, rief Franz erneut. Seine Stimme überschlug sich fast. Es fehlte nicht viel, und er hätte seinen Bruder am Revers des teuren Anzugs gepackt. »Wobei? Wie die Schweine die Läden zerkloppen, Leute halb totschlagen und einen Jungen über den Haufen schießen?«

»Für dich ist jeder ein Schwachkopf, der etwas ändern möchte!«, erwiderte Erich trotzig. »Ich habe eine Rede von Goebbels gehört. Und es ist richtig, was der Mann sagt! In Deutschland muss sich einiges ändern. Wahrscheinlich weiß er gar nicht, dass diese Schläger sich auf diese Weise austoben.«

»Unsinn. Er ruft doch zur Gewalt auf. Siehst du das denn nicht? Gewalt gegen die Republik, die Verräter, die Roten und gegen die Juden. Die Zeche müssen immer die Schwachen zahlen. Wie dieser arme Kerl. Da Silva sagt, dass der Junge seinen Großvater beschützen wollte.«

»Ich wusste doch nicht, dass diese *Frontbann*-Kerle auf Alte und Frauen einprügeln. Ich dachte, es gäbe eine Keilerei mit den Kommunisten. Was Politisches. Du musst mir glauben, Franz!«

»Das da draußen *ist* deren Politik, du Volltrottel! Denen geht es nicht um Stimmzettel und Reichstag. Diese Kerle wollen alles.«

»Ich werde mit Joseph sprechen. Er weiß bestimmt nichts davon. Bei den Männern hat sich etwas aufgestaut.«

»Joseph? Joseph!«, brüllte Franz und warf einen Stuhl um. »Die Herren sind also schon Freunde, wie? Ich versohle dir den Arsch, bis die Scheiße raus ist aus deinem Kopf!«

Beinahe wäre es zu einer Prügelei gekommen, hätte nicht der Wirt beherzt eingegriffen.

»Herr Sass, die Leute reden schon«, sagte er und brachte eine Flasche *Courvoisier*.

»Erzähl das Ganze da Silva«, wandte sich Franz wieder an seinen Bruder. »Ich konnte ihn nur mit Mühe davon abhalten, dich anzuzeigen und alles über das *Syndicat* bei der Polizei auszupacken.«

»Ihr behandelt mich, als wäre ich noch zwölf«, erwiderte Erich in kläglichem Tonfall.

»Wenn du ein Mann sein willst, dann benimm dich wie einer. Alles hat Folgen. Du kannst nicht mit einem Tank durch die Porzellanmanufaktur fahren und dich dann über die Scherben wundern. Plärre nicht herum, sondern geh zu da Silva. Bieg das irgendwie gerade.«

»In die Judenstraße?«

»Mensch, Erich, bist du bescheuert? Du traust dich ja auch mit deiner Truppe hin. Jetzt gehst du eben allein. Und sie heißt Grenadierstraße, nicht Judenstraße! Er wohnt bei Goldensteins und erwartet dich um sechs.«

»In Ordnung, ich gehe. Aber du würdest anders reden, wenn du Goebbels …«

»Der Mann ist gefährlich«, unterbrach ihn Franz. Er hatte schon lange den Verdacht gehabt, dass sein jüngster Bruder den Verführungskünsten der völkischen Parolen erlegen war. Erich schien empfänglich für deren typische Themen. Ehre und Stolz, Vaterland und Größe. Mehrmals schon hatte er der Familie Zeitungsartikel aus obskuren, kleinen Blättern vorgelegt, in denen es um ein Ende der Reparationszahlungen, die Rückgabe der abgetretenen Gebiete und die Stärkung des Militärs ging. Und fast immer auch um Juden. An allem, was dem Reich an Bösem widerfahren war, wurde ihnen die Schuld gegeben. Die Niederlage im Krieg, der neue Parlamentarismus, das Diktat von Versailles, der Bolschewismus, Banken, Börse und Großkapital. Der Kessel, in dem diese antisemitischen Gedanken gärten, schien unfassbar groß. Aber Franz glaubte, dass der der Brei, den dieser Topf enthielt, jedem halbwegs vernünftigen Menschen ungenießbar erscheinen musste. Umso schwerer war für ihn zu verstehen, dass sein eigener Bruder diesen Rattenfängern aufgesessen war.

»Der Kerl ist nicht dein Freund!«, fuhr er fort. »Er hat uns damals nur laufen lassen, weil er sich einen Vorteil davon erhoffte. Und dir hat er einen Floh ins Ohr gesetzt. Merkst du nicht, dass du nur Parolen nachplapperst, die diese Kerle für ihre Zwecke nutzen? Die deutsche Jugend? Der deutsche Arbeiter? Der deutsche Mensch? Nein, mein Lieber, diese Leute sind gewalttätig. Schau dir an, was da geschehen ist. Geh hin zu der Mutter, und schau dir ihre Trauer an! Sieh ihr in die Augen, wenn du das aushältst.«

Erich schwieg eine Weile. »In Ordnung«, sagte er dann.

»Ich habe mit Toni, Max und Georg gesprochen. Wir wollen nicht, dass du weiterhin zu solchen Treffen gehst.« Kaum hatte Franz die Worte ausgesprochen, wurde ihm klar, wie er sich anhörte. Und prompt kam die Retourkutsche.

»Ihr seid nicht meine Eltern! Aufpasser oder Kindermädchen brauche ich ebenfalls nicht mehr«, schnauzte ihn Erich an. »Was ich in meiner Freizeit mache, geht euch einen Scheißdreck an.« Er griff nach der Kognakflasche. Einen Moment befürchtete Franz, er würde sie nach ihm werfen. Aber Erich setzte die Flasche an und trank in langen Zügen.

Dann schob er seinen verdutzten Bruder aus dem Zimmer, warf ihm noch einen wütenden Blick zu und ließ die Tür mit lautem Knall zufallen.

»An deiner Rolle als Bruder und Mentor musst du wohl noch arbeiten.« Toni kam gerade die Treppe hinauf. Erich leitete zwar die drei Edelklubs, aber seine Tante schaute ihm hin und wieder – meist unangekündigt – über die Schulter.

»Du hast es gehört?«

»Sagen wir, es war nicht zu überhören.« Sie sah ihren Neffen an und nahm seine Hand. »Aus dieser Zwickmühle gibt es kein Entrinnen. Das Los der Kinder, Geschwister, Eltern. Gibst du einen Ratschlag, ist es falsch. Gibst du keinen, dann ist es das auch. Sorgen sind wie Unkraut. Sie wachsen überall, bei jedem Wetter, zu jeder Zeit.«

»Was soll ich tun, Toni? Er verrennt sich. Wird er Sternwein demnächst ein ›Judenschwein‹ nennen? Wird er keine Ware mehr bei jüdischen Lieferanten bestellen? Oder jeden Abend zwei Juden verprügeln? Das ist Irrsinn!«

»Solche Wahnideen gab es leider schon immer. Hoffen wir, dass die Sache, in die er da hineingeraten ist, ihm eine Lehre sein wird. Und dass dein Bekannter, dieser Detektiv, ihm ordentlich den Kopf wäscht. Letztlich sind wir doch alle gleich. Bei der Arbeit, in der Kneipe, im Bett und unter der Erde. Irgendwann erkennt das jeder. Hoffentlich.«

»Ich habe keine Ahnung, ob wir heil aus der Vereinbarung mit Zhi und Shen herauskommen sollen«, sagte Franz nach einer Weile des Schweigens. Sie waren nach unten in die Klubräume gegangen, um zu rauchen. »Ich denke nicht, dass sie ein einfaches Nein akzeptieren werden.«

»Wir haben jetzt etwas in der Hand. Zwar keine Beweise, mit denen wir sie vor Gericht bringen könnten. Aber wichtige Informationen, die in den falschen Ohren zu erheblichen Schäden führen könnten. Ich werde mich mit Katja noch einmal um den Vater von Hans Heinrich Dollberg kümmern. Immerhin wurde sein einziger Sohn vergiftet.«

∘∘∘

»Ich wollte nicht, dass jemand zu Schaden kommt, Herr da Silva«, sagte Erich kleinlaut. Goldensteins Tochter hatte den Gast nach oben zur Wohnung des Detektivs gebracht. »Es tut mir leid.«

»Ach ja? Erzähl das nicht mir, ihr Schweine habt eine ganze Familie ins Unglück gestürzt. Er hieß Konrad, hörst du! Er wollte gerade seinen Abschluss in der Mittelschule machen. Und ja, er ist auch in die Tora-Schule gegangen. Ein Jude! Ein Deutscher! Aber das ist für euresgleichen ja bereits zu hoch. Entweder oder. Etwas anderes passt da oben nämlich nicht rein!« Da Silva hämmerte Erich mehrmals mit dem Finger an die Stirn. Er konnte nicht wissen, dass diese Geste seinen jungen Besucher an die vielen Kopfnüsse erinnerte, die sein Bruder Max ihm verpasst hatte. Jeder kleine Schlag war eine entwürdigende Mahnung an das ewige *Du-dummer-kleiner-Erich.*

Sie verließen Gershom da Silvas kleine Wohnung in der Grenadierstraße und legten den kurzen Weg zur Mulackstraße in wenigen Minuten zurück. Erich setzte mechanisch einen Fuß vor den anderen, war wie in Trance, nahm die zerschlagenen Scheiben, das kaputte Fahrrad und das Blut auf dem Pflaster gar nicht wahr. Aus dem Haus, vor dem Konrad erschossen worden war, erklangen Klagerufe. Der Veitstanz, den die Männer vom *Frontbann* hier vor zwei Tagen aufgeführt hatten, schien in seiner Erinnerung bereits zu verblassen. Tage, Nächte, Wochen, Monate.

»Es tut mir leid«, hörte Erich eine tränenerstickte Stimme sagen, die seiner eigenen ähnelte. Er stand mit dem Ermittler im Flur dieser jüdischen Familie. Er spürte kaum den Schmerz, als die verzweifelte Mutter ihre Trauer mit den Fäusten in ihn hinein drosch. Jeder Schlag ein verlorener Herzschlag ihres toten Sohns. Ein Metrum, das Erich Sass noch lange begleiten würde.

15

Pankow, Ende August 1925

Der Geheime Rat Gustav Ferdinand Dollberg war Katja durchaus bekannt. Sie hatte ihn bei einigen Gelegenheiten getroffen, wenn Vertreter des ehemaligen Kolonialamts und des diplomatischen Korps ebenfalls geladen waren. Der Mann war als Legationsrat beinahe überall in Asien tätig gewesen, wo das wilhelminische Deutschland seine Interessen gewahrt wissen wollte. Zwar gehörte er unter den Staatsbeamten nur zur zweiten Riege, aber als rechte Hand verschiedener Gouverneure war er mit den örtlichen Gegebenheiten meist sogar besser vertraut als die höchsten Würdenträger selbst. Eine erste Anfrage für einen Kondolenz-Besuch wurde Katja zunächst abschlägig beschieden, so dass erst die Vermittlung von Dollbergs altem Vorgesetzten auf Samoa, Wilhelm Solf, notwendig war. Der Mann war Toni behilflich gewesen, das Schicksal ihrer Tochter Valerie aufzuklären und einen Mädchenhändlerring in Paris und Berlin auszuheben. Er war zwar jetzt Botschafter im fernen Tokio, allerdings hielten er und Toni regen Briefkontakt, in dem sie den Mann – in vornehmem Rahmen – über den Klatsch und Tratsch in der Stadt auf dem Laufenden hielt. Ein sündhaft teures Telegramm über den halben Erdball in die japanische Hauptstadt hatte nach zwei Tagen Wunder bewirkt und Tür und Tor im Hause Dollberg geöffnet.

»Frau Sass, nehme ich an?« Der Mann schien völlig aus der Zeit gefallen, trug links ein Monokel, deutete Haltung sowie Hackenschlag an und hauchte Antonia einen Kuss über die Handfläche. Dann wandte er sich Katja zu und begrüßte sie in derselben Weise. »Fräulein Romanowa! Sehr erfreut. Wir hatten ja bereits mehrmals das Vergnügen.«

»Ich bin hier, um Ihnen das tief empfundene Beileid meiner Familie zum Verlust Ihres Sohnes zu bekunden.« Auch Toni verstand es mittlerweile, dick aufzutragen. Ganz unbekannt war das *Syndicat* zwar nicht mehr auf den Straßen Berlins, aber dieser Besuch sprengte ganz sicher die üblichen Konventionen.

»Ich hörte über Botschafter Solf, mit dem ich manch netten Liederabend genoss, von der überaus bösen Tat«, log sie ganz unverfroren. »Wie außerordentlich fürchterlich! *Comme c'est choquant!* Wissen Sie, ich hätte vor zwei Jahren beinahe meine Tochter …« Sie schluchzte und führte ihr Taschentuch ans rechte Auge. »Ohne die Hilfe des Herrn Botschafters und des ehemaligen Herrn Außenministers Simon wäre sie verloren gewesen! Ich kann also nachfühlen, was Sie durchmachen, mein Wertester!«

Mein Wertester. Katja glaubte, sich verhört zu haben. Aber Dollberg wirkte keineswegs indigniert, sondern sogar geschmeichelt. Haltung schien in diesen altmodischen Kreisen auch immer mit Haltgeben zu tun zu haben. Dass der Mann trauerte, war ihm jedenfalls hinter der Maske der Contenance nicht anzumerken.

»Herr Solf war so freundlich, mir diesen Sachverhalt in seinem Telegramm an mich anzudeuten.« Er deutete eine Verbeugung an. »Natürlich ohne jegliche kompromittierende Indiskretion.«

»Gestatten Sie mir die Frage, Herr Geheimrat«, mischte sich Katja ein. »Beabsichtigen Sie diesen Schicksalsschlag einfach hinzunehmen?«

»Wie bitte?« Dollberg wich verwirrt zurück.

»Verzeihen Sie die Offenheit meiner Begleiterin«, spielte Toni ihre vorher abgesprochene Rolle. »Wie Sie wissen, hat die Familie Romanow sehr unter den Bolschewiki gelitten. Was die Teuerste meint, ist, dass wir Ihnen Hilfe bei der Aufklärung der Umstände anbieten möchten. Ohne dass es zu Taktlosigkeiten kommt, die das Andenken Ihres Sohnes und somit das Ansehen Ihrer Familie beschmutzen könnten.«

»Die Polizei wäre dabei sicherlich weniger rücksichtsvoll«, ergänzte Katja. »Kommen Sie, Herr Dollberg. Sie geben uns ein paar wertvolle Informationen zu den Hintergründen. Und wir können Ihnen die Mörder Ihres Sohnes benennen!«

Der Mann war kreidebleich geworden. Er ging zu einem Buffet-Schrank und öffnete eine Klappe. Er nahm eine Zigarre aus einer winzigen Vitrine und bot seinen Besucherinnen ein Glas Birnenlikör an. Toni und Katja sahen sich kurz an und lehnten dankend ab. Obwohl es erst elf Uhr vormittags war, schenkte er sich selbst einen halben Schwenker Kognak ein.

»Sie wissen nicht, was Sie da sagen, meine Damen.« Seine Stimme war ein Flüstern. »Sie wissen nicht, mit wem Sie es zu tun haben!«

»Sagen Sie es uns!«, forderte Katja ihn auf. »Meinen Sie die Triaden? Die *I. G. Farben*? Leute, denen die Millionenanleihe wichtig ist? Duisberg? Diese amerikanischen Banditen? Oder gibt es noch jemanden?«

Zu der Blässe kam jetzt noch ein Zittern hinzu. Dollberg war kurz davor, seine Fassung zu verlieren. Toni wusste, dass jetzt der entscheidende Moment gekommen war. Entweder machte er dicht und warf seine Gäste hinaus. Oder er würde ihnen sein Herz ausschütten, als wäre er bei der Beichte vor seiner letzten Ölung. Ihre Augen wurden feucht. Sie hatte sich in den Theatern und Varietés hinter den Bühnen einige Tricks abgeschaut.

»Bitte«, flüsterte Toni kaum hörbar und führte ihr Taschentuch erneut an das Unterlid. »Meine Neffen haben sich auf Geschäfte eingelassen, die sie nicht mehr kontrollieren können. Es geht dabei nicht nur um ihr Leben, sondern auch um meine Tochter. Gerade Sie müssten das doch verstehen, Herr Dollberg! Als Vater.«

»Man wird Ihren Sohn für alles verantwortlich machen«, schob Katja nach. »Sie kennen die neue Politik. Verlogen und rücksichtslos. Nicht wie früher ehrenhaft.«

Ihr Gastgeber schwieg eine Weile, nahm einen tiefen Zug seiner Zigarre und blies den Rauch über ihre Köpfe hinweg. Schließlich nickte er. »Das Andenken an meinen Sohn darf nicht beschmutzt werden! Es gibt impertinente Gerüchte. Und schließlich war Professor Bier verantwortlich, als ihm erst Stinnes und dann der Herr Reichspräsident nach deren Operationen einfach weggestorben sind.«

»Aber natürlich, jeder, der anderes behauptet, ist ein elender Lump. Die beiden besagten Herren hatten ihre Erkrankung ja leider viel zu lange verschleppt«, meinte Toni zur Bestätigung. »Ganz so, wie es in den Zeitungen zu lesen war. Aber die Meinung kann sich schnell ändern. Wenn die Polizei ermittelt und den wahren Verantwortlichen zu nahekommt, wird man die Schuld auf Ihren Sohn abwälzen. Das Ansehen Ihrer Familie wäre auf ewig ruiniert.« Dem letzten Satz verlieh sie ein wenig mehr Nachdruck, so dass er durchaus als versteckte Drohung aufgefasst werden konnte.

Dollberg blickte sie mit versteinerten Gesichtszügen an. Es schien, als hätte er sehr wohl verstanden. Er drückte die Zigarre etwas zu fest zwischen seinen Fingern, so dass sie sich leicht bog. Schließlich nickte er wieder.

»Es gibt Handlanger, von denen Sie offenbar nichts wissen, Frau Sass. Brutale Männer, die zu allem fähig sind. Mord ist für sie nur ein Mittel wie jedes andere. Hauptsache, sie erreichen ihre Ziele. Mir sind durch Freunde im Ministerium Namen zugetragen worden, die ich bereit bin, Ihnen zu nennen. Notfalls werde ich sogar einen Skandal nicht scheuen, auch wenn es mein Ende bedeuten würde. Ich hoffe jedoch auf einen diskreten Umgang Ihrerseits mit diesen Informationen. Ich erwarte, dass Sie Ihre …« Er zögerte, um nichts Falsches zu sagen. »Nutzen Sie bitte Ihre Kontakte, um die Erinnerung an meinen Sohn von jeglichem Schmutz freizuhalten.«

16

Prenzlauer Berg

Schmidtchen war Unternehmer. In den Staaten war er bereits recht erfolgreich als Bestatter tätig gewesen. Und er bot – darauf war er ungemein stolz – immer den *Full Service* an. Üblicherweise trat sein Gewerbe eigentlich erst auf den Plan, *nachdem* ein Mensch das Zeitliche gesegnet hatte. Dann wurden der Schreiner und Tuchmacher beauftragt, die Formalitäten auf dem Amt geregelt sowie Trauerfeier und Bestattung organisiert. Schmidtchen hatte das Pferd quasi von hinten aufgezäumt, indem er seine Dienstleistungen bereits *vor* dem Ableben der unmittelbar Betroffenen – und ohne deren Wissen – bewarb. Im Normalfall war eine höhere Macht, vielleicht Gott, verantwortlich für den Todesfall. Ein *Full-Service*-Angebot enthob diese Macht jedoch ihrer Verpflichtung, indem Schmidtchens Leute tätig wurden. Anonym und diskret folgte je nach gebuchter Leistung am Schluss eine Spreebestattung oder ein Moorgrab. Auch eine ganz normale Beerdigung war möglich, auf der seine Auftraggeber die Hinterbliebenen trösteten und ihre Krododilstränen vergossen. Etwas moderner, weil in der deutschen Hauptstadt bisher so nicht bekannt, waren Entsorgungen der Leichname in Baufundamenten, Wurstfabriken oder Schweineställen.

Carl Smith, dessen Eltern vor mehr als einem halben Jahrhundert Deutschland verlassen hatten, war vor Jahren wegen eines Missverständnisses gezwungen gewesen, die USA zu verlassen. Gleich nach Kriegsende begann sein Stammgeschäft auch in Berlin zu blühen. Sogar das *Syndicat* hatte mehrmals seine Schläger beauftragt, um unzuverlässige Partner und säumige Schuldner abzumahnen. Nur ein einziges Mal war – noch durch Ian McCullen – die vorzeitige Beisetzung eines notorischen Querulanten beauftragt worden. Schmidtchen hatte sein Unternehmen als *Incasso & Bestattungen K. Schmidt* getarnt; eine seltsame Geschäftsidee, an der sich niemand zu stören schien. Und er bot eine Palette an Überzeugungshilfen an, die von einfachen Drohgebärden eines ungeschlachten Hünen über schmerzhafte Körperkontakte bis zu einer abschließenden Lösung reichten. Franz traf den Mann in einem Weinlokal südlich des Bankenviertels, das von einem Schwaben geführt wurde.

»Meine Eltern waren Calvinisten von der Alb, deshalb bin ich gern hier«, erklärte Schmidtchen. »Zwoa Viertele Remstaler«, rief er dem Wirt zu, als sein Gast eintraf.

»Kann ich mich darauf verlassen, dass das Gespräch unter uns bleibt?«, fragte Franz wenig später.

»Willst du mich beleidigen? Geschäftliche Dinge kommen nur in den Ordner hier oben.« Schmidtchen tippte mit dem Finger an seine Stirn. »Nach Durchführung und Bezahlung wird alles gelöscht.«

»Dieses Mal geht es um Informationen, aber ich kann dich natürlich trotzdem dafür bezahlen.«

»Muss ja etwas Wichtiges sein, wenn du es zur Chefsache unser beider Unternehmen machst. Also?«

Erneut stand Franz vor dem Problem, dass er Dinge preisgeben musste, die er lieber für sich behalten hätte. In groben Zügen schilderte er Carl die Beziehungen zwischen *Syndicat* und Chinesen im Opiumschmuggel der Hauptstadt.

»Wird das eine Beichte? Wenn ja, dann musst du dem Pfarrer schon auch etwas Neues erzählen, sonst schläft er glatt ein«, witzelte Schmidtchen. »Im Ernst, eure Vereinbarungen und euer Handel sind wenig mehr als ein offenes Geheimnis, Franz.«

»Wir haben Probleme. Jemand stört von Anfang an unsere Lieferwege und schüchtert Abnehmer und Zwischenhändler ein.« Franz setzte Schmidt das Geschäft mit den Chinesen in allen Einzelheiten auseinander.

»Du weißt vom Opium«, meinte er, und Carl nickte. »Und den Rohstoffen für Arzneien und Düngemittel.« Wieder nickte der Mann. »Dahinter steckt allerdings viel mehr.«

Bankhaus Rosenbaum, *Enskilda Banken*, *Bayer*, *Luxol*, *Berliner Stickstoff*. Franz ließ nichts aus und schilderte schließlich die Zusammenhänge zwischen den Morden und den Machenschaften um das Heroin und *I. G. Farben*.

»Unglaublich.« Carl Schmidt schien wirklich überrascht. »Wagner könnte einen neuen Ring-Zyklus mit diesem Wissen schreiben. Gegen euch sind die Nibelungen allerdings ein Haufen treuherziger Bierkutscher.« Er sah seinen Gast eindringlich an. »Im Ernst, du kannst von Glück sagen, dass ihr noch lebt.«

»Die Sache ist uns über den Kopf gewachsen, Carl. Es ist kompliziert. Es ging damals um eine Schuld, die beglichen werden musste. Und obwohl ich Bedenken hatte, schien es mir ein gutes Geschäft zu sein. Aber wir wurden von Anfang an torpediert.«

»Klar, ihr seid jemandem in die Quere gekommen, der den Opiumvertrieb in Europa für sich beansprucht.« Carl Schmidt nickte und trank einen Schluck Wein. »In Asien arbeiten die Triaden auf eigene Rechnung. Hunderttausende verdienen mit Rauschgift ihr Geld. Sie dachten, dass es in Amerika genauso läuft. Aber dort fehlte ihnen die *Manpower*, und die Mobster haben ihnen gezeigt, dass es ohne sie nicht geht. Aber egal ob Triaden oder Mobster, gegen diese Leute habt ihr keine Chance, Franz.«

Franz erinnerte sich an Willi Meyers Reaktion. Der Boss des größten Ringvereins der Innenstadt hatte abgewinkt, als er ihm angeboten hatte, beim Opiumhandel einzusteigen. Dabei verfügte Messer-Willi über viele Männer, die auch heftige Auseinandersetzungen nicht scheuten.

»In den Staaten herrscht längst Krieg«, fuhr Schmidt fort. »Noch geht es drüben um den Alkoholschmuggel. Und außerdem kämpfen mehrere Gruppen um die Vorherrschaft. Die Italiener, Iren und Juden sind sich nicht grün. Aber ein paar junge Kerle aus New York haben die Chance bereits erkannt, die sich ihnen auf dem alten Kontinent bietet.«

»Kann man mit denen nicht ins Geschäft kommen?«, fragte Franz, der sich an die Anfänge des *Syndicats* erinnerte. »Sie steigen hier mit ein. In ein paar Jahren verkaufen wir ihnen das Geschäft.«

»Wie heißt es beim Boxen? Diese Jungs kämpfen mit harten Bandagen. Sie verhandeln nicht, sie nehmen sich einfach. Weil ihre Spitzel ihnen signalisiert haben, dass ihr zu schwach seid. So machen sie es immer, wenn sie an einem Markt Interesse haben. Beobachten und zuschlagen.«

»Welche Spitzel?«

»Gatis Jansons und Arthur Flegenheimer, den sie drüben *Dutchman* nennen. Ein Lette und ein Deutscher«, antwortete Schmidt. »Sie haben ihren Bossen gemeldet, dass hier alles ganz beschaulich zugeht. Keine Maschinenpistolen, keine Sprengstoffe, keine toten Polizisten. Alles wie bei *Grandma* unterm Rock. Hin und wieder ein Furz, ansonsten Stille.«

»Für wen arbeiten sie?«

»Sie nennen sich Siegel-Lansky-Mob. Den Auftrag, Berlin klarzumachen, gab Meyer Lansky. Es heißt, er hätte schon vor Jahren versucht, mit den Schlitzaugen ins Geschäft zu kommen. Haben ihn wohl abblitzen lassen. Und er hat es offenbar nicht vergessen.«

»Die Überfälle sollten uns zermürben. Aaron musste sterben, damit sein Vater spurte und weil er selbst zur Gefahr wurde. Und Dollberg hatte seine Aufgabe erledigt.«

»Und ihr jetzt auch.« Er bestellte für sich neuen Wein. »Nicht nur das. Pech für euch, dass da noch eine zweite Sache dazwischenfunkte.«

»Die Heroin-Bestände von *Bayer* und der Zusammenschluss der *I. G. Farben*. Stinnes. Ebert.« Franz bemühte sich, nicht allzu verzweifelt zu klingen. »Wie kommen wir da bloß raus, Carl?«

»Ich sehe da nur eine Chance, wenn ihr etwas anzubieten habt«, antwortete sein Gegenüber.

»Wir haben die Transportwege aufgebaut. Und die Kontakte.«

Carl Schmidt zuckte nur mit den Schultern.

»Wir könnten alles bei der Polizei hochgehen lassen. Und du weißt, dass wir auf dem Präsidium einen Mann haben. Wenn wir der Politischen Inspektion und dem Staatsschutz die Sache stecken, dann ist für einige Zeit der Teufel los.«

»Schon besser.«

»Wir haben die Namen der Hintermänner. Verbindungen, Treffen und Geldanweisungen. Eine nette Liste. Dazu noch zwei Protokolle von Gesprächen, bei denen Hugenberg dabei war.«

»Jetzt hast du begriffen, wie es läuft!« Schmidt lachte. »Du bist wieder im Rennen, Sass.«

»Kannst du etwas mit den Kerlen vereinbaren, Carl? Hinter dir waren sie doch auch her. Wir bieten ihnen die Übernahme aller Routen und Mittelsmänner an. Alles reibungslos. Dazu eine Liste der Beamten, die sie schmieren müssen, damit es auch in Zukunft läuft. Was meinst du?«

»Ich kann es versuchen, Franz. Sie haben mir zugesagt, mich in Ruhe zu lassen, wenn ich das Problem mit euch löse. Auf diese Weise wäre es gelöst. Wir brauchen eine Vereinbarung, die für alle Seiten bindend ist. Wir müssen auch die Chinesen am Tisch haben.«

»Ich sehe, was ich tun kann. Ein Ringboss sollte für die Sache bürgen. Leib wäre gut.«

○ ○ ○

»Am besten bleiben wir in Zukunft gleich am Tisch sitzen«, schlug Katja in spöttischem Tonfall vor. »Ich habe den Eindruck, unsere Krise wird zum Dauerzustand.«

Franz hatte nach seinem Gespräch mit Carl Schmidt sofort wieder ein Treffen einberufen, und mehrere Mitglieder des *Syndicats* saßen in Tonis Wintergarten. Er fasste die neuen Entwicklungen kurz zusammen.

»Auch Schmidtchen hat noch einmal bestätigt, dass amerikanische

Banden das Rauschgiftgeschäft in den großen Städten Europas an sich reißen wollen.«

»Wir sind schon mit anderen Leuten fertig geworden«, sagte Max, und Erich nickte eifrig. »Berlin ist unsere Stadt. Hier kennen wir uns aus. Hier haben wir das Sagen.«

Franz zog eine Zeitungsseite aus seiner Jackentasche und entfaltete sie. Niemand am Tisch beherrschte mehr als zehn Worte Englisch, aber die Bilder und Überschriften des Artikels in der *New York Times* sprachen für sich: *Mobster Murder. Five Gang Members shot dead after cruel torture*. Die unscharfen Fotos zeigten entstellte Körper und zerschossene Gesichter. Man konnte unschwer erahnen, dass die dunkle Fläche neben den Toten durch eine Blutlache entstanden war.

»O Mann, heftig«, meinte Erich und legte seine Wurst zurück auf den Teller. Der Appetit war ihm vergangen. Max und die anderen schwiegen betroffen.

»Ganz genau. Heftig!«, meinte Toni. »Aaron, Dollberg Stinnes, Ebert. Und dass Georg und Franz hier sitzen, ist eher glücklicher Zufall.«

»Da Silva und Schmidtchen bestätigen unabhängig voneinander, dass ein Kerl namens Lansky da mitmischt. In Amerika nennt er sich Meyer Lansky. Ein gebürtiger Russe.«

»Der Überfall auf Joaquin. War er das?«, fragte Georg, der sich in letzter Zeit eher selten in die Gespräche einmischte. »Dann mache ich diesen Kerl fertig!«

»Er ist der Drahtzieher, sitzt aber in New York. Er hat seine Leute dafür. Und diesem Kerl werden wir nichts anhaben können! Schmidt meint, dass wir mit sehr viel Glück unsere Köpfe aus der Schlinge bekommen.«

»Sprich doch mit Shen oder Zhi«, schlug Toni vor. »Die Chinesen müssen uns endlich aus der Vereinbarung rauslassen. Dass wir die Zielscheibe für wild gewordene Cowboys werden, war niemals vorgesehen.«

»Wir haben jetzt bereits mehr angeheuerte Leute als eigene«, stimmte Georg ihr zu. »Die müssen Volkmar und ich ja auch alle überwachen, weil wir nicht wissen, ob wir ihnen trauen können.«

»Wie es aussieht, müssen wir uns demnächst vor allem selbst schützen, wenn das so weitergeht«, sagte Katja.

»Wir sprechen von etwa fünfzig bis hundert Männern, die wir aussuchen, überprüfen und anlernen müssen.« Georg schüttelte den Kopf. »Abgesehen davon, dass wir dann größer als der größte Ringverein wären, zaubert man die Leute nicht einfach aus dem Hut. So etwas muss langsam wachsen.«

»Die Chinesen wollen uns nicht einfach ziehen lassen«, vermutete Franz. »Dann bricht ihr mühsam aufgebauter Vertriebsweg zusammen. Und dass wir in ihren Augen daran schuld wären, hätte mit Sicherheit ebenfalls unangenehme Folgen.«

»Wir bieten einfach an, alles den Amerikanern zu übergeben«, schlug Max vor. »Wir zeigen allen, dass wir nichts im Schilde führen, und arbeiten in Zukunft wieder nur mit den Klubs, den Wetten und ein paar Schiebereien.«

»Mir fällt auch nichts anderes ein«, meinte Toni. »Die Chinesen können dabei nur gewinnen. Warum also sollten sie ablehnen. Wenn wir uns mit den Amerikanern prügeln, werden die Geschäfte ja ebenfalls gestört. Regeln wir die Sache jedoch friedlich, dann haben alle Seiten, was sie wollen.«

»Wir kennen diesen Lansky doch gar nicht«, meinte Franz wütend. »Soll ich etwa bei der Reichspost einen Suchauftrag aufgeben? Oder bei der Vermittlung anfragen: *Fräulein, stellen Sie mich bitte zu einem Lansky nach New York durch. Sie wissen schon, der junge Russe, der jetzt in Opium macht und in Berlin für Ärger sorgt*. Lächerlich!« Er stand auf und raufte sich die Haare.

»Wir sprechen mit Shen Li«, erwiderte Toni, und ihre Stimme schien keinen Widerspruch zu dulden. Sie war unter den heute Anwesenden die Älteste und hatte offenbar genug vom Jammern und Lamentieren. »Schluss jetzt. Es gibt nur diesen Weg, denn wir kennen weder unseren Gegner noch werden wir uns auf einen blutigen Bandenkrieg einlassen. Wir werden Shen nach den Bedingungen für einen Ausstieg aus der Sache fragen.«

»Und dann einfach alles vergessen?«, rief Franz empört. »Ich weiß nicht, ob Josef damit einverstanden ist, wenn wir den Tod seines Neffen zu den Akten legen. Was ist mit der Familie Harussel? Der Anschlag auf Joaquin? Und mich hätte es auch beinahe erwischt!«

»Du wirfst schon wieder Nüsse und Steine zusammen in einen Sack, Franz! Ich sagte, wir sprechen mit Shen über unseren Rückzug aus dem Rauschgiftgeschäft. Ich habe nicht davon gesprochen, dass wir irgendetwas vergessen. Wir müssen uns sorgfältig überlegen, wem und wann wir unsere Rechnung vorlegen. So gut solltest du mich mittlerweile kennen!«

17

Moabit

»Wir sind weiterhin zufrieden mit der Arbeit des *Syndicats*«, beteuerte Shen Li. Er lächelte nicht, und er verbeugte sich auch nicht. Ein untrügliches Zeichen, dass etwas nicht stimmte. Dass seine Worte und die innere Überzeugung nicht in Einklang standen.

»Herr Shen«, begann Franz, »niemand weiß die Bedeutung des Wortes *Familie* mehr zu schätzen als Sie. Und eben um diese, nämlich meine Familie geht es jetzt. Zusammen mit meinen Teilhabern bin ich verpflichtet, auf deren Wohlergehen zu achten. Und wieder sind Sie es, der am besten versteht, was es heißt, dieser Ehre nachzukommen.« Er war immer wieder erstaunt, wie schnell es ihm in Gegenwart der chinesischen Partner gelang, derart gestelzt zu reden. Marie-Yini hatte das Gespräch mit Shen geschickt eingefädelt. Und sie hatte sowohl den Chinesen als auch Franz darauf vorbereitet. Also wusste er jetzt, dass Shen aufgrund seiner eigenen Geschichte eine Schwäche für das Familienthema hatte. Und er hatte gelernt, dass Form und Haltung bei diesen Menschen mindestens ebenso viel Gewicht hatten wie das Gesagte selbst. Und tatsächlich schien Shen Li sich etwas zu entspannen.

»Seien Sie versichert, werter Herr Shen, dass niemand von uns der Gesellschaft schaden will«, fuhr Franz fort. »Es geht einzig darum, Schaden von uns fernzuhalten. Und es kann letztlich nur zu Ihrem Nutzen sein.«

Ein langes Gespräch begann. Franz hatte sich diverse Argumente zurechtgelegt. Er beschrieb zunächst die Furcht der Ringvereine, sich in das Opiumgeschäft einzubringen.

»Ich hatte anfangs gehofft, diese Leute gewinnen zu können, als ich

Meister Zhi meine Zusage hab«, sagte Franz. »Es war ein Fehler. Und das *Syndicat* allein wird den Anforderungen nicht gerecht werden können.«

Er brachte Aarons Tod zur Sprache und den nur knapp überlebten Anschlag auf sein eigenes Leben. Schließlich kam er zum alles entscheidenden Punkt.

»Allem Anschein nach gibt es mindestens einen Mitbewerber, der gerne die Aufgaben des *Syndicats* übernehmen würde.«

»So?«, fragte Shen in jener Art, die alles und nichts bedeuten konnte.

»Amerikanische Mobster. Wie ich hörte, haben diese Leute seit fast zwanzig Jahren Erfahrung damit, Schmuggel und Verkauf illegaler Waren in einem Ausmaß zu betreiben, gegen das wir wie Apfeldiebe aussehen müssen. Und dabei greifen sie zu Methoden, denen wir nicht im Geringsten gewachsen sind.«

»Ehrliche Worte sind selten, Herr Sass. Was bieten Sie uns an? Sie wissen, nichts ist umsonst. Auch das Ende nicht.«

»Machen Sie uns mit den Leuten bekannt, und wir überlassen ihnen das gesamte Netz des Opium- und Rohstoffvertriebs. Alles ohne Reibereien, also keine Verluste von Zeit, Mensch oder Ware. Und zusätzlich werden sich dadurch einige Leute in der Stadt beruhigen, deren Aufmerksamkeit wir leider in letzter Zeit geweckt haben. Wir werden uns darum kümmern, dass diese Leute – auch in Zukunft – den Mund halten.«

Auch in Zukunft. Bei diesen Worten hatte sich Franz verbeugt und gelächelt. Er war sicher, dass Shen verstanden hatte, was dies bedeutete. Es war genau das, was Marie-Yini die Rückversicherung genannt hatte. Und es war ein Fingerzeig, den Shen verstehen musste.

»Natürlich will niemand unnötige Aufmerksamkeit. Ich werde die Angelegenheit mit Meister Zhi besprechen. Und danach kommen wir noch einmal zusammen, Herr Sass.« Er lächelte wieder auf jene Weise, die Franz frösteln ließ. »Um zu entscheiden.«

18

Schöneberg, September 1925

»Wirst du in Berlin bleiben?«

Georg antwortete zunächst nicht, sondern sah aus dem Fenster seiner Berliner Stadtwohnung am Viktoria-Luise-Platz. Vor einigen Jahren lagen noch Pferdeäpfel auf den Straßen, und Gaslampen verbreiteten abends ihr schummrig gelbes Licht. Jetzt waren Pferde nur noch vor ein paar Fuhrwerken zu sehen. Alte Mähren, stoische Kaltblüter, die im neuen Trubel seltsam deplatziert wirkten. Es stank nach Abgasen, selbst hier oben im dritten Stock des schicken Neubaus. Es wurde gehupt, geschimpft, geklingelt und gepfiffen. Und dann wieder geschimpft. Gut, die Kunst des unflätigen Pöbelns hatten die Berliner schon immer beherrscht.

»Was soll ich denn tun?«, fragte Georg. »Ich fühle mich, als würde ich in zwei Hälften gerissen.«

»Tegel liegt nicht auf dem Mond«, versuchte Franz seinen Bruder zu trösten.

»Bieselheide«, korrigierte Georg ihn. »Sie müssen wieder von vorn beginnen. Wir …«

Franz kannte die Gegend nicht, in die die Familie Harussel umsiedeln würde. Aber Georg hatte sie ihm beschrieben. Waldwege, kleine Lichtungen, Feuchtwiesen, ausgedehnte Moore. Man hatte den Roma den unwirtlichen Teil des Landes verpachtet. Sein Bruder lebte ohnehin in zwei Welten, und bisher hatte er den Spagat hinbekommen. Er liebte Männer, er liebte die Gegend um die Motzstraße und hatte in den letzten Jahren einige Beziehungen gehabt. Und er war verheiratet mit einer Zigeunerin. Was vor vielen Jahren als reine Zweckehe begonnen hatte, um ein Bündnis zwischen den Familien Harussel und Sass zu besiegeln, war schließlich zu einer Liebesbeziehung geworden. Einer wahrhaft komplizierten Beziehung.

Alles ist kompliziert, seit es das *Syndicat* gibt, dachte Franz. Musste sein Bruder jetzt wieder querschießen?

»Acht-Finger-Schorsch mit den zwei Gesichtern«, murmelte er leise.

»Was?«

»Nichts.« Franz gab sich alle Mühe, seinen Bruder zu verstehen, aber es gelang ihm nicht immer. Dass Georg schwul war. Egal. Dass er bei den Harussels eine zweite Heimat, eine neue Familie gefunden hatte. Schon schwieriger. Dass er auch in Zukunft zwischen männlichen Geliebten, seiner Frau, dem Kind und den Geschäften den Überblick behalten konnte, bezweifelte Franz jedoch stark.

»Ich möchte das Bündnis aufrechterhalten«, sagte er etwas unbeholfen. »In den Jahren sind wir alle mehr als nur geschäftliche Partner geworden.«

»Mensch, Franz«, meinte Georg und schnaubte. »Daran wird sich im Prinzip nichts ändern. Vor einem Jahr kam Ŝabans Bruder zu Besuch. Sie hatten sich seit ihrer Kindheit nicht gesehen, und er wurde aufgenommen, wie es üblich ist. Auch nach dieser Sache werden wir und die Harussels vereint bleiben. Familie für immer.«

»Du bist eben in Zukunft längere Zeit weg.« Franz wurde nach Georgs Worten etwas leichter ums Herz. »Wir organisieren ein wenig um, dann schaffen wir das.«

Georg war für die vielen Sicherheitsbelange des *Syndicats* zuständig. Türsteher, Rausschmeißer, Geldtransporte, bei Bedarf auch Wachleute und Leibwachen. Mal ließen sich die Dinge mit guten Worten oder noch besserem Geld regeln. Manchmal brauchte es eben schlagkräftige Argumente. Aus dem halbem Hemd, das er nach dem Krieg gewesen war, hatte sich ein Kraftsportler entwickelt. Georg hob Gewichte, boxte und war im Ringkampf sogar Lokalmeister geworden.

»Volkmar kann dein Stellvertreter in der Stadt werden«, schlug Franz vor. »Der Kerl ist helle. Wir sehen zu, dass ihr beide Fernsprecher habt. Und du kommst einmal in der Woche, gibst ihm die Anweisungen. Nichts muss sich ändern.«

»Wir werden sehen.« Aus dem Schlafzimmer der Wohnung kam ein Mann, der ebenso unbekleidet wie ungeniert an ihnen vorbei in die Küche schlurfte. »Morgen, Eberhard«, sagte Georg und lächelte. Der Angesprochene nickte nur. Die Zeiten, in denen Franz ein derartiger Anblick schockiert hätte, waren lange vorbei.

»Das Treffen ist in zwei Stunden bei *Sodtke*. Leib garantiert für die Sicherheit«, wechselte Franz das Thema.

»Bei Adolf Leib in der *Ritze*? Bester Leumund, beste Gegend.« Georg lachte auf. Jeder kleine Gauner wusste, dass *Sodtkes Restaurant* in der Mulackstraße, genannt die *Ritze*, eine Art Hauptquartier des Berliner Ringbosses war.

»Shen, ich, Schmidtchen und ein Amerikaner«, sagte Franz. »Jeder bringt nur einen Wachmann mit. Und wir bleiben, bis wir ein Abkommen schließen.«

∘ ∘ ∘

Das schmale Haus Mulackstraße 15 war ebenso heruntergekommen wie der Rest der Gegend. Wer hier wohnte, hatte nicht viel Geld für die Miete. Wenig Miete bedeutete, dass die Besitzer nichts taten, um den Verfall aufzuhalten. Das Gebäude hätte auch viel eher in einen Dorfkern Vorpommerns gepasst; oben gingen drei Kammerfenster zur Straße, unten befand sich der Eingang für die Mieter, daneben die breite Kneipentür. Eine verblasste Wandschrift warb für *Kulmbacher*, das hier ohnehin niemand kannte oder trank. Und quer über der Hausfront war *Sodtkes Restaurant* zu lesen, aber im Milljöh nur bekannt als *Ritze*.

»Kaum zu glauben, dass Leib hier sein Quartier hat«, sagte Georg und kratzte ein Stück des bröckelnden Putzes von der Fassade, als sie vor dem Haus standen. »Ich meine, der Kerl kann sich Huren mit Adelstiteln in Champagnerbädern leisten, und dann das hier.«

»Er weiß, woher er kommt«, meinte Franz, der das Gefühl kannte, immer wieder zu den Ursprüngen zurück zu wollen. Immer noch unternahm er seine nächtlichen Streifzüge durch die Stadt; in Jutehose und Joppe; er soff mit den alten Kumpanen aus der Cliquen-Zeit, sehnte sich nach der verlorenen Einfachheit, die doch so schmerzhaft gewesen war. Durch das kleine Fenster neben der Tür drang Musik. Besser gesagt, es war eine Mischung aus hohem Pfeifen und weiblichem Gesang. Allerdings konnte Franz keine Worte verstehen. Das Ganze hatte etwas wunderbar Melancholisches.

»Vielleicht sind die anderen schon drin?« Georg sah auf seine Taschenuhr. »Lass uns reingehen. Wird uns schon keiner über den Haufen knallen.«

Mit Adolf Leib, dem Boss des *Immertreu*-Ringvereins, hatte das *Syndicat* eine Art Nichtangriffspakt. Zwar liebte man sich nicht, aber man schlug sich auch nicht die Köpfe ein. Fischers Bruder arbeitete für Leib als Fahrer und »Mann für alles«. Und schließlich waren die Berliner Geschäftsfelder groß genug und boten für jeden eine einträgliche Nische. Der Duft, der den Brüdern jetzt entgegenschlug, als sie die Tür öffneten, weckte Urinstinkte. Der Mensch war ein Rudeltier, das sich nach Sündenfall, Feigenblatt und Erfindung des Geldes selbst in die Isolation geführt hatte. Aber immer blieb der geheime Wunsch, die Einsamkeit zu überwinden. Und dieser infernalische Gestank gab eine Vorahnung, weckte die paradiesische Erinnerung. Franz war immer überzeugt gewesen, dass es eine direkte Verbindung zwischen Nase und Gehirn geben musste. Warum sonst konnte man einige Leute »nicht riechen«? Warum sonst machte ihn das Parfüm seiner Cousine verrückt, wann immer er in ihrer Nähe war? In der *Ritze* war man Freund oder Feind. Man mochte sie oder hasste sie. Dazwischen gab es nichts.

In guten Kneipen orientierten sich die Gäste seit Urzeiten nach Gehör. Hier war es nicht anders. Die Sichtweite durch blau-grau-gelbe

Dunstschwaden betrug knappe zwei Meter. Ein Leuchtfeuer in der Ferne wies immerhin den Weg zum Tresen. Speise und Trank – mithin die Rettung – gab es nur dort. Und dennoch bestanden gute Chancen, auf dem Weg dorthin jemandem auf die Füße zu treten oder sich an Tischkanten Prellungen zuzuziehen. Die Musik wurde lauter.

»Eine singende Säge«, rief Georg begeistert. »Muss man können.«

Franz erkannte den Maler Zille, der mit einer Gruppe von anderen Künstlern und zwei blutjungen Mädchen am runden Fenstertisch saß. Offenbar zeichnete er gerade eines seiner schlüpfrigen Werke. Und Franz fragte sich, aus welchem Grund er dafür mit seiner linken Pranke die Festigkeit der zarten Brüste seiner Modelle prüfen musste. Zwei Tische weiter betrank sich Friedrich Lang, dessen Bild er aus der Zeitung kannte. Katja hätte ihre Freude daran gehabt. Immerhin hatte sie endlich eine, wenn auch kleine Filmrolle in »Siegfried« erhalten und schwärmte von dem Regisseur. Als Georg und er den Schanktresen erreicht hatten, fragten sie nach Leib. Eine dralle Brünette, die ihre besten Tage gesehen hatte und jetzt nur noch die Bierzapfhähne mit ihren rauen Händen bearbeitete, wies ihnen mit einer Kopfbewegung den Weg in das hintere Separee.

Adolf Leib war ein feister, gut gekleideter Mann Anfang vierzig, der hier völlig fehl am Platz wirkte. Er bürgte heute für die Sicherheit seiner Gäste. Eine Ehrenaufgabe unter Ganoven, wenn es um den Burgfrieden in der Stadt ging. Er begrüßte seine neuen Gäste herzlich und bot Limonade an.

»Meine Mutter macht die beste Zitronenbrause in ganz Berlin«, dröhnte seine Stimme durch den Raum. Dann steckte er den Kopf durch den Türrahmen nach draußen.

»Marlene, du Nervensäge, lass jetzt gut sein!«, rief er.

Eine adrette Frau, die vielleicht Mitte zwanzig war, hob kokett den Kopf. Hätten Blicke töten können, Leib wäre auf der Stelle leblos umgefallen. Magische Augen. Sie ließ von einer Schrotsäge ab, die sie über ihr Knie gebogen und mit einem Violinbogen bearbeitet hatte.

»Die Dietrich muss ich noch flachlegen, bevor sie groß rauskommt«, flüsterte Leib und kicherte anzüglich. »Ein scharfes Weib. Etwas spröde, aber ich liebe das.«

»Meister Leib, könnten wir vielleicht zur Sache kommen«, kam eine Stimme vom Tisch herüber.

Natürlich, dachte Franz. Shen. Verbeugen, lächeln und dann zustoßen.

Im Raum waren bereits Carl Schmidt, der Chinese und ein hoch gewachsener Mann in viel zu kurzer Tweedhose anwesend. Sie saßen an einem Tisch, zwei Stühle waren dort noch frei. Im Hintergrund bemerkte Franz deren Begleitung. Jeder der Männer hatte einen Leibwächter mitgebracht, dem er bedingungslos vertraute. Franz wies Georg an, sich zu den anderen zu stellen, dann grüßte er die drei Männer am Tisch mit einem Nicken. Leib setzte sich mit Blick zur Tür und forderte seinen letzten Gast auf, es ihm gleichzutun.

»Der ehrenwerte Meister Leib wird als Zeuge unserer Vereinbarung auftreten«, sagte Shen.

»The honorable Master Leib könnte mal für Bier sorgen«, blaffte der Mann im Tweed. Spätestens jetzt war auch Franz klar, welche Seite er hier vertrat.

»Später, mein Freund.« Leib lächelte dünn. »Wir wollen doch alle einen klaren Kopf bewahren. Und wer nicht von Mutters Limonade probiert, beleidigt mich.« Eine ältere Frau reichte jedem ein Glas. »Wir sollten uns kurz vorstellen«, schlug der Ringboss vor. »Manche Menschen stehen im Rampenlicht, andere ziehen es vor, hinter der Bühne zu bleiben. Schaffen wir also gleiche Bedingungen untereinander.«

Der Reihe nach erhoben sich Shen Li, Carl Schmidt und Franz, um ein paar Worte zu sagen.

»Dutchman.« Der Amerikaner tippte mit dem Zeigefinger an seine Schläfe.

»Bitte, dürften wir etwas mehr erfahren?«, wies ihn Leib zurecht und schüttelte den Kopf.

»Schultz.«

Draußen grapschte Zille weiter an Mädchenbusen, man soff und stritt und sang. Fritz Lang tuschelte mit Dietrich. In diesem Hinterzimmer jedoch ging es um nichts weniger als den Fortbestand des *Syndicats*. Um das Leben der Familie Sass. Franz hatte in den vergangenen Nächten schlecht geschlafen. Er ahnte, dass Toni an diesem Tisch die Bessere gewesen wäre. Noch gestern hatte er alles hinwerfen und mit Susanne nach Neapel reisen wollen.

»Man hat entweder zum richtigen Zeitpunkt Arsch in der Hose, oder aber man bleibt ein Leben lang einer«, hatte es seine Tante ungewöhnlich drastisch auf den Punkt gebracht.

»Wenn es jemand schaffen kann, dann du«, war Susannes ungemein tröstliche Formulierung gewesen.

»Ich habe meinen Auftraggebern gegenüber betont, dass ein Treffen dieser Art nicht notwendig ist«, stellte Shen seine Haltung klar. »Für die Einhaltung aller Regeln sorgen die Gesellschaften in unserem Land selbst.«

»Mag sein, Herr Shen. Aber auf meiner Seite des Gesetzes will ich an Entscheidungen beteiligt werden, wenn es um die Sicherheit aller geht.« Ihr Gastgeber klang unwirsch. »Sie möchten jemanden anpissen? Bitte sehr! Aber beachten Sie dabei die Windrichtung, damit nicht andere im Sprühnebel stehen.«

»Meine Männer haben alles im Griff«, sagte der Dutchman. Er hatte etwas von einem großen, gefährlichen Jungen, der unbedingt ein Mann sein wollte.

»Krieg ist die schlechteste Lösung«, meinte Schmidtchen. »Wir sollten verhandeln.«

»*Dammit, the undertaker got pussy.*« In der Stimme des Amerikaners lag Verachtung. »Früher hast du das Geld genommen, die Leute verscharrt und die Schnauze gehalten, Smithy Sissy.«

Carl Schmidt sagte nichts. Seine Hände waren zu Fäusten geballt, die Knöchel beinahe schneeweiß. Er wusste, dass das Treffen zu Ende war, wenn er jetzt falsch reagierte.

»Sind hier denn alle verrückt geworden?«, polterte Leib los. »Ihr seid in meinem Wohnzimmer, also benehmt euch! Und du, Sass?« Franz sah, dass Leib die Augenbrauen hob, als er ihn ansah. »Machst du hier die Kammerzofe im Hintergrund? Sag was, verdammt! Sonst schneiden die Kerle dir den Schwanz ab.«

»Manche Leute vergessen über ihre verkrusteten Traditionen das Denken. Und anstatt etwas Sinnvolles zu sagen, nerven sie ihre Umgebung mit Sinnsprüchen.« Franz legte eine Pause ein und vermied es, Shen anzusehen. »Bei anderen weiß man nicht, ob man auf ihren Arsch oder in ihr Gesicht schaut. Und ob sie gerade furzen oder sprechen.« Es folgte ein langes Durchatmen. »Dann gibt es noch die, die so oft die Seiten gewechselt haben, dass sie in Berlin durch die Fahrprüfung fallen würden, weil sie rechts und links verwechseln.«

Adolf Leib schlug mit der flachen Hand auf die Tischplatte, dass es knallte. »Schnauze, Sass!«

»Ich jedenfalls habe schlichtweg Angst.« Dieses Bekenntnis schien auf die Anwesenden eine größere Wirkung zu haben als die vorherigen Beleidigungen. Shens Blick war nicht zu deuten. Schultz lächelte hintergründig, und Carl Schmidt schüttelte den Kopf.

»Wir machen hier keine Politik, sondern planen Geschäfte«, fuhr Franz unbeirrt fort. »Geschäfte, die für meine Organisation allein eine Nummer zu groß sind.«

»Wir sind hier, um eine Vereinbarung zu treffen, die allen das Atmen erlaubt, gute Gewinne verspricht und möglichst wenig Aufmerksamkeit bei Polizei und Presse erregt«, sagte Schmidt.

»Am *Syndicat* soll es nicht scheitern«, meinte Franz.

»Ihr seid doch schon gescheitert«, erwiderte der Amerikaner.

»Ach ja? Ich hörte, Ihnen ist ein Mann abhandengekommen. Ihr Regulatoren seid wohl doch nicht unbesiegbar. Vielleicht fehlen bald zwei oder drei.«

Schultz sprang mit hochrotem Kopf auf, wurde jedoch von Leib festgehalten.

»Setzen!«, schnauzte der Vereinsboss ihn an. »Mein Laden, meine Regeln!«

»Weshalb brauchen wir eine Vereinbarung, wenn die Kerle so oder so aus dem Rennen sind?«, gab der Amerikaner wütend zurück.

»Erstens: Wir können euch blühende Felder übergeben«, sagte Franz. »Oder verbrannte Erde. So oder ähnlich würden Sie es doch beschreiben, Herrn Shen, nicht wahr? Zweitens: Wir könnten andernfalls auf die Idee verfallen, den Boden zu vergiften, bevor wir das Feld räumen.«

Jetzt erwiesen sich die Informationen, die er von Livana Rosenbaum und der Chemikerin erhalten hatte, als wertvoll. Franz deutete lediglich an, dass die Staatspolizei von den Machenschaften der *I. G. Farben*-Direktoren, den Mauscheleien beim Export von Heroin, den Rosenbaum-Anleihen und vor allem von den verpatzten Operationen bei Ebert und Stinnes erfahren könnte. »Wir wollen aber weder Gift ausbringen noch irgendetwas verbrennen«, meinte er, als er seine Aufzählung beendet hatte. »Wir fordern nur einen gerechten Preis für das, was wir aufgebaut haben.«

»Du hast Mumm, Sass«, meinte Leib. »Stellst dich hin und drohst mit der Polente. In meinem Laden. Wir wissen alle, dass du mit dem Kerl vom Alex dein eigenes Ding am Laufen hast. Aber übertreib es nicht!«

»Wie ich es sehe, können wir alle bei dieser Sache verlieren oder aber gewinnen«, mischte sich Schmidt wieder ein. »Dazwischen gibt es offenbar nichts.«

»Meiner Gesellschaft ist daran gelegen, dass der Handel nicht unterbrochen und zügig ausgebaut wird«, sagte Shen. »Wird uns das garantiert, wären wir bereit, nicht auf der Einhaltung bestimmter Regeln zu bestehen.«

Der erste Kampfrichter sieht uns nach Punkten vorn, dachte Franz, ließ sich jedoch nichts anmerken.

Es vergingen drei Stunden zähen Ringens um jeden noch so kleinen Vorteil. Letztlich war es wie immer, wenn Männer in solchen Dingen zusammensaßen. Alle wollten ihr Gesicht wahren, jede mühsam erreichte Vereinbarung wurde von allen Seiten auf eine mögliche, versteckte Kränkung hin abgeklopft. Ein Schachern und Schreien setzte ein, das jeden Fischhändler oder Viehauktionator hätte erbleichen lassen. Mehrmals sprangen die Männer am Tisch erregt und mit hochroten Köpfen auf, ihre Begleiter im Hintergrund taten es ihnen gleich. Dann wurden sie durch Leib und seine Wachleute wieder in ihre Schranken gewiesen. Gegen Mitternacht bat Dutchman Schultz um eine Pause und fragte nach einem Telefon. Leib führte ihn in einen winzigen Nebenraum, offenbar sein Büro, wenn er hier logierte.

»Ich habe mit meinen Teilhabern gesprochen«, sagte er, als er nach zehn Minuten an den runden Verhandlungstisch zurückkehrte. »Ihr übergebt uns alles. Männer, Fahrzeuge, Schiffe, eine Liste der Abnehmer. Alles. Dann seid ihr draußen. *Alive.*«

Franz sah ihn an. Eigentlich war es mehr, als er erwartet hatte. Und dennoch zögerte er.

»Wunderbar«, rief Schmidtchen. »Ich darf fragen, wie meine bescheidenen Dienste in dieser Angelegenheit …?«

»Meyer sagt, dass du uns in Zukunft einige Gefallen schuldest, Undertaker.«

Schmidt ist also vom Haken, dachte Franz. Und wir verlieren alles.

»Wir wollten Geschäfte miteinander machen, meine Herren«, sagte er. »Keinen Kuhhandel betreiben, bei dem der Sass der dumme August ist. Zehn Prozent des Opiums laufen über uns. Für unsere Verluste möchte ich zehntausend Mark von Ihnen, Herr Shen. Für Männer, Fahrzeuge und unser Wissen zehntausend Dollar von Ihnen, Herr Schultz. Und um die Rechenaufgaben einfach zu halten, zehntausend von Ihnen, Herr Schmidt. Denn durch diese Vereinbarung kommen Sie immerhin recht billig mit dem Leben davon.«

Franz wusste, dass die geforderten Summen eher einen symbolischen Charakter hatten. Aber genau darum ging es ihm. Leib war anwesend. Sein Verhalten heute Nacht entschied darüber, wie der Ringboss und die gesamte Berliner Halbwelt in Zukunft über das *Syndicat* dachten. Das einzige Problem würden die zehn Prozent vom Opium sein.

Zeit für den letzten Trumpf, dachte er und ließ vier Abschriften des Telefonats zwischen Duisberg und Rosenbaum auf den Tisch gleiten.

»Was ist das?«, fuhr ihn Leib an, der offenbar jeden Moment Handgreiflichkeiten befürchtete.

»Lesen Sie, meine Herren! Sie halten eine Bombe in den Händen. Schon morgen kann sie hochgehen, denn mein Kontakt bei der Kripo wird das Original nebst einer Zusammenfassung aller Einzelheiten an den Republikschutz und an die Presse weiterleiten.«

»Ich möchte mich mit Master Schultz kurz beraten«, flüsterte Shen dem Gastgeber zu, der nur nickte und auf den Nebenraum verwies.

»Und ich werde noch einmal telefonieren«, ergänzte der Amerikaner.

»Bis du völlig übergeschnappt?«, raunte Schmidt Franz zu, als sie mit Leib allein waren. »Die zehntausend sind mir egal, aber diesen Leuten hast du den Fehdehandschuh ins Gesicht geworfen!«

Shen und Schultz kamen nach wenigen Minuten zurück. Ihre Mienen waren versteinert.

»Zehntausend. Zehntausend. Fünf Prozent. Unser letztes Wort. Und jede weitere Forderung betrachten wir als eine Kriegserklärung.«

»Keine Forderung, Herr Shen«, erwiderte Franz, der keine Miene verzog. Fast gleichzeitig trafen ihn unter dem Tisch die Tritte von Leib und Schmidt, die neben ihm saßen. »Nur eine Bitte. Das *Syndicat* beabsichtigt, einige vollkommen legale Beteiligungen im Bereich der chemischen Industrie zu erwerben. Hierfür benötigen wir Sachverstand. Wären Sie damit einverstanden, dass ihre Mitarbeiterin …« Er sah Shen in die Augen, lächelte und deutete eine Verbeugung an. »Dass der Chemiker in Zukunft für uns arbeitet? Ich hörte, die Dame wünscht zudem, sich um ihren trauernden Vater zu kümmern. Sie würde ihn davon abhalten, unnötig geschwätzig zu werden. Und wie heißt es bei uns? *Reisende soll man ziehen lassen.*« Er lächelte wieder und verbeugte sich noch einmal tief vor Shen.

»Sie sind unverschämt und verfügen über keinerlei Manieren, Herr Sass!« Shen war offenbar kurz davor, die Beherrschung zu verlieren. »Ich wünsche, nie wieder von dieser Dame zu hören!«

Plötzlich schien es, als hätte sich die Streitlust erschöpft. Schmidt fasste einige Punkte zusammen, holte die Zustimmung der anderen für kleinere Zugeständnisse und Kompromisse ein. Und schließlich war es vollbracht. Selbst der sonst unnahbare, glatte Shen Li wirkte erschöpft. Der Amerikaner schnaubte immer wieder wie ein Büffel, der ein Gatter durchbrechen wollte. Und der korpulente Bestatter schwitzte sein viertes Taschentuch durch. Franz bemühte sich zu verbergen, dass er zufrieden war. Wenn sich die vereinbarten Punkte umsetzen ließen, dann blieb das *Syndicat* im Rennen. Im Gegenteil, er hatte bemerkt, dass ihn Leib zunehmend mit Respekt behandelte. Für zukünftige Geschäfte war es entscheidend, hier nicht als Verlierer mit eingeklemmtem Schwanz vom Feld zu gehen. Sonst würden sich schnell Geier und andere Nutznießer finden, die sich um den Nachlass des *Syndicats* stritten.

»Keine Gewalt mehr«, sagte Leib entschieden. »Wir knallen hier nicht einfach Leute über den Haufen und verscharren sie in der Prärie.« Er sah den Mobster an. Dutch Schultz nickte.

»Wir schneiden niemandem die Ohren ab, weil er sich nicht im richtigen Moment verbeugt hat.« Diese Spitze richtete sich an Shen, der prompt den Kopf neigte und lächelte.

»Und unser Jünglein hier mischt sich in Zukunft nicht in Dinge ein, die drei Nummern zu groß für ihn sind.«

Franz konnte mit dieser Zurechtweisung gut leben und schwieg. Leib brauchte schließlich auch einen Triumph.

»Der Schuster bleibt hübsch bei seinen Leisten und bespricht sich in Zukunft mit seinen Konkurrenten, bevor er ein neues Geschäft eröffnet. Haben wir uns da verstanden, Sass?«, fragte Leib, und Franz nickte.

»Und Herr Schmidt vermittelt – auch in Zukunft – zwischen hüben und drüben. Die Vereine halten sich aus dem Opiumhandel heraus, werden aber am Vertrieb in der Stadt in angemessener Weise beteiligt. Dafür sorgst du, Sass.«

Adolf Leib genoss sichtlich die Rolle, die er hier spielte. Große Gesten, Führerposen und Gentleman-Gehabe lagen ihm. Er hatte eine Menge Dreck gefressen, als er jung war, hatte sich aus der Gosse hochgearbeitet. Keinesfalls wollte er dorthin zurückkehren. Franz war sicher, dass der *Immertreu*-Boss dafür sorgen würde, dass sich die Ereignisse des Abends schnell herumsprechen würden. Vor allem die Rolle, die er dabei selbst gespielt hatte.

»Wenn es nach mir ginge, würde ich deine Familie an die Schweine verfüttern. Aber Lansky hat anders entschieden.« Der Dutchman erhob sich. In seinen Augen lag unverhohlener Hass, als er Franz anblickte.

»Mir scheint, Ihr habt in mehrfacher Hinsicht Glück, Herr Sass.« Shens Verbeugung und Lächeln waren für Franz schlechter zu ertragen als jeder Blick. »Meine Gesellschaft ist an einem reibungslosen Geschäft mehr interessiert als an der Wahrung von Traditionen, die Euch so verhasst sind und auf diesem Kontinent nichts bedeuten. In meiner Heimat wäre Euch ein anderes Los bestimmt. Dessen seid versichert.«

Schmidt stöhnte leise auf. Wahrscheinlich dachte er daran, was es bedeutete, in Zukunft zwischen diesen sogenannten Partnern vermitteln zu müssen. Vielleicht war er aber nur erleichtert, dass er sich selbst auf keiner Abschussliste mehr befand.

Der Amerikaner und Shen verließen den Raum, nachdem sie sich lediglich von Adolf Leib verabschiedet hatten.

»Du meine Güte«, sagte der *Immertreu*-Boss, als sie gegangen waren. »Der Sensenmann war heute wohl zu betrunken, um dir die Rübe abzuhauen, Sass. Ich weiß von diesen Leuten nicht viel, aber ich weiß ganz genau, dass ich sie mir nicht zu Feinden machen will.«

»Ich rate dir, in Zukunft ein paar Wachleute mehr einzustellen und nachts die Haustür abzuschließen.« Schmidt wirkte müde, aber zufrieden.

»Verdammt, wie hast du diese Demütigungen am Anfang nur ertragen können, Bruder?«, raunte Georg Franz zu, als das Bier gebracht wurde. »Und dann diese Forderungen. Ich dachte, Schultz macht dich kalt. Mann, Franz, wir sind wieder im Rennen!«

»Manchmal ist ein Unentschieden eben besser als jeder Sieg.«

EPILOG

Herbst 1925

Katja erschrak, obwohl sie eigentlich recht hart war im Nehmen. Aber in diesem Moment schälte sich vor ihr aus dem Rauch und Dampf um sie herum eine unförmige Gestalt. Und eine Art Dämon betrat die Bühne, auf der es eben noch einen Schwelbrand gegeben hatte, den ein Produktionsläufer beherzt mit einem teuren Kostüm erstickt hatte.

»Ihr Idioten!« Fritz Lang tobte im Hintergrund. »Wie oft noch? Diese neuen Lampen dürfen nicht an Klingeldrähte angeschlossen werden! Ihr bringt uns noch alle um. Das Zellulosenitrat brennt besser als Zunder und Benzin!«

Der Dämon materialisierte sich. Es schien, als wäre er selbst gerade die Ursache des Kurzschlusses gewesen, denn sein Haar stand eine halbe Elle lang vom Kopf ab, umgab ihn mit einem verderbten, pechschwarzen Schein des Bösen. Seine Augen lagen tief in den dunklen Höhlen, waren kaum erkennbar. Seine fleischige Nase warf einen unnatürlichen Schatten nach oben zwischen die steilen Stirnfalten. Lang und seine Mitarbeiter hatten die Theaterbühne in der Nähe des alten *Ufa*-Geländes an der Oberlandstraße angemietet, um ein paar Innenaufnahmen seines neuen Films zu drehen. Für diese Einstellungen musste die Beleuchtung von weit unten aus dem Orchesterraum kommen. Das grelle Licht warf die surrealen, derzeit so beliebten Schatten aus der cineastischen Unterwelt. »Die Sonnen der Hölle« hatte sie der berühmte Regisseur vorher bei den Arbeiten zu seinen Filmen *Caligari* und *Mabuse* getauft.

»Vy ocharovatel'naja zhenshhina. Zhrica, kotoraja dovodit muzhchinu do otchajanija.« Der Dämon sprach zu Katja und büßte bei diesen Worten augenblicklich seine magische Aura ein. »Sie sind eine faszinierende Frau. Eine Priesterin, die einen Mann zur Verzweiflung treibt.« Sein Deutsch war lautsprachlich noch weitaus grauenvoller als sein Auftritt.

»No vneshnost' chasto byvaet obmanchiva«, erwiderte die gebürtige Russin. »Der Schein kann oft trügen.« Sie lachte. »Ersparen Sie mir bitte die Plattitüden, Herr Eisenstein. Und behalten Sie um Himmels willen die Hosen an!«

Der russische Filmemacher gab sich beleidigt. Er war bekannt dafür, den Schauspielerinnen recht aufdringlich – und freizügig – nachzustellen. Die blutjunge Brigitte Helm, die von Lang zur Hauptdarstellerin seines neuen Films auserwählt war, hatte für einen amüsanten Eklat gesorgt, als sie vor dem halbnackten Schwerenöter schreiend Reißaus genommen hatte. Er war kurz nach Fertigstellung seines von Stalin in Auftrag gegebenen Revolutionsepos *Panzerkreuzer Potemkin* nach Berlin gekommen. Offiziell wollte er den Großen bei der *Ufa* über die Schulter schauen. Aber Katja kannte den wahren Grund seines Besuchs.

»Wie sieht es aus, Katjuscha?«, fragte er leise. »Wann kann ich Herrn Sass treffen?«

»Er kehrt bald aus Rom zurück«, antwortete sie. »Bis dahin werden Sie wohl mit den Frauen des *Syndicats* vorliebnehmen müssen, Sergej.«

»Das Leben verlangt eben manchmal Opfer, die ein Mann tragen muss«, erwiderte er und hob in großer Geste die Hände zur Decke. »Mein Auftraggeber ist ungeduldig«, fügte er ernster und sehr viel leiser hinzu. »Wann können wir die Sache besprechen?«

»Morgen Abend in meiner Wohnung.« Katja gab dem Mann ihre Karte. »Um sieben.«

»Schluss für heute!«, brüllte Fritz Lang durch seine Flüstertüte. »Katja! Zu mir!«

Sie sah Sergej Eisenstein an und hob die Schultern. »Die Götter rufen ihre Priesterin.« Im nächsten Moment sprang sie von der Bühne ins Parkett.

Über Alfred Hugenberg war der Regisseur auf Katja aufmerksam geworden. Und nun hatte sie tatsächlich eine Rolle bekommen. Sie fand die Geschichte des Films – zumindest den Teil, den sie kannte – abstrus und überladen. Nicht einmal der Titel stand bisher fest. Und sie hatte Gerüchte gehört, nach denen jede noch so unbedeutende Szene Unsummen verschlang. Die gesamte Produktion sollte sogar mehrere Millionen Mark kosten. Aber für sie hatte sich ein kleiner Traum erfüllt. Nicht dass sie sich als hochbegabte, zukünftige Pola Negri sah. Vielmehr reizte sie das Neue, das unbekannte Terrain, auf dem sie sich befand. Aber letztlich war alles recht einfach gewesen.

»Vergessen Sie das Schauspielern«, hatte Fritz Lang beim ersten Gespräch gesagt. »Von Gestalten, die vorgeben, irgendwer zu sein, laufen in der Stadt Hunderttausende herum. Seien Sie Sie selbst! Lassen Sie das Dunkle heraus, die Sehnsüchte und Ängste. Und vor allem Ihre Wut!«

Und davon steckte eine Menge in Katja. Also spielte sie jetzt eine Nebenrolle als Arbeiterin in einer unbekannten Stadt aus Metall. Eine Frau, die irgendwann von Maschinen gefressen werden würde. Auf dieser Bühne war das alles nur eine Leinwand, die man im Hintergrund aufgehängt hatte. Abstrus und überladen. Acht Drehtage waren mit ihr geplant, und es gab insgesamt fünfzig Mark dafür. Sie musste immer schmunzeln, wenn sie an diese Gage dachte. Als Teilhaberin des *Syndicats* verdiente sie an guten Tagen zweihundert oder mehr.

»Das war Bockmist, Katja«, schnauzte sie Lang jetzt an. Die ersten Drehtage in diesem Jahr waren als Probelauf gedacht. Hunderte von Metern Film waren bereits vernichtet worden, da der Filmemacher mit allem – und jedem – unzufrieden war.

»Für den Pfusch Ihrer Mitarbeiter kann ich nichts.« Die Russin war nicht gewillt, sich von dem Mann in den Regen stellen zu lassen. »Ich fand es gut. Sie wollen es doch echt. Es war ein echter Brand. Echtes Entsetzen. Verwenden Sie die Szene doch einfach.«

Fritz Lang spielte alle Töne auf dem Charakterklavier, mal war er in seiner eigenen Inszenierung das Scheusal, mal der liebe Schwiegersohn. Jetzt schien er kurz davor, endgültig die Fassung zu verlieren. »Hugenberg, Pommer, dann noch dieser Eisenstein. Ihr raubt mir den letzten Nerv!« Dann plötzlich schien er sich zu besinnen und sog an seiner bereits erkalteten Pfeife. »Vielleicht hast du recht, Katja.« Er wandte sich an den Kameramann. »Klaus, den Film erst entwickeln. Und dann will ich das Material sehen!«

○ ○ ○

Neapel war ein Dreckloch. Der große Traum hatte sich als eine Farce erwiesen. Endlich war Franz bereit gewesen, ein wenig auszuspannen. Und von Susanne hatte er sich dann sogar breitschlagen lassen, endlich nach Süden zu fahren. Nicht in den Harz oder die Alpen. Nein, gleich Süditalien musste es sein! Man hatte ihm erzählt, dass das Land der Traum der Deutschen sei. Goethe hatte von dem einzigartigen Blau geschwärmt. Vom Himmel, von den warmen Brisen, vom Grün des Meeres. Aber Neapel stank nach Fisch und Arbeit. Am Hafen war es lauter als auf dem Spittelmarkt und Alexanderplatz zusammen. Die Eisenbahnfahrt nach München war im Schlafwagen noch annehmbar gewesen. Nach Bozen wurde die Sache jedoch zum Abenteuer. Der Schreihals, den die Italiener ihren *Duce* nannten, hatte Streiks zwar verboten, aber als Zeichen des Protests »vergaß« man bei den Eisenbahnern vor Fahrtbeginn einfach, den Kohletender und Wasserkasten neu zu befüllen. Folglich blieb der Zug vor dem Apennin in der Mittagshitze stehen. Die für zwanzig Dollar organisierte Mitfahrgelegenheit erwies sich als Maultierkarren. Und die Hotels für die folgenden Nächte wären jeder Hure vom Nollendorfplatz als Beleidigung erschienen. Nach vier Tagen waren Franz und Susanne schließlich völlig erschöpft in Kampanien angekommen. Sehr zum Verdruss seiner Gefährtin hatte Franz sofort ein Telegrafenamt aufgesucht, um sich hinsichtlich der Berliner Geschäfte auf den neuesten Stand bringen zu lassen.

»Es gibt Neuigkeiten von Max«, meinte er, als er den in seinen Augen viel zu kleinen Kaffee getrunken und zwei weitere bestellt hatte.

»Wir machen Urlaub.«

»Zwei Tage, nachdem wir los sind, wollte mich Pieck sprechen«, fuhr Franz fort.

»Urlaub.«

»Die ehemaligen Bolschewisten in Russland sind sich uneins. Seit Lenins Tod und dem Ende der Gegenrevolution kämpfen offenbar die politischen Lager miteinander. Pieck möchte wohl auf der richtigen Seite stehen. Da sind diese Leute wie die Chinesen. Der Verlierer verliert nicht nur sein Gesicht.« Franz verbrannte sich den Mund an der heißen, schwarzen Pfütze, die sie hier *caffè* nannten. Der Ober schüttelte nur den Kopf und nahm die leere Tasse gleich wieder mit. »Er meinte zu Max, dass es eine Menge Geld zu verdienen gibt. Eine Partei hat sogar schon einen Mittelsmann nach Berlin geschickt, der mit uns verhandeln soll. Klingt doch interessant, oder?«

Erst jetzt blickte Franz von seinen Notizen und den Telegrammen auf und bemerkte, dass Susanne gegangen war.

o o o

»Es bahnt sich eine Entwicklung in Moskau an, die Entscheidungen verlangt, Frau Sass«, sagte Wilhelm Pieck.

Antonia schwieg zunächst und nahm einen tiefen Zug ihrer Mini-Zigarre. Da Silva hatte sie auf den Geschmack gebracht, und seitdem war sie ganz verrückt nach *W. E. Z. Cigarillos*. Eigentlich hatte Katja das Rauchen in ihrer und Annas Wohnung wegen ihres kleinen Sohnes verboten, dem die schlechte Berliner Luft zu schaffen machte. Aber besondere Gelegenheiten verlangten nach Ausnahmen, so dass jetzt dicker, blauer Dunst durch das geöffnete Fenster nach draußen drang. Besonders unangenehm waren Eisensteins Papirossi. Katja hatte nie verstanden, was ihre Landleute an diesen Zigaretten aus getrocknetem, tadschikischen Yak-Kot fanden.

»Politik ist nicht unser Geschäft, Herr Pieck«, entgegnete Toni schließlich.

»Sollte es aber in Zukunft werden«, meinte der KPD-Funktionär. »Wie ich hörte, hat Ihre Organisation bereits einiges Lehrgeld in dieser Hinsicht zahlen müssen. Vielleicht ist es an der Zeit, die Politik für Geschäfte zu nutzen?«

»Geschäfte bedeuten Geld«, sagte Toni. »Und Sie und Ihre Partei sind chronisch pleite. Ich nehme an, dass dies auch auf Ihre russischen Brüder zutrifft.«

»Sehen Sie«, erwiderte jetzt Eisenstein. »Genau an diesem Punkt irren Sie, cvetenie glaz.«

Toni sah Katja fragend an. »Blüte meiner Augen«, übersetzte diese.

»Sagt Ihnen der Name Trotzki etwas?«, fuhr Eisenstein fort.

»Nein.«

»Leo Trotzki ist ein Radikaler und Querkopf«, ergänzte Pieck.

»Ich dachte, diese Einschätzung träfe auf alle Kommunisten zu«, sagte Katja.

»Er hat nicht begriffen, dass die Revolution erst in einem Land gefestigt werden muss, damit sie später auch andere Nationen erfassen kann. Die Gefahr der Konterrevolution hat uns gelehrt, zunächst Russland im Auge zu behalten. Trotzki hingegen will den ganzen Kuchen verteilen. Noch bevor er überhaupt gebacken ist.«

»Wie interessant«, sagte Toni gelangweilt.

»In einer Angelegenheit sind uns Leo Trotzki und seine Genossen jedoch voraus. Sie haben schon in den Kindertagen des Umsturzes begriffen, dass das alte System nur mit seinen eigenen Mitteln geschlagen werden kann.«

Plötzlich war Toni hellwach. Sie hatte begriffen. »Geld«, sagte sie, und sowohl Pieck als auch Eisenstein nickten.

»Als die Bolschewiki noch damit beschäftigt waren, die alten Adelsfamilien abzuschlachten, hat Trotzki sich bereits längst von deren Oberhäuptern bezahlen lassen, um sie zu verschonen.«

»Es geht um hundert Millionen Goldrubel, die in der Schweiz lagern, iskra moego serdca«, fügte Eisenstein hinzu.

»Du bist wohl jetzt der Edelstein seines Herzens«, sagte Katja zu Toni. »Aber mach dir bitte nichts vor, er will dich nur ins Bett bekommen.«

»Sag ihm, dass moderne Frauen selbst entscheiden, wen sie an sich heran- oder in sich hineinlassen. Und wen nicht.«

»Sovremennye zhenshhiny …«, begann Katja, aber plötzlich lachten alle im Raum.

»Hundert Millionen Rubel in Gold«, wiederholte Eisenstein kurz darauf. »Lösegeld, das die Adligen bezahlt haben, um sich oder Angehörige in Sicherheit bringen zu können. Trotzkis Leute haben es in der Schweiz und an vielen anderen Orten versteckt. Um ihre beschissene Weltrevolution zu finanzieren.«

»Und ihr Pfeifen wisst nicht, wo es ist. Habe ich recht?«, fragte Katja amüsiert. »Deshalb braucht ihr unsere Hilfe.«

Pieck und Eisenstein nickten beinahe gleichzeitig.

»Es wäre ärgerlich, wenn …«

»Für wen arbeitet ihr?«, unterbrach ihn Toni. »In Russland wurden in den letzten Jahren derart viele Leute umgebracht, dass man leicht den Überblick verlieren konnte.« Sie nahm sich ein weiteres Cigarillo.

»Stalin. Und er ist bereit, euch zehn Prozent der Summe zu überlassen, wenn ihr ihm helft, das Geld zu finden.«

NACHWORT

Ich bin davon überzeugt, dass über das Schicksal der ersten deutschen Republik bereits in den Jahren 1922–1925 (und nicht erst Anfang der 1930er Jahre) entschieden wurde. Sie, liebe Leser*innen, halten also mit »Blutiger Schnee« einen Roman in Händen, der vor der Kulisse dieser ebenso interessanten wie fatalen Zeit spielt. Die Turbulenzen einer massiven Geldentwertung, die in die große Währungsreform 1923 (Einführung der Rentenmark) mündeten, schienen erstaunlich schnell überwunden. In Deutschland kam es sogar zu der Phase einer kurzen, wirtschaftlichen und kulturellen Blüte. Und die Depression der Nachkriegsjahre war endlich überwunden. Sie werden sich also vielleicht fragen, weshalb ich dennoch glaube, dass diese Jahre bedeutsam (und verhängnisvoll) für die Weimarer Republik waren.

Einige Antworten finden Sie in »Blutiger Schnee« (und auch schon in »Blutige Stille«) skizziert. Die oft beschworenen Goldenen Zwanziger waren geprägt durch massive soziale Schieflagen, Verteilungskämpfe und Restaurationsversuche. Angst und Verunsicherung waren in allen Schichten anzutreffen. Es kam innerhalb kurzer Zeit zu einer bisher nie dagewesenen Häufung von gesellschaftlichen Fragen (Emanzipation, neue Wirtschaftsmodelle, Abschaffung der Adelsprivilegien, Urbanisierung, staatliche Verwaltung, nationales Selbstbild etc.). Leider gab man sich in einer Phase der wirtschaftlichen Stabilisierung dann oftmals mit Halbwahrheiten und Scheinantworten zufrieden. Mit der großen Krise 1929 brach dieses System der Verdrängung zusammen, die Fragen und Ängste jedoch blieben. Und danach kam die große Zeit der (vermeintlich) »einfachen Antworten auf komplizierte Fragen«. Radikale rechte Rattenfänger hatten mit Parolen und Hasspredigten erst ab Ende der 1920er Jahre größeren Erfolg.

Wenn Ihnen diese Mechanismen bekannt vorkommen, so irren Sie nicht. Die Problemfelder unserer (Post-)Moderne wurden – manchmal in kleinerem Maßstab – sämtlich bereits vor einen Jahrhundert durchgespielt. Unkontrollierte Börsenspekulation. Korruption und Vetternwirtschaft bei der Vergabe öffentlicher Aufträge. Netzwerk-Kapitalismus. Niedriglohn-Arbeit. Hintanstellen sozialer Belange bei gleichzeitigem Primat der Wirtschaft. Vergesellschaftung von Verlusten. Privatisierung der Kapitalgewinne. Und nicht zuletzt die ungute Verflechtung von Politik, Wirtschaft und illegalen Strukturen. Dass mafiose Organisationen heute in jedem bedeutenden Immobilienprojekt ihr Geld waschen. Dass Spekulationen auf Ernteerträge die Ernährungslage in vielen Ländern direkt beeinflussen. Dass Profite aus öffentlichen Mitteln subventioniert werden. Dass Kriege vor allem Wirtschaftskriege sind. Dass Menschen in Medien (damals natürlich vor allem in den Zeitungen) diffamiert und entwürdigt werden. All diese Phänomene traten bereits damals auf, mündeten – nach meiner Auffassung – in einer weiteren Kriegskatastrophe und kamen seit Mitte der 1950er zu erneuter Blüte.

Wieder sind in »Blutiger Schnee« viele Tatsachen historisch verbürgt. Mit dem Zusammenschluss der *I.G. Farben* trat erstmals ein Wirtschaftsmonopol auf den Plan, das – wiederum – als eine Blaupause für zukünftige Entwicklungen diente. Preisdiktat, Spekulation, direkte Einflussnahme auf die Politik bis hin zur eigenverantwortlichen (!) Inbetriebnahme von Arbeitslagern und KZ-Außenstellen während der NS-Diktatur. Teile des alten Konsortiums (*Bayer*, *BASF*) existieren heute noch, andere Bereiche wurden in andere Unternehmen eingegliedert. Die Firma *Bayer* besaß in der Tat ein Patent auf die Herstellung von Heroin, das anfangs als Arzneimittel vertrieben wurde. Mit dem Friedensvertrag von Versailles (in Nebenklauseln) wollten die USA auch durchsetzen, dass Herstellung und Vertrieb von Heroin verboten werden. *Bayer* unterlief diese Forderungen jahrelang, da es gigantische

Mengen des Rauschmittels in seinen Lagern besaß. Die im Roman erwähnten »Anti-Opiumpillen« hat es ebenfalls gegeben. Man mischte Heroin unter anderem mit Strychnin, damit Abhängige länger als Konsumenten erhalten blieben. Der Verkauf dieser offiziellen Arznei erfolgte hauptsächlich in Asien. Dort hatten Briten und Franzosen durch ihre koloniale Ausbeutung und den Protektionismus die Lebensgrundlage von etwa zweihundert Millionen Menschen zerstört. Die Betroffenen griffen in der Folge oft zu Rauschmitteln (allein in China zwanzig Millionen Opiumabhängige). China sollte zudem teures Opium aus Britisch-Indien importieren. Und ebenso pfiffige wie skrupellose Geschäftsleute ersannen und verkauften daraufhin das »Anti-Opium«.

Der damalige Direktor der *Bayer*-Werke, Carl Duisberg, ist eine schillernde und mittlerweile höchst umstrittene Figur. Er fädelte den bis dahin größten Wirtschaftsdeal der deutschen Geschichte ein (wobei er selbst gut verdiente). Und er hatte sich für die Erprobung von Giftgas im Weltkrieg stark gemacht. Inwieweit ihm die Geschäfte mit dem Heroin bekannt waren, ist nicht überliefert. Als Chef des Unternehmens dürften ihm die Millionengewinne aus dem Heroin aber wohl nicht entgangen sein. Er selbst hatte gute Kontakte in die USA und sich dort das Modell der »Trusts« abgeschaut, das er später auf die Fusion zur *I. G. Farben* übertrug. Mehrere deutsche Städte haben bereits nach Duisberg benannte Gebäude und Straßen umgewidmet.

Der Wirtschaftsmagnat Hugo Stinnes und vor allem Präsident Friedrich Ebert waren Gegner der Monopol-Bildung. Ebert wurde Opfer einer üblen Schmutz- und Hetzkampagne in rechten Zeitungen (namentlich durch Alfred Hugenberg kontrolliert). Und beide Männer verstarben 1924/25 nach recht harmlosen Operationen. Offiziell waren ihre Gallenblasen- und Blinddarmvereiterung durch eine zu späte Konsultation verschleppt worden. Aber meine lebhafte Phantasie mochte sich der Vorstellung nicht entziehen, dass Zusammenhänge zwischen ihrem Tod und der dann reibungslos verlaufenden *I. G. Farben*-Fusion bestehen …

Die im Roman erscheinenden Figuren Meyer Lansky (d. i. Suchowljanski), Benjamin »Bugsy« Siegel und »Dutch« Schultz (d. i. Flegenheimer) haben ebenfalls existiert. Sie bildeten die Führungsriege des kriminellen »Bugs-und-Meyer-Mobs« und waren Mitglieder der »Kosher Nostra«. Lansky erkannte frühzeitig die Bedeutung des Rauschgifthandels in den USA. Ob er jedoch auf die deutschen Geschäfte mit dem Heroin Einfluss hatte, ist nicht bekannt.

Die asiatischen Verbrecherorganisationen (Triaden) haben jahrhundertealte Tradition. Typisch war (und ist) eine strenge, hierarchische Gliederung und die Nutzung bestehender Ressourcen in den jeweiligen Ländern. Man suchte sich Handels- und Vertriebspartner für das Rauschgift, da man in Europa und den USA nicht über die nötigen Beziehungen (und das Personal) verfügte. Typisch für all diese mafiosen Strukturen (Italien, USA, Asien, später Russland) ist, dass sie frühzeitig Einfluss auf Politik und Polizei nahmen und Kontakt zur (legalen) Wirtschaft suchten. Diese Verflechtungen haben dazu geführt, dass diese Organisationen heute mehr Geld über ihre legalen Geschäftszweige verdienen als mit der eigentlichen Kriminalität.

Abschießend möchte ich darauf hinweisen, dass gewisse Begriffe wie »Zigeuner«, aber auch »Jude« in diesem Roman im historischen Kontext verwendet werden, auch wenn sie heute vielfach diskriminierend verstanden werden. Sie jedoch zu vermeiden, hätte der historischen Wirklichkeit widersprochen. Als Autor wende ich mich gleichwohl gegen jede Form von Rassismus und Diskriminierung

ooo

Mach dich nicht so klein,
So groß bist Du nicht.

(Jüdisches Sprichwort)